国家社会科学基金重大项目
『十二五』国家重点图书
出版规划项目
中国现代文学馆钩沉丛书

刘锡诚 著

双重的文学

——民间文学+作家文学

主编 陈建功 吴义勤

百花洲文艺出版社
BAIHUAZHOU LITERATURE AND ART PRESS

中国现代文学馆钩沉丛书

总序

国人自古重“史”。而新史料的发现，对于历史研究的推进是不言而喻的。即便是湮没于历史烟尘中的一鳞半爪，也会使史家乃至读者如获至宝。在文学历史的阐述、文学理论的论证以及文学批评活动中，新史料的发现当然也每每相伴而生，同样为新的立论和新的阐发提供坚实的基础。更有学养深厚、学风笃实的学人，常常会把搜集所得的资料，整理编撰，既是为自己的研究课题服务，亦可供他人参考。这些资料，我们并不陌生，在林林总总的校点本、辑佚本、笺注本、年谱、诗文系念、书目、索引里都可窥其面貌。比如，鲁迅先生为了撰写《中国小说史略》，也曾搜集了大量的小说史料，又将这些史料整理成《古小说钩沉》《小说旧闻钞》等。这自周至隋的36种散佚小说，毫无疑问成为研究唐代以前小说的重要参考书，也为普通读者带来了极大的阅读兴趣。这正是“钩沉”的价值。梁启超所谓的“过去人类思想行事所留之痕迹”，为我们了解前人所思所想，乃至理解“人类社会史可能性的一切”和历史进程提供了依据。这些“痕迹”的再发现，无疑多多益善。

作为集文学资料中心、文学展览中心、文学交流中心、文学研究中心等功能于一身的中国现代文学馆，在收集、保管、整理、研究中国现当代作家的著作、手稿、译著、书信、日记、录音、录像、照片、文物等文学档案资料的过程中，在和广大的研究者，作家及其家属、后人接触的过程中，不断接触到曾被历史遮蔽、湮没、忽略的有关人物及有关史料，因此，编辑、出版“钩沉丛书”，是水到渠成之事，也是现代文学馆工作的题中应有之义。这套丛书，旨在把我馆认为值得引起注意的、涉及现当代文学的史料予以发掘，把某些有助于文学研究的带有资料性的著述予以出版。举凡作家的年谱、回忆录、传记、散佚作品等均在丛书出版范围内。这一工作，有赖于著述者的劳动，也有赖于广大作家及其家属、后人的支持，这是需要向著述者和支持者致以诚挚谢意的。

然而，我以为不能不指出的是，“钩沉”是有价值的。“钩沉”出来的，却未必件件都有价值。

因此，其一，本丛书所含所有书籍的出版，惟以我馆认识到的参考价值为取舍，是否真有“价值”，有待研究家和读者的考量与开掘。其二，“钩沉”，绝不是为了“爆料”，为了“翻案”，为了“听唱翻新杨柳枝”。这在世道浇漓学风蒙尘的当下，是不能不有言在先的。也就是说，若有人欲借本丛书中涉及的一些史料断章取义、哗众取宠，谋取商业利润，概由炒作者自负其责。本“丛书”

所涉及的资料和史实，并未经过本馆的考证与甄别；所涉及的观点，只代表编撰者本人的价值立场与学术见解，与文学馆的立场、见解无涉。

如果诸公能够从这套丛书中获取一些资料，经过甄别辨析，成一家之言，作为丛书出版的组织者，便欣欣堪以慰之。

是为序。

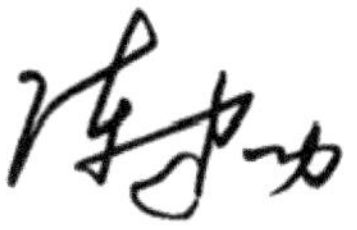

刘锡诚

刘锡诚，男，山东昌乐人。1935年2月生。文学评论家、民间文艺学家、文化学者。中国文学艺术界联合会研究员。1957年毕业于北京大学。历任中国民研会秘书、编辑、研究人员，新华社翻译、编辑、记者，《人民文学》编辑部评论组长，《文艺报》编辑部副主任、主任，中国民间文艺家协会驻会副主席兼党的领导小组组长，顾问，《民间文学》《民间文学论坛》《评论选刊》《中国热点文学》主编。1997年退休。主要社会职务：历任中国俗文学学会副会长、会长，中国当代文学研究会副会长兼秘书长，中国旅游文化学会副会长，中国对外友好协会理事。现兼任文化部国家非物质文化遗产保护专家委员会委员、中国民间文艺家协会民间文化抢救工程专家委员会委员。1958年加入中国民间文艺研究会。1979年加入中国作协。著有《小说创作漫评》《小说与现实》《作家的爱与知》《河边文谭》《原始艺术与民间文化》《中国原始艺术》《象征——对一种民间文化模式的考察》《追寻生命遗韵——我眼中的文化史迹》《在文坛边缘上——编辑手记》《文坛旧事》《民间文学：理论与方法》《民间文学的整体研究》《非物质文化遗产：理论与实践》《非物质文化遗产保护的中国道路》《走出四合院》《黄昏的眷恋》《二十世纪中国民间文学学术史》等。

小　序

文学包括口传和书写两种不同承载的方式，即民间口头文学和作家书写文学。这是两个互相关联和互相影响的文学门类。十九世纪下半叶，原始艺术研究者们相继证明，人类社会最早并没有个人创作的文学，只有社会成员（民众）的集体口头创作，即以口头的形式存在和流传的文学。随着社会的进步，在社会成员（民众）的集体口头文学的基础上，逐渐出现了被称为作家的个人的文学，从而这两种不同表达方式的文学在不同的人群中各自发展起来。胡适在其早期著作《白话文学史》里把文学定位为“双重的文学”。他的这部文学史就是一部以民歌（民间文学）及其与文人文学交互影响（“全文学的民众化与民歌达到文人化”）为主要线索的文学史。不承认文学构成中包括民间口头文学，不是唯物史观的文学观，不符合文学发展的实际情况。笔者在编选这本书时，就是参照和认同了“双重的文学”这种文学观的。

周作人1922年为《歌谣周刊》写的发刊词里说：“歌谣（民间文学）的搜集与研究目的共有两种，一是学术的，一是文艺的。”这两种不同范式的研究潮起潮落、互有消长，一直持续并存了几十年。从二十世纪八十年代起，随着“改革开放”国策的实施和深化，民间文学研究广泛吸收现代西方民俗学和文化人类学等人文学科和社会学科的一些学术理念和研究方法，如“原型批评理论”“口头传统”“表演理论”“口头程式”等等，研究方法发展为多学科参与。文艺的和学术的两种研究范式仍然继续呈现出分立状态，文艺的研究依然不失魅力。回顾起来，在中国现代文学史上，许多著名作家在从事文学创作和理论批评的同时，鼎力提倡民间文学、搜集民间文学、研究民间文学，如鲁迅、郭沫若、茅盾、潘汉年、郑振铎、谢六逸、台静农、许地山、王统照、李金发、钟敬文、赵景深、周文、周扬、何其芳、老舍、楚图南、柯仲平、公木（张松如）、李季、赵树理、李束为、董均伦、江源、汪曾祺……在民间文学的"文艺的"搜集与研究上以及在其创作的民族化大众化上做出了重要的贡献。

本选集包括两组文章：一、关于中国现代文学史上对民间文学、神话学、歌谣学作了重要阐述的几位作家的民间文学观；二、笔者用文艺学的原理和方法探讨和研究民间文学、阐述自己的民间文学观的文章。

从事民间文学研究60年来，本人和老伴马昌仪有关民间文学、神话学、文化人类学等领域的藏书，已捐赠给中国现代文学馆，希望有后来者可以利用。馆方愿意帮我出版这样一本选集作为纪念，在此表示由衷的感谢。

刘锡诚

2016年2月8日

目录

胡适的民间文学论说

胡适（1891—1962），原名胡洪（马辛），字适之。安徽绩溪人。19世纪末20世纪初兴起的中国白话文运动和文学革命的先驱——“首举义旗之急先锋”[①]。检视他早期关于白话文、活文学、文学革命等的大量言论中，其所提倡的，只是以《聊斋志异》《西游记》《水浒传》《红楼梦》《儒林外史》等为模式的白话文学、语体（口语）文学、国语文学，并没有看到他有关民间文学的文字。换言之，最初他提倡的白话文学、平民文学，并没有有意识地提到或评价民间文学。最早向他谈到“民间文学”在文学革命中的作用的，是他在美国留学时结识的朋友梅觐庄（光迪）于1916年3月19日写给他的一封信。梅在信里说：“文学革命自当从‘民间文学’（Folklore,Popularpoetry,Spoken Language,etc.）入手，此无待言。惟非经一番大战争不可。骤言俚俗文学，必为旧派文家所讪笑攻击。”[②]这时正是他关于“文学革命”的思想酝酿和形成的时期。

就现有的材料看，胡适有意识地提出和论到民间文学的问题，是在刘半农、沈尹默等于1918年2月酝酿搜集近世歌谣之后的事。晚年（1958年）他在台北中国文艺协会八周年纪念会上发表的演讲词《中国文艺复兴运动》中，在回顾当年的文学革命时说：“我们中国几千年的文学史上有两个趋势，可以说

① 陈独秀《文学革命论》，《独秀文存》卷1。

② 胡适《逼上梁山——文学革命的开始》（1933年12月3日），原载《东方杂志》1934年第31卷第1期。收入1935年10月15日良友图书印刷公司出版《中国新文学大系·建设理论集》。此据姜义华主编《胡适学术文集·新文学运动》第201页，中华书局1993年。

是双重的演变，双重的进化，双重的文学，两条路子。一个是上层的文学，一个是下层的文学。上层文学呢？可以说是贵族文学，文人的文学，私人的文学，贵族的朝廷上的文学。大部分在我们现在看起来，是毫无价值的死文学，模仿的文学，古典的文学，死了的文学，没有生气的文学，这是上层的文学。但是，同时在这一千年当中，无论哪个时代：汉朝、三国、唐朝、宋朝、元朝、明朝、清朝，到现在，有一个所谓下层的文艺。下层文艺是什么呢？是老百姓的文学。是活的文艺，是用白话写的文艺，人人可以懂，人人可以说的文艺。"[①]对胡适而言，"双重的文学"的思想，固然不是晚年才有而是早年就逐渐形成的，但作为一种观念，却是晚年才完整地表达出来。他解释说，他所说的下层文艺，就是流传在民众口头上的儿歌、情歌、故事、传说等民间文学。胡适关于民间文学及其在文学发展上的作用的思想，从文学革命之初就与白话文学的理念一同萌生了，"五四"以后，逐渐明确，逐渐系统化并成熟，无论在理论上还是在方法论上，对于中国民间文学学科的形成与发展发生过不可忽视的重要影响。

一、比较研究法

大约在1920年，北京大学的法科学生、后来《歌谣周刊》的常务编辑常惠送给胡适一本意大利驻华使馆参赞卫太尔搜集的《北京歌唱》。胡适从中选择了18首发表在1922年10月1日出版的《读书杂志》第2期上，并在歌谣前面写了一篇题为《北京的平民文学》的短文。这可能是他专门谈论歌谣的第一篇文章。他在此文中把歌谣纳入他一直在提倡的平民文学概念之中。他写道：

近年来，国内颇有人搜集各地的歌谣，在报纸上发表的已很不少了。可惜至今没有人用文学的眼光来选择一番，使那些真有文学意味的"风

① 胡适《中国的文艺复兴》，原载台北《新生报》1958年5月5日。此据姜义华主编《胡适学术文集》第288页，中华书局1993年。

诗”特别显出来，供大家的赏玩，供诗人的吟咏取材。前年常惠先生送我一部《北京歌唱》（Pekinese Rhymes），是1896年驻京意大利使馆华文参赞卫太尔男爵（Baron Guido Vitale）搜集的。共有170首，每首先列原文，次附英文注解，次附英文译本。卫太尔男爵是一个有心的人，他在30年前就能认识到这些歌谣之中有些“真诗”，他在序里指出18首来作例，并且说，“根据在这些歌谣之上，根据在人民的真感情之上，一种新的‘民族的诗’也许能产生出来呢？”现在白话诗起来了，然而作诗的人似乎还不曾晓得俗歌里有许多可以供我们取法的风格与方法，所以他们宁可学那不容易读又不容易懂的生硬文句，却不屑研究那自然流利的民歌风格。这个似乎是今日诗国的一桩缺陷吧。我现在从卫太尔的书里，选出一些有文学趣味的俗歌，介绍给国中爱“真诗”的人们。

十一、九、二十[①]

在这篇短文里，胡适引用、赞扬、接受并阐发了卫太尔的观点，即歌谣中有“真诗”，“根据在这些歌谣之上，根据在人民的真感情之上，一种新的‘民族的诗’也许能产生出来”。（周作人也引用和赞扬过卫太尔的这段话，说他写于1896年这段话是“先见之明”。周的译文是：“根于这些歌谣和人民的真的感情，新的一种国民的诗或者可以发生出来。”[②]）卫太尔的这个观点，无疑奠定了或坚定了胡适民间文学思想的基础。胡适是个文艺家，他主要是从文艺的角度看民间文学的，认为从歌谣里会产生出新的、真正的民族的诗来，这成为他的民间文学观的一个基本的观点，而且他是从一而终地坚持这个观点。后来他所写的有关文学和民间文学的文章和著作，如《白话文学史》这样的重要著作，莫不与这一观点相呼应。胡适、周作人的论述一出，歌谣研

---

① 胡适《北京的平民文学》，据姜义华主编《胡适学术文集·新文学运动》第422～435页，北京：中华书局1993年9月第1版。

② 周作人《自己的园地》第34页，人民文学出版社1998年版。

究者和爱好者大都奉为信条，[1]而在诗歌研究者中则分为两派：赞成拥护者有之，论者说，“好诗出自民间”；反对者也有之，论者说，歌谣与诗并不同义，歌谣“艺不精而体不尊”[2]。

刘半农、沈尹默等于1918年2月1日创立的北大歌谣征集处，沈兼士、钱玄同、周作人于1920年12月19日发起将其转为北大歌谣研究会，继而又于1922年12月17日创办《歌谣周刊》。其时，胡适只是偶尔襄助其事，如他曾把所搜集的一册故乡安徽绩溪的歌谣投给了歌谣研究会，《歌谣周刊》的编辑常惠在创刊号上发表的《对于投稿诸君进一解》中引用了其中的一首《看见他》：“胡适之先生送来一册安徽绩溪的歌谣里也有一首：大相公，骑白马……”；《歌谣》第28号又选发了胡适投来的另一首《月亮起》：“月亮起，‘做贼’偷米。……”胡适当时正忙于经营他于1922年5月7日创办的《努力周报》，这份周报上也发表歌谣和有关文章，故他没有参加歌谣研究会的事务，也就并非歌谣运动的主角。连他在1922年12月3日发表于《努力周报》第31期上的《歌谣的比较的研究法的一个例》，《歌谣周刊》也是在一年零三个月之后才于1924年3月9日出版的第46号上转载的。

胡适的《歌谣的比较的研究法的一个例》的发表，先于周作人为《歌谣周刊》创刊而作的《发刊词》14天，晚于《北京的平民文学》一文发表三个月，如果说，《北京的平民文学》的发表在中国歌谣学初创之时带有倡导的意向，那么，《歌谣的比较的研究法的一个例》则是一篇带有方法论性质的文章，其价值不在周作人的《歌谣周刊》的《发刊词》之下，胡、周二文相与颉颃，甚至可以说，堪称早期中国民间文艺学史上的珠联璧合之作。

胡适在该文中写道：

> 研究歌谣，有一个很有趣的法子，就是“比较的研究法”。有许多歌谣是大同小异的。大同的地方是他们的本旨，在文学的术语上叫做“母

---

① 常惠在《谈北京的歌谣》一文里说：“胡适先生……说道是‘真诗’；我也很以为然。”原载《努力周报》第27期；收入《胡适文存二集》卷4。

② 语出朱自清《歌谣与诗》，《歌谣周刊》第3卷第1期，1937年4月3日。

题”（motif）。小异的地方是随时随地添上的枝叶细节。往往有一个“母题”，从北方直传到南方，从江苏直传到四川，随地加上许多“本地风光”；变到末了，几乎句句变了，字字变了，然而我们试把这些歌谣比较着看，剥去枝叶，仍旧可以看出他们原来同出于一个“母题”。这种研究法，叫做“比较研究法”。

……

这首歌（指《读书杂志》发表的《看见他》——本书作者）是全中国都有的；我们若去搜集，至少可得一两百种大同小异的歌谣：他们的“母题”是“到丈人家里，看见了未婚的妻子”，此外都是枝节了。比较研究的结果，可以看出：

（1）某地的作者对于母题的见解之高低。

（2）某地的特殊的风俗、服饰、语言等等——所谓“本地风光”。

（3）作者的文学天才与技术。

如我的邻县——旌德——的这一只歌谣，虽可以看出当时本地的服饰，在文学技术上就远不如上文引的北京的同题歌了。

现在搜集歌谣的人，往往不耐烦搜集这种大同小异的歌谣，往往向许多类似的歌谣里挑出一首他自己认为最好的。这个法子是不很妥当的。第一，选的人认为最好的，未必就是最好的。第二，即使他删的不错，他也不免删去了许多极好的比较参考的材料。即如上文《蒲棂子车》一首，若单只有这一首，我们也许把他看作一个赶车的男子回家受气的诗。但有了这五首互相比较，他们的母题就绝无可疑了。参考比较的重要如此！①

胡适指出，比较研究法是研究歌谣的“一个很有趣的法子”。歌谣研究所以要采用比较研究之法，是由歌谣的特点所决定的：“有许多歌谣是大同小

① 原载《努力周报》第31期（1922年12月4日），收入1924年11月亚东图书馆出版《胡适文存》卷4，又收入1925年文明书局出版《胡适之白话文钞》。此据姜义华主编《胡适学术文集》第436～442页。

异的。大同的地方是他们的本旨，……小异的地方是随时随地添上的枝叶细节。……把这些歌谣比较着看，剥去枝叶，仍旧可以看出他们原来同出于一个‘母题’。”胡适在文中引用了《读书杂志》第2期上发表的一首题名《看见他》的歌谣。《读书杂志》是民国之初王念孙、王引之父子创办的，出版的时间很短，内容完全是王氏父子读书心得，而且偏于考据；1922年胡适创办《努力周报》时，曾附着在《读书杂志》上发行。故这首歌谣，也应是胡适借用《读书杂志》的名义而编发的。而《歌谣的比较研究法的一个例》一文，又是在同年12月3日出版的《努力周报》第31期上发表。可见，胡适是把《努力周报》作为他提倡歌谣的一个阵地。

在此文中，胡适在倡导比较研究法的同时，还认定“母题”（motif）的存在是歌谣的一个重要特点，有了“母题”的普遍性，才为比较研究提供了可能。他在这篇文章里列举了两首歌谣。一首是《看见他》，他说这首歌谣是全中国都有的，倘若去搜集，“至少可得一两百种大同小异的歌谣：他们的‘母题’是‘到丈人家里，看见了未婚的妻子’”。他拿流传于他的家乡邻县的旌德流传的一种异文略作比较。顾颉刚在他的读书随笔中还提到：“适之先生谓姑娘归宁之歌，各处均有，同是说父母如何喜欢，弟兄如何冷漠，阿嫂如何讨厌，而其词互异。至于状其首饰，则各因其地而变。”①

在胡适提倡的比较研究观念中，对“母题”的把握是至关重要的。他在与学生王伯祥的一次谈话中说：“伯祥日记记适之先生昨日谈话云：故事相传，只有几个motif（介泉译作主旨）作柱，流传久远，即微变其辞。若集拢来比较研究之，颇可看出纵的变痕与横的变痕。譬如此motif是明代发生的，其形容描写都用明代之习尚服装；传到清代，即改变为清代之习尚服装了。又如此motif是江苏发生的，其形容描写都是当地的风尚；传到安徽、江西、湖南、四川等处，又变成各地的风尚了。所以motif不变，而演化出来，可以多方。如中国有‘三愿’的祝告，无论小说、弹词、京腔、昆曲等都用，举必成三，各国亦均

① 顾颉刚《两〈谷风〉之比较》，《顾颉刚读书笔记》第1卷第382页，台北：经联出版事业公司1990年。

有之。又如佛经肇自印度，当地尊蛇，乃译成中国文字，即因中国人之崇拜，统易为龙矣。中国之龙王，固即印度传来者也。《西游记》一书，可以说作者集合《华严经》善才访百口城，及玄奘、法显等求经种种motif而成也。”顾颉刚在胡的这段谈话之后附记说：“予拟搜集此纵横变易之材料。如秋胡戏妻，可自《列女传》起，至各代乐府，元曲，昆、京、秦各剧，比较观之。此等著名之故事不甚多，此事颇易为也。又如《蝴蝶梦》，亦可如此勘之。”① “母题”（motif）是柱，是不变的，流传久远，即微变其辞。

胡适此文及其所倡导的比较研究，在歌谣研究者中发生了颇大影响，一段时间里人必称比较。除了对顾颉刚的影响外，董作宾的《看见他》研究，是受了胡适所倡导的比较研究的影响而付诸实践的佳篇之一。作者曾在《〈看见她〉之回顾》一文中写道：“曾受了最大的暗示而从事《看见她》之整理研究，在原文中我却忘了提及，这是大不应该的！十年以来，时常觉得过意不去，在此地特别再补述一下。是民国十一年的十二月四日吧？在《努力》的第三十一期，胡适之先生写过一篇文字，叫做《歌谣的比较研究法的一个例》。……胡先生就举出《看见她》母题的两首歌谣为例。我当然受了胡先生很大的暗示，我那篇文字研究的结果，丝毫也不曾跳出胡先生所指出的规范，所以在这里不惮烦琐的重述一遍。” 在他的启发下，董作宾对这首歌谣所作的“母题”的比较研究，前后花了十多年的工夫，第一次搜集到45首，第二次搜集到23首，总共得到78首，但终未达至胡适所预计的“一两百首”的规模，董作宾不得不愧疚地说：“这仍是采辑未能周至的缘故。”②

胡适还举出他在《努力》第16期上选刊的另一首北京附近的歌谣《蒲棂子车》，与常惠抄给他的五首同类的歌谣进行“母题”的比较研究。他得出结论说：“这歌的‘母题’是‘小姑出嫁后回娘家，受了嫂嫂的气，发泄她对于嫂嫂的怨恨。’……若单只有这一首，我们也许把他看作一个赶车的男子回家受气的诗。但有了这五首互相比较，他们的母题就绝无可疑了。”他认为，歌谣

---

① 顾颉刚《故事主题》，《顾颉刚读书随笔》第1卷第383～384页，台北：经联出版事业公司1990年。

② 董作宾《〈看见她〉之回顾》，《歌谣周刊》第3卷第2期，1937年4月10日。

的比较研究使研究者不是只从字面上了解歌谣的含义，而是扩大了研究者的视野，可以看出：（1）同一“母题”的歌谣在不同的地方流传中，某地作者对于“母题”赋予自己的见解，因而可以从中见出他们的见解的高下；（2）在流传中加入了所谓“本地风光”，即各地不同的风俗、服饰、语言等；（3）传承和传播的作者会在流传中有所创新，因而可以见出不同作者的文学天才和技巧。

从上面提供的材料和分析中可以看出，胡适虽然身为知名的北大教授和“文化革命”的先锋，但他并没有直接参与北大歌谣研究会的工作，而是另外开辟了一个战场，即借他创办和主持的《努力周报》这块园地，也在进行着歌谣的倡导与研究，而且成绩斐然。

受《歌谣周刊》的影响，顾颉刚1921年在家乡苏州养病时搜集吴歌，于1925年编成《吴歌甲集》一书。胡适是顾颉刚的老师，书稿编好后，顾颉刚请胡适写序。其时，《歌谣周刊》内部在学术思想上，已明显地分裂为民俗派和文艺派两路，第97期出版后又正遇暑假，北大国学门计划创办《国学门周刊》，将《歌谣》的稿子并入新的周刊，故《歌谣周刊》从此休刊，且一去十年。胡适的序言与其他诸家的序言不同，从他所一向提倡的国语文学、平民文学和文学欣赏的角度给予中肯的评价，继续坚持和显示他的歌谣研究的文学立场。他写道：“中国各地的方言之中，有三种方言已产生了不少的文学，第一是北京话，第二是苏州话（吴语），第三是广州话（粤语）。京话产生的文学最多，传播也最远。北京做了五百年的京城，八旗子弟的游宦与驻防，近年京调戏的流行：这都是京语文学传播的原因。……吴语的文学……三百年来凡学昆曲的无不受吴音的训练；近百年中上海成为全国商业的中心，吴语也因此而占特殊的重要地位。加之江南女儿的秀美已征服了全国的少年心；向日所谓南蛮鸩舌之音久已成了吴中女儿最系人心的软语了。故除了京语文学之外，吴语文学要算最有势力又最有希望的方言文学了。……要寻完全独立的吴语文学，我们须向苏州的歌谣里寻去。顾颉刚先生编的这部《吴歌甲集》是独立的吴语文学的第一部。《甲集》分为二卷：第一卷里全是儿歌，是最纯粹的吴语文学，我们读这一卷的时候，口口声声都仿佛看见苏州小孩子的伶俐、活泼、柔软、俏皮的神气。这是'道地'的方言文学。第二卷为成人唱的歌，其中颇有粗通文事的人编制的长歌，已不纯粹是苏白的民歌了。其中虽然也有几首绝好的民歌，——如《快鞋》《摘菜心》《麻骨门闩》，——然而大部分的长歌都显出弹词唱本的恶影响：浮泛的滥调与烂熟的套语侵入到民歌之中，便减少了民歌的朴素的风味了。"

胡适说："很热诚地欢迎这第一部吴语文学的专集出世。颉刚收集之功，校注之勤，我们都很敬服。"同时，他也以文学家的眼光给《吴歌甲集》以批评："颉刚在他的自序里分吴歌为五类：（1）儿歌，（2）乡村妇女的歌，（3）闺阁妇女的歌，（4）农、工、流氓的歌，（5）杂歌。我读第二卷的感想是嫌他收集的闺阁妇女的歌——弹词式的长歌——太多，而第二和第四类的真正民歌太少。这也难怪，颉刚生长苏州城里，那几位帮他搜集的朋友也都是城里人，他们都不大接近乡村的妇女和农、工、流氓，所以这一集里就不免有偏重闺阁歌词的缺点。这些闺阁歌词虽然也很能代表一部分人的心理习惯，却因为沿袭的部分太多，创造的部分太少，剪裁不严，言语不新鲜，他们的文学价值是不很高的。"他指出《吴歌甲集》的局限，眼光是锐利的，意见是中肯的。《甲集》中真正属于乡村的民歌不多，而城里闺阁妇女的歌相对丰富。他寄希望于顾颉刚在以后收集出版的《乙集》里，"多多采集乡村妇女和农、工、流氓的歌。如果《甲集》的出版能引起苏州各地的人士的兴趣，能使他们帮助采集各乡村的'道地'民歌，使《乙集》以下都成为纯粹吴语的平民文学的专集，那么，这部书的出世真可说是给中国文学史开一新纪元了。"[①]胡适对民歌是很喜欢的，也在市场上搜罗过歌册。胡适后来还托人搜集过冯梦龙的《挂枝儿》。他在给顾颉刚的信里说："今天上海寄来《挂枝儿》两册，寄一本给你。因为你那天好像说是没有此书。此册是翻印浮白主人的选本，但其书出于冯梦龙的原书是无疑的。《鸡》的一首，与《山歌》中《润五更》一首意思全同；冯氏在《山歌》此首后有跋，说已用《挂枝儿》了，今复收《山

---

① 胡适《顾颉刚〈吴歌甲集〉·序》，北京大学歌谣研究会1926年7月。此据顾颉刚等辑、王煦华整理《吴歌·吴歌小史》第9～13页，江苏古籍出版社1999年。

歌》。此不但可证此册《挂枝儿》确是冯氏原书；又可见《挂枝儿》与《山歌》或者都不尽出于民间，其中不但有苏子忠的一首，且有冯梦龙的许多创作。尊意以为如何？ 适之。廿四，五，十六。”（《山歌》，上海传经堂排印本1935年）但胡适评价《吴歌甲集》的批评标准——“沿袭的部分太多，创造的部分太少，剪裁不严，言语不新鲜，他们的文学价值是不很高的”——却不能不显示出仅仅以纯文学的眼光评价民歌是多么的片面，这种左支右绌的评论，使他陷入了学理的谬误。

二、“双重的文学”观

胡适的《白话文学史》是一部以民歌（民间文学）及其与文人文学交互影响（“全文学的民众化与民歌达到文人化”①）为主要线索的文学史，是中国现代民间文学学术研究领域的一部重要著作，故而它的出版理所当然地引起学界和读者的浓厚兴趣。当然，也有人批评这部著作的片面性，但这却恰恰表现了他与别人不同的品格。

这部文学史的讲授与写作，始于1921年，成于1928年。其间，北大歌谣研究会和《歌谣周刊》所征集的全国近世歌谣资料，使胡适大为获益，促使他从《国语文学史》到《白话文学史》进行了几度修改。他说：“‘白话文学史’，其实就是中国文学史。”（《自序》）“白话文学”的含义何在？他写道：“我从前曾说过，‘白话’有三个意思：一是戏台上说白的‘白’，就是说得出，听得懂的话；二是清白的‘白’，就是不加粉饰的话；三是明白的‘白’，就是明白晓畅的话。”（《自序》）可以看出，他所谓白话文学是与庙堂文学相对的，既包括老百姓口头上流传的民间文学，也包括文人采用口语写作的文学。他援引司马迁的外孙杨恽说的“田家作苦；岁时伏腊；烹羊炮羔；斗酒自劳；家本秦也，能为秦声”所造成的那种“民间文学的环境”说：

① 胡适《白话文学史》第一编第五章，新月书店1928年初版。此据百花文艺出版社2002年版。下文所引，均见该书，只写章节，不另注出页码。

“这种环境里产生的文学自然是民间的白话文学。那无数的小百姓的喜怒悲欢，决不是那《子虚》《上林》的文体达得出的。他们到了‘酒后耳热，仰天拊缶’，‘拂衣而喜’，‘顿足起舞’的时候，自然会有白话文学出来。还有痴男怨女的欢肠热泪，征夫弃妇的生离死别，刀兵苛政的痛苦煎熬，都是产生平民文学的爷娘。庙堂的文学可以取功名富贵，但达不出小百姓的悲欢哀怨：不但不能引出小百姓的一滴眼泪，竟不能引起普通人的开口一笑。因此，庙堂的文学尽管时髦，尽管胜利，终究没有‘生气’，终究没有‘人的意味’。两千年的文学史上，所以能有一点生气，所以能有一点人味，全靠有那无数小百姓和那无数小百姓的代表的平民文学在那里打一点底子。”（第二章）在此他创造了个新的名词：“民间的白话文学”。他所谓的“民间的白话文学”，其实就是口头文学或民间文学。

“双重的文学”是胡适一贯的思想和理念。作于1922年3月3日的《五十年来中国之文学》一文，就已经提出并发挥了这一思想。继而，1925年9月29日在武昌大学的演讲《新文学运动之意义》，以澎湃的激情历数了两千年来匹夫匹妇、痴男怨女们创作的民歌、童谣、故事、戏剧。在《白话文学史》这本书里，这个思想和理念得到了最为完整和集中的体现。他说：“从此（汉高祖）以后，中国的文学便分出了两条路子：一条是那模仿的，沿袭的，没有生气的古文文学；一条是那自然的，活泼的，表现人生的白话文学。向来的文学史只认得那前一条路，不承认那后一条路。我们现在讲的活文学史，是白话文学史，正是那后一条路。”（第二章）他说“一切新文学的来源都在民间”这个思想，是他在这部书里的个人心得之见。“《国风》来自民间，《楚辞》里的《九歌》来自民间，汉魏六朝的乐府歌辞也来自民间。以后的词是起于歌妓舞女的，元曲也是起于歌妓舞女的。弹词起于街上唱鼓词的，小说起于街上说书讲史的”。他在《白话文学史》中，不仅把历代民歌置于文学的“渊泉”地位，而且花费很大篇幅论述民间文学（主要是民歌）对文人文学的影响，验证他所说的“民歌是文学的渊泉”。30年后，1958年5月4日，胡适在台北中国文艺协会八周年纪念会上发表的演说辞里再次重申这一思想：“我们中国几千年的文学史上有两个趋势，可以说是双重的演变，双重的进化，双重的文学，两条路子。一个是上层的文学，一个是下层的文学。上层文学呢？可以说是贵族文学，文人的文学，私人的文学，贵族的朝廷上的文学。大部分我们现在看起来，是毫无价值的死文学，模仿的文学，古典的文学，死了的文学，没有生气的文学，这是上层的文学。但是，同时在这一千年当中，无论哪个时代：汉朝、三国、六朝、唐朝、宋朝、元朝、明朝、清朝到现在，有一个所谓下层的文艺。下层文艺是什么呢？是老百姓的文学，是活的文艺，是用白话写的文艺，人人可以懂，人人可以说的文艺。”[①]1961年1月10日，胡适在台北中山路美军军官眷属俱乐部所作的20分钟英文演说中仍然坚持这一观点：“中国文学有史以来有两个阶层：（1）皇室、考场、宫闱中没有生命的模仿的上层文字；（2）民间的通俗文字，特别是民谣、通俗的短篇故事与伟大的小说。”“二十二个世纪的统一帝国与二十个世纪的文官考试共同维持了一个死去的文字，使它成为一个教育的工具，合法与官用的交通、与文学上——散文与诗——颇为尊重的媒介。可是许多世纪以来，普通的人民——街市与乡村的男人和妇女——他们所用仅有的一种语言，也就是他们本乡本土的语言，创造了一种活的文学，有各色各样的形式，——表达爱情与忧愁的民谣、古老的传说、街头流传的歌颂爱情、英雄事迹、社会不平、揭发罪恶等等的故事。”[②]虽然前后相距三四十年，可以见出，他的这个“双重的文学”的观点始终没有大的变化。

在这种“双重的文学”观的主导下，胡适对汉代以后的文学史上民间文学及其对文人文学影响的论述，多有精彩独到之处。对从汉到唐的乐府制度及乐府民歌的论述是其中之一。他说：“乐府”就是平民文学的“征集所”“保存馆”。他论列了如《江南可采莲》《战城南》《十五从军征》《有所思》《陌上桑》《陇西行》《东门行》《孤儿行》《上山采蘼芜》等民歌作品后，作了理论的归纳和提升，写道：“以上略举向来相传的汉代民歌，可以证明当日在

① 胡适《中国文艺复兴运动》，《胡适学术文集·新文学运动》第288页，姜义华主编，中华书局1993年。

② 胡适《四十年来的文学革命》，原载*China News*1961年1月11日；又载同日《中央日报》（台北）。此据《胡适学术文集·新文学运动》第309～310页。

士大夫的贵族文学之外还有不少的民间文学。我们现在离汉朝太远了，保存的材料又太少，没有法子可以考见当时民间文学产生的详细状况。但从这些民歌里，我们可以看出一些活的问题，真的哀怨，真的情感，自然地产生出这些活的文学。……散文的故事不容易流传，故很少被保存的。韵文的歌曲却越传越远；你改一句，他改一句，你添一个花头，他翻一个花样，越传越有趣了，越传约好听了。遂有人传写下来，遂有人收到‘乐府’里去。‘乐府’即是唐以后所谓‘教坊’。”

关于“乐府”在文学史上的作用，他也有一段精彩的论述：

“乐府”这种制度在文学史上很有关系。第一，民间歌曲因此得了写定的机会。第二，民间的文学因此有机会同文人接触，文人从此不能不受民歌的影响。第三，文人感觉民歌的可爱，有时因为音乐的关系不能不把民歌更改添減，使他协律；有时因为文学上的冲动，文人忍不住要模仿民歌，因此他们的作品便也往往带着“平民化”的趋势，因此便添了不少的白话或近于白话的诗歌。这三种关系，自汉至唐，继续存在。故民间的乐歌收在乐府里的，叫做“乐府”；而文人模仿民歌作的乐歌，也叫做“乐府”；而后来文人模仿乐府作的不能入乐的诗歌，也叫做“乐府”或“新乐府”。……汉以后的韵文的文学所以能保存一点生气，一点新生命，全靠有民间的歌曲时时供给活的体裁和新的风趣。（第一编第三章）

胡适认为，东汉中叶以后，一直到魏晋的文学，在民歌的影响下开了一个新局面。汉代民歌在几百年的时期里“规定”了中古诗歌的形式体裁：五言诗、七言诗、长短不定的诗体，都是从民间歌辞里出来的。

三、关于古代的故事诗

胡适在《白话文学史》里认为，与韵文比较而言，中国民间的散文传统发展得很晚。他虽然论述了《史记》《汉书》中的一些口语化比较明显的作品，从中可以了解当时民间的口语是什么样子，但他毕竟没有谈到真正的民间故事的记载。其实，据研究者的研究，唐及唐以后的一些志怪志小说，如李冗的《独异志》、张读的《宣室志》、牛僧儒的《玄怪录》等，魏晋以降的一些笔记小说，如刘义庆的《幽明录》、洪迈的《夷坚志》等，都收录了一些当时或前朝流传于民众中的民间故事和笑话之类的散文作品。所惜者，胡适对这些没有加以研究。

把中国的故事诗单列一章予以论述，是《白话文学史》的独特之处。他写道：

> 故事诗（Epic）在中国起来得很迟，这是世界文学史上一个很少见的现象。要解释这个现象，却也不容易。我想，也许是中国古代民族的文学确是仅有风谣与祀神歌，而没有长篇的故事诗，也许是古代本有故事诗，而因为文字的困难，不曾有记录，故不得流传于后代；所流传的仅有短篇的抒情诗。这二说之中，我却倾向于前一说。“三百篇”中如《大雅》之《生民》，如《商颂》之《玄鸟》，都是很可以作故事诗的题目，然而终于没有故事诗出来。可见古代的中国民族是一种朴实而不富于想象力的民族。他们生在温带与寒带之间，天然的供给远没有南方民族的丰厚，他们须要时时对天然奋斗，不能像热带民族那样懒洋洋地睡在棕榈树下白日见鬼，白昼做梦。所以“三百篇”里竟没有神话的遗迹。所有的一点点神话如《生民》《玄鸟》的“感生”故事，其中人物不过是祖宗与上帝而已。（《商颂》作于周时，《玄鸟》的神话似是受了姜嫄故事的影响以后仿作的。）所以我们很可以说中国古代民族没有故事诗，仅有简单的祀神歌与风谣而已。
>
> 后来中国文化的疆域渐渐扩大了，南方民族的文学渐渐变成了中国文学的一部分。试把《周南》、《召南》的诗和《楚辞》比较，我们便可以看出汝汉之间的文学和湘沅之间的文学大不相同，便可以看出疆域越往南，文学越带有神话的分子与想象的能力。我们看《离骚》里的许多神的

名字——羲和、望舒等——便可以知道南方民族曾有不少的神话。至于这些神话是否取故事诗的形式，这一层我们却无法考证了。（第六章）

胡适认为，中国统一之后，南方的文学——赋体——成了贵族文学的正统体裁。传到北方后，没有发展成故事诗，而逐渐庙堂化了。而小百姓是爱听故事又爱说故事的，他们有时歌唱恋情，有时发泄苦痛，常诉诸故事这种体裁。所以有《孤儿行》《日出东南隅》等故事诗的行世。“故事诗的精神全在于说故事：只要怎样把故事说得津津有味，娓娓动听，不管故事的内容与教训。这种条件是当日的文人阶级所不能承认的。所以纯粹故事诗的产生不在于文人阶级而在于爱听故事又爱说故事的民间。”他说，魏黄初年的左延年写了歌辞《秦女休行》，颇有故事诗的意味；此后数十年，傅玄也作了一篇《秦女休行》。两诗似是同一个故事。故而他认为，当年肯定有一个秦女休的故事流行于民间，而“这个故事的民间流行本大概是故事诗”，左延年和傅玄的《秦女休行》的材料都是大致根据这种民间的传说的。此外，这一时代还有乐府歌辞《秋胡行》，这首歌辞的本辞固然不传了，但可证当年有秋胡的故事流行于世。他由此推断，汉末建安泰始之间，应是一个产生故事诗的时代。

《孔雀东南飞》这篇古代民间最伟大的故事诗就是流传于这个时代的，被收在徐陵编纂的《玉台新咏》里。梁启超认为《孔雀东南飞》起于六朝，陆侃如认为《孔雀东南飞》受了佛教的影响。胡适对此论进行了辩驳，认为应是汉末的作品。他写道：“我以为《孔雀东南飞》的创作大概去那个故事本身的年代不远，大概在建安以后不远，约当三世纪的中叶。但我深信这篇故事诗流传在民间，经过三百多年之久（230—550）方才收在《玉台新咏》里，方才有最后的写定，其间自然经过了无数民众的减增修削，添上了不少的‘本地风光’（如‘青庐’‘龙子幡’之类），吸收了不少的无名诗人的天才与风格，终于变成一篇不朽的杰作。”“在当日实在是一篇白话的长篇民歌，质朴之中，夹着不少土气。”（第一编第六章）

如果说，胡适在民歌的论述上，在故事诗的梳理和论述上，不乏精辟之论，那么，在中国故事诗（叙事诗）不丰富的原因的分析上，却未免立论不周、捉襟见肘。同时代人茅盾对他的这个论断提出了批评：

据胡先生的意见，则古代中国民族因“生长在温带与寒带之间，天然的供给远没有南方民族的丰厚，他们须要时时对天然奋斗，不能像热带民族那样懒洋洋地睡在棕榈树下白日见鬼，白昼做梦。所以‘三百篇’里竟没有神话的遗迹。”但是我觉得只就“三百篇”以论定中国古代民族之没有神话，证据未免薄弱了些吧？为什么呢？因为“三百篇”是孔子删定的，而孔子则不欲言鬼神。况且“时时要对天然奋斗”的北方民族也可以创造丰富的神话，例如北欧民族。……“神话是信仰的产物，而信仰又是经验的产物。人类的经验不能到处一律，而他们所见的地形与气候，也不能到处一律。有些民族早进于农业文明社会，于是他们的神话就呈现了农业社会的色彩……但是同时的山居而以游牧为生的民族，却因经验不同，故而有了极不同的神话。”（Mackenzie’s Myths of Crete and Pre-Hellenic Europe；Introduction，P.23–24）可见地形和气候只能影响到神话的色彩，却不能掩没一民族在神话时代的创造冲动。现在世界上文化程度极低的野蛮民族如南非的布须曼（Bushmen）族，只会掘掘植物的块根，打些小鸟小兽过生活，又如奥伐赫莱罗（Ovaherero）族，尚在游牧时代，他们都在热带，不必时时和天然苦斗，他们很可以懒洋洋地睡在棕榈树下白日见鬼，白昼做梦，然而他们只有绝简陋的神话。中国古代（北方）民族之曾有丰富的神话，大概是无疑的；问题是这些神话何以到战国时就好像歇灭了。“颇乏天惠，其生也勤”，不是神话消歇的原因，已经从北欧神话可得以证明；而孔子的“实用为教”，在战国时亦未有绝对的权威，则又已不像是北方神话的致命伤。所以中国北部神话之早就消歇，一定另有原因。据我个人的意见，原因有二：一为神话的历史化，二为当时社会上没有激动全民族心灵的大事件以诱引“神代诗人”的产生。[①]

① 茅盾《中国神话研究ABC》，《茅盾全集》第28卷第182～183页，人民文学出版社1993年。

茅盾的辩驳，着眼点在古代中国北方是否有丰富的神话和北方民众是否富于幻想的问题上，当然，他提出了一个令人思考的大问题，即在神话产生的那个时代，没有足以激动全民族和诱引“神代诗人”产生的大事件发生，使得北方的神话过早地歇灭。但他几乎没有正面回答胡适提出的中国民间的故事诗（叙事诗）何以不发达以及中国上古神话是否采取故事诗的形式等问题。

中国古代的民间故事诗流传下来的数量很少，固然是一个不争的事实，这是要进一步探讨的问题。现代的民间文学搜集者们在20世纪50～90年代这50年间在鄂西北地区和东南沿海吴语地区发现和搜集到的大量长篇民间叙事诗，也是一个不争的事实。这至少说明了，中国北方民族并不是没有叙事而只有抒情的传统，而是在古代有什么原因把民间叙事诗这种形式中断了。

四、历史演进法与古史传说的研究

顾颉刚与胡适来往甚密，受胡适的影响很大。由顾颉刚发难的“古史辨”大讨论中，胡适从一开始就与顾颉刚有书信来往讨论古史和古书真伪问题，支持顾颉刚的观点。顾颉刚在《我是怎样编写〈古史辨〉的？》一文中写道：“当‘五四’运动之后，人们对于一切旧事物都持了怀疑态度，要求批判接受，我和胡适、钱玄同等经常讨论如何审理古史和古书中的真伪问题……从姚际恒牵引到崔东壁，我们怀疑古史和古书中的问题又多起来了。在崔氏信经而重新审查了传、记里的资料的基础上，我们进一步连经书本身也要走着姚际恒的路子，去分析它的可信程度。这就是《古史辨》的产生过程。”他们都认为所谓古史，都是不可信的，那些古史传说都是神话。在顾颉刚编的《古史辨》第一册的上编中所收录的，就是他在《读书杂志》发表辩论文章《与钱玄同先生论古史书》之前与胡适和钱玄同就疑古辨伪问题的来往信札。胡适有一句名言：“宁疑古而失之，不可信古而失之。”后来，胡适的“疑古”立场发生了变化。1929年他任上海公学校长时，顾颉刚脱离中山大学到上海去看他，胡对顾说：“现在我的思想变了，我不疑古了，要信古了！”胡适在回北大后，曾写了一篇《说儒》，受到郭沫若的“痛驳”。[①]这是一段历史的公案。

顾颉刚的著名古史辨伪论文《与钱玄同先生论古史书》，就是在胡适主办的《努力》增刊《读书杂志》第9期（1923年5月6日）上发表的。文章发表后，胡适于次年即1924年2月22日出版的《读书杂志》第18期上发表《古史讨论的读后感》，高度评价了顾颉刚等人的讨论文章，认为是“《努力》出世以来最有永久价值的文章”。他对顾颉刚的“层累地造成的古史”观用于古史传说研究发挥了自己的见解，说：

> 顾先生的这个见解（指“层累地造成的古史”），我想叫他做“剥皮主义”。……这种见解重在每一种传说的“经历”与演进。这是用历史演进的见解来观察历史上的传说。这是顾先生这一次讨论古史的根本见解，也就是他的根本方法。……他的方法可以总括成下列的方式：
>
> （1）把每一件史事的种种传说，依先后出现的次序，排列起来。
>
> （2）研究这件史事在每一个时代有什么样子的传说。
>
> （3）研究这件史事的渐渐演进，由简单变为复杂，由陋野变为雅驯，由地方的（局部的）变为全国的，由神变为人，由神话变为史事，由寓言变为事实。
>
> (4）遇可能时，解释每一次演变的原因。
>
> 他举的例是“禹的演进史”。……顾先生的主要观点在于研究传说的经历。……其实古史上的故事没有一件不曾经过这样的演进，也没有一件不可用这个历史演进的（Revolutionary）方法去研究。尧、舜、禹的故事，黄帝神农、庖牺的故事，汤的故事，伊尹的故事，后稷的故事，文王的故事，太公的故事，周公的故事，都可以做这个方法的实验品。[②]

---

① 见顾颉刚《我是怎样编写〈古史辨〉的？》，《古史辨》第1册第9～13页，上海古籍出版社1982年。

② 胡适《古史讨论的读后感》，《胡适文存》二集卷一，第153～157页，上海：亚东图书馆1931年版；又见《古史辨》第1册第192～194页，上海古籍出版社1982年。

胡适首肯和推崇顾颉刚在“层累地造成的古史”观下创立的研究古史传说的方法，并把它归纳为“历史演进法”。胡适并指出这种方法“在于研究传说的经历”；“重”在每一种传说的“经历与演进”，即“凡是一件史事，应看他最先是怎样，以后逐步逐步地变迁是怎样”。他所以如此肯定和推崇历史演进法，在于他看到古史上的故事没有一件不曾经过这样的演进，如尧、舜、禹的故事，黄帝、神农、庖牺的故事，等等，故他认为，演进是古史传说变迁的一个普遍现象或规律。应该说，胡适的这番论述，既是对顾颉刚提出的研究方法的首肯，也是对他提出的研究方法的一个补充。

五年后，杨宽对胡适的古史传说演进的方法提出了商榷。他写道：

> 胡适尝分别考辨古史传说演变之方法为四步骤：
>
> （1）将每一事之种种传说，依先后出现次第排比。
>
> （2）研究此一事在每一时代有如何之传说。
>
> （3）探索此一事渐次演变之迹象。
>
> （4）遇可能时，解释其每次演变之原因。
>
> 其方法偏重时间性之探讨而略于地方性之注意，尤为未达一间！胡氏又尝分析古史传说之来源与演变之程序：
>
> （1）由简单变为复杂。
>
> （2）由地方的变为全国的。
>
> （3）由神话变为史实，由陋野变雅驯。
>
> （4）由寓言变为事实。
>
> 就中古史传说以神话变为史实一例最为普遍，古史传说之初相几无非为神话也。[①]

杨宽认为胡适提倡的古史传说方法，偏重于时间性之考察，而忽略地方性

① 杨宽《中国上古史导论》，《古史辨》第7册（上）第107～108页，上海古籍出版社1982年。

的考察，故而是片面的。他则主张古史传说—神话演变的“分化与融合说”，即：“中国古史传说酝酿与写定，在商周之世，盖无非东西二系神话之分化与融合而成。”

五、滚雪球与箭垛式

在为俞平伯点校的《三侠五义》写的序言里，胡适通过对包拯这个人物形象的历史演变，论述了所谓“箭垛式的人物”和传说演变规律的问题。他写道：

> 历史上有许多有福之人。一个是黄帝，一个是周公，一个是包龙图。上古有许多重要的发明，后人不知道是谁发明的，只好都归到黄帝的身上，于是黄帝成了上古的大圣人。中古有许多制作，后人也不知道是谁创始的，也就都归到周公的身上，于是周公成了中古的大圣人，忙的不得了，忙的他“一沐三握发，一饭三吐哺！”
>
> 这种有福的人物，我曾替他们取个名字，叫做“箭垛式的人物”；就如同小说上的诸葛亮借箭时用的草人一样，本来只是一札干草，身上刺猬也似的插着许多箭，不但不伤皮肉，反可以立大功，得大名。
>
> 包龙图——包拯——也是一个箭垛式的人物。古来有许多精巧的折狱故事，或载在史书，或流传民间，一般人不知道他们的来历，这些故事遂容易堆在一两个人的身上。在这些侦探式的清官之中，民间的传说不知怎样选出了宋朝的包拯来做一个箭垛，把许多折狱的奇案都射在他身上。包龙图遂成了中国的歇洛克福尔摩斯了。①

早在《古史讨论的读后感》中，胡适就曾把顾颉刚的“层累地造成的古

---

① 胡适《〈三侠五义〉序》，《胡适文存》三集卷六第661页，上海：亚东图书馆1931年三版。

史”观概括为“历史的演进法”，并说：“古史上的故事没有一件不曾经过这样的演进，也没有一件不可用这个历史演进的（Revolutionary）方法去研究。尧、舜、禹的故事，黄帝、神农、庖牺的故事，汤的故事，伊尹的故事，后稷的故事，文王的故事，太公的故事，周公的故事，都可以做这个方法的实验品。”“箭垛式的人物”这个名词或概念的提出，显然与他早先提出的“历史的演进”法有着渊源关系，既适用于古史传说，又适用于人物传说。胡适把宋代以来九百年间，特别是元明两朝时期的包公传说的来龙去脉作了历史的钩沉，厘清了传说演变的线索，并对不同时代民间流传的故事和文人笔下（主要是杂剧和小说中）的故事里所包含的情节元素进行了比较研究，找出哪些元素属于包公传说的核心——“母题”，哪些元素是在不同历史条件下被附会上去的或新创作的，他不但发现了包公传说在宋元之间就已在民间盛行，也发现了这个人物传说是民众按照自己的愿望把种种折狱的奇闻和材料加诸他的身上，于是包公就成了一个“箭垛式的人物”。就包公这一形象的演变而言，他从诸多的记载中发现：“《宋史》本传记载他的爱民善政很多，大概他当日所以深得民心，也正是因为这个缘故。不过后世传说，注重他的刚毅峭直处，遂埋没了他的敦厚处了。”[①]从刚毅到敦厚，是由无数个细节的累积和叠压而成的，既闪现着脚步匆匆的历史的留影，又浸染着生活于社会下层的民众的愿望。“箭垛式的人物”不失为中国学者原创的传说论学说。

到明清间杂记体小说《包公案》（又名《龙图公案》）问世，在《桑林镇》一节中记述了包公断太后的事，从而牵出了李宸妃的传说。从元代起就流传于民间的李宸妃的传说，成为包公传说的一个重要构成情节。胡适说：“李宸妃一案也堆到包拯身上去了。”（第669页）包公传说的“粘连”和“堆积”越来越丰富，作为传说中次要人物的李宸妃本身，因而自然进入了胡适的传说研究的视野。李宸妃的传说之外，“五鼠闹东京的神话”也粘连进了包公传说，而且五鼠后来成为五个义士，玉猫后来成为御猫展昭。胡适说，“这又

---

① 胡适《〈三侠五义〉序》，《胡适文存》三集卷六第663页，上海：亚东图书馆1931年三版。

可见传说的变迁与神话的人化了”。（第669～670页）

宋仁宗生母李宸妃的故事，在当时是一个大案，后世演变成一大传说，又渐而由传说演为杂剧和小说，到清代，又把“狸猫换太子”的故事情节也粘连进来，成为连台几十本的大戏。故胡适认为，李宸妃传说的演变，也颇有研究的价值。他以洞幽触微的观察力捕捉李宸妃故事中的若干因素，从中追索这个故事所以能流行和传播的原因。他指出：“前条说民人繁用迎着张茂实的马首喊叫，后条说民间传说诛冷青时京师昏雾四塞。这都可见当时民间对于刘后的不满意，对于被她冤屈的人的不平。这种心理的反感便是李宸妃故事一类的传说所以流行而传播久远的原因。……李宸妃的一案，事实分明，沉冤至二十年之久，宸妃终身不敢认儿子，仁宗二十三年不知生母为谁，及至昭雪之时，皇帝下诏自责，闹到开棺改葬，震动全国的耳目：——这样的大案子自然最容易流传，最容易变成街谈巷议的资料，最容易添枝加叶，以讹传讹，渐渐地失掉本来的面目，渐渐地神话化。”[①]他认为，到小说《三侠五义》里的“狸猫换太子”故事，“是把元明两种故事参合起来，调和折中，组成一种新传说，遂成为李宸妃故事的定本。……这个故事有两种很不同的传说，不像是同出一源逐渐变成的，乃是两种独立的传说。”（第681页）

胡适从包公传说、李宸妃传说的研究中得出了下列有关传说这种体裁的结论：

我们看这一个故事在九百年中变迁沿革的历史，可以得一个很好的教训。传说的生长，就同滚雪球一样，越滚越大，最初只有一个简单的故事作个中心的“母题”（Motif），你添一枝，他添一叶，便像个样子了。后来经过众口的传说，经过平话家的敷衍，经过戏曲家的剪裁结构，经过小说家的修饰，这个故事便一天一天的改变面目：内容更丰富了，情节更精细圆满了，曲折更多了，人物更有生气了。……这个故事不过是传说

① 胡适《〈三侠五义〉序》，《胡适文存》三集卷六第676页，上海：亚东图书馆1931年三版。

生长史的一个有趣味的实例。此事虽小，可以喻大。包公身上堆着许多有主名或无主名的奇案，正如黄帝、周公身上堆着许多大发明大制作一样。李宸妃故事的变迁沿革也就同尧、舜、桀、纣等等古史传说的变迁沿革一样，也就同井田禅让等等古史传说的变迁沿革一样。①

写于1925年3月15日的这个结论，包括了他的关于传说的构成与演变的两个思想："箭垛式的人物"和"滚雪球"式的传流与传播方式。他的这个表述与他于1923年2月25日提出的"历史演变"说是一致的，但比先前的表述更完善了。胡适在传说故事方面还做过一些其他的研究与阐述，如关于井田制与禅让传说的研究，曾导致了他的"历史演变"说的形成，恕不赘述了。

六、《〈歌谣〉复刊词》——新的纲领

北大歌谣研究会停止活动、《歌谣周刊》停刊十年后，胡适受命于1936年4月将歌谣研究会复会，《歌谣周刊》同时复刊。

《歌谣周刊》作为北大歌谣研究会的机关刊物，自1922年12月17日创刊到1925年6月28日停刊，共出版了97期，外加一期校庆纪念增刊。《歌谣周刊》停刊后，将歌谣研究会的歌谣征集与研究文章，归并到了《北京大学研究所国学门周刊》。但在其影响上，后者与前者是无法相提并论的。由于时局等原因，歌谣研究会的一班朋友们转移到了各地，歌谣研究会也停顿了。《歌谣周刊》一停就是十年。1935年北大文科研究所决定恢复歌谣研究会，聘请周作人、魏建功、罗常培、顾颉刚、常惠、胡适为歌谣研究会为委员。1936年4月4日，《歌谣》在胡适的主持下复刊。

胡适为《歌谣》的复刊写了复刊词。《复刊词》说：

---

① 胡适《〈三侠五义〉序》，《胡适文存》三集卷六第685～686页，上海：亚东图书馆1931年三版。

我以为歌谣的收集与保存，最大的目的是要替中国文学扩大范围，增添范本。我当然不看轻歌谣在民俗学和方言研究上的重要，但我总觉得这个文学的用途是最大的，最根本的。诗三百篇的结果，最伟大最永久的影响当然是他们在中国文学上的影响，虽然我们至今还可以用他们作古代社会史料。我们的韵文史上，一切新的花样都是从民间来的。三百篇中的国风《二南》和《小雅》中的一部分，是从民间来的歌唱。《楚辞》中的《九歌》也是从民间来的。汉魏六朝的《乐府》歌辞都是从民间来的。这些都是文学史上划分时代的文学范本。我们今日的新文学，特别是新诗，也需要一些新的范本。中国新诗的范本，有两个来源：一个是外国的文学，一个是我们自己的民间歌唱。二十年来的新诗运动，似乎是太偏重了前者而太忽略了后者。其实在这个时候，能读外国诗的人实在太少了，翻译外国诗的工作只算得刚开始，大部分作新诗的人至多只能说是全凭一点天才，在黑暗中自己摸索一点道路，差不多没有什么伟大的作品可以供他们参考取法。我们综观这二十年的新诗，不能不感觉他们的技术上，音节上，甚至于在语言上，都显出很大的缺陷。我们深信，民间歌唱的最优美的作品往往有很灵巧的技术，很美丽的音节，很流利漂亮的语言，可以供今日新诗人的学习师法。……所以我们现在做这种整理流传歌谣的事业，为的是要给中国新文学开辟一块新的园地。这园地里，地面上到处是玲珑圆润的小宝石，地底下还蕴藏着无穷尽的宝矿。聪明的园丁可以徘徊赏玩；勤苦的园丁可以掘下去，越掘得深时，他的发现越多，他的报酬也越大。①

这是胡适的民间文学观的宣言，也是他所领导的民间文学时期的新的纲领。胡适强调的是："歌谣的收集与保存，最大的目的是要替中国文学扩大范围，增添范本。"这与十四年前周作人为《歌谣周刊》创刊写的那份《发刊

---

① 《〈歌谣〉复刊词》，《歌谣》第2卷第1期，北大研究院文科研究所歌谣研究会编，1936年4月4日。

词》相比，已是物是人非，不可同日而语了。也与1928年3月他的学生顾颉刚为广州中山大学语言历史研究所民俗学会主办的《民俗周刊》写的《发刊词》大相径庭，并形成南北对峙之势。胡适再次以歌谣研究文学派的旗帜出现于文坛上。

《歌谣》复刊一年后，1937年3月25日，他又发表了一篇《全国歌谣调查的建议》，写这篇文章的意图，在继续推动北京大学的、以至全国的歌谣收集与研究。这篇以建议的形式发表的文章，表现了胡适对中国歌谣的深知和报负。他写道：

> 我在这里说的“调查”，不仅是零星的收集，乃是像“地质调查”“生物调查”“土壤调查”“方言调查”那样的有计划有系统的调查。全国歌谣调查的目的是要知道全国的各省各县流行的是些什么样子的歌谣。我们要知道全国共总有多少歌谣分布在各省各县的情形，——正如同我们要知道各种植物或各种矿物如何分布在各省各县一样；正如同我们要知道“黄土区域”或“吴语区域”起于何省何地迄于何省何地一样。
>
> 试举例子来说明。我们知道唐朝以来的七言绝句体最初是从民间的歌谣来的。从现在已收集的歌谣看来，我们可以知道这个七言绝句体（四句，每句七字，第一第二第四句押韵）至今还是西南各省民歌的最普遍体裁。西南各省之外，如武夷山的采茶歌，如吴歌，也都保存这个七言绝句体裁。吴歌虽然已有自由添字的倾向，有时一句可以拉长到十六七个字，然而山歌的组织和节奏都还是用七言绝句体做基本的。所以我可以说：四川，云南，贵州，广西，广东，福建的武夷山，苏州的歌谣的最普遍形式是七言四句的“山歌”体裁。这个七言四句的“山歌”体就是中国歌谣的一个大“种类”(Species)，就像植物里的稻，麦，或矿物里的煤，铁，或方言里的“吴语”，“客话”一样。因为没有一个总调查，所以我们现在还不能知道究竟这一个大种类——“山歌体”——分布流行的区域有多么大；究竟北边到什么地方，西边到什么地方；究竟湖南江西的若干地方在这山歌区域之内；究竟福建除武夷山的采茶歌之外还有多少地方也

在这山歌区域内；究竟这个山歌区域是否可以说是“从四川沿西南东南各省到苏州而始变成自由添字的吴歌”。歌谣调查的一个结果是要帮助我们用精确的统计图表来解答这些问题。

再举一个例子。三百年前，冯梦龙印行了一部《山歌》（有顾颉刚、朱瑞轩两先生的校点排印本），后面附了一卷《桐城时兴歌》。这种“桐城时兴歌”的特别色彩是他们的七言五句体，第一、二、四、五句押韵，例如：

新生月儿似银钩，
钩住嫦娥在里头。
嫦娥也被勾住了，
不愁冤家不上钩；
团圆日子在后头。

很明显的，这是七言四句的山歌体的变体，加上一句押韵的第五句，往往这最后一句是全首里最精彩的部分。这个变体，在歌谣里就好像生物学上的“变种”，我们可以叫他做“桐城歌体”。奇怪的很，如果我们检查北京大学所藏的各地歌谣，我们就可以知道台静农先生所收集的几百首“淮南民歌”，通行在安徽的西北部，完全是这种七言五句体；曾广西先生所收集的几百首“豫南民歌”——从豫南带到南京的句容县的，——也完全是这种七言五句体。于是我们才知道这种“桐城歌体”，在三百年中，已经流传很广了，北边到豫南，南边到句容县。最近储皖峰先生到皖南的休宁县，在一个安庆工人的嘴里记录出了420首歌谣，也都是这种“桐城歌体”！于是我们又知道这种三百年前“时兴”的变体已被劳农的移动带到徽州山中去了。如果我们有歌谣调查，我们就可以精确的知道这种七言五句的“桐城歌体”的区域究竟有多么大了。[①]

胡适不失是个极有学问和思想的学者，在他执掌北大歌谣研究会的领导权

① 胡适《全国歌谣调查的建议》，《歌谣周刊》第3卷第1期，1937年4月3日。

期间，为了推动歌谣的收集和研究工作而提出的全国歌谣调查的建议书，虽然是从纯文艺学的立场出发，以摸清各地歌谣的“歌体”的种类和结构为目的，但他根据以往北大所收藏的歌谣资料而归纳和总结出来的七言四句体及其变体七言五句体——他命名为“桐城歌体”，虽然还缺乏更广泛的地区的歌谣资料的支持，但已经给他解决中国历史上的诗体的形成找到了某些根据。他希望通过他的建议书能在全国开展一次范围广泛的调查，从而解决中国诗体这个中国诗学上的难题。他的这番言论，显然与此前刚刚落潮的中山大学民俗学会的学者们的立场迥然有别，而是仍然坚持北大歌谣研究会初创时期的文学派朋友们的文艺学立场。

胡适希望在他的建议实施之前，先根据北大据有的资料绘制一份初步的“全国歌谣分布区域图”，有了这份歌谣分布的初步地图，就可以大体知道哪些地区的收集工作还不曾进行，或不曾努力，从而有计划地使用力量，争取在二三十年内完成全国的歌谣调查。到了那时，就可以绘制出更精密的“全国歌谣分布流传区域图”了。这当然是一个高瞻远瞩、令人兴奋的调查计划，如果从那时起，这个计划能够付诸实施，那么，现在我们的歌谣学就已经建立在十分扎实的基础上了。可惜，由于种种原因，他的计划没有能够付诸实施，更没有得以实现，至今我国民间文学界对我国各地的歌谣还是若明若暗，不甚了了，更谈不上对歌谣诗学的研究了。

2005年11月11日

发表于《西北民族研究》2007年第2期，原题《胡适的民间文学理论与实践》

茅盾的神话研究及其他

茅盾（1896—1981），本名沈德鸿，字雁冰，笔名亦用玄珠、方璧。著名现代作家和社会活动家，也是中国现代神话学的开拓者之一。是1920年11月在北京成立的中国现代文学史上的文学社团“文学研究会”的发起人之一。在小说创作和文艺评论写作之外，他在20世纪20年代，接受了英国人类学派神话学的一些理念和观点，在神话研究上做出了突出成就。他的第一篇神话研究论文《中国神话研究》发表于1925年1月出版的《小说月报》上。此后，陆续出版了《中国神话研究ABC》（署名玄珠，上海：ABC书社1929年）、《神话杂论》（署名茅盾，上海：世界书局1929年）、《北欧神话ABC》（署名方璧，上海：世界书局1930年）等神话研究著作，为中国神话学的理论体系的建构奠定了基础。抗战时期他提出了民间文学是民族的“深土”的产物，论述了民间文学中“没有悲观与颓废”（暗合了高尔基的“民间文学是与悲观主义绝缘的”之论），是文学创作之源。新中国建立后，作为中国文学工作者协会主席和《人民文学》主编，继续倡导关注民间文学，把“采辑吴歌或粤讴”列为《人民文学》的内容之一。

一、神话研究的历程

茅盾作为“五四”新文学战线上的重要作家和先锋战士，主要从事小说创作和文艺评论，他从事神话的研究，是业余的，而且主要在20世纪20年代末到30年代初的青年时代。他在正式着手研究神话之前，对神话研究有过相当充分的准备。幼年时，在父母的熏陶下，爱看《西游记》《三国演义》等“闲书”“禁书”，酷爱文学 。1916年到上海商务印书馆编译所工作，该所图书馆的英文藏书十分丰富，这就给青年茅盾打开了一个新的领域。在新思潮的冲击下，他和当时先进的知识分子一样，迫切感觉到中国封建主义的崩溃是不可逆转的；而继之而起的东西则只能到外国去找，必须向西方寻求真理。因此，他如饥似渴地从欧洲各种书报中汲取外国传来的各种新知识、新思想。其中，欧洲的神话及其理论特别引起他的兴趣。他在晚年写的回忆录中写道：“在当时，大家有这样的想法：既要借鉴于西洋，就必须穷本溯源，不能尝一脔而辄止。我从前治中国文学，就曾穷本溯源一番过来，现在既把线装书束之高阁了，转而借鉴于欧洲，自当从希腊、罗马开始，横贯19世纪，直到‘世纪末’。……因而也给我一个机会对19世纪以前的欧洲文学作一番系统的研究。这就是我当时从事于希腊神话、北欧神话之研究的原因。”①

这个时期，他阅读了大量希腊、罗马、印度、古埃及、北欧以及19世纪时尚处于半开化状态的民族（诸如北美印第安、非洲、澳洲、新几内亚、南太平洋诸岛）的神话传说、外国民族志、风土志、旅行游记等，广泛涉猎了19世纪后期欧洲人类学派神话学者的著作，对欧洲的神话理论和神话学史有一定的了解。从1918年开始，他先后编写过十多种童话、寓言故事等。1921年，茅盾在《近代文学体系研究》一文中，对文学的起源、文学与原始宗教的关系、神话是短篇小说的开端等问题，发表了自己的见解。后一观点，即神话是短篇小说的开端，在中国文学史和小说史上实属首见。②他对文学（包括神话）起源的解释，强调原人冥想的作用，显然是受到英国人类学派神话学家爱德华·泰勒（Tylor，E.B，1832—1917）理论的影响。1923年，茅盾在上海大学英国文学

① 茅盾《商务印书馆编译所》，《新文学史料》1979年第2期第53页，北京；又见《茅盾全集》第34卷第150页，人民文学出版社1997年，北京。

② 最早提出这种观点的是日本汉学家盐谷温所撰《中国文学概论讲话》（孙俍工译，1929年）。

系讲授希腊神话。这期间，他还在《小说月报》上著文介绍过捷克、波兰、爱尔兰等民族的神话。他在商务印书馆编译所作编辑，还校注了多含神话的《淮南子》《庄子》《楚辞》等多种古籍，并分别撰写了序言，显示了青年茅盾在古典文献和神话研究上的深厚的学养。

茅盾于1925年1月10日出版的《小说月报》第16卷第1号上发表了所撰《中国神话的研究》（署名沈雁冰）。这篇写于1924年12月11日的文章，是他研究中国神话的第一篇长文，也是他运用欧洲人类学派的神话理论以阐释中国神话问题的首次尝试。他在论述中国神话之前，先援引了安德鲁·兰（Andrew Lang，1844—1912）和麦根西（A. Mackenzie，通译麦肯齐）的主要观点，作为他论述中国神话的理论根据。他写道：

> 神话是什么？这不是一句话就可以说明白的。如果我们一定要一个简单的定义，则我们可以说：神话是一种流行于上古时代的民间故事，所叙述的是超乎人类能力以上的神们的行事，虽然荒唐无稽，可是古代人民互相传述，却确信以为是真的。
>
> 神话是怎样发生的呢？这也有多种说法。已死的解释，我们不必去提及，单讲还活着的解释；安德鲁·兰以为神话是原始人民信仰及生活的反映。他说原人的思想有可举之特点六：（1）为万物皆有生命思想情绪，与人类一般，（2）为呼风唤雨和变形的魔术的迷信，（3）为相信死后灵魂有知，与生前无二，（4）为相信鬼可附于有生的或无生的各物，而灵魂常可脱离躯壳而变为鸟或其他兽以行其事，（5）为相信人类本可不死，所以死者乃是受了仇人的暗算（此思想大概只有少数原始民族始有之），（6）为好奇心。原人见自然界现象以及生死梦睡等事都觉得奇怪，渴要求一个解释，而他们的智识不足以得合理的解释，则根据他们的蒙昧思想——就是上述六种——造一个故事来解释，以自满足其好奇心。麦根西也说，神话是信仰的产物，而信仰又为经验的产物。他们又是自然现象之绘画的记录。人类的经验并不是各处一律的，他们所见的世界的形状以及气候，也不是一律的。有些民族，是在农业生活的基础上得进于文

明的，于是他们的信仰遂受了农业上经验的影响，而他们的神话亦呈现农业的特色。……

故据上述兰氏和麦根西氏之说，我们知道各民族在原始期的思想信仰大致相同，所以他们的神话都有相同处（例如关于天地开辟的神话，日月以及变形的神话等等），但又以民族因环境不同而各自有其不同的生活经验，所以他们的神话又复同中有异。观于一民族所处的环境以及他们有过的生活经验，我们可以猜到他们的神话的主要面目。[①]

茅盾在引用了上面安德鲁·兰和麦根西有关神话的界说和基本观点之后，直截了当地说："我们根据这一点基本观念，然后来讨论中国神话，便有了一个范围，立了一个标准。"可见他是把人类学派神话学的基本观点当作他的神话研究的原则和方法来对待的，足见其重视。他根据兰氏的原则，理出来研究中国神话的"三层手续"（即三条原则）：

第一，区别原始神话与神仙故事。中国神话不但一向没有聚成专书，散见于古籍中的，也非常复杂零碎，而且许多古书涉及的神仙故事，大半不能"视作中华民族的原始信仰与生活状况的反映"。他说："应用兰氏对于神话的见解，以分别我们所有的神仙故事何者为我们民族的原始信仰与生活状况的反映，何者为后代方士迎合当时求神仙的君主的意志而造的谰言。"

第二，区别哪些是外来的神话。他说："自汉以来，中国与西域交通频繁，西方的艺术渐渐流入中华，料想那边的神话也有许多带过来而为好奇的文人所引用；于此，我们也应根据'生活经验不同则神话各异'的原则，以分别何者为外来的神话。"

第三，区别哪些是佛教的影响。"佛教流入中国而且极发达后，一方面自然也带来了一点印度神话（幽冥世界的神话等等），可是一方面中国固有的神话大概也受了佛教思想的影响而稍改其本来面目，犹之基督教化了北欧的神一

① 茅盾《中国神话研究》，原发表于《小说月报》第16卷第1号（1925年1月10日）；见《茅盾全集》第28卷第1～2页，北京：人民文学出版社1993年。曾先后收入《神话杂论》（上海：世界书局1929年）和《神话研究》（天津：百花文艺出版社1981年）。

样；于此，我们又应当找出他改变的痕迹，以求得未改变时的原样。”

他说，如果按照这三条原则来研究中国神话资料，把那些冒牌的货色开除之后，就可以视为表现中华民族的原始信仰与生活状况的神话。他把经过区分之后的中国神话归为六类：

（1）天地开辟的神话——盘古氏开天辟地，以及女娲氏炼石补天等等。

（2）日月风雨及其他自然现象的神话——羲和驭日，以及羿妻奔月等等。

（3）万物来源的神话——中国神话里这一类颇少，唯有中华民族的特惠物的蚕，还传下一段完全的神话；其余的即有亦多零碎，不能与希腊神话里关于蛙、蜘蛛、桂、回声，或者北欧神话里关于亚麻、盐等物来源的故事相比拟。

（4）记述神——或民族英雄武功的神话，如黄帝征蚩尤，颛顼伐共工等等。

（5）幽冥世界的神话——此类神话，较古的书籍里很少见；后代的书里却很多，大概已经道教化或佛教化。

（6）人物变形的神话——此类独多，且后代亦时与新作增加。①

经过这一番梳理，去伪存真——当然是以兰氏和麦根西氏的人类学派的是否反映了原始信仰和生活状态为准则，茅盾神话体系中的中国神话宝库，最终只剩下了上面所说的六类。因此，可以说，1925年1月茅盾发表的平生第一篇神话研究文章，虽然是初涉这一领域，但其在中国现代神话学史上的开拓性却是自不待言的。

1925年5月30日，上海发生了震惊中外的“五卅”惨案。这一年，茅盾把主要时间和精力投入了政治斗争之中，文学活动只得抽空做一些。他在晚年写的回忆录里说：“这一年，除了继续在《文学周报》（按：《文学周刊》从171期起改名为《文学周报》，单独发行）和《小说月报》上发表一些文学

① 茅盾《中国神话研究》，《茅盾全集》第28卷第4～5页。

评论和杂文外，有如下三件事值得一提：一是介绍北欧神话和希腊神话，在商务印书馆出版的《儿童世界》上连载；这是我研究和介绍外国神话的开端。二是试写了一些散文，发表在《文学周报》上。在这之前，我只写评论文章和翻译，没有写过散文，‘五卅’惨案使我突破了自设的禁忌，我觉得政论文已不足宣泄自己的情感和义愤。……三是写了长篇论文《论无产阶级艺术》。”①

作为“五四”新文化运动文艺战线的一名先锋战士和社会活动家、小说家、文艺批评家，他在不同的战线上参加各类活动，写各种文章，开始写文艺评论、杂文和翻译，后来开始写散文。他的神话研究完全是业余的。“五卅”惨案后，茅盾离开上海和商务印书馆，去了广州。第二年4月再次回到上海。他在一篇文章里写道：“（1926年）四月中，我回到了上海；没有职业，可是很忙。那时我的身体比现在好多了，往往奔波竟日以后，还不觉得疲倦，还想做一点自己兴味所在的事。于是我就研究中国神话。这和我白天之所忙，好像有‘天渊之隔’，可是我觉得这也是调换心力的一法。”②

大革命失败后，茅盾被列入了国民党南京政府的通缉名单，于是他不得不隐居起来，开始了长篇小说的创作。到1928年7月，又不得不亡命东京。在东京，他写了许多小说，神话学专著《中国神话研究ABC》就是这时候写成的。此书于1929年由世界书局分上下两册在上海出版，署名玄珠（1978年收入由人民文学出版社出版的《茅盾评论文集》时，易名为《中国神话研究初探》）。同年，茅盾把近几年来发表的四篇神话论文《各民族的开辟神话》《自然界的神话》《中国神话研究》《希腊神话与北欧神话》汇集出版了《神话杂论》一书，交由世界书局出版。这一年茅盾除了写过几篇介绍北欧、希腊、罗马、埃及、印度神话的文章而外，到年底，又写完了一部神话学专著《北欧神话ABC》（上下册），1930年由世界书局出版。这个时期他的这些关于神话的专著或文章，都是在国外避难时写的，而且写作时缺少必要的参考资料。此后，

---

① 茅盾《五卅运动与商务印书馆罢工》，《新文学史料》1980年第2期；又见《茅盾全集》第34卷第318页，北京：人民文学出版社1997年。

② 茅盾《几句旧话》，《创作的经验》，上海：天马书店1933年；又见《茅盾全集》第19卷第438～439页，北京：人民文学出版社1991年。

由于社会政治活动和创作的繁忙，茅盾很少再有时间从事神话的研究了。30年代，他仅写过一篇评论黄芝岗《中国的水神》的文章。

《中国神话研究初探》这部写于半个多世纪前的著作于1978年再版，他在《前言》里谈到他早年的神话研究以及他所采用的人类学派的研究方法时说："我对神话发生兴趣，在1918年。最初，阅读了有关希腊、罗马、印度、古埃及乃至19世纪尚处于半开化状态的民族的神话和传说的外文书籍。其次，又阅读了若干研究神话的书籍，这些书籍大都是19世纪后期欧洲的'神话学'者的著作。这些著作以'人类学'的观点来探讨各民族神话产生的时代（人类历史发展的某一阶段），及其产生的原因，并比较研究各民族神话之何以异中有同，同中有异，其原因何在？这一派神话学者被称为人类学派的神话学者，在当时颇为流行，而且被公认为神话学的权威。当1925年我开始研究中国神话时，使用的观点就是这种观点。直到1928我编写这本《中国神话研究初探》时仍用这个观点。当时我确实不知道马克思的《〈政治经济学批判〉导言》中有关神话何以发生及消失的一小段话……当后来知有此一段话时，我取以核查'人类学派神话学'的观点，觉得'人类学派神话学'对神话的发生与消失的解释，尚不算十分悖谬。"①

二、中国神话的演变：历史化与仙人化

茅盾在其神话研究著作中，论述了中国神话的历史化问题。神话的历史化问题，不仅是中国神话的重要问题，也是世界性（如古希腊神话）的问题，对于神话研究者来说是无法回避的。其时，由于顾颉刚的《与钱玄同先生论古史书》一文于1923年5月6日在《努力》增刊《读书杂志》上发表而引起的"古史辨"大讨论正方兴未艾，神话（古史传说）的历史化问题在学术界备受关注。

茅盾分析了中国神话历史化倾向的必然性，同时，他也指出神话与古史之

① 《茅盾评论文集·前言》（上册）第3～4页，作于1978年2月6日，人民文学出版社1978年；又见《茅盾全集》第27卷第293页，北京：人民文学出版社1996年。

间的相互作用。他写道："据我的武断的说法，中国的太古史——或说得妥当一点，我们相传的关于太古的史事，至少有大半就是中国的神话。神话的历史化，在各民族中是常见的；我们知道古代的神话学者中就有所谓历史学派。""古代的历史家把神话当作历史的影写，竟是屡见不鲜的；从而我们若设想我们古代的历史家把神话当作历史加以修改（因为历史总是人群文明渐进后的产物，那时风俗习惯及人类的思想方式已大不同于发生神话的时代，所以历史家虽认神话为最古的史事，但又觉其不合理者太多，便常加以修改），亦似乎并不是不合理的。"[①] 可见，他把历史家为了追求古史的合理性而把神话当作历史进行修改，是神话历史化的最重要的原因。盘古与女娲神话的演变过程是他论述神话历史化的一个例证：

> 盘古与女娲的故事，明明都是中国神话关于天地开辟的一部分，然而中国文人则视作历史，女娲氏竟常被视为伏羲之后的皇帝。我们要晓得，凡开辟神话中之神，只是自然力之象征——此在高等文化民族之神话为然——与此后关于日月风雨以至事物起源等神话内的神为渐近于人性者，有甚大的分别，可是中国古代史家尚以为乃古代帝皇，无怪他们把其余的神话都视为帝皇之行事了。譬如羲和这个名字，根据屈原《离骚》经的"吾令羲和弭节兮，望崦嵫而勿追"一句看来，所谓"羲和"，或竟如《书经》所说羲氏和氏是二人，乃驭日之神，与望舒之为月御（亦见《离骚》：前望舒先驱兮）相对，我们知道希腊和北欧的神话都说日神驱黄金之车巡行天宇，下民望之是为日，中国的羲和将亦类是，然而《尚书》（《史纪》因之）则以为乃尧时主四时之官；这便是把神话中的日御羲和变化为人臣，而把神话中羲和的职掌，变化为"主四时之官"。以此类推，我们竟不妨说尧时的诸官，多半是神话中的神。尧舜之治乃我国史家所认为确是历史的，但我们尚可以怀疑他是历史化的神话，然则尧舜以前，太史公所谓为"其事不雅驯"的三五之事，当然更有理由可说是神话

---

① 茅盾《中国神话研究》，《茅盾全集》第28卷第9～10页。

的历史化了。[①]

如上引文所举，茅盾认为，盘古、女娲、羲和、尧、舜这些神话中的人物，经过历史家们的多次修改，都变成了历史上的帝王。女娲被视为伏羲之后的皇帝，日神羲和成了尧时的“主四时之官”。“盘古的神话……被直截地当作历史材料，徐整收入了他的记载‘三王五帝’之事的《三五历纪》，胡宏更收进了《皇王大纪》。”“禹以前的历史简直就是历史化了的古代神话。黄帝和蚩尤的战争，也许就是中国神话上的神（黄帝）与巨人族（蚩尤）的战争。”“禹以上的历史都有疑窦，都可以说是历史化的神话。”除了这些开天辟地的神话人物之外，其他神话亦然。“‘文雅’的后代人不能满意于祖先的原始思想而又热爱此等流传于民间的故事，因而依着他们当时的流行信仰，剥落了原始的犷野的面目，给披上了绮丽的衣裳。如《山海经》里的“豹尾虎齿”的西王母，到了《穆天子传》里已成了“人王”，到《汉武内传》里“简直成为‘年可三十许’的丽人了。”[②]“我们现有的神话，几乎没有一条不是经过修改而逐渐演化成的。除了上述西王母而外，还有昆仑的神话，月亮及牵牛织女的神话，都是明显的例子。”[③]

历史化是世界上所有民族的神话都未可避免的遭遇，希腊神话如此，北

① 茅盾《中国神话研究》，《茅盾全集》第28卷第18页。

② 关于西王母神话的演进，茅盾说经历了三个时期。“演进”与“历史化”有同义的地方，似也还有差异的地方，这里不赘。他说的三个时期是：“在中国的原始神话中，西王母是半人半兽的神，‘豹尾虎齿，蓬发戴胜’，‘穴处’，‘三青鸟为西王母取食’是‘司天之厉及五残’即是一位凶神。到了战国，已经有些演化了，所以《淮南子》公然说‘羿请不死之药于西王母’，而假定可说是战国时人所作的《穆天子传》也就不说西王母的异相而能与穆王歌谣和答了。我们从《淮南子》的一句‘不死之药’，可以想见西王母的演化到汉初已是从凶神（司天之厉及五残）而变为‘有不死之药’的吉神及仙人了。这可说是第一期的演化。于是从‘不死之药’上化出‘桃’来；据《汉武故事》的叙述，大概当时颇有以西王母的桃子代表了次等的不死之药的意义，所以说西王母拒绝了武帝请求不死之药，却给他‘三千年一着子’的桃子。这可算是第二期的演化。及至魏晋间，就把西王母完全铺张成为群仙的领袖，并且是‘年可三十许’的丽人，又在三青鸟之外，生出了董双成等一班侍女来。这是西王母神话的最后演化。西王母神话的修改增饰，至此已告完成，然而也就完全剥落了中国原始神话的气味而成为道教的传说了。”（《茅盾全集》第28卷第211～212页）

③ 茅盾《中国神话研究ABC》，《茅盾全集》第28卷第212～216页。

欧神话如此，中国神话亦如此。茅盾说，神话的历史化是历史的必然。但他并没有将神话的历史化进程一概否定，而是指出，神话的历史化有功也有过。神话毕竟是靠文学家和历史家们的著作而得以保存下来并传到我们手中的，而且“中国的文学家开始采用神话的时候，大部分的神话早已完全历史化了”。[①]他写道：“神话的历史化，固然也保存了相当的神话；但神话的历史化太早，便容易使得神话僵死。中国北部的神话，大概在商周之交已经历史化得很完备，神话的色彩大半退落，只剩了《生民》《玄鸟》的‘感生’故事。至于诱引‘神代诗人’产生的大事件，在武王伐纣以后，便似乎没有。穆王西征，一定是当时激动全民族心灵的大事件，所以后来就有了‘神话’的《穆天子传》。自武王以至平王东迁，中国北方人民过的是‘散文’的生活。不是‘史诗’的生活，民间流传的原始时代的神话得不到新刺激以为光大之资，结果自然是渐就僵死。到了春秋战国，社会生活已经是写实主义的，离神话时代太远了，而当时的战乱，又迫人‘重实际而黜玄想’，以此北方诸子争鸣，而皆不言及神话。然而被历史化了的一部分神话，到底还保存着。直到西汉儒术大盛以后，民间的口头的神话之和古史有关者，尚被文人采录了去，成为现在我们所见的关于女娲氏及蚩尤的神话的断片了。”[②]如果将他的这段话加以概括，他的意思是：一方面，神话过早地历史化，容易使神话僵死；另一方面，神话的历史化又保存了一部分神话，尽管失去了原来的完整性，但毕竟能使后人接受其中的一部分而免于全部湮灭于历史的烟尘中。

需要着重强调的是：茅盾在神话的历史化这个命题之下，除了具体地梳理了一些神话被历史化的过程外，还提出并阐发了属于自己的见解，即：一方面分析了盘古开天辟地神话的历史化过程，并论证了中国开辟神话属于兰氏理论中的第二种模式，即“创造天地与万物的是神或超人的巨人，且谓万物乃依次渐渐造成”，与希腊和北欧相似，是“后来有伟大文化的民族的神话”；另一方面，他以希腊神话的体系为模本，力图把两个各自独立的盘古开天辟地神话

① 茅盾《中国神话研究ABC》，《茅盾全集》第28卷第214页。

② 茅盾《中国神话研究ABC》，《茅盾全集》第28卷第183～184页。

与女娲造人补天神话连接起来，把两者之间的缺环填补起来，特别是批评了补《史记》的《三皇本纪》对女娲神话的修改（“把女娲补天作为共工氏折断天柱以后的事……修改得太坏了”），从而将其整合统一为比较完整的中国创世神话：“把这两段话合起来，便是开天辟地的神话。”[①]在这两个问题的论述上，此前和后来的神话研究者，都鲜有人论及，故应视为茅盾在中国神话研究上的独到见解。

茅盾认为，神话的演变，历史化是普遍的，中外神话概莫能外，但在中国神话遭遇历史化之外，则还有另一个方面，即“道化”或“仙化”。这是因为自战国末燕齐之地的方士蜂起，把神话拿来为我所用，并加以修改所致。西王母的演变过程，就显示着神话“道化”或“仙化”的色彩。在论述《山海经》的《海内外经》的著作年代时，他作如是观：“《淮南》本是杂采群书之作，可以不论；然言昆仑及西王母，则《淮南》已谓‘羿请不死之药于西王母’，已经将《山海经》的‘是司天之厉及五残’的西王母来‘仙人化’了。这分明证实汉初已将西王母修改成合于方士辈的神仙之谭。原来言神仙之事，始于战国末的燕齐方士，至秦始皇统一天下前后而盛极一时，所以西王母的‘仙人化’大概可以上溯至秦汉之间，乃至战国末；《海内外经》如为西汉时所增加，则其言西王母必不如彼其朴野而近于原始人的思想信仰。”[②]他从对西王母的“仙人化”过程的分析中，断定《海内外经》著作的时代不能晚于战国，至迟在春秋战国之交。可以认为，“道化”或“仙化”是中国神话发展或传承中的一个有别于其他国家的特殊遭遇。

三、中国神话的再造

茅盾还论述了中国神话何以仅存零星和如何重构中国神话的问题。他说，鲁迅先生在他的《中国小说史略》第二篇里推究中国神话之所以仅存零星的

---

① 茅盾《中国神话研究ABC》，《茅盾全集》第28卷第185、192页。

② 茅盾《中国神话研究ABC》，《茅盾全集》第28卷第204页。

理由举出了两条："一者华土之民，先居黄河流域，颇乏天惠，其生也勤，故重实际而黜玄想，不更能集古传以成大文。二者孔子出，以修身齐家治国平天下等实用为教，不欲言鬼神，太古荒唐之说，俱为儒者所不道，故其后不特无所光大，而又有散亡。"[①]他说，鲁迅的论断已属详尽确当，他就无庸再赘言了；他要说的，是如何用这些零星的材料来"再造"（即我们当代惯用的词汇："重构"）中国神话。

在中国神话何以仅存零星以及如何重构中国神话这两个问题上，茅盾着重就胡适在《白话文学史》中的观点进行了辨难和商榷。胡适在其《白话文学史》里说："'三百篇'里……没有神话的遗迹。""中国古代民族没有故事诗，仅有简单的神歌与风谣而已。"是因为文字的困难，不曾有记录。"南方民族（指'沅湘之间'）曾有不少的神话"，而北方民族（指'汝汉之间'）则缺乏神话式的想象力，是因为"古代的中国民族是一种朴实而不富于想象力的民族。他们生在温带与寒带之间，天然的供给远没有南方民族的丰厚，他们须要时时对天然奋斗，不能像热带民族那样懒洋洋地睡在棕榈树下白日见鬼，白昼做梦"。茅盾不同意胡适的这个论断，认为："中国民族确曾产生过伟大美丽的神话"；古代北方民族也曾有丰富的神话，只是到战国时代好像就歇灭了。神话早就消歇的原因有二：一是历史化，其中"大部"是被"秉笔的太史公""消灭"的；一是没有激动全民族心灵的大事件以诱发"神代诗人"的产生。"'三百篇'是孔子删定的，而孔子则不欲言鬼神"，况且"时时要对天然奋斗"的北方民族也可以创造丰富的神话。他根据《淮南子·览冥训》《淮南子·天文训》《列子·汤问》等书里的记载和"天倾西北……地不满东南"所反映的对于宇宙形状的看法，以及《楚辞》里没有说到女娲及共工氏等神话材料，断言"女娲补天"是北方的神话。根据《山海经》卷十七"蚩尤作兵伐黄帝，黄帝乃命应龙攻之冀州之野"、《史记》载黄帝与蚩尤战于涿鹿之野等材料，他又断言黄帝讨伐蚩尤的神话也应是古代北方民族的神话。

茅盾认为，要"再造"（重构）中国神话，首先要建立正确的神话观。

---

① 鲁迅《中国小说史略》，《鲁迅全集》第8卷第16页，人民文学出版社1957年12月版。

他以自汉至清许多学者对《山海经》这本包括神话最多的书的定位为例，检视其观点的错误所在，有视为地理书者，有视为小说书（广义的用法）者，都没有把握住《山海经》的本质，只有到清代的胡应麟认识到“《山海经》是古今语怪之祖”，表现了他的“灼见”。茅盾说：“所谓‘神话’者，原来是初民的知识的积累，其中有初民的宇宙观，宗教思想，道德标准，民族历史最初的传说，并对于自然界的认识等等。”“据最近的神话研究的结论，各民族的神话是各民族在上古时代（或原始时代）的生活和思想的产物。神话所述者，是‘神们的行事’，但是这些‘神们’不是凭空跳出来的，而是原始人民的生活状况和心理状况之必然的产物。”[①]茅盾关于神话本质的论述，显然有英国人类学派神话学的影子，无疑应是“重构”中国神话所要遵循的基本原则，如果离开了这个基本的原则，那就不可能给“重构”工作一个路线。

他主张重构中国神话应从古籍中搜辑中国神话入手，而搜辑工作应遵循的理念是：一是材料愈古愈可靠，“不特要以周秦之书为准，并且要排斥后人伪造的周秦或三代的书”。二是也不能排斥后世文人书中所记的材料，“汉魏晋的材料固然要用，即如唐代的材料也未尝不可以采取；只要我们能从性质上确定这些材料是原始信仰与生活的混合的表现就好了”。因为，“神话原不过是流行于古代民间的故事，当原始信仰尚未坠失的地方，这种古老的故事照旧是人民口头的活文学，所以同在一民族内，有些地方文化进步得快，原始信仰早已衰歇，口头的神话亦渐澌灭，而有些地方文化进步较迟，原始信仰未全绝迹，则神话依然是人民口中最流行的故事。这些直至晚近尚流传于人民口头的神话，被同时代的文人采了去著录于书，在年代上看，固然是晚出，但其为真正的神话，却是不可诬的”。他的这个立论，说明他恪守着安德鲁·兰设定的神话原则：“安特里·兰（此为茅盾原译——引者注）辩论Rig-Veda（即《梨俱吠陀》）的年代，也说无论它是不是较近代的作品，但其中的故事既合于原始信仰和原始生活，就有神话的价值。我以为这正是我们的一个榜样，正

① 茅盾《中国神话研究ABC》，《茅盾全集》第28卷第179～180页。

是我们搜求材料时的一个好方针。”[①] 茅盾在此援引了安德鲁·兰的理论，把兰氏的是否“合于原始信仰和原始生活”作为是否是神话的判断原则，在我们当代仍然是有价值的。

茅盾把中国神话划分为北中南三部的理念，在中国神话学的学科建设上是颇有重要意义的。他写道：“现存的中国神话只是全体中之小部，而且片断不复成系统；然此片断的材料亦非一地所产生，……可分为北中南三部；或者此北中南三部的神话本来都是很美丽伟大，各自成为独立的系统，但不幸均以各种缘因而歇灭，至今三者都存了断片，并且三者合起来而成的中国神话也还是不成系统，只是片段而已。”[②]尽管在茅盾之前，学界已有人提出盘古神话是南方民族的神话，[③] 但“南方”（地区、民族）通常指的是湘沅地区，而更南的南方——两粤地区（民族）的神话资料一向披露得较少，基本上还没有进入学者们的视野之中，所以茅盾第一个提出，把“湘沅之间”的神话即《楚辞》内的神话称作南方（或南方民族的）神话，是不准确的，真正的南方（或南方民族的）神话，应是“更南方”（两粤地区）民族的神话，盘古的神话就是产生在南方而后渐渐北行的。

茅盾写道：“我们可以相信，当神话尚在民间口头活着的时候，一定有许多人采之入书，但已不可深考了。我们现在只知道直到离神话时代至少三千年的战国方有两种人把口头神话摭采了去，一是哲学家，二是文学家。这两种人对神话的保存做出了很大贡献。”

> 哲学家方面，《庄子》和《韩非子》都有神话的断片，尤以《庄子》为多。今本《庄子》已非原形，外篇和杂篇，佚亡的很多。所以保存着的神话材料如鲲鹏之变，蜗角之争，藐姑射的仙人，十日并出等，已经不很像神话，或者太零碎。然据陆德明《庄子释文序》则谓《庄子》杂篇内的

---

① 茅盾《中国神话研究》，《茅盾全集》第28卷第29～30页。

② 茅盾《中国神话研究ABC》，《茅盾全集》第28卷第193页。

③ 参见顾颉刚《讨论古史答刘胡二先生》，《古史辨》第1册第121页，上海古籍出版社1982年。

文章多似《山海经》，或类占梦书，因其驳杂，不为后人重视，故多佚亡。又郭璞注《山海经》，则常引《庄子》为参证。可知《庄子》杂篇的文字很含有神话分子，或竟是庄子的门人取当时民间流传的神话托为庄子所作而归之于杂篇。《列子》虽是伪书，然至少可信是晋人所作；此书在哲学上无多价值，但在中国神话上却不容抹杀；如太行王屋的神话，龙伯大人之国，终北的仙乡，都是很重要的神话材料。也都是被视为哲学而保存下来的。文学家采用神话，不能不推屈原为首。《离骚》和《九歌》保存了最有风趣的神话；《天问》亦包含了不少神话的片断，继屈原的宋玉亦采用神话；“巫山神女”的传说和冥土的守门者“土伯”的神话，都是宋玉保存下来的可贵的材料。《淮南子》流传了“女娲补天”和“嫦娥”的神话，又有羿的神话。故综合地看来，古代文学家保存神话的功绩，实在比哲学家还要大些。他们一方面保存了一些神话，一方面自然亦加以修改；但大体说来，他们还不至于像古代史官似的把神话完全换了面相。[①]

除了哲学家和文学家们保存了很多神话材料外，他还提到史家左丘明和一些野史的作者。关于左丘明，他说：“左丘明也好引用神话传说，然而在他以前的史官早就把大批神话历史化而且大加删削，所以禹、羿、尧、舜，早已成为确实的历史人物，因此左丘明只能拾些小玩意，例如说尧殛鲧于羽山，其神化为黄熊，以入于羽渊。”关于野史作者，他举出采用了“南蛮”的开辟神话的三国时徐整；把盘古列为三皇之首的宋代胡宏（《皇王大纪》）；《路史》的作者宋代罗泌和《绎史》的作者清代马骕。此外，茅盾辟出一节的篇幅专讲《山海经》这部保存神话最多的书以及历代学者对其进行的研究，对《山海经》神话学多有建树。

茅盾提出中国神话的“再造”（重构）之后的80年间，许多神话研究者都在以不同的立场从事着这项工作，迄无间断，其间许多考古发掘，包括在长沙子弹库发现的楚帛书创世神话、马王堆发现的楚帛画等重要材料，但至今仍然

---

① 茅盾《中国神话研究ABC》，《茅盾全集》第28卷第196～197页。

没有把断裂了的和失落了的中国神话系统重建起来。

四、神话时代的宇宙观

原始人的宇宙观问题，从来是发生学、史前艺术学、神话学、哲学等领域关注的问题。茅盾的神话研究触及并论述了原始人的宇宙观问题。他认为，不论如何落后野蛮的民族，都有代表他们的宇宙观的开天辟地的神话，尽管这些神话在我们现代人看来太浅陋可笑，但我们不能不承认这是他们的宇宙观。他写道："原始人的思想虽然简单，却喜欢去攻击那些巨大的问题，例如天地缘何而始，人类从何而来，天地之外有何物，等等。他们对于这些问题的答案便是天地开辟的神话，便是他们的原始的哲学，他们的宇宙观。"①

（1）与宇宙同生的盘古，是南方民族的原始宇宙观；而"盘古死而后有天地"和"四极五岳"则是北方民族的原始宇宙观。古籍中记载的盘古神话，无论是徐整在《三五历纪》中的记载，还是在《五运历年纪》中的记载，都"是北中南三部民族的神话的混合物"，也都是经过文人不同程度地加工过的，已经能够附丽上了一些后世的思想。茅盾一方面以人类学和民族学的方法，一方面通过比较研究，对徐整笔下的两段神话资料进行了剥离辨伪，使盘古神话的原始面貌得以显露出来：

> 天地混沌如鸡子，盘古生其中，万八千岁；天地开辟，阳清为天，阴浊为地；盘古在其中，一日九变，神于天，圣于地，天日高一丈，地日厚一丈。如此万八千岁，天数极高，地数极深，盘古极长。后乃有三皇。
>
> （《三五历纪》——《太平御览》七八所引）

> 首生盘古，垂死化身，气成风云，声为雷霆。左眼为日，右眼为月，四肢五体为四极五岳，血液为江河，筋脉为地理，肌肉为田土，发髭为星

① 茅盾《中国神话研究ABC》，《茅盾全集》第28卷第218页。

辰，皮毛为草木，齿骨为珠石，汗流为雨泽；身之诸虫，因风所感，化为黎甿。

（《五运历年纪》——马氏《绎史》所引）

茅盾认为，在出自徐整的这两段文字里，较为可信的是《三五历纪》的记载。徐整所引的这段文字里记述的盘古，是与宇宙同生的神，“大概更接近南方民族的开辟神话的本来面目；然最后一句‘后乃有三皇’大概是徐整所加添的”。而在同一个徐整的《五运历年纪》里的另一段记载里，“却是把盘古拟作未有天地时之一物，盘古死而后有天地”，故而与《三五历纪》里的记载相矛盾。但茅盾指出，这一段记载里增补修饰之处一定很多，但由于其中出现了“四极五岳”这样的字样，而“四极五岳”无论作为原始意象，还是作为原始观念，都是只有中部及北部民族的神话里才可能有、而在南方的神话如《离骚》中所没有的，故而可以断言这段神话资料“流露了中部及北部民族之宇宙观”。

（2）茅盾认为，天地创造之后，经历再破坏和再创造，即“创造——破坏——再创造”，也是远古神话中所记述的原始人的宇宙观。女娲补天的神话所反映的，就是这种宇宙观。他说《淮南子·览冥训》里的这段文字——“往古之时，四极废，九州裂，天不兼覆，地不周载；火爁炎而不灭，水浩洋而不息；猛兽食颛民，鸷鸟攫老弱。于是女娲炼五色石以补苍天，断鳌足以立四极，杀黑龙以济冀州，积芦灰以止淫水。苍天补，四极正；淫水涸，冀州平；狡种死，颛民生。”——“很明显地可以抽绎出天地曾经一度毁坏而由女娲再造的意义”，而从其中的“杀黑龙以济冀州，积芦灰以止淫水”，则“可知这个神话的断片实是大洪水神话的一部分”。

把盘古创造天地神话与女娲再造天地神话合起来，便是中国原始先民创造的一个完整的开天辟地的神话，这是茅盾神话研究的一个基本论点。[①] 但他在对这两个神话的文本进行了比较研究之后又指出，在这两个神话之间是“脱了

① 茅盾《中国神话研究ABC》，《茅盾全集》第28卷第192页。

榫的”，“《五运历年纪》云云大概是徐整因女娲氏补天的神话而私造的，或许不是徐整所造，也该是盘古神话流传到中部以后由民间所增的枝叶”。[①]而在《风俗通》（《太平御览》七八引）中所记载的女娲抟土造人神话，把所造之人分为“富贵贤知者”（“黄土人”）和“贫贱凡庸者”（“引絙人”）两种，并“不是原始人民应有的原始思想”。

（3）原始人设想神们是聚族而居的，他们住在极高的山上，如同希腊神话里的奥林帕斯山一样。中国神话也有这种观念。《山海经》中所说的昆仑，是“帝之下都”，是众多的神们居住的一座神山。昆仑山上居住着西王母，陆吾，开明兽，猛兽、怪鸟、奇树等众神，“尚可想见中国北方（后来也加入北中部）人民的原始宇宙观”。茅盾论道：“大概中国神话里的昆仑的最初观念，……正好代表了北方民族的严肃的现实的气味”；而昆仑神话一旦传到南方民族中，便加上了许多美丽梦幻的色彩，于是在《离骚》里就被塑造成了“昆仑玄圃”。北方民族重现实，而南方民族重玄想，这既是民族性格，也是形成宇宙观的基点。

（4）原始人受了自然界的束缚，活动范围十分狭小，因自然界的阻隔而不能到达的地方，便是他们产生好奇心和驰骋幻想的地方。茅盾认为，不同生活环境、气象条件以及不同生活经验的民族的神话，不仅有着不同的幻想，甚至表现出不同的宇宙观。茅盾举出烛龙的例子。《天问》：“日安不到，烛龙何照？”王逸注曰：“言天之西北，有幽冥无日之国，有龙衔烛而照之也。”而在《山海经》中却把“烛龙”作为神名：“钟山之神，名曰烛阴（郭注曰：烛龙也；是烛九阴，因名云），视为昼，瞑为夜，吹为冬，呼为夏，不饮，不食，不息，息为风。身长千里，在无啓之东。其为物，人面蛇身，赤色，居钟山下。”对于钟山之神的神名，王逸和郭璞的解释是不同的。“根据了《天问》的王逸注和《淮南子》，我们可以想象北方民族对于辽远的北方的观念是如何了。这个日光不到的地方，不论是名为烛龙也好，章尾山也好，钟山也好，总之，是等于北欧神话的尼非赫姆那样凄惨阴森的地方。……反之，气候

① 茅盾《中国神话研究ABC》，《茅盾全集》第28卷第221页。

温和地方的原始人，对于辽远地域的想象便不同了。”在那里，也许是乐土或仙乡、福地，如中部民族设想的远方的终北、华胥、列姑射，就是这样的乐土。[①]

五、民间文艺：民族的“深土”的产物

作为作家和文艺批评家，除了在神话研究上的理论贡献之外，茅盾一生热心关注民间文艺。在上海文学界讨论国防文学的时候，他曾写过一篇《民族的“深土”的产物——民间文艺》，阐述他对士大夫文学与民间文艺的观点：他还写道：

> 几乎是中国各地都有自己的独特作风的民间文艺，贯穿在这些“俚俗”的民间文艺内的，是老百姓的对于他们所爱所憎的人物的赞扬和讽刺，他们给这些人物创造了典型。而作为这些民间文艺的灵魂的，还有老百姓的从生活里得来的人生的真理和对于生活的积极的态度。
>
> 民间文艺中没有悲观和颓废的。民间文艺的男女关系描写，粗野则有之，然而决不是颓废，决没有病态，恰恰相反，——是健康。[②]

他说“诗赋词曲骈文四六乃至诗钟文虎之类”，不过是“民族的上层浮土所曾长育的文艺之花”，把它们比作一座大建筑上的“斗拱”；而民间文艺则是从民族的深土里长出来的：“不过中国民族的深土里自来也不是竟然毫无所出。这就是流行于口头的民间文艺”，“它的基础是全民族民众的情绪和思想”，不仅形式应当被取来“实用”，“就是‘内容’方面也有许多能帮助我们更了解中国农民性格上的优点，发生民族自信力的！”

---

① 茅盾《中国神话研究ABC》，《茅盾全集》第28卷第224～231页。

② 茅盾《民族的“深土”的产物——民间文艺》，最初发表于1936年10月11日《生活星期刊》第1卷第19号；后收入《茅盾文艺杂论集》；现据《茅盾全集》第21卷第203～205页，人民文学出版社1991年。

他还引用鲁迅关于绍兴戏《目莲救母》的一段话，说："这些故事都表现了民众的对于世事的观察，——他们的所爱与所憎，他们的'哲学'，——他们的智慧。"他说，他"没有见过泥司木匠所演唱的真正的民间文艺的《目莲救母》绍兴戏"，是一大遗憾。他的这番议论文字，使我们想起他的散文《乌镇的香市》对少年时代家乡乌镇每年举行的"香市"的盛况和江南民俗风情的深情的描写。

20世纪40年代，茅盾到了延安，为陕北和边区喜闻乐见的民间文艺所吸引，就边区文艺工作者帮助民间艺人改造说书、秧歌剧的成绩，以及民众中流行的快板、"吆号子"等民间文艺及其变化，曾为苏联《星火》杂志写过一篇《中国民间艺术的新发展》的文章，①在盛赞之余，他以学者的慧眼和视角指出抗日战争如何"有力地推动了"民间艺术的发展和变化。

六、新中国成立后对民间文学一往情深

1949年7月，第一次全国文代会在北京召开，成立了中华全国文学艺术界联合会和中华全国文学工作者协会。中华全国文学工作者协会（中国作家协会前身）的机关刊《人民文学》月刊于1949年10月25日在北京创刊，这是中华人民共和国成立后创刊的第一家全国性文学刊物。首任主编由全国文协主席茅盾兼任。同年9月份某日他为《人民文学》撰写的发刊词中开列的办刊宗旨有五点，大意是，不仅发表和促进文学创作，也发表和促进各文学门类的文学理论批评和研究。其中有言："要求给我们专门性的研究或介绍的论文。在这一项目之下，举类而言，就有中国古代和近代文学，外国文学，中国国内少数民族文学，民间文学，儿童文学等等；对象不论是一派别，一作家，或一作品；民间文学不妨是采辑吴歌或粤讴，儿童文学很可以论述苏联马尔夏克诸家的理论；或博采群言，综合分析而加论断，或述而不作；——总之，都欢迎来

---

① 茅盾《中国民间艺术的新发展》（1936年12月30日），发表于1947年3月出版的苏联《星火》杂志第9期。现据《茅盾全集》第23卷第382～383页，人民文学出版社1996年。

吧。”应该说，发刊词所表达的，不仅是茅盾个人的文学观，也体现和适应了全国文协成立初期的人员构成及其文学观。

茅盾在《人民文学》主编任上三年多，由诗人艾青作副手，严辰当编辑部主任。茅盾在《人民文学》任上，尽管未能实现其“采辑吴歌或粤讴”的设想，却陆续在刊物上发表了一系列民间文学的理论文章，诸如严辰《论民歌》（第2卷第2期，1950年6月1日）、何其芳《论民歌》（第3卷第1期，1950年11月1日）、严辰《试谈民歌的表现手法》（第3卷第1期，1950年11月1日）、柯蓝《杂谈搜集、研究民间故事》（1950年第8期）、钟敬文《〈现代歌谣〉引言》（第4卷第2期，1951年）、严敦易《古典文学中的梁祝传说》（1953年第12期）等。茅盾提出的办刊宗旨，显然是延续了1921年他参与发起和组建的文学研究会的文学理念。从历史角度看，文学研究会的主要成员中，有不少人是接受了李大钊提出、北京大学歌谣征集处同仁们付诸实践的“到民间去”的观点，重视提倡辑集、研究、发扬被旧制度下的圣贤文化所压制和被士大夫所鄙视的民间文学，如郑振铎、许地山、王统照、郭绍虞、周作人、孙伏园、朱希祖、朱自清、老舍、胡愈之、刘半农、刘大白等等，他们要么是参与过民间文学的辑集、研究和出版，要么是在民间文学的某一方面或某一领域有深入研究和深湛见解，总之是为搜集、编辑、出版和弘扬传统的民间文学作出过成绩的作家学者或学者作家。茅盾更是一个一生都热心关注民间文学的作家和学者，他不仅从青年时代起就广泛研究中外神话（印度神话、北欧神话），先后撰著了《中国神话研究》《中国神话研究ABC》《神话杂论》等著作，还利用编辑文学研究会的机关刊《小说月报》，发表了许多作家学者写的民间文学文章，甚至在30年代上海文学界讨论国防文学的时候，他还撰写了《民族的“深土”的产物——民间文艺》（《生活星期刊》1卷19号，1936年10月11日）、《中国民间艺术的新发展》（1936年12月30日，发表于苏联《星火》杂志1947年3月）等文章。只要粗略地研究一下他的文学观的内容和形成史，对他在新中国成立前夕创刊的《人民文学》发刊词里再次提出采辑和研究诸如“吴歌或粤讴”等各地区、各民族的民间文艺，就不难理解了。

他的副手艾青和严辰都是来自解放区的名家，他们是经过延安文艺运动的洗礼的，对民间文艺比较重视。艾青在上海时加入了左翼美术家联盟，在延安这个大熔炉里，接受、实践和积极宣传毛泽东文艺讲话的思想，改变了左翼人士对民间文艺的贵族轻蔑态度。艾青和周扬、萧三曾编过一本《民间艺术和艺人》（1946），影响颇大。艾青写过《汪庭有和他的歌》（《解放日报》1944年11月8日），评论民间诗人汪庭有的歌谣；收集和出版过陕北的《窗花剪纸》。严辰在陕北时就到乡下收集过信天游，他的《信天游选》1951年就由海燕书店出版了。他们都是熟悉民间文艺的作家。

新中国成立后，文艺界的领导人周扬曾于1950年4月在燕京大学作了一个题为《怎样批判旧文学》的讲演，对“左联”的错误偏向作了痛切的反思：“五四运动在总路线上是正确的，但也有些偏向。当时有一部分过‘左’的人，说西洋一切都好，对整个中国旧文化采取一种完全否定态度，认为所有的旧的只能进博物馆。这种倾向后来被左翼文学继承下来。左翼批判了五四运动的不彻底，批判了胡适等人的资产阶级的思想。但是这种否定一切旧文化的编向却没有克服。我当时也在左联，当时我们是坚决摒弃一切旧东西，反对旧戏，就连《水浒》也不主张叫人看的。”在左联的主要领导者和有过重要影响的成员中，除了周文一生坚定地提倡重视民间文学，且对民间文学作过搜集与研究[①]外，其他的人，很少有人像周扬那样自觉地反思“左联”当年在文艺思想上的偏狭和错误。左翼文学家群对中国现代文学固然有很大贡献，但他们贬斥和否定民间文学的错误偏向，其影响却未可小视。我们可以从解放初期的东总布胡同（中国作家协会）与西总布胡同（工人出版社）的思想对立中得到某些消息。何家栋在接受邢小群采访时说：“作家协会在东总布胡同，虽与西总布胡同这些人比邻而居，双方却是格格不入，西总布胡同认为东总布胡同是小众化；东总布胡同认为西总布胡同只会写一脚落在流平地，一脚落在地流平，登不了大雅之堂。”可惜，在文协变身为作协，《人民文学》编辑权传递到他人手里以后，不管出于什么原因，“吴歌或粤讴”之类的民间文学，便从五四

---

① 参阅拙文《周文与20世纪中国民间文艺学运动——为周文诞辰百年而作》，见上海鲁迅纪念馆编《周文研究论文集》，上海社会科学出版社2013年。

新文化运动中“经一番大战”才争得的“国学”地位，再次从文学的“大雅之堂”中被放逐了。

“文革”后，1981年4月，百花文艺出版社重新出版茅盾早年所撰《神话杂论》《中国神话研究初探》和《北欧神话ABC》的三本书的合集《神话研究》，茅盾写了一篇短序，回顾了他年轻时为了研究欧洲文学的发展而倾力研究希腊史诗—神话的初衷和成果。他说重印这本书，“是耶非耶，付之读者之公论”。几十年前，他在《〈楚辞〉与中国神话》中说的下面这段话：“一民族的文学发展，大都经过两个阶段：最初是流传于口头的民间文学——神话传说以及中国的《诗经》，此时的作者都不是操觚之士；其次乃为善于竹帛的文士文学，此事的作者大都是文人，《楚辞》即为中国最早的文人文学。可是初期的文士文学，亦必须以民间文学的神话与传说为源泉，然后这些文士文学有民众的基础，为民众所了解。……中国文人不单从《楚辞》知道了许多现已衰歇的神话传说，并且从《楚辞》学会了应用民间神话传说的方法，从《楚辞》间接得到了许多题材，然后中国的文士文学乃得渐渐建设起来。”[①]他年轻时提出的这个文学理念，经过了几十年文坛风雨，仍然闪耀着真理的光芒，仍然是中国文学发展的必由之路。

附注：本文以《茅盾与中国神话学》为题发表于《湖北民族学院学报》2006年第1期，收入本书时，作了较大的修订，吸收了随笔《闲话“大雅之堂”》（《文艺报·副刊》2015年7月20日）中的部分思想和文字，题目也改为现题。

---

① 茅盾《〈楚辞〉与中国神话》，《文学周报》第6卷第8期，1928年3月18日。

周扬与我国民间文学事业

周扬是20世纪中国文艺界卓越的领导人和著名的马克思主义文艺理论家，对我国社会主义文化事业和文艺事业做出了重要的贡献。他对我国民间文艺事业的贡献也是不能忘记的。新中国建国到他逝世前的我国民间文艺事业，如果没有他的首倡和支持，包括专业民间文艺研究机构——中国民间文艺研究会的建立和民间文艺收集研究工作的开展，我国的民间文学事业也许会是另一个样子。

一

20世纪30年代，除了鲁迅先生外，在上海左翼文艺队伍中，对民间文艺，要么是缺乏研究和认识，要么是看不起，总之，包括周扬在内，对民间文艺是轻视的、忽略的。那个年代，周扬更多地接受了外国的或西洋的文艺理论，对民间文艺是不屑一顾的，甚至将其看作是应该被抛弃的“旧形式”（旧文学）。作为“左联”或左翼文艺的一个代表性人物，他也参加了当时在《北斗》上关于“文学大众化”的讨论，但在他（们）笔下的“大众文艺”是反动的、封建的、要不得的。那时，他是以一种“超革命”的极“左”的言辞谈论小调、唱本等民间文学的，如：“直到现在为止，多数的劳苦大众完全浸在反动的封建的大众文艺里，我们一方面要对这些封建的毒害斗争，另一方面必须暂时利用这种大众文学的旧形式，来创造革命的大众文学。不过我们不要忘记劳苦大众是应该享受比小调、唱本、说书、文明戏等等，更好的文艺生活的。伊里奇也说过：‘许多人老老实实地相信现在的困难和危险是可以由“面包和马戏”去克服的，面包——当然是要的！马戏——也是不错的！但是我们不要忘记马戏不是一种伟大的，真正的艺术，而是一种低级的娱乐。……我们的工人和农人应得享受比马戏更好的东西。他们有权享受真正的，伟大的艺术。’”①

到新中国成立后的第二年即1950年，周扬才在《怎样批判旧文学——在燕京大学的讲演》中反思和检讨20世纪30年代在对待包括民间文艺在内的继承传统文化上的错误态度：“五四运动在总路线上是正确的，但也有些偏向。当时有一部分过‘左’的人，说西洋一切都好，对整个中国旧文化采取一种完全否定态度，认为所有的旧的只能进博物馆。这种倾向后来被左翼文学继承下来。左翼批判了五四运动的不彻底，批判了胡适等人的资产阶级的思想。但是这种否定一切旧文化的偏向却没有克服。我当时也在左联，当时我们是坚决摒弃一切旧东西，反对旧戏，就连《水浒》也不主张叫人看的。”②

20世纪30年代中期，蒋管区的左翼文坛发生了国防文学和民族革命战争的大众文学两个口号的论争，周扬受到了鲁迅的批评，这件事直接或间接地导致了周扬离开上海转赴延安解放区。1937年9月，周扬夫妇和李初梨、艾思奇夫妇、何干之、周立波、林基路、李云阳、舒群等一行12人从上海出发，到延安去。到延安去也许成了周扬一生中在对待民间文学（艺）的认识上、态度上发生根本性转变的一个转捩点。

二

在延安的最初几年里，作为学者和职业革命家的周扬发表了好几篇文章，

---

① 周扬（起应）《关于文学大众化》，《北斗》第2卷第3、4期，1932年7月20日；《周扬文集》第一卷第28页，人民文学出版社1984年12月。

② 周扬《怎样批判旧文学——在燕京大学的讲演》，北京：《大刚报》1950年4月15日；收入《周扬文集》第二卷第12页。

其中最值得注意、最有影响的，莫过于1940年2月15日在他所主编的《中国文化》创刊号上发表的《对旧形式利用在文学上的一个看法》。周扬在这篇文章里多处谈到民间文学（用当时通用的用语和提法是“旧形式”），涉及对民间文学的价值判断、历史文化认识作用以及在文学上的利用等问题。他写道：

把民族的、民间的旧有艺术形式中的优良成分吸收到新文艺中来，给新文艺以清新刚健营养，使新文艺更加民族化、大众化，更为坚实与丰富，这对于思想性艺术性较高，但还只限于知识分子读者的从来的新文艺形式，也有很大的提高作用。……所谓旧形式一般地是指旧形式的民间形式，如旧白话小说、唱本、民歌、民谣以至地方戏，连环画等等，而不是指旧形式的统治阶级的形式，即早已僵化了的死文学，虽然民间形式有时到后来转化为统治阶级的形式，而且常常脱不出统治阶级的羁绊。

在旧小说中可以窥见老中国人和旧社会的真实面貌，从民歌、民谣、传说、故事可以听出民间的信仰、风俗和制度。整个旧形式，作为时代现实之完全表现的手段，虽然已经不行，但这并不妨碍我们以之为反映现实之一种借镜，以之为可以发展的民族固有艺术要素，以之为可以再加精制的一部分半制品。要向旧形式学习。对旧形式的轻视态度应当完全改变。必须把学习和研究旧形式当作认识中国，表现中国的工作之一个重要部分，把吸收旧形式中的优良成果当作新文艺上的现实主义的一个必要源泉。

旧形式正是那以文字的简单明白而能深入了广大读者的心的，过去虽有人对民间文艺作过一些整理，搜集与研究的工作，但这工作还没有得到普遍的重视，民间艺术的宝藏还没有深入地去发掘。对这工作也还没有完全正确的态度，还没有把吸收民间文艺养料看作新文艺生存的问题。[①]

---

① 周扬《对旧形式利用在文学上的一个看法》，延安：《中国文化》（创刊号）1940年2月15日；收入《周扬文集》第一卷第295、301、302页。

文章写好后，周扬送请毛泽东审阅，毛泽东于11月7日致信给他表示赞赏，并提出了一些重要修改意见。毛泽东给周扬的这封信，对于理解周扬这篇文章的一些观点以及如何理解农民，都极为重要，但有关方面出于种种考虑，终于在六十二年后（2002年）公开发表。兹引在下面：

周扬同志：

文章看了，写得很好，必有大影响。某些小的地方，我认为不大妥当的，已率直批在纸上。其中关于“老中国”一点，我觉得有把古代中国与现代中国混同，把现代中国的旧因素与新因素混同之嫌，值得再加考虑一番。现在不宜于一般地说都市是新的而农村是旧的，同一农民亦不宜说只有某一方面。就经济因素说，农村比都市为旧，就政治因素说，就反过来了，就文化说亦然。我同你谈过，鲁迅表现农民着重其黑暗面，封建主义的一面，忽略其英勇斗争、反抗地主，即民主主义的一面，这是因为他未曾经验过农民斗争之故。由此，可知不宜于把整个农村都看作是旧的。所谓民主主义的内容，在中国，基本上即是农民斗争，即过去亦如此，一切殖民地半殖民地亦如此。现在的反日斗争实质上即是农民斗争。农民，基本上是民主主义的，即是说，革命的，他们的经济形式、生活形式、某些观念形态、风俗习惯之带着浓厚的封建残余，只是农民的一面，所以不必说农村社会都是老中国。在当前，新中国恰恰只剩下了农村。是否有当，还请斟酌。

作文当遵命办。

有暇请来谈。

敬礼！

毛泽东

（1939）十一月七日[①]

① 据《毛泽东文艺论集》，中共中央文献出版社2002年4月；又据龚育之《首次发表的毛泽东致周扬的一封信》，《学习时报》2002年6月10日。

尽管周扬在这篇文章里认为民间文学“作为时代现实之完全表现的手段，虽然已经不行，但这并不妨碍我们以之为反映现实之一种借镜”，但作为标志，他的这篇文章毕竟完全改变了他本人以及“左联”朋友们曾经的贬低和忽视民间文学的偏见，同时也为两年后毛泽东《在延安文艺座谈会上的讲话》中对民间文艺的重视和提倡做了铺垫。（毛泽东的《讲话》稿曾交由周扬作过不少修改。）由亭子间到土窑洞，周扬到延安后，开始对民间文艺重视起来，除了发表文章外，还在他主持的鲁迅文艺学院（常务副院长）文学系、音乐系内开设民间文艺课程，设立文艺运动资料室收集编辑民间文艺资料，并多次组织文艺工作者下乡收集民间音乐、民歌、民间故事，领导了改造旧秧歌、改造旧说书运动等，在收集和改造民间文艺方面做了大量工作。他关于民间文学和民间艺术的性质、特点所发表的论说，是深刻的，如“从民歌、民谣、传说、故事可以听出民间的信仰、风俗和制度”，如“民间旧有的形式，一则因为它也是反映旧生活的，即反映建立在个体的、半自足的经济之上的比较单纯比较闲静的生活的，二则因为在它里面仍然包含有封建的毒素，所以它并不能够在那一切复杂性上，在那完全的意义上去表现中国现代人的生活”。如“必须把学习和研究旧形式当作认识中国，表现中国的工作之一个重要部分，把吸收旧形式中的优良成果当作新文艺上的现实主义的一个必要源泉”，等等。可以看出，由于解放区所处的政治形势和共产党的历史使命，他的这些论说，不是四平八稳的学院式的研究论文，也不是课堂上宣讲的面面俱到的讲义，更多的是从建设和发展新文艺的角度来谈论民间文艺的。

毛泽东《在延安文艺座谈会上的讲话》发表之后，周扬在讲话或文章中多次谈到民间文艺问题。1943年2月26日，他在《解放日报》上发表了《一个不识字的劳动诗人——孙万福》[①]，热情褒扬农民诗人孙万福的诗歌创作艺术才能。1944年3月，在《表现新的群众的时代》这篇著名的文章里，就陕北边区

---

① 周扬《一位不识字的劳动诗人——孙万福》，发表于《解放日报》1943年12月26日；收入周扬、萧三、艾青等著《民间艺术和艺人》，哈尔滨：东北新华书店1946年；又收入《周扬文集》第一卷第432～436页，人民文学出版社1984年12月。

农村里流行的旧秧歌和新秧歌发表意见，强调秧歌这类民间文艺门类的创作，既是“农民固有的一种艺术”，同时指出传统的秧歌也具有表达农民对社会的意见的意识形态性，故而也要适应时代的变化和斗争的需要：

> 秧歌本来是农民固有的一种艺术，农村条件之下的产物。新的秧歌从形式上看是旧的秧歌的继续和发展，但在实际上已是和旧的秧歌完全不同的东西了。……他们已不只把它当作单单的娱乐来接受，而且当作一种自己的生活和斗争的表现，一种自我教育的手段来接受了……
>
> 恋爱是旧的秧歌最普遍的主题，调情几乎是它本质的特色。恋爱的鼓吹，色情的露骨的描写，在爱情得不到正当满足的封建社会里，往往达到对于封建秩序，封建道德的猛烈的抗议和破坏。在民间戏剧中，这方面产生了非常优美的文学，我看过一篇旧秧歌剧，叫做《杨二舍化缘》，那里面对于爱情的描写的细腻和大胆，简直可以与莎士比亚的《罗密欧与朱丽叶》媲美，使人不得不惊叹于中国民间艺术才的伟大与丰富。但是旧民间戏剧中恋爱的主题，一方面仍带着浓厚的封建色彩，另一方面是比较静止比较单调的农村生活的反映。①

1944年11月，周扬在延安文教会的总结报告《开展群众新文艺运动——文教会上周扬同志的总结报告》里说：

> 秧歌、社火是群众艺术中最普遍最重要的一种形式。它的特点是综合性（熔戏剧、音乐、舞蹈、美术、文学于一炉）的，又是群众性的。秧歌活动主要在春节，春节是群众的艺术节日。……（民间艺人刘志仁和他的仓南社火）堪称群众新秧歌运动的先驱和模范。②

---

① 周扬《表现新的群众的时代——看了春节秧歌以后》，延安：《解放日报》1944年3月21日；收入《周扬文集》第一卷第437～453页。

② 周扬《开展群众新文艺运动——文教会上周扬同志总结报告》，延安：《解放日报》1944年11月21日。

除了发表文章和讲话外，他还亲自垂范，与萧三、艾青于1946年12月合作编辑出版了一本《民间艺术和艺人》的民间文学文选，将其纳入《民间文艺丛书》之一，由东北书店发行。这本选集几乎把边区文艺工作者们发现的重要民间艺人和重要项目的相关文章都选进来了，如陕甘宁边区文教会艺术组的《刘志仁和仓南社火》、丁玲的《民间艺人李卜》、艾青的《汪庭有和他的歌》、萧三和安波的《练子嘴英雄拓老汉》、林山的《改造说书》、陕甘宁边区文教会艺术组的《自乐班》《驼耳巷区的道情班子》《吆号子》、艾青的《窗花剪纸》等，也收入了前面提到的他写的《一个不识字的劳动诗人——孙万福》。这套《民间文艺丛书》，应该是边区第一套以民间文艺为主题的丛书。而这本《民间艺术和艺人》也不是一本平常的记述陕北民间艺人的书，而是一本以展示边区改造旧秧歌和艺人、提倡搜集和改造民间艺术与艺人、带有标识文艺方向的文集。

1947年5月，纪念毛泽东文艺讲话五周年之际，周扬在晋察冀边区举行的文艺座谈会上作了题为《谈文艺问题》的讲话，系统地阐述了他此时关于民间文艺的新观点：

> “文艺座谈会”以后创作活动上的主要特点，就是内容为工农兵，形式向民间学习。我们在民间形式的学习上是有很大收获的。现在已经不再是简单的“利用旧形式”了，而是对民间形式表示真正的尊重，认真的学习，并且开始对它加以科学的改造，从这基础上创造新的民族形式出来。文艺上的民族新形式正在生长与发展的伟大过程中。今天，各种形式，新旧交错，杂然并陈，有的是新生的，有的是过渡的，新生的有的已经成熟或接近成熟，但许多还是幼芽，其中也有不一定能成长的。……所有这些形式，只要是群众所喜欢所能接受的，都应该让它们有自由发展的机会。
>
> ……群众有卓越的创造才能。……群众有自己的文艺传统，……我们必须尊重他们的经验。特别是群众固有的文艺形式……。边区民间文艺形式的贮藏量听说是丰富得很的，这是人民的财产呀，民间艺人常常就是这些财产

不被注意的所有者、保存者。为了学习和创造，我们拜民间艺人为师吧！[①]

作为边区文艺工作的领导人之一，周扬的这篇讲话，自然是以毛泽东文艺讲话五年来边区文艺工作的新情况为依据的，而其中关于民间文学的思想，也是从整个文艺工作的大局出发的。边区的文艺家们纷纷下乡，收集蕴藏在老百姓之中的民歌和民间故事，是这几年来边区文艺工作的突出特点之一。鲁迅文艺学院文学系、音乐系和中国民间音乐研究会的同志，在陕北各地进行了大规模的采风，最后由何其芳负责，张松如、程钧昌、毛星、雷汀、韩书田参加，将其编选为《陕北民歌选》，1945年由晋察冀新华书店出版。一些作家，在农村、前线深入生活的过程中，和老百姓、战士打成一片，搜集了一些各个时代的民间故事。如李季、康濯、李束为、董均伦、贺敬之、闻捷等等。1946年由太岳新华书店出版的《水推长城》（张友编），1946年由吕梁文化教育出版社、华北新华书店、晋冀鲁豫军区政治部分别出版的《毛泽东的故事》，1947年由冀南书店、华北新华书店、晋绥边区吕梁文化教育出版社分别出版的《地主与长工》（马烽编），1947年由山东新华书店出版的《红军长征故事》，1947年由华北新华书店出版的《揭石板集》（马石安辑）等民间故事集中，收入了这些作家们收集的民间故事，展示了解放区民间文学事业的实绩。中国民间音乐研究会所搜集的边区民歌后来编为《陕甘宁老根据地民歌选》。他呼吁：群众有卓越的创造才能。群众有自己的文艺传统。民间文艺是人民的财产，民间艺人是这些财产所有者、保存者。我们必须尊重他们的文艺和经验。

三

中华人民共和国成立伊始，作为党中央中宣部副部长兼政务院文化部副部长的周扬积极倡导和支持我国的民间文学事业。在他的领导、支持、批准和主

① 周扬《谈文艺问题》，《晋察冀日报》1947年5月10日，引自北京师范大学中文系编《中国现代文学史参考资料》第2卷，北京：高等教育出版社1959年3月。

持下，由他指定的文化部艺术局编审处经过两个多月的筹备，中国民间文艺研究会于1950年3月29日在文化部礼堂宣告成立了。这是继中华全国文学艺术界联合会和中华全国文学工作者协会之后成立的又一个全国性的文艺学术群众团体。首都文艺界200多人参加了成立大会。周扬在成立大会上致开幕词：

> 今天我们开这个会，召集了许多文艺界的朋友。成立民间文艺研究会是为了接受中国过去的民间文艺遗产。民间文艺是一个广阔的富藏，它需要我们有系统地有计划地来发掘。在“五四”时期曾有些爱好民间文艺的文艺工作者，出版过不少各种的关于歌谣的刊物。在我们解放区也曾有过地方戏剧的研究，如今天优秀的歌剧作品，都是研究民间文艺的成果。但我们觉得最出色的民间艺术还没有发掘出来。今后通过对中国民间文艺研究的采集、整理、分析、批判、研究，为新中国新文化创作出更优秀的更丰富的民间文艺作品来。
>
> 不仅让对民间文艺有素养的文艺工作者来参加，还让那些只爱好民间文艺并非文艺工作者来参加。我们的民间文艺专家要和广大的民间文艺采集者紧密结合。①

郭沫若、老舍、茅盾、郑振铎相继在成立大会上发表讲话。郭沫若的讲话在4月9日的《人民日报》上发表。郭沫若、老舍的讲话又在随后中国民间文艺研究会编、新华书店出版的《民间文艺集刊》第一辑（1950年9月）上发表。茅盾、周扬和郑振铎三位领导人的开幕词和讲话却一直没有公开发表。周扬讲话所以没有发表，笔者以为，大概是因为时任中宣部副部长、文化部副部长的他觉得自己是主持者，虽然是他张罗并主持了成立大会且致了开幕词，但他毕竟不是民间文艺的专家。但他一生却很重视自己的这个讲话，把这份篇幅很短的讲话稿妥善保存留了32年，最终将这份生前没有发表的讲稿收入了1982年由

---

① 周扬《中国民间文艺研究会成立大会开幕词》，《周扬文集》第二卷第10页，人民文学出版社1985年10月。

他亲自编订的五卷本《周扬文集》之中。至于茅盾和郑振铎的讲话为何没有发表，笔者虽经多方查阅和思考，至今未得其解。

应当指出的是，把广大民众中流传的民间文艺及其搜集、整理、出版、研究工作纳入中国文学的版图，周扬的历史功绩是不可代替、不可磨灭的。[①] 首先，他亲手创建的中国民间文艺研究会，把民间文学作为其主要工作和研究对象。他领导和主持制定的第一个《中国民间文艺研究会章程》第二条规定："本会宗旨，在搜集、整理和研究中国民间的文学、艺术，增进对人民的文学艺术遗产的尊重和了解，并吸取和发扬它的优秀部分，批判和抛弃它的落后部分，使有助于新民主主义文化的建设。"[②]成立初期的中国民间文艺研究会，即1954年以前，先后隶属于文化部艺术局编审处、人民文学出版社，其业务范围，包括了民间文学和民间艺术[③]，理事包括从国统区和解放区来的有代表性的民间文艺学家和民间艺术家。1953年北京大学文学研究所（后归属于中国科学院）成立，由郑振铎任所长、何其芳任副所长，古典文学组集中了建国前在北平从事俗文学研究的几位专家（如吴晓铃、俞平伯等），各民族民间文学组先后调入了几位延安鲁艺出身的民间文学专家（如贾芝、毛星、孙剑冰、井岩盾等），贾、孙等同时在中国民间文艺研究会兼职，于是中国民间文艺研究会于1954年后转为文学研究所领导。1955年4月创刊《民间文学》月刊。再后来（1956年9月），中宣部决定，中国民间文艺研究会改属中国文联领导，成为其团体会员，业务上继续与文学研究所保持联系。中国文联所属的各文艺家协会陆续成立，民间艺术的不同门类分别划归到各专业协会去，中国民间文艺研究会的业务范围，只是民间文学搜集、整理和研究了。至于把民间艺术剥离出去后的中国民间文艺研究会为何不改为中国民间文学研究会，理事长郭沫若

---

① 参阅钟敬文《周扬和民间文艺》，王蒙、袁鹰主编《忆周扬》第332～340页，内蒙古人民出版社1998年4月。

② 《中国民间文艺研究会章程》，见中国民间文艺研究会编《民间文艺集刊》第一册第104～105页，北京：新华书店1950年11月出版发行。

③ 大会通过的《本会征集民间文艺资料办法》规定的范围是：全国各地区流行于人民大众中间的民谣、民歌、平话、弹词、鼓词、地方戏脚本、民间故事、神话、传说、谚语、谜语、年画、门神、剪纸、花样玩具等等。见中国民间文艺研究会编《民间文艺集刊》第一册。

曾在一次答记者问里回答说，在中国传统文论里，文艺就是指的文学，不必改名。建国十七年间，中国民间文艺研究会团结各地会员，继承“五四”歌谣运动的传统和延安民间文艺工作的传统，做了很多工作，如搜集出版了大量民间文学作品，特别是在少数民族地区的搜集研究工作，成就尤为显著。对口述民间文学作品的搜集、整理、出版和研究，比“五四”以来的任何时候都有了很大的拓展和前进。其次，对民间文学的搜集、整理和研究，也受到中华全国文学工作者协会（后改为中国作家协会）的重视，在文协（作协）总会和陆续成立的分会工作中占有重要地位，早期的《人民文学》《诗刊》《文艺报》（作为中国文联机关刊，委托作协主办）三大期刊都发表一定数量的民间文学文稿。①

中国民间文艺研究会成立之后的第二天，即1950年3月30日，周扬应邀到燕京大学讲演，题目是《怎样批判旧文学》。在这篇演讲里，他不仅以革命家的勇气反思和检讨了左联时期在民间文艺问题上的错误观点，而且对民间文艺及共产党的文艺政策作了全面的阐释：

> 人民在封建社会下，创造出来很多戏剧、唱词、民谣、音乐……这里面有很多是人民自己的东西。被剥削的生活条件下不可避免地使人要求平等、自由、反抗压迫专制。这里面有很多民主的革命的成分，不过因为时代限制，没有科学的革命理论指导，所以他们得到的结论也解决不了问题。不是以神仙式的幻想来结束，就是投降妥协，要不干脆就失败。但是我们必须承认他们的民主的斗争。我们祖先所不能解决的问题，也只有等我们这个时代才能解决。

> 有人说哈姆雷特好。不错，哈姆雷特好，可是中国老百姓不知道他，中国老百姓不喜欢他。老百姓所熟悉的是关公、张飞、李逵、薛仁贵等等

① 茅盾在《人民文学》发刊词里写道：“要求给我们专门性的研究或介绍的论文。在这一项目之下，举类而言，就有中国古代和近代文学，外国文学，中国国内少数民族文学，民间文学，儿童文学等等；对象不论是一派别，一作家，或一作品；民间文学不妨是采辑吴歌或粤讴，儿童文学很可以论述苏联马尔夏克诸家的理论；或博采群言，综合分析而加论断，或述而不作；——总之，都欢迎来吧。”

人物。我们应该请专家把民间流行的一切故事、歌谣、戏剧等等搜集起来，用马列主义、阶级观点、历史观点，加以分析研究。决定哪些是好的，哪些是有用的，和哪些是没用的。把没用的送进博物馆，对于好的有用的，我们不仅只是消极地去继承它，而且更要积极地去发展它。我们希望有很多人来研究反映劳动人民生活的民间文艺。我们绝不忽视这个丰富的，宝贵的文学泉源。例如“孟姜女哭长城”是广泛流行着的，正是反映着人民的反抗情绪。其调虽悲，但其悲足可以哭倒长城。要不注重民间的东西，比如只写自由诗吧，诗的思想性很高了，艺术技巧也很好，可是老百姓却偏好到西单、天桥听大鼓书，那又拿什么去打倒封建文化呢？……老百姓爱大鼓，那我就来编大鼓，唱大鼓。改造旧曲艺单靠艺人还不够，同时也要靠真正有修养的搞新文艺的朋友们。①

1951年5月12日，周扬应邀到中国作家协会下属的中央文学研究所作题为《坚决贯彻毛泽东文艺路线》的报告。他在这个报告里辟出一节着重讲了要继承民族文学艺术优良传统问题：

以为新文化是完全从西洋移植过来的，而不是在自己民族基础上发生的；以为发展民族新文化，可以不经过清理古代文化的发展过程的必要的批判工作，民族新文化可以和民族旧文化不打交道，这是割断历史的有害的看法。不少文艺工作者和青年们盲目崇拜西洋，轻视民族文学艺术传统，轻视民间形式，轻视群众的爱好和趣味，这也正是一种失掉民族自信心与缺乏群众观点的表现。……

要继承民族艺术的优良传统，一方面必须广泛地进行搜集、整理、研究工作，另一方面必须首先对于目前在群众中最流行的旧有的艺术形式进行改革的工作。……

---

① 周扬《怎样批判旧文学——在燕京大学的讲演》，《大刚报》1950年4月15日；收入《周扬文集》第二卷第11～18页。

我们尊重自己民族的文学艺术遗产，不是采取盲目赞扬的态度，而是采取严格的科学的批判态度。我们从全部遗产中，只“吸收其民主性的精华”而断然“剔除其封建性的糟粕”；把这“民主性的精华”部分，作为优良传统接受下来，并在新的基础上加以发展。我们不把民族形式看成固定不变的，而把民族形式看成发展的，在实践过程中不断改造和革新的。我们在艺术问题上，如同在其他一切问题上一样，是发展的观点，而不是保守的观点。我们整个文艺工作的任务，主要的不是保存民族旧文学、旧艺术，而是发展民族新文学、新艺术。①

在周扬过去的文章或讲话里，大体都是把民间文艺（民间文学）当成“老农村”“旧时代”的已经僵死的遗产，要由有革命思想的人对老百姓持有的“旧有的艺术形式”本着“取其精华、去其糟粕”的原则进行改革，而不是文化的持有者——老百姓自己对文化作自主选择；在这篇讲演里虽然还没有像我们今天这样承认民间文艺（民间文学）是活态的，在现阶段还在民间流行的就是当代社会主义初级阶段的文化的一部分，但他已经改变了以往把民间文学看作是“老农民”的“遗产”，而承认“民族形式”（民间文艺、民间文学）不是固定不变的，而是随着社会的发展而发展的文艺了。

如果说，周扬在建国前夕1949年7月召开的第一次全国文代会上的报告，是向大会报告解放区的文艺的繁荣景象及所取得的经验，并没有涉及多少文学理论问题，那么，1953年9月24日在第二次全国文代会上的报告《为创造更多的优秀的文学艺术作品而奋斗》，则更多地论述了文艺创作和文艺思潮中的问题。在论述民族文化艺术遗产时，郑重地重复了前述在燕京大学的讲演中关于五四文学的错误：“五四运动没有正确解决继承民族文学艺术遗产的任务。当时的有些人对民族遗产采取了错误的完全否定的态度，这种态度，和对西方资产阶级文化的盲目崇拜相结合，就给了后来新文学艺术的发展以有害的影响。

① 周扬《坚决贯彻毛泽东文艺路线——1951年5月12日在中央文学研究所的讲演》，《文艺报》第4卷第5期，1951年。

轻视民族遗产的观念在新的文艺工作者中间曾相当长期地普遍地存在，现在也还没有完全克服。不少的文艺工作者往往只看到民族遗产的封建性和落后性的一面，而没有认识到这些遗产是我们伟大民族的精神宝库，其中蕴藏着不少具有丰富的人民性的、在艺术技巧上达到可惊的准确和精练程度的现实主义作品。不少的文艺工作者……对遗产价值的理解，常常是狭隘的、片面的。……系统地整理和研究民族文学艺术遗产的工作，就成为我们文学艺术事业上的最重要的任务之一。……整理和研究民族的古典文学艺术遗产和民间文学艺术的工作，一方面是为了使新的文学艺术的创造和自己的民族传统相衔接，同时另一方面又是为了要使这些传统的艺术经过科学的整理、改造和加工之后再普及到人民群众中去，真正成为今天人民的有益的共同的精神财富。”①

毋庸置疑的是，“十七年”时期，我国的民间文艺工作受到越来越“左”的文艺思想的严重影响，在“文艺为政治服务”的方针下，在“搜集整理”“厚今薄古”等的口号下，使搜集到的许多民间文学作品丧失了真实性，充满了思想的伪造与艺术的拔高，因而造成了不可挽回的损失。这当然不能怪罪到某一个人的头上，是时代病所造成的恶果。

四

1958年，在“三面红旗”——“总路线”“大跃进”“人民公社”的时代，毛泽东发动了搜集民歌的运动。毛泽东3月22日在成都会议上说：“搞点民歌好不好？请各位同志负个责任，回去以后，搜集点民歌，各个阶层、青年、小孩都有许多民歌，搞几个点试办，每人发三五张纸写写民歌，会收到大批的（旧？）民歌，下次会印一本出来。”毛泽东还说：“中国诗的出路，第一条民歌，第二条古典，在这个基础上产生出新诗来，形式是民歌的，内容应当是现实主义和浪漫主义的对立统一。搜集民歌的工作，北京大学作了很多。

---

① 周扬《为创造更多的优秀的文学艺术作品而奋斗——1953年9月24日在中国文学艺术工作者第二次代表大会上的报告》，《文艺报》1953年第19期。

我们来搞可能找到几百万成千万首的民歌，这不费很多的劳力，比看杜甫李白的诗舒服一些。”

作为文艺战线的领导人，周扬对毛泽东发动的这场搜集民歌的运动，积极地响应，推波助澜，在中共八大一次会议上作了《新民歌开拓了诗歌的新道路》的长篇发言。这篇发表在《红旗》杂志创刊号上的文章，产生过很大的影响。他写道：“最近由于毛泽东同志的倡导，全国各地展开了声势浩大的搜集民歌的运动。这是我国目前社会生活和文化生活中的一件大事，一件令人兴奋的大事。”[①]《人民日报》也于4月14日为民歌运动发表了社论《大规模地收集全国民歌》。对这次搜集民歌运动，应该一分为二，既不能像过去一些民间文学工作者们那样全盘肯定，也不应像有些文艺研究家们那样全盘否定。在全党动手搜集民歌运动中，各地编辑出版的民歌集，既搜集了大量的所谓新民歌（有些是“浮夸风”的产物），也搜集了大量的旧民歌。中国民间文艺研究会着手编辑多卷本的《中国歌谣选》（笔者参加了前期的编选工作），并以郭沫若和周扬二人的名义编选《红旗歌谣》。1958年12月，周扬（还有林默涵）亲自审阅修改定稿的中国民间文艺研究会《国庆十周年献礼〈中国歌谣及故事丛书〉编选计划》，《计划》规定《中国歌谣选》收各类歌谣55000行，其中“大跃进”歌谣只占1500行，大部分是古代和近代歌谣。“文革”中曾批判周扬在编选民歌的比例问题上，表现了他的“厚古薄今”观点，看重传统民歌，轻视新民歌。为编选《中国歌谣选》，曾邀请了北大教授游国恩、魏建功来主持工作。“文革”前印出了五卷的内部征求意见本。现在我们看到的这个正式版本改成了两卷（集）本，是“文革”后的1978年出版的。第一集收选近代歌谣，第二集收选新中国歌谣。与原先计划中的《中国歌谣选》相比，已面貌全非。在编选的过程中，郭沫若从初稿到三稿曾一首首审阅，个别词句还做了修改，但他未能看到书的出版就逝世了。周扬为这本有时代意义的歌谣选集写序：

---

① 周扬《新民歌开拓了诗歌的新道路》，《红旗》1958年第1期。

我国各族人民的歌谣，十分丰富。古人说："诗言志，歌咏言。"歌谣是群众抒情言志的口头诗歌。每一个民族几乎都有自己独特的民歌形式和曲调。因为不识字的劳动者或根本没有文字的民族，无不习惯于以本民族、本地区群众喜闻乐见的歌谣形式，来描绘自己的生活处境，记事抒怀，有的还以对歌作为社交手段和交流感情的纽带。歌谣从来是人民心声的自然流露，它也是一个民族的社会历史、时代生活和风土人情的一面镜子。古人有审乐知政的说法，采风可以了解民间疾苦，虽然并不能由此而消除这种疾苦，但却说明了民间歌谣的一个重要特点，就是从这些歌谣中可以听到人民的声音，听到群众的政治意见。纵观我国不同历史时期产生的各民族的歌谣，便可以看到劳动人民在劳动和革命斗争中，不断用他们的诗歌创作描绘了一幅幅真实生动的历史画卷。这是我国各族人民以自己的艺术天才和集体智慧创造出来的一份极其珍贵的文化财富。

马克思和恩格斯都重视民歌，特别重视政治民歌。他们高度评价这些民歌的社会意义及其在诗歌艺术上的成就。伟大领袖毛主席历来重视民歌，提倡搜集民歌的工作，这是大家都知道的。历代杰出的诗人、作家也都懂得，诗是从民歌发源的，他们都或多或少地从民歌吸取了养料和形式。屈原著名的《九歌》，就是由楚国民间的祭神歌辞加工而成的。明代以拟古主义者著称的李梦阳，在编辑自己的诗集时也深有感慨地说："真诗乃在民间。"在封建时代，民间歌谣一面被当作"下里巴人"，遭到鄙视，一面由于所谓兴"乐教"、"观风俗"，或为了宫廷娱乐，而被收进了乐府；被吸收进了的，著于文字，就保存下来了，而且每每成为文学宝库中的珍品。但是，大量的歌谣是被忽视而自生自灭了；只是由于人民的创作具有强烈的生命力，因而迄今还有以往不同历史时期产生的作品一直在群众中口头流传。在旧社会，劳动人民在政治上处于无权地位，在文化上也被剥夺了掌握文字的权利；因此，虽然他们有很好的民歌创作，在整个文学史上起了很大的作用，但他们没有充裕的时间和条件来充分发挥自己的文学艺术才能。文学发展的历史告诉我们，是杰出的诗人、作家吸收民间文学的丰富营养，发展和形成了一个民族、一个时代的包括诗歌在内的文学。历史也证明，诗人、作家如果不向劳动人民的诗歌传统学习，就会在创作上脱离人民，使诗歌艺术不能得到健康的发展而濒于衰竭。毛主席提倡搜集民歌，主要目的之一也是为了发展新诗的需要。毛主席给陈毅同志谈诗的信中预言："将来的趋势，很可能从民歌中吸引养料和形式，发展成为一套吸引广大读者的新体诗歌。"这不仅为克服新诗的弱点指明了重要途径，也是符合各民族诗歌发展的规律的。劳动人民在长期的诗歌创作实践中，形成了一整套适合于口头说唱的民间诗歌艺术和诗歌传统。各民族的歌谣也都有各自不同的特色和风格。它们是现实主义的，又是浪漫主义的。我们应当从各民族民间诗歌中吸取丰富的营养，发展和繁荣社会主义时代的新诗歌，这些诗歌应当是富有民族特色和时代特点的。毛主席的指示，对于一切文艺工作者都有重要意义，对于诗人和民间文学工作者更是一个巨大的鼓舞。

这两集歌谣选的是近代和当代的民歌。近一百多年来，我国人民为争取民族解放和自身的解放，前赴后继，进行了长期的英勇斗争。这些民歌就是这个斗争历程的反映。

在苦难深重的旧中国，人民大众是牛马，体力劳动是苦役。在这部歌谣的第一集里，历历如画地反映了旧时代我国人民所过的悲惨生活和他们的反抗斗争，其中有抵抗外国侵略者的愤怒之歌，有对太平天国、义和团等农民起义英雄们的赞歌，有失去了生活的权利和自由的奴隶的悲歌，有在封建制度剥削下广大农民的愤怒的控诉，有妇女惨遭封建礼教残害的凄苦的自述，有各种手工业工人及产业工人的悲苦境遇和奋起反抗的自我写照。这些歌谣的产生年代，虽然有的很难作出确切的判断，也就是说它们产生的年代可能更早，但它们反映了人民对民主自由的要求，烙有鲜明的时代印记。这些歌谣，很多都是政治民歌、革命民歌。在中国共产党的领导下，人民战争取得了胜利，中国人民得到解放。中华人民共和国的诞生，标志着我国进入了社会主义的新时代。人民开始做了自己命运的主人。新时代的新民歌诞生了。它们和旧时代的民歌迥然不同。它们是站起来了的中国人民的声音。它们有了新的内容、新的形式和新的风格。但是，革命的道路是漫长的，在社会主义社会，阶级矛盾和阶级斗争还存在，斗争更加艰巨，更加曲折复杂。在社会主义时代的新国风中，我们听到了各族人民在无产阶级专政条件下继续革命、大干社会主义的勇敢之歌和快乐之歌，听到了我国人民在英明领袖华国锋为首的党中央粉碎“四人帮”之后，抓纲治国，奋发图强，为建设一个伟大的、现代化的社会主义强国而高歌猛进，走上新的长征的最矫健的步伐。①

《中国歌谣选》是一本具有强烈时代特点的歌谣选集，如周扬在序言里就第一集所收录的歌谣所说，“反映了人民对民主自由的要求，烙有鲜明的时代印记。很多都是政治民歌、革命民歌。”他着眼于民歌的社会历史价值（包括古代统治者的“审乐知政”作用）和诗学源流意义两方面所作的阐述，都是建立新的歌谣学的重要话题。同时也要指出的是，不管是“文革”前出版的《红旗歌谣》（红旗杂志社1959年1月），还是“文革”后出版的《中国歌谣选》，显然都是在“文艺为政治服务”口号下的产物，所选作品，要么是中国近代以来政治（军事）斗争的宣传品，要么是新中国成立以来的政治运动中产生的，或政治性很强的颂歌，而反映普通老百姓日常生活、人情风俗和淳朴情感的“非政治性”歌谣则分量较少，不大能较为充分地反映出中国源远流长的民间文化的传统。尽管周扬强调了现在已经弃置了的关于“无产阶级专政条件下继续革命”的理论以及新民歌的发展走势，但这篇序言中关于民歌与诗的关系、反映重大社会历史事件、反映民间疾苦、表达老百姓的意见、反映我国人民近百年来为争取民族解放和自身的解放而进行的英勇斗争等观点，是符合民间文学的特点和规律的。

作为文艺理论家，周扬对民间文学的特性是有深刻见地的。早在1960年8月4日，他就在中国民间文艺研究会扩大理事会上发表过这样的精辟的见解：“比如我是一个宫廷诗人，他也是一个宫廷诗人。我这个诗人经常向民间去

① 周扬《〈中国歌谣选〉序》（1978年7月24日），中国民间文艺研究会、中国社会科学院文学研究所合编，上海文艺出版社1978年11月。收入《周扬文集》第五卷时，文字上略有改动。

找诗，他却不到民间去找诗，但他会拍马屁，皇帝就很喜欢他。我这里经常反映点人民的要求和不满，皇帝就打击我。越是打击我，我就牢骚越多，越不满意，就越反映人民的东西。”[①] 他说这段话的时候，正是三年困难时期，周扬在这样的时候用这样的思想启发大家，从民间作品中去看民间的疾苦和倾听人民的声音，不是很值得珍视的吗？

五

“文革”开始，中国民间文艺研究会和其他协会一样被“砸烂”，停止工作长达十多年之后，在1979年11月召开的第四次全国文代会期间得以宣布恢复活动。在第四次文代会上被选为中国文联主席的周扬，在中国民间文艺研究会第三次代表大会上同时被选为中国民间文艺研究会的主席。

各文艺家协会恢复工作时，我在《人民文学》杂志社做编辑，后来转到《文艺报》和中国作家协会。1982年7月17日至24日，中宣部在河北省涿县桃园宾馆召开文艺评论座谈会，其间，中宣部副部长贺敬之同志找我谈话，对我说：“民研会负责人贾X把协会搞得一团糟，还对中宣部兴师问罪。民研会工作瘫痪了。你在那里工作过，现在要你到那里去担任一定领导工作，不许贾X再插手民研会的任何事情了。”这虽然是中宣部的主管部长的意见，但毕竟事情来得突然，我没有任何思想准备。接下来，中国文联党组的负责同志赵寻、延泽民、李庚又陆续找我谈话，但我都没有答应。

中国民间文艺研究会的工作处在瘫痪之中。作为中国文联党组书记、主席和民研会主席的周扬，非常着急，1982年12月14日在他的家里召集了中国民间文艺研究会主席团扩大会议，解决民研会的领导班子问题。参加会议的有：民研会副主席、北京师范大学教授钟敬文，副主席、中央民族学院教授马学良，文联书记处书记延泽民，民研会常务理事、社科院少数民族文学所的副所长王平凡，民研会副秘书长程远。周扬委托文联党组的副书记、书记处常务书记赵

---

① 据笔者个人笔记。

寻主持会议。周扬在会上讲话说：

贾芝我们共事几十年了，我过去的印象，他是老实的。在民间文学和少数民族文学方面做了一些工作。但他现在的错误是相当严重的。搞得不择手段。他肯定是不能继续领导了，对他的错误要批评。不是生活小事。民研会的工作要有一个人负责。延泽民同志可以去帮助一下，但不可能长期在那里。梅冠华同志我不是很熟，可以先安排到那里。贾芝同志今后不能再担任领导了。总的是不能再做领导了。要批评他的错误，要他作检讨。今天主要解决个别领导的问题。我是不太赞成搞什么领导小组、临时过渡班子。能不能搞临时党组？先把班子搭起来。民研会的同志有很多意见，经常收到很多的来信。撤销贾芝的职务也是为了帮助他。贾芝是有错误的。但他对少数民族文学所的工作的意见还是正确的。我以为他的少数民族文学所的工作还可以保留。贾芝同志为什么那样专断，不择手段？这一点我没有想到。他的变化，我问过钟老，钟老说他可能是地位变了。但他没有做什么大官呀，没有很高的地位嘛！为什么变得这样大？

（对程远）反映问题不要割裂起来，要联系起来，全面地、客观地反映问题。要把他前后的话都反映出来。民研会我也挂了个名。今天是不是有几件事可以确定下来：一，马学良同志是不是可以回少数民族文学所，请转达给梅益同志，他（贾芝）还是副所长嘛。二，民研会临时领导小组，是个过渡性的班子。老延去负责这个组。平凡同志虽然很熟悉，但他的工作太多。我建议你不要挂这个秘书长。民研会是不是搞个秘书长？我建议还是梅冠华来。他比较超脱。可以把他调来。将来的工作还是请他来做。总要有点相对的稳定性。稍微加点强制，就是组织决定调过来。将来什么名义，再商量，都可以。是不是就叫梅做秘书长。王明环我只见过一面，我很难判断他怎么样，既然大家有不同意见，是不是可以再看一下。我没有说过什么接班人。我现在也说不出什么印象。他还比较爽快，有点造反派的味道。（不完全是贬他）可以再看看嘛。再了解一下。对贾芝同志，程远你也要多听听另外的意见，为什么王平凡同志、钟老都对他有意见呢？不要偏听。民研会要允许有更多的民主，更多的自由，要有研究的空气，民主的空气，自由的空气。贾芝同志还是副主席，但不要管日常事务。梅冠华同志不愿意来，爱人生了癌症。梅益同志已同他谈了话。这个同志比较稳当，人是好人，缺点是比较软弱一点。[①]

1983年3月7日，周扬同志在中央党校礼堂作纪念马克思逝世一百周年的报告——《关于马克思主义的几个理论问题的探讨》，报告发表后，遭到胡乔木的批评。当时我在《文艺报》工作，对此事虽有耳闻，对真相却不甚了了。大家都为周扬鸣不平，也为他担心。周扬的心情很不好。他身后虽然寂寞，却已有许多回忆文章把这件事披露出来了。这一年的3月20日，是老民间文学研究学家钟敬文教授的80寿辰，年初我约他写了一篇《我的民间文艺生涯60年》的文章，在《文艺报》上发表。同时，我给周扬同志写了一封信，告诉他钟先生80寿辰的事，建议他给钟先生写一封信表示祝贺。周扬果然给他写了信，称赞钟先生"成就卓著，众所共仰"。4月初，全国民间文学工作者聚集在西山一处开会，延泽民同志邀我去开会，我便向大会建议为钟先生开一个他从事民间文学研究教学60年的祝贺会。我的建议得到同意，决定10日开会，我自告奋勇去请周扬来参加并讲话。周扬虽然心情很不好，还是毅然来到了会场。周扬见了面就问我："称钟敬文'先生'好，还是称'同志'好？"我立即就去探钟先生的口风。钟先生对周扬能来参加为他召开的会议，非常高兴，毫不犹豫地对我说："就称同志！"那天，我还代为请了林默涵和林林同志。周扬在会上讲话，热情地叙述了和钟老多年的交往，称赞他对民间文学事业的忠诚和贡献，对钟先生作为一个知识分子，一生靠近革命，矢志不渝地献身民间文学事业，取得的卓著成绩，表示了热烈的祝贺，并给了很高的评价。

---

① 引自《中国民间文艺研究会主席团扩大会议记录》（1982年12月14日）。1990年春节前，我去职离开中国民间文艺家协会，奉调到中国文联理论研究室，临行前，将这份会议记录交给办公室管理文书档案的李毅同志归档存留，并留有复印件备查。

会后周扬同志要我坐他的红旗车与他一起走。在周扬同志的车上，还有中国文联党组副书记赵寻和新华社文教记者郭玲春。周扬对我说："民研会现在缺一个领导人，机关瘫痪了，要请你到民研会去工作。你怎么还没有去？"他还讲了些民间文学是条很重要的战线一类的话，我就没有在意听了。对于周扬的问话，我虽然已有思想准备，但我仍然没有当场答应他。我想我在《文艺报》工作得好好的，又担任着编辑部主任，干吗要到那个是是非非的地方去？记得有一次好像是李季同志的追悼会上见到汪曾祺，他也听到了要调我到民研会的消息，关心地对我说："别去那个地方，那个以整人为职业的人是能合作的人吗？"汪曾祺曾经是《民间文学》杂志的编辑部的主任，1958年被"补划"成右派，发送到张家口去劳动，他对我说这样的话，自是感同身受的。但当我一想到从去年夏天贺敬之同我谈话以来，作为老领导、作为民研会主席的周扬，一直在等待着我的回答，我心里的确有些不忍。一个文艺界的老领导，竟然到了这样的一个时候，手下没有一个能够替他在那里抵挡一下子的人！想到这里，我再也没有说什么话，车里的空气显得沉闷起来。

不久，中国作协要召开第四次作家代表大会，8月初冯牧带上当时在《文艺报》工作的唐达成、谢永旺和我，还有《人民文学》的涂光群，到西山国务院的一个招待所，去起草工作报告。有一天晚上，冯牧递给我一份周扬同志给他、贺敬之和赵寻的信，要我看。我看了，上面有周扬的批示，是催我到民研会去的，周扬还特别写了一句话："请冯牧同志大力帮助。"冯牧对我说："周扬是我的老师，我已顶了他两次，这次我不能再顶了，事不过三呀！"冯牧是我十分尊敬的领导，是《文艺报》的主编，我在他直接领导下工作五年来，非常愉快，人生难得遇到这样一位知人善任、体谅下级、爱护下级、作风民主而又知识丰富的学者型的领导。但他也是个不会为我的事去得罪他的老师和领导的人。主持《文艺报》工作的副主编唐因，非常激动地反对我离开。但事已至此，我似乎已无可选择，只有到民研会去了。后来我才知道，我离开《文艺报》的事，并没有经作协党组讨论，听说张光年同志从外地休养回京后，很是生气，可是已来不及了。在我到文联和民研会报到的时候，文联党组副书记赵寻当面把1982年12月14日在周扬家里开的民研会主席团特别会议的记录交给了我。从那份会议记录里，我才知道了周扬何以要调我到民研会去的原委。

六

1983年12月8日，中国民间文艺研究会在京举行三届二次理事扩大会，主要讨论加强理论工作，由我向大会提出报告，并选举我担任书记处常务书记。会前我到周扬同志家里去向他请示汇报会议准备情况，并把起草好的将要在大会上作的工作报告稿呈送他审阅。报告稿说："加强民间文学理论研究，既是社会主义现代化建设总任务的要求，也是民间文学事业在新时期发展的要求。'全面搜集，重点整理，大力推广，加强研究"，是1958年召开的第一次全国民间文学工作者代表大会上制定的民间文学工作方针。但由于整个政治形势的影响和指导思想上的'左'的干扰，一个时期以来，这一方针，特别是'加强研究'，并没有得到全面的贯彻落实，有一些民间文学作品的评论、民间文学体裁的论述和民间文学史方面的探究，或多或少受到阶级斗争扩大化理论和实践的影响，偏离了马克思主义的唯物史观。在'左'的思想影响下所进行的一些政治批判和学术批判，严重地挫伤了许多民间文学学者、专家和青年研究工作者的积极性，使民间文学研究工作受到了严重影响。……今天，在搜集整理工作已经取得了巨大成绩的基础上，强调着重加强理论研究工作，强调围绕着建设和发展具有中国特色的、以马克思主义为指导的民间文艺学体系，安排我们的各项民间文学工作，并不是否定搜集整理工作的必要性和重要性。"①周扬同志是中国民间文艺研究会的创始者，是继郭沫若之后的第二位主席，他喜欢我们参与主持具体工作的干部不断提出新的问题和措施，把事业推向前进，而不要墨守成规，故步自封。他对报告稿中提出的加强民间文学理论研究工作、逐步改变"左"的方针和做法的设想表示同意，并欣然答应到会讲话。但

① 报告中的关于加强理论研究的部分，以《民间文学理论建设刍议》为题，发表在《民间文学论坛》1984年第1期上。

因报告稿中批判了“十七年”中间民间文学工作和理论研究中的“左”的思想影响，得罪了“十七年”间执政的领导人，为我自己埋下了祸根。这件事，令我敏感地回想起1979年3月16日我所参与组织的由《文艺报》召开的“文艺理论批评座谈会”上，代表们对“十七年”期间执行“左”的方针路线的批评和林默涵的反批评。[①]而民间文学界显然缺了对“十七年”中间执行“左”的方针路线的认真批评和理论上的争鸣这一课。

周扬因1983年3月7日在纪念马克思逝世100周年大会上所作的学术报告中提出了“社会主义异化”论，而受到猛烈批判和攻击，事情折腾了大半年。11月6日，被迫向新华社记者发表了违心的检讨，心情的沮丧是可想而知的。他的身体状况也每况愈下。正在病中的他，12月9日下午在我和秘书的搀扶下来到会场时，受到了与会全体理事的热烈欢迎。他在会上发表了一篇热情亲切的讲话，表达了他对民间文学事业的关心和期待：

> 郭老去世以后，我任民间文艺研究会主席，实际上却没有做什么事情。30多年以来，我对民间文学事业始终是十分热心的。现在提倡研究民间文学，钟老是长期从事这项工作的，并且成绩很大。我本人没有研究出什么成绩来，只能讲一点。我愈想愈觉得民间文学研究工作是非常重要的，所以我赞成这个事业。
>
> 我们这么大个国家，有56个民族，在世界上是首屈一指的。我们有几千年的历史，仅就这一点，也是世界第一的。但我们不希望什么事情都讲争个世界第一，因为中国现在究竟还有很多落后的东西。我们本应该是世界第一强国，但是还没有成为第一强国。过去我们不是老爱宣传第一么，现在我们为什么不宣传了呢？是因为这样宣传有些惭愧。它本来是可以第一的，从历史上讲它第一，从人口上讲它也是第一。但是不能讲第一。这是因为在近代的时候，中国是落后的。新中国成立以后，我们赶上去了，

① 林默涵和陈辽的争鸣，见拙著《在文坛边缘上——编辑手记》第241～246页，河南大学出版社2004年9月。

摆脱了和改变了这种落后的状况。所以说，我只是有一点可以讲，可以向同志们表示，那就是，我对民间文学事业十分热心。

在文联的几个协会里，民研会本来应该是一个很大的协会，但是现在在组织上却是一个很小的协会。我看了你们的工作报告，我觉得写得很不错。我当然没有很好的研究。不知是哪位同志起草的，可能是锡诚同志起草的吧。这个报告是写得很可以的，很好的。

现在，对民间文学这样一种遗产，祖先遗留给我们的、人民群众创造的遗产，我们怎么对待？过去我们有个方针，就是搜集、整理。今后怎么办？我觉得是不应该辜负这份遗产的。我们就是要进行研究，进行科学的整理，把民间文学研究的水平提得更高。它不但是中国的财富，而且是世界的财富。现在当然是世界的财富了。但是它还不是完全精致的东西，还没有经过更大的加工。所谓更大的加工，就是科学的研究。

我们国家应该造就很多而不是几个研究民间文学、民俗学的人才。民歌、民间故事都是很丰富的啊。就讲云南这个地方，少数民族是比较多的了，那里的民间文学是异常丰富的。马子华寄给我一本小书，讲的是白族的故事。这些故事与汉族的故事比较接近，它虽然有很多缺陷，但看起来还是蛮优美的。我不过是举个例子。像这样的财富呀，是不可胜数的。比如柯尔克孜族的史诗《玛纳斯》就更不用说了，是值得我们花力量记录整理和研究的。这份财富，要成为世界的财富，要成为世界公认的财富，就要进行科学的整理和研究。而只能靠我们这些人，靠我们整个民间文学研究的水平。这些人本身就是财富。假使不能达到这个水平，我们就有负于这些财富了。中国古人的文化非常丰富，民间文学财富也很多，但是还没有成为世界公认的财富，不经过研究，就不能成为一个公认的财富。我希望经过大家的努力，使我国民间文学的财富为世界所认识，为世界所掌握。我们几十年来虽然做了很多工作，但是我们现在还没有达到这一步。

我不知道我们攻读民间文学博士学位的有多少人。（钟敬文：我们现在还没有招，教育部授权我培养博士研究生，但我考虑到目前条件还不成熟，所以没有招。）我认为应该招收民间文学博士研究生。这倒不是为了名誉。按照民间文学的财富，是应该也可以产生博士的。关键是我们的重视和培养。博士学位可以反映学科的水平，研究的成果，也反映国家对它的重视程度。（钟敬文：外国人研究我们的东西，得到博士学位的很多。）苏联有，日本也有。

每次到这里来，我只能讲空话，只能讲希望。但是这些空话包括了许多热烈的愿望。希望是不是成为空话，那就要看大家的努力了。我们国家的学术水平要提高。所谓水平就是研究水平，就是科学水平，不是别的水平。提高我们国家的学术水平，包括提高民间文学研究的学术水平。民间文学的素材很多，我们要在这些素材上进行研究，使这些研究达到世界科学研究的水平，这是我们的希望。

我今天来，一方面确实有一种感情想要看看大家，看看老朋友。在座的萧崇素，是我最早的朋友了。他可能还要参加田汉纪念会吧？二十多岁时，我们就是朋友。他一直搞民间文学研究，所以我很羡慕他。我和沙汀认识就是通过他。今年是田汉的85岁诞辰。我很高兴地知道当年南国社的少年演员萧崇素同志20来岁的时候，曾当过演员。（萧：是个不讲话的演员。）我至今还记得萧崇素写过一篇《唐叔明礼赞》的文章。也许你自己都忘了吧？（萧：忘了。）我记得它登在《申报》上，你自己找来看。唐叔明也是当时的演员，现在还在，还在北京，70多岁了。他是很有名的，但是昙花一现，以后就没有联系了。我看可以建议邀请他这个最早的南国社演员参加田汉纪念会。

我今天到这里来，多少有点怀旧的感情，这不是南国社，这是中国民间文艺研究会啊。民研会比南国社意义更大了，人才也多。我祝同志们这次会开得成功！接下来，还要发奖。祝一切都能获得成功！利用这个机会，互相认识一下，互相交流一些经验，使我们的民间文学事业一天天发展，而不是一天天衰落。这是我的希望。①

① 据《中国民间文艺研究会第三届第二次理事会文件》（印本）。

那时，我还是一个中年干部，在当时的中国文联系统十个协会研究会的领导干部中，我是唯一一个新中国成立后培养起来的大学生出身的干部，在各方面都很不成熟，摆在我面前的困难很大，我需要的是支持和理解。当我对自己提出的以加强理论工作为今后民研战线的重点把握不大的时候，周扬同志当着全国理事们的面所讲的这番肯定的话，无疑是对我这个晚辈的最大支持。我从心眼里感激他。况且他当时心情不好，又是扶病来的。他的讲话，当然不只是对我一个人的支持，更重要的是，经过周扬同志的阐述，加强民间文学理论研究工作，提高学术水平，就成了全国民间文学战线的共同认识，为下一步确定民间文学工作的新的方针定下了基调。

在少数民族民间文学的搜集和研究方面，周扬是先行者。1958年7月17日，中宣部召开编写少数民族文学史座谈会，周扬在会上提出了在少数民族地区实施“三选一史”（即歌谣选、故事选、谚语选和文学史）的计划。会后中宣部于8月15日将《关于少数民族文学史编选工作座谈纪要》转发各地，开创了少数民族民间文学搜集研究工作的先河。从此开始了少数民族民间文学的有计划的搜集和研究，其中包括搜集和出版藏族史诗《格萨尔》等民族史诗。我就是根据那个报告的安排，于1959年秋第一个被派往青海去落实这个文件并组织搜集和翻译的。那个文件的批发者，正是当时任中宣部副部长的周扬和中宣部文艺处。

周扬是编写少数民族文学史的发起人。记得1961年4月10日，周扬在何其芳主持召开的“少数民族文学史座谈会”上发表过一篇精彩的讲话说：“对写少数民族文学史的工作，我是一个热心的发起人。”他在讲话里对“大跃进”期间兴起的群众性批判运动和学术界出现的“左”的倾向发表了下列意见：“‘以论带史’这个口号是有毛病的。以‘论’带‘史’，似乎只要有了‘论’就能带出‘史’来。其结果就会引导人专门讲原则，不讲史料。研究历史就是要向史料作调查，向文字的、地下的史料作调查。没有这种调查是不行的。……‘以论带史’就是叫青年拿历史作为公式去套。从原则出发，而不是从实际出发。”[①]他不仅对在头脑昏热时期提出的“以论带史”提出了批评，而且他也不同意在搜集和研究少数民族的民间文学上采用陈伯达提出的“厚今薄古”的方针[②]，而提出了一个“古今并重”的原则。对于整理和研究少数民族的文化遗产来说，如果按照“厚今薄古”的原则，那么，少数民族的几乎只是流传在口头上的民间文学、甚至民族史料，就会因无人问津而被历史所湮没。周扬的观点显然是对的。这时的周扬，与1958年发表《新民歌开拓了新诗的道路》时已有了很大的不同。国家正经历着三年困难，中央提出了调整、巩固、充实、提高的治国方针，被“大跃进”所膨胀了的头脑已经因缺乏食物而冷静了下来。周扬当然也不例外。

中国社会科学院少数民族文学研究所是1979年文代会期间，由马学良和钟敬文两位先生提议，经周扬同志当场拍板同意，并指令民族研究所负责人、语言学家傅懋绩先生负责筹备成立的。[③]因此周扬理应是少数民族文学所的当之无愧的创建者。到1984年1月，中国社会科学院少数民族文学研究所召开第四次藏族史诗《格萨尔》工作会议，周扬欣然应邀到会讲话。他在讲话中再次把我推荐给到会的来自各地和各民族的史诗研究者们。他说刘锡诚原来是搞文艺理论的，现在新加入到民族文学和民间文学工作中来，是新的力量，等等。周扬同志这次专门就《格萨尔》研究作专题讲话，对于开展《格萨尔》的研究，建立我国自己的史诗学具有重要的推动作用。

七

1984年下半年，为了筹备中国民间文艺研究会第四次代表大会，我到周扬

① 周扬《在少数民族文学史讨论会上的讲话》（1961年4月10日），见《周扬文集》第三卷第292～293页，人民文学出版社1990年9月。在收入《文集》前没有发表过。

② 陈伯达《厚今薄古，边干边学》，《人民日报》1958年3月11日。此为当时任中宣部副部长的陈伯达应国务院科学规划委员会副主任郭沫若的邀请，在国务院科学规划委员会第五次会议上的讲话。

③ 刘大先在《民族文学研究所成立始末》（《中国社会科学院院报》2007年4月12日）一文中指出我的说法不可靠，可参考。

家里向他汇报，他对我说，他身体不好，不能再担任下届主席了，让我和中宣部有关部门商量另择人选。中宣部干部局唐连杰局长把我找去，对我说，他们正在筹划和考察新一届领导班子的人选，征求我的意见。他说林默涵同志把钟敬文先生放在第一位。贾芝同志把钟敬文的名字勾到他的名字之后。我说怎么可以这样？随即向他推荐钟敬文先生担任下届主席。中国民间文艺研究会下一届（第五届理事会）的人选，中央确定由中国文联和中国作协人事安排小组负责安排。他们征求了部分省市自治区有关单位的意见，征求了我会在京几位副主席、书记处成员的意见，并在机关内部十九级以上干部中进行了民意测验，在这个基础上提出了名誉主席、主席、副主席、书记处成员的候选人名单。人事安排小组提出的名单证明，干部局接受了大多数人的意见。贾芝把民研会看成是他家的，既然周扬不能当主席了，主席应该非他莫属，对提名钟敬文为主席始终耿耿于怀，认为是我和书记处的几位同志在作怪。周扬同志当时的处境，文艺圈子里的人，大家都是知道的。我能够理解。但在开会前的一段时间里，贾芝却为自己的一点私利再三地去纠缠他，当然使病魔缠身、已出现轻度语言障碍的周扬同志相当恼火。1984年11月4日，周扬在给民研会书记处的信里写道：

> ……据我了解，目前民研会召开代表大会的条件还不成熟，会内成员意见各异。我意可遵夏公意见延期缓开。
>
> 我自己年老多病，实难完成任务，不宜再担任下届会长，请同志们考虑。这届的工作我当尽心关心。

在几次有关筹备工作的正式会议上，贾芝对几项筹备方案，都是同意了的，这都有记录在案，但私下里，他却又去周扬和邓力群等领导同志那里告状，这也不行，那也不行，所以周扬同志说“会内成员意见各异”。于是，在开会前夕，周扬同志又给我们写来了一封辞去民研会主席的信件，并嘱我们在代表大会上宣读。信里说：

民研会代表同志们：

我因年老多病，近期又住院治疗，无力也无法顾及民研会的工作，出于不得已，为了对党对民研会工作负责，今特提出辞去本届民研会主席的职务。今后凡有关民研会的一切工作，请找有关领导方面直接请示解决，我不再参与任何意见，对这次会议也不再过问，我担负民研会工作期间，对于民研会领导中纷争之事未能解决，工作不好，有负众托，请同志们批评、指教。

此件请抄文联党组并报中宣部，并请向代表大会宣读。

预祝大会胜利完成任务。

周　扬

1984年12月12日

我手里拿着周扬同志这封简短的信件，感觉好像很沉，脊背上不由得爬过一阵悲凉。我还是按照他的要求在代表大会上向来自全国各省区的全体代表宣读了。周扬于开国后不久亲手建立起来的中国民间文艺研究会，虽然在“文革”中曾经遭到破坏，但还是获得了新生，可是现在他病倒了，他被人击倒了（并非仅仅是被好友“割伤……手指”[①]），他衰老了，无力再顾及它了。令他特别头痛的民研会机关里的长期纷争，他虽然尽了全力，却未能彻底解决问题。1982年12月14日，他在自己家里召开了有文联党组两位主要成员（赵寻和延泽民）参加的民研会主席团会议，宣布贾芝不能再继续插手民研会的工作。

根据周扬的意见并经他同意，中国文联党组在1982年底调整了中国民间文艺研究会的领导班子，成立了由延泽民（文联党组副书记，组长）、刘魁立（中国社会科学学院文学研究所）、程远、刘锡诚（文艺报编辑部）、马振、吉星、陶阳七人组成的领导小组。这个领导小组的成立并未能彻底解决民研会

① 1984年1月26日胡乔木呈送给周扬一首小诗：“谁让你逃出剑匣，谁让你/割伤我的好友的手指？/血从他手上流出，也从/我心头流出，就在同时。/请原谅！可锋利不是过失。/伤口会愈合，友情会保持。/雨后的阳光将照见大地/更美了：拥抱着一对战士。”转引自《龚育之回忆：“阎王殿”旧事》，江西人民出版社2008年。

内部的纷争问题。这时，周扬浓重的失望情绪，我是能够体会得到的。于是，周扬同志决定把我这个学生出身、没有来历没有背景、但思想还算得上解放的中年干部安排在协会的领导岗位上，让我来民研会任书记处常务书记，代替延安来的老干部，自然更惹得这个权利欲很强的人不甘心，由私下里到处告状发展到在代表大会上大打出手，好一番表演。好在，在中宣部和文联等领导机关和领导人的支持下，在钟敬文、马学良、姜彬、田兵等许多老前辈的帮助下，中国民间文艺研究会第四次会员代表大会开得很成功。贾芝看到利用周扬同志辞职所作的表演没有得逞，于是再施一计，匆匆回京，向《人民日报》投书告状。1984年12月13日《人民日报·情况汇报》（特刊）第31期全文刊载了贾芝的告状信《贾芝同志反映赵寻、刘锡诚同志在召开民研会代表大会前后违纪行为的情况》。不知周扬同志看了这期内参作何感想，1982年12月14日曾亲自主持文联党组和民研会主席团会议对贾芝所作的决定，并没有让他这个延安来的弟子有所触动，内心的失望自是可以想见的。看了贾芝写的这份长达13页的告状信，民研会书记处书记马振同志受书记处全体成员的委托，于1985年2月起草了一份答辩书《关于中国民间文艺研究会第四次会员代表大会召开情况》寄给了《人民日报》编辑部，以正视听。事情就这样不了了之了。

后来，周扬一病不起，长期住在医院里，再后来，变成了没有思维能力的“植物人”，直到逝世。他一生为中国文艺事业做出的贡献是很大的，他虽然也犯过许多错误，特别是在大搞阶级斗争的年代，但他晚年沉痛忏悔自己的过失，得到了人们的广泛信赖，他竭尽全力维护和发展改革开放带来的大好局面。周扬的一生，是不懈地追求真理的一生。作为晚辈，我对他了解很少，但他对我个人的教诲，我是始终铭记的，他永远活在我的心中。

写于2008年7月15日，2015年6月2日修订

附记：本文系2008年为周扬诞辰百年而撰。发表于《传记文学》2015年第8、9期。此处恢复了发表时删去的段落。

郑振铎在中国民间文学学术史上的意义

——为郑振铎诞辰110周年而作

郑振铎（1898—1958）是20世纪中国现代文化史、中国现代文学史上的一位“百科全书式”的文化巨人。他是著名作家、编辑家、文艺理论家、外国文学家，他又是中国民间文学史的重要奠基者之一。其成就和贡献是多方面、多领域的。

一、“五四”新文化运动与郑振铎民间文学观的形成

郑振铎在学生时代参加了“五四”运动，正式开始从事文学活动，是在1919年“五四”运动的高潮中。“五四”运动爆发前，他就和瞿秋白、耿济之、瞿世英、许地山等人一起参加了“北京社会实进社”，并组成《新社会》旬刊编辑部。《新社会》于1919年1月发刊，1920年5月被迫停刊，后又编辑出版《人道》月刊。“五四”爆发，他们都被选为代表。[①]继而，郑振铎于1921年参与发起和筹办文学研究会，在筹办中和成立后，都发挥了重要作用。在其

① 参阅郑振铎《耿济之先生传》《想起和济之同在一起的日子》，《郑振铎文集》第3卷第248～257页，人民文学出版社1988年5月；林荣松《五四新文化运动中的郑振铎》，《新文化史料》，2000年第2期；郑尔康《郑振铎》第30～34页，北方交通大学出版社2008年11月。

后的文学活动中，郑振铎既是胡适、陈独秀等提倡的“白话文学”的追随者，又是胡适提倡的“整理国故”的同道人。“白话文学”取代“文言文学”是“五四”新文化运动的主要功绩之一，摒弃文言，改行白话，改变了中国文学（文化、教育）的僵死状态，激发了中国文学的生命活力，还文学于大众。作为“五四”“白话文学”思潮和运动的一支，刘半农、钱玄同、沈兼士、沈尹默于1918年2月1日发起成立了北大歌谣征集处，并由刘半农编订和陆续在《北大日刊》上刊布“歌谣选”，从而导致了我国第一个民间文学团体北大歌谣研究会的诞生。被称为“匹夫匹妇”“村妇野老”所口传心授、世代相传的口头文学、“下等小说”、戏曲，由于受到“五四”文化先锋们的重视、推崇、搜集和张扬而“登堂入室”。研究古代神话、征集现世歌谣、重视口传的民间文学、发掘遗落了的俗文学的思潮，成为“五四”新文化运动洪流的重要一脉。

郑振铎对民间文学的兴趣和关注，始于文学研究会的成立。文学研究会的成立（1921年1月4日），郑振铎是主要筹备者之一。不久，郑振铎从北京铁路管理学校毕业，便被派往上海火车西站当练习生。同年4月脱离铁路，接受张东荪的聘请出任上海《时事新报·学灯》副刊主编。他所筹办的文学研究会的《文学旬刊》，作为《时事新报》的另一副刊于5月10日创刊。11日，进商务印书馆编译所，负责编辑《文学研究会丛书》。次年创办《儿童世界》。从这时起，郑振铎就开始关注、介绍与研究民间文学了。由他起草的《儿童世界宣言》[①]，在中国现代民间文学学术史上，是一篇很有价值的文献，他把刊物的内容分为十类：插图、歌谱、诗歌童谣、故事、童话、戏剧、寓言、小说、格言、滑稽画，还有杂载、通信等。可以看出，我们今天认为的民间文学的内容，占了多么大的地位！作为主编，他除了在刊物上发表《安徒生童话》等民间作品和他的许多朋友写的文章外，还在其编刊的《文学研究会丛书》中，出版了他翻译的《莱森寓言》（1925）、《印度寓言》（1926）、《列那狐》（1926）和《高加索民间故事》（1928）；这几本外国故事选，他都写了序言。继而，他于1923年1月接替沈雁冰主持《小说月报》，《文学旬刊》也

---

① 《儿童世界宣言》，《时事新报·学灯》1921年12月28日，上海。

于1923年7月30日起改为《文学周刊》，他手中的这两个文学刊物，加上《时事新报·学灯》副刊，成为他发表和组织发表民间文学文章的主要园地。北京大学歌谣研究会主办的前期《歌谣周刊》于1925年暑假停刊之后，由于《文学周刊》作为《时事新报》的一份附刊，每周一期，刊期短，发稿量较大，见报快，又有文学研究会的会员为后盾，发表的民间文学文章更多了，一时间成为中国民间文学研究、主要是民间文学之文学研究阵容在上海的重镇。

郑振铎发表在《小说月报》上的民间文学、尤其是民间故事研究文章，如：《中山狼故事之变异》（1927，17：《中国文学研究》号外）、《螺壳中之女郎》（1927，17：《中国文学研究》号外）、《榨牛奶的女郎》、《韩湘子》（1929，20：4）、《老虎外婆》（1929，20：5）等民间故事专论，以及《安徒生的作品及关于安徒生的参考书籍》（1925，16：8）、《水浒传的演化》（1929，20：9）、《三国演义的演化》（1929，20：10）等论述文学与民间文学关系的文章。民歌俗曲文章，如：《诗经与楚辞》（1924，15：6）、《丹麦的民歌》（1925，16：1）、《佛曲叙录》（1927，17：《中国文学研究》号外）、《佛曲与俗文变文》（1929，20：3）、《跋挂枝儿》（1930，21：1）。当时备受文学界关注的希腊罗马神话问题，郑振铎有《希腊罗马神话传说中的恋爱故事》（1928，19：3—12）、《希腊罗马神话传说中的英雄传说》（21：1—22：6）。后来，1935年，由上海生活书店出版了他的《希腊神话》二册。此外，他离开《小说月报》移师北平后，在《矛盾》月刊（1932，1：2）发表了《民间故事的巧合与演变》；在《文学杂志》（1933，1：2）发表了《明代的时曲》、在他自己主编的《文学》发表了《西游记的演化》（1933，1：4）、《读曲杂谈》（1934，2：6），等。在《文学周刊》上发表的民间文学文章，如：《孟姜女》（1924）、《岳传的演化》（1929，9：1）、《研究民歌的两条大道路——岭东情歌集序》（1929）等。另有《白雪遗音选序》（1926年12月）、《山歌跋》（1935）。要指出的是，《孟姜女》一文发表的时间是1924年9月，在顾颉刚发表《孟姜女故事的转变》（1924年11月23日《歌谣周刊》）和《孟姜女故事研究》（1927年1月《现代评论》）之前，这篇文章的发表，因种种原因常被民间文学研究者所忽略，历史地看，却自有其开孟姜女故事研究先河的作用。

如果说，《小说月报》除了刊出郑振铎自己写的民间文学文章外，还发表了文学研究会成员和一般社会作者所写的民间文学文章的话，如朱湘的《古代的民歌》，文学研究会的另一会刊《文学周刊》所发表的民间文学文章数量则更多，而且这类文章的一个显著特点，几乎都是出自文坛上颇有影响的文学家之手，如：茅盾的《神话何以多相似》《楚辞与中国神话》《中国神话的保存》《人类学派神话的解释》《神话的意义与类别》《北欧神话的保存》《希腊罗马神话的保存》《埃及印度神话的保存》等；赵景深的《研究童话的途径》《童话的分系》《童话的印度来源说》《安徒生童话里的思想》《中西童话的比较》《太阳神话研究》《夏芝的民间故事分类法》《俄国民间故事研究》《民间故事的探讨》（麦苟劳克）等；钟敬文的《小鸟报恩的故事》《宋代民歌一斑》《重续粤风引言》《中印欧民间故事相似》等；刘大白的《我所闻见的徐文长故事》三篇；李金发的《粤东恋歌序》；顾颉刚的《吴歌甲集自序》《论地方传说》等；朱湘的《中国神话的美丽想象》；顾均正的《风先生和雨太太序》《童话与想象》《童话的起源》等；叶德均的《绍兴歌谣》（书评）、《民间文艺的分类》等。这些作者多是郑振铎的文学界朋友，他们在民间文学上有共同的理念和旨趣。正因为这些文章多出自文学家手笔，因而往往被那些狭隘的民间文学圈子研究者们所忽略。

二、关于整理国故

1923年1月，商务印书馆决定由郑振铎接替沈雁冰担任《小说月报》的主编。郑接手《小说月报》后，断然地改变了沈雁冰时代的编辑方针，一方面继续沿着“血与泪”的文学、“为人生的文学”的编辑方向组稿编刊，一方面又组织了“整理国故与新文学运动”的讨论，并在《编者按》里明确表示：“我主张在新文学运动的热潮里，应有整理国故的一种举动。”他还在《新文学建设与国故之新研究》里写道：“我们所谓新文学运动，并不是要完全推翻一切中国的固有的文艺作品。这种运动的真意义，一方面在建设我们的新文学观，创作新的作品，一方面却要重新估定或发现中国文学的价值。”①

对于《小说月报》的这次人事变更所导致的刊物面貌的变化，现代文学研究界一直众说纷纭，有的人认为，郑振铎接替沈雁冰主政《小说月报》是“《小说月报》现代性进程停滞甚至是倒退的表现”。有的人则认为，“《小说月报》更换主编，主要被解释为新旧文学争夺文学阵地的结果，被解释为新文学的一次不得已的妥协”。②笔者倾向于后者的观点。郑振铎所说的“国故”，包括他为扩展文学的疆域、倾全力搜集和研究的历史上的俗文学和民间文学。可以说，作为一个以平民意识为史识而且身体力行的文学史家，此后，他几乎毕其一生的精力于发掘和搜求反映平民立场的俗文学和民间文学作品，使这些遗落在历史深处的普通老百姓所创作和拥有的、比正统文学的受众多得多的口头文学再见天日，并将其作为中国文学史的“中心”。③

郑振铎在编《小说月报》期间，就已开始酝酿编著《中国俗文学史》，只是有关唐五代的民间文学史料搜集不全，而没有实现。④为了收集这方面的材料，抄录被英国人斯坦因掠去的敦煌卷子中的俗文学作品，他委托在英国留学的朋友许地山在大英博物馆为他抄录了一批珍贵材料。1927年“四·一二”政变后，郑振铎与胡愈之等致信国民党当局，强烈抗议屠杀革命，为此险遭逮捕，不得不去欧洲避难和游学。他在英法两国的国家图书馆里，大量研读了中国古小说、戏曲、变文等，如饥似渴地阅读和抄录了大量这方面的珍贵史料。这些收获，使他想写而又未能写完的《中国俗文学史》成为可能。到1929年，他根据所掌握的俗文学材料先期在《小说月报》上发表了一篇《敦煌的俗文

---

① 郑振铎《新文学建设与国故之新研究》，《小说月报》第14卷第1号。

② 参阅董丽敏《〈小说月报〉1923：被遮蔽的另一种现代性建构》，《当代作家评论》2006年第6期，沈阳。

③ 郑振铎《中国俗文学史》第2页，作家出版社1954年北京第1版。作者写道：“‘俗文学’不仅成了中国文学史主要的成分，且也成了中国文学史的中心。”关于郑振铎的“中心”说，学界争议颇多。

④ 崔石岗《许地山、郑振铎伦敦“盗宝”》，《人民日报》（海外版）1999年10月5日。

学》，在中国现代文学史上第一次提出了“俗文学”这个名词。①他认为，俗曲、佛曲、俗文（变文）、弹词、宝卷等，都属于民间文学。②他说：“佛曲为流行于南方的最古的民间叙事诗之一种；弹词及鼓词等，俱从变戏而成。其历史至少有一千余年。今知最古之佛曲乃为敦煌石室所发现之《八相成道经俗文》等数种。此种有很大影响于民间的文学作品，向未有人注意到过。”③后来他所撰著的《插图本中国文学史》（1934）和《中国俗文学史》（1938）两部大著，对俗文学（主要是讲唱文学）和民间文学及其发展演变，进行了全面的梳理与论列，建构了中国俗文学史和中国民间文学史的体系，开创了中国文学史的新格局。在发掘和收集俗文学、民间文学史料这一领域里，整个20世纪中国文学界和文化界，没有人超越郑振铎的贡献。

在“整理国故”的理念下，他除了大量收集、介绍、研究、阐发俗曲变文等唐五代以降而又多属遗落无闻的俗文学、民间文学外，关于历史上的民歌，他也写了一些文章。如《白雪遗音选序》（写于1925年10月23日）、《跋挂枝儿》（《小说月报》1930，21：1）、《明代的时曲》（《文学杂志》1933，1：2）、《跋山歌》（写于1935年9月19日）。

进入20世纪40年代，他又连续写了《民间文艺的再认识问题》（《联合晚报·文学周刊》1946年5月16日）、《再论民间文艺》（《联合晚报·文学周刊》1946年5月23日）。他在这两篇文章里表述的论点有好几条，但在我们看来，重要的不外下面几点：“民间文艺的形式是多样的，差不多每一个地方都有其不同的歌调与形式。”“原来所谓民间文艺，其形式绝对不是一成不变的。其本身常常在变易、改革之中。”“应该有若干人在人民大众的口头上搜

---

① 郑振铎《敦煌俗文学》，《小说月报》第20卷第3期，1929年3月，上海。吴晓铃在《朱自清先生与俗文学》一文写道：“‘俗文学’这个名词的提出，郑振铎先生是第一人，好像是在《敦煌俗文学》那篇文章里。”《华北日报·俗文学》（周刊）第60期，1948年8月20日，北平。

② 郑振铎《从变文到弹词》，《郑振铎文集》第6卷第244页，人民文学出版社1988年5月。他说：“敦煌写本中除民间俗曲、写本佛经及弹词外，尚有重要的一种文件，为从来所未见。此种文件，从前或名之曰佛曲（罗振玉），或名之曰俗文（北平图书馆），或名之曰唱文，其实都不是原名。……其上皆明书‘变文’。”

③ 郑振铎《佛曲叙录》，《郑振铎文集》第6卷第213页，人民文学出版社1988年5月。

集若干流行的歌曲而把他们写下来。……这种活的材料，较之已印行出来的，更为有用，更可以作为应用的基本东西，还可以拣选若干印行流通。”[①]这些文章写于抗战胜利之后，作者总结了文艺界关于旧形式和新内容（旧瓶装新酒）讨论中自己的思考，他的认识超越了自己以往的认识，弥补了他偏重于注重历史上的俗文学—民间文学材料的局限。

三、进化的观念

在英法两国的国家图书馆里，郑振铎大量研读了中国古小说、戏曲、变文等，同时也研究希腊罗马文学和神话，接触了外国的民俗学理论，翻译了一本英国学者著的《民俗学概论》（后毁于战火）和英国民俗学家柯克士的《民俗学浅说》（上海商务印书馆1934年）。郑振铎在《译序》里说：“近来的许多中国民俗学家们，每多从事于搜辑与比较专门的研究，对于最浅近的民俗学基本常识的介绍，反而不去注意到。难道以其太浅近了，故不屑一顾之么？我等得很久，这一类浅近还不曾有得出现过。于是，我也只好不敢再藏拙了。”[②]

这时，郑振铎受到西方民俗学的影响，也关心国内学界的进展，他以急不可耐的心情率先把英国民俗学的这部入门著作介绍到国内来。这一时期，由于在伦敦和巴黎阅读了大量在国内看不到的敦煌卷子，不仅收集了过去文学史中没有触及的、理应是文学史史料主干的小说、戏曲、俗曲、讲唱等俗文学作品，从而形成了自己独特的文学史观念，也逐渐形成了自己的民间文学—俗文学的观念。20世纪之初，英国人类学派神话学的观点、理念、方法，主要是进化论和比较研究法，对我国文学界和学术界的许多名家都产生过重要的影响，如胡适、蒋观云、周作人、鲁迅、茅盾、胡愈之等，都或多或少地接受了这个

① 郑振铎《民间文艺的再认识问题》，《郑振铎文集》第6卷第208～209页，人民文学出版社1988年5月版。

② 【英】柯克士著、郑振铎译《民俗学浅说》，见《郑振铎全集》第20卷第285～286页，石家庄：花山文艺出版社1998年11月第1版。这部书所阐述的学理，曾给郑先生在民间故事研究上以比较方法的影响。译者是在流亡伦敦时翻译这本书的，商务印书馆于抗战中出版以来，一直都没有再印过。近收入由花山文艺出版社出版的《郑振铎全集》中，俾可得以流传。

学派的进化论思想和比较研究法。郑振铎对民间文学的热切关注和理解与阐释，也不例外地深受英国人类学派神话学和民俗学的影响，他不仅把柯克士的专著翻译介绍给国人，而且还运用这个学派的理论观点于自己的著述中，一改以往单纯地以传统的文学方法为手段来分析论述民间文学的情况。譬如他写的名篇《汤祷篇》（《东方杂志》第30卷第1号，1933年）、《黄鸟篇》（《文艺复兴》第1卷第3期，1946年；后收入集子里时，改为《玄鸟篇》）等，从材料的运用，到方法的选择，无不显示出人类学派的观念和方法的影响，而这在我国以往的文学理论和文学史界，要么是了无知识，要么是被忽视的。以至于一些为他编辑文集的编者感到无所适从，多把这两篇文章名之为“历史论文”。笔者愿意断言，《民俗学浅说》的翻译出版，在郑振铎的民间文学治学道路上成为一个分水岭。

进化论观念之于19世纪末20世纪初引入中国，对于中国的思想界来说无疑是一件大事，“打破”了中国文化界盛行已久的“模拟古作”的风气。在郑振铎的世界观和文艺观的形成上，也发生了很大的影响，他成为一个进化论的文学研究者。他说：“文学史上的许多错误，自把进化的观念引到文学的研究上以后，不知更正了多少。达尔文的进化论，竟不意的在基本上改变了人类的种种错谬的思想。”“文学是时时在前进，在变异的，一个时代有一个时代的文学，一个时代有一个时代的作家。”①

进化的观念，由简单到复杂的观念，进化或退化的观念，变异的观念，成为郑振铎研究和解开民间文学乃至文学变化现象的一把钥匙。他认为，“同是一个故事，在最初总是很简单的，描写也很质朴，渐渐的却变得内容更复杂，描写更细腻了。”作为一个个例，他对白蛇传故事演变过程的梳理与分析，可以看作是他在民间故事研究中的进化观念的一个体现。他写道：

> 由唐无名氏的《白蛇记》，变而为《西湖佳话》中的《雷峰怪迹》，再变而为无名氏传奇《雷峰塔》，再变而为陈遇乾的弹词《义妖传》，这

① 郑振铎《研究中国文学的新途径》，《郑振铎文集》第6卷第283、286页。

其间又是如何的进化。《白蛇记》写的白蛇，完全是个害人的妖魔，她幻变了一个年轻的美孀，诱惑了李圹，致他回家时身体消化而死。（记中又记一则变异的同样传说，说那少年是李琯，第二天归来，便脑疼而死，然以白蛇为妖魔则与前说一样。）到了《雷峰怪迹》中的白蛇，她的事迹却变更了，她已经不是一个纯粹的杀人巨魔，乃是一个恋着许宣的有情的女妖。在《怪迹》中，法海与小青第一次出现，后来传说中之许宣二次发配，亦始见于此。《白蛇记》不写白蛇的结果，《怪迹》则说白蛇与青鱼终为法海的钵盂所捉，幽禁于雷峰塔下，百世不得翻身。在传奇及弹词中，白蛇却更得人同情了；无端的加了报恩之说，无端的加了水漫金山之一幕大战，无端的加了盗仙草救夫之冒险而真情的一段故事，无端的加了白娘娘怀孕，生了一个贵子出来。这使白蛇更具有人间性，更使人敬爱，她不是一个可怖的妖，而是一个真挚的痴情女郎，其行事处处都可得人怜爱的了。许多人见到她的冒万险以救夫，冒万险以夺夫，都会不禁的加入她的一边，而怒许宣之卑怯，恨法海之强暴。在断桥重遇之一段，在她生子后惧怕法海之复来的一段，无论谁都要为之感泣的。于是她之幽囚，便为多数人所不满而增出了“仙圆”的最后一幕，叙她因贵子而终于得救。这是一个如何有趣的进步呢？

这些也都是很显著的“进化”。

同时，更可以因此打破了一班人模拟古作的风气，这个风气唯中国最盛，且至今还是最盛。把进化的观念引了进来，至少可以减少了盲从者在如今还学着做唐宋古文，做唐诗宋词，做唐人传奇体的小说，做“却说”“且听下回分解”的章回体小说的迷信。[①]

前面说过，郑振铎在《佛曲叙录》一文里认为佛曲是流行于南方的最古老的民间叙事诗之一种，而弹词和鼓词则是从佛曲演变而来的。在《从变文到弹词》一文里，他又运用进化的观点阐释了敦煌石室发现的变文和弹词。他

① 郑振铎《研究中国文学的新途径》，《郑振铎文集》第6卷第286页。

指出："弹词始于元代，宝卷则南宋即已发轫，变文虽因五代之乱僧侣西徙而掩埋于西陲之斗室，但其精灵实蜕化于诸宫调、宝卷、弹词之中，影响至今不泯。"[①]他在此文里还说到，变文乃是民间俗曲。

四、人类学派影响和民间文学研究

在《插图本中国文学史》与《中国俗文学史》这两部专著之间，郑振铎还发表了一系列有关民间文学的单篇论文，如《民间故事的巧合与转变》（《矛盾月刊》1932年第1卷第2期）、《汤祷篇》（《东方杂志》1933年第30期）等。前者是运用以A. Lang为代表的人类学派的神话观，批评以 Max Müller为代表的"比较神话学派"所持"阿利安来源说"的。认为："自古隔绝不通的地域，却会发生相同的神话与故事者，其原因乃在于人类同一文化阶段之中者，每能发生出同一的神话与传说，正如他们之能产出同一的石斧石刀一般。而文明社会之所以尚有与原始民族相同的故事与神话，却是祖先的原始时代的遗留物，未随时代的逝去而俱逝者。"[②]后者是一篇试图运用人类学、人种志、民俗学等的研究方法和理论诠释与解析古代传说与观念的文章。关于这篇文章的写作意图，他有一段引言式的表白：

> 顾（颉刚）先生的《古史辨》已出了三册，还未有已。在青年读者们间是有了相当的影响的。他告诉他们，古书是不可尽信的；同时须加以谨慎的拣择。他以为古代的圣人的以及其他的故事，都是累积而成的，即愈到后来，那故事附会的成分愈多。他的意见是很值得注意的。也有不少的跟从者曾做了同类的工作。据顾先生看来，古史的不真实的成分，实在是太多了。往往都是由于后代的人的附会与添加的。……但我以为，顾先生

---

① 郑振铎《从变文到弹词》，《郑振铎文集》第6卷第245页，人民文学出版社1988年5月。

② 郑振铎《民间故事的巧合与转变》，《矛盾月刊》1932年第1卷第2期；又见《郑振铎文集》第6卷第255～258页，人民文学出版社1988年。

的《古史辨》，乃是最后一部的表现中国式的怀疑精神与求真理的热忱的书，它是结束，不是开创，他把郑（谯）崔（述）等人的路线，给了一个总结束。但如果从今以后要想走上另一条更近真理的路，那只有别去开辟门户。像郭沫若先生他们对于古代社会的研究便是一个好例。他们下手，他们便各有所得而去。老在旧书堆里翻筋斗，是绝对跳不出如来佛的手掌心以外的。此亦一是非，彼亦一是非，旧书堆里的纠纷，老是不会减少的。我以为古书固不可尽信以为真实，但也不可单凭直觉的理智，去抹杀古代的事实。古人或不至像我们所相信的那样的惯于作伪，惯于凭空捏造多多少少的故事出来；他们假使有什么附会，也必定有一个可以使他生出这种附会来的根据的。……自从人类学，人种志，和民俗学的研究开始以来，我们对于古代的神话和传说，已不仅视之为原始人里的“假语村言”了；自从萧莱曼在特洛伊城废址进行发掘以来，我们对于古代的神话和传说，也已不复仅仅把他们当作是诗人们的想象的创作了。我们为什么还要常把许多古史上的重要的事实，当作后人的附会和假造呢？①

在谈到他何以要写这篇（类）文章时，他写道：“我以为《古史辨》的时代是应该告一个结束了！为了使今人明了古代社会的真实的情形，似有另找一条路走的必要。如果有了《古史新辨》一类的东西，较《古史辨》似更有用，也许更可以证明《古史辨》所辨证的一部分的事实，是确切不移的真实可靠的。”“在文明社会里，往往是会看出许多的‘蛮性的遗留’的痕迹来的，原始生活的古老‘精灵’常会不经意的侵入现代人的生活之中；特别在我们中国，这古老的‘精灵’更是胡闹得厉害。”他的意图是要通过对汤祷于桑林的传说，揭示出隐藏在这传说中的“蛮性的遗留”来。

文学研究会的许多成员，都是学贯中西的人物，他们也都曾不同程度地涉足和论述过民间文学，也都程度不同地受到了刚刚在西方兴起未久的人类学派

---

① 郑振铎《汤祷篇》，据马昌仪编《中国神话学文论选萃》上册第191～192页，中国广播电视出版社1994年版。

的影响。沈雁冰以人类学派的理论和方法为武器，撰著了《中国神话研究》等著作。郑振铎也是这样。他早期写的《读毛诗序》中，就说明《诗经》是研究中国古代文学、古代社会情形、古代的思想的很好的资料，已显示了他的研究方法的端倪，既承袭了中国古代的研究传统，又吸收了西方现代人类学和民俗学的积极成果。[①]特别是他的欧洲之旅，他伏案于英法两国的国家图书馆中，阅读和搜集了不少西方人类学和民俗学的著作，也翻译过好几种希腊神话和英国民俗学论著（如柯克士的《民俗学浅说》），对人类学派民俗学、神话学的观点不仅颇为贯通，也有所接受。连赵景深这样的热心于民俗学和民间文艺的人，所翻译的耶阿斯莱的《童话学ABC》、麦苟劳克的《小说的童年》等，其底本也都是从郑振铎那里借来的。正如《郑振铎传》的作者陈福康说的："这篇文章的价值，主要还不在于它论述的关于'汤祷'的问题本身，而应该看作是他当时学术思想上的转变的一篇公开的宣言。而且，由于他的这一学术思想上的转变与号召十分踏实，合情合理，决无'赶时髦'、哗众取宠之意，因此在当时学术界很有影响。即以顾颉刚为例，在翌年2月《古史辨》第四册的序中就声明：'我自己决不反对唯物史观'，并且诚恳地说：我们的'下学'适以利唯物史观者的'上达'，'我们正为他们准备着初步工作的坚实的基础呢'。颉刚说的'下学'、'上达'，显然与他所说的'结束'、'开创'是相通的。这表明颉刚是受到他的启发教育的。"[②]《汤祷篇》就算是他试图运用人类学和民俗学方法解析中国的古代传说和信仰习俗，建立他想象中的《古史新辨》，亦即学术方法转换的一个实验吧。

在《汤祷篇》之后十年，他又于1946年写了另一篇与《汤祷篇》一脉相承的长文《玄鸟篇》。[③]作者在《玄鸟篇》中，用在《汤祷篇》中采用的相同的研究方法，即人类学和民俗学的比较方法，拨开诗人描绘的文学画面的重重迷

① 参阅魏敏《郑振铎对民间文学诸体裁的研究》，《东南大学学报》（哲学社会科学版）2001年第4期，南京。

② 陈福康《郑振铎传》第278页。

③ 《玄鸟篇》，原载《中华公论》创刊号，1946年7月15日，上海；后收入《郑振铎古典文学论文集》（上），上海古籍出版社1984年。

雾，深入到中国古代社会的赘婿制度及其形成的经济原因，以及与赘婿制相关的婚俗、赘婿在家庭中的地位和作用这样的理性层面，甚至还旁及到了养子、童养媳、妾等封建社会的其他相关家庭制度。

五、俗文学史的建树

20世纪30年代初，郑振铎离开上海来到北平，受聘于燕京和清华两校任教授，一方面潜心于文学史的教学和研究，一方面还不忘通过编辑刊物推动文学运动。1932年由朴社在北平出版了他的四卷本的《插图本中国文学史》。《插图本中国文学史》是郑先生继《文学大纲》之后又一部扛鼎之作，它的出版，以其初步的唯物史观、丰富新鲜的史料、独特的结构（分期、分段，流派、思潮等）和独具的学术特色而表现出对文学史写作的开拓，受到了知识界的广泛重视。[①]但这部著作却受到了批评，而且是发表在《新月》杂志上。陈子展在《申报·自由谈》上发表一文，指出批评者"为文态度，似在陵烁他人，轶出讨论学理范围"。鲁迅于同年8月15日给台静农的信里说："郑君治学，盖用胡适之法，往往恃孤本秘籍，为惊人之具，此实足以炫耀人目，其为学子所珍赏，宜也。我法稍不同，凡所泛览，皆通行之本，易得之书，故遂孑然于学林之外，……郑君所作《中国文学史》，顷已在上海豫约出版，我曾于《小说月报》上见其关于小说者数章，诚哉滔滔不已，然此乃文学史资料长编，非'史'也。但倘有具史识者，资以为史，亦可用耳。"[②]鲁迅这一席话，乍看起来似对郑著颇有微词，其实他是将郑著与自己的《中国小说史略》比较而言的；再说，那时鲁迅还没有读到郑书，只看到了广告词，对其虚张声势略表不与苟同而已。到次年2月5日致郑振铎的信里才说："昨乔峰交到惠赠之《中国文学史》三本，谢谢！"后来在致曹靖华的信里，推荐五部文学史著作，其中

---

① 《人世间》于1935年推出"五十年来百部佳作"，著名作家叶圣陶、夏丏尊、陆侃如、冯沅君、徐调孚等，都热情地肯定和推荐了这部书。

② 鲁迅《致台静农》（1932年8月15日），见《鲁迅书信集》上册第319页，北京：人民文学出版社。

就有郑振铎的这部《插图本中国文学史》。[①]《郑振铎传》的作者陈福康评论说："何况后者（指'孤本秘籍'）大多为当时一般学者所蔑视的民间讲唱文学，只有他才把它们视作'珍籍'，这正是对历来贬低民间文学、俗文学的传统观念的反拨，有什么可非议的呢？"[②]

由于受到司徒雷登及其同伙的排挤，郑振铎于1935年夏离开燕京大学由北平回上海，在暨南大学任文学院长兼中文系主任，又主编《文学》月刊、《文学季刊》和《世界文库》。"八·一三"事变后，11月10日日军在浦东登陆，上海成了"孤岛"。文化界许多朋友都纷纷撤退到内地去了，郑振铎留在"孤岛"上海，在艰难的困境下做了许多工作。为抢救古籍多方奔走，发起组织文献保存同志会，购买了大量古籍，送往后方保存。郑振铎经营了多年的《中国俗文学史》也终于脱稿，由迁移到长沙的商务印书馆于1938年出版了。关于"俗文学"，他在这部书里以最简练扼要的语言写道：

何谓"俗文学"？"俗文学"就是通俗的文学，就是民间的文学，也就是大众的文学。换一句话，所谓俗文学就是不登大雅之堂，不为学士大夫所重视，而流行于民间，成为大众所嗜好，所喜悦的东西。

中国的"俗文学"，包括的范围很广。因为正统的文学的范围太狭小了，于是"俗文学"的地盘便愈显其大。差不多除诗与散文之外，凡重要的文体，像小说、戏曲、变文、弹词之类，都要归到"俗文学"的范围里去。

凡不登大雅之堂，凡为学士大夫所鄙夷，所不屑注意的文体都是俗文学。

……在许多今日被视为正统文学的作品或文体里，其初有许多原是民间的东西，被升格了的，故我们说，中国文学史的中心是"俗文学"，这话是并不过分的。[③]

---

① 鲁迅《致曹靖华》（1933年12月20日），见《鲁迅书信集》上册第463页。

② 陈福康《郑振铎传》第278页，北京：十月文艺出版社1994年8月第1版。

③ 郑振铎《中国俗文学史》第1～2页，作家出版社1954年7月第1版。

他认为正统文学不包括的文学，统统都属于俗文学。而俗文学，“就是通俗的文学，就是民间的文学”，“流行于民间”的文学。他指出了俗文学所固有的六个“特质”：第一，是大众的，出生于民间，为民众所写作，为民众而生存。第二，是无名的。第三是口传的。第四，是新鲜的，但是粗鄙的。第五，其想象力往往是奔放的，并非一般正统文学所能梦见，其作者的气魄往往是很伟大的，也非一般正统的文学的作者所能比肩，但也有种种坏处，如黏附着许多民间的习惯和传统的观念。第六，勇于引进新的东西。他提出了“俗文学”是中国文学史的“中心”说。按内容，他列出了五大类：（1）诗歌——民歌、民谣、初期的词曲；（2）小说——专指话本；（3）戏曲；（4）讲唱文学；（5）游戏文章。

> 中国文学史上代表时代的作品，除了许多大诗人和散文家所写的以外，在民间文学里也有不少。它们，特别是民歌、短剧、小说和戏曲，能够把当代的人民生活、思想感情，生动地具体地表现出来，成为最可贵的史料。它们和出于大诗人、散文家笔下的作品同样，乃是和它们的那个时代呼吸相同，血脉相通的。在它们当中的有三五篇作品，往往是比之千百部的诗集、文集更足以看出时代的精神和社会的生活来的。他们是比之无量数的诗集、文集更有生命。我们读了一部不相干的诗集或文集，往往一无印象，在那里是什么也没有，只是白纸印着黑字而已。但许多俗文学的作品，却总可以给我们些东西。他们产生于大众之中，为大众而写作，表现着中国过去最大多数的人民的痛苦和呼吁，欢愉和烦闷，恋爱的享受和别离的愁叹，生活压迫的反响，以及对于政治黑暗的抗争；他们表现着另一个社会，另一种人生，另一方面的中国，和正统文学，贵族文学，为帝王所养活着的许多文人学士们所写作的东西里所表现的不同。只有在这里，才能看出真正的中国人民的发展、生活和情绪。中国妇女们的心情，也只有在这里才能大胆的、称心的、不伪饰的倾吐着。[①]

① 郑振铎《中国俗文学史》第20～21页，作家出版社1954年7月第1版。

有论者批评郑先生没有把民间文学与俗文学严格区分开来，对民间文学的主要类别与作品未多涉及，认为他的学理意识不强。[①]学术研究是不断前进、不断发展的，评价历史人物及其学术思想，要遵循唯物史观，即把一定的人物和一定的思想放到一定的历史条件下去评断。如果我们拿现在通行的狭隘的民间文学或口头文学的理念和观点，去要求和衡量郑振铎先生的20世纪30年代对中国文学史体系和俗文学的表述，责难他有些地方不够缜密、有欠严谨，如没有严格地把民众口传的民间文学（神话、传说、故事、歌谣等）与宋元词集、敦煌变文、宝卷、弹词、鼓词、民歌俗曲、诸宫调、戏曲、散曲、小说、诗文等俗文学加以区分；又如，没有给20世纪二三十年代以北大歌谣研究会为代表的学术群体对口传民间文学（歌谣、故事）的搜集给予充分的肯定，而过多地强调了如敦煌发现的那些变文、俗曲等书面材料。这样的诘难，未免有点脱离开了历史的背景和作者的写作意图。况且学术应该是宽容的，也应该允许有对民间文学的性质、界限、范围、特点有不同的概括和表述，甚至是理论体系，而不能习惯于权力社会下形成的定于一尊的思维。郑振铎的俗文学—民间文学理论和历史构架，也应该在人文学术上占有一个地位。

《中国俗文学史》是一部下限到清末的中国俗文学通史，作者给自己这部著作规定的宗旨，是在正统文学与俗文学相对举的格局下，在“整理国故”的历史背景下，梳理和阐述中国俗文学的发展流变史。在这部书里，作者在“俗文学”概念下所引和所论的许多作品，有些是属于我们今天的“民间文学”的范围，但不是要写一部狭隘的民间文学史——以下层民众、主要是农村的民众的口头文学为对象的民间文学史。作者说，他这部书的对象是俗文学，而“‘俗文学’就是通俗的文学，就是民间的文学，也就是大众的文学。换一句话，所谓俗文学就是不登大雅之堂，不为学士大夫所重视，而流行于民间，成为大众所嗜好，所喜悦的东西”。他笔下的“民间的文学”，在有的场合下，

---

① 曾迭《关于〈中国俗文学史〉之弹词部分的讨论》（上海：《民间文艺季刊》1988年第3期）；黄永林《论郑振铎俗文学的理论特征与实践倾向》（《华中师范大学学报》1995年第4期）。

与“民间文学”是同一的，也许在另一种情景下，就并不是同一的概念和同一个词语。在概念和词语上，他的“俗文学”自然是与自梅光迪[①]、胡愈之[②]以及后来周作人、钟敬文等所论的“民间文学”——限于神话、传说、故事、歌谣及谚语俗语等——的理念并不是一样的。在正统文学与俗文学并举的格局下，他也讲到了民间文学的特征和历史，但他讲的主要的是文学史上的民间文学。至于20世纪20年代以来兴起的歌谣运动，他在别的地方也曾经论到过，如他在《三十年来中国文学新资料的发现史略》一文中写道：“在这里似该顺便的提起这三十年来对于民间文艺作品的搜集的经过了。将无人注意，野生土长，像不知名的岩花幽草似的悄悄的自生自长于山野之间的许多大众文艺的著作，特别的指示了出来，给他们以一种新的估测和研究，这乃是五四运动以来的新事业之一。在以前，宋、元、明、清的时代，也并不是完全没有人在做这搜集的工作；然而他们却是如何的寥寞，其辛苦搜集的成绩，却都烟消云散似的被抛弃了，或被埋藏在破书堆中，竟无人顾问及之。直到近十余年来，因了民歌搜集的工作的发达，方才连类及之，把他们的著作，也拭拂去重厚的灰尘而给以相当的注意和敬意。”[③]这个要有人去搜集“活”的民间文艺的思想，到1946年写的《民间文艺的再认识问题》里，有了更进一步的发挥。本文前面已经把他的话引出来了，这里不再赘述。每一个学者个人的视野，都会有自己的局限，郑振铎也一样。如他所说：“文艺的范围是很广泛的，繁赜的。人有所能，也有所不能。”[④]他比较关注历史上的、特别是那些被遗落无闻的俗文学—民间文学作品，并且倾其一生的精力，而对“五四”以后文化先锋们、民

① 梅光迪1916年3月致胡适信里，第一次使用了“民间文学（Folklore，Popularpoetry，Spoken Language，etc.）”这一术语。见胡适《逼上梁山——文学革命的开始》，《东方杂志》第31卷第1期，1934年1月。

② 胡愈之《论民间文学》一文，第一次全面阐述了“民间文学”的定义和内容。见《妇女杂志》第7卷第1号，上海：商务印书馆1921年。

③ 郑振铎《三十年来中国文学新资料的发现史略》，《文学》第2卷第6期，1934年6月1日。现据《郑振铎文集》第6卷第486页，人民文学出版社1988年5月第1版。收入《文集》时，作者本人将原题改为《三十年来中国文学新资料的发现记》。

④ 郑振铎《民间文艺的再认识问题》，《郑振铎文集》第6卷第210页，人民文学出版社1988年5月。

间文学家们所关注和征集的“现世歌谣”则未予注意，固然是他的历史局限，但也只能说是他的兴趣点和关注点之在彼而不在此罢了。

笔者还要指出，《中国俗文学史》的出版，从20年代那一帮进步文化战士们所信奉的进化论的世界观，到以唯物史观的治学理念和研究方法，梳理中国文学史的进程与演变，论述了民间口传文学在中国文学史上的地位和作用，其在民众中的影响和流传存在的价值，不仅在资料占有上无与伦比，而且在观点上也自成一说，发人所未发，成为他在中国文学史研究上的又一颗璀璨的明珠，也是他的民间文学—俗文学思想达到成熟的标志。历史地看，处于草创期的《中国俗文学史》，作者力矫以往那种轻视和排斥俗文学、民间文学、通俗文学、仅以诗文为正宗的文学观念和贵族积习，也许在论述上并非十分严密，但作者强调俗文学主要是民间文学在文学史上的“中心”[①]地位和“原动力”[②]作用的立场和观点，应该说，在当时的文学理念上是一大进步。[③]在这方面，鲁迅如此（如《中国小说史略》《门外文谈》等），胡适也如此（如《白话文学史》），他们是一脉相承的。

六、历史的噪音：对郑振铎的批判

由于国民党的追缉而流亡欧洲后，他接触和翻译了英国人类学派神话学和民俗学理论，并接受了进化论，后成为一个具有马克思主义唯物史观的文化学者。《中国俗文学史》出版后，20世纪40年代，在文学界发生了很大影响，而且在他的周围、并以他为旗帜，聚集了一大批有造诣的俗文学研究学者，形成了一个中国现代文学批评史和中国民间文学学术史上的“俗文学学派”，如赵景深、许地山、戴望舒、谢六逸、钱杏村（阿英）、冯沅君、朱自清、傅芸

---

① 郑振铎《中国俗文学史》第一章《何谓俗文学》。

② 郑振铎《插图本中国文学史·绪论》：“有一个重要的原动力，促使我们的文学向前发展不止的，那便是民间文学的发展。”

③ 陈泳超《文学史的“中心”与“原动力”》（见所著《中国民间文学研究的现代轨辙》第158页，北京大学出版社2005年8月）。

子、黄芝冈、王重民、杜颖陶、吴晓铃、杨荫深、叶德均、关德栋等。这个流派在抗战胜利后的北平、上海、香港活跃一时，达到了一个高峰。[①]

建国以后，由于“左”的思想的泛滥，尤其是1958年在全国知识界开展的“拔白旗”运动中，郑先生的文学史观、俗文学与民间文学史观，受到了猛烈的非学术的批判。以这一年的6月2日《文汇报》发表一篇对他所影印的《天竺灵签》和《历代古人像赞》的批评、6月7日《光明日报》发表的一篇《评郑振铎编的两种古代版画》为开端，北京大学中文系二年级瞿秋白文学研究会继其后，在《文学研究与批判专刊》第4辑上发表《郑振铎著〈插图本中国文学史〉批判》《〈中国俗文学史〉批判》，北京师范大学中文系55级学生编著的《中国民间文学史》，把一向与祖国同命运、积极争取进步、知识渊博、著作等身的郑振铎，推到了非要打倒的“白旗”（资产阶级专家）的位置上。于是，他任副部长的文化部、任所长的北京大学文学研究所（后改为科学院文学研究所），相继开会对他的学术思想进行批判，批判会还没有结束，他因奉命率中国文化代表团出访赴阿富汗请假，不料10月17日，当飞越苏联楚瓦什共和国的卡纳什地区时因飞机失事而殉国。今天在纪念郑先生诞辰110周年的时候，我们有责任充分揭示和评价郑先生在现代和当代中国文化史、人文社会科学史上的巨大贡献，擦去蒙在他身上的污垢灰尘，恢复他在文化史和学术史上的崇高面貌。

1958年对郑振铎“俗文学”思想的批判，是意识形态的需要所导致的历史的噪音，因为那场批判主要是政治性的，而不是学术性的，尽管打的是学术批判的旗号。最能代表这种声音的是这一年出版的影响很大的《中国民间文学史》。它的作者是一群被错误的意识形态需要所鼓动起来的文科大学生，他们在书里写道：“我们说‘民间文学’就是指劳动人民在生产斗争和阶级斗争过程中所创造的口头文学。民间文学是劳动人民自己的创作，它直接表现劳动人民的思想感情、要求和愿望，在奴隶制社会里，民间文学主要是指奴隶

---

① 关于中国现代民间文学学术史上的“俗文学派”，笔者在《20世纪中国民间文学学术史》（河南大学出版社2006年12月第1版）中有所论述。

的创作；在封建社会里民间文学主要是指农民和手工业者的创作。通俗的、在民间流传的文学，不一定就是劳动人民自己的创作，不一定就是直接表现劳动人民的思想、感情、要求和愿望的，因而也就不一定是民间文学。……在民间流传的通俗的文学，不能一概认为是民间文学，同等看待，而应以阶级的观点去检查这些作品，看看它对劳动人民的态度如何，是否真正是劳动人民的思想感情。郑先生既然用一种‘超阶级’的观点，实质是资产阶级观点，来对待民间文学，说民间文学‘就是通俗的文学’，因而他就把一些地主的小市民的通俗作品，都滥竽充数地算作民间文学。”[①]这些作者的基本观点可以概括为：（1）民间文学史应该是阶级斗争历史的反映，而《中国俗文学史》没有反映出历史上的阶级斗争。（《中国民间文学史》上册第11页，下同，不赘述）（2）文学史应该是现实主义发展与斗争的历史，而《中国俗文学史》却成了某种文学形式的延续的形式主义、唯心主义的文学史。（第17页）（3）《中国俗文学史》是一些地主阶级、小市民的庸俗作品的堆积，没有反映出我国民间文学史的真实面貌。（第17页）

被批判者与批判者的分歧点很多，但在当时，处于被批判地位的郑振铎并没有答辩的权利。分歧点涉及的问题虽然很广泛，但其根本点只在于：一个说俗文学是大众的文学、民间的文学，一个说民间文学是劳动人民的口头创作，而劳动人民及其口头创作乃是纯而又纯的、没有糟粕的文学，一切糟粕都来自于统治阶级强加于劳动人民的，俗文学则恰恰是“小市民”所创作、为“小市民”所享受的、充满了消极因素甚至封建毒素的文学。批判者指责《中国俗文学史》的作者郑振铎模糊了、抹杀了或取消了阶级界限。这就是问题之所在，这就是被定为“白旗”的症结。

历史进入了改革开放的新时期。在消除了这种政治教条主义的理论的影响之后，俗文学—民间文学的研究再次兴盛起来。尽管现时的“民间文学”已离郑先生所全力倡导的文学研究理念和模式越来越远，被暂时纳入到民俗学之

① 北京师范大学中文系55级学生集体编写《中国民间文学史》（初稿）上册第9～10页，人民文学出版社1958年版。

内，前面加上了一个“含”字的帽子，经过新中国成立以来60年的经营，特别是总共一百多卷的《中国民间故事集成》《中国歌谣集成》《中国谚语集成》三套集成的编辑出版，以及众多的学术著作的出版，已使中国的民间文学学科蔚为大观今非昔比了。而“俗文学”作为学科，虽然还没有被主流意识和权力机构所采纳，没有进入中文系的课堂，但关于变文、宝卷、子弟书、唱本等俗文学的研究著作已多有出版，即使有的著作不被大陆出版机构采纳，台湾和香港的出版机构也接纳出版，关于俗文学的研究论文和史料辑录，也开始受到人文社会科学学术期刊的关注。总之，俗文学—民间文学研究，正在缓慢地得到提升。国内学者对民间文学和俗文学这两个概念也出现了新的阐释。为国殉职的郑振铎先生也可以瞑目了。

郑振铎是20世纪的一位大文学家，一位百科全书式的人文学者，他所以倡导、搜辑、梳理和阐释俗文学和民间文学，特别是历史民俗学和历史民间文学，大体是从文艺学的立场、从文学史建构的角度，而在其阐释和论述中，又广泛地吸收和采用了西方人类学的比较研究法，表现出了他独具的丰富的文献知识和广泛的具体而微的民间智慧，对中国民间文学史和民间文学学术史的草创起了奠基的作用。

郑振铎先生关于俗文学和民间文学的理论与实践，是中国作家和中国文学的必由之路，是每个有出息、有抱负的中国作家都应学习和具备的，然而可惜的是，如今许多文学圈子里的从业者，越来越不熟悉、越来越不懂得本土的俗文学、民间文学，也就是说，越来越脱离了一个作家所由生长的肥沃民族文化土壤，中国文学因而越来越变得华浮、浅薄和枯瘦了。

2008年12月19日于北京

发表于《民间文化论坛》2009年第3期

台静农：歌谣乡土研究的遗产

在五四新文化运动前后兴起的歌谣运动，一时间席卷全国，在知识分子中发生了很大的影响，许多文学家和人文学者都参加了进来。在北京大学歌谣研究会的周围，出现了一大批以地方知识分子（主要是教师）为主体，也有北大的教师和学生参与其中的歌谣乡土研究流派。后来成为未名社诗人、小说家和教授的台静农，也是这个流派的主力之一。台静农（1902—1990），原名传严，改名静农。安徽省霍邱县叶家集镇人。1918年到汉口中学就读，1922年1月在《民国日报》（上海）副刊上发表处女作新诗《宝刀》，表达了一个年轻人“面对军阀混战和人民的困难，决心以宝刀铲除战争罪恶”的理想和热情。[①]并参加了进步文学社团“明天社”；因学潮离校，经南京、上海至北京求学，9月在北大中文系旁听。1924年起转至北大研究所国学门肄业，半工半读，并在张竞生主持的风俗调查会当事务员。先后在北大研究所国学门学习、工作的台静农，在沈兼士、刘复等师长的影响下，与常惠、董作宾、庄尚严等结为莫逆，也开始了歌谣的搜集与研究。

台静农在晚年回忆与常惠的结识与友谊时写道：

> 《歌谣周刊》第56号，有董作宾的《一对歌谣家的婚仪》记得翔实而有风趣，这儿不必引述了。鲁迅先生在婚礼前亲自到常家送了一部《太平乐府》作为贺礼，此书是元代乐府词汇编，足见鲁迅先生送这一书的含

---

① 施淑女《台静农老师的文学界想》，转自叶嘉莹《〈台静农先生诗稿〉序言》。

意。据说维钧夫妇对于这一纪念品，历经动乱，直保存到他们夫妇逝世。

我认识维钧夫妇，可能在他们结婚的这一年或第二年，已经记不清了。我所收辑的《淮南民歌》113首，就发表在第二年（1925）的《歌谣周刊》上，虽然，我们的结合，并不单纯由于歌谣的爱好，而是文学，因为我们当时的文学社，他虽不是其中分子之一，却是有密切关系的。文学社在北大理学院对面西老胡同一号，是一座大的四合院，北房三间是社址，也就是我与李霁野的住处，西房两间庄尚严住在那儿，他是北大哲学系的学生，维钧先已认识的同学。维钧为人厚重，热诚正直，我们都以老大哥看待他，而他对我们也如兄弟一般。当我们遇到麻烦事，他挺身任之，决不回避。①

1924年的8月底，台静农应主持《歌谣周刊》编辑事务的常惠之请，归乡（淮南霍邱）搜集歌谣，达半年之久，搜集到当地歌谣2000多首。其间，他在淮南写了《山歌原始之传说》一文，发表在1924年第10期的《语丝周刊》上。台静农的这篇小文章在《语丝》发表后，引起了文艺界和学术界的注意和兴趣，钟敬文在《语丝》第23期、尚钺在《北京大学研究所国学门周刊》第7期（1925年11月25日）上各发表了一篇同题的文章，提供了广东海丰和河南罗山的不同传说。他所搜集、编选的《淮南民歌》第一辑，于1925年在《歌谣周刊》第85号、第87号、第88号、第91号、第92号分五期揭载，共发表了113首。稍后他又在第97号发表了《致淮南民歌的读者》一文，作为这次搜集活动和这一批民歌的总结与说明。（1970年，娄子匡将其编入《民俗丛书》第24种，取名《淮南民歌集》，由台北东方文化书局印行。）《歌谣周刊》在发表了台静农搜集的这113首淮南民歌后，又出了5期，到第97号（1925年6月2日）出版后便停刊了。《北大研究所国学门周刊》随之于1925年10月14日创刊，负担了原《歌谣周刊》的一些任务。台静农的《淮南民歌》第一辑，便又在新创

---

① 台静农《忆常维钧与北大歌谣研究会》，原载台湾《联合报·副刊》1990年11月11日；后收入陈子善编《回忆台静农》第349～355页，上海教育出版社1995年。

刊的《北大研究所国学门周刊》第4期继续刊出。第4期（1925年11月4日）发表的是第114—146首；第8期（1925年12月2日）发表的是第147—167首。台湾学者方瑜在《台静农先生传》中说先生的《淮南民歌》只发表了113首，是因为他没有看到《歌谣周刊》停刊之后出版的《北京大学研究所国学门周刊》上的材料。但台静农《淮南民歌》的167首之后是否发表过，笔者没有查到，暂付阙如。

台静农搜集歌谣告一段落，于1925年春从淮南家乡回北京后，经小学同学张目寒引介，结识了鲁迅。鲁迅、台静农、李霁野、韦素园、韦丛芜、曹靖华等在北京成立了文学社团"未名社"。此后，他陆续出版了与鲁迅风格相近的《地之子》《建塔者》两部短篇小说集，充满了对辛酸和凄楚的人间的关爱和同情。1927年8月，经北大国学门导师刘半农荐引，就任北京私立中法大学中文系讲师，从此步入杏坛。后辗转就任于辅仁大学、北平大学女子文理学院。鲁迅逝世两周年时，台静农应"文协"之邀在重庆纪念大会上以"我以我血荐轩辕"为题旨作专题演说。因政治观点不为国民党当局所容，甚至被怀疑为打算制作炸弹暗杀军阀，而被国民党当局三次逮捕入狱。蔡元培、许寿裳、沈兼士、常惠等奔走营救。第三次出狱后，在北平学界已难立足，由胡适介绍前往厦门大学任教，后又转至山东大学、齐鲁大学。1936年4月4日《歌谣周刊》在胡适主持下复刊后，台静农在第16号（1936年9月19日）上发表了论文《从〈杵歌〉说到歌谣的起源》（一）。这篇论文一发表，就受到文学研究界朋友们的重视，《歌谣周刊》紧接着就发表了冯沅君的《论杵歌》（第19号）、佟晶心的《夯歌》（第20号）予以补证。一时就《杵歌》问题展开了讨论。关于这篇文章，在台湾大学任教退休后的台静农为安徽教育出版社为他出版的《台静农论文集》所写的序言里写道："1936年予在厦门大学，见上海《申报》图画特刊有所谓'蕃女杵歌'照片，一时兴会，写《从杵歌说到歌谣的起源》投北大《歌谣周刊》。旋得冯、佟两君为之补证，以知早在南宋'杵歌'已成为独立乐队矣。至于《南宋人体牺牲祭》者，为居蜀时涉猎《宋会要》发现在南宋时竟有此种野蛮风俗，且一时猖獗，分布颇广。不意昔年由图片看到之杵歌舞，居然来到台湾数数欣赏之。而杀人祭祀，台湾山地人亦曾有此风俗，因有吴凤故事之流传。”①

1937年7月，台静农回北平度暑假，适值抗战爆发，于此年秋携全家辗转逃难入蜀，定居江津之白沙，稍后就职于国立编译馆。1939年4月，到新成立的国立女子师范学院任教授，后任国文系主任。加入中华全国文艺界抗敌协会。在抗战期间发表各类报国文章近30篇，并有旧体诗《白沙草》一卷36首。而《从〈杵歌〉说到歌谣的起源》的下篇（二），却再也无缘发表，成为一篇未完的残稿。抗战胜利，经魏建功介绍，应台湾大学之聘，渡海至台大中文系任教，后任系主任，直至1973年退休。

台静农早年致力于民间文学的搜集与研究，以本乡人的身份回本乡搜集了近2000首本乡歌谣，并作了整理和注解。从他的《致淮南民歌的读者》里我们知道，他所搜集的淮南民歌，一部分是转托朋友搜集来的，即当时北大歌谣研究会所用的“征集”之法；另一部分则是他自已直接从老乡口中记录下来的。应该说，他所做的，乃是后来民俗学者们所说的“田野调查”。他写道：“又一次在满室菊花的别墅中，请了四位能歌的人，有的是小贩，有的是作杂活的，有的是量米的，他们的歌都是从田间学来的，虽然是生活在镇上；同时有唱的有休息的，有的记不完全，别人便即刻补成；有的一首歌的字句略有更变，他们便互相地参证。他们是异常的愉快，我也感到有一种不可言喻的快乐。现在对着孤灯对着已残的芍药，回忆那过去的时光，怅惘中而有无限的诗意。从此我便奇异着我们兵匪扰攘的乡间，居然有了这些美妙的民歌，因而我的欲望也扩大了，我托了许多朋友，为我在各处搜集。”②

他对所搜集的歌谣进行整理，遵循的原则有三项：

一是音注。“我们淮南的发音，同南方诸省比较起来，总算同普通话接近，但有些音是我们淮南特有的，有些音是淮南中一部分特有的，这都是在必注之例。在已发表的一百多首中虽然有些音注，可是极其粗忽与不精密，而且是用字注的。今后当采用国音字母注音，因以字注音是不见得正确的。”

---

① 台静农《台静农论文集·序》，合肥：安徽教育出版社2002年1月。

② 台静农《致淮南民歌的读者》，《歌谣周刊》第97号，1925年6月28日。

二是意注。“这一层包括得极多，如风俗、人情、习惯、土语、地名等等，皆在必注之例的；如不详细注明，则易于使读者误会；误会一生，自不能领得其中意趣与价值。今后当于要注的必详细注明，使读者于领略歌谣的本身而外，同时还能了然于淮南的风俗人情及其他。”如对第68首的“意注”就是一例。民歌原词曰：“想郎想的掉了魂，接个当公下个神，打柳打在奴房里，袖子口嘴笑殷殷，因为贪花你掉了魂！”“当公”注曰：“当公，即巫者，乡中请巫者为病人祷告，即谓之下神。”“打柳”注曰：“打柳，即巫者所用之柳枝，裹纸图女像，谓为柳神；借此柳神为病者招魂，招魂之后即将此柳神置病人床头，因此名之为‘打柳’。”[①]因为有了这些注释，读者才能了解民歌中涉及的民俗事象，否则读者只会感到茫然。十年后，他在《从〈杵歌〉说到歌谣的起源》里提出的“我们研究歌谣的起源，要注意到人类的实际生活的背景”。显然是他的“意注”的思想和理念的延伸。

三是标题与分类。他说：“民歌本来是没有一定的题名，如诗词一样的；若强为之命名，也只有采歌的首句来作题名罢了。现在觉得淮南民歌既然有了这些首，是很有分类的必要，因而利用标题作分类的方法，也是为了在每一首的首句或中句，或末句，差不多总有与别首共同的，而且所同的句子，都是主要的，是全首关键的句子，尤其显著的是‘送郎送到’、‘日头已落……’、‘巳时已过……’等句。还有一种例外，就是‘反唱’，当另作一类，所谓‘反唱’者，是表现与常情颠倒的事实。如：‘日头渐渐往下丢，隔河看见秧吃牛，黄狼引着小鸡睡，干鱼又给猫枕头，反唱四句带呕愁。’这种种的表现，岂不是与事实绝对的相反吗？”[②]

尽管部分淮南民歌在刊物上发表了，但他的民歌情结（“欲望”）和理想却远远没有实现。而那“不可言喻的快乐”，在后来多年辗转流徙的生活中，那1000多首余稿也不知流落何方。但淮南民歌从收集到整理的过程，却完整地体现出了他作为“乡土研究”派之一员的歌谣研究理念。

---

① 台静农《淮南民歌第一辑》（续）注，《歌谣周刊》第88号，1925年4月26日。

② 以上三段引文，均见台静农《致淮南民歌的读者》，《歌谣周刊》第97号，1925年6月28日。

写于淮南民歌调查十年后的《从〈杵歌〉说到歌谣的起源》一文，作者重新拣拾起歌谣的论题，这次的研究，以《杵歌》为个例并由此生发开去，把流传在乡民口头上的歌谣与记录在纸上的古代歌谣以及风俗的演变联系起来、融会起来进行研究，其思想，显然已经超越了十年前他所固守的乡土研究，而向着多学科的比较研究前进了一步。他写道：

原始人同文明时代的人所不同的是生活（产）技术，而喜怒哀乐的情绪却没有什么分别。原始人主要的生产技术是渔猎、牧畜、播种，除了这些劳作以外，精神上的慰安，只有放情的歌唱。在辛苦的时候，拿歌来减轻疲乏；在喜悦的时候，拿歌来表示兴奋；在不幸的时候，拿歌来抒写悲哀。所歌唱的未必都有意义，至少与他们的情感一致的。感情是歌谣的原动力，而感情的现象如何，则决定于人类的生活。所以我们研究歌谣的起源，要注意到人类的实际生活的背景。可是时代久远了，最早的风格也随着改变了。现在论到的《杵歌》，还可以看出历史的蜕变的痕迹。荀子的“请成相”，一向认为是一种特殊的体制，然据俞樾的解说，此种特殊的体制，就是从《杵歌》演变成的。

《诸子·平议》卷十五云：“此‘相’字即‘舂不相’之相”。《礼记·曲礼》篇：“邻有丧，舂不相”，郑注曰“相谓送杵声”。盖古人于劳役之事，必为歌讴以相劝勉，亦举大木者呼“邪许”之比，其乐曲即谓之“相”；请成相者，谓成此曲也。

俞氏此种解说，看来颇为奇特，实则非常明锐。即如“邻有丧，舂不相”，显然“杵声”已变为丧乐，但在我们的典籍里竟找不出旁证，而野蛮民族则确有其实事，如《昭代丛书》中檀萃的《说蛮》云：“死以杵击臼和歌哭，葬之幽岩，秘而无识。”这里所记的是苗民“狗耳龙家”族的风俗，“送杵声”之成为哀乐，大概是如此的。……杵臼是半开化民族日常必需的生活工具，所以能成为一种乐歌之启发。……在舂谷的时候，唱着歌——或哼着没有意义的调子，因声音的调协，感到音乐的美，进一步演成乐歌，离开了单独的杵臼的声音，这却是极自然的演变。[①]

关于歌谣的研究，他提出结论说："我以为研究歌谣：应该从题材里看出它的生活背景，从形式上发现它的技巧演变。题材所包含的是人类学同社会学的价值，由某种题材发现某一社会阶段，及其生活姿态，这也就是朱光潜先生所'想采用自然科学的方法'。至于形式上的音节的调谐，词类的排比，则属于文艺史的范围。"[②]显然他已超越了他自己早期的观点。

关于台静农的治学与学术思想，台静农传记研究者方瑜说："先生之兼容并蓄，观其治学可知。先生受五四新文化洗礼，具有理性、实证、百科全书式丰富多元，先生又留意文学与历史、哲学、甚至人类学、社会学、政治、经济等相关领域之会通，早年的学术论著《从〈杵歌〉说到歌谣的起源》即已揭示此一研究取径，此文关注文学形式之美学意义，同时亦处理相关社会因素，试图将文学研究与其他学科融会整合。故其学术论著，遍及中国古代神话、两汉乐舞、优戏、汉代简牍制度及风俗习惯之考释，亦触及版本、诸宫调、传奇与古小说文本之分析，更广及石刻以及书画等相关问题，其研究领域之宽广，研究态度之谨严征实，对新学说、新观念之批判性接受，启迪后学甚多。"[③]的确，台静农的歌谣研究，在方法论上的特点是：信奉"实证"研究而忌先下结论或空谈理论框架，主张和力求把文学研究与其他学科融会整合。

由于1925年前后在北大歌谣研究会时期主理风俗调查会的这段经历，台静农在后来的教授生涯（主要是教文学史）中，仍然常常不忘写些有关文化与民俗方面的研究文章。如《两汉乐舞考》（《台湾大学文史哲学报》1950年第1期）、《冥婚》（《大陆杂志》1950年第1卷第10期）、《南宋人体牺牲祭》（《宋史研究集》，1964年）、《仪礼复原实验小组研究成果综合报告》

---

① 台静农《从〈杵歌〉说到歌谣的起源》，《歌谣周刊》第2卷第16期，1936年9月19日；又见《台静农论文集》第169～175页，合肥：安徽教育出版社2002年1月。

② 台静农《从〈杵歌〉说到歌谣的起源》，《歌谣周刊》第2卷第16期，1936年9月19日；又见《台静农论文集》第169～175页，合肥：安徽教育出版社2002年1月。

③ 方瑜《台静农先生传》，《国立台湾大学中国文学系系史稿》。此据www.ccsun57.cc.ntu.edu.tw/教师资料。

（1970年）、《〈说俗文学〉序》（1980年）、《谈酒》（《龙坡杂文》1988年）等。这些文章，大都收入他亲手编订的《台静农论文集》一书中。他对民俗文化和俗文学的兴趣和造诣，正如台湾学者柯庆明写的：“台先生一生的奇遇甚多。他就读北大研究所时，兼在张竞生主持的‘风俗调查会’当事务员，难怪他一生对古今风俗皆具浓厚兴趣，并且也成了他许多散文的题材与内容。手稿中有完成的《两汉社会史》《汉代奴隶制度史稿》《两汉乐舞考》等以毛笔小笺、一札一札分类抄录的史料、原稿、抄正稿。这显然是抗战时任职国立编译馆时的工作，信札中亦有在北大时的导师陈垣谆谆提示他分类整理史料之重要的函件。他来台后主持《百种诗话类编》也就其来自有了。”①

原载《民间文化论坛》2005年第4期

① 柯庆明《百年光华——为台大纪念台静农先生百岁冥诞系列活动》。

朱自清与民间文学

朱自清（1989—1948年），原名自华，字佩弦，号秋实，原籍浙江绍兴，生于江苏海州。现代散文家、诗人、教授。1920年毕业于北京大学哲学系，学生时代即创作新诗，后又从事散文写作。1920年秋，创办《诗刊》。1925年，清华学校增设大学部，由胡适、俞平伯推荐，朱自清到北京清华任教；后任中国文学系第二任系主任。1931年到欧洲休假游学。抗日战争时期，任西南联合大学教授。抗战胜利后，仍在清华大学任教。1947年，朱自清在《十三教授宣言》上签名，抗议当局任意逮捕群众。1948年6月，在京参加了反对美国扶持日本的游行，并在《抗议美国扶日政策并拒绝领取美国面粉宣言》上签名。1948年8月20日，因贫病在北平逝世。著有《踪迹》，散文集《背影》《欧游杂记》《你我》《伦敦杂记》，文艺论著《诗言志辨》《记雅俗共赏》等。身后由浦江清将其在清华的讲义稿本编为《中国歌谣》一书，于1957年9月由作家出版社在北京出版。

一、把歌谣故事纳入现代学术

与蔡元培在北京大学提倡“兼容并包”的学术风格，从而校内形成“攻守之势”的格局不同，清华大学的一批学者则另辟一途，不以“守成”与“破坏”为追求，而以“建设”、以“中西融会，古今会通”为风格，贯穿文史哲各系，形成了一个广义上的“清华学派”。朱自清应属于“清华学派”中的一位。

朱自清在杨振声之后任中文系主任，前后达16年之久，是对中文系学风影响最深的一人。杨振声在悼念朱自清的文章里说，他在任期间，凡关乎系的事情，他与之商量最多的就是朱自清。朱自清早期的成就在散文和诗，曾编过《新潮》，创办过《诗》，1927年写下了散文名篇《荷塘月色》。然而，此后，他确定“国学是我的职业，文学是我的娱乐”，毅然放弃文学创作，走上了学术之路，以中国新文学史、古代文学批评和歌谣研究为方向。而在系里学人中树立“中西会通”的学风，也极尽努力。1988年王瑶在清华大学举行的“纪念朱自清先生逝世40周年座谈会”上发言说：

> 清华大学中文系的成就和贡献，是和朱先生的心血分不开的；朱先生当了16年之久的系主任，对清华中文系付出了巨大的精力，朱先生在日记中提到要把清华中文系的学风培养成兼有京派海派之长，用现在流行的话来说，就是微观与宏观相结合；既要视野开阔，又不要大而空，既要理论谨严，又不要钻牛角尖。他曾和冯友兰先生讨论过学风问题，冯先生认为清朝人研究古代文化是“信古”，要求遵守家法；“五四”以后的学者是“疑古”，他们要重新估定价值，喜作翻案文章；我们应该采取第三种观点，要在“释古”上用功夫，作出合理的符合当时情况的解释。研究者的见解或观点尽管可以有所不同，但都应该对某一历史现象找出它之所以如此的时代和社会的原因，解释这为什么是这样的。这个学风大体上是贯穿于清华文科各系的。朱先生在中文系是一直贯彻这一点的。清华中文系的学者们的学术观点不尽相同，但总的来说，他们的治学方法与墨守乾嘉遗风的京派不同，也和空疏泛论的海派有别，而是形成了自己的谨严、开阔的学风的。……他强调要适应我们的时代发展。……清华中文系的许多学者都强调时代色彩，都力求对历史作出合理的解释，而不仅仅停留在考据上，这个学派是有全国影响的，在社会上发生了很大的作用。①

---

① 王瑶《我的欣慰与期待》，《文艺报》1988年12月6日。

清华中文系的学者们的学术研究，如闻一多的上古神话研究和《诗经》《楚辞》研究，杨树达的汉字研究，俞平伯的《红楼梦》研究，许维遹的管子、《尚书》研究，浦江清和余冠英的古代文学研究，都呼应了朱自清强调的兼取"京派海派之长"、追求微观上谨严与宏观上开阔的理念。朱自清自己，则先后写下《现代生活的学术价值》（1926年4月）和《诗言志辨》（1937年6月）这两篇著名的论文，阐述了他的学术观和治学观，受到学界的重视。

在《现代生活的学术价值》一文中，朱自清认为："现代人研究现代生活，比较地实在最为适宜；所以为真理的缘故，我们也应该有些人负这个责任。"并具体提出了"以现代生活为出发点的两种研究工作"："一是专门就现代生活作种种研究，如宗教、政治、经济、文学等；搜集现存的歌谣和民间故事，也便是这种研究的一面。一是以现代生活的材料，加入旧有的材料里共同研究，一面可以完成各种学术专史，一面可以完成各种独立的中国学问，如中国社会学，中国宗教学，中国哲学。"①

在《诗言志辨·序》中，他说："现在我们固然愿意有些人去试写中国文学批评史，但更愿意有许多人分头来搜集材料，寻出各个批评的意念如何发生，如何演变——寻出它们的史迹。"②他正是抓住"诗言志""比兴""诗教""正变"几个核心主题，搜集整理资料，辑录而成《古逸歌谣集说》《诗名著笺》等。

在这些文章里，他提出了现代人的学术研究，不能只是以研究古代为职志，而要关注现代生活，也就是说，宗教、政治、经济、文学等都应当是现代学；同时，他也阐述了"搜集现存的歌谣和民间故事，也便是这种研究的一面"，"认识经史以外的材料（即使是弓鞋和俗曲）的学术价值"，把歌谣学和故事学纳入到现代学术的范畴和轨道之中。这一原则，不仅在当时，即使在现在，也是具有前沿意义的。朱自清的学术见解、学术风格及其学术研究实

---

① 朱自清《现代生活的学术价值》，朱乔森编《朱自清全集》第4卷，南京：江苏教育出版社1996年版。

② 朱自清《诗言志辨·序》，上海：开明书店1947年8月版。

践，不仅是与当时“清华学派”的学术风格一致的，也与当时兴起的“白话文运动”“歌谣运动”等思潮紧密相连。

在此“搜集现存歌谣和民间故事，也便是（这种现代）研究的一面”的学术思想下，朱自清一面撰写《中国新文学研究纲要》和《中国文学史讲稿提要》，一面于1929年春在《大公报·文学周刊》上连续两期发表了《中国近世歌谣叙录》[①]，同年暑假后开设了“歌谣”课程，并编有讲义。[②]显然，《中国近世歌谣叙录》这个20世纪初歌谣收集与研究的目录，是为即将于暑期过后开设的“歌谣”课程准备的材料。

朱自清生前最后一年的日记中写道：“芝生（即冯友兰——本书作者注）谓余等之研究工作兼有京派海派之风，其言甚是；惟望能兼有二者之长。”[③]显然，他对冯友兰的这一评价倍感温馨和认同。

二、歌谣研究

朱自清在文学研究的领域里涉及得很广，给我们留下的最重要的歌谣研究遗产，是他在清华大学多年的讲稿《中国歌谣》一书。浦江清先生在新中国成立后于1950年6月为其《中国歌谣》一书写的《跋记》里说：“朱先生在清华大学讲授‘歌谣’这课程是从1929年开始的，在当时保守的中国文学系学程表上显得突出而新鲜，很能引起学生的兴味。他编好讲义四章：（1）歌谣释名，（2）歌谣的起源与发展，（3）歌谣的分类，（4）歌谣的结构。有油印本，题名《歌谣发凡》。在1931年，又增补了两章：（1）歌谣的历史，（2）歌谣的修辞，作为第三和第六章，改题《中国歌谣》，有铅印本。他的计划一

---

① 朱自清《中国近世歌谣叙录》，《大公报·文学周刊》第68期（1929年4月29日）、第69期（5月6日）。后收入《朱自清全集》第8卷。

② 季镇淮编《朱自清先生年谱》，见郎良夫编《完美的人格——朱自清的治学和为人》第210页，清华大学出版社2003年。

③ 郭良夫《怀念我的老师朱佩弦先生》，见郎良夫编《完美的人格——朱自清的治学和为人》。

共要编写十章，后面四章，粗具纲目，收罗了材料，没有完成。这是部有系统的著作，材料通乎古今，也吸取外国学者的理论，别人没有这样做过，可惜没有写成，单就这六章，已足见他知识的广博，用心的细密了。”①

这部书的确是他人没有做过的。在朱自清之前，虽有王国维的《宋元戏曲考》、郭绍虞的《中国文学史纲要·韵文先发生之痕迹》和《中国文学演进之趋势》论及歌谣的起源，虽有胡怀琛撰《中国民歌研究》（出版于1935年）、钟敬文编《歌谣论集》（出版于1928年），但相比之下，胡著没有朱著来得深刻精审，钟编没有朱著来得系统全面。

朱著《中国歌谣》的“系统性”表现在：（1）全书分十章，前六章依次为：《歌谣的释名》《歌谣的起源与发展》《歌谣的历史》《歌谣的分类》《歌谣的结构》《歌谣的修辞》，构成了中国歌谣学的基本理论框架，所论包括了起源、演进、形态学与修辞学等问题。遗憾的是，这是一部未完成稿，后四章有目无文。（2）在内容及材料上，既非清代选家杜文澜那样立足于古谣谚，也非歌谣研究会同仁们的以“近世歌谣”为限，而是“通乎古今”，联结传统与现代。这样，有利于全面探寻歌谣发生、变异以及艺术结构的规律（如他对“重叠”的研究）。还要指出的是，朱自清的“通乎古今”，并不是古今并重，而是广泛地吸收了北大歌谣征集处一直以来搜集并在报刊上发表的各地区、各民族的近世歌谣，显示了歌谣研究的现代性，与上面所引述的他的力作《现代生活的学术价值》中所宣布的理念相吻合。（3）既全面梳理和批判地继承了此前本土学者的种种理论学说，也吸取了外国现代民歌研究的成果和理论，眼光开阔，少了一些井底之蛙、闭目塞听之弊。这一点也正合于“清华学派”的“中西会通”的理念与学风。

《歌谣的起源与发展》是常被学界提到并颇为赞赏的一章（篇）。作者写作此文，确曾下了一番工夫，既旁征博引，搜罗宏富，又善于思辨，不乏深刻的思想和独到的论点。以起源问题而论，《外国关于歌谣起源的学说》一节，据英国人R. Adelaide Witham的《英吉利苏格兰民间叙事歌选粹》

① 浦江清《中国歌谣·跋记》，作家出版社1957年9月。

（*Representative Englishi and Scotish Popular Ballads*）引述、比较和评论了西方学界流行的“民众与个人合作说”、“Grimm说”、“散文先起说”、“个人创造说”“Pound说”（亦主张个人制作说）五种学说。最终得出结论说：“以上各说，都以叙事歌为主。但他们除了Pound外，都以叙事歌为最古的歌谣；我们只需当他们是在论‘最古的歌谣’的起源看，便很有用。至于叙事歌本身，我相信Pound的话，是后起的东西。”[①]根据朱自清的引述，Pound的观点是：

她说，主张民众与个人合作说的人，大抵根据旅行家、探险家、历史家、论说家的五花八门的材料，那些是靠不住的。他们由这些材料里，推想史前的社会，只是瞎猜罢了。我们现在却从南美洲、非洲、澳洲、大洋洲得着许多可靠的现存的初民社会的材料；由这里下手研究，或可有比较确实的结论——要绝对确实，我们是做不到的。这是她的根本方法。

她说文学批评家的正统的意见（民众与个人合作说），人类学家并不相信（4页）。他们的材料，都使他们走向个人一面去。她说歌谣不起于群舞；歌舞同是本能，并非歌由舞出。儿童的发展，反映着种族的发展，现在的儿童本能地歌唱，并不等待群舞给以感兴，正是一证（85页）。其实说歌与舞起于节日的聚会，在理都不可通。各个人若本不会歌舞，怎么一到节日聚在一起，便会忽然既歌且舞呢？这岂非奇迹？（9页）她研究现在初民社会的结果，以为初民时代，歌唱也是个人的才能，大家都承认的，正如赛跑、掷标枪、跳高、跳远一样（13页）。

正统派的意见以为叙事歌是最古的歌谣。她说最古的歌谣是抒情的，不是叙述的。那时最重要的是声，是曲调，不是义，不是辞句。古歌里的字极少，且常无意义，实是可有可无的，正统派说叙事歌起于节日舞，所以歌谣起于节日舞。但我们现在知道，最古的歌谣，有医事歌、魔术歌、猎歌、游戏歌、情歌、颂歌、祷词、悲歌、凯歌、讽刺歌、妇歌、儿歌

① 朱自清《中国歌谣》第14页，北京：作家出版社1957年。

等，都是与节日舞无关的。又如催眠歌，也是古代抒情体的歌，但与歌舞的群众何关呢？（29页）她说和歌与独唱或者起于同时，或者独唱在先；但它决不会在后。（35页）她又疑心上文所说各种歌还不是最古的；最古的或者是宗教歌。这才是一切歌诗的源头。（第五章《英国叙事歌与教会》）

正统派又说叙事歌的特性是没有个性。这因叙事歌没有作者；并非全然没有作者，只作者决不在歌里表现自己。什么人唱，什么人就是作者，而这个人唱时也是不表现自己的情调的。所以叙事歌中，用第三身多而用第一身少。这一层和正统派的民众与个人合作说是相关的。Pound承认叙事歌大多数是无个性的，但她另有解说（101页、178页）此地不能详论。①

朱自清如此大段地引用Pound的论述，旨在为他自己的观点铺垫。他是认为歌谣起于个人的创造的，原始的歌其主流是抒情的而非叙事的。而Pound关于歌谣的第一身（人称）和第三身（人称）的论说，朱自清并不同意，但Pound的论点，对他在后面《歌谣里的第一身与歌谣的作者》一节里阐述自己关于歌谣中第一身与第三身的观点，无疑却是一个重要参照。他写道：

歌谣原是流行民间的，它不能有个性；第三身，第一身，只是形式上的变换，其不应表现个性是一样——即使本有一些个性，流行之后，也就渐渐消磨掉了。所以可以说，第一身，第三身，都是歌谣随便采用的形式，无甚轻重可言。至于歌谣的起源，我以为是不能依此作准的。②

这是歌谣研究中的一个有趣问题，也是诗体论不可忽视的问题，可惜的是，朱自清的论述已经过去70多年了，民间文学界和诗界却好像还没有人做过

① 朱自清《中国歌谣》第12～14页。

② 朱自清《中国歌谣》第28～29页。

超过他的论述。

至于《中国关于歌谣起源的学说》，朱自清的笔墨，主要集中在史前时代是韵文在先、还是散文在先的发生学问题上。作者说："韵文先于散文，是文学史的公例，中国何以独异呢？"他援引了郭绍虞《中国文学史纲要·韵文先发生之痕迹》据王国维在《宋元戏曲史》里的观点："舞必合歌，歌必有辞。所歌的辞在未用文字记录以前是空间性的文学；在既用文字记录以后便成为时间性的文学。此等歌辞当然与普通的祝辞不同；祝辞可以用平常的语言，歌辞必用修饰的协比的语调，所以祝辞之不用韵语者，尚不足为文学的萌芽，而歌辞则以修饰协比的缘故，便已有文艺的技巧。这便是韵文的滥觞。"朱自清既赞同郭绍虞的观点，又有所批评和补充。他写道："郭先生着眼在诗；他只说古初'先'有韵文，却不说'怎样'有的。我们研究他的引证及解释，我想会得着民众制作说的结论，至少也会得着民众与个人合作说的结论。但他原只是推测，并没有具体的证据；况且他也不是有意地论这问题，自然不能视为定说。"①

在歌谣的历史、分类等歌谣理论问题上，作者广泛评述和吸收了前人（包括同时代人）的研究成果，如胡适的比较研究法和"母题"说，周作人、顾颉刚、褚东郊②等关于歌谣的分类法和儿歌研究，魏建功和钟敬文关于仪式歌的研究，等。我们不妨把这两章当作歌谣研究小史来看。但我们发现，作者最感到得意的，应是《歌谣的结构》这一章，特别是对歌谣的重叠的研究，这里面体现了作者作为诗人的特有的艺术感悟。他还在这一章之外，写了一篇同题散文（随笔）《歌谣里的重叠》，可证。那篇散文（随笔）这样写道：

> 歌谣以重叠为生命，脚韵只是重叠的一种方式。从史的发展上看，歌谣原只要重叠，这重叠并不一定是脚韵；那就是说，歌谣并不一定要用

---

① 朱自清《中国歌谣》第15～20页。

② 胡适、周作人、顾颉刚、钟敬文、魏建功等关于歌谣的文章，本书前面略有论及，这里不予标出。而褚东郊《中国儿歌的研究》，在儿歌研究中占有不可忽略的地位，此文刊《小说月报》（中国文学研究专号），即第17卷号外，1927年6月。

韵。韵大概是后起的，是重叠的简化。现在的歌谣有又用韵又用别种重叠的，更可见出重叠的重要来。重叠为了强调，也为了记忆。

顾颉刚先生说过：“对山歌因问作答，非复沓不可。……儿歌注重于说话的练习，事物的记忆与滑稽的趣味，所以也有复沓的需要。”（《论〈诗经〉所录全为乐歌》上）

“复沓”就是重叠。说“对山歌因问作答，非复沓不可”，是说重叠由于合唱；当然，合唱不止于对山歌。这可说是为了强调。说“儿歌注重于说话的练习，事物的记忆，……也有复沓的需要”，是为了记忆；但是这也不限于儿歌。至于滑稽的趣味，似乎与重叠无关，绕口令或拗口令里的滑稽的趣味，是从词语的意义和声音来的，不是从重叠来的。

现在举几首近代的歌谣为例，意在欣赏，但是同时也在表示重叠的作用。美国何德兰《孺子歌图》（收录的以北平儿歌为主）里有一首《足五趾歌》：

这个小牛儿吃草。
这个小牛儿吃料。
这个小牛儿喝水儿。
这个小牛儿打滚儿。
这个小牛儿竟卧着，
我们打它。

这是一首游戏歌，一面念，一面用手指点着，末了还打一下。这首歌的完整全靠重叠，没有韵。将五个足趾作五个“小牛儿”，末一个不做事，懒卧着，所以打它。这是变化。同书另一首歌：

玲珑塔，
塔玲珑，
玲珑宝塔十三层。

这首歌主要是“玲珑”一个词。前两行是颠倒的重叠，后一行还是重叠前两行，但是颠倒了“玲珑”这个词，又加上了“宝”和“十三层”两个词语，将句子伸长，其实还只是“玲珑”的意思。这些都是变化。这首歌据说现在还在游艺场里唱着，可是编得很长很复杂了。

邱峻先生辑的《情歌唱答》里有两首对山歌，是客家话：

女唱：
一日唔见涯心肝，
唔见心肝心不安。
唔见心肝心肝脱，
一见心肝脱心肝。

男答：
闲来么事想心肝，
紧想心肝紧不安。
我想心肝心肝想，
正是心肝想心肝。

两首全篇各自重叠，又彼此重叠，强调的是“心肝”，就是情人。还有北京大学印的《歌谣纪念增刊》里有刘达九先生记的四川的两首对山歌，是两个牧童在赛唱：

唱：
你的山歌没得我的山歌多，
我的山歌几箩篼。
箩篼底下几个洞，
唱得没得漏的多。

答：

你的山歌没得我的山歌多，

我的山歌牛毛多。

唱了三年三个月，

还没有唱完牛耳朵。

两首的头两句各自重叠，又彼此重叠，各自夸各自的“山歌多”；比喻都是本地风光，活泼，新鲜，有趣味。重叠的方式多得很，这里只算是“牛耳朵”罢了。[①]

从这一段作者的散文（随笔）里，大可见出这位诗人兼学者的艺术的鉴赏力和触觉。“歌谣以重叠为生命”，没有重叠，就没有歌谣。较之散文，《中国歌谣》之《歌谣的结构》这一章里，其论述则更加细密而周全。俗文学专家吴晓铃在《朱自清先生和俗文学》一文中，对朱自清的这篇文章给予很高的评价，并认为此文扩大了此前俗文学界的研究范围，成为《华北日报·俗文学》周刊（俗称“平”字号俗文学周刊）的“分水岭”之作。

三、西南联大与《西南采风录》序

抗战期间，朱自清与闻一多一样，随校撤到了大西南的长沙。在长沙落脚未久，因帝机轰炸，战火逼近，学校再向昆明迁移。学生刘兆吉参加师生旅行团徒步而行，沿途搜集各地歌谣，辑成《西南采风录》一书。时任西南联合大学中文系主任的朱自清，应邀为该书写了序言，给予很高的评价。他写道：

古代有采风的传说。说是每年七八月间，天子派了使者乘着轻车到各地去采集歌谣。各国也都设着太师的官，专管采集歌谣。目的是在“观风

---

① 朱自清《歌谣里的重叠》，原刊北平：《华北日报·俗文学》周刊第27期，1948年1月2日。收入《朱自清全集》第3卷第290～293页。

俗，知厚薄”，一面也可以供歌唱。这叫做采风，是一种要政。这传说有好几种变形。有人说是在每年四月开始农作的时候，“行人”的官摇着木铃子随地聚众采访歌谣。又有人说，男女六十岁以上没有儿子，便叫他们穿上花衣服，带着乐器，去采访歌谣。这些都说得很认真，可惜都不是实际的制度，都只是理想。原来汉武帝时，确有过采集歌谣的工作，那完全是为了歌唱。一般学者看了这件事，便创造出一个采风的理想，安排在美丽的古代。但后来人很相信这个传说。白居易曾经热烈地希望恢复这个制度，他不知道这个制度原是不曾有过的。

民国六年，北京大学成立了歌谣研究会，开始征集歌谣。他们行文到各省教育厅，请求帮助。一面提倡私人采集。这就成了一种运动。目的却不是政治的，音乐的，而是文艺的，学术的。他们要将歌谣作为新诗的参考，要将歌谣作为民俗研究的一种张本。这其间私人采集的成绩很好。二十年来，出了好些歌谣集，是很有意义的材料的记录。这些人采集歌谣，大概是请教各人乡里的老人和孩子。这中间自然有许多劳苦艰难，但究竟是同乡，方言和习惯都没有多少隔阂的地方，比在外乡总好办得多。这回南开大学的同学山东刘兆吉先生在西南采集歌谣，却是在外乡，这需要更多的努力。刘先生居然能采到二千多首，他的成绩是值得赞美的。

刘先生是长沙临时大学步行团的一员。他从湖南过贵州到云南，三千里路费了三个月。在开始的时候，他就决定从事采集歌谣的工作。一路上他也请教老人和孩子；有时候他请小学里教师帮忙，让小朋友写他们所知道的歌谣。但他是外乡人，请教人的时候，有些懒得告诉他；有些是告诉他了，他却不见得能够听懂每一个字。这些时候，他得小心的再三的请教。若有小学教师帮助，自然方便得多。但有的教师觉得真正的歌谣究竟“不登大雅”；他们便教小朋友们只写些文绉绉的唱歌儿充数。这是一眼就看得出的，刘先生只得割爱，因为他要的是歌谣。他这样辛辛苦苦的搜索，记录，分辨，又几番的校正，几番的整理，才成了这本小书。他这才真是采风呢。他以一个人的力量来做采风的工作，可以说是前无古人。

他将采集的歌谣分为六类。其中七言四句的“情歌”最多，这就是西南各省流行的山歌。四百多首里有三分之一可以说是好诗。这中间不缺少新鲜的语句和特殊的地方色彩，读了都可以增扩我们自己。还有“抗战歌谣”和“民怨”两类，虽然没有什么技巧，却可以见出民众的敌忾和他们对于政治的态度；这真可以“观风俗”了。历来各家采集的歌谣，大概都流传已久；新唱出来的时事歌谣，非像刘先生这样亲历民间，是不容易得到的。书中所录，偶有唱本。刘先生所经各地，有些没能采得歌谣，他便酌选唱本，弥补这个缺憾。但是唱本出于文人之手，不同歌谣的自然，似乎还是分开来好些。刘先生采集的歌谣，因不适于一般读者，都已删去。总之，这是一本有意义的民俗的记录；刘先生的力量是不会白费的。

朱自清 二十八年（1939）四月 昆明[①]

朱自清在西南联大期间，先后在蒙自和昆明两地任教，从蒙自回到昆明后，就一直担任中文系的教授和系主任，又是刘兆吉等学生的诗社的顾问。1939年4月12—13日，他为刘兆吉辑录的《西南采风录》写了这篇序言。他说刘兆吉“以一个人的力量来做采风的工作，可以说是前无古人”。平时惜墨如金的朱自清，慷慨地给了刘兆吉如此之高的评价。当然，刘兆吉的工作，也的确是“物有所值”吧。前面笔者已有论述，这里不赘。说开来，这也不是刘兆吉一个人的成绩，而是西南联大造就和促成了这部在中国民间文艺学史上占有显著地位的歌谣集，从一个方面代表了西南联大在民间文学领域里的作用。

四、歌谣与新诗

在朱自清关于歌谣的文章里，“歌谣与新诗”这个论题占了不轻的分量，既是他一生中所关注的文学问题之一，也可看出他的研究歌谣的基本立场。

我们不妨依照写作的时序来做一点分析。

---

① 朱自清《西南采风录·序》，商务印书馆1946年12月；又载《新生报》副刊《语言与文学》第106期，1948年10月19日。收入《朱自清全集》第4卷第411～413页。

1928年5月，清华的学生罗香林在歌谣运动影响下多年辑录的《粤东之风》一书竣稿，请在清华学校改制为清华大学后就任教授之职的朱自清写序。当年写序之风很盛，序言成为一种有效的评论文体。朱自清为《粤东之风》写序时，北京大学的歌谣征集活动已经落潮，歌谣研究会及其主办的《歌谣周刊》也已停刊，许多知名教授因时局原因已移师广州中山大学。罗香林是广东人，也曾是《歌谣周刊》的作者，于是，他便把朱自清为他写的序言交到了中山大学主办的《民俗周刊》的编辑手中，此文便发表在该刊第36期（1928年11月28日）上。在这篇序言里，表达了任教早期、还保留着较为浓厚的诗人气质的朱自清关于歌谣与新诗的观点。他写道：

从民国六年，北京大学征集歌谣以来，歌谣的搜集，成为一种风气，直到现在。梁实秋先生说这是我们现今中国文学趋于浪漫的一个凭据。他说：

“歌谣在文学里并不占最高的位置。中国现今有人极热心的搜集歌谣，这是对中国历来因袭的文学的一个反抗，也是……‘皈依自然’的精神的表现。”（《浪漫的与古典的》第37页）

我想他说的是实在情形；看了下面刘半农先生的话便可明白：

“我以为若然文艺可以比作花的香，那么民歌的文艺，就可以比作野花的香。要是有时候，我们被纤丽的芝兰的香味薰得有些腻了，或者尤其不幸，被戴春林的香粉香，或者是Coty公司的香水香，薰得头痛得可以，那么，且让我们走到野外去，吸一点永远清新的野花香来醒醒神吧。”（《瓦釜集》第89页）

这不但说明了“反抗”是怎样的，并且将歌谣的文学价值，也估计出来。我们现在说起歌谣，最容易联想到新诗上去。这两者的关系，我想不宜夸张地说；刘先生的话固然很有分寸，但周启明先生的所论，似乎更具体些：他以为歌谣“可以供诗的变迁的研究，或做新诗创作的参考”——从文艺方面看。

严格地说，我以为在文艺方面，歌谣只“可以供诗的变迁的研究”；

我们将它看作是原始的诗而加以衡量，是最公平的办法。因为是原始的“幼稚的文体”，“缺乏细腻的表现力”，如周先生在另一文里所说，所以“做新诗创作的参考”，我以为还当附带相当的条件才行。这因歌谣以声音的表现为主，意义的表现是不大重要的。所以除了曾经文人润色的以外，真正的民歌，字句大致很单调，描写也极简略、直致，若不用耳朵去听而用眼睛去看，有些竟是浅薄无聊之至。固然，用耳朵听，也只是那一套的靡靡的调子，但究竟是一件完成（整）的东西；从文字上看，却有时竟粗糙得不成东西。我也承认歌谣（在）流行中，民众的修正，但这是没计划、没把握的；我也承认歌谣也有本来精炼的，但这也只是偶然一见，不能常如此。歌谣的好处却有一桩，就是自然。这个境界，是诗里所不易有；即有，也已加过一番烹炼，与此只相近而不相同。刘半农先生比作野花的香，很是确当。但他说的“清新”，应是对诗而言，是诗中所无，故说是“清新”；就歌谣本身说，“清”是有的，“新”却很难说——我宁可说，它的材料与思想，大都是有一定的类型的。

从浅陋的我看来，“念”过的歌谣里，北京的和客家的，艺术上比较要精美些。北京歌谣的风格是爽快简练，念起来脆生生的；客家歌谣的风格是缠绵曲折，念起来娴娴有余情——这自然只是大体的区分。其他各处的，则未免松懈或平庸，无甚特色；就是吴歌，佳处也怕在声音而不在文字。

不过歌谣的研究，文艺只是一方面，此外还有民俗学、语言学、教育等方面。我所以只从文艺方面说，只是性之所近的缘故，歌谣在文艺里诚然“不占最高的位置”，如梁先生所说；但并不因此失去研究的价值。在学术里，只要可以研究，喜欢研究的东西，我们不妨随便选择；若必计较高低，估量大小，那么未免是势利的见解。至少从研究方面论，学术总应是平等的；这是我的相信。所以歌谣无论如何，该有它独立的价值，只要不夸张地，恰如其分的看去便好。

这册《粤东之风》，是罗香林先生几年来搜集的结果，便是说过的客家歌谣了。近来搜集客家歌谣的很多，罗先生的比较是最后的，最完备的；只要看他《前经采集的成绩》一节，便可知道。他是歌谣流行最少的兴宁地方的人，居然有这样的成绩，真是难能可贵。他除排比歌谣之外，还做了一个系统的研究。他将客家歌谣的各方面，一一论列；虽然其中有些处还待补充材料，但规模已具。其中论客家歌谣的背景，及与客家诗人的关系，最可注意；《前经采集的成绩》一节里罗列书目，也颇有用。就书中所录的歌谣看来，约有两种特色：一是比体极多，二是谐音的双关语极多。这两种都是六朝时“吴声歌曲”的风格，当时是很普遍的。现在吴歌里却少此种，反盛行于客家歌谣里，正是可以研究的事。“吴声歌曲”的“缠绵婉转”是我们所共赏；客家歌谣的妙处，也正在此。这种风格，在恋歌里尤多，——其实歌谣里，恋歌总是占大多数——也与“吴声歌曲”一样。这与北京歌谣之多用赋体，措语洒落，恰成一个很好的对比，各有各的胜境。

歌谣的研究，历史甚短。这种研究的范围，虽不算大，但要作总括的、贯通的研究，却也不是目前的事。现在只有先搜集材料，随时作局部的整理。搜集的方法有两种：一是分地，一是分题；分题的如《看见她》。分地之中，京语、吴语、粤语的最为重要，因为这三种方言，各有其特异之处，而产生的文学也很多。（说本胡适之先生）所以罗先生的工作是极有分量的。这才是第一集，我盼望他继续做下去！

朱自清，北京清华园，十七年五月三十一晚①

考虑到材料难找，故全文引在这里，以方面阅读和研究。很容易看出，朱自清此序，几乎是从纯粹文艺的立场或从一个诗人的立场评价歌谣，虽然显示了作者对歌谣征集及研究情况的稔熟，却也反映了作者对歌谣在文艺上的价值的轻估。应该说，作为诗人的朱自清，肯定是熟悉鲁迅在《门外文谈》里、胡适在《白话文学史》的那些关于歌谣的评价用语，但他却宁愿选择了梁实秋的

① 朱自清《罗香林编〈粤东之风〉序》，广州：《民俗周刊》第36期，1928年11月28日。罗香林编《粤东之风》，上海：北新书局1936年10月初版。

那段“征集歌谣”不过是“中国文学趋于浪漫的”的一个凭证的名言。由于站在这样的立场上，所以他在引证刘半农《瓦釜集》里的那段关于“野花的香”的话时，作了连刘半农本人大概也没有想到的解释。当然，他坦荡地声明，他是站在文艺的立场上说这话的。至于周作人的歌谣“可以供诗的变迁的研究，或做新诗创作的参考”的观点，有学者注意到了周作人关于歌谣的价值的评价是前后不一的。[①]尽管朱自清也发表过《妙峰山圣母灵签的分析》[②]这样纯属民俗学的文章，但他毕竟是个文学研究的学者兼诗人，他从文艺的立场看歌谣，大体认为歌谣是原始的诗，较多地看到歌谣是“类型化”的东西，原是可以理解的。但他在《中国歌谣》里讲到各个时代、各种类型的歌谣时，又对民间的文学天才，对“缠绵婉转”的南方新民族的儿女文学，“激扬亢爽”的北方鲜卑民歌，……无不赞不绝口，表现出评价上的前后矛盾。当然，朱自清也充分肯定了民歌在学术上的价值，强调了在学术研究上任何对象都是平等的。

九年后的1937年4月，朱自清在离开北平南下之前，又在胡适主持的后期《歌谣周刊》上发表过一篇题为《歌谣与诗》的短文，重提歌谣与新诗的旧话题。[③]他的这篇文章分《真诗》和《创作新诗的参考》两部分，对这两个命题

---

① 民间文艺学史家陈泳超在《“个人主义的人间本位主义”——周作人的民间文学思想》里说：“虽然周作人没有将民歌的文艺价值直接地一概抹杀，但文中也没有提及民歌在艺术上的任何一点优胜之处，而且还公开宣布‘反对用赏鉴眼光批评民歌的态度’，这在当时歌谣运动方兴未艾，歌谣同人大多觉得歌谣样样都好的普遍思潮中，显得出奇地冷静，甚至似乎有些异类的感觉了。……（而到1922年在《晨报副镌》上发表）《歌谣》一文，是它对于歌谣文艺价值的重新认定。周作人在文中直截了当地说：‘民歌是原始社会的诗，但我们的研究却有两个方面，一是文艺的，一是历史的。’其中关于‘文艺的’，他认为民歌不单对考察‘诗的变迁’有所帮助，而且对新诗的发展也自有意义。他说：‘民歌与新诗的关系，或者有人怀疑，其实是很自然的，因为民歌的最强烈最有价值的特色是它的真挚与诚信，这是艺术品的共通的精魂，于文艺趣味的养成极是有益的。’……看来，周作人对于民歌文艺价值的根本改变，除了迎合歌谣运动的时代因素外，大约Vitale（包括何德兰、平泽平七等人）之类的外来影响是要占很大势力的。又，《歌谣周刊》的发刊词在歌谣运动中具有宣言与旗帜的意义，其中将歌谣研究的意义就归结为‘学术的’与‘文艺的’两项，似乎也是周作人这里所谓的‘文艺的’与‘历史的’的自然延伸。”见陈著《中国民间文学研究的现代轫辙》第84～86页，北京大学出版社2005年8月第1版。

② 佩弦（朱自清）《妙峰山圣母灵签》，广州：《民俗周刊》第69/70期合刊（妙峰山进香调查专号），1929年7月24日。收入《朱自清全集》第4卷第279～283页。

③ 朱自清《歌谣与诗》，《歌谣周刊》第3卷第1期，1937年4月3日。

都给予了否定性的答案。

他在《真诗》里写道：胡适之和周作人都相信意大利人卫太尔的话——“在中国民歌里可以寻到一点真的诗。”“说歌谣里有‘真’诗，那就不止于是‘诗’而已；似乎‘诗’里‘真诗’已少，‘歌谣’里却有，比一般‘不真’的诗价值高得多。但什么是‘真’呢？……所谓‘真’似乎就是‘自然’，就是‘天然’；……‘真’还有一个意义，便是‘认真’的‘真’，歌谣的性质里却似乎没有。……歌谣在读者在听者，一向也只是玩意儿，即使歌咏悲情，也还是轻快的俳味；乐歌的音调也如此。在这种意味里，歌谣便不是真诗。”

他在《创作新诗的参考》里写道：“在现代，歌谣的文艺的价值在作为一种诗，供人作文学史的研究；供人欣赏，也供人模仿——止于偶然模仿，当作玩意儿，却不能发展为新体，所以与创作新诗是无关的；又作为一种文体，供人利用来说教，那却兼具教育的价值。”歌谣不能发展为新诗，与创作新诗无关。——这就是他关于“歌谣与新诗”这个讨论久矣的问题的结论。

如果说九年前他还认为歌谣可资新诗创作的参考，而九年后，当他看到从新文化运动以来新诗的发展中插进来的外国诗的强大影响已使传统中断，他原来的那个理念，现在不得不宣告放弃了。

五、与俗文学派的姻缘

前面说过，朱自清在《现代生活的学术价值》中，就提出要“认识经史以外的材料（即使是弓鞋和俗曲）的学术价值”。自20世纪20年代以来，俗曲一般被视为俗文学。朱自清的歌谣观，虽然在分类上严格地限制在狭隘的歌谣界说之内，但在论到其发展时，就带有明显的“俗文学”的色彩。《中国歌谣》第二章《歌谣的起源与发展》中讲“歌谣所受的影响”，分为七种情形：一、诗的歌谣化。二、佛经的歌谣化，如20年代在敦煌发现的唐五代俚曲《太子五更转》等，如净土宗的歌谣《金炉香》《线蛋儿经》等。三、童蒙书的歌谣化，如陕西汉中里的用三弦合唱的《论语》等。四、曲的歌谣化，如杂曲、小曲。五、历史的歌谣化，如《岳传山歌》，姜太公故事、吕蒙正故事等。六、传说的歌谣化。七、戏剧的歌谣化，如对唱山歌《看相》、申曲等。这七种情况中，有些显然越出了一般认为的歌谣，而是公认的俗文学作品。

30年代，郑振铎在《小说月报》第20卷第3期（1929年3月）上发表了《敦煌的俗文学》一文，第一次提出了“俗文学”这个名称。1938年郑著《中国俗文学史》由商务印书馆在长沙出版，把俗文学归到民间文学之内或俗文学即民间文学的观点，在全国文学研究者中间逐渐催生并形成了一股强大的力量。民间文学理论界遂把用俗文学的观点和立场研究民间文学的学者，看作是一个流派，称其为俗文学派。到20世纪40年代下半期，朱自清的民间文学观更加与俗文学派学者们的观点接近起来，甚至在一些学术问题上与这一派的学者们相唱和。

抗战胜利后，俗文学派在香港、上海和北平三地各办了一个附在报纸上发行的《俗文学》周刊，一时学术探讨之风兴盛起来。1947年7月4日在北平创刊的《华北日报·俗文学》由傅芸子主编，团结了一大批抗战时期留在北平的著名学者和其他地方的学者。西南联大关闭后，朱自清回到北平清华大学后，也成为这个“平”字号俗文学副刊的撰稿人之一。上文提到，朱自清于1937年底交给傅芸子一篇《歌谣里的重叠》的文章。俗文学派的重要学者吴晓铃评论说：“芸子兄把那篇文章故意迟发到今年的正月2日登载颇有缘由，是‘平字号’俗文学之内容放大，正是在朱先生那篇识大体不拘小节的文章发表以后，以前30期为分水岭。”“所谓职业的俗文学者，毛病都是犯在搞得太窄，专门诚然不假，结果实未能在大处着眼，这也就是我们直到现在还写不出有系统的东西的原因。因此，我们希望能有像朱先生那样的又擅长创作，又做专门研究，注意到了普及和启蒙运动的人多多帮助和支持。读者可以看得出来‘平字号’俗文学的范围比较广泛些，除了作为骨干的戏曲小说之外，我们还顾及到戏曲、故事、变文、谚语、笑话、宝卷、皮黄和乡土戏等等。”[①]朱自清的加

① 吴晓铃《朱自清先生和俗文学》，北平：《华北日报·俗文学》周刊第60期，1948年8月20日。

入其中，发表从文艺的立场研究和介绍歌谣的文章，使“平字号”俗文学周刊从第30期起改变了过去相对狭窄的学术范围，成为其“分水岭”。

1947年，朱自清还写过一篇他一生中颇有分量的文章《诗言志辨》。他在《诗言志辨·序》里说：“民间的歌谣和故事也升到了文学里，‘变文’和弹词也跟着升，于是乎有郑振铎先生的《中国俗文学史》。”“从目录学上看，俗文学和民间文学的歌谣部分虽然因为用作乐歌，早得著录，但别的部分差不多从不登大雅之堂。……可以说是没有地位。”可见朱自清的“民间文学”概念范围，比狭隘的民间文学界限范围要宽。

发表于《民族艺术研究》（昆明）2006年第2期（4月28日出版）

王统照与传统民俗文化

——1991年8月11日致《鸢都报》编者的信

《鸢都报》办得越来越有味道了。每期都有可读、爱读的文章，您们的心血没有白费。我们应当为她在作者和读者中扎下了深根而感到高兴。可惜的是，我没有给她写文章。我虽然过着“采菊东篱”的生活，但手头要做的事还不少，读书、写作，加上朋友来往，日程有时排得很满，生活过得很紧张、很充实。上半年两次去胶东调查研究和开会，占去了不少时间，当然收获是很大的。头一次是四月间到荣成市的石岛镇和长岛县的砣矶岛作渔民民俗文化考察。根据调查所得，给台湾办的《汉声》杂志撰写了一篇《谷雨海祭》，此外还给中国文联主办的《文艺界通讯》写了一篇题为《渔乡归来》的散文。第二次是应邀去文登市出席道教全真派国际学术研讨会，参观考察了全真派道教发祥地和该市的经济文化情况。回京后，全力投入了《中国新文艺大系·民间文学卷》（1937—1949）的编纂工作，现在已基本完稿。在编纂过程中，找到了王统照先生三十年代作序的《山东民间故事》。这是一本诸城、安丘、高密县的传统民间故事的结集，也许是展示潍坊一带民俗文化的第一本集子吧。因此特别高兴。

王统照先生出生于诸城相州镇，是“五四”新文学运动的中坚、文学研究会的发起人之一，对中国现代文学的贡献是殊大的。他的长篇小说《山雨》发表后，曾被国民党图书杂志审查委员会以“宣传阶级斗争”为罪名予以查禁，他被迫变卖家产筹资出国到欧洲，1935年春回国，从上海到老家胶东住了半个月。在乡下的日子里，他的侄子王志坚交给他一本由他和学生们搜集的民间故事，他从中挑选了28篇带回上海，交陈伯吹先生帮助出版了。他为这本家乡民间故事集子写了一篇序言，其中不仅记下了这段经历，而且还表达了他对发掘和传扬中国本土文化的观点。他说：

> 这几十篇民间故事从多年以来便流行于山东的胶东几县，——在诸城、安丘、高密各县所传说的大同小异，本来民间故事自有类型，甚至远隔数千里的地方而故事的性质与事实却有很多相似处，也因此，研究民俗学者能够得到相互参证的资料。
>
> 集合起一些同地带的民间故事，能够显示出这一带地方的社会状况，地理的环境，民间的理想与乞求，——爱慕与憎恶，赞美与怨恨等都很清楚地表现于故事中间。
>
> 去年由外归来，以偶然的机会到乡下去住半个月。一天清早，我的侄子志坚抱了一小包小学生的抄本给我看。他说："小学中练习国语的写作，就出题目上说说便不容易，不是敷衍应景，就是呆板无味，引不起孩子们的兴致。我与各位先生们从去年秋间想出了这个方法，教高年级生搜集地方上的故事、俗语、歌谣、谜语，详记出来，既然可以保存，又便于作他们写国语的练习。……办去很有效果，学生都高兴。他们哪个不知道一些故事与歌谣？自几岁起，听见他们的祖母、母亲、姊妹，在灯前月下讲说的，所以记出来并不费力。这都是学校中五六年级的学生写的，除掉几个字外用不到改正。因为故事是流传多年了，谁也不能作假，先生们是本地人大都知道，学生要改头换面还没有像文人似的那种本领……"
>
> 说到这里，我们彼此笑了。
>
> 我的侄子（他是我的故乡的小学校长）走后，我在三十年前童年读书的书房窗纸下，将薄薄的小本子看了十多篇，向着窗外呆想。这些故事在三十年前我就听过不少，家里的老仆妇，常到我家说书的盲妇人，为了哄孩子不闹，她们讲述给我听。但谁的年光能够倒流回去！年龄稍大，得

用心的事多，又离开故乡那样久了，这些故事的影子在我的记忆里愈来愈淡，渐至于消失得无从记起。那天仿佛把我又牵回童年！繁星闪光的夏夜，凄风冷雨的秋夕，在母亲的大屋里，在姆妈的身边，听说那些能言能动的怪物，听说那些简单有味的人情，述事，当时何曾有什么教训与警戒的观念，与什么什么的批评，只是一团纯真的喜悦与忧念关心于故事中的人与物而已。现在三十几个年头去了，想不到把忘尽的故事在他们的笔下温回了旧梦。……我那时难以言说的心情在啼鸟飞絮的庭院里，直待有人喊我吃饭，才将这些故事的记本放下。

后来我劝志坚把这些故事集印起来，不止是可作乡土的教材，也可做民间文艺的探讨。虽然不过在几个县份中流行着，但如果每一个地方都是一样地搜集，我想对于好研究中国民俗学、民间文艺与童话的都大有帮助。

及至我离开故乡，便把这些小本子带在行箧里。现在儿童书局的陈伯吹乐意印出来给小学生们看，我异常高兴！陈先生要我写篇序言，故略述如上，至于分析这些故事中的风俗、思想等，且让于有专门研究的学者吧。……

统照先生的这篇序言写于1936年12月8日，《山东民间故事》一书由上海儿童书局出版于1937年8月，1948年2月经修订又印了一版。王先生这篇短短的序言里，触及了民间故事作为本土文化或民俗文化的一些重要问题，诸如民间故事的类型，不同地区的故事的相似性，民间故事所反映的理想与乞求——爱慕与憎恶、赞美与怨恨，民间故事的民俗与社会功能，等等，当然他未能展开来谈，即使这样，也不失为一篇民间文艺学上的重要文献，特别值得注意的是作为文学研究会重要作家对民间文学的观点。

写到这里，我不禁想起了年轻时代读过的一篇谈论列宁对民间文学的观点的文章。文章说，列宁在阅读了十九世纪出版的杜勃洛沃尔斯基的《斯摩凌斯克民族志》和昂楚科夫的《俄罗斯民间故事》之后，感叹地说：“多么有趣的材料！我粗略地翻了翻这些书，我觉得，显然现在还没有人愿意总结这些材料，从社会政治的角度来整理这些材料，用这些材料是很可以写出非常出色的关于人民的理想和愿望的著作的。瞧这里！昂楚科夫的这些故事我翻阅过一遍，就有很精彩的地方。这就是我们应该提醒我们的文学史家注意的东西。这是真正的民间创作，对于研究我们今天人们的心理是太需要、太重要了。”列宁的这些话，也许当时王统照先生并没有读到，但他们的思想意旨是那样地不谋而合。

写得太多了，所以一发而难以收拾，无非是有感于我们的作家们、文化工作者们，对我们民族的和本土的文化还缺乏足够的注意。就一个人来说，我们所做的，甚至比我们的前辈作家们还少。而重要的是，不仅我们的文学和艺术创作需要从本土文化或民俗文化中汲取营养，而且从这些本土文化或民俗文化中可以认识人民的历史、人民的心理、人民的愿望和乞求。

1991年8月11日 于北京

作为民间文艺学家的何其芳

在文学理论批评界的论说中，何其芳（1912—1977）是一个唯美派的诗人和散文家，在延安文艺座谈会之前的批评中，他又是一个“艺术至上主义者”的角色。文学理论批评家，也是民间文学研究学者。研究何其芳的人，大多只是欣赏和看重他的诗和散文，而且是早期的诗和散文，而对他在文学批评和研究、特别是在民间文学研究上取得的成就和在中国民间文学学术史上所占的地位，则缺乏考察。其实，何其芳在民间文学搜集和研究，特别是民歌搜集和研究方面，是20世纪中国现代民间文学学术史上最有成就的学者之一。

一、讲授民间文学课　编订陕北民歌选

何其芳于1938年夏到达延安，执教于鲁迅艺术学院（成立于1938年4月10日，1940年改名为鲁迅艺术文学院），后任文学系的主任。在当时的延安，积极提倡和从事民间文艺搜集和研究的，有成立于1937年11月14日的陕甘宁边区文化协会等文化团体，而鲁迅艺术学院也是其中之一。20世纪40年代，鲁艺有组织地派遣学员下乡，到边区各地直接从老百姓口头搜集民间文学作品，主要是民歌，并以《陕北民歌选》（晋察冀新华书店1945年第1版）和《陕甘宁老根据地民歌选》（音乐出版社1953年第1版）为成果，开创了解放区，乃至全国有组织地直接搜集和研究民间文艺的新阶段。

1939年3月5日，鲁艺成立了中国民间音乐研究会。会员19人。选举树连

（李禄永）、罗椰波为正副主席，李焕之、王莘、铁铭分任研究、采集、出版工作。同年5月，改选铁铭为主席，天风、鹰航、王莘、梁玉衡分任研究、出版、采集工作。他们开展了有组织有计划的民歌收集、介绍和研究工作。三年中，他们搜集陕甘宁边区民歌达700余首，蒙古—绥远、山西、河北及江南各省民歌均有几百首，总计有二千余首。中国民间音乐研究会的搜集工作，受到了边区文委的奖励，获奖的优秀搜集者有：张鲁、安波、马可、鹤童、刘炽、彦萍、明明等。中国民间音乐研究会在延安鲁艺成立之后未久，在晋察冀边区又相继成立了中国民间音乐研究会的分会。1942年8月20日中国民间音乐研究会在鲁艺召开第五届会员大会，由吕骥对三年来该会搜集研究民歌工作进行评述。会议邀请何其芳、严文井、李元庆等参加，他们在发言中提出，希望效法中国民间音乐研究会的精神，在延安成立一个民间文学研究会的组织。但何其芳等人的这个提议，并没有能够实现。

在鲁艺，除了音乐系及中国民间音乐研究会之外，还有两个部门也搜集和研究民间文学，一个是文学系，一个是文艺运动资料室。这两个部门也都由何其芳负责。1941年3月6日何其芳被任命为文学系主任。何其芳和张松如（公木）两人在系里共同开设了一门民间文学课程。鲁艺的老师和学员多次深入到陕北和其他毗邻地区去，一面参加社会斗争体验生活，一面采集流传于人民群众中的民间口头作品，而从农村采集来的民间文学作品，便汇集到后来成立的文艺运动资料室加以保存和整理。何其芳后来写道：“1945年2月，延安鲁迅文艺学院成立了一个文艺运动资料室，学校方面要我负责，先后参加工作的有张松如、程钧昌、毛星、雷汀、韩书田等同志。这个资料室的具体工作之一就是把鲁艺的同志们在陕北收集到的民间文学材料加以整理，编为选集。由于民歌材料最多，我们就先从民歌着手。这时张松如同志和我又在鲁艺文学系共同担任民间文学一课，民歌部分由我讲，所以我一边整理陕北民歌，一边找了一些地方的民歌集子和登载民歌的刊物来同时研究。”[①]刚刚从重庆回到延安的何其芳，只在延安待了八个月，日本投降，9月他再次奉调去重庆。在延安

① 何其芳《陕北民歌选·重印琐记》第290页，新文艺出版社1952年3月新一版。

的这段期间里，他集中精力进行《陕北民歌选》的编选、注释，为了序言的写作，他还阅读和研究了许多当时能够找到的民间文学书刊资料，包括北京大学歌谣研究会编辑的《歌谣周刊》和各地的歌谣集子。

经过了六七个月的忙碌，何其芳终于把这本陕北民歌的选集大体编定了。当时处于战争环境，何其芳两度被调往重庆工作，所以他没有看到《陕北民歌选》的出版。对此，他有过一段很感人的记载："剩下的工作就是为这个选集写一篇序文了。但这篇序文我才起草了一半，日本就投降了，张松如同志去东北，我接着也去重庆。记得那一个晚上我已经睡了，鲁艺的负责同志打电话通知我被调到重庆工作，并且天一亮就要搭汽车动身。我匆忙地料理了一些事情，并把《陕北民歌选》编定稿交程钧昌同志，嘱托他在有机会出版时由他写一篇编选例言，不必等我的序文。最后靠着行装想假寐一会，而天已发白。到重庆后，一直再没有时间研究民歌，只曾为一个报纸副刊写过两篇有关民间文学的小文章。1947年2月，蒋匪特务军警半夜包围了我们所住的曾家岩50号，并大肆抢劫。不但衣物，连我抗战初期在前方所记的材料、日记和其他读书笔记都被拿去。但大部分手抄的民歌材料因为是用的质量很坏的土纸，未被注意，尚得幸存。撤退到解放区后，10月到前晋察冀边区，才知道《陕北民歌选》已由程钧昌交前晋察冀新华书店出版，而程钧昌本人却已逝世。"①

何其芳第二次离开延安后，程钧昌遵嘱于1945年10月写了一篇《陕北民歌选·凡例》。他不仅交代了书中材料的来源，也写了先后参加工作的人员，特别是提到了几位并非鲁艺的文艺工作者："（《陕北民歌选》）材料来源主要是中国民间音乐研究所的同志们几年来所采录的歌词，鲁艺文学系和其他文艺团体的同志们也供给了我们一部分。其中也有很少一部分是我们直接由农民口中采录的。这些材料部分地曾先后经过张松如、葛洛、厂民（即严辰——引者）、舒群等同志的初步整理。全部歌词的最后写定、选择、编辑以及注释的工作则由何其芳负责，张松如、程钧昌、毛星、雷汀、韩书田参加。附录中的

① 何其芳《陕北民歌选·重印琐记》。

曲调是请鲁艺戏剧音乐系的李焕之、张鲁、马可、刘炽等同志写的。”[①]

《陕北民歌选》是20世纪30年代末到40年代中期延安鲁迅文艺学院师生和延安文艺界深入民间，直接从老百姓口中采风的集大成之作。尽管文学家们期望在延安成立一个民间文学研究会一类的民间团体的愿望没有能够实现，鲁艺音乐系和文学系的师生们以及延安文艺战士们在边区各地的多次采风及其成果，多少弥补了这一历史的缺憾。以如此规模和如此成就，有组织地直接从老百姓口中的采风，在中国现代民间文学学术史上，是第一次。全部采风所得，据说有千余首传统歌谣和少量革命歌谣。《陕北民歌选》这部民歌选集的所选，大体以反映陕甘宁边区一带过去和当时（1945年前）的人民生活为主；有些民歌虽说是从别的地方传来，然已在边区群众中广泛流行，因此也选入其中。全书共分5辑：前3辑为传统民歌，后2辑为新民歌，即当时新编唱的民歌。第一辑“揽工调”，共12首，反映了劳动人民被剥削的痛苦和他们的劳动生活。第二辑“兰花花”，共18首，其内容大多是反映封建社会里的妇女的痛苦生活和歌唱男女爱情的。第三辑“信天游”，共293首，内分三类：其一为农民情歌233首；其二为不满旧式婚姻者35首；其三为杂类。第四辑“刘志丹”，包括革命民歌24首，新内容的信天游46首，大多数是土地革命时期的新民歌。第五辑“骑白马”，共13首，主要是反映抗战和边区建设的，其中也有对于国民党反动派的揭露和诅咒。可以认为，这部当时由“鲁迅文艺学院”署名的《陕北民歌选》，是20世纪上半叶还流传在老百姓口头上的陕北民歌的一部代表作。

书中选录的《移民歌》，是一首传统民歌的形式和新的革命内容相糅合的民歌，是鲁艺的张松如与孟波、刘炽、于蓝和唐荣枚1944年冬天到绥德地区采风时采录到的。其中第一段歌词是：“东方红 / 太阳升 / 东方出了个毛泽东 / 他为人民谋生存 / 他是人民的大救星。”据何其芳在注释中说，《移民歌》系由当地的歌手李增正在带领移民队由葭县南下延安时创作的。[②]一年后，

---

① 《陕北民歌选·凡例》。

② 《移民歌》注释，《陕北民歌选》第218页。

《移民歌》由张松如（公木）和作曲家刘炽合作改编为后来唱遍全国的《东方红》。据张松如遗孀吴翔回忆："1945年9月2日，由60多位鲁艺师生组成的东北文艺工作团从延安向东北进发，公木和刘炽也在队伍当中。为了排解行军中的枯燥，他们一路行军，一路唱歌，曲调朴实、歌词朗朗上口的《移民歌》被反复地传唱。10月底来到沈阳后，文艺工作队为了向当地群众宣传党的政策，打算组织文艺晚会。在筹备过程中，大家认为《移民歌》中有歌颂伟大领袖的歌词，决定把它改编成可以演唱的歌曲。一天晚上，公木、刘炽、高阳、田方等工作队的队员聚集在一起创作歌词，大家你说一句我说一句，共凑出了4段歌词，公木执笔记载。后公木又对歌词进行了整理修改。晚会演出时，报幕员将这首歌报为'陕北民歌《东方红》'，'东方红'这个名字就这样在沈阳诞生了，后来《东方红》逐渐传唱回陕北，最后流行到了全国。"①

新中国成立后，成立了中国民间文艺研究会，编辑出版民间文学丛书时，何其芳应约把他手中保留下来的一份《陕北民歌选》手稿校阅了一遍，作了一些字句上的校勘和注释上的增改，各辑先后也略加变动，并为这个重印本写了一篇代序。他说："虽说也临时看了一些过去没有看过的民歌材料，代序中的主要论点却都是在延安时研究的结果，就是说仍然是相当简陋的。至于字句上的校勘和注释上的增改，除了根据张松如同志的意见和我保存的一份草稿而外，又曾请在陕西生长的柳青同志、李微含同志就原书校看过一遍，并最后向马列学院的陕北同志高朗山、李之钦、王朗超、王琼作过口头调查。中国民间文艺研究会的贾芝同志为这本书的校正重印也花了一些时间，有些疑难的地方，曾代为调查。附录的曲调则是请马可同志代校的。"收入中国民间文艺研究会主编的"民间文学丛书"时，征得了原鲁艺的负责人周扬的同意，将编者改为何其芳和张松如（公木）二人署名。

从何其芳的《重印琐记》里我们看到了以何其芳为代表的鲁艺派学者们的民间文学观，看到了他在对待民间文学材料的采录和编纂上的一丝不苟的科学

---

① 据张诚、金巍采访张松如遗孀吴翔回忆。《北京晨报》2001年6月28日据《沈阳晚报》文章。

态度，也正是由于他们的这种科学态度，使《陕北民歌选》至今还是一个不可企及的典范。他写道："回忆我们过去对于陕北民歌的词句的写定，每篇的去取，编辑的体例以及注释的工作，也是经过反复的考虑或再三的调查的。但这次校阅，仍发现有许多不妥之处。我们几个参加编选的人都非生长在陕北，这增加了工作中的困难。我解决这种困难的办法主要是依靠多次地向陕北同志作调查。我认为整理民间文学作品和利用民间文学的题材来写作是两回事情，不能混同的。整理民间文学作品应该努力保存它的本来面目，绝不可根据我们的主观臆测来妄加修改。虽然口头文学并不是很固定的，各地流传常有些改变，但那种口头修改总是仍然保持民间文学的面貌和特点，而我们根据主观臆测或甚至狭隘观点来任意改动，却一定会有损于它们的本来面目，对于后来的研究者是很不利的。"

二、民间文学观

有些评论家认定何其芳早期的以自我为中心的、浪漫主义的诗歌和散文所显示的才是一个真正有个性的诗人，而一旦到了延安、投身于抗日战争和革命，一旦接受了马列主义、毛泽东思想，一个杰出的诗人便毁灭了。他们推崇《预言》和《画梦录》，贬低《夜歌和白天的歌》。"何其芳现象"成了和平时代青年论者们的一个时髦词和通用语。连美国哈佛大学东亚研究院的何其芳研究者庞尼·麦克道高尔（Bonnie McDaugall）都承认："抗日战争是何其芳一生中的一件大事，使他从一个个人主义者变成了社会主义和民族主义者。"[①] 而我们自己的评论家们却把漫长的时间隧道想象成什么也没有发生过的一段空白，而何其芳本应该是在这空白中的。

诗人食指（郭路生）在一篇访谈录里说，他在上中学、开始写诗的时候，曾在他的同学、何其芳的女儿何京颉的带领下，去拜访过何其芳，何其芳向他

① 庞尼·麦克道高尔撰何其芳诗文集《梦中道路·导言》——《何其芳的早期生活和时代》（谢蔚英译），见中国社会科学院文学研究所编《文学研究动态》1980年第2期。

讲解过诗歌的格律，成为他的启蒙老师。但他却在另一篇访谈里说，何其芳不喜欢民歌。他说："我还到何其芳那儿找了很多民歌，何其芳不喜欢民歌，都让我拿走，我背了这么一摞子民歌到农村去看。所以我后来在乡下写了一些民歌体的诗歌，比如《窗花》：'地主窗上冰花在／俺家糊纸花不开／红纸巧手细剪裁／一朵窗花剪下来／太阳一出乐开怀／温暖穷人心里揣／地主窗上冰花败／俺家窗花向阳开。'"[①]这一段话，让我惊讶和怀疑。我不知道，诗人食指关于何其芳不喜欢民歌的印象从何而来。我想，可能来自于1958—1959年诗坛上围绕着何其芳提出的建立现代格律诗而引起的争论吧，在那场争论中，公木曾在一篇发表于1958年的《人民文学》上的文章里提到何其芳"反对或怀疑""歌谣体的新诗"，何其芳为此曾著文《关于新诗的百花齐放问题》加以反驳和讨论。

其实，我们从何其芳早期的散文里可以看到，他出身于一个战乱的时代和一个为了保存生命和财产而不得不颠沛流离的富庶家庭。家乡万县一带的社会情景、传说歌谣、文化背景，在他的心灵中打下了深刻的烙印，他的作品中写的是下层人民（乡村货郎、算命先生、未婚的姑姑以及被抛弃在社会之外的孤独者）的生活、思想、风貌和情状，他在山东莱阳和成都时期的所见所闻、所思所想，也从来没有离开过人民大众的苦难。他甚至还以《傻女婿的故事》为题写过一篇随笔。

延安文艺座谈会之后不久，何其芳于1942年8月25日写了《杂记三则》。在第三篇《旧文学和民间文学》里，他阐述了他关于旧文学（即今言之古典文学）和民间文学这两大文学遗产及其与当代作家创作之关系的观点。他写道：

> 那些还活在民间的传说、故事、歌谣，我们也要算入我们的财产单内。它们也许比那些上了文学史的作品更粗一些吧。然而恐怕也更带着中国人民大众的特点。自从我告别了我的童年，可以说我就告别了中国的农村。然而那些流传在农村的文学现在回想起来仍然是动人的。传说、故事

① 杨子《食指：将痛苦变成诗篇》，《人民日报》2001年5月28日。

重述起来太长了，只抄几句歌谣吧：

洋雀叫唤李贵郎，
有钱莫说（娶）后母娘。
前娘杀鸡留后腿，
后娘杀鸡留鸡肠……

在这后面大概还有一些叙述、描写和诉说吧，可惜我已经忘记了。然而就是这样四句也就能够直截了当地打进人的心里去。我们家乡叫杜鹃为洋雀。大家都知道那个书本上的有名的传说，蜀王杜宇亡国后化为杜鹃，每年春天叫着“不如归去”。这个歌谣却和那不同，它包含着另外一个故事，似乎是叙述一个被后母虐待而死的孩子化身为鸟以后的哀鸣。这是卑微的，平凡的，然而比那些经过了文人按照他们的思想和兴味粉饰过的传说反而动人一些。广泛地收集这类民间文学的工作需要有些学校、机关或者团体有计划地来做，但在实际工作中的爱好文学者也可以做一部分。将来材料多了，除了作旁的参考，作了解中国的社会和历史的参考而外，就是对于我们的文学创作也一样有帮助的，至少我们可以吸取其质朴地中国风地表现生活的特点吧。①

他不仅谈到了民间文学对于作家文学创作的帮助，至少可以增加作家“吸取其质朴地中国风地表现生活的特点”，更重要的，他还谈到“作旁的参考，作了解中国的社会和历史的参考”这一功能。对于历史上发生的事情，大至一个时代、一段历史，小至一种现象、一个事件，人民大众都会有自己的看法，他们的观点往往与写正史（包括文化史）的人的观点迥然有别，但民众的观点往往被湮灭在历史的烟尘之中而悄无声息，而要寻找民众对历史、对事件的声音，只能靠在他们口头上流传的民间文学作品。何其芳和他的战友们当年就是

① 何其芳《杂记三则》，《何其芳文集》第4卷第9页，人民文学出版社1983年9月第1版。

在上面他所说的这种指导思想下，在陕北和其他地区搜集民歌和编订民歌的，即一方面作社会历史的见证，一方面作作家创作的营养。

我们从何其芳开始于1945年到1950年9月才写完的《论民歌》这篇长文里知道，即使在延安和重庆那样的艰苦和繁忙的环境里，他在编订陕北民歌时，阅读了在边区搜集的上千首陕北民歌之外，还查阅了北大歌谣研究会编辑出版的《歌谣周刊》，阅读了国统区出版的许多地方民歌集，并作了摘录。这些集子是：刘经庵《妇女与歌谣》（商务印书馆1927年3月，上海），李金发采编《岭东恋歌》（上海光华书局1929年），陈增善、顾惠民编《中国民歌千首》（上海开华书局1931年1月），林宗礼、钱佐元编《江苏歌谣集》一、二辑（江苏省立教育学院1933年2月，无锡），朱雨尊编《民间歌谣全集》（上海世界书局1933年），《白雪新音》（民间文艺研究社编，北新书局1935年6月），罗香林编《粤东之风》（《民国丛书》，北新书局1936年），陈志良编译《广西特种部族歌谣集》（《说文月刊丛书》，中央银行经济研究处1942年11月，桂林），陈国钧编译《贵州苗夷歌谣》（文通书局1942年4月，贵阳），刘兆吉采录《西南采风录》（商务印书馆1946年12月，上海），薛汕编《金沙江上情歌》（春草社1947年，上海），《现代民谣》第一辑（武汉人民艺术出版社），等等。

何其芳既不是个不喜欢民歌的人，也不是个对民歌缺乏研究的人。

如果说，《杂记三则》所表达的关于民间文学的见解，还是一个作家和诗人基于青少年时代家乡民间文化传统留给他的朴素印象所作的思考，那么，写于1946年10月23日的《谈民间文学》和写于同年11月14日的《从搜集到写定》[①]，特别是完稿于1950年的长文《论民歌——〈陕北民歌选〉代序》，则是他在对陕北民歌和各地民歌的广泛涉猎、对民歌理论的深入研究的基础上形

① 这两篇文章最早收入作者自己编订的《关于现实主义》一书中。建国后，钟敬文曾收入所编《民间文艺新论集》（中外出版社1950年8月初版）。何其芳去世后，先后收入《何其芳选集》第2卷（四川人民出版社1979年11月）和《何其芳文集》第4卷（人民文学出版社1983年9月）。贾芝曾收入所编《延安文艺丛书·民间文艺卷》（湖南文艺出版社1988年8月）。这些版本，都没有标明文章的出处。据作者在《陕北民歌选·重印琐记》里说，此二文是在重庆时为一个报纸副刊写的。

成的有自己独特见解的民歌理论。他的这些文章，总结了陕甘宁边区民歌搜集运动的经验和成绩，并在与各地民歌的比较中，提出了一些重要的带有规律性的东西，特别是他得出了这样一个结论：延安的民歌运动，无论在深度还是在广度上，远远超越了北京大学歌谣研究会当年所取得的成就。他写道："他们（北大歌谣研究会）搜集的歌谣在数量上的确不少。但凭我的印象来说，还是民谣儿歌居多。真正艺术性高的民歌还是较少。对于研究老百姓的生活，思想，民谣儿歌当然也有用处。但要新文艺去从民间文学吸取优点，则艺术性较高的民间作品尤可珍贵。而延安鲁艺所搜集的民歌，我觉得在这点上是似乎超过北京大学当时的成绩的。我曾经把鲁艺音乐系、文学系两系搜集的民歌全部读过一遍，觉得其中有许多内容与形式都优美的作品。这原因何在呢？我想，在于是否直接从老百姓去搜集。北京大学当时主要是从它的学生和其他地方的知识分子去搜集，因此儿歌民谣最多。鲁艺音乐系却是直接去从脚夫、农民、农家妇女去搜集。深入到陕北各地，和老百姓的关系弄好，和他们一起玩，往往自己先唱起歌来，然后那些农夫农妇自然也就唱出他们喜欢唱的歌曲来了。"[①]何其芳是至今第一个、也是唯一的一个以科学的态度指出这一点的学者。

他的三篇关于民间文学的论文，在理论层面上阐述了一系列重要的观点：

——民间文学是作家创作的养料，是了解和研究中国社会和历史的参考。

——传统的民歌都是旧社会的产物。"产生在旧社会的民歌的确主要是农民的诗歌，而且主要是反映了他们过去的悲惨生活以及对于那种生活的反抗。""我们不要以为这是响着悲观的绝望的音调，相反地，应该从这里看到农民对于当时的现实的清醒的认识，并且感到他们的反抗的情绪和潜在的力量。"

——与同样广泛地在民间流传的民间戏剧比较起来，民歌"具有更浓厚的劳动人民的特点，更直接地反映了劳动人民的生活和思想，愿望和要求"。

——民歌具有很高的思想认识和社会价值。农民被紧紧地束缚在地主的土

① 何其芳《从搜集到写定》，《何其芳文集》第4卷第147页，人民文学出版社1983年9月。

地上或者他们自己的小片土地上，而他们对于现实的观察和理解却达到清醒的程度。

——情歌在民歌中占绝大多数（百分之八十以上）。“对于这些情歌，我们必须把它们和过去的婚姻制度，和过去的社会制度，和在那些制度下的妇女的痛苦联系起来看，然后才能充分理解它们的意义的。”“旧社会里的不合法的恋爱不仅是一种必然的产物，也不仅是一种反抗的表现，而且必须知道，这种反抗的结果必然是不幸的，并不能真正解决问题的。我们读那些情歌的时候，不要像过去的文人学士们一样只是欣赏那里面表现出来的热烈的爱情，而还应该想到随着那种短暂的热情而来的悲剧的结局。”

——封建主义的烙印是中国民间文学的一个共同特点。“而在民歌当中，这种烙印主要的还并不是表现在某些封建思想的侵入，却是表现在和压在农民头上的封建秩序对抗的作品占了很大的数量。”而随着中国农民命运的变化，“不能不在旧的民歌之外，产生了新的民歌”。

——“民歌，不仅是文学，而且是音乐。音乐的语言并不像一般的语言那样确定，或者说那样含义狭窄。而一首民歌，据说又可以用不同的感情去歌唱。那么，可以在不同的情形之下唱相同的歌，也可以在相同的情形之下唱不同的歌，正是自然而且合理。”“由于民歌还和最初的诗歌一样，是和音乐密切结合着的，这就带来了又一个艺术性方面的优点，它的节奏鲜明而且自然。”

——把整理保存民间文学作品与根据民间文学材料进行文学创作区别开来；采录和整理民间文学作品，是绝对不容许根据主观臆测来妄加修改的，要尊重人民大众创作和流传的作品的原貌。搜集者是直接从老百姓的口中搜集的。编者在可能的条件下把民歌的创作和流传情况、流传地点、内容背景等，通过尽可能详尽的注释加以标明。“更重要的是要有一种尊重老百姓的态度。不然，我们像这个旧中国的统治者征粮征丁一样去征民间文学，那是征不到好作品的。不要看不起老百姓，不要不耐烦。既然是去向老百姓请教，那就要有一种尊敬老师与耐心向学的精神。对于他们的作品也要尊重。”

——鲁艺师生们在民歌采录整理工作中遵守着三条原则：首先是“忠实

地记录”。“若是民歌，最好把谱子也记下来。本地人搜集本地民间文学那是最理想的。若是外省人，不能记的字句可以用拉丁化记，但应加解释，鲁艺音乐系搜集的民歌，因用拉丁化记的部分未加说明，后来写定时很费事。”其次，“民间文学既是在口头流传，就难免常因流传地区不同与唱的人说的人不同而有部分改变或脱落。我们在采录时，同一民歌或民间故事就应该多搜集几种，以资比较参照。”第三，“在写定民歌时，字句不应随便改动增删”。碰到不懂时，要多作调查，要多比较几种记录稿。民间故事虽然难于一字一句保存原来面目，但也应基本上采取一种忠实于原故事的态度。“若系自己改写，那就不能算是道地的民间文学，而是我们根据民间文学题材写成的自己的作品了。”[①]何其芳于1946年所写到的这些原则，既是陕北采风时的原则，也是从民间文学的实地调查采录中得出的经验，因而是科学的，有田野作业支持的。可以认为，鲁艺当年已经很好地解决了民间文学的采录整理的原则，并已上升到了理论。遗憾的是，到了20世纪50—60年代，我国民间文学界并没有很好地研究和吸取延安鲁艺所取得的这些成功经验，因而在民间文学的采录整理问题上长期争论不休，走了不少的弯路。

何其芳在鲁艺开过民间文学的课程，对民歌进行过较为专门而系统的研究，相信他是有讲稿的。[②]可惜的是，他的讲稿在进城后并没有发表，下落如何，是否包括在他交给青年诗人食指的那些民歌材料中，不得而知，希望食指在适当的时候能披露出来。

无论是从搜集和写定的角度看，还是从学术史的角度看，《陕北民歌选》都是中国现代民间文学学术史上的一个成功的个案，至少在20世纪前50年中，还没有一例可与之媲美。但随着时代的转换，对同一件事情的理解和解释，却可能发生很大的差异。差异确实出现了。当代文学批评家孟繁华说：“30年代一直到40年代，我们国家事实上进行的是一场整体的民族动员，就是说既反对了旧文化，同时也对知识分子的文化进行了‘转译’。我记得何其芳和公木

① 《从搜集到写定》，《何其芳文集》第4卷第148～149页，人民文学出版社1983年。

② 在鲁艺当过老师的周立波讲授的是外国文学，“文革”后，他就把他当年的讲稿《契诃夫的小说》的复印件送给我一份。根据这个经验，何其芳讲授民歌研究，肯定也是有讲稿的。

曾编过一本《陕北民歌选》，它特别值得作为文化研究的一个个案来考察。你会发现，民间的很多有趣的东西都被放在注释中，只有像《兰花花》这样比较健康的东西才作为正式的文本出现。这个选择的背后隐藏着一种诉求，就是要用活泼的、朗健的、透明的大众文化进行民众动员，就是要把知识分子说的那些民众听不懂的话转成民间能够听懂的小二黑的话、白毛女的话、王贵与李香香的话。”①笔者不赞同他对何其芳们《陕北民歌选》的做法和意义的解释。他对《陕北民歌选》的这番解释，无论是与原书面貌所显示的，还是与公认的民间文学学术原则，都是南辕北辙的。任何一个时代的民间作品的选编者，都会有自己的取舍和阐释，亦即学术立场或政治立场，但充其量他的权限是有限的，只能限制在取舍和选编上，而不能超越这个限度而走到造伪的程度，如此，一部民间作品就在客观上向不同思想倾向的学者和政治家提供了借以研究时代、民心、社会情状、民众世界观等的可贵材料，就向那些追求“中国作风”的诗人和作家提供了丰富的本土文化的养分和可资借鉴的材料。何其芳他们的选编，固然体现了一定的思想和艺术原则，却根本不是对农民文化向知识分子文化或对知识分子文化向农民文化的“转译”。如果要说有“转译”的话，那也是用陕北农民的思想和文化，对来到延安的那些知识分子的文化“转译”。

三、民族形式论争和现代格律诗论争中的民间文学问题

毛泽东于1938年10月在中共六届六中全会上所作的报告《中国共产党在民族战争中的地位》说：“使马克思主义在中国具体化，使之在其每一表现中带着必须有的中国的特性，即是说，按照中国的特点去应用它，成为全党亟待了解并亟须解决的问题。洋八股必须废止，空洞抽象的调头必须少唱，教条主义必须休息，而代之以新鲜活泼的，为中国老百姓所喜闻乐见的中国作风和中国气派。把国际主义的内容和民族主义的形式分离起来，是一点也不懂国际主义

① 孟繁华《与大众文化喝下午茶》，录自“世纪中国”www.cc.org.cn，2001年8月17日。

的人们的做法，我们则要把二者紧密地接合起来。” 同年十一月二十五日，以《论新阶段》为题，全文发表于《解放》周刊第五十七期。

抗战开始后，文艺界便掀起了文艺大众化的运动和展开了关于大众化的讨论。毛泽东的报告发表以后，民族形式问题成了重庆和延安两地的文学界新的共同话题，从而展开了长达两年之久的关于民族形式问题的论争。已故文学史家王瑶说：“这话自然也适用于文学的领域，特别是因为新文学的作品一直没有能够深入到工农群众间，为老百姓所喜闻乐见，因而立刻引起了文学工作者的反省与检讨。那时正是制作通俗文艺的高潮刚过去，大家对于运用旧形式的意见并不完全相同，甚至可以说有的很不相同，于是在深入学习毛主席的报告中，文艺界便展开了有关民族形式的论争。”①

最早响应的是延安的文艺界。1939年8月3日在延安陕甘宁边区中央局召集文化界人士民族形式问题座谈会上，何其芳发了言。据冼星海日记记载：在这次的座谈会上，“争论非常激烈。尤以周扬、沙汀、何其芳及柯仲平、赵毅敏等。晚十点半始散会”。②稍后，何其芳在11月16日出版的《文艺战线》第1卷第5期上发表《论文学上的民族形式》的文章，正式以文字的形式表达了他的观点：“这种更中国化的民族形式的文学的基础应该是五四运动以来的还在生长着的新文学呢，还是旧文学和民间文学？” 据吴福辉《沙汀传》：“鲁艺”文学系在陈伯达来讲演不久，专门讨论了文艺的民族形式问题。张庚、萧三强调几千年的文化遗产的精华和民间创作的重要，沙汀、何其芳起而反驳，认为仅仅强调大众艺术，会“降低艺术水准”。结果被扣上“将艺术脱离抗战，脱离政治”，“新的艺术至上主义”的帽子。沙汀的四川脾气上来了，吵得不亦乐乎。以后，在中央文化工作委员会的扩大会和“文协”座谈会上，这个争论一直持续不断。何其芳坚持认为“民族形式要以采取进步的欧洲文学形式为主”。沙汀事后整理了历次的发言，以《民族形式问题》为题，在《文艺战线》发表文章。他反复阐发的见解是：不同意把旧形式利用在文艺上的价值

① 王瑶《中国新文学史稿》下册第22～23页，上海：新文艺出版社1953年第一版。

② 艾克恩《延安文艺运动纪盛》第145页，文化艺术出版社1987年。

抬得过高。……（鲁迅的“写实手腕”）大半是从世界文学来的……现实主义在中国的文艺传统上都非常薄弱，写实的技巧更是简陋的。……[①]在延安的讨论中，何其芳是主张文学的民族形式是“要以采取进步的欧洲文学形式为主”，而反对在民众文艺基础上发展民族形式的。

延安的《新中华报》《文艺突击》《文艺战线》，晋察冀边区的《边区文化》等，相继发表了艾思奇、柯仲平、萧三、冼星海、沙汀、刘白羽、劳夫、陈伯达等人的文章，联系利用旧形式问题，围绕着创造文艺的民族形式展开了讨论。周扬在《中国文化》上发表文章说：“利用旧形式不但与发展新形式相辅相成，且正是为实现后者的目的的。把民族的、民间的旧有艺术形式中的优良成分吸收到新文艺中来，给新文艺以清新刚健的营养，使新文艺更加民族化，大众化，更为坚实与丰富。”“旧形式正是以那文字的简单明白而能深入广大读者的心的，但这工作还没有得到普遍的重视，民间艺术的宝藏还没有深入地去发掘。对这工作也还没有完全正确的态度，还没有把吸收民间文艺养料看作新文艺生存的问题。用简洁明了的文字形式，在活生生的真实性上写出中国人来，这自然就会是‘中国作风与中国气派’，就会是真正的民族形式。”[②]

继而，在国民党统治区的《文艺阵地》《文学月报》《大公报》《国民公报》《新蜀报》等报刊上，发表了黄绳、巴人、张庚、罗荪、魏伯、冯雪峰、王冰洋等人的文章。中华全国文艺界抗敌协会桂林分会召开了有艾芜、鲁彦等人参加的座谈会。在香港地区，以《大公报》的《文艺》副刊为中心，召开了座谈会，开辟《创造文艺民族形式的讨论》专栏。黄药眠、杜埃、宗珏、黄绳、袁水拍等人纷纷著文讨论。1940年3月24日，向林冰在重庆《大公报》副刊《战线》发表了《论“民族形式”的中心源泉》，强调要以民间形式为民族形式的中心源泉，否定“五四”以来的新的文艺形式。葛一虹在《文学月报》

---

① 吴福辉《沙汀传·有目的地进入陌生生活》第235～236页，北京十月文艺出版社1990年。

② 周扬《对旧形式利用在文学上的一个看法》，《中国文化》创刊号，1940年2月15日；又见《周扬文集》第一卷第294～295页、第302页，人民文学出版社1984年12月。

第1卷第3期上发表《民族遗产与人类遗产》，对此表示异议。由此引发了一场文艺论争。在这场关于民族形式的讨论中，围绕着如何对待已有的民间文艺或民间形式与“五四”以后的新兴文艺形式，形成了尖锐对立的两派。许多著名的作家和文学理论家都被卷入其中。

延安文艺座谈会后，何其芳关于什么是中国文学的民族形式的观点发生了变化。1944年7月写的《关于艺术群众化》和1946年5月写的《略论当前的文艺问题》里也都谈到在延安关于民族形式的这次讨论。他在后文里写道：

> 抗战期间，延安和重庆都曾经讨论过民族形式问题。当时都未在理论上得到结论。然而在解放区，最近三年来的文艺运动的事实已经给这个争论作了结论了。就我的理解简单说来，民族形式问题实质上是一个文艺与中国广大人民结合的问题。因此，凡是符合今天中国人民的需要，能够为今天中国人民服务的，无论它是新形式或从新形式改造过来的，无论它是旧形式或从旧形式改造过来的，都是民族形式。只有这样一个最高的也是最宽的标准。形式的基础是可以多元的，而作品的内容与目的却只能是一元的，那就是只有从人民生活中去获得文学的原料，并使文学又回转去服务人民。我想，这个经验在这大半个旧中国也是适用的。这大半个旧中国的文艺也可以有多种的形式去适应多种的读者。
>
> 比如第一，五四以来的新形式是否应该完全抛弃呢？不应该的。新形式也有它的群众基础，不过还不够广大，所以应该适当地加以改造，使它更中国化，更大众化。
>
> 第二，大量地利用各种民间形式，如唱本，说书，章回小说，旧戏（地方戏在内）等等，也是很必要的。这不但为了适合众多的文化程度较落后的读者，而且这种利用经过一定时期的提高，改造，还可以给中国的文艺带来新的创造，如陕北的秧歌剧就是一个最显著的例子。
>
> 第三，旧形式也好，新形式也好，都应该研究如何更好地与各大城市，各中小城市的报纸结合。报纸的读者一般地比文艺书刊的读者广，而且有时广得多。……

第四，为着能够到达不识字或识字很少的群众中间去，文学应该和其他艺术结合。如与戏剧结合，写话剧及旧剧剧本；与音乐结合，写歌词，歌剧；与美术结合，写连环画的说明，等等。[①]

他的这些观点，后来连他自己也承认，是一种调和论。

建国以后，何其芳提倡建立现代格律诗，写过好几篇文章，阐述他现代格律诗的主张。其基本要求是："按照现代的口语写得每行的顿数有规律，每顿所占时间大致相等，而且有规律地押韵。"[②]1958年7月号的《处女地》上发表了何其芳的《关于新诗的"百花齐放"问题》后，围绕着他有关建立现代格律诗的主张，文坛上再次掀起了相当激烈的论争，甚至发展成为对何其芳的批评和声讨。何其芳被指责为："怀疑民歌，轻视民歌，否定民歌，歧视民歌，或者说怀疑新民歌，轻视新民歌，否定新民歌"；坚持"主观唯心论"；资产阶级的艺术趣味和个人主义倾向；形式主义观点；自觉不自觉地对诗人和群众的结合、知识分子诗人的彻底改造或工人阶级化有所抵触；影响人们不去深入群众斗争生活；是要不要走群众路线、要不要真正的民族风格问题；对民族诗歌传统的学习抱轻视态度；贬低从古典诗歌和民歌基础上发展新诗、包括从旧形式推陈出新发展新形式、新格律的创造性的努力，等等。[③]人所共知，"大跃进民歌运动"或曰"新民歌运动"，是在毛泽东主席的倡导下于1958年春天发动起来的。在古典诗歌和民歌基础上发展新诗，也是毛泽东提出和设计的新诗发展道路。在如此大规模的围攻运动中，何其芳不得不于1959年1月撰写了一篇《关于诗歌形式问题的争论》长文，就指责他否定民歌（尤其是新民歌）和认为"民歌体有限制"的论者进行辩诬，并做了某些有限度的检讨。

---

① 何其芳《略论当前的文艺问题》，《何其芳文集》第4卷第112页。

② 何其芳《关于现代格律诗》，《何其芳选集》第2卷第153页，成都：四川人民出版社1979年。

③ 见张先箴《谈新诗和民歌》（《处女地》1958年10月号）、宋垒《与何其芳、卞之琳同志商榷》（《诗刊》1958年10月号）、沙鸥《新诗的道路问题》（《人民日报》1958年12月31日）、张光年《在新事物面前》（《人民日报》1959年1月27日；又见《张光年文集》第3卷第231～244页，人民文学出版社2003年）等。

在现当代诗人和学者中，何其芳是为数不多的认真研究过中国各地民歌的人之一，他在带有浓重政治色彩的这次诗歌论争或批判中，仍然始终坚持科学态度。他说："我国古代的诗歌的形式大都起源于民间是事实。但五四以来的新诗并非'起之于民间的歌谣'，这是常识，写批评文章是不应该弄错的。"①

四、文学史的主流问题

在1958年的"大跃进"运动中，相继诞生了多部大学学生写的中国文学史：北大中文系五五级同学编著的《中国文学史》（人民文学出版社1959年），北师大中文系三、四年级同学和古典文学教研室教师合编的《中国文学讲稿》第三分册和北师大中文系五五级同学编著的《中国民间文学史》（人民文学出版社1959年）。复旦大学中文系五五级古典文学组学生也写了一部《中国文学史》（中华书局1959年）。这些一度被称为"红色文学史"的著作，是在很短的时间里集体"速成"的，这些"新事物"一经出现，便得到了来自各方面的喝彩。报刊上纷纷发表文章予以评论和肯定。中国科学院文学研究所遂于1959年7月在京召开文学史讨论会，对前三部文学史进行研讨。

把民间文学看作中国文学的主流，是这几部文学史的共同指导思想和共同特点之一。由于这些文学史被认为是代表正确方向的生力军占领学术舞台的成果，也由于"左"（宁左勿右）的思想和庸俗社会学的阶级论的盛行，把民间文学看作是劳动人民的口头创作、从而也就是文学的主流的观点，很快也在报章杂志上盛行起来了。因此，民间文学是否是中国文学的主流，也就成为这次讨论会重点讨论的三个问题之一。何其芳在作会议总结发言——《文学史讨论中的几个问题》时，面临着两难的处境，但他最终选择了科学的立场。在讲到这个问题时，他开宗明义说："说只有民间文学是中国文学的主流，这在理论

① 何其芳《关于诗歌形式问题的争论》，《何其芳文集》第6卷第38页，人民文学出版社1984年6月。

上和事实上都是说不通的。”

他阐述自己的观点说：“文学艺术起源于劳动人民，这是真理，还是原始共产主义社会的时候，文学艺术就产生了，那时还没有剥削者和被剥削者的差别。等到人类进入了阶级社会以后，文学艺术也就有了阶级的划分。在被剥削被压迫的人民中间，文学主要是依靠口头流传和保存。这种保存方法是不如文字记载更能够传之久远的。因此比较早的人民口头创作很多都失传了。当然，在被文字记载下来的一部分古代人民口头创作中，就有很重要很可珍贵的作品，如《诗经》中的民歌，汉魏六朝的民歌，等等。它们对于后来的文人的诗歌发生了很大的影响。还保存在今天的人民中间的口头创作，也有很光彩夺目的珠宝，还需要进行广泛的深入的发掘。但我们的文学史是不能把这一部分算作主流的。我们无论如何不能忽视文学史上的长期的大量的文人文学的存在。在阶级社会里，文学也有阶级的划分。但人民的文学之外的文人文学，虽然它的作者们绝大多数都是出身于剥削阶级（在我国的封建社会更几乎是全部），它却不是一模一样的。还必须再加以划分。在文人作家之中，有坚决地站在剥削阶级的立场上的；有思想体系或思想倾向基本上属于剥削阶级的范畴，但他们的作品在内容上和艺术上却有可取之处的；有虽然也还没有摆脱剥削阶级的思想体系，但他们的作品却反映了人民的观点和要求的；有和自己出身的阶级决裂，站在人民的革命的立场上从事写作的。情况就是这样复杂。在我国的文学史上，屈原、司马迁、李白、杜甫、白居易、关汉卿、王实甫、罗贯中、吴敬梓和曹雪芹等大体上都属于第三类。鲁迅属于第四类。施耐庵的生平我们还不大清楚，但从他的作品《水浒传》看来，或许也应该列入第四类。他们都是代表我国过去的文学的成就的高峰，在文学史上都是必须用专章来写的。怎么可以把他们的作品不算在主流之内呢？不算主流，难道只能算支流吗？”[①]

“民间文学主流”论者的一个主要论点是，民间文学是劳动人民的创作，而劳动人民是神圣的、不能亵渎的，从而劳动人民创作的文学也自然就应该是优越的、健康的、没有糟粕的。这关系到民间文学的一些理论和概念——如民

---

① 何其芳《文学史讨论中的几个问题》，《何其芳文集》第6卷第107～108页。

间文学的性质和地位，民间文学的创作主体是什么社会群体等。关于民间文学的创作主体是什么社会群体的问题，并不是新问题，从中国现代民间文艺学诞生以来，学界就存在着不同的说法，一直到20世纪末的近几年，也还有学者在不断地进行探索和阐释。[①]

就我看到的材料，郭绍虞于1920年写的《村歌俚谣在文艺上的位置》说："我们要宣传民众艺术，便应得注重普通所谓村歌俗谣——村歌俗谣四字，似乎有贬视的意思，实在这些都是国民情调的表现，简直可作为《国风·小雅》一例看待——这些歌谣，写的是真景，抒的是真情，会的是真意趣，是绝对真实的表现，是极端自然的文章。不管是田夫野老的所唱，是傍人渔父的所唱，或且出之于十三四女孩儿的口中，就歌辞来讲，情景总是很深，趣味总是很浓，就音节来讲，声韵又是无不调和的。自然的灵秘，不必一定是艺术家才能感受得到，才能表现得出，尽有不识字的人，自能运用质实，朴素，逼真的手腕，发为自然的歌诗，成为天地间的妙文。因为他并不懂得格式，所以不为格式所拘泥；他又不要雕琢，所以不受雕琢的累赘。……我们不要看轻这些俚俗歌谣，须知它在文艺上的位置，并不低下的。"[②]郭绍虞的论述侧重于村歌俚谣在文艺上的价值，但他也明确地指出这了村歌俚谣的作者是"田夫野老""傍人渔父"，他们都是些"不识字的人"的下层老百姓。

常被学界引用的胡愈之于1921年写的《论民间文学》一文说："民间文学……是指流行于民族中间的文学。民间文学的作品，有两个特质：第一，创作的人乃是民族全体，不是个人。第二，民间文学是口述的文学，不是书本的文学。所以民间文学和普通文学的不同：一个是个人创作出来的，一个却是民族全体创作出来的；一个是成文的，一个是口述的不成文的。"[③]他说民间文学的作者是"民族全体"而不是个人。据我的理解，这个"民族全体"是"集体"的意思，是相对于作家的作品是个人的创作而言的。

---

① 如高丙中《民俗文化与民俗生活》，中国社会科学出版社1994年；吕微《中华民间文学史·导言》（祁连休、程蔷主编），河北教育出版社1999年。

② 郭绍虞《村歌俚谣在文艺上的位置》，《晨报·艺术谈（31）》，1920年8月21日。

③ 胡愈之《论民间文学》，《妇女杂志》1921年第7卷第1号。

董作宾则提出：民间文学是平民的文学。他于1927年为中山大学民俗学会创办的《民间文艺》所写的《告读者》中说："从历史上演成的一种势力，使社会分出贵族和平民的两个阶段（级），不但他们的生活迥异，而且文化悬殊。无疑义的，中国两千年来只有贵族的文化：二十四史，是他们的家乘族谱；一切文学，是他们的玩好娱乐之具；纲常伦理、政教律令，是他们的护身符和宰割平民的武器。而平民的文化，却很少有人去垂青。但是平民文化也并不因此而湮灭，他们用口耳相传来替代汉简漆书，他们把自己的思想、艺术、礼俗、道德及一切，都尽量的储藏在他们的文化之府——民间文艺的宝库里，永远的保存而且继续地发展着。"[①]他指出，平民与贵族是对立的阶级，平民文化自然也是与贵族文化相对立的。

顾颉刚在1928年写的《圣贤文化与民众文化》中说："……他们（民众）虽是努力创造了些活文化，但久已压没在深潭暗室之中，有什么人肯理会它呢，——理了它不是要倒却自己的士大夫的架子吗！直到现在，中华民国成立，阶级制度可以根本推翻了，我们才得公然起来把它表章。我们研究历史的人，受着时势的激荡，建立明白的意志：要打破以贵族为中心的历史，打破以圣贤文化为固定的生活方式的历史，而要揭发全民众的历史。但是我们并不愿呼'打倒圣贤文化，改用民众文化'的口号，因为民众文化虽是近于天真，但也有许多粗劣，许多不适于新时代的，我们并不要拥戴了谁去打倒谁，我们要喊的口号只是：'研究旧文化，创造新文化。'所谓旧文化，圣贤文化是一端，民众文化也是一端。……以前对于民众文化，只取'目笑存之'的态度，我们现在偏要向它平视，把它和圣贤文化平等研究。"[②]

钟敬文在1935年写的《民间文艺学的建设》一文里说："他们（民众）有着自己的诗歌，有着自己的小说，有着自己的格言，这些就是过去的文人和文艺研究者所不知道或轻蔑了的民间文艺，是组织和促进民众生活的利器，同时

① 董作宾《民间文艺·敬告读者》，《民间文艺》第1期，广州中山大学，1927年11月8日。

② 顾颉刚《圣贤文化与民众文化——1928年3月20日在岭南大学学术研究会演讲》，《民俗》周刊第5期，广州中山大学，1928年4月17日。

也是反映他们内外生活的明镜。”[①]他的观点，与顾颉刚一致，认为民间文艺是民众的文学。他还说，民间文艺是“集团”的创作，而不是个人的创作。这一观点又与胡愈之《论民间文学》一文里说的“民族全体”的创作的观点不谋而合。但新中国成立后，钟敬文的观点发生了变化。他在1953年为克拉耶夫斯基著、连树声译的《苏联口头文学概论》写的序言里写道：“过去我们学术界中有不少学者把口头文学（我们更习惯的称呼是‘民间文学’和‘民间文艺’）的范围伸展得很广远，差不多除了那些封建士大夫、文人创作的‘高雅的’诗文和现代专业作家的一般作品之外，一切流传在民间的、多少有些通俗意味的作品都包揽进去。这里面，自然包含着真正劳动人民的作品，可是也广泛地包括了那些乡村地主阶级、城市市民阶级的‘口头创作’，乃至于封建士大夫或小资产阶级知识分子的某些通俗作品。因为有着这种缺乏原则性的看法，就使某些粗心的文艺理论家误认为人民的口头创作是包含封建毒素的，是洋溢着小市民低级趣味的；也因此使某些老实的文艺工作者对于高尔基许多称赞人民创作的名言是否适用于中国的口头文学的问题，表示相当的怀疑。我自己虽然很早就认为只有绝大多数劳动人民（过去，主要是农民和手工业工人）所创作和传诵的作品，才算得上真正的口头文学，至于那些封建文人、城市知识分子创作的通俗文学和一般地主、富农及市民等制作的‘口头文学’，尽管中间有些也值得注意或者可以吸收的，但是，一般地说，这些不能算是真正的人民口头文学，它的内容的和艺术的价值也不能跟真正的人民创作无区别地相提并论。苏联学者们所谓口头文学（或译作‘民间文学’），一般是指劳动人民自己创作和传播的语言艺术。……有了这样明确的界限，我们就无须再像过去那样，把许多虽然流传在民间而本质上却不属于广大人民的东西算作口头文学或人民创作了。今后为着使大家对它的观念更清晰起见，干脆地废去那些界限广泛而意义模糊的‘民间文艺’一类的旧名称，采取‘人民口头创作’或

---

① 钟敬文《民间文艺学的建设》，1935年11月4日。见《民间文艺学及其历史》第7～8页，山东教育出版社1998年10月。

‘人民创作’的新术语是有好处的。”[①]钟敬文在此第一次采用“人民口头创作”这个词语，来代替“民间文学”这一约定俗成的专有名词，并且认为“人民口头创作”一般是指劳动人民的创作。在他的倡导呼吁下，新中国成立后，高等学校中文系陆续开设了“人民口头创作”课程。他的这一思想，被他在为1955年4月出版的《民间文学》杂志撰写的《发刊词》里再次加以确认并发挥。

从上面列举的几则史料中，我们不难看出，提倡重视和研究民间文学的学者们怎样一步步地把民间文学定义为“人民口头创作”，又怎样把“人民口头创作”等同于“劳动人民的创作”的，青年学者们又怎样走入“民间文学是文学史的主流”这一误区的。

何其芳指出：“民间文学和人民的口头创作不是一个同义语。”何其芳从讨论“人民”这个概念的内涵和历史变化着手反驳“民间文学主流”论：“顾名思义，民间文学是产生和流传在人民中间的文学。毛泽东同志曾经说过：‘人民这个概念在不同的国家和各个国家的不同的历史时期，有着不同的内容。’在奴隶社会、封建社会和资本主义社会，人民都是指统治阶级以外的被剥削被压迫的阶级和阶层。劳动人民是人民的主要部分。但在我国的封建社会里，一般的市民是应该算作人民的。人民和劳动人民是两个范围大小不同的概念，民间文学也就不等于劳动人民的文学。只能说劳动人民的口头创作是民间文学的主要部分。产生和流传在我国封建社会的市民中间的作品，其中一些民主性很鲜明，另外有一些却夹杂着封建思想和市民本身的消极落后的思想，那是十分自然的。我们不能把后一部分排除在民间文学之外。它们和封建统治阶级的文学还是显然不同的。民间文学也是有糟粕的，不必否认这些糟粕是民间文学。”[②]

何其芳还指出：强调民间文学的优点，强调作家应该向民间文学学习，都是对的。但如果强调到这样的程度，认为一切作家文学都不能和民间文学相

---

① 钟敬文《苏联口头文学概论·序》，东方出版社1954年；又见杨哲编《钟敬文生平·思想及著作》第349～356页，河北教育出版社1991年2月。

② 钟敬文《苏联口头文学概论·序》，东方出版社1954年；又见杨哲编《钟敬文生平·思想及著作》第114页，河北教育出版社1991年2月。

比并，作家只能够向民间文学学习，别的文学都不必学习，那就错了。文学的历史告诉我们，作家文学的精华部分是可以和民间文学的精华部分相比并的。文学的历史还告诉我们，那些杰出的作家之所以杰出，并不仅仅由于他们从民间文学吸取了营养，而且由于他们继承了以前的作家文学的优良传统，包括他们本国和外国的作家的优良传统，而且更重要的，还由于他们自己有很大的创造。认为作家文学命定地比不上民间文学，不但不符合文学的历史事实，对我们今天的文学运动也是不利的。

五、编写少数民族文学史中的有关问题

“大跃进”使我们的党和国家陷入了误区。但历史地看，“大跃进”时代也给我们留下了某些丰厚的历史遗产。少数民族文学史的写作就是这份遗产中的一颗硕果。

1958年7月17日，中共中央宣传部召集来京参加“全国民间文学工作者大会”的各自治区及有少数民族聚居的省的部分代表和北京有关单位，座谈并决定编写少数民族文学史，向建国10周年献礼，进而在各少数民族文学史（或文学概况）的基础上，编著包括少数民族文学在内的多卷本《中国文学史》。同年中宣部下发了《中共中央宣传部关于少数民族文学史编写工作座谈会纪要》。1958年，中国民间文艺研究会提出编选各地歌谣选、各地民间故事选和民间叙事长诗选，中国科学院文学研究所提出编写少数民族文学史，这些由中宣部批准实施的计划，俗称“三选一史”。

编写多民族的中国文学史的构想，是由中国科学院文学研究所提出来的。何其芳是首倡者。他说过：“直到现在为止，所有的中国文学史都实际不过是中国汉语文学史，不过是汉族文学再加上一部分少数民族作家用汉语写出的文学的历史。”[①]参与这个构想的，还有文学研究所各民族文学组的贾芝和毛

① 何其芳《少数民族文学史编写中的问题》，《文学评论》1961年第5期；又见《何其芳文集》第6卷第266～267页，人民文学出版社1984年6月。

星。中共中央宣传部的文件规定，这项工作由中国科学院文学研究所负责。这项计划被“文革”打断了。“文革”后，1983年3月7日中宣部批复，由新成立的少数民族文学所继续接手此项工作。《纪要》中规定的第一批需编写民族文学史或文学概况的民族有：蒙古族、回族、藏族、维吾尔族、苗族、彝族、壮族、朝鲜族、哈萨克族、锡伯族、白族、傣族、纳西族。接受编写任务的省区，展开了有组织的民族文学（主要是口头文学）的调查采录和整理工作。到1959年建国10周年时，已经有10种少数民族文学史和14种文学概况出版。1961年3月26日—4月17日，中国科学院文学研究所在京召开少数民族文学史讨论会，选择《蒙古族文学简史》《白族文学史》和《苗族文学史》三部文学史作为讨论的重点，就少数民族文学史编写中的一些原则性问题进行学术研讨。[①]会议的最后一天，由所长何其芳作大会发言，作会议的总结。他在发言中，就文学史写作中提出的若干民间文学问题发表的意见，成为他在新的历史条件下，对民间文学的若干理论问题所作的最集中、最完整的一次论述。

（一）关于口头文学作品的断代问题。由于许多少数民族都没有书面文学传世，只有今人记录和整理的口头文学，因此，撰写文学史面临的第一个问题就是分期问题，而分期解决之后，还有一个更困难的问题——作品的断代的问题。这是民间文学研究者遇到的一个新问题。何其芳说，他在读《白族文学史》的时候，觉得它的材料是丰富的，对于很多材料的处理也是妥当的，但对某些作品的断代却有一些疑问。如梁山伯祝英台的故事在白族人民中也流传很广，并且产生了以这个故事为题材的长诗。《白族文学史》把这些作品划入南诏及大理国时代，理由是估计在南诏时代梁祝故事已经或者开始传入白族。他说，编写者有三点根据，但他感到理由不足。他说：

梁山伯祝英台的故事在汉族中的确是很早就流传的。徐树丕《识小录》卷三说，南北朝的梁元帝萧绎所著《金楼子》中就载有这个故事。但

① 参阅《关于少数民族文学史写作的讨论》，《人民日报》1961年6月28日；《少数民族文学史讨论会旁听记》，《民间文学》1961年第5期。

查现在还存在的从《永乐大典》辑录出来的《金楼子》残本，不见有这样的记载，徐树丕的话就无法证实。徐树丕是明末清初的人，他当时是见到《金楼子》是全书还是根据别的书的转引，甚至他的话是否可靠，我们都无法断定。我们如果谨慎一些，是不能根据他这句话来推断梁祝故事的流行的朝代的。现存的较早而又可靠的根据是南宋张津等人撰的《乾道四明图经》卷二和元代袁桷等人所撰的《四明志》卷七都提到的唐代《十道四蕃志》中关于梁祝故事的记载。根据这个记载，断定梁祝故事在唐初已经在汉族某些地区流行，是无可怀疑的。也有记载说梁山伯生于晋穆帝时（见蒋瑞藻《小说枝谈》所录《餐樱庑漫笔》中所引的宋人作的梁山伯庙记），但这当是传说，不一定可靠。而且传说里面说什么人物是什么时候的人，和这个传说产生在什么时候，也是两回事。至于那个白族调中的祝英台的祭文所说的朝代和年月，更是虚构之虚构，怎么能够根据它来推断这个故事的发生和发展的时间呢？那个祭文中所说的“大周定王”远在春秋时代，和传说的梁山伯祝英台是东晋时人又大相矛盾。这种时代和年月显然是荒唐无稽之谈，是完全不能用来作为考定梁祝故事的发生和发展的问题的材料的。梁祝故事在汉族中广泛流行以后，自然有传入白族地区的可能。但故事传入以后，要在白族中广泛流行，以至产生以它为题材的长篇民间诗歌，恐怕又还需要一些时间。要断定白族文学史中的梁祝故事诗产生的时间，不能单从这个故事什么时候传入白族着眼，更重要的是必须考察这些作品本身，从它们的内容、语言、形式、风格等等看它们到底像是什么时代的产物。我没有读到这些作品的全文，很难在这方面发表意见。但从《白族文学史》中所引的一些片段看来，并不像是很古的作品。所以把白族文学中的梁祝故事诗划在南诏及大理国时代，似乎是根据不足的。①

---

① 何其芳《少数民族文学史编写中的问题》，《文学评论》1961年第5期；又见《何其芳文集》第6卷第274～275页。

口头文学的断代是一个普遍而又困难的问题。写文学史的人，不能想当然，也不能根据似是而非的材料，就草率地作出结论。白族文学中的梁祝故事诗的时代问题，就是编写少数民族文学史中在断代问题上的一个很典型的例子。何其芳对这个个案的解剖，既对编写者提高学术水平有益，也对提高民间文学的学科意识大有裨益。

与断代问题有关，少数民族文学史讨论会主办单位发给与会者每人一份题为《苏联学者关于编写民间文学史的意见》的参阅材料。材料显示，断代问题，也是当时苏联学者们遇到的一个棘手问题。他们当年正在编写多卷本的《俄罗斯民间文学创作》，在第1卷的编者前言里就说：故事、仪式歌、谜语等，由于“没有包含一定历史事件的直接或间接的反映”，所以不能确凿无误地确定作品的年代。只是根据“历史事件的反映”来判断是有困难的，甚至会是错误的，因为民间文学作品虽然“奇特地伴随着历史”，但是并不等于是历史的例证和插图。[①]我们也遇到了类似的问题。作品中能够显示出“历史事件的反映”固然很好，但大量的作品是没有这种“历史事件的反映”的，尤其是那些幻想性较强的民间故事。

何其芳提出多民族中国文学史的设想40年后，张炯、邓绍基、樊骏主编的十卷本《中华文学通史》（华艺出版社1997年），已经把各少数民族的文学融入中国文学史的不同时代之中。但张炯的《导言》并没有触及何其芳当年所谈的那些问题是怎样解决的。但何其芳的夙愿毕竟已经实现了。中国有了第一本多民族的中国文学通史！此外，祁连休、程蔷又另行主编多卷本的《中华民间文学史》，作为简本的一卷本也已于1999年出版。

（二）何其芳还强调指出，写作文学史时，在民间文学材料的处理上，要坚持实事求是的科学精神，不能把自己的论断建筑在推测上。《白族文学史》在《南诏及大理国时代的白族文学发展概况》一节中说：“在目前搜集到的材料中，南诏时代的白族民歌尚未发现，但可以肯定，这时期白族民歌一定是很丰富的。”他对这种建筑在推测之词上的断语表示了异议。他说：“这种估计

---

① 会议参阅材料：《苏联学者关于编写民间文学史的意见》。

的根据是唐代樊绰的《蛮书》和《新唐书·南蛮传》中的三条材料。但这些材料也并不是都能作这样的解释的。比如材料之一是《蛮书》记载了当时洱海附近地区的商人的一首歌谣。怎样能从这样的材料就得出当时白族民歌很丰富的结论呢？这就不能不把论断建筑在一些推测之词上了：那个商人‘很可能就是在那里经商的白族人’，因此这首歌谣‘亦可能是白族歌谣’，而且‘估计这首歌谣原来可能是用白话唱的，《蛮书》所记可能是翻译出来的’等等。以这些‘可能’为基础，书上就作出了这样的论断：‘由此可见，南诏时代的白族民歌是发达的。’但这些‘可能’究竟不过是可能。即使这些‘可能’都估计对了，也不过证明当时白族有民歌，怎么能根据一首民歌就判断当时民歌很丰富呢？”[①]在民间文学材料的使用上，考证有时是需要的，离开扎实的考证轻率地推衍出某种结论，不是科学的态度。强调这一点，在今天依然具有现实意义。

何其芳批评了下面的这种倾向：三部文学史的有些地方，把民间文学作品中思想内容有矛盾、宣扬封建思想意识、表现因果报应或者有其他消极思想的部分，断定为是经过了过去的统治阶级的篡改。针对这种情况，他说：“我觉得判断作品的什么部分经过了篡改，这是应该十分慎重的。这种判断必须有可靠的根据。比如文字记载的根据，或者原先的作品还存在，可以和后来的作品对照，等等。不能仅仅因为作品中有消极的思想内容，不能代表人民，就断定是经过了过去的统治阶级的篡改。因为这些消极思想内容也可能是受到了过去的统治阶级思想的影响，或者是反映了过去的人民的落后思想。如果轻易断定为经过了篡改，甚至按照我们的想法把这些部分加以删改增减，结果就反而把可靠的材料变为不可靠了，我们根据这些不可靠的材料写出的文学史也就并非信史了。有了充分而可靠的材料，我们在处理、解释和运用材料的时候还要有严格的科学精神，不可牵强附会，不可断章取义，不可随意引申，不可选取对自己的主观想法有利的部分而抹杀不利的部分，不可使我们的解释和判断经不

① 何其芳《少数民族文学史编写中的问题》，《文学评论》1961年第5期；又见《何其芳文集》第6卷第275～276页。

起别人查对原来的材料，不可把结论建立在仅仅是可能的基础之上。”[①]

（三）关于“左”的思想和庸俗社会学的阶级论的影响。在分析历史上流传下来的民间文学作品时，不自觉地用阶级斗争的理论来套古代的民间作品，任意突出和拔高作品中的阶级斗争和阶级矛盾，在当时的民间文学界是一种相当普遍的倾向，也是这些少数民族文学史写作中暴露的一个突出问题。何其芳委婉地批评了这种不正的观点和学风：“在运用马克思列宁主义原理的时候，有些地方也还可以讨论。比如怎样用阶级观点来解释描写爱情的作品就是一个问题。《白族文学史》对于有名的《望夫云》的传说是这样说明它的思想意义的：先说它有两个主题，一个是歌颂爱情的主题，一个是反映阶级斗争的主题，两个主题又是有机地联系着；后来又说，‘如果说《望夫云》中的爱情事件是现象，则阶级斗争主题是它的本质’。《苗族文学史》对于古代苗族情歌来说，它们‘也是苗族人民进行阶级斗争的有力武器’。阶级社会的文学都有阶级性，阶级社会的民间文学很多都反映了或者接触到了阶级矛盾，阶级压迫，这是没有问题的。阶级社会的爱情也有阶级性，阶级社会的描写爱情的作品也总是表现了不同阶级的生活、思想、感情、恋爱观等等，而且有些作品更通过爱情的题材反映了阶级矛盾，阶级压迫，这也是没有问题的。然而我们并不能因此就把一切作品，一切描写爱情的作品，都看作是以反映阶级斗争为主题。《望夫云》的传说是多种多样的，这些传说的思想意义和阶级性的表现也是比较曲折复杂的，恐怕不宜于把它们的主题都归结为反映阶级斗争。整个说来，阶级社会的文学当然是阶级斗争的武器，这也是没有问题的。然而我们也不能因此就把全部苗族的古代情歌都说成是苗族人民进行阶级斗争的有力武器。这恐怕是不符合实际的。我们需要把阶级性和阶级斗争这两个概念加以适当的区别。”[②]

（四）关于民族民间文学遗产的批判继承问题。任何古代的民间作品，

---

① 何其芳《少数民族文学史编写中的问题》，《文学评论》1961年第5期；又见《何其芳文集》第6卷第277页。

② 何其芳《少数民族文学史编写中的问题》，《文学评论》1961年第5期；又见《何其芳文集》第6卷第278～279页。

即使是杰出的作品，在今人看来，都是有局限性的，有的甚至还有消极因素。古人不可能超越时代，对古代的作品不可苛求。在研究古代民间文学时，必须树立历史唯物主义的观点。但在20世纪60年代，“左”的思想影响着所有的学术领域，在古代作品的继承问题上，甚至在被认为人民性较强的古代民间作品的继承问题上，强调的是首先是批判，把批判放在前面，没有批判就谈不上继承。曾有一个时候，甚至提出过“越是精华就越要批判”的口号。在《红旗》杂志出版的《未定稿》上曾经连载过对《水浒传》的批判，在一段原文前面先写一段批判，很像是夹叙夹议，让读者先读批判、然后再读正文。这种“左”的思想，也对文学史的写作发生过明显的影响。在供会议讨论的三种文学史中，对每一部入史的古代作品，几乎都要写一段批判的文字，而且给读者以用今人的标准要求古人的印象。何其芳举例说：“《蒙古族文学史》对《江格尔传》《红色勇士谷纳干》等作品，批评它们没有摆脱‘英雄造时势’的唯心主义观点，把主人公写成了个人英雄，对人民群众是历史的创造者表现不足。但古代的神话传说，英雄史诗，以至像《三国演义》《水浒传》《西游记》等著名小说，差不多都是这样写的，是不是都应该加以这样的批判呢？古代的作者不可能有我们今天的历史唯物主义观点。他们在作品中把个别人物写得很突出，一般人民群众写得很少或者甚至没有写，自然是和他们的思想有关的。但这里面是不是也还有一个文学特点的问题呢？这种作品总要创造英雄人物，这些英雄人物形式上是个人，实际上却是通过他们集中地表现了人民群众的力量、智慧和愿望。这正是文学艺术的一种比较曲折反映现实的形式。”①

何其芳还举出《蒙古族文学史》关于《孤儿舌战钦达嘎斯琴》和《额尔戈乐岱》，《苗族文学史》关于张秀密叙事诗的例子，提出：不能要求作品里的人物具有明确的斗争目的，不能提出超越作品基本思想范围的要求，不能要求民间作品像作家创作的那样细致和完整。同样，也不能对某些民间作品作不相称的过高的评价和赞扬。

---

① 何其芳《少数民族文学史编写中的问题》，《文学评论》1961年第5期；又见《何其芳文集》第6卷第279页。

（五）关于厚今薄古的问题。20世纪60年代初陈伯达提出“厚今薄古”的口号以后，厚今薄古几乎成为全国各个学术领域里的方针。这个口号对民间文学领域的影响是很大的，不仅表现在理论上，而且也表现在实际工作中，对过去时代的民间文学作品的搜集大为减弱，甚至停顿下来，除了歌颂农民革命军的传说而外，“大跃进”歌谣、新民歌、与民间故事传统几无关系的“新故事”，成了民间文学工作的重中之重。而在文学史的写作中，对“厚今薄古”的方针自然也是无法回避的，在如何贯彻这一方针上，与会者们发生了争论。有人认为，在编写少数民族文学史或文学概况时，不必提“厚今薄古”的口号，因为少数民族的文学遗产还发掘得不够，而且工作中并没有发生厚古薄今的偏向。有人认为“厚今薄古”既然是学术工作的方针，就应该在编写工作中也适用，就不能打折扣，就应该百分之百地加以贯彻。有人主张在篇幅上古的少一些，今的多一些。有人说不一定表现在篇幅上，主要还是观点问题，看对待古代的作品和今天的作品的态度怎样，是不是看到了两者本质上的不同，是不是有一代比一代强的思想。有人认为既要从篇幅上来表现，也要从对作品的评价上来表现。总之，谁也无法跳出陈伯达“厚今薄古”的手掌心。

何其芳费尽心机地绕着弯子，既不能得罪“厚今薄古”的官方口号引火烧身，又要引导编写者们跳出“厚今薄古”的紧箍咒，以实事求是的科学态度，花较多的笔墨、用较大的篇幅去挖掘过去时代的民间文学。他批评了那种用上卷写古的、下卷写今的做法。他说：“厚今薄古虽然是一个带方针性的口号，但究竟还是一个针对学术界一定时候的偏向提出的口号，和学术工作的根本方针、根本政策还不同。”他用这样一句话就把那个闹得热火朝天的口号放到一边去了。他说：“由于学术界的确存在过厚古薄今的不正常的风气，这个口号在全国发生了很大的影响。但随着也产生了一些错误的理解。有些人以为提倡厚今薄古就可以对文化遗产采取粗暴的态度，就不必再进行整理和研究文化遗产的工作，在学校里也不必给学生以必要的历史知识，不必读古典作品，等等。厚今薄古的口号应该包括这样一些基本内容：我们的学术应该以研究现实生活中的新问题为主，应该为今天服务；我们对待遗产应该采取批判的态度，不受老传统的束缚，这样我们的学术活动才有创造性，才能大大提高我们的学术水平。但是，一定的口号和公式都有一定的局限性，像这样一些基本内容就不是厚今薄古这个简单的口号所能完全表达出来的。因此，人们就容易只在厚今薄古这四个字的字面上着眼，就容易产生一些简单化和庸俗化的理解。”他力图以绕着弯子的表达方式，来抵消“厚今薄古”这个口号的影响，提倡实事求是的科学精神，鼓励学术研究的创造性。

（六）关于民间文学里面有没有两种文化的斗争问题。两种文化的斗争，是列宁在《关于民族问题的批评意见》里提出来的一个论断：“每个民族的文化里面，都有一些哪怕还不大发达的民主主义和社会主义的文化成分，因为每个民族里面都有劳动群众和被压迫群众，他们的生活条件必然会产生民主主义的和社会主义的思想体系。但是每个民族里面也都有资产阶级的文化（大多数的民族里还有黑帮和教权派的文化），而且这不仅是一些‘成分’，而是占统治地位的文化。因此，‘民族文化’一般说来是地主、神甫、资产阶级的文化。”[①]在民间文学里面有没有两种文化的斗争，这个问题的提出，是对列宁的理论原则的延伸，实际上是指承不承认在民间文学里面存在着精华部分，也存在着糟粕部分；如承认这一点，那么如何看待精华与糟粕的性质，即这种精华与糟粕并存的情况，是来自于劳动者内部的进步与落后的差别，还是来自于劳动者与剥削阶级两种思想的斗争。前面说过，到20世纪60年代，在民间文学界，这样的思路占据着绝对的强势：认为人民口头创作是劳动人民的创作，其内容和所表达的思想是健康的、向上的、积极的，而一切消极的思想和封建的糟粕，都是统治阶级强加的。这当然是一种形而上学的观点，但在当时却是打着马列主义标签的理论观点。何其芳的回答是：“民间文学里面有两种文化的斗争；但民间文学的糟粕的确很多都是剥削阶级的思想在其中的反映；因此，民间文学里面的两种文化的斗争的形式还是表现得曲折一些；和整个社会上的两种对立阶级的文化的斗争还是有所不同。”[②]何其芳的这个回答，实在很蹩脚，或者干脆一点说，他的观点是不全面的或错误的。他没有、也不敢说作为

① 列宁《关于民族问题的批评意见》，见《列宁论文学与艺术》（一）第139～140页，人民文学出版社1960年。

② 何其芳《少数民族文学史编写中的问题》，《何其芳文集》第6卷第290页。

民间文学创作主体的农民，作为束缚在狭小的土地上的小生产者，其本身就天然地、自发地产生着落后的思想体系，而民间文学中的那些被我们今人看来是落后的内容和落后的思想，正是这些小生产者本身的必然产物，当然也不排除他们同时也接受了大量统治阶级的思想影响。如果承认一个社会有上层文化也有下层文化这两种文化的存在，而这两种文化在相互对抗中，也在不断地发生着相互间的影响和融合。民间文学不也显示着这种既对抗又融合的印记吗？可惜，在这个问题上，何其芳还缺乏这样的思考。这也可能就是他的局限吧。

2003年5月14日

本文系为文学研究所建所50周年而作，发表于云南省民族艺术研究所、云南大学人文学院、云南大学艺术学院、云南人民出版社合办的《民族艺术研究》2004年第1期。

对中国文学史模式的颠覆
——纪念毛星先生逝世一周年

“五四”新文化运动前两年，已有北京大学教授刘师培的《中国中古文学史讲义》问世（1917年），这部书虽在中国文学史写作上有无可置疑的开创之功，却并算不上是一部完整的中国文学史，比较稳定的中国文学史的架构和模式的形成，则是在“五四”新文化运动之后。总起来看，到了20世纪50年代，已形成的中国文学史的基本模式是：一、中国文学史是汉民族的文学史，而不包括其他民族的文学；二、文学史是作家和作品的历史，而忽略文艺思潮对作家和创作的影响，这种结构是在西方文学史的影响下建立起来的。这种中国文学史模式从“五四”算起差不多持续了30年，到1950年代后期，随着各少数民族民间文学作品的大量搜集和问世，才遭到了质疑。

中国文学史不应仅仅是汉民族的文学史，也应该包括在中国境内的其他民族的文学！提出这一质疑并认识到以往的中国文学史结构模式的这一缺陷的代表人物，是在当时中国科学院文学研究所主持领导工作的何其芳和文艺理论家毛星。在文学研究所成立之初，研究人员来自不同的领域，有着不同的学术倾向。何其芳和毛星等，他们都是来自延安鲁迅文艺学院的学者。毛星是个不愿意做行政领导工作而希望专做学术研究的人，上级曾有意让毛星出任文学研究所的副所长，由于他本人的坚辞，而未成事实。但毛星1945年曾在延安鲁艺文艺运动资料室工作过一段时间，在何其芳领导下，负责对当时延安各文艺单位的同志们在陕甘边区所采集的民歌进行整理和编订，最后由何其芳和张松如（公木）编为《陕北歌谣选》。这一段经历，使他有机会接触到大量民间作品并作过一些研究。到文学研究所工作之后，他对文艺理论、古典文学、民间文学都时有涉猎，特别是《关于李煜的词》[①]《不要把幻想和现实混淆起来——试答关于几篇民间故事的疑问》[②]、《论文学艺术的特性》[③]等文章的发表，影响很大，显示了毛星在文艺理论上的实力。遗憾的是，精力的分散，哪里有任务就投向哪里，哪里有斗争就冲向哪里，如这些文章，几乎都是为讨论做总结而撰，这种在任务感召下而从事的文艺批评式的研究，使他无法更进一步地深下去沉下去，一篇文章完成，便宣告此项研究暂时终止，致使他在50年代中期，还没有形成自己的专有的学术方向和学科优势。这也许不是毛星一个人，而是延安来的那批文艺工作者后转而从事文学研究的学者们的共同的历史局限。但应该说，在民间文学研究上，毛星的深厚的理论功底和扎实的研究功夫，使他登上了较高的学术境界，尽管他的理论中也像那个时代里所有从事意识形态研究和著述的人一样，依稀可见"左"的和庸俗社会学的影响的印记。而在文学研究所里，他虽然没有行政领导职务，但由于他在这些方面的理论造诣和勤奋努力，以及他作为何其芳的同好和战友，与何其芳在文艺思想和学术观点上大体一致，所以应该说何其芳是相当倚重他的。

除了在鲁艺文艺运动资料室时所作的民间文学研究给予他的文艺学术观点以重要影响外，毛星关于中国文学史应是多民族的文学史这一观点的形成，还与他在文学所各民族民间文学组工作时，于1956年9—11月，受何其芳指派、率领中国科学院文学研究所云南民间文学调查组到滇西进行的民间文学调查采录不无关系。这次滇西调查，也得到了时在云南大学任教的李广田的支持。参加这次民间文学调查组的队员有：李星华、陶阳、孙剑冰、刘超、青林（后因故先期回京）。到云南后，分为大理和丽江两个小组。大理组又吸收了当地文

① 毛星《关于李煜的词》，文学研究所编《文学研究集刊》1956年第3册。

② 毛星《不要把幻想和现实混淆起来》，《民间文学》（月刊）1956年第4期。

③ 毛星《论文学艺术的特性》，《文学研究》（季刊）1957年第4期。

化工作者杨秉礼、杨亮才为助手。这次调查采录的成果有：李星华记录整理的《白族民间传说故事》（人民文学出版社1959年），杨亮才、陶阳搜集整理的《白族民歌集》（人民文学出版社1959年），刘超采录的《纳西族的歌》（人民文学出版社1959年）。毛星作为这次为期三个月的滇西民间文学田野调查的负责人，在调查结束后写了一篇《关于白族的几点情况》，以文献材料和口述材料为根据，对白族的历史和文化、风俗习惯和宗教信仰、白族与汉族的文化关系等作了相当深入的论述，作为李星华《白族民间传说故事》的序言印在前面。其实毛星的这篇长文，我们有理由看作是这次滇西采风的调查报告。如果加上李星华书后所附的《关于白族民间故事传说》一文，陶阳、杨亮才书的《前言》对白族民歌调查的记载，这次调查活动的调查报告就更全面了。毛星在文章里充分吸收了他这次在滇西一带从大理、洱源，到凤翔、邓川，再到西山等坝子和山区里白族居住地的实地调查采访所得，如果没有这次田野调查，他就不可能写出这篇文章，尤其写不出这样一篇以文献和田野两方面材料的比较研究的文章来。我们姑且不去评论他文章里提出的观点，只想指出，这种把文献与田野结合起来的研究文章，不仅在毛星本人的学术生涯中，即使在文学研究所所有研究人员的治学中，大概也算得上是开风气之先的文章之一。

编写多民族的中国文学史的构想，是由中国科学院文学研究所提出来的。这一构想，实际上是对过去文学史模式的颠覆。何其芳曾概括地说过："直到现在为止，所有的中国文学史都实际不过是中国汉语文学史，不过是汉族文学再加上一部分少数民族作家用汉语写出的文学的历史。"①1958年7月17日，中共中央宣传部召集来京参加"全国民间文学工作者大会"的各自治区及有少数民族聚居的省的部分代表和北京有关单位，座谈并决定编写少数民族文学史，向建国10周年献礼，进而在各少数民族文学史（或文学概况）的基础上，编著包括少数民族文学在内的多卷本《中国文学史》。同年中宣部下发了《中共中央宣传部关于少数民族文学史编写工作座谈会纪要》。从1958年起，中国

① 何其芳《少数民族文学史编写中的问题》，《文学评论》1961年第5期；又见《何其芳文集》第6卷第266～267页，人民文学出版社1984年6月。

民间文艺研究会提出编选各地歌谣选、各地民间故事选和民间叙事长诗选，中国科学院文学研究所提出编写少数民族文学史，这些由中宣部批准实施的计划，后来俗称“三选一史”。

中共中央宣传部的文件规定，编写少数民族文学史或概况的工作由中国科学院文学研究所负责。《纪要》中规定的第一批需编写民族文学史或文学概况的民族有：蒙古族、回族、藏族、维吾尔族、苗族、彝族、壮族、朝鲜族、哈萨克族、锡伯族、白族、傣族、纳西族。接受编写任务的省区，展开了有组织的民族文学（主要是口头文学）的调查采录和整理工作。到1959年建国10周年时，已经有10种少数民族文学史和14种文学概况出版。1961年3月26日—4月17日，中国科学院文学研究所在京召开少数民族文学史讨论会，选择《蒙古族文学简史》《白族文学史》和《苗族文学史》三部文学史作为讨论的重点，就少数民族文学史编写中的一些原则性问题进行学术研讨。[①]这项计划被“文革”打断了。何其芳也不幸于1977年逝世，多民族中国文学史的设想没有来得及实现。[②]

“文革”结束后，文学研究所恢复工作，由毛星负责组织班子，以文学所各民族民间文学组的人员为主，吸收各少数民族和地区的学者一道，着手合作进行三卷本的《中国少数民族文学》的编写。经过几年的努力，于1982年完成，并由湖南人民出版社于1983年7月出版。这部大型的集体著作《中国少数民族文学》，实际上就是 1958年规划中的中国少数民族文学概况，是中国第一部包括所有少数民族在内的文学简史和概况著作。

由毛星统领全书写作并为之写序的这部中国少数民族文学的概况，是以我国现有的少数民族为依据，每一个民族的文学都以其历史发展为线索，兼及已被记录成文的和还流传在口头上的文学，把作家文学（有的民族没有作家文学）和民间口头文学整合在一起来叙写的。以史为线索兼及现状的评介（毛星

---

① 参阅《关于少数民族文学史写作的讨论》，《人民日报》1961年6月28日；《少数民族文学史讨论会旁听记》，《民间文学》1961年第5期。

② 关于20世纪五六十年代少数民族文学史写作的情况，另见拙作《作为民间文艺学家的何其芳》一文，昆明：《民族艺术研究》2004年第1期。

特别强调不是评论，而是介绍），这就决定了既是简史又是概况成为这部著作的一个突出的特点。但既写史又写概况，也就给写作带来了相当大的难度。因为在中国漫长的历史上，包括汉族在内，因战乱、天灾等原因，各民族间的侵袭、战乱、灭族、融合等是时常发生的，因而文化的变迁也是既频繁又缓慢的，给文学史家提出了大量难题，不是在短时间里可以解决得好的。

作为主编，毛星没有采用语族和语系为参照，而以现今的地理分布、特别是以“许多山脉的源出地和交会点、古代中西交通的要道葱岭开始”，由西而东，而东南，而西南，再折向东南，分民族做各自的叙写。他的这个排列顺序，当然是权宜之计，也许未见得符合文化文学发展变迁的规律，但即使是权宜之计，总得有个解决的办法吧，因此，作为“第一个吃螃蟹者”的第一部尝试之作，还是留待历史去评说吧。

毛星写于1982年上半年的《序言》，是一篇浸注着作者研究心血和闪耀着学术光彩的著述。他在《序言》里着重解决的，是少数民族文学发展中一些共同性的、带规律性的理论问题，也正是在这些问题上，见出他的文学理论修养和民间文学功底。在论述神话的产生、特点、流布和嬗变时，他的论说基本上是对马克思《〈政治经济学批判〉导言》中关于希腊神话的见解的解说与发挥，但在洪水神话和开辟神话这类几乎中国多数民族所共有的神话时，他的见解又显示出了前人少有触及的新意。譬如，关于洪水神话与射日神话的关联的见解。关于对天地开辟神话三个类型的归纳和阐释：珞巴族的天地自开说；佤族、水族、彝族、布依族的分开天地说；阿昌族、瑶族、哈尼族、布朗族、土家族的造天造地说。在神话阐释上，我甚至不胜惊异地发现，他多少有点儿“背叛”了他长期十分忠实地坚守的“延安学派”的文学观念，不自觉地吸收了曾经被前苏联理论界批判过的地理环境决定论的某些合理成分。他说：“各族神话的特色和差异来源于各族各有特点的民族生活。而在‘人类童年时代’，不论文学的特色或民族生活的特色，都与所处的自然环境有着密切的巨大的关联。自然环境不仅给各族古代的语言、语汇、由语言构成的形象等，打上了鲜明的印记，而且很大程度影响了神话、史诗等的内容。比如，几乎所有的民族都有洪水故事，但在珞巴族的一些氏族中却没有。这是由于这些民族住在高山峡谷的半山腰，不存在洪水淹没的问题。又比如，雷公在好多民族的神话中是反面角色，是洪水灾难的罪魁祸首，但在黎族中，雷公却是正面人物。这是因为海南地区雷的威力特大，比起别的地区的人来，这里的人们对雷神怀有更大的敬畏。”[①]这种挣脱文艺理论政治化、意识形态化的理论倾向，在他写于1957年6月、定稿于1959年4月27日的《关于白族的几点情况》里已经略见端倪，到“文革”后写的这篇序言，则表现得十分明显了。

他还着力论述了在史诗、叙事诗问题上某些少数民族与汉族文学传统的差异。就他对北方三大民族史诗——藏族的《格萨尔》、柯尔克孜族的《玛纳斯》、蒙古族的《江格尔》——的断代（“产生在氏族社会末期和奴隶制早期”）以及史诗叙事传统的论述而言，尽管未免有失简略，但在中国的“新时期”之始的学界，无疑是难能可贵的。遗憾的是，与一切历史人物一样，他也受到自己所处的历史的局限，未能勾画出北方民族的史诗与南方民族的叙事诗在起源上和诗学上出现差异的清晰画面和解剖其造成这种差异的深层原因。毛星在文章里强调在一些少数民族中间发现和记录下来的长篇叙事诗以及叙事文学传统在中国文学史上的意义，这是十分敏锐、十分重要的，但在汉民族缺乏叙事诗的问题上，却重复了胡适早年发表过的一个观点：汉民族是一个缺乏想象力和不富于叙事诗传统的民族，除了《孔雀东南飞》外，几乎没有长篇的叙事诗留下来。（《白话文学史》）我想，毛星在这篇《序言》里所以发表这样的观点，是一种历史的局限，除了他所受胡适的影响而外，他还没有看到先是在吴越文化的江浙沪地区、稍后在楚文化和秦文化交汇而又相对封闭的鄂西北地区发掘记录下来的数量很大的一批民间叙事诗遗产，而这些叙事作品的被发现，应当引起文学史家们的重视，有充足的理由引发中国文学史的改写浪潮。如果毛星看到了这些新搜集的叙事诗篇文学遗产，他也会乐于修正他的观点的。

《中国少数民族文学》的出版，为毛星等同志所倡导的多民族文学史的蓝

① 毛星《〈中国少数民族文学〉序》，《民间文学论坛》1982年第2期；又见《中国社会科学院学者文选·毛星集》第361～362页，中国社会科学出版社2002年2月。

图和学科建设迈出了可贵的第一步，至少在多民族文学史的有关理论原则和实际资料上，奠定了初步的，却又是相当坚实的基础。毕竟年齿不饶人，不久，我所尊敬的文艺理论家和民间文艺学家毛星就病了，而且一病就是多年，他在历史新时期以三卷本150万字的《中国少数民族文学》，宣告圆满地完成了他所处的时代赋予他的历史任务。毛星在民间文学田野调查和学科建设上所取得的成就，所阐发的一些理论原则和学术见解，至今还在学术领域里闪耀着光辉。

在中国民族文学概况完成之后，撰写各民族的文学史的计划，在20世纪80年代得到了继续。新成立的少数民族文学研究所所长王平凡为此向中宣部写了报告，1983年3月7日中宣部批复，分卷的各少数民族文学史的撰写工作，由新成立的少数民族文学所继续接手进行。1997年，由中国社会科学院文学研究所和少数民族文学研究所主持，由张炯、邓绍基、樊峻主编的十卷本《中华文学通史》，由华艺出版社出版了，这是中国出版史上第一部把汉民族和各少数民族的文学融为一体的中国文学史著作。作为多民族文学史首倡者之一的毛星同志可以瞑目了。

2004年7月11日

发表于《民族文学研究》2004年第4期

文学家对民间文学学术的贡献
——高有鹏《中国现代民间文学史论》序

高有鹏先生承担的全国社科基金研究项目“中国现代作家民间文学观研究”，经过几年的学术探索之旅，日前已经完成并结项，其最终成果《中国现代民间文学史论》就要出版了。这部著作是他写于前几年的《中国民间文学史》的姊妹篇，不仅为中国民间文学学术研究的园地里增添了一束别开生面的史论之花，也显示出作者在学术研究上孜孜不倦的追求与开拓的精神。我对这部书的出版，表示一个同行老兵的衷心祝贺。

作为诞生于19世纪末到20世纪初启蒙运动中的一门新兴的人文学科，中国民间文艺学从无到有，由浅入深，从单一学科的研究到多学科的参入，几代学人苦心经营，熔铸传统国学研究与西方民俗学的理论与方法，创造自己的民族的学科理论体系，而今已经走过了一百年的漫长道路。尽管在学科建设方面还很不完善，学科地位还很脆弱，理论开拓也还有很大的空间，但应该说，到20世纪末，中国民间文艺学已经初具规模、蔚为大观了。民间文艺学由三个有机部分（分支）构成，即民间文学理论、民间文学作品搜集与研究、民间文学学术史。前两部分，即民间文学理论和民间作品搜集与研究，学界所做的工作比较多，成果积累也比较丰饶，特别是近20年来有了很大的突破，而后一部分，即民间文学学术史的研究，则相对薄弱，这部书所论之中国现代作家的民间文学观，又是中国民间文艺学史研究的重中之重。因为在我国，现代民间文艺学的创始者和先行者们几乎清一色的是一批学者型的文学家，民间文学也一直被作为民众的文学而登堂入室的，胡适、鲁迅、茅盾、郑振铎也好，闻一多、朱自清也好，他们都是把民间文学擢升到“文学”这个“大雅之堂”的先辈文学家，他们积极地、开创性地参与了中国民间文艺学的理论建设，并做出了重大的贡献。正如作者所阐述的，在中国现代学术体系的建设过程中，对民间文学的文化价值及其在对包括文学在内的中华文化发展中的作用和影响的重新认识和发掘，具有非常重要的意义，而在整个20世纪中国人文学界对民间文学的文化价值的重新认识和发掘上具有时代意义的转折中，一批中国现代作家的历史功劳是不可低估的，他们的论述或曰理论，推动了新文学的发展和现代学术格局中的文化研究。

诚然，中国现代作家的民间文学研究与评述，并非中国民间文艺学史的全部，在作家之外，还有历史学家、民族学家、社会学家的参与，从而也给中国民间文艺学的学坛造就了多种流派共存的多元格局。多学科学者的积极参与，带来了民间文艺学理论和方法的多样性。而即使在作家之中，也并非都持有同样的观点和方法。正如大家都知道的，在中国民间文艺学诞生的初期，英国人类学派（以弗雷泽和安德鲁·兰为代表）曾较多地影响过鲁迅、茅盾、周作人、郑振铎等作家，他们不同程度地接受了和运用了这一学派的一些学术理念和研究方法，来解释中国的民间文学现象，从而构建自己的理论系统。他们在引进和借鉴人类学派的理论和方法时，尽管所采取的立场不同、视角各异，但都不同程度地选择了“本土化”的道路。而活跃于30年代末与40年代的闻一多，则把旧国学的考证、考订与民族学的实证、比较等新理念新方法熔为一炉，用以破解中国的神话，把神话传说研究推到了一个新的阶段。

不论何种学科的发展和前进，都是在不断积累已有的成就的基础上所做的创新与探索。作者选择对一些重要现代作家—学者在民间文艺学研究上的理论建树，作系统的、历史的评价和跨学科的阐发，对于我们今天的学科建设，无疑是一个极其重要的课题，也是一个极其重要的贡献。从学科建设和理念创新的角度来估量，高著为我们展开了一片新的天地。

写于2004年1月8日

发表于《民间文化论坛》2004年第4期；高有鹏《中国现代民间文学试论》，河南大学出版社2004年10月。

不倦探索者的足迹

——刘守华《民间故事的艺术世界》序

守华兄投身于中国民间文学的研究与教学，如今已逾半个多世纪了。他对这门虽然有着百年发展史，却依然显得弱小的、远非完善的学科一往情深，始终以满腔的热情、不懈的努力、开阔的情怀和缜密的思维去开拓、耕耘、探索、建设，孜孜矻矻，一步一个脚印地一路走了过来。在跨入21世纪门槛的时候，作为一个著作等身的学人，他站立在了这门学科的前沿。我为他所取得的成就感到由衷地高兴。

他是新中国培养起来的一位优秀民间文艺学学者。回顾他的学术生涯，涉猎颇为广泛，做过多领域的探索，但他又术有专攻，不是那种喜欢泛泛而论的人，在民间故事学上的成就尤为学界朋友们所称道。新中国成立以来很长一个时期里，由于社会思潮和文风学风的影响，喜欢发宏论高论的人多，扎实做专项研究的人少，而埋头于民间故事研究的人则更少；他倾心于民间故事的研究，不免寂寞，他却义无反顾，不东张西望，不左顾右盼，坚定地走自己的路，且勇于开拓，肯于吸收，善于建构，终于形成了自己的一套学术见解。他关于民间故事的许多见解，已经集中地写在《中国民间童话概论》《故事学纲要》《比较故事学》《中国民间故事史》《道教与中国民间文学》以及他主持的《中国民间故事类型研究》等几部专著中了。专著之外，他还写过数量不少的单篇论文和评论随笔，这部题为《民间故事的艺术世界》的自选集，就是从过去发表的单篇民间故事论文中遴选出来的。与专著比较起来，单篇论文固然因篇幅的限制而无法把自己的观点发挥得淋漓尽致，相关的资料也难于尽情容纳进去，但单篇论文也有优越于专著的地方，往往把作者的观点和最要说的话浓缩在有限的篇幅里，而使文章闪耀着发人所未发的智慧和学术之光。守华这部自选集里所收录的文章，发表的时间不同，篇幅不一，立论的角度、使用的方法也大异其趣，但正如书名告诉我们的，都集中到民间故事的艺术世界的研究上。探索民间故事的艺术世界，几乎是守华至今故事研究的最重要的选择。他一直恪守“民间故事是人民群众的口头语言艺术”这个学术理念，探索用不同的手段和方法，包括文艺学的研究，比较研究，类型研究，不论什么方法和手段，目的在于从不同的通道切入或进入民间故事的艺术世界。也正是这一理念及其探索，把他的研究与其他流派、其他学人区别了开来。我想，他的这种民间故事研究理念的形成以及他对民间故事艺术世界的理解，也许与他青少年时代生活在农村并亲耳聆听故事的讲述和观察民间故事在农民生活中所起的作用、与他对农民心灵的体察与理解不无关系吧。

同任何人文知识分子的研究、创作一样，守华的民间故事研究、乃至民间文学研究，无一例外地受到社会的影响和时代的制约，深深地打上了时代的烙印。他跨越了共和国的前“十七年”时期和改革开放的新时期两个时期。共和国的前“十七年”时期，守华在民间文学研究上就已经崭露头角，比如，就中学课本中的牛郎织女传说的整理问题的质疑，就初步显示了清醒的学理意识。但我以为，他的学术成就，主要地不是在“十七年”，而是在改革开放的历史新时期。

1984年在我国民间文学史上是一个转折点。这以前，我国民间文学一直是以搜集整理为主导、为方向的时期，从这一年起，全国民间文学界开始走出以搜集整理为主、为工作方向的时期，过渡到以理论研究为重点和主导、努力建设有中国特色的民间文艺学的历史新时期。这一年的5月，包括守华在内的60多位民间文学理论研究者聚集在峨眉山全国民间文学理论著作选题座谈会上，共议中国民间文学理论研究大计，大家一致认同，理论研究要摆脱多年来庸俗社会学的羁绊，告别“概论”式的、“通用机床”式的研究思路，开创以更深层次的专题研究和专著写作为标志的新时期。一年以后，1985年，守华推出了他的第一部专著《中国民间童话概说》。作者这部早期的故事学著作，延续了中断已久的“五四”时期周作人、赵景深等故事研究者的学术传统，既吸收了当代文艺学领域的方法和理念，也吸收了中外诸家的民间童话的理论，对口传童话的类型、典籍童话等初步做了梳理，为后来的比较研究和故事家研究作了准备。

比较研究是他在改革开放初期萌生、20世纪80年代倾力经营、稍后进入建构民间故事学的一个学术起点。他最初写作的一组总题为《一个著名故事的生活史探索》的文章，对不同文化背景下的“淌来儿”故事、“蛇郎”故事、“找好运”等故事（类型）的“生活史”的追踪研究和文化价值探求，不仅使他跨入了民间故事的比较研究、乃至比较文学研究的殿堂，更重要的是使他的故事研究登上了一个新的台阶。他的学术视野不断扩大，研究方法逐渐从单一到多元综合，从地理历史研究法，到把类型研究与功能研究、意义研究结合起来，从跨国跨民族的比较研究到跨文化研究，从文本研究到历时的、共时的、多侧面的比较研究，到结构形态研究……一言以蔽之，文化研究的介入，不仅打破了他的民间故事研究的单一的文艺学研究，也打破了西方来源和背景的类型研究的困局。他在中国故事类型学研究上付出了大量心血，直到20世纪末还主持了一项《中国民间故事类型研究》的课题，选择和归纳了60个习见的中国故事类型加以剖析，以全面体现他对故事类型研究“本土化”的学术理念。本选集中所收入的《〈中国民间故事类型〉的方法论探索》和《关于民间故事类型学的一些思考》两文，颇能代表作者的企愿和理念。笔者在为《中国民间故事史》写的评论中发表过意见：“作者摒弃了在我国学术界习惯已久的、脱离民族文化根基的、因而是形而上学的陈旧方法，即用分析思想内容和艺术成就代替一切的方法，广泛地吸收一个世纪以来国际学术界，特别是文化人类学、民俗学、比较文学等新兴学科、边缘学科的研究方法及所取得的成就，探索运用于中国的民间故事史研究中，既剖析民间故事的‘母题’和‘类型’，又注重发掘其被形式所遮蔽着的民族文化底蕴……”我想这仍然可以移用来评价收辑到这本选集来里的相关论文。笔者以为，从文学研究到文化研究，可以视为刘守华故事研究的一个转折。但与西方人不同的是，他始终坚守的，是民间故事的核心或本质是其艺术世界。在他的学术理念中，“中国民间故事是在多重文化纵横交错的历史背景下构成演进，从而获得丰厚的文化内涵与多姿多彩的艺术特色的”。（《中国民间故事史绪论》）

刘守华故事研究的另一特点，是伴随着中国民间文学事业的步伐，其研究对象和题材的不断拓展。在世界民间故事学术史上，20世纪80年代中国故事研究有两大贡献：第一个贡献，是先后发现了两个故事村（河北省藁城县的耿村、湖北省丹江口市的伍家沟村；90年代又发现和报道了重庆的走马镇）；第二个贡献，是发现了许多著名的故事讲述家，并陆续出版了他们讲述的民间作品。刘守华虽然不是故事村和故事家的直接发现者，但他却敏锐地捕捉到这一现象，及时地写了《中国鄂西北的民间故事村伍家沟》《清江流域的女故事家孙家香》《汉族杰出的民间故事家（刘德培）》等多篇文章。以往，由于西方民俗学把民间故事只看作是民俗的衍生物，而非独立的口头语言艺术作品，故而传统的民间故事研究，多半也就沿袭西方人开创的研究路子，较多地关注和研究民间故事的类型等，而对民间艺人（故事家、歌手）的个性特点及其对民间作品的创新、增益，则极端忽略。在我看来，前苏联时代学界对普罗普的民间故事形态学的形式主义倾向的批评，从学术的角度看，并不是完全没有道理的。中国学界，在美国人肯定普罗普的理论贡献后，也跟着掀起了一个“普罗普热”，窃以为，这里面多少有点儿盲目性。中国学者在20世纪80年代的两大贡献，其核心是对故事讲述家个性特点的发现与张扬。1985年10月20日《民间文学》杂志社率先举办了“《金德顺民间故事集》及故事家座谈会”，第一次把中国民间文学学术界对故事家的新主张新见解公布于世界。发表在《民间文学》杂志1986年第3期上的刘守华的发言《刘德培与金德顺》，着重讲了故事家讲述的故事的社会环境与传承关系以及他们的艺术风格，而故事家的艺术风格，在西方民俗学家们的研究中，则常常是缺位的。可惜的是，西方世界对中国学界实在是太缺乏了解了，他们似乎并没有从中国人的发现和主张中得到什么启示和教益。

对象和题材的拓展，还表现在守华对道教与民间文学、佛教与民间文学

（主要是民间故事）的关系的研究。这两项研究是执着而有成效的。

华中师范大学文学院和华中师范大学出版社决定要为刘守华出版一本学术自选集，他打电话要我为其写序，并把他的编选设想告诉了我。我欣赏他把“民间故事的艺术世界”作为他的自选集的主题和书名。这个思想和题名体现了他久蓄的心迹。任何选集都会有局限，但我认为，这本选集多少能代表他的学术思想和学术成就。一般读者从这本选集中，就可以大体了解到作者学术研究的方向和学术思想的概貌。

这本选集的出版之日，当是守华兄的75岁正寿之时，此著将是他为自己准备的一份生日礼物。我借此表示我的良好祝愿。

2009年6月30日于北京

原载《湖北民族学院学报》2010年第1期；刘守华《民间故事的艺术世界》，华中师范大学出版社2009年。

第二次国内革命战争时期的革命歌谣

第二次国内革命战争时期虽然已过去了二十多年，但是那个时代的歌声却仍然深深地影响着我们。那个时代的歌声是整整一个历史时代的生动记录；劳动人民在他们的歌声中唱出了我国亿万劳动者寻求解放的伟大理想。

从我们党建立红色政权起，根据地的人民一直没有停止过歌唱。因而红色歌谣——革命的人民的战歌，就一直流传在人民中间。新中国成立以后，年老的一辈从他们所熟悉的这些歌谣中，回忆起已经过去了的那些惊心动魄的斗争，青年一辈从这些歌声中了解到父辈所走过的艰苦历程，认识到革命果实来得是多么不易。因此可以说，革命歌谣是我国从老年到少年一切人的革命教科书。

一、革命歌谣是阶级斗争的武器

在历史上，任何一次社会革命中都曾产生过大量的政治歌谣，而这种政治歌谣在不同环境中曾经起过不同程度的积极作用。一切先进的阶级和社会集团无不在自己的革命行动中利用歌谣这种形式，以达到宣传鼓动和动员群众的目的。这种例子在中国有，外国也有。就我们现在所能读到的，近代史上的太平天国革命运动、捻军、义和团等农民革命运动中，就曾产生过很多这样的作品，其中有许多优秀的作品一直流传到今天。

在无产阶级的革命斗争中，革命领袖马克思和恩格斯也曾屡次运用革命的民间歌谣进行阶级斗争，驳斥自己的论敌，打击革命的敌人。马克思和恩格斯在他们的时代最先看到了革命的无产阶级的诗歌的巨大意义，并且给这些作品很高的评价。恩格斯在他的著作中，曾经多次论述了革命的政治歌谣作为阶级斗争武器的作用，这些精辟的论述至今还给我们很大的启示。恩格斯特别指出了革命歌谣的讽刺性和叛逆精神，认为它们反映了人民的坚定的政治信念。他在他的著作中曾两次引用过一首南德意志民歌《人民自卫团》[①]，他说："这段副歌总括了'维护帝国宪法大起义'的全部性质。这两行歌词描绘出了这次起义中伟大人物的最终目的、值得赞美的坚定信念和令人肃然起敬的对'暴君'的憎恨，同时也描述了他们对于社会关系和政治关系的全部观点。"[②]

在资产阶级革命时代，产生过《马赛曲》；到了无产阶级革命时代，便产生了《国际歌》。《国际歌》代替了《马赛曲》，成了世界工人阶级的战斗口号。照列宁的话说，"一个有觉悟的工人，不管他来到哪个国家，不管命运把他抛到哪里，不管他怎样感到自己是异邦人，言语不通，举目无亲，远离祖国，——他都可凭《国际歌》的熟悉的曲调，给自己找到同志和朋友"。[③]

在我国第二次国内革命战争时期，革命歌谣起了革命号角的作用，成为党的发动群众、组织群众的有力武器。1931年中央苏区出版的《革命歌谣选集》(《青年实话》丛书之一)[④]《代序》中有这样一段记载：

1933年的广州暴动纪念节，代英县芦丰太拔两区的少年先锋队，举行

① 恩格斯在《德国维护帝国宪法的运动》（载《马克思恩格斯全集》第七卷）一文和1865年2月5日致格·史略特的信中都曾提到这首歌谣，它的原文如下："黑克尔、司徒卢威、布伦克尔、勃鲁姆和齐茨把所有德意志君主都打倒杀死！"

② 《马克思恩格斯全集》第七卷第127页，人民出版社1959年出版。

③ 《列宁论文学与艺术》第一卷第127页，人民文学出版社。

④ 《革命歌谣选集》第一集，中央革命根据地铅印本，1934年版。现藏南昌八一纪念馆。这本选集共选了当时革命根据地"民众爱唱的歌谣"六十五首。因书皮脱落，无法辨其编者，仅从前言后记中知道是《青年实话》杂志的丛书之一。可惜我们看到的只是第一集，当时是否出过第二集尚未可知。

以区为单位的总检阅，并举行游艺晚会，在晚会上，太拔的妇女山歌队，突击了太拔全体出席检阅的队员加入红军。芦丰的妇女突击队，亦突击了七个队员加入红军。因为她们是指着名字来唱，所以格外动人……

群众用山歌宣传党的政策和鼓动完成党的任务，是当时的传统。据记载，军队和干部常常和群众开联欢晚会，大家总是即席编唱，指名道姓，作用很大，且有风趣。这段文字恰恰生动地描绘了革命歌谣影响群众的力量和在革命斗争中的作用。也有许多歌谣本身就十分形象地描述了革命歌谣对人民群众的革命的影响，其中有一首这样写道：

阿哥受苦当长工，
饿肚犁田头发晕，
忽然听到革命歌，
背起锄头当红军。

由于革命歌谣表现了进步的、革命的思想，反映了革命的群众的政治情绪，所以它们成为无产阶级在进行阶级斗争时的锐利的武器。因此，我们党历来十分重视革命歌谣作为阶级斗争的武器的作用，号召全党全军收集、改编乃至制作革命的歌谣，教育人民，打击敌人。①

在革命的斗争中产生的每一首革命歌谣，几乎都有一定的政治目的，都是有着强烈的政治热情和鼓舞群众的力量的。关于这一点，恩格斯早就有了极为肯定的论断。他在给格·史略特的信里说：

……《上帝是我们的堡垒》这一颂歌是农民战争的《马赛曲》。虽然这支歌子的歌词和曲调充满了胜利的信心，可是在今天却不应该这样去理

① 最早提出收集、改编和制作革命歌谣的党的决议，是1929年的古田会议决议，即《中国共产党红军第四军第九次代表大会决议案》，原文见1998年东北书店版《毛泽东选集》第四卷第565～557页。

解它。……一般说来，过去的革命诗歌，除了《马赛曲》而外，近来很少能引起革命的印象，因为要影响群众，就应当把当时群众的偏见也反映出来。①

在这段极为重要的话中，恩格斯指出：革命歌谣终究是为了影响群众而作的，而要影响群众，鼓舞群众和动员群众走向革命的道路，当然就不可避免地要反映当时群众的"偏见"（这种偏见是阶级的偏见）。革命歌谣正是这样的一种作品，它是民间歌谣宝库中最富于战斗性、最富于革命性的一部分，它反映了先进的无产阶级思想、共产主义的世界观。生活在根据地的劳动人民（他们生活在新的社会制度之下，掌握了和正在掌握着先进的世界观）热情地讴歌了他们正在进行着的史无前例的革命事业和在根据地里诞生的崭新的、没有人剥削人的社会，讽刺和打击了无产阶级及革命的敌人。由于无产阶级——最先进的社会力量代表了全体人民的利益，因此歌谣中表现的无产阶级的革命情绪，也就是全体劳动人民的革命意志。恰如恩格斯所说的，革命歌谣反映了群众的"偏见"，反映了群众的革命精神和革命行动，反映了先进的工人阶级以及在工人阶级领导之下起来进行革命斗争的先进农民的世界观。显然，革命歌谣是最不掩饰自己的革命倾向的，亿万劳动者一听到这些刚强有力、充满信心和具有革命号召力量的歌谣，就会产生强烈的阶级共鸣，从而迅速地、毫不犹豫地投身到革命队伍中来。因此，我们可以毫不怀疑地说，革命歌谣以它的艺术感染力在一定程度上起到了革命的标语口号、革命传单所起到的动员群众和影响群众的积极作用。

如果我们了解了革命歌谣的反映革命斗争、反映群众情绪、充当阶级斗争武器的实质，就不难理解反动派为什么严厉地禁止唱红色山歌，也就不难理解资产阶级的民间文艺学者为什么把革命领袖彭拜同志对革命歌谣《红心姊》的解释污蔑为借"只言片语来假托出自己宣传的主义""是有意烘托"。②

① 见《译文》，1958年第12期。

② 钟敬文《附会的歌谣》，见《歌谣周刊》，第七十八号。

二、革命歌谣——革命时代的颂歌

第二次国内革命战争时期的革命歌谣的主要意义，不仅在于它反映了十年土地革命和几次反“围剿”战争的胜利，而且在于它是一个新的历史时代的颂歌。

革命歌谣与一般所说的传统歌谣，即近代资产阶级民主革命以前产生或资产阶级民主革命开始以后产生而反映了一般社会生活的歌谣不同，在革命歌谣中再也找不到由于无力反抗旧的社会制度而表现出来的忧郁、哀怨甚至伤感的调子，再也找不到历史所决定的农民的分散性、落后性的反映，相反地，我们在革命歌谣中看到它的革命内容和觉醒了的无产阶级的阶级意识与阶级自觉，看到它的强烈的战斗性和在无产阶级领导下的农民的革命性和革命的集体主义、英雄主义与乐观主义。

他们唱道：

房屋烧了呀盖起茅房，
茅房烧了呀漂流山冈，
掩埋了尸骸呀硬着心肠，
放下锄头呀拿起刀枪。

这样的歌谣表现出革命的人民鄙视敌人的英雄气概和坚信胜利的乐观主义精神。虽然革命当时还处在“星星之火”的阶段，然而劳动人民却确信未来胜利是属于他们的，因而他们也就不惜任何代价地、前赴后继地保卫革命。自己的同志牺牲了，自己的家园被烧毁了，他们掩埋了同伴，仍然勇往直前地参加到战斗中去！他们之所以这样坚定不移、这样乐观，正是因为他们认识到了革命的本质，他们说“工农群众团结起，反动跳天奈我何！”劳动人民在共产党的领导下，在无往而不胜的毛泽东思想的指引下，从未因暂时的、局部的挫折而失掉信心。他们的光辉形象和不屈性格，恰如歌谣中所写的：

莫须怨来莫须愁，
自有风光在前头，
革命成功分田地，
烂屋烧掉起洋楼。

从这些民歌中我们看到了民歌史上所未见的明显的政治倾向性和尖锐的战斗性。

革命歌谣的乐观主义，最鲜明地反映在当时红军的战士歌谣上。一首表现战士生活的歌谣是这样的：

一根竹子大又长，
通开竹节把米装，
烤上一夜焖星火，
掏出白饭喷喷香。

葛条缚在树杈上，
上铺稻草松枝枝，
动一下来晃三晃，
一夜睡到大天亮。

在当时的残酷的战争环境中，战士们的生活是紧张而又艰苦的，但是战士们的精神生活又是那样丰富、多样、愉快、乐观，他们蔑视敌人，蔑视困难，虽然他们置身在烽烟弥漫的战争环境里，然而却像驻扎在星斗满天的野营里一样：用竹筒焖饭，香甜而可口；在树杈上睡觉，舒适而愉快。

红军的乐观主义，是革命歌谣的乐观主义的源泉，而革命的乐观主义则来自马克思主义的世界观。在第二次国内革命战争初期，有的人在强大的敌人面前表现了恐怖乃至失望的悲观情绪，可是毛主席从这种暂时的现象中引出了“星星之火，可以燎原”的革命的结论。这种革命乐观主义反映在艺术上，就出现了最初的革命浪漫主义，而革命歌谣则是我国文学史上第一批革命浪漫主义与革命现实主义相结合的艺术作品。

革命歌谣之所以是乐观主义的，还是因为它对一个新的历史时代、新的社会制度的歌颂。不少歌谣歌颂了新生活，歌唱了中国共产党。有一首洪湖湘鄂西根据地的歌谣，感情是极为真挚动人的：

高山石岩是我房，
青枝橡叶是我床，
红苕葛根是我粮，
共产党是我亲爷娘。

又如：

洪湖的水亮又亮，
洪湖的渔民细思量，
行船全靠舵拿稳，
翻身要靠共产党。

又如：

爷在娘在莫如共产党在，
爷亲娘亲莫如毛主席亲。

这些歌谣中包容了多么丰富、多么深挚的阶级感情呀！在这里，他们已经认识到：之所以能掀起空前巨大的革命浪潮，劳动人民之所以有了顶天立地的、推翻封建统治的伟大力量和英雄气概，是因为有“共产党来把路引”。他们跟着党走的坚定意志，正像民歌所说的：“乌鸦要叫尽它叫，风吹竹子尽它摇，决心跟着共产党，踩不断的铁索桥。”

井冈山一带流传着一首歌颂毛主席的歌谣说：

井冈山头连青天，
汪洋大海不见边，
比起恩人毛主席，
高山嫌低海嫌浅。

从这首歌谣里可以看出，人民是用他们所熟悉、所崇敬的光辉的形象，来比喻和歌颂毛主席的：井冈山的山巅固然高耸入云，汪洋大海固然辽阔无边，但这一切高大宏伟的形象，哪能和毛主席相比？在广大劳动人民的心目中，毛泽东是我国人民的最正确的领路人，他是革命的旗帜、革命的化身，人们把他看成是中国革命的希望。在革命歌谣中，毛泽东的名字通常是与党、红军、苏维埃、根据地相联系的；人民歌颂党，歌颂顽强不屈、一往无前的工农红军，歌颂给人民带来幸福康乐、翻身做主的好日子的苏维埃，歌颂欣欣向荣的根据地建设的时候，总是提到毛泽东的名字。

革命歌谣是伟大的革命时代的颂歌，充满了欢乐的调子。在革命歌谣中，传统民歌固有的忧郁、低沉的调子，已经随着旧社会的崩溃而消失了；然而传统民歌中的乐观主义传统，却为革命歌谣很好地继承下来并加以发展。因此，如果说，劳动人民的民谣是“与悲观主义绝缘的”（高尔基语）这个论断是正确的话，那么，我以为这一点只有在革命歌谣中才得到了最充分的证实。

三、革命歌谣的几个艺术特点

列宁说过：“在一个以私有制为基础的社会里，艺术家为市场而生产商品，他需要买主。我们的革命已经把艺术家们从这一最无聊的事态的压迫下解放出来了。革命已使苏维埃国家和每一个自己想做艺术家的人，都有权利按照他的理想来自由创作，没有什么顾虑。”[①]在根据地里正是列宁所说的这种情况。由于劳动者可以“按照他们的理想来创作”，所以他们的歌谣的最显著的特色，就是革命的浪漫主义，远大的理想和抱负，高瞻远瞩的共产主义风格。

革命歌谣具有一种奇特的，号召人们不安于被压迫、被统治的地位，号召人们走向革命的艺术力量。这种艺术力量概括地说，就是“企图加强人的生活的意志，唤起他心中对于现实的一切压迫的反抗”（高尔基语）的革命的浪漫主义的力量。如：

红旗一展亮四方，
八一起义在南昌；
扩大百万铁红军，
四方英雄会井冈。

这首歌谣是一个政治性极强的斗争的号角，它的确像“八一”起义的枪声那样，划破了死寂的夜空，唤起了劳动人民的反抗压迫的意志。歌谣中的红旗，是作者的理想形象，同时又是实际生活中的革命的象征。红旗一展，四方英雄便蜂拥在它的下面，布成了向旧社会、反动势力宣战的阵势。

描写革命风暴风起云涌席卷全国的歌谣，最能体现出这种气势磅礴的风格。如陕北的信天游：

革命势力大无边，
红旗一展天下都红遍。

这一首也是用“红旗”造成革命的气氛，达到感人的艺术效果。最后“红遍”二字，恰如其分地概括了全诗的思想。

劳动人民在创作革命歌谣时，在许多场合里都是把具体的事物加以艺术的

① 克拉拉·蔡特金《回忆列宁》第13页，人民出版社1957年。

想象，把这些事物的某些方面加以夸张，突出和加强作者所要表现的思想。如陕南的一首歌谣这样表现了人民的革命意志：

骑龙不怕下龙滩，
骑虎不怕上虎山，
一心一意闹革命，
哪怕火烧与油煎。

像这种在革命的背景下的艺术的夸张，非但无损于描写的真实性，反而加强了它，更好地达到影响读者的效果。在这首歌谣中所要表达的思想只有“一心一意闹革命”一句，“骑龙不怕下龙滩，骑虎不怕上虎山”虽是比喻，却起到了夸张的作用，强调出人民革命的意志。这里不妨举出同时期的一首上海工人歌谣作一比较：

天不怕，
地不怕，
哪管在铁链子下面淌血花。
拼着一个死，
敢把皇帝拉下马。
杀人不过头落地，
砍掉脑袋只有碗大个疤。
老虎凳，绞刑架，
我们咬紧钢牙。
阴沟里石头要翻身，
革命的种子发了芽。
拆下骨，
当武器，
不胜利，

不放下。

读了这样的诗句能不令人振奋吗？读了这样的诗句会不增加对革命的信心吗？工人阶级的革命意志是由他们所处的阶级地位所决定的，他们知道自己阶级的伟大历史使命，因此他们敢于“拼着一个死，敢把皇帝拉下马”。革命歌谣在这一点上是同工人歌谣一致的。作者为了达到诗的艺术效果——感人，把他所描绘的具体事物加以艺术的夸张，烘托出一种气氛，自然而然便把读者吸引住了。

革命歌谣的另一特点，是广泛地运用了犀利的讽刺和轻快的幽默的手法。俄国批评家杜勃罗留波夫曾写道：“作家，尤其是讽刺作家，首先应该有一种信仰，因此，他首先应该是一个人，其次应该具备把自己的信仰传给别人的那些本领。”①革命歌谣的作者——革命的人民，是有着丰厚的民间讽刺艺术的传统的教养的，他们有这种把自己的信仰传达给读者的才能。

革命歌谣的讽刺的锋芒，主要对准了革命的敌人——妄图消灭革命力量的蒋匪帮及其他敌人。革命歌谣的笔锋深刻地揭露了敌人的丑恶面目，描绘了整个旧制度的讽刺画面。我们从革命歌谣中看到穷兵黩武、为非作歹的蒋匪和吸吮人民膏血的土豪劣绅的群象。如《新十杯酒》《年关苦债歌》等作品，绘声绘影地描写出了他们盘剥人民、鱼肉人民的狰狞面目；如《刀尖对刀尖》《一盏红灯照湖上》等，则写出了劳动人民、革命力量的威风和敌人的懦弱。

幽默与讽刺有着密切的关系。在革命歌谣中，这两者是相辅相成的。鄂豫皖根据地流传过的一首《隔山观山》，用一种幽默的语句勾画出敌人的令人啼笑皆非的形象：

红军英雄智谋多，
气得白军把脚跺；
打来打去打自己，

① 《杜勃罗留波夫全集》第453页，俄文本第一卷。

红军隔山来观火。

像这首歌谣所表现出来的，人民作者一方面写了根据地人民和红军的乐观生活，另一方面又在敌我的对比当中描绘出敌人的形象。这首歌谣有着幽默的调子，有着讽刺的力量，其主旨在歌颂自己，但在歌颂自己的同时，又嘲笑了敌人的昏聩无能。读了这样的歌谣觉得有些好笑，然而正是这种令人发笑的幽默，才使这首朴素无奇的歌谣发出了光彩。

革命歌谣中的优美的抒情也是一个重要的特点。优美的抒情是歌谣中惯用的手法之一，在革命歌谣中不仅短歌有抒情描写，而且在叙事性的歌谣中也常常采用抒情插笔。清人方玉润在论述《芣苢》(《诗经》)时说，读了它“不知其情之何以移而神之何以旷，……不必细绎而白得其妙焉”。[①]这句话说明了抒情在诗中的作用。革命歌谣中的抒情描写，往往使读者产生强烈的思想共鸣，或同情、怜悯、惋惜、热爱，或嫌恶、憎恨……使你受到了感情的影响，然而却“不知其情之何以移而神之何以旷”。这种运用优美抒情描写和插笔而最成功的，要算《送郎参军》和《送红军北上抗日》的歌谣。这里我们且举陕南歌谣《十送红军》为例：

一送红军下南山，
秋风细雨缠绵绵，
山里野鹿哀号叫，
树树梧桐叶落完。
红军啊!
几时人马再回山?

三送红军上大道，
锣儿无声鼓不敲，

① 方玉润《诗经原始》。

双双拉着长茧手，
心像黄连脸在笑。
红军啊！
万般离愁怎能消？

六送红军兔儿岩，
两只白兔哭哀哀，
禽兽也能通人性，
血肉感情抛不开。
红军啊！
山里的红花永不败！

九送红军到通江，
通江河上船儿忙，
千军万马河边站，
十万百姓泪汪汪。
红军啊！
眼望江水断肝肠！

这里仅仅描写了人民对红军的依依难舍的离情，但在写这种离情时并不是静止地描写，而是以送行为线一步步深化，感情也越来越浓烈，深挚。作者在抒发内心的感情时，不是把感请直接地说出来，而是赋予了自然界的事物以人的性格，凡是诗中出现的事物，如白兔、红花、江水……，无不随着作者心情的开展加深着依依难分的感情。所以，当我们读着这样的感情真挚、艺术高超的作品时能受到感动，能产生共鸣，就证明了它不仅不是概念化的，而且是健康的思想内容与比较完美的形式相结合的作品。

此外，革命歌谣还有许多特点，如明显的地方特色，也是不容忽略的。我们读着洪湖地区的歌谣时，会发现这里的歌谣浑厚有力，感情粗犷豪放，以及借湖水而造成的许多优美的联想，如：

洪湖水，大无边，
洪湖浪头赛山尖，
二十年前闹革命，
红军志气高如天，
老子牺牲儿顶上，
哥哥死了弟上前。

又如：

竭石可把长江堵，
堵不住唱歌人的口，
洪湖的水可以干，
红色的歌不能丢。

我们读着川陕边根据地的歌谣，便会发现它们以富于想象和感情的细腻，别具一格。陕甘陕北根据地的歌谣较多地接受了信天游的悠长明快、抑扬鲜明的调子，如：“一对对喇叭一对对号，一对对红旗空中飘”；“山羊绵羊五花羊，哥哥随了共产党”。

总体来说，革命歌谣是具有巨大艺术感染力和革命号召力的作品，它的巨大的艺术力量，不仅在于它有着新的思想内容，而且还因为它采取了适合表现这些内容的形式。

革命歌谣作为一个整体，深刻地、真实地反映了整整一个革命历史时期。它在革命斗争中起了动员群众、组织群众、影响群众的作用。如果认为革命歌谣不过是政治口号，缺乏艺术的魅力，我以为这种看法是不符合实际情况的。它之所以起了政治口号所起的作用，是因为它用自己的形象引起了读者的共鸣。它可以和历代产生的民间歌谣相媲美。正如前面所引过的那本《革命歌谣选集》的《编后记》所说的：

我们也知道这些歌谣，在格调上说来，是及其单纯的；甚至在某种程度上说来，意识上还带些不十分健全的地方。然而它是农民作者用自己的语句作出来的歌，它道尽农民心坎里面要说的话，它为大众所理解，为大众所传诵，它是广大民众所欣赏的艺术。

有一些同志，保持着文学上贵族主义的偏见，表示轻视大众爱唱的歌谣。我们要说：我们用不着像酒鬼迷醉酒杯那样，迷恋着玫瑰色的美丽诗词，我们需要□（原书此字脱落无法辨认——引者）用一切旧的技巧，那些为大众所能通晓的一切技巧，作为我们阶级斗争的武器，它的形式就是旧的，它的内容却是革命的，但这并不妨碍它成为伟大的艺术，应该为我们所欢迎所支持。[1]

1960年2月初稿于北京

1961年11月27日修改

发表于《文史哲》（山东大学）1962年第5期

---

① 《革命歌谣选集》（青年实话丛书）第一集《编完以后》，1934年，瑞金，中央革命根据地版，藏于南昌八一纪念馆。

抗战中的民间文学家们

在抗日战争中，中国广大军民在与日本侵略者的殊死战斗中抛头颅洒热血，保卫祖国领土完整和维护民族团结统一的同时，还用口口相传的方式创作了无以计数的民歌民谣和民间传说，鼓舞那些离开父母、离开家乡与敌人厮杀的英勇军人，真实地记录下了人类历史上的这场战争，批判入侵者在中国领土上所犯下的种种令人发指的反人类罪行，讴歌前方和后方的中国人不屈的民族精神和国家认同感与凝聚力。我们的民间文艺工作者们，关心民间文学的诗人作家们，接近和同情民众的文化人艺术家们，在沦陷区，在大后方，在解放区……，搜集记录下了各族民众口头创作和传播的不计其数的抗日歌谣和民间传说，谱写了中国文化史和文学史上的灿烂篇章。

20世纪80年代，我受《中国新文艺大系》常务副总主编李庚同志的委托，编纂《中国新文艺大系·民间文学集》（1937—1949），把八年抗战时期和三年国内战争时期的民间文学搜集、研究工作，包括抗战歌谣的创作、采集、研究情况，作了一个大概的梳理，并写过一篇《导言》①。我在《导言》里写下了这样一段话："战争改变了一切，一切为了战争。'七·七'事变之后，由于国民党实行不抵抗主义，使形势急转直下，先是平津失守，华北沦陷，继而把战火烧到了南京、武汉、长沙，接着粤西告急，全中国被投入了战争的深

① 以《抗日战争和解放战争时期的民间文学运动》为题，发表在《新文学史料》1992年第3期上。

渊。在这民族危亡的严重关头，中国的知识界，包括从事民间文学的人士，发生了大分化。有的卖身求荣，当了汉奸；有的不堪做亡国奴的境遇，逃亡到了大后方；有的投笔从戎，上了打击侵略者的前线；有的毅然奔赴延安。尽管战乱不已，生活颠沛流离，仍然有一大批热爱中华本土文化、中国民族传统的民间文学家、作家、文化工作者，在极困难的条件下坚持着五四新文化运动开拓的道路，进行民间文学的搜集、出版、调查、研究以及推广事业，并且做出了足以彪炳青史的可喜成就。当我们认真地研究了这段时期的材料后，可以毫不夸张地说，从1937—1949年，无论是调查搜集还是学术研究，都堪称是中国现代民间文艺学史上一个辉煌的时代。”①

《中国新文艺大系·民间文学集》（1937—1949）编纂出版后，再也没有机会对抗战时期的民间文学作进一步的材料搜辑和深入的研究，而且那本书当年只印了500册，流传极为有限。在中国人民抗日战争和世界反法西斯战争胜利70周年之际，我愿意在原有材料的基础上略作补充，以《抗战中的民间文学家们》为题，再作一次探索，就教于学界朋友们。

一、投笔从戎上前线的民间文学家们

抗日战争爆发，上海陷落成了孤岛，许多文化人纷纷奔赴新四军。劳辛、林山、芦芒、贺绿汀等，都是从上海到苏北的诗人。有的是从延安和边区分赴各根据地参加了八路军。他们中的大多数人一面从事诗歌创作，一面参与民歌民谣的搜集与出版。

民间文学家、诗人林山，1933年在上海参加中国共产党，1934年毕业于上海暨南大学文学院。1937年到延安，任延安陕甘宁边区文协秘书。1938年1月25日延安战歌社举行“诗的朗诵问题座谈会”，林山在会上的发言《关于街头诗运动》，经《新中华报》发表座谈纪要后，成为中国诗坛开展街头诗的宣

---

① 拙编《中国新文艺大系·民间文学集》（1937—1949）第1页，中国文联出版公司1996年。

言。他说："时代迫切的需要诗歌的朗诵，而诗歌也可以而且应该是一种朗诵的艺术。"[1]1938年5月，美国海军陆战队杰出的指挥官、美国罗斯福总统的侍从武官卡尔逊第二次来中国，考察抗日群众运动和国共合作的情况，毛泽东建议卡尔逊到敌后根据地看看，命刘白羽组织5个人陪同。陪同者除刘白羽外，还有欧阳山尊、汪洋、金肇野和林山。1938年9月1日陕甘宁边区文艺界抗战联合会（后更名"中华全国文艺界抗敌协会延安分会"）在延安成立，第一届执委会成员有丁玲、林山、田间、成仿吾、任白戈、沙汀、周扬、柯仲平、雪苇、刘白羽等。1940年任桂林文化供应社编辑，4月6日重庆《新华日报》在《我们声讨汪（精卫）逆！》栏题下发表一组桂林文艺界同仁讨汪文章，其中有林山的文章《扑杀另一种狗》。皖南事变后，去香港。后返回苏北抗日根据地，从事敌后诗歌运动和编写通俗读物工作。何时到的苏北新四军，笔者未能查到确切的日期。但有材料说，他与劳辛、芦芒、贺绿汀等于1941年6月在盐阜成立了苏北诗歌协会。他在盐阜区参与《大众知识》杂志的工作，继续提倡"街头诗"。据"盐城旅游信息港"网《苏北抗日根据地文化大事记》载：1941年6月28日，"苏北诗歌协会因常务理事分散各地无法集中，特由副理事长劳辛聘林山、陆维特、江明、高文四同志组成诗歌辅导委员会，林山为主任委员"。1941年7月19日，"苏北诗歌协会在《江淮日报》辟'街头诗运动专号'，发表《自卫队》、《都来参加妇救会》等8首街头诗和林山文章《开展街头诗运动》"。可见，林山1941年6月即到了苏北新四军。1943年11月13日，"王阑西、阿英、林山等人研究，拟将《大众知识》扩大改名为《新知识》，每期5万字。……林山作10首墙头诗发表在《大众知识》第7期上，师鲁工团为诗配画，于是林山又发起组织'墙头诗画社'，出版了《墙头诗画集》，其中集诗28首，画6幅"。1943年1月4—6日，"因形势紧张，黄克诚同杨帆等人商议决定将尚在盐阜区的文化人转移到阜东县海边八大家一带，6日起行。他们是芦芒、林山、沈柔坚、阿英、铁璎、贺绿汀等"。这是盐阜区文化大事记有关林山的最后一次记载。为保护文艺工作者的安全，有的文化名

---

① 林山《关于街头诗运动》，《新中华报》1938年8月15日，延安。

人回了上海，有的去了延安。此后，林山可能又于1943年回到了延安。[①]林山到延安后，在柯仲平领导的陕甘宁边区文化协会工作，“是延安陕甘宁边区文协秘书、延安鲁艺文学系研究室实习研究员，民间文学家，从事敌后诗歌创作”。[②]1945年陕甘宁边区文协成立说书组，由安波、陈明、林山等组成。米脂县的盲艺人韩起祥就是在林山的帮助下成长起来的，他帮助韩起祥改造旧说书，修改完成了《刘巧团圆》。[③]新中国成立后，先后任广东省文化局长和中国民间文艺研究会秘书长。

苏北新四军的文化人，还要提到是著名的文学史家、俗文学家阿英，上海失守后他带领全家赴苏北盐城参加了新四军。1944年撰著并出版了《中国俗文学研究札记》。建国前夕他任华北局文联主席和察哈尔省文联主席期间，关注和倡导民间文艺，并对察哈尔的民间剪纸做过全面调查。建国后在全国文联担任副秘书长，1955年4月起任《民间文学》月刊的主编。他的长子钱毅，到苏北后任《盐阜大众》的副主编等职。苏北大“扫荡”后，担任政治工作，辗转海边，专攻大众文艺和民俗学，1947年从容就义、壮烈殉国，留下了《庄稼话》《海洋神话与传说》《钱毅的书》等民间文学著作及民俗学等杂稿。

歌谣学家薛汕在北京上学时参加过“一二·九”学生运动，后到上海参加了司马文森、钟望阳组织的文艺俱乐部，1937年抗日战争爆发后，到闽浙赣边区新四军根据地搞文艺工作。1939年任中共赣州市委宣传部长。1940年被国民党逮捕入狱，翌年从江西集中营中逃出，辗转至桂林、柳州、重庆。1941年开始搜集和研究各地民歌，主要在广西，后来扩大到西南地区，即抗日的大后方，从江西、广东、广西、贵州、云南、四川到陕西等地。完成稿本有：《邕江儿歌》《刘三姐歌乡》《瑶歌》《侗歌》《岭南梅》和《客家山歌》等。在《柳州日报》上编《民风》副刊。1946年任上海震旦大学教授，与丁英（丁景

① 林山因1962年反右倾运动中受批判和处理，1984年病故于家乡，故留下的史料很少。他到延安的时间，史料多有矛盾，1943年到延安的说法较为可信。

② 孙晶岩《抗战年代的知识分子和名角》，《人民日报海外版》2015年7月7日。

③ 林山在第一次全国文代会前夕，于1949年6月写的《盲艺人韩起祥——介绍一个民间诗人》，全面介绍和评价了韩起祥的说书，被钟敬文选入所编的建国后第一本全国民间文学论文选《民间文艺新绘集》中，北京：中外出版社1950年8月。

唐）、袁鹰等组织民歌社，与李凌、沙鸥编《新诗歌》月刊，在创刊号上发表《胜利灾》，继而发表《抗战梦》。编纂《中华民族歌谣文学大系》。为躲避国民党的追捕，出走香港，参加中华文协粤港分会，成立民间文艺部，在《星岛日报》上编《民风》副刊，出版《岭南谣》《愤怒的谣》等。

二十年代末、三十年代初先后在中山大学和杭州主办《民间文艺》和《民俗学集镌》《民间月刊》等民间文学期刊的钟敬文，在从日本留学回来不久，卢沟桥事变爆发后，便随他所工作的浙江民众教育实验学校内迁，而后毅然放弃了他所热心的民间文学事业，辗转到了前线，在广东四战区政治部任视察专员，撰写报告文学（写了报告文学集《良口之战》）；并与何家槐共同创立了中国全国文艺抗战协会曲江分会，被选为常务理事。中山大学由云南迁粤北坪石后，他又转到学校执教。他在一篇文章里写道："抗日战争时期，前期因为主要在广东前方从事救亡工作，写了许多报告文学、抒情诗及带火药味的文艺短论，关于民间文学艺术的论文，记得只写过《民间艺术探究的新开展》。后期在粤北中山大学教书，也年年讲授民间文学课，但是，很少写作关于民间文学的论文。"①

从20世纪30年代初起就专事谚语研究、晚年定居台湾的著名谚学大家朱介凡，抗战期间在西安国民党王曲中央军校第七分校任政治教官，1939年两次向各方寄发征集谚语的启文，1940年起在军校"不讲武而讲谚语"，在学员间采录南北各地谚语和歌谣。②他从学员口中和他自已行军途中所搜集的各地抗日歌谣和谚语，大多编入他和娄子匡合著的《五十年来的中国俗文学》（台湾：正中书局1963年8月初版）、《中国谚语里的历史传说》（台湾政府新闻处1987年6月）两部著作中。从军校学员中得来的，如："我有爸，我有妈，我有婆娘我有娃。谁要想占我的家，我教他脑袋搬了家。"（陕西）如："日本鬼，喝凉水，过黄河，沉了底，打了罐，赔了本。"（华北）有的是朱介凡自己从民间老百姓口中采集来的。如："不怕南来一只虎，就怕背来一只鸡。"

---

① 钟敬文《民间文艺谈薮·编后小记》，见《钟敬文生平·思想及著作》第234页，河北教育出版社1991年2月初版。

② 据王甲辉、过伟主编《台湾民间文学》第245页，上海文艺出版社2005年5月。

（采自河北保定一带。虎，谓大刀队；鸡，谓日本飞机。）如："要想不当亡国奴，先要当几天亡国奴，他才不当亡国奴！"（采自河南博爱一带。）在后一书中，作者还对搜集来的歌谣和谚语作了注疏和考据，例如："当兵不发饷，当土匪不许抢。"作者注曰："黄恒浩（口）述。九一八事变后，东北义勇军风起云涌，或由留在沦陷区的正式军队为骨干，容纳了广大抗日群众而组成，如有名的马占山。或由绿林英豪，基于家国苦难，挺身抗敌。或由地方自卫乡团、警察武力扩编发展而成，如出名的苗可秀、邓铁梅。或由大学师生编组，如冯庸大学义勇军。…… '当兵不发饷，当土匪不许抢'这谚语，22年间在义勇军中十分流行，于东北义勇军的艰苦生活，描述尽致。"①

二、三千里路云和月：闻一多、朱自清、刘兆吉与西南采风

1937年"七七事变"后，抗日战争全面爆发。北京大学、清华大学、南开大学三校于11月南迁长沙，成立西南临时大学。12月13日南京沦陷，继而武汉告急，日本飞机轰炸长沙，立足未稳的西南临时大学决定再次西迁昆明。兵分三路：一路乘火车赴广州，转香港，经安南（越南）海防，由滇越铁路去昆明。一路由长沙乘汽车经桂林、柳州到南宁，出镇南关（今友谊关）经越南河内，再沿滇越铁路前往昆明，朱自清任团长。第三路是由336人（一说284人）组成的"湘黔滇旅行团"，于2月19日启程，徒步向昆明进发。加入步行团的教授和学生，分别成立了各种沿途考察的组织，民间歌谣组就是其中之一。闻一多是参加步行团的教授之一，他担任民间歌谣组的指导，而且沿途对少数民族的习俗、语言、服装、山歌、民谣、民间传说亲自作调查。"每到一处山寨，他顾不得安顿住处，也顾不得沿途的疲劳，一到宿营地就带着我们几个年轻人走家串户，采风问俗。他在破旧的村舍里和老乡们促膝长谈，谁也看不出他是中外著名的教授和学者。他兴味十足地观看少数民族青年男女的舞蹈，并从中考证《楚辞》与当地民俗的关系。他喜欢去茶馆酒楼闲坐，听素不相识的

① 朱介凡《中国谚语里的历史传说》第278～279页，台湾省政府新闻处1987年6月初版。

老乡论古道今，了解当地的风土人情。他亲自指导同行的原南开大学学生刘兆吉沿途搜集民歌民谣，到昆明后整理成《西南采风录》，并亲自为之作序。”（马学良《记闻一多先生在湘西采风二三事》，《楚风》1982年第2期，长沙）刘兆吉在书的前面有一篇文字，记载了有关这次徒步旅行中搜集采录民歌的种种细节以及他个人关于民歌的一些观点。

从长沙到昆明3300华里，路经大小城池30余座，村镇不计其数。旅行团走了68天。刘兆吉在闻一多指导下沿途采风，采得各地区、各民族民间歌谣2000多首。这本《西南采风录》中所录的歌谣，不仅有三千多里广袤地区都有流行的情歌（七言四句式），而且也有即席编唱的“抗战歌谣”和“民怨”歌谣，强烈地反映出民心的背向。这类民歌可以作为中国民众敌忾的见证，而在艺术上，有的也堪称可以咀嚼玩味的上品。如他在湖南常德采集到的一首《调兵歌》，歌词是这样的：

姐在房中闷闷沉沉，
忽听门外来调兵，
不知调哪营；
咦呀呀，多喊喊，
不知调哪营。

一十八省都不调，
单调我武汉得胜军，
一般好学生；
咦呀呀，多喊喊，
一般好学生。

大的不过二十整，
小的不过十八春，
一般好年轻；

咦呀呀，多喊喊，
一般好年轻。

他的队伍多整齐，
操得实在精，
打仗往前行；
咦呀呀，多喊喊，
打仗往前行。

左手拿的花皮条，
右手挂的指挥刀，
口中喊洋操；
咦呀呀，多喊喊，
口中喊洋操。

身上背着几排子，
右边摆的盒子炮，
明天去打仗；
咦呀呀，多喊喊，
明天去打仗。

湖南湖北都不打，
单打日本东洋人，
他是矮子兵；
咦呀呀，多喊喊，
他是矮子兵。

吃菜要吃白菜心，

投营要投得胜军，
莫投矮子兵！
咦呀呀，多喊喊，
莫投矮子兵！

还有一首在昆明附近采集到的《送郎出征抗日歌》：

一送我郎去出征，
走马扬鞭快启程，
后方事务莫顾虑，
对内对外有奴身。
堂上父母奴孝敬，
家中田产我管耕；
望你放心免挂念，
挂念家庭非军人。

二送我郎出昆明，
一路之上要小心，
凉水生物莫乱吃，
枪支子弹莫离身。
见着长官要恭顺，
见着兄弟要相亲；
对待人民要和善，
采买东西要公平。

三送我郎出云南，
云南有个胜景关；
胜景景致虽然好，

奉劝我郎莫流连。
因为倭寇太无理，
杀害同胞万万千；
前方人民朝日望，
早到一天好一天。

四送我郎到贵阳，
贵阳省城好风光；
野草闲花休要采，
纸烟鸦片切莫尝。
赌博场中莫去望，
诸事退让莫逞强；
军风军纪当注意，
违反纪律怕挨枪。

五送我郎到长沙，
到了长沙休想家；
军中就是家庭样，
上官一样像爹妈。
身上刺刀当磨亮，
背上枪支要常擦；
擦好枪支好命中，
磨亮刺刀好刺杀。

六送我郎到北边，
北平文化几千年；
东洋鬼子疯魔样，
杀我同胞抢我钱。

良家妇女遭蹂躏，
华美房屋被火焰；
努力杀到前方去，
夺回我国领土权。

七送我郎到前方，
前方敌人太猖狂；
望郎跑到前线去，
到了前线上战场；
上了战场要镇静，
看见敌人莫张皇；
休怕飞机和炸弹，
休怕大炮机关枪。

八送郎来上战场，
敌人来时就放枪；
我们士气比他旺，
我们技术比他强。
一个杀他几百个，
十个杀他几千双；
哪怕敌人千和万，
不值一战就杀光。

九送郎君到关东，
看见敌人莫放松；
敌若进时我防守，
敌若守时我进攻。
奋勇前进是好汉，

再接再厉真英雄；
为国牺牲有价值，
生也荣来死也荣。

十送郎君到扶桑，
收复东北过东洋；
失地未复不回转，
日寇不灭莫还乡。
要与民族共生死，
须同国家共存亡；
待到凯旋归来日，
千秋万世姓名香。

为了容纳较为广泛的抗战内容和普通中国老百姓的卫国信念，两首民歌都采用了民间小调的范式，表达了劳动妇女在民族大义面前的刚毅与温柔。无疑称得上是浩如烟海的抗战民歌中的上品。

闻一多先生为《西南采风录》写了一篇序言：

正在去年这时候，学校由长沙迁昆明，我们一部分人组织了一个湘黔滇旅行团，徒步西来，沿途分门别类收集了不少材料。其中歌谣一部分，共计二千多首，是刘君兆吉一个人独力采集的。他这种毅力实在令人敬佩。现在这些歌谣要出版行世了，刘君因我当时曾挂名为这部分工作的指导人，要我在书前说几句话。我惭愧对这部分材料在采集工作上，毫无尽力，但事后却对它发生了极大兴趣。一年以来，总想下番工夫好好整理一下，但因种种关系，终未实行。这回书将出版，答应刘君作序，本拟将个人对这材料的意见先详尽的写出来，作为整理工作的开端，结果又一再因事耽延，不能实现，这实在对不起刘君。然而我读过这些歌谣，曾发生一个极大的感想，在当前这时期，却不能不尽先提出请国人注意。

在都市街道上，一群群乡下人从你眼角滑过，你的印象是愚鲁、迟钝、畏缩，你万想不到他们每颗心里都有一段骄傲，他们男人的憧憬是："快刀不磨生黄锈，胸膛不挺背要驼。"（安南）女子所得意的是："斯文滔滔讨人厌，庄稼粗汉爱死人，郎是庄稼老粗汉，不是白脸假斯文。"（贵阳）

他们何尝不要物质的享乐，但鼠窃狗偷的手段，却是他们所不齿的："吃菜要吃白菜头，跟哥要跟大贼头，睡到半夜铡刀响，妹穿绫罗哥穿绸。"（盘县）哪一个都市人，有气魄这样讲话或设想？"生要恋来死要恋，不怕亲夫在眼前，见官犹如见父母，坐牢犹如坐花园。"（盘县）"火烧东山大松林，姑爷告上丈人门，叫你姑娘快长大，我们没有看家人。"（宣威）"马摆高山高又高，打把火钳插在腰，哪家姑娘不嫁我，关起四门放火烧。"

你说这是原始，是野蛮。对了，如今我们需要的正是它。我们文明得太久了，如今人家逼得我们没有路走，我们该拿出人性中最后最神圣的一张牌来，让我们那在人性的幽暗角落里蛰伏了几千年的兽性跳出来反噬他一口。打仗本不是一种文明姿态，当不起什么"正义感"、"自尊心"、"为国家争人格"一类的奉承。干脆的是人家要我们的命，我们是豁出去了，是困兽犹斗。如今是千载一时的机会，给我们试验自己血中是否还有着那只狰狞的动物，如果没有，只好自认是个精神上"天阉"的民族，休想在这块地面上混下去了。感谢上苍，在前方，姚子青、八百壮士、每个在大地上或天空中粉身碎骨了的男儿，在后方几万万以"睡到半夜铡刀响"为乐的"庄稼老粗汉"，已经保证了我们不是"天阉"！如果我们是一个乐观主义者，我的根据就只这一点，我们能战，我们渴望一战为至上的愉快。至于胜利，那是多么泄气的事，胜利到了手，不是搏斗的愉快也得终止，"快刀"又得"生黄锈"了吗？还好，四千年的文化，没有把我们都变成"白脸斯文人"！

闻一多从民间的歌谣中看到的，是在穷凶极恶的日寇逼得我们"没有路走（时），我们该拿出人性中最后最神圣的一张牌来，让我们那在人性的幽暗角落里蛰伏了几千年的兽性跳出来反啮他一口”。“在前方，姚子青、八百壮士、每个在大地上或天空中粉身碎骨了的男儿”，“为国家争人格”。“我们能战，我们渴望一战为至上的愉快。”

作为西南联大中文系主任的朱自清先生，也为刘兆吉的《西南采风录》一书写了序言，从与闻一多不同的角度，高度评价了刘兆吉的采风成果：

> 刘先生是长沙临时大学步行团的一员。他从湖南过贵州到云南，三千里路费了三个月。在开始的时候，他就决定从事采集歌谣的工作。一路上他也请教老人和孩子；有时候他请小学里教师帮忙，让小朋友写他们所知道的歌谣。但他是外乡人，请教人的时候，有些懒得告诉他；有些是告诉他了，他却不见得能够听懂每一个字。这些时候，他得小心的再三的请教。若有小学教师帮助，自然方便得多。……他这样辛辛苦苦的搜索，记录，分辨，又几番的校正，几番的整理，才成了这本小书。他这才真是采风呢。他以一个人的力量来做采风的工作，可以说是前无古人。
>
> 他将采集的歌谣分为六类。其中七言四句的“情歌”最多，这就是西南各省流行的山歌。四百多首里有三分之一可以说是好诗。这中间不缺少新鲜的语句和特殊的地方色彩，读了都可以增扩我们自己。还有“抗战歌谣”和“民怨”两类，虽然没有什么技巧，却可以见出民众的敌忾和他们对于政治的态度；这真可以“观风俗”了。历来各家采集的歌谣，大概都流传已久；新唱出来的时事歌谣，非像刘先生这样亲历民间，是不容易得到的。

在中国民间文学的学术史上，抗战中诞生的《西南采风录》是一个直接从老百姓口头上采风的典范。朱自清说“（刘兆吉）以一个人的力量来做采风的工作，可以说是前无古人”。这评价并不为过。朱自清指出了他采风的特点是：与五四以后新文化运动初期北大歌谣研究会的前辈不同，那时一方面行文到各省教育厅，请求帮助，另一方面提倡私人搜集，这些人的采集，大概是请各自乡里的老人和孩子，由于是同乡，不存在语言和习惯的隔膜。而刘兆吉的采风，却是在外乡、外民族，遇到的问题和困难更多。但他同时搜集了湘、黔、滇一部分地区的民歌，不仅对认识民歌的源流与变迁，而且对认识社会风尚、特别是抗战歌谣所提供的民众对这场非正义战争的认识和民族精神的坚守，提供了弥足珍贵的历史资料。

三、大西南与大后方的民间文学家们

（一）大西南

由上海迁至贵阳的大夏大学的社会学家们，对民间文学的搜集与研究做出了令人瞩目的成绩。该校于1938年春设立了"社会经济调查室"（后改名为"社会研究部"），由社会学家吴泽霖主持。他们曾先后到安顺、定番、炉山、下江、都匀、八寨、三合、荔波、都江、榕江、永从、黎平以及广西的三江、融县等调查社会状况和民俗资料，并主编《社会研究》（以《贵州日报》副刊形式发行）期刊，出版"贵州苗夷研究丛刊"：《贵州苗夷歌谣》《贵州苗夷社会研究》《贵州苗夷影荟》等著作。吴泽霖调查记录了贵州花苗的兄妹婚神话、大花苗的古歌《洪水滔天歌》、八寨黑苗的洪水遗民神话以及炉山等地的短裙黑苗的洪水神话。[①]陈国钧到下江一带深山中的生苗（少与外界交往的一支苗族）进行社会与民俗调查，用国际音标记录了三则生苗的人祖神话，其中有一则是诗体的，长达488行，是演唱时记录的。大夏大学社会研究部对贵州各民族各地区歌谣的搜集成绩尤为突出，仅陈国钧一人就搜集到几千首歌谣，涵盖黑苗、花苗、红苗、白苗、生苗、花衣苗、水西苗、仲家、水家、侗族等，他从中选择出一千首编成《贵州苗夷歌谣》厚厚的一册。[②]其他人员，

---

① 吴泽霖《苗族中祖先来历的传说》，见《贵州苗夷社会研究》，贵阳：文通书局1942年8月初版。

② 《贵州苗夷歌谣》，贵阳：文通书局1942年初版。

如吴泽霖、杨汉先、张少微、李植人、胡体乾、梁瓯弟等人在搜集歌谣方面也各自有所贡献。①

在广西，有陈志良、刘介、雷镜鋆、乐嗣炳等民间文艺家在从事搜集和研究工作。陈志良在苗、瑶、壮、彝等民族中搜集到的歌谣，数量达3000余首，选编为《广西特种部族歌谣集》一书。其中不乏当地少数民族中流传的抗战歌谣，如《抗战救国歌》：

送哥送到五里亭，
再送五里泪眼淋；
你得安心杀日本，
我在家乡把田耕。

妹莫忧，
哥去当兵把国救；
杀尽鬼子回家转，
我俩结双到白头。

妹莫愁，
哥去当兵妹莫忧；
哥去当兵打日本，
杀完鬼子就回头。

不分汉瑶苗侗壮，
人人抗敌直上前；
共把日兵赶出境，

① 参阅李德芳《三、四十年代我国社会学者对西南民族民间文学的研究》，见《民族文学研究》1989年第3期，北京。

保住我国好江山。

哥去前方妹莫忧，
莫要挂哥在心头；
哥去打败日本鬼，
慢回同妹结风流。[①]

对西南少数民族民间文学进行调查，搜集了大量材料，对我国民间文学事业贡献诸多的，还有当时也迁到昆明、1940年后又迁到川南南溪县李庄的中央研究院的一批学者。

原为杭州艺专的学生、后成为中央博物馆研究人员的李霖灿，抗日战争爆发，也到了大西南。先到了长沙，继而又从长沙徒步到了昆明。在沈从文的鼓励下，与李晨岚、周炼心等一道，先后到金沙江北岸地区的么些族（纳西）、古宗族等地区采风。成果编为《金沙江上情歌》。薛汕到重庆后，卫聚贤把李霖灿等搜集的这部书稿交给了薛汕，后来薛汕带到上海去出版了。[②]他在序言里引用了李霖灿在稿本中录自自己的一篇《中甸十记》的短引，报道他的采风历程和观感思绪。李霖灿还抱着绘画的目的去了丽江的玉龙山，被纳西族（当时译名通用么些族）东巴经里的民间故事所吸引，改变了终生的事业。他在纳西人和才的帮助下，搜集了几十个东巴故事，其中包括几个创世神话。《敦和庶的故事》是关于人类始祖某莉敦孜的神话，曲折地反映着人类早期的氏族斗争的情景。这些纳西族（么些族）的传说故事的搜集与翻译，大大推动了对纳西族文学艺术、宗教、哲学和社会的认识与研究。[③]

中央研究院历史语言研究所的芮逸夫与傅斯年的研究生胡庆钧1940年冬从临时所址南溪县的李庄出发，赴川南之叙永县鸦雀苗居住地进行婚丧礼俗田野

① 陈志良《广西特种部族歌谣集》，中央银行经济研究处1941年11月。

② 薛汕编《金沙江上情歌》，上海：春草社1947年6月初版。

③ 李霖灿《么些族的故事》，见《民族研究所集刊》第26期，1968年，台北。其中第二部分为《么些族的故事八篇举例》。

调查，搜集到仪式歌多首，对于研究鸦雀苗的礼俗和口头文学有相当价值。[1]当时也在李庄的，还有先是北京大学文科研究所助理研究员的马学良，由于中央研究院史语所与北大文科研究所合并，他也是中央研究院的研究人员了。他长期在云南彝族地区进行彝语学习和彝族民族调查，与彝胞朝夕相处，搜集了大量彝族的民俗、信仰以及神话、传说和故事。他所搜集的神话、传说和故事，如《洪水》《八卦》《山神》等都发表在方国瑜等人创办的《西南边疆》和《中央研究院历史语言研究所集刊》《边政公论》等期刊上。由于他是语言学家，又在西南联大大迁徙中跟随闻一多采过风，他所搜集的彝族口头文学，都是从讲述者口中原原本本地记录下来的。

上海之江大学史学教授徐松石从1927年起到1940年间数次到广西桂北、左右江流域、黔西、黔中、黔南、广东粤江流域旅行调查风土人情，研究粤江流域人民史和泰族、僮族、粤族源流，途中也注意搜集少数民族的神话、传说、歌谣（苗歌）。他搜集到的桂北苍梧一带流行的《竹王的故事》以及手抄歌本《盘皇书》（忻城县瑶人）和苗民谱本，具有相当高的民俗学和历史学价值。[2]他的这部《粤江流域人民史》于1940年付印，正是抗日战争如火如荼的时候，他在《跋》里说："我爱两广，我爱西南壮族，我爱印度支那与我们同宗的泰人掸人。但我的心更爱念的，乃是我们伟大的中华民族。"

诗人光未然1939年1月率抗敌演剧第三队由晋西抗日游击区赴延安；3月间写了著名组诗《黄河大合唱》，经冼星海谱曲后广为流传，成为抗日军民的一支号角。皖南事变后，被迫从重庆流亡缅甸；1942年回到云南，在路南县一所中学里教书。他根据彝族青年学生毕荣亮提供的讲述，记录、写定了彝族支系阿细人的民间长篇叙事诗《阿细的先基》，于1944年2月由李公朴主持的昆明北门出版社出版。当时也在西南过着流亡生活的北京大学文科研究所语音乐律实验室的语言学家袁家骅，参加路南县政府编修县志的工作，在路南读到光未

① 芮逸夫、管东贵《川南鸦雀苗的婚丧礼俗》（资料之部），中央研究院历史语言研究所单刊，甲种23，1962年，台北。

② 徐松石《粤江流域人民史》，中华书局1939年8月初版；《泰族僮族粤族考》，中华书局1946年6月初版。

然整理的《阿细的先基》北门版后，找到了光未然记录整理《先基》的“发音人”毕荣亮，用国际音标再次记录了这部叙事诗，这就是1951年由中国科学院印行的《阿细民歌及其语言》。

抗战中，新闻记者张亚雄从大西北的兰州辗转来到重庆。他把从事新闻工作十年来，从牧童、脚夫、小工、车夫、雇农、学生、排字工友以及各阶层的文化人和朋友中间搜集的一部《花儿选》的原稿，带到重庆，于1940年由青年书店出版。该书选录了花儿六百首，是从他搜集的两千首花儿中挑选出来。花儿是西北广大地区流行的民间文艺形式，但此前并没有人去搜集记录过，《花儿选》的出版使我国出版史上有了“第一部”。

抗战期间，民族学、民俗学、民间文学人才汇集于西南边疆地区，开展实地调查，创办多种边疆期刊，发表和积累了丰富的民间文学材料，大大推动了学科的发展。晚年娄子匡写道：“抗战八年，日军入侵，我学术南移，多少清风亮节之士，在抗战大后方，过着日食粗糙，衣不蔽体的匮乏生活，走出书斋，掀起了边疆学术调查研究的高潮，其人文部分，少有不与俗文学有关。据古氏选目[①]，战时出版虽极度困难，而边疆期刊，有二十七种。”[②]有些期刊，如昆明出版的《西南边疆》，成都出版的《康导月刊》和《风土什志》等，都比较注重发表民间文学作品和理论研究，对于西南地区形成我国民间文学运动的中心地位，起过一定的作用。《风土什志》创刊于1943年9月30日，发行人樊凤林，编辑有谢扬清、雷肇唐、萧远煜、裴君牧、杨正苾，其宗旨在于弘扬西南地区的乡土民俗文化，团结了四川的一批作者，其中包括作家李劼人。该刊常常发表一些各地的民俗随笔、民间故事和民歌，趣味性较强，是一份大众读物。但也发表过像《格萨尔王传》这样价值很高、篇幅不算很短的作品的片段。

抗战时期各地的文艺刊物，一般很少发表民间文学作品，间或也能看到一

① 古今式《抗战以来我国民族学选目》，《民族学研究集刊》第4期，1944年10月；古道济《战时我国民族学选目》，《民族学研究集刊》第6期。

② 娄子匡《五十年来的中国俗文学》第3页。

些，主要是抗战歌谣，能够配合抗日，鼓动人民抗战的。如1938年5月在武汉创刊的《抗战文艺》，1940年在成都出版的《战时文艺》等，大致都是这种情况。

（二）重庆、武汉、桂林

南京失守，重庆成为陪都，抗战的大后方，这里不仅集中了众多的政要，而且集中了许多文化人。30年代初期在杭州与钟敬文合作编辑《民俗》、后来又编辑《孟姜女》的娄子匡，抗日战争爆发后因刊物停刊，也去了重庆。但民俗学家们多固守自己的学术本位，脱离中国的战争现实，一时手足无措，正如娄子匡于1942年末召集的在重庆的民俗学同仁第二次座谈会纪要所言："抗战发生，大家分散，民俗的研究工作不能继续，直到近时娄子匡同工来渝，赓续发动这一运动，联系同工，刊出《风物志》周刊，因而引起四川同工樊缜、于飞的联合，而举行两次有意义的座谈。大家来商讨今后工作的推进。现时研究民俗，曾有人以为不合时宜。但是，如今建国建礼，当局对礼制之重视，风俗和礼乐的关系是不言而喻的。"①受时代限制，我们今天能看到的大后方民谣出版物，有由武汉的大众文化丛书社于1938年出版的一本由江凌主编、江敉编著，图文并茂的《抗战时令歌谣》。这首抗日歌谣对"倭子"（"日本鬼"的俗称）的讽刺与谴责情感深厚、言辞犀利：

一月水仙白带黄，
东洋倭子好疯狂，
夺了东北尚不够，
还要逞凶黄浦江。

二月茉莉白如霜，
东洋鬼子多死伤，

---

① 《记在渝同仁两次座谈》，《风物志集刊》第1期，1944年1月31日，重庆。

打了一月无胜败，
落得损兵又折将。
（注：“一二·八”时敌将白川被炸身死。）

三月桃花红粉粉，
倭子和我讲和平，
哪知和平是骗局，
转眼又攻承德城。

四月蔷薇白又赤，
倭子肚里怀鬼事，
东北演了傀儡戏，
又向华北闹自治。

五月石榴红如火，
大家抵制东洋货，
倭子生意不能做，
只愿军阀野心多。

六月荷花白带红，
倭子国内本是空，
失业工人成千万，
乡村农民也闹穷。

七月凤仙红似火，
倭寇居心实在野，
七月八日卢沟桥，
宛平城内又遭劫。

八月桂花黄如金，
倭寇专喜动刀兵，
进攻北平还不够，
八月十三又挑衅。

九月菊花红又黄，
中华英雄好雄壮，
机枪大刀一起用，
倭官倭兵齐惊慌。

十月芙蓉红带紫，
到处都是鬼子尸，
五次总攻都失败，
三易司令无法子。

十一月里茶花红，
倭寇飞机到处轰，
不管民房或医院，
尸横遍地血成河。

十二月里蜡梅黄，
中国全面来抵抗，
倭寇到处受打击，
怕见中华好二郎。

这首借用民间十分流行的“十二月花”小调范式创作的抗日歌谣，其所扼要记述的历史事件与渗透于其中的思想情感，与全国人民的抗日信念意志和必胜信心是息息相通的。

此外，还有桂林立体出版社于1943年出版的音乐家李凌编的《绥远民歌集》等。台湾学者娄子匡在《五十年来的中国俗文学》里引述和提供的《抗战歌谣》（书影），笔者未能见到，是否是当时重庆的出版物，有待继续研究。

2015年9月8日匆草

发表于沈阳《文化学刊》2015年第9期

民间文学：五十年回顾

中华人民共和国成立五十年来的民间文学工作，是中国现代民间文艺学史上的一个时期。在这个时期中，民间文学工作走过的道路尽管曲折而艰难，却是一个在搜集工作上取得了前所未有的大成就、在学术思想上逐渐趋于成熟的时期。由于这五十年我国政治形势的激烈动荡和社会结构的巨大变革，特别是在1966—1976年间爆发的“文化大革命”中，林彪、“四人帮”推行的文化专制主义，给我国的文化建设和文化遗产造成了灾难性的破坏，故民间文学工作也像其他文艺战线一样，自然地区分为前十七年（1949—1966）和后二十四年（1976—1999，即新时期）两个阶段。“文革”期间民间文学工作被迫停顿长达十多年之久，但不等于民间的口头文学不再产生不再流传，新的口头文学仍然像“风”一样产生流传着，只是因为民间文学工作者们停止了工作，没有搜集和发表的机会罢了。

新中国成立后十七年的搜集采录

中国现代民间文艺学虽然诞生于“五四”以后的北京大学这座高等学府里[①]，却由于种种原因，到建国时，甚至在建国后的一段时期，并没有真正形

① 在西方语言中，Folklor一词，最早包含两个意思：一是指民俗或民间文学，一是指研究民俗或民间文学的科学，即民俗学。我们在文中所用的“民间文学”一词，也包括这样两层意思，通俗地说，即泛指“民间文艺工作”。

成一支专业的民间文学搜集和研究队伍。建国后十七年我国民间文学的搜集采录工作，是由群众性自发搜集和有组织的科学搜集相结合的。

一、中国民间文艺研究会的成立及其搜集采录

20世纪中国现代民间文艺学的第一次高潮，出现于“五四”新文化运动发动前后的北京大学这座高等学府里。高等学府里优越的客观条件，本应为民间文学学科的建设奠定深厚扎实的学术基础，但由于种种原因，如战争的频仍，如学科的不受重视，初期热心提倡民间文艺的各路人马，不久便风流云散，到建国时，却并没有真正形成一支有一定规模的专业民间文学搜集和研究队伍；甚至在建国后的十七年间，除了为数不多的专业研究者和高校教师外，基本上都是从文学爱好者营垒中出来的散兵游勇，业余爱好者和搜集者。

全国文艺工作者的团体——中华全国文学艺术界联合会，于1949年7月19日在北京宣告成立。许多专业的文艺团体，也在文代会后相继成立。应党中央之邀，自香港来京参加文代会的民间文学家钟敬文，是从20年代起就从事民间文学搜集、研究和教学的为数不多的专家之一。他与来自延安的民间文艺家林山在文代会上见面，并同他谈论过建立一个全国性民间文艺研究机构的设想，林山对此表示赞同。在延安时，林山曾担任过陕甘宁边区文协秘书长兼说书组长，帮助韩起祥整理过《刘巧团圆》，是从解放区来的民间文学方面的代表人物之一。钟敬文在文代会期间向当时担任文化部副部长的周扬提出建立民间文艺专业机构的倡议，并很快得到了周扬的许可。周扬当时兼任文化部副部长，是文艺界党内的高级领导人，他指定文化部艺术局编审处处长蒋天佐协助钟敬文一道筹备成立中国民间文艺研究会，起草有关文件、拟定有关人员名单。筹备工作是在周扬的领导下进行的。由于文代会闭幕时，广东省还没有解放，林山与欧阳山等文艺工作者一起随军南下，没有能够参加筹备工作。老舍从美国回国后，被邀参加过筹备会议，并提出把他在北京的私人住宅充作未来的中国民间文艺研究会的会所。[①]另据贾芝的回忆材料，在钟敬文于文代会期间向周

---

① 钟敬文《周扬和民间文艺》，《忆周扬》第332～340页，内蒙古人民出版社1998年。

扬提出建立民间文艺研究机构的建议之前，周扬也曾同音乐家吕骥商谈过成立民间文艺研究机构的问题。[①]根据材料，吕骥虽然在建国前领导了民间音乐的搜集，但是并没有实际参加中国民间文艺研究会的筹备工作，中国音乐家协会成立后，他担任了该会的领导人。

中国民间文艺研究会的筹备工作是从1949年冬天开始的。因筹备工作由艺术局的蒋天佐负责，筹备会议也就在北京东城区东四头条胡同文化部召开。经过两个多月的筹备，中国民间文艺研究会于1950年3月29日在北京宣告成立。大会主席周扬主持了中国民间文艺研究会成立大会，并致开幕词、报告筹备经过。他在谈到为什么要成立中国民间文艺研究会时说：

> 今天我们开这个会，召集了许多文艺界的朋友，成立民间文艺研究会是为了接受中国过去的民间文艺遗产。民间文艺是一个广阔的宝藏，它需要我们有系统的有计划的来发掘。在五四时期，曾有些爱好民间文艺的文艺工作者出版过不少各类的关于歌谣方面的刊物。在我们解放区也曾有过地方戏的研究，如今天优秀的歌剧作品，都是研究民间文艺的成果。但我们觉得最出色的民间艺术还没有发掘出来。今后通过对民间文艺的采集、整理、分析、批判，研究为新中国新文化创作出更优秀的更丰富的民间文艺作品来。不仅让对民间文艺有素养的文艺工作者来参加，还让那些只爱好民间文艺并非文艺工作者来参加。我们的民间文艺专家和广大的民间文艺采集者紧密结合。[②]

郭沫若在成立大会上发表了《我们研究民间文艺的目的》的讲话。郭沫若说：

> 我们研究民间文艺的目的，有五点：第一，保存珍贵的民间文学遗产并加以传播。第二，学习民间文艺的优点。在诗歌，要学习它表现人民

---

① 贾芝《民间文学事业在春天中萌发》，《民间文学》1990年第4期。

② 周扬《在中国民间文艺研究会成立大会上的开幕词》，《周扬文集》第二卷，人民文学出版社1985年。

感情的手法、语言，学习它的韵律、音节。同时，还可以借民间的东西来改造自己。民间艺术的立场是人民，对象是人民，态度是为人民服务。我们的作家应当从民间文艺中学习，改正自己创作的立场和态度。第三，从民间文艺里接受民间的批评与自我批评。文艺不仅是现实生活的反映，而且是现实生活的评价与批判。民间文艺中，或明显地，或隐晦地包含着对当时的社会，尤其是政治的批评。所以，我们今天研究民间文艺不单着眼在它的文艺价值，还要注意其中所包含的群众的政治意见。民间文艺是一面镜子，能照出政治的面貌来。第四，民间文艺给历史家提供了最正确的社会史料。过去的读书人只读一部二十四史，只读一些官家或准官家的史料。但我们知道民间文艺才是研究历史的最真实、最可贵的第一手的材料。因此要站在研究社会发展史、研究历史的立场来加以好好利用。第五，发展民间文艺，我们不仅要搜集、保存研究和学习民间文艺，而且应给以改进和加工，使之发展成为新民主主义的文艺。[①]

老舍也在会上发表了题为《老百姓的创造力是惊人的》讲话。他说：

自从对日抗战以来，我就用心学习民间文艺，可是直到今天还没有写成一篇像样的，足见不大老容易。在学习协作民间文艺的过程中，我觉得最困难的是我们不了解老百姓的生活，于是也就把握不到他们的感情，不明白他们如何想象。因此，说评书的就有那么些人围着听，而我们的作品不能深入民间。说评书的了解老百姓的感情、心理与想象，我们不懂。我有很多的文艺界友人，可是没见过一位曾写出一个足以使识字的与不识字的人听了都发笑的笑话。笑话的创造几乎是被老百姓包办了的。许多热心旧戏曲改革的朋友也因此而气闷，他们因为不了解老百姓，所以就不明白老百姓为何接受这个，而拒绝那个。哼，民间的玩意儿够我们学习多少年

---

① 郭沫若《我们研究民间文艺的目的》，《民间文艺集刊》第1册，新华书店1950年出版发行；另见钟敬文主编《中国民间文艺学的新时代》第7～8页，敦煌文艺出版社1991年。

的呢！自然，民间的东西不会都是好的。……那么，我们若不下工夫去检选，而随便地用这种靡靡之音去作宣传，岂不是劳而无功么？我以为收集民间文艺中的戏曲与歌谣，应注重录音。街头上买的小唱本有很多不是真本，而且错字很多。我们应当花些钱去录音，把艺人或老百姓口中的活东西记录下来。歌词是与音乐分不开的；一经录音，我们才能找到言语与音乐密切结合的关系。[①]

在成立大会上协商产生了由47人组成的理事会；推选郭沫若为理事长，老舍、钟敬文为副理事长。在理事会里，除了一些多年来从事民间文学艺术的搜集和研究的专家钟敬文、江绍原、容肇祖、魏建功、常惠、阿英、林山外，还包括了周扬、沈雁冰、郑振铎、艾青、吕骥、欧阳予倩、赵树理、俞平伯、程砚秋、光未然等许多与民间文学和民间艺术有某种关系的文艺界名人。会议还通过了《中国民间文艺研究会章程》和《征集民间文艺资料办法》。《章程》规定，中国民间文艺研究会的宗旨是："在搜集，整理和研究中国民间的文学、艺术，增进对人民的文学艺术遗产的尊重和了解，并吸取和发扬它的优秀部分，批判和抛弃它的落后部分，使有助于民主主义文化的建设。"《章程》规定两种人可以参加研究会："（1）对文艺具有修养，并热心民间文艺的整理、研究及改进工作者；（2）对民间文艺有兴趣，并在搜集上有一定成绩者。"《章程》还规定，凡能供给民间文艺资料，可以当"通讯会员"。这次成立大会，乃是中国民间文艺研究会的第一次代表大会。

4月12日召开的中国民间文艺研究会第一次理事会上，决定由周扬、吕骥、艾青、赵树理、俞平伯、欧阳予倩、程砚秋、常惠、郭沫若、老舍、钟敬文11人组成常务理事会。并暂定了各组组长，还决定编辑出版一套《民间文学丛书》和一套《民间音乐丛书》。

初期的中国民间文艺研究会设立七个组：（1）秘书组，组长贾芝；（2）

---

① 老舍《老百姓的创造力是惊人的》，《民间文艺集刊》第1册，新华书店1950年出版发行。

民间文学组，组长钟敬文、楼适夷；（3）民间美术组（包括绘画、图案、雕塑、建筑等），组长胡蛮；（4）民间音乐组，吕骥、马可；（5）民间戏剧组（包括一切地方戏、扮演故事、皮影戏、傀儡戏等），欧阳予倩；（6）民间舞蹈组，戴爱莲；（7）编辑出版组，组长蒋天佐。

如今看来，中国民间文艺研究会筹备和成立之初，其成员仅仅局限于在北京的极少数民间文艺专家（在常务理事中只有钟敬文和常惠）和一些知名的文学家艺术家（他们当中有人曾涉足过民间文学或民间艺术，如光未然曾在云南路南县记录整理过阿细人的长篇叙事诗《阿细的先基》，吕骥在延安时曾主持搜集过民间音乐，后来大都再也没有从事这方面的工作），而没有像中国文学艺术界联合会及其他文艺家协会那样，把全国各地长期从事民间文艺搜集研究和教学的专家包括进来，如上海的赵景深、钱小柏、丁英（景唐）、胡怀琛、杨荫深，云南的徐家瑞，四川的萧崇素、袁珂、庄学本、于飞，江苏的钱南扬、钱静人、白得易，湖北的刘兆吉，甘肃的张亚雄、关德栋（建国初期他由新疆到兰州大学执教，后调到了山东大学），等等，这就铸成了这个机构和这门学科的先天不足，也为后天失调埋下了种子。这一点越到后来看得越加清楚。

中国民间文艺研究会成立初期，由副理事长钟敬文主持。其工作范围，包括民间文学艺术各个门类，其隶属关系，在文化部艺术局。在其后的发展中，由于各艺术门类的协会相继成立，而中国民间文艺研究会的工作范围则缩小为以搜集研究民间文学为主，加上在研究会办事机构中主持秘书组工作的贾芝和主持出版工作的蒋天佐都转到了人民文学出版社，于是研究会的隶属关系，也因而转到了人民文学出版社。在这段时间里，人手少，归属不定，经费缺乏，工作一时难于开展。沿用“五四”歌谣研究会和《歌谣周刊》时代的办法，创办一个刊物并通过刊物来“征集”民间文学作品，在当时就成为一种可行的选择。一份不定期的民间文艺研究刊物《民间文艺集刊》，就在这样的背景下于1950年11月在北京创刊了。但它的寿命并不长，一共出了3期就停刊了。[①]这个刊物虽然以发表理论研究文章为主，同时也发表一些征集来的民间文学作品。刊物上发表了许多有价值的研究文章，如钟敬文的《口头文学：一宗重大的民族文化遗产》，安波的《谈内蒙民歌》，游国恩的《论〈孔雀东南飞〉的思想性及其他》，俞平伯的《民间的词》，王亚平的《民间艺术中的梁山伯祝英台》，贾芝的《老苏区的民歌》（以上第1辑）；何其芳的《关于梁山伯祝英台故事》，马可的《马头琴及其他》（以上第2辑）；周扬的《继承民族文学艺术的优良传统》，严辰的《歌谣——劳动人民宣传教育的武器》，钟华的《贵州苗族的民歌》，以及苏联学者开也夫的《苏联民间文学理论的一般问题》（以上第3辑）等。同时，也发表了一些来自各地搜集者搜集的民间文艺作品。其中包括在山东解放区以搜集民间故事而著称于文坛的董均伦搜集的民间故事，从陕北来的诗人严辰搜集的陕北民歌，从晋绥解放区来的青年作家马烽等搜集写定的毛主席、朱总司令以及红军的传说和农民起义的传说。就其倾向来看，《民间文艺集刊》在选择作品时，编者强调适应当时的政治需要，因而政治性显得很强。作为中国民间文艺研究会的机关刊物，在第一辑上发布了一些文件：《本会成立概要》《本会理事会及各组负责人名单》《本会征集资料办法》《本会本年度预定出版丛书目录》《本会收到资料目录》。不仅在刊物上发布征集民间文艺资料的启事，并在刊物上陆续公布收到的资料目录，与搜集者进行交流。这在建国初期对民间文艺工作的发展是起了一定的推动作用的。截至到1951年7月，共收到寄赠的民间文艺资料858条。《民间文艺集刊》第3辑出版后，由于隶属关系不顺，也由于对民间文学事业的轻视，不得不宣布停刊，中国民间文艺研究会的工作从此也陷于停顿状态之中。直到1954年4月，中国民间文艺研究会以团体会员的身份加入中国文学艺术界联合会，才得以恢复工作。

1955年4月创刊了《民间文学》月刊。这是一份以发表来自全国各地的搜

---

① 《民间文艺集刊》，中国民间文艺研究会编，共出版了3辑。第1辑出版于1950年11月，第2辑出版于1951年5月15日，第3辑出版于1951年9月1日。

集者的民间文学自然来稿为主、兼发民间文学理论和评论文章的专业刊物。从1962年起，改为双月刊，直到1966年6月“文化大革命”爆发，第3期（即总第108期）出版后，在“文化大革命”的风暴中不宣而停。[①]该刊自创刊至1957年“反右”运动前，编辑委员会由钟敬文、贾芝、陶钝（以上为常务编委）、阿英、王亚平、毛星、汪曾祺7人组成。[②]1957年“反右”斗争中，钟敬文和汪曾祺被错划为“右派”，改由中国文联党组副书记、副秘书著名文学研究家阿英任主编。刊物编辑的实际主持者，由于民研会领导干部的变动，前后有过一些变动：从创刊到1957年春天，由贾芝负责；从1957年到1962年底由林山负责；林山在“反右倾”运动中被错误地打成“右倾机会主义分子”，刊物从1963年起先后由刘超和贾芝负责，直到1966年6月停刊。1963年和1964年毛泽东前后对文艺工作发出两个“批示”，批评文艺界被封建主义和资本主义思想统治着，文联各协会跌到了“裴多菲俱乐部”的边缘，中宣部责令并派人帮助文联及各协会进行文艺整风。在此阶级斗争“年年讲、天天讲”的时期，虽然《民间文学》已尽其可能地适应为政治服务的方针，但主持者总感到以发表传统民间文学作品为主的办刊方针与为无产阶级政治服务的文艺方针之间的矛盾难以克服，于是决定在加强为农村读者服务的名义下，增办一份一个印张的小附刊《民间文学增刊》。第1辑于1965年10月出版，第2辑于1966年春天刚刚出版不久，捣毁一切文化的“文化大革命”就爆发了，中国文联和各协会被“砸烂”，刊物也统统停刊。

由钟敬文撰写的《民间文学》的发刊词，是一篇较为全面地阐述民间文学工作宗旨的宣言，可惜后来没有遵守，偏离了。建国后十七年的中国文坛，曾经出现过两个较为宽松的年份，一个是提出“百花齐放、百家争鸣”的1956

---

① 贾芝在《中国新文艺大系·民间文学集》（1949—1966）的序言中说《民间文学》在“文革”爆发前出版了107期，是因为他当时被关在“黑帮”反省室里，不知道第3期出版后的情况。当时我是《民间文学》编辑部的负责人，刊物出版后，机关红卫兵造反队看到封面上所选用的一幅农村妇女手捧《毛泽东选集》的剪纸，其书的四周是“黑框”，就把当时也被打入反省室内的我揪出来，在那种形势下，我只好宣布把已出版的第3期送造纸厂化浆。但我还是偷偷留了一本，作为纪念。我相信，这期刊物有少数会流落在社会上，不过不被注意罢了。

② 此名单从《民间文学》1955年5月号起连续刊登了3期。

年，一个是提出“调整、巩固、充实、提高”政策的1962年。这种历史过程也可以在《民间文学》杂志的版面上得到证实。虽然自1957年起不断受到或“左”或右的、主要是“左”的错误思潮的影响，走过许多弯路，但在其出刊的11年间，还是发表了各地搜集者从群众口头上新搜集来的大量作品，包括歌谣、神话、故事、谚语和叙事长诗，为中国民间文学这一新兴学科的发展积累了可贵的资料，培养了许多人才。民研会依靠自然来稿收集到大量原始资料，并安排专人分类保管，经过多年，初步形成了一个数量可观的民间文学资料库。可惜的是在“文革”中，民研会被“砸烂”，干部下放干校劳动，这些资料就被留守者送进了造纸厂，毁于一旦。

编辑出版《民间文学丛书》是中国民间文艺研究会成立后的又一战线。最早出版的有安波、许直编《东蒙民歌选》（新文艺出版社1950年）和《中国出了个毛泽东》（人民文学出版社1951年）。陆续编入《民间文学丛书》中的有：光未然搜集的《阿细人的歌》（人民文学出版社1953年），韩燕如搜集的《爬山歌选》一、二（人民文学出版社1953年）、三集（1958年），纪叶编《青海民歌选》（人民文学出版社1955年），陈清漳整理翻译的蒙古族叙事长诗《嘎达梅林》（上海文艺出版社1956年），何其芳、张松如选辑《陕北民歌选》（新文艺出版社1957年），严辰编《信天游选》（新文艺出版社1957年），高泽编《茅山歌》（作家出版社1957年），李刚夫整理《康藏人民的声音》（藏族民歌集，作家出版社1958年），萧甘牛、覃桂清整理《哈迈》（大苗山苗族民歌集，作家出版社1958年）等。单行本还有冬池采辑的《大别山老根据地歌谣选》（作家出版社1957年）、广西宜山农民报编的《柳州宜山山歌选》（通俗文艺出版社1958年）以及边垣在新疆监狱中从一难友满金口中记录下来的蒙古族史诗《江格尔》中的片段《洪古尔》单行本等。而拟议中的“民间音乐丛书”实际上以“中央音乐学院民族音乐研究所丛刊”的名义陆续问世，有：中国民间文艺研究会编、中央音乐学院民族音乐研究所整理的《陕甘宁老根据地民歌选》（音乐出版社1957年），安波编《秦腔音乐》，常苏民编

《陕西梆子音乐》，中央音乐学院研究部编《河北民间歌曲选》等8种。[①]

“大跃进”运动改变了原先的路子。1958年3月，毛泽东主席在成都会议上提出，要各地领导干部搜集民歌。周扬根据毛泽东的这一思想在中共八大二次会议上作了《新民歌开拓了新诗的道路》的发言，发表在《红旗》杂志创刊号上。《人民日报》于4月14日发表《大规模地收集全国民歌》的社论。从此，在全国各地展开了一次新民歌运动。各地编印的新民歌集不计其数。中国民间文艺研究会编印了好几本“大跃进”民歌选：如《农业大跃进歌谣选》《工矿大跃进歌谣选》《少数民族大跃进歌谣选》等等。郭沫若看了民研会编印的新民歌选后非常高兴，他在《答〈民间文学〉编辑部问》时说：“你们编的那两个资料本，我看了一下，里面有很好的东西。僮族的那首‘山南、山北’就很好。”又说：“好的东西，它自然就会流传开的，你不要替它担心。但从今天来说，假如有好的东西还没有流传开，那我们就有使它流传开的责任，而且要用各种各样的方法来使它流传开。……要使民歌民谣向全国流传，向后代流传。”[②]这些在发展为“人人写诗、人人画画、人人唱歌”的“浮夸风”下编辑的民歌集，如今都已在历史的烟尘中成为文化垃圾了，只有由郭沫若和周扬编选、由民研会工作人员协助编辑的《红旗歌谣》（《红旗》杂志出版，1958年）还保留下来当年新民歌运动的一点历史风貌。郭沫若很重视《红旗歌谣》的编选，他对协助他和周扬作编选工作的编辑人员说：入选的歌谣要“着想超拔、形象鲜明、语言生动、音调和谐”。[③]但不可否认的是，新民歌运动也确实给中国民间文艺研究会及中国民间文学事业带来了历史机遇，使这个一向受着轻视的协会和专业一时间热闹起来。因为毛泽东说民歌和古典诗词是发展新诗的基础，要求全党全民动手搜集民歌（包括旧民歌）。在搜集新民歌的同时，旧民歌的搜集也开展起来，一向被埋没的长篇叙事诗和英雄史诗

---

① 据贾芝《中国新文艺大系·民间文学集·导言》，中国文联出版公司1991年。

② 郭沫若《关于大规模收集民歌问题——答〈民间文学〉编辑部问》，见中国民间文艺研究会编《大规模地收集全国民歌》第8～17页，作家出版社1958年。

③ 吉星《1958年编书的回忆》，见钟敬文主编《中国民间文艺学四十年》第342～348页，敦煌文艺出版社1991年。

也受到了文化部门的重视。这一年的7月9—17日在京召开了中国民间文学工作者大会，修改了1950年制定的《中国民间文艺研究会会章》，改选了领导班子（理事会由50名改为92名），因而实际上是中国民间文艺研究会的第二次代表大会。周扬在大会上作报告提出了“全面搜集”的方针：“凡是今天在活人中流传的民间文艺，包括各种形式，全部把它搜集起来，不要把它看成封建的东西，好像‘古’呀、‘落后’呀，就歧视它。”会议制定了“全面搜集、重点整理、大力推广、加强研究”的十六字方针。在周扬的直接主持下，以中宣部的名义，于7月17日召集参加民间文学大会的各自治区和少数民族代表开了少数民族文学史座谈会。8月15日中宣部将《关于少数民族文学史编写工作座谈纪要》转发各地，并要求各地“与编写少数民族文学史或文学概况的工作相结合，各地还要有计划地搜集整理和翻译各民族的文学作品，编印选集，并汇编出版各种有关资料”。组织有条件的少数民族和地区编写少数民族文学史，这也是民间文学界的历史性的大事，这项工程一直延续到90年代。

为向建国十周年献礼，中国民间文艺研究会成立了献礼办公室，调集人马，并对原有的“丛书”作了调整。由中国民间文艺研究会主持，由共青团中央委托中国少年儿童出版社编选《中国儿歌选》资料本（中国少年儿童出版社1959年），《中国歌谣选》五卷资料本，古代卷聘请魏建功、杨晦主持终审（作家出版社1959年），由兰州艺术学院文学系55级民间文学小组编《中国谚语资料》三卷本（上海文艺出版社1961年）。并开始编辑出版《中国各地民间故事集》《中国各地歌谣集》和《中国民间叙事诗丛书》三套丛书，以及当时认为水平较高的《中国民间文学丛书》，统由人民文学出版社出版。编入《中国各地民间故事集》中有：《吉林民间故事》（1960），《湖南民间故事》（1960），《安徽民间故事》（1960），《义和团民间故事》（1960）等。《中国各地歌谣集》出版的较多，除山东省和宁夏回族自治区两省区没有出版外，其他各省市均已出版。编入《中国民间叙事诗丛书》中的有：云南省人民文工团圭山工作组搜集整理、中国作家协会昆明分会重新整理本彝族撒尼人叙事诗《阿诗玛》（1960）[①]，云南省民族民间文学红河调查队搜集整理的阿细人叙事诗《阿细的先基》（1960），云南省民族民间文学楚雄调查队搜集整理的彝族叙事诗《梅葛》（1960），云南省民族民间文学德宏调查队搜集整理的傣族叙事诗《娥并与桑洛》《召树屯》和《葫芦信》（1960）等。编入《中国民间文学丛书》的有：中国作家协会昆明分会编《云南省各族民间故事选》（1962年），贵州省民间文学工作组编《苗族民间故事选》（1962年），董均伦、江源记录整理的《找姑鸟》（汉族民间故事集，1963年），陈石峻整理《泽玛姬》（藏族民间故事集，1963年）等。

新中国成立后的十七年时期，特别是1958年之后，中国民间文艺研究会及其研究部，以及地方分会，开始有意识地强调按照“忠实记录，慎重整理”的原则进行有组织的科学的采集。同年，中国民间文艺研究会研究部派路工和刘锡诚到福州和厦门海防前线搜集战士歌谣，出版了一本《海防前线战士歌谣选》（上海文艺出版1958年），并发表了调查报告。[②]1959年5月中国民间文艺研究会研究部组织到江苏省常熟县白茆公社进行的民歌调查，参加调查者有路工、张紫晨，江苏的周正良、钟兆锦、陆瑞英，这次调查采录的成果，出版了《白茆公社新民歌调查》一书。[③]1962年夏，中国民间文艺研究会派李星华、董森、刘锡诚到河北省乐亭县沿渤海地区调查搜集渔民的民间故事；同年冬，又派员到湖南江华瑶族自治县进行民间文学调查，参加调查者有陶建基、潜明滋等，调查报告和搜集的作品发表在《民间文学》杂志上。[④]1965年8—10月，派员到西藏的山南藏族聚居地区和错那县门巴族聚居地区进行民间文学调查，参加调查者有董森、刘锡诚、才旺冬久、洛布，搜集的部分作品发表在《民间文学》杂志上。[⑤]特别值得记下一笔的是1964—1966年由中国民间

① 《阿诗玛》的整理者是：黄铁、杨智勇、刘绮、公刘。

② 路工《最前线的诗歌阵地》，《民间文学》1959年第1期。

③ 路工等，《白茆公社新民歌调查》，上海文艺出版社1960年。另，路工《新民歌的光辉成就》（白茆新民歌调查报告），《民间文学》1959年第11期。

④ 陶建基《湘西采风杂记》，《民间文学》1964年第2期。

⑤ 《西藏藏族民歌》《西藏门巴族民歌》，见《民间文学》1965年第6期。

文艺研究会派员参加的柯尔克孜族英雄史诗《玛纳斯》的采录，这是一次中国民间文学发展史上重要的科学搜集采录工作。这部史诗的正式记录工作开始于1960年，中央民族学院的师生在新疆乌恰县根据“玛纳斯奇”铁木尔的演唱记录了《玛纳斯》第二部《赛麦台依》，并发表于《天山》（汉文）和《塔里木》（维文）上。1961年中国民间文艺研究会、新疆文联、新疆文学研究所、克孜勒苏柯尔克孜自治州州委和中央民族学院，抽调人员组成史诗《玛纳斯》工作组，记录了 25万行（其中居素甫·玛玛依演唱117000行，曾印为《玛纳斯》上下两册）。[①]1964年，中国民间文艺研究会、中国作家协会新疆分会、中共克孜勒苏柯尔克孜自治州州委宣传部组成《玛纳斯》工作组，并邀请中央民族学院语文系参加，深入柯尔克孜族地区进行补充调查。参加这次调查的人员有：中国民间文艺研究会的陶阳（组长）、郎樱，新疆作协的刘发俊（副组长）、赵秀珍；柯尔克孜自治州的玉山阿里、帕孜力、阿不都卡德尔、尚锡静；中央民族学院语文系的沙坎·玉买尔和赵潜德。进入翻译阶段后，人员还有增加。这次补充调查，又搜集了294200行。通过补记和新记，基本上把著名“玛纳斯奇”居素甫·玛玛依演唱的《玛纳斯》六部全部记录下来，并译成汉文。保存在中国民间文艺研究会资料室中的全部手稿，“文革”时在转运外地过程中，不幸遗失。“文革”后，曾在中国文联资料室中堆积的资料中找回大部分。[②]

二、中国社会科学院和国家民委系统的搜集采录

1953年6月中国科学院就出版了由语言学家袁家骅1945年在云南省路南一带记录搜集的阿细人（彝族支系）的叙事诗《阿细民歌及其语言》。[③]该书收

① 胡振华《柯尔克孜族英雄史诗〈玛纳斯〉的搜集、翻译、整理工作应当尽快上马》，《民间文学工作通讯》1979年第4期。中国民间文艺研究会筹备恢复小组、中国社会科学院文研所民间文学组编。

② 陶阳《英雄史诗〈玛纳斯〉工作回忆录》，钟敬文主编《中国民间文艺学的新时代》第261～270页，敦煌文艺出版社1991年。

③ 袁家骅记录翻译《悲歌》，见《阿细民歌及其语言》，中国科学院出版1953年6月，北京。

录的阿细人民间诗歌《悲歌》等作品，搜集于1945年，其特点是作者在路南地区进行语言调查的成果，具有严格的科学性。作者在调查时，找到了光未然1943年3月到1944年9月在路南采录《阿细人的歌》时的发音人毕荣亮，请他再次演唱，并将他演唱的诗行用国际音标记音，并用直译的方式译成汉文，彝汉对照。这应是新中国成立后出版的第一部以科学的方法调查的民间文学作品记录，在中国民间文学史上具有重要意义。

1954年夏，中国科学院文学研究所研究人员孙剑冰先后到内蒙古锡林郭勒盟民族地区和内蒙古西部河套地区搜集民间故事和民歌。他与爬山歌的搜集者韩燕如一起，在内蒙古乌拉特前旗农业区的6个村子里采集故事。他在这里发现了付家圪堵村的女故事家秦地女老婆婆，并从她的讲述中记录了《张打鹌鹑李钓鱼》《蛇郎》等故事。后来出版了《内蒙古民间故事》《中滩民间故事》《天牛郎配夫妻》等故事集。他还写过一篇《略述六个村的搜集工作》[①]叙述他采录和整理民间故事的经过、原则和方法。孙剑冰搜集的故事，尊重讲述者的讲述风格，其语言和叙述朴实，再现了民间故事（特别是《蛇郎》）独有的结构模式。他在内蒙古南部的农耕地区发现的女故事家秦地女，并提出了故事讲述者的个人讲述风格问题，在我国民间故事搜集史上尚属首次。

1956年9月，中国科学院文学研究所组织了民间文学采录调查组，到云南白族聚居的大理州和纳西族聚居的丽江地区进行民间文学采录调查。领队毛星。调查组兵分两路，一路去大理调查白族，一路去丽江调查纳西族。参加白族调查组的有：毛星、李星华、陶阳（后二人为中国民间文艺研究会），以及云南大学的杨秉礼（白族）、洱源县的杨亮才（白族）。白族调查组在大理、邓川、洱源、剑川等地，调查采录民间故事和民歌。其成果是李星华记录整理的《白族民间故事传说集》（人民文学出版社1959年）和杨亮才、陶阳记录整理的《白族民歌集》（人民文学出版社1959年）两本书。参加纳西族调查组的

① 孙剑冰《略述六个村的搜集工作》，最早发表在《民间文学》1955年4月号上；1981年3月18日他对此文作了修改，附录于上海文艺出版社1983年出版的《天牛郎配夫妻》一书中；1990年中国民间文艺研究会成立40周年编辑《中国民间文艺学的新时代》时，他应编者之约再次作了修改和增补，收入该书中，这应是最完备的一稿。

有：孙剑冰、刘超（中国民间文艺研究会）以及丽江的牛相奎（纳西族）。其成果是刘超记录整理的《纳西族的歌》（人民文学出版社1959年）。这三本书都由中国科学院文学研究所民间文学组主编。

贾芝与孙剑冰编选的《中国民间故事选》第一集，由作家出版社于“大跃进”的1958年出版。1959年又以简编本的形式出版。第二集出版于1961年。

1962年6月，文学研究所仁钦道尔吉和祁连休到内蒙古自治区东部呼伦贝尔盟的陈巴尔虎旗和新巴尔虎左旗进行民间文学调查，搜集到9部蒙古族短篇史诗的近20种异文和一些民间故事。文学研究所各民族民间文学组于1978年1月将他们搜集的民间文学作品编印成《民间文学资料·蒙古族英雄史诗专辑》（第1辑），其中收录了《英雄希林嘎拉珠》《英武的阿布拉尔图汗》《阿拉坦嘎鲁》三部史诗。《阿拉坦嘎鲁》又发表在《民间文学》1979年第6期上。据搜集者《附记》说：1962年夏天，他们到巴尔虎草原进行民间文学调查，总共记录了这部长诗的5种异文，它们分别由陈巴尔虎旗乌珠尔公社社员乌尔根必利格、巴尔嘎布、达木钉苏伦、宝尼和新巴尔虎左旗达赉公社女社员罕达讲述的。他们搜集的民间故事，发表在《民间文学》1962年第6期上。1963年春夏，文学研究所民间文学室祁连休、卓如还到闽西、赣南和井冈山等革命老区进行采风。

早在解放初期，国务院民族事务委员会和各有关少数民族地区，就曾组织民族研究方面的学者和民族工作者，对当地少数民族的社会历史情况进行过调查。1956年，全国人大民族委员会和国务院民族事务委员会，进一步组织了若干调查组，对各少数民族的社会和历史进行了大规模的调查研究。1958年，在国务院民族事务委员会和中国科学院哲学社会科学部的领导下，中国科学院民族研究所、中央民族学院和各少数民族地区的有关单位，在编写《少数民族简史》《少数民族简志》《民族自治地方概况》三套丛书的过程中，又作了一次必要的调查。[①]在已出版的这些民族社会历史调查中，几乎每个民族都搜集了若干神话故事和歌谣，而且这些文艺作品是作为历史资料搜集记录的，所以比

① 据国家民委民族问题五种丛书编辑委员会《社会历史调查资料丛刊·出版说明》。

较忠实可靠，科学性较强。另据资料，这次为期8个月的少数民族社会历史调查，有30多个民族的文艺工作者参加了调查工作。后来由民族文化指导委员会编印了一本《1958年少数民族文艺调查资料汇编》，其中包括29篇调查报告，把有关民间文艺的部分收罗其中。[①]

西藏民间故事，在中华人民共和国成立前，曾出版过若干单行本，但都是从外文翻译过来的，如英国人薛尔登辑述、胡仲持翻译的《西藏故事集》（开明书店1930年），远生编译《西藏民间故事》（上海世界书局1932年），程万孚译《西藏的故事》（亚东书局1939年），A.L.Sheltan著、甘棠译述的《西藏民间故事》（商务印书馆1934年）等。1958年，经中央宣传部批准，由中国科学院文学研究所主持的少数民族文学史编写计划启动后，国家民委委托中央民族学院编写《藏族文学史》。中央民族学院藏语系为编写文学史，成立了藏族民间故事编译小组，并于1959年4月编译印行了《藏族民间故事》（第一集）。这是共和国成立以来我国学者第一次编辑翻译并印行的藏族民间故事集。书中收入民间故事66篇，大部分是发动中央民族学院藏族师生口述或直接书写出来，由编译小组翻译的；少数几篇是青海省少数民族社会历史调查组采集的、或从《西藏日报》《草地》《红岩》杂志上选录的。在此基础上，编写组组织民间文学工作者于1960年5—9月赴西藏、四川、云南、甘肃南部的藏族居住区进行藏族民间文学调查和采录。参加这次调查的有中央民族学院藏语系的王尧、佟锦华、耿予方、陈践践，文学研究所的孙剑冰、祁连休、卓如，中国民间文艺研究会的安民，北京大学中文系的段宝林。他们在四省区藏族中搜集的民间故事，曾有少量发表在《民间文学》杂志上，1961年编印了一个《藏族民间故事选》送审本，但未能出版。“文化大革命”后由《藏族文学史》编写组选编入《藏族民间故事选》（上海文艺出版社1984年）一书中。此次调查采录的藏族民歌，部分收录于中央民族学院语文系藏族文学小组编的《藏族民歌选》（民族出版社1981年）中。

---

① 据贾芝《中国新文艺大系·民间文学集·导言》（1949—1966）第16页，中国文联出版公司1991年。

三、沿海地区诸省市的搜集采录

沿海诸省市在建国后十七年间开展民间文学调查采录较好、学科意识较强的当推安徽和河北两省。安徽省，主要是阜阳地区，围绕着捻军传说的搜集和研究，出现并形成了一个搜集者群体，其核心人物有缪文渭、牛家琨、母连甫、白岩等，他们不仅搜集了大量关于捻军的传说（在《民间文学》杂志上发表，也出版了《安徽捻军传说故事》专集多册），而且比较具有学术意识，注意记录的忠实性。因此，成为中国民间文艺研究会当时抓科学搜集的一个重点。为增强搜集整理的学科意识，尊重讲述者的讲述和风格，在搜集中做到忠实记录，减少搜集者的主观任意创编成分，从50年代末到60年代成为搜集工作中关注的焦点。《民间文学》杂志曾经就搜集整理问题开展讨论。1961年3月6—10日，中国民间文艺研究会派出丛书编辑部主任陶建基带领《民间文学》编辑部的吴超和研究部的刘锡诚到阜阳，召开“捻军传说座谈会”，研讨捻军传说记录整理中遇到的学术问题和实际问题。《安徽省阜阳专区捻军传说座谈会记录》及有关典型案例资料等[①]发表后，在全国民间文学搜集工作者中产生过一定影响。河南省商丘地区搜集捻军传说的工作，很快也跟了上来，并取得了成绩和重要经验，到1963年统计，共搜集到故事241篇，歌谣394首。[②]

以搜集整理河北省安次县、武清县一带流传的义和团传说而驰名的张士杰，出版了《托塔李天王》《金沙滩》《张绍桓包打西什库》《红缨大刀》《洪大海》等传说集，异军突起，成为60年代全国知名的民间文学搜集家。围绕着他的搜集方法和成就而展开的讨论，在一定程度上推动和带动了河北省的以及全国的民间故事搜集工作。河北还出现了李盘文、刘艺亭等人。义和团故事的搜集，其影响不限于民间文学界，也引起了历史学界的注意。顾颉刚、吴含等历史学家也撰文评论。

在义和团传说和捻军传说的带动下，太平军传说（江苏、广西）、方腊

---

① 《安徽省阜阳地区捻军传说座谈会记录》及典型案例附件，见中国民间文艺研究会研究部编《民间文学参考资料》第5辑，1963年4月。

② 《我们是这样搜集整理捻军故事传说的》，《民间文学参考资料》第6辑第1～11页，中国民间文艺研究会研究部编1963年。

传说（杭州）、张角传说（河北）、张献忠传说（四川）、大刀会传说（上海），以及镇江对抗英传说、陕西对大巴山红军传说、吉林对东北抗日联军传说、广东对彭湃传说、浙江余姚对四明山革命传说故事的搜集，也在各地开展起来，并成为60年代中国民间文学百花园的一时之盛。安徽捻军传说的搜集经验，河北义和团传说的搜集工作，再次引发了1962年在《民间文学》杂志上就民间文学搜集整理问题展开讨论，中国民间文艺研究会编辑出版过一本《民间文学搜集整理问题》（第一集）①。

建国初期，苏南文学艺术界联合会于1952年8月发出通知，号召全区文艺工作者搜集和整理民间音乐，到第二年春天，共收到民间歌谣和戏曲2275首。参加采风领导组织工作的钱静人著有《江苏南部歌谣简论》（江苏人民出版社1953年）对这次大规模的采风活动有所记录并挑选出800多首编成《苏南民间歌曲集》。②钱著应是建国后我国民间文学界第一部田野采风调查报告。解放战争期间就在苏北一带从事民间文学搜集工作的白得易，出版了一本《苏北民谣》，收入他在战争期间在当地搜集的民间歌谣，堪可为那个时代的真实历史记录。③建国后，穆烜、陈秉生记录了南通大生纱厂工人歌谣，并编印了资料本，也在报刊上零星发表了一些，“文革”后，于1982年9月由江苏人民出版社出版了《南通纺织工人歌谣选》。南通大生纱厂是我国早期的具有代表性的现代民族资本主义企业。1958年10月，中国科学院江苏分院文学研究所曾把1928年印行的中山大学民俗学会丛书王翼之编的《吴歌乙集》、1929年印行的中山大学民俗学会丛书《淮安歌谣集》以及江苏省教育学院1933年出版的林宗礼、钱佐元编《江苏歌谣集》三书合为《江苏民歌参考资料》第一辑，作为开展新民歌调查的参考和江苏民间文学的史料。1959年，中国民间文艺研究会与江苏省的民间文学工作者联合进行了常熟白茆公社的民歌调查。到50年代末60年代初，南京的周正良和华士明，作为专业的民间文学工作，在吴歌和工人

① 中国民间文艺研究会编《民间文学搜集整理问题》（第一集），上海文艺出版社1962年。

② 钱静人《江苏南部歌谣简论·前记》，江苏人民出版社1953年。

③ 白得易《苏北歌谣》，上海文化出版社1955年。前面有长序，既有对歌谣的分析，也有史料价值。

传说故事的搜集上；苏州的袁震在苏州地方风物传说的搜集上；苏北的袁飞在歌谣（《江苏歌谣散辑》一书由上海文化出版社于1955年出版）和太平军传说（《太平天国的歌谣和传说》一书由上海文艺出版社于1959年出版）的搜集上；镇江的康新民、赵慈风等人在反映鸦片战争的抗英传说的搜集上，都在全国发生了很大影响。

浙江的陈玮君、朱秋枫异峰突起，其成就为全国同行们瞩目。陈玮君从1955年出版第一个民间故事集《长寿草》（上海文化生活出版社）以后，一发而不可收拾，又出版了《龙王公主》（1956）、《神郎和彩姑》（1957）、《金鱼郎》（1958）等。朱秋枫搜集的浙江渔家情歌于《民间文学》1955年9月号发表后，《浙江民间歌谣散辑》一书接着于1956由上海文化出版社出版。

上海是全国出版中心，新中国成立前夕，就出版了许多民间文学作品和研究著作，新中国成立后，上海市的民间文学家很快就出版了一些民间文学书籍。现代文学研究家和民间文学研究家丁景唐，在新中国成立前就与袁鹰、薛汕组织民歌社，提倡搜集民歌，撰写和出版了《怎样搜集民歌》（沪江书屋1947年）。解放后，他编的《南北方民歌选》一书由华东人民出版社于1950年在上海出版。上海市群众艺术馆于1958年编辑出版了《上海歌谣》，上海民歌编委会编辑了《上海歌谣集》14集，上海市委宣传部编了《上海民歌选》；青浦县出版了《青浦田歌》。[①]1958年新民歌运动之中，上海成立了上海民歌、民间故事编委会，发动搜集上海的民歌和民间故事。50年代末到60年代初，由上海民歌、民间故事编委会组织，对小刀会起义的传说和上海工人斗争的故事的采录，在城市民间文学领域里取得了令人瞩目的成绩。所采录的作品，在上海出版的《民间文学集刊》和北京的《民间文学》上都有发表。[②]综合性的《上海民间故事选》也于1960年由上海文艺出版社出版。上海的新文艺出版社（后改名上海文艺出版社，副牌上海文化出版社）也出版过大量民间文

---

① 据《上海文艺出版社、上海文化出版社30年图书总目》；天鹰《四十年来吴语地区的民间文学》，见钟敬文主编《中国民间文艺学的新时代》第230～234页。

② 《民间文学集刊》1959年第8本第一次以《上海小刀会起义的传说故事》为栏题发表小刀会的传说。

学作品和理论书，是我国唯一多年如一日地出版民间文学的出版社。该社还以上海文化出版社的名义于1957年12月创刊了期刊性的连续出版物《民间文学集刊》，到1960年2月出满10期后停刊，“文革”后先后改名为《民间文艺季刊》和《民间文学集刊》，由上海民间文艺家协会继续编辑出版。1960年由姜彬主持，组织中国作家协会上海分会、上海市群众艺术馆、上海文艺出版社人员参加的上海第一次民间文学典型调查，搜集了《白杨春》叙事长歌、《哭嫁歌》，撰写了《奉贤民歌调查报告》。上海是我国新故事创作的发源地，群众性的新故事创作和讲说活动在1958年后蓬蓬勃勃。到1963年被柯庆施利用，并提出“写十三年”的口号，否定我国社会主义文艺的巨大成就。毛泽东于1963年12月12日在柯庆施的报告上作了批示，说“许多共产党人热心提倡封建主义和资本主义的艺术，却不热心提倡社会主义的艺术”，成为1964年文艺界小整风和继而于1966年发动“文革”的导火线之一。

20世纪30—40年代，上海是我国民间文学的出版中心，出版了大量的读物和著作，为民间文学学科的建设保存和积累了丰富的资料。中华人民共和国建国后，上海出版界继承了这一传统。新文艺出版社（后易名为上海文艺出版社，或以文化生活出版社、上海文化出版社名义）设立民间文学编辑室，有系统地编辑出版民间文学作品和理论读物，也培养和锻炼出了如郑硕人、王文华（仿）、钱舜娟等名编辑。十七年间该社出版了《民间文艺选辑》12辑（1954—1956）；出版了《民间文学集》10集（1957—1960）；出版了民间文学理论著作9种；出版了《故事会》24辑（1963．7—1966．5）；以及笑话谚语谜语寓言类12种。出版的重要民歌选集有：何其芳等编《陕北民歌选》（1951）、安波等编《内蒙东部地区民歌选》（1952）、苏岚编《藏族民歌》（1954）、严辰编《信天游选》（1954）、江城编《客家情歌》（1955）、白得易编《苏北民谣》（1955）、马兴荣编《云南民歌》第一集（1955）、李青编《云南民歌》第二集（1955）、邓浩编《两广民歌散辑》（1955）、谭宝彝编《四川民歌选》（1955）、江流编《淮水谣》（1955）、袁同兴编《晋察冀妇女歌谣》（1955）和《晋察冀根据地抗日民歌选》（1956）、苗得雨编《山东歌谣》（1956）、朱秋枫编《浙江民间歌谣散辑》（1956）、袁苏编

《贵州兄弟民族情歌散辑》（1956）、青松编《贵州民歌散辑》（1957）、上海群艺馆编《上海歌谣》（1958）、达玉川编《青海花儿选》（1958）、洪永固编《台湾民歌选》（1958）等。出版的重要长篇民间叙事诗和史诗有：青海民间文学研究会译《格萨尔·霍岭大战》（上部，1962），云南民族民间文学德宏调查队搜集、李广田整理《线秀》（傣族，1962），云南大学中文系学生搜集整理《朗鲸布》（傣族，1962），云南民族民间文学丽江调查队搜集、徐嘉瑞与和鸿村整理《相会调》（纳西族，1962）、伊旦才让翻译整理《婚礼歌》（藏族，1963）等。出版的重要民间故事集有：陈玮君记录《长寿草》（1955）、萧甘牛等记《椰姑娘》（1955）、费林记《三潭记》（1955）、萧甘牛和萧丁三记《刘三姐》（1956）、陈玮君编著《龙王公主》（1956）、刘金记《九斤姑娘》（1957）、蒋亚雄记《丹珍和塔尔基》（1957）、陈贵培翻译整理《画神多兰嘎》（傣族，1958）、赵世杰译《阿凡提的故事》（1958）、王尧整理《文成公主的故事》（1958）、曹格整理《九隆王》（傣族，1958）、本社编《革命传说故事》第一集（1958）、郑邦宁与黄长源等整理《窖山取宝》（1959）、袁飞等搜集整理《太平天国的歌谣和传说》（1959）、张士杰记录《金沙滩》、单超整理《仙桃园》（1959）、苏芳桂整理《苹果姑娘》（1959）、孙星光整理《修禹庙》（1959）、赵景深主编《龙灯》（1960）、《上海民间故事选》（1960）、中共云南省丽江地位宣传部编《阿一旦的故事》（1960）、张士杰搜集整理《张绍桓包打西什库》（1960）、赵燕翼整理《金瓜和银豆》（1961）、吉林大学中文系编《金凤》（1961）、本社编《中国动物故事集》（1962）、中国科学院内蒙分院语言文学研究所编《蒙古族民间故事集》（1964）、安徽阜阳专区文联编《捻军故事集》（1962）等。[①]

山东省大概是因受孔老夫子的“不语乱力怪神”、只重视正统文化的儒家思想影响，民间文学工作一直开展不起来。在1959年出版的《中国各地歌谣集》丛书中，全国只有山东和宁夏两个省区没有编，也因而未能出版，在中

① 据《上海文艺出版社、上海文化出版社30年图书总目》（1952—1982）第150～184页。

华文化史上留下了一个历史性的遗憾。在王统照先生于30年代编了《山东民间故事》后，大约只有从延安和胶东解放区来的董均伦和夫人江源矢志不渝，潜心于民间文学的搜集。他们始在牟平，继在鲁中鲁西，搜集了大量故事。“文革”前17年陆续出版了《单辨郎》（1950）、《传麦种》（1952）、《金瓜配银瓜》（1954）、《龙眼》（1954）、《玉石鹿》（1955）、《金须牙牙葫芦》（1955）、《石门开》（1955）、《三件宝器》（1956）、《一棵松树的故事》（1957）、《玉仙园》（1958）、《匠人的奇遇》（1958）、《找姑鸟》（1963）等民间故事集子，成为成就卓著而自有特点的著名民间文学搜集家。60年代还出现了刘思志、管延钦等几个活跃在胶东一带的年轻民间文学搜集者，他们搜集的传统民间故事，大多在《民间文学》杂志上发表，在全国也有一定影响。

四、西南中南少数民族地区和老区的搜集采录

云南省是多民族聚居的省份，民间文学的蕴藏十分丰富，搜集和出版工作也起步较早。早在建国初期，1953年5月，云南省人民文工团就组织了包括文学、音乐、舞蹈和资料等人员参加的圭山工作组，开始深入到撒尼人（彝族支系）聚居的路南县圭山区进行发掘工作，经过3个多月的调查搜集，搜集到叙事长诗《阿诗玛》材料20多份，民间故事38个，民歌300多首，分别于1954年7月和12月由云南人民出版社和中国青年出版社出版。从1956年1月起，云南省文学艺术工作者联合会与中国作家协会昆明分会民族文学工作委员会联合编辑，由云南人民出版社出版《云南民族文学资料》（共出3辑），发表省内文化史家、民间文学家和作家诗人（如徐家瑞、李乔、周良沛、刘绮等）历年来搜集的民间文学作品和资料，其中重要的如《阿诗玛》的原始资料4份。作协昆明分会召开全省民族民间文学工作会议，派出三个调查组分赴红河、西双版纳、大理、丽江等地，对傣、白、彝、哈尼、纳西等族的文学情况作了初步调查，整理发表了民间叙事长诗《召树屯》（傣族）、《红昭与绕觉席娜》（苗族）、《勒加》（苗族）、《逃到甜蜜的地方》（彝族）、《生产调》和《逃

婚调》（傈僳族）、《扎努扎别》（拉祜族）等。[①]傣族长诗《娥并与桑洛》和《召树屯》于1960年由作家出版社出版后，不仅使更大的读者群通过歌颂忠贞纯洁爱情的故事，了解了受到多神教和佛教影响的傣族的传统文化，而且也在文艺界特别是诗歌界发生了一定影响，曾在报刊上展开过热烈的讨论。《召树屯》的整理出版，已经接触到了民间文学与宗教的关系问题，云南的搜集整理者对此所作的处理，应该说触动了当时庸俗社会学的民间文学思潮，大大推动了民间文学思维的前进。[②]同年，中国科学院文学研究所组成调查组，在毛星的率领下，成员有中国民间文艺研究会的李星华、刘超、陶阳，对大理州的白族和丽江的纳西族的民间文学进行了调查采录，这次调查的成果是中国科学院文学研究所民间文学组主编、人民文学出版社于1959年出版的《白族民间故事集》《白族民歌集》和《纳西族的歌》。前面已述，此处不赘。

云南省民间文学搜集工作的异军突起，是在1958年以后的事。同年5月，在云南省委宣传部和中国作家协会昆明分会的领导与组织下，以民族聚居地区为单位，调集云南省的文学工作者、民间文学工作者以及昆明师范学院的师生，组成楚雄调查队、红河调查队、大理调查队、文山调查队、思茅调查队、丽江调查队、德宏调查队等7个调查队，以民间故事和民族叙事诗为重点，对这些地区和民族的民间文学进行了普查性的全面调查采录。这次调查采录不仅成绩斐然，而且材料的科学性较之以往有了显著的提高。这次史无前例的大规模民间文学调查，历时一年多，搜集了包括纳西、白、彝、哈尼、傣、壮、苗、瑶、傈僳、蒙古等民族在内的500多万字的记录材料，陆续出版了叙事长诗《娥并与桑洛》《梅葛》《创世纪》《葫芦信》《苏文纳和他的儿子》等多部，并写出了《白族文学史》《纳西族文学史》等的初稿。在开展搜集工作的同时，云南的民间诗人康朗甩以其《傣家人之歌》和波玉温以《彩虹》，经过

---

① 刘辉豪《边寨文化论丛》的《云南民间文学的春秋》（二）第203～204页，云南大学出版社1992年。

② 参阅王松《召树屯·前记》，作家出版社1960年；又见王松《民间文学论》第241～247页，云南省社会科学院民族文学研究所编印《民族文学研究集刊》之14，1998年昆明。王松当年任昆明作协分会副主席，是云南省民族民间文学的搜集整理工作的主持者之一，又是《召树屯》的整理者之一。

翻译家陈贵培的翻译脱颖而出，引起文坛的广泛注意。云南编辑的《云南各民族民间故事选》作为“民间文学丛书”最早的成果之一于1962年由人民文学出版社出版，选入了云南省汉、彝、白、傣、纳西、壮、苗、佤、傈僳、布朗、拉祜、景颇、瑶、藏、普米等十多个民族的民间故事近百篇。

贵州省最早的搜集工作，是1952年中央民族学院的马学良率部昌厚、潘昌荣、今旦在清水县苗族中调查苗语，搜集语言材料，记录了当地苗族歌手演唱他们民族的古老史诗：《金银歌》《古枫歌》《蝴蝶歌》以及《洪水滔天》《溯河西迁》族源故事等。粉碎“四人帮”后，由贵州民间文学工作组整理、田兵编选的另一本《苗族古歌》于1979年由贵州人民出版社出版。1957年初，贵州文联组织民间文学工作组到清水流域苗族地区重点进行民间文学的搜集，在台江、雷山、丹寨、麻江、施秉、剑河等7个县，搜集到苗族民间诗歌90首，民间故事、寓言等100多个。1957年开始编印《贵州民间文学资料》。到“文革”开始，共编印了45集。这一套《贵州民间文学资料》汇集了省内民间文学专家、爱好者和大学师生们搜集记录的包括苗、布依、侗、彝等民族的各类民间文学作品。这套资料的特点是：第一，所收民间文学作品，把记录的科学性放在第一位，要求忠实地把讲述者讲述的文本记录下来，不作整理，凡是经过整理的，都作了说明；第二，收录了一些重要的民族民间文学作品，如《仰阿莎》（苗族）、《张秀眉》（苗族）、《阿戈楼》（彝族）等。[①]这就为我国民间文学的学科建设打下了坚实的基础，在各民族中培养了一大批民间文学专业干部，如王冶新、苗丁、燕宝、刚仁、魏绪文等。[②]还出版了《苗族文学史》《布依族文学史》等。[③]贵州编的《苗族民间故事选》作为中国民间文艺研究会主编的“民间文学丛书”最早的民族作品于1962年问世，选辑了苗族神话传说50余篇。

---

① 据《贵州民间文学资料·前言》第1集，出版于1957年；第15集，出版于1959年9月，贵阳。

② 见燕宝编《崎岖的路》（贵州民间文学30年），中国民间文艺家协会贵州分会编印1987年。

③ 据贾芝《中国新文艺大系·民间文学集·导言》（1949—1966）第17页，中国文联出版公司1991年。

广西壮族自治区于1958年在区文联内建立了“广西民歌编选委员会”，负责组织搜集民歌，到1960年止已出版了民间故事集和民歌集62本。接着又成立了《广西壮族文学史》编辑室，组织调查组到32个县进行壮族民间文学的调查搜集，搜集了歌谣30000多首（其中长篇叙事诗41首，如《布伯》《文龙与肖尼》《甫娅》等），故事200多万字。[①]60年代成立广西民间文学研究会。1965年开展横县山歌评比活动。[②]建国后十七年，有成绩的民间文学搜集家有：萧甘牛、蓝鸿恩、黄勇刹、韦其麟、侬易天和覃桂清等。萧甘牛一生出版了63本书，其中重要的民间文学作品集有《哈迈》（八大苗歌之一，与覃桂清合作整理）、《龙牙颗颗钉满天》（苗族民间故事）、《大苗山情歌集》、《大苗山民间故事集》、《台湾民间传说》（与其夫人合作）、《红水河》、《一幅壮锦的故事》等。[③]蓝鸿恩因记录整理了《布伯》和《布洛陀》等壮族神话而闻名，后来出版了《神弓宝剑》。韦其麟以一部《百鸟衣》而在文坛上取得了很高的名声，常被评论家们与《王贵与李香香》的作者李季相提并论。侬易天搜集整理的作品常在《民间文学》等刊物上发表，读来脍炙人口。覃桂清从1955年起深入山区搜集整理“八大苗歌”，对于苗族的民间文学的发掘整理，功莫大焉。年轻的诗人农冠品60年代参加壮族文学史编辑室的工作，以整理发表壮族长诗《特华之歌》而走进民间文学战线上来。[④]

湖南省的民间文学最早引起读者注意的是一批革命传说。向人红搜集整理的《赤水河》《棉背心》《红军桥》等，[⑤]成为读者中受欢迎的湖南老区的民间作品。于1962年3月中旬组成“湖南少数民族民间文学调查组”，深入湘西土家族苗族自治州进行调查搜集，在凤凰、花垣、古丈、泸溪、吉首、保靖

---

① 据《广西壮族自治区民间文学情况和今后规划》，《民间文学》1960年第2期。

② 《横县新山歌评比活动调查报告》，《广西民间文学》1966年第2期（总8期），广西壮族自治区民间文学研究会编。

③ 据曹廷伟《生命不息 战斗不止——悼萧甘牛、袁凤辰和谭荣生三同志》，《广西民间文学丛刊》第8本，广西民间文学研究会编1982年10月出版。

④ 《特华之歌》，《民间文学》1964年第4期。

⑤ 《赤水河》发表于《民间文艺集刊》第2辑，中国民间文艺研究会编，1991年5月15日；《棉背心》等，发表于《民间文学集刊》第5本，上海文艺出版社1959年。

等6县召开了座谈会，了解民间文学的情况，制定调查计划。于4—10月间，先后在花垣、凤凰的苗族聚居区和保靖土家族部分地区进行搜集，搜集到神话、故事、传说377篇，歌谣734件。其中有讲述苗族开天立地、苗族来源的“古歌”，有歌颂民族英雄吴八月、石三保、石柳登的传说，有流传极广的机智人物故事老晃的故事47则和接亲嫁女的“做客歌”；有讲述土家族英雄的《向大官人的故事》和挖土《锣鼓歌》。保靖县马王乡的土家族歌手田茂忠，也在这次搜集中脱颖而出。同年冬季，该省少数民族民间文学调查组又在湘西土家族苗族自治州所辖的其余10个县和江华瑶族、通道侗族、新晃侗族、城步苗族等自治县进行调查搜集。[①]

四川以搜集藏族和彝族民间故事为主的萧崇素和以搜集近代革命传说为主的方赫最令人注意。萧崇素早年曾参加左翼戏剧组织南国社等，后来在重庆任过《新蜀报》的主笔，新中国成立后，从1954年起先后深入甘孜、阿坝、凉山等少数民族地区体验生活和采风，长期从事藏族和彝族民间文学的搜集整理。“文革”前，从1956年起就在《民间文学》杂志上陆续发表他在四川藏区和彝区搜集的藏族和彝族民间故事，并出版了《青蛙骑手》（1956）、《山兔的故事》（1956）、《奴隶与龙女》（1957）、《葫豆雀与凤凰蛋》（1957）等民间故事集子。方赫当时是四川省民间文艺研究会的负责人，他搜集的作品主要是张献忠的传说、革命故事和革命歌谣，也发表过彝族的民歌作品。四川省民间文艺研究会1959年编辑出版了《四川歌谣》，1963年组织采录并编辑出版了《大巴山红军传说》。[②]四川民族出版社于1963年出版了《四川彝族民间故事集》《羌族民间歌曲选》和《藏族民间歌曲选》。[③]

江西老区的革命传说和红色歌谣，在50—60年代得到民间文学工作者们的

---

① 据《湖南大力开展少数民族的民间文学调查工作》，《民间文学》1962年第6期。湖北省也进行过土家族民间文学的搜集。武汉大学中文系土家族文艺调查组搜集整理的土家族《哭嫁》和武汉大学中文系与中央民族学院分院中文系合编的《土家族歌谣选》两书，于1959年由湖北人民出版社出版。

② 四川民间文艺研究会研究室《谈〈大巴山红军传说〉的采风整理工作》，《民间文学参考资料》第6辑第41～46页，中国民间文艺研究会研究部编1963年。

③ 《四川省民族出版社整理出版少数民族歌曲故事选集》，《民间文学》1963年第1期。

特别关注。1959年由中国作家协会江西分会编选的《红色歌谣》两卷，收录了历年来搜集的江西苏区的487首红色歌谣，是红色歌谣出版的集大成。当时的省委书记杨尚奎作序说："红色歌谣是老革命根据地人民的心声，是革命时代大风暴的产物，是革命人民感情的真实记录。这些歌谣在团结人民、教育人民、打击敌人、消灭敌人的斗争中，曾起到很重要的作用。苏区人民拥护共产党、拥护红军、拥护革命政权，他们把革命当作自己的生命，把革命当作他们无上光荣的旗帜。国民党用尽全力进攻红色区域，老革命根据地人民和红军一起，用生命和国民党决斗，粉碎了敌人五次'围剿'，发展了革命战争，写下了中国革命光辉灿烂的一页。这些歌谣反映了这个伟大的时代，反映了革命战争，直到今天，它们仍然是有很高的价值，它们是永不褪色的红色诗篇。"① 这本书出版后，受到读者欢迎，同年内便再版了一次。

在谈到红色歌谣的搜集时，我们不能忘记诗人萧三的特殊功劳。他早就注意搜集材料，新中国成立后不久，他奉命到国外去参加世界和平理事会的工作，行前他把他在1947年搜集和积累的革命歌谣的材料，交给了刚刚成立的中国民间文艺研究会。1951年中国民间文艺研究会在他所搜集的基础上，又汇集了其他方面得到的材料，编辑了一本《中国出了个毛泽东》，交由人民文学出版社于同年出版。这本书里所收的材料，因限于歌颂毛泽东的，其他红色歌谣未能收入。后来，1959年，他又亲自编辑了一本收罗宏富的《革命民歌集》，由中国青年出版社出版。闽西老根据地的歌谣、洪湖老根据地的歌谣、陕南红色歌谣、大别山老革命根据地的歌谣，在50年代末到60年代初，在有关地区都得到了搜集和出版，如：杨子江整理《洪湖渔歌》（通俗读物出版社1956年），《洪湖革命诗歌选》（湖北人民出版社1956年），冬池采辑《大别山老根据地歌谣选》（作家出版社1957年），《陕南红色山歌》一、二集（东风文艺出版社1958年），曾静华采辑《革命歌谣选集》（安徽文艺出版社1959年），田海燕和高鲁编《红色歌谣集》（山西人民出版事业1959年）等。

① 杨尚奎《红色歌谣·序》，江西人民出版社1959年。

五、英雄史诗及西部地区的搜集工作

新中国成立后的十七年，民族英雄史诗的搜集工作方面，除了前面提到的中国民研会与新疆等合作搜集翻译柯尔克孜族的英雄史诗《玛纳斯》外，青海省文联从1957年起就开始了对藏族英雄史诗《格萨尔王传》的搜集翻译工作，并取得了举世瞩目的成绩。1958年冬中宣部批转了由中国社会科学院文学研究所和中国民间文艺研究会联合提出的由青海负责搜集整理藏族史诗《格萨尔王传》的计划后，中共青海省委宣传部决定由青海省文联成立《格萨尔》工作组，对史诗进行调查、搜集、翻译和整理。青海省相继成立了“民族民间文学调查团”，组织省内大专院校及文化宣传部门数百人，分赴全省各地展开大规模调查和搜集，并派人前往西藏、四川、甘肃、内蒙古等地进行搜集。搜集到大量藏文手抄本。先后译成汉文者，达74种，计2500万字，并全部铅印成册。这些宝贵的材料，在“文革”中，大部被焚毁，幸得青海省参加搜集整理工作的徐国琼冒着生命危险从劫火中救出。[①]搜集到的还有与史诗有关的各种文物，如唐卡、雕塑、照片等。1959年夏天，笔者曾被中国民间文艺研究会派往西宁，调查和商谈《格萨尔王传》的搜集、翻译和整理问题。1959年12月8日，中国民间文艺研究会、中国科学院文学研究所和青海省文联联合在京举行座谈会，由中国民间文艺研究会副理事长老舍主持，就《格萨尔》搜集、翻译、整理进行了座谈，并由青海省文联负责人程秀山报告搜集调查的进展情况和问题。[②]先后参加搜集、翻译、整理工作的有：王歌行、左可国、徐国琼、华甲、欧旺群丕、吉合老、钟秀生等。“文革”前，除了上述74册内部铅印资料本外，1962年曾由上海文艺出版社出版了青海省民间文学研究会翻译整理的《格萨尔·霍岭大战之部》（上部）汉文版，由青海人民出版社出版了藏文版。

按照统一规划，与藏文本《格萨尔王传》同源异流的蒙文本的《格斯尔可汗传》搜集整理工作由内蒙古自治区负责。从1958年起根据蒙古族民间艺人

---

① 徐国琼《关于藏族民间英雄史诗〈格萨尔〉——向中国民间文艺研究会汇报摘要》，《民间文学工作通讯》1979年第4期（1月出版）。

② 长山《青海省大力搜集著名史诗〈格萨尔王传〉》，《民间文学》1960年第1期第84～85页。

琶杰说唱的《英雄格斯尔》记录、录音，整理出了60000多行。此外，又收集了民间写本、抄本：北京木刻版、北京隆福寺本、鄂尔多斯本、乌素图召本和蒙古人民共和国影印刊行的诺木其哈敦本、扎木萨拉诺本、卫拉特托忒文本、咱雅本以及铅印刊行的《岭格斯尔》。在此基础上，出版了《十方圣主格斯尔可汗传》（上下册，内蒙古人民出版社1956年）、其木德道尔吉根据琶杰演唱整理的《英雄格斯尔》（蒙文整编本，内蒙古人民出版社1959年）、《英雄格斯尔可汗》（汉文本，作家出版社1959年）、《格斯尔传》（人民文学出版社1960年）。[①]顺便在此说说，建国后十七年间内蒙古民间文学工作者的阵容相当可观，如安柯钦夫、韩燕如、胡尔查、芒·牧林、扎拉嘎胡、白歌乐等，成绩也颇为显著。建国初期，胡尔查就出版了《蒙古民歌集》（东北文协文工团民间音乐资料之一，内蒙古日报社出版发行部1949年11月），后来又出版了《昭乌达民歌集》《勇士谷诺干》《智勇的王子希热图》《成吉思汗的两匹骏马》等书。内蒙古人民出版社还于1954年出版了内蒙古歌舞剧团的奥其、松来翻译的《内蒙古民歌》，其中收入的91首民歌，大部分是东部的，还附有曲谱90个。甘珠尔扎布搜集的故事《猎人海力布》在《民间文学》上发表后，成为很多选本的必选名篇。韩燕如花了20年时间在旧时的绥远（后划为内蒙古自治区）搜集的爬山歌，以林林总总的大气派接连出版了三集，填补了河套地区民间文学的一个空白。这不禁使我回想起1957年我初到中国民间文艺研究会工作的时候，在资料室里看到前辈刘半农先生当年在绥远搜集的一部厚厚的爬山歌手稿，刘半农先生因在当地染上黑热病，回京后不久就逝世了。他的这部手稿，不仅没有能够出版，在“文革”中也不知佚散到什么地方去了。

除了史诗的发掘整理外，西北各省区对其他民间文学形式的搜集工作也取得了可喜的收获。新疆维吾尔族和哈萨克族等各民族民间文学的搜集颇有成绩，发表和出版了大量脍炙人口的故事和叙事诗。就笔者所见，最早出版的是关德栋搜集的《新疆民歌民谭集》（上海北新书局1950年），是作者随解放军

① 《内蒙古〈格斯尔〉工作回顾与展望》，见《内蒙古〈格斯尔〉工作》，内蒙古自治区《格斯尔》工作领导小组编1986年编印。写到此处，我表示对蒙古族诗人、翻译家其木德道尔吉的深切怀念，当年他翻译琶杰的《英雄格斯尔》时，我曾去呼和浩特与他多所交往。

进疆后，在当地搜集的维吾尔族、哈萨克族、锡伯族的民歌的结集。阿凡提的故事（笑话）、英雄埃里·库尔班的故事、古加纳斯尔的故事走入千家万户。《一棵石榴树的王国》《三件宝器》和《锅生儿》被选入各种选本中。对西藏藏族的民间文学的搜集，解放初期随进藏部队进军四川藏区和西藏的文化工作者，如李刚夫，搜集并出版了《康藏人民的声音》（作家出版社1958年）；集体搜集的《西藏歌谣》（人民文学出版社1959年），中央民族歌舞团的陈石峻搜集并出版的故事集《泽玛姬》（人民文学出版社1962年）；田海燕的《西藏民歌集》和王尧的《藏戏故事集》。还要提到的是前面谈到的中央民族学院《藏族文学史》编写组1960年在西藏、四川、甘南、云南等地藏区的搜集活动。青海省土族、撒拉族的作品从1957年起就在《民间文学》上陆续发表，成为全国读者的文学读物。青海、甘肃和宁夏对在土、撒拉、汉、裕固、回、东乡、藏等7个民族中传唱的“花儿”进行过规模不等的收集工作。“花儿”演唱歌手朱仲禄名播全国。1963年甘肃人民出版社出版了由郗慧民编的《花儿》一书。[①]从1961年起连续两年在青海、甘肃和北京的有关报刊上开展过有关“花儿的来龙去脉”的讨论。[②]宁夏文联于1962年11月12日到12月28日组成民族民间文艺调查组，在永宁县进行调查搜集。[③]

六、东北地区

吉林省通化、抚松一带的长白山人参故事、打围故事，富有传奇性和人情味，脍炙人口，影响播于国内外。于济源以搜集人参故事、齐兆麟以搜集“东边外歌谣”、富育光以搜集长白山传说、夏映月以发表抗联传说和东部蒙古族歌谣而为民间文学界所熟悉。延边朝鲜族自治州的民间文学工作者十分活跃，郑吉云是朝鲜族资格最老的民间文学家，他搜集的朝鲜族故事传说《天池水》《百日红》等一大批作品，为朝鲜族民间文学搜集工作和文学史写作起了

---

① 郗慧民编《西北花儿》第6～7页，西北民族学院研究所1984年印行。

② 参阅青海省文学艺术研究所编《花儿论争集》，1987年印行。

③ 《宁夏文联积极开展民间文艺调查搜集工作》，《民间文学》1963年第2期。

奠基的作用。何鸣雁搜集的朝鲜族民歌等也有一定影响。吉林是民间文学工作开展得较好的省份，在1958年成立了吉林省民间文学工作委员会，该委员会于1958年春在通化地区进行一次有组织的采风；1960年与吉林大学、吉林师范大学中文系联合组成一个由120人的民间文学普查队，对吉林地区的永吉县、蛟河县，白城地区的白城市、洮南县、前郭罗旗进行了一次民间文学普查。在这个基础上，吉林省编辑出版了《吉林民间故事》（“民间文学丛书”之一）、《吉林歌谣》（“中国各地歌谣集”丛书之一）以及《抚松县人参故事》《长白山人参故事》（春风文艺出版社1962年）、《延边抗日歌谣》（春风文艺出版社1962年）以及抗联故事等多种书籍。人参故事所产生的影响，一时间“小红孩”成为各个年龄段的读者所喜爱的形象。中国民间文艺研究会吉林分会主办的工作交流性的内部刊物《吉林民间文学丛刊》于1963年创刊，出了8期，到“文革”爆发时停刊。

地处北部边陲的黑龙江省的民间传统文化，读者是从孙连金搜集的“五大连池”的传说中初识其风采的。孙连金以朴素的笔墨把祖国北部边陲五大连池的水乡风情和文化内涵，特别是把一个富有传奇色彩的，流传于黑龙江、吉林和山东等省的秃尾巴老李的形象，介绍给了全国读者。[①]隋书金是最早介绍和搜集鄂温克族民间传说故事的人之一，他搜集的《狐狸姑娘》是《民间文学》杂志创刊以来第一次发表的鄂温克故事。

七、汉族民间叙事诗的收获

汉民族没有叙事诗传统，几乎是“五四”以来文学理论界的一个定论。早期，胡适在《故事诗的起来》一文中所持的这一观点，是有代表性的。他说：“故事诗在中国起来的很迟，这是世界文学史上一个很少见的现象。要解释这个现象，却也不容易。我想，也许是中国古代民族的文学确是仅有风谣与祀神歌，而没有长篇的故事诗，也许是古代本有故事诗，而因为文字的困难，不曾有记录，古不得流传于后代；所流传的仅有短篇的抒情诗。这二者之中，我却

① 孙连金的五大连池的故事传说，见《民间文学》1963年第4、第5期；并有专书出版。

倾向于前一说。”[1]后来出版的文学史也大都持这种观点。

我国少数民族民间叙事诗的蕴藏异常丰富。新中国成立后的十七年间，民间叙事诗在云南、贵州、内蒙古、新疆等省区的许多民族中都有所发现和搜集，甚至搜集整理了藏族的《格萨尔王传》、蒙古族的《江格尔传》和柯尔克孜族的《玛纳斯》三部长篇英雄史诗。全国解放前，在汉族地区一直没有发现和搜集到长篇的民间叙事诗，但建国十七年间，民间文学工作者在楚文化地域和吴文化地域的汉民族中都发现和搜集到了民间叙事长诗，这无疑是建国后民间文学领域的重要开拓。面对着民间叙事诗的发现这一事实，旧日的中国文学史应予改写。

建国初期，宋祖立、吕庆庚在湖北崇阳蒲圻一带搜集的《双合莲》[2]，是一部约1500行的汉族叙事长诗，讲的是郑秀英和胡三保生死相依、凄婉动人的爱情悲剧故事，发现和记录于50年代。同一时期在湖北发现和搜集起来的另一部叙事诗，是反映农民起义的《钟九闹漕》。这两部长诗的发现和搜集，使民间文学研究者们大喜过望，汉民族终于有了自己近代流传的叙事作品。“文革”后，1985年8月，中国民间文艺研究会湖北分会、咸宁支会编印了一部《鄂南汉族民间叙事诗选》，收入在湖北鄂南一带收集到的汉族叙事诗歌16部，除了前面提到的两部外，还有《赛牡丹》《海棠花》《手巾记》《三月春》等。[3]

江南吴语地区也在建国初期就搜集到了长篇叙事诗歌。钱静人于1952—1953年在江苏南部搜集到一部长达275行的叙事吴歌《狄庚》，成为吴歌搜集史上的一大收获。[4]叶至善50年代初期在松江采风中记录了一部分别长达千余行的叙事诗《沈七哥》和《红郎偷小姨》，因政治形势的原因未能出版。[5]

---

① 胡适《白话文学史》第6章《故事诗的起来》，上海新月书店1928年；又见马昌仪编《中国神话学文论选萃》上册第109页，中国广播电视出版社1994年。

② 宋祖立、吕庆庚搜集整理《双合莲》，湖北人民出版社1954年。

③ 据《民间文学之友》1985年第2期第211页，中国民间文艺研究会湖北分会编印。

④ 钱静人《江苏南部歌谣简论》。

⑤ 金煦、陈泳超《吴歌研究70年》，见吴同瑞等主编《中国俗文学70年》第53～71页，北京大学出版社1994年。《沈七哥》于80年代由朱海容重新搜集整理了一个本子，收入吴歌学会编《江南十大民间叙事诗》一书中，上海文艺出版社1989年。

1960年上海的《民间文学集刊》发表了杨末郎等唱、王仿整理的上海民间叙事诗《贩桃郎》。这部长314行的叙事诗，流传于上海的崇明、嘉定和江苏的海门、启东等地，整理者以崇明县阜康镇的杨末郎兄弟二人的演唱本作基础，参照嘉定的和海门、启东的本子。[①]吴语地区的长篇民间叙事诗，大都以封建制度下的爱情悲剧为题材。而《贩桃郎》中讲的是聪明勇敢的三娘和老实善良的桃郎之间的爱情，但他们却以自己的聪明和胆识战胜了封建势力吴家兄弟和县官，表现了民间作品的乐观主义精神。同年王仿等搜集另一篇长篇叙事诗《白杨村山歌》，篇幅更长，但因当时没有搜集到结尾部分，只打印了资料本，未能出版。到80年代才得以完整地整理出来，收入《江南十大民间叙事诗》一书中。[②]80年代以来，民间文学工作者们搜集到的叙事诗数量就更多了。

楚地和吴地民间叙事诗的被发现和搜集，在中国民间文学史和中国文学史上是一件具有重要意义的事。这一事实说明中国人是有叙事传统的，不过因为某种原因（最主要的是文人不重视搜集民间流传的作品），致使这类作品在流传中失传了。尽管现在发现的作品还很有限，但至少纠正了以往文学史界的误解。

八、古文献中民间文学作品的辑录

散见于各类古文献中的历史民间文学作品浩如烟海，建国后十七年，在这方面有几位研究者做了大量工作，成绩斐然。计有：北京师范大学中文系学生及中国文学教研组部分教师集体编选《中国古代民间歌谣选》（高等教育出版社1958年），路工编《孟姜女万里寻夫集》（上海出版公司1955年7月），《梁祝故事说唱集》（上海出版公司1955年4月），蒲泉、群明编《明清民歌集》（甲乙两集，上海出版公司1956年）；杜颖陶编《董永沉香合集》（上海出版公司）、《岳飞故事戏曲说唱集》（古典文学出版社1957年）；傅惜华编《白蛇传集》（上海出版公司1955年5月）、《西厢记说唱集》（上海出版公司）等。

---

① 《贩桃郎》，载《民间文学集刊》第10本，上海文艺出版社1960年；王仿《〈贩桃郎〉的整理经过》，见同期。

② 姜彬主编《江南十大民间叙事诗》，上海文艺出版社1989年。

建国后十七年的民间文学理论研究

一、民间文学理论的主导思潮

新中国的建立为民间文学事业的发展，特别是为民间文学的理论研究和学科建设，带来了蓬勃的生机和难得的机遇。民间文学理论研究以唯物史观为指导，在“双百”方针下，获得了长足的发展。但道路并不是笔直的。1956年中央提出“双百”方针不久，很快就被1957年早春的反右斗争所打断，“左”的气氛越来越浓，民间文学理论研究也被纳入“文艺为政治服务”的总框架内。前进固然是前进了，却东摇西摆，左支右绌。

建国初期，郭沫若和周扬在1950年3月29日中国民间文艺研究会成立大会上讲话，就发展中国新民主主义的民间文艺事业提出了一些观点和办法，[①]他们热情地肯定和鼓吹搜集研究民众自己的文艺，建立一个新的机构和一种新的学科，这在中国历史上是没有先例的，但究竟还属于继承民族文化优秀遗产的一般性观点，并没有、也不可能涉及民间文艺学内部的一些深层问题。钟敬文教授从香港来到北京，在被选为民研会的副理事长之前，已连续在报刊上发表了一些文章，提出了一些观点，如1949年7月28日在中国文学艺术界联合会主办的《文艺报》第13期上发表的《请多多地注意民间文艺》，1950年3月1日在《光明日报》上发表的《民间文艺论片断》，3月1日在《新建设》上发表的《关于民间文艺的一些基本认识》等，以及《口头文学：一宗重大的民族文化遗产》[②]，也都是比较偏重于从社会政治的或从社会学的层面上谈论民间文艺的价值、作用。显然新中国刚刚成立，百业待兴，整个文艺工作也在创建时期，因而还不具备提出以新观点和新方法建立中国民间文艺学的时机和条件。

文化学术界的人员是从四面八方聚拢来的。他们带来了不同的经历，当然

---

① 周扬《继承民族文学艺术的优良传统》（1950年3月29日在中国民间文艺研究会成立大会上的开幕词），《民间文艺集刊》第3辑，1951年9月。收入《周扬文集》第二卷，人民文学出版社1985年。

② 《民间文艺集刊》第1辑，1950年11月。

也带来了不同的观点。从延安来的文艺干部，多数原本都是轻视民间文艺的，受毛泽东的延安文艺座谈会讲话的感染和教育，转而开始重视民间文艺了。但他们大致上是把民间文学和作家文学等同对待，用思想内容的进步与落后、是否能为政治服务、艺术上是否典型、情节结构是否合理、语言是否提精等等，来作为衡量民间文学的标准，没有看到、更不可能强调民间文学的特殊性。从国统区来的学者教授们，则比较熟悉西方民俗学的理论和方法，他们把民间文艺当作民俗学的分支之一，通常是从社会、思维、宗教、民俗等角度来看待民间文艺，却常被当作资产阶级的学术来对待。同样都重视搜集和阐述民间文艺，但这两种不同的学术立场观点，却显出很大的差距。

整个50年代，中国的学术界都在热情地学习马克思主义的辩证唯物主义和历史唯物主义。学术研究不应有国界，要广泛吸收外来文化发展自己的学术。但由于历史的局限，那时中国只能“一边倒”，倒向苏联。苏联的确在社会科学许多领域里比我们高明，但他们也有严重的教条主义。介绍马克思主义经典作家和苏联的民间文学理论是时代的潮流，苏联的理论和方法被认为是马克思主义的，是我们学习和借鉴的唯一理论体系。《民间文学》发表过恩格斯青年时代写的《德国的民间故事书》[①]和《爱尔兰歌谣集序言札记》[②]，以及高尔基的《论民间文学》《论故事——〈一千零一夜〉俄译本序言》《谈〈文学小组纲要草案〉》等文章。[③]《民间文艺集刊》和《民间文学》杂志从创刊之日起就不断发表余绳荪、王智量、曹葆华、连树声等翻译的苏联学者的民间文学研究文章。最早翻译的是克拉耶夫斯基著《苏联口头文学概论》和阿丝塔霍娃著《苏联人民创作引论》。[④]1958年中国民间文艺研究会研究部又编选出版了《苏联民间文学论文集》。同时出版的还有：《民间文学工作者必读》《什么

① 恩格斯《德国的民间故事书》，曹葆华译，《民间文学》1961年第1期。

② 恩格斯《爱尔兰歌谣集序言札记》，刘锡诚、马昌仪译，《民间文学》1962年第1期。

③ 高尔基《论民间文学》，刘锡诚译，《民间文学》1963年第3期；《论故事——〈一千零一夜〉俄译本序言》，刘锡诚、马昌仪译，《光明日报》1962年2月20日；《谈〈文学小组纲要草案〉》，刘锡诚译，《民间文学》1963年第2期。

④ 克拉耶夫斯基《苏联口头文学概论》、阿丝塔霍娃《苏联人民创作引论》，均为连树声译，东方书局1954年。

是口头文学》《苏联民间文艺学40年》等。[①]那时，连老民俗宗教学家江绍原先生，也沉浸在翻译和研究马克思主义经典著作和苏联民间文学理论之中。他发表过《恩格斯论德国民间传说中的英雄龙鳞胜和》的长文[②]，还出版过一本以“文种”的笔名翻译的《资产阶级民族学批判译文集》。[③]其中就选译了苏联著名民间文艺学家、莫斯科大学教授契切罗夫的《拉格朗男爵——反动民俗学的理论家》。由于主客观条件的限制，当时我们所翻译和介绍的苏联民间文学理论，还多是些单篇文章或入门读物，许多重要的理论专著并没有介绍过来。在一般从事民间文学研究的人的心目中，苏联的理论就是这样的，其实苏联民间文学界和民俗学界是有不同流派存在的，在主流之外，就还存在着和发展着被西方学界称为“形式主义”的流派，而我们却对此一无所知。而更重要的是，对西方的民间文学和民俗学理论成果，亦步亦趋地跟在苏联人后面，对其采取排斥和批判的态度，不能不使我们自己长期处于半封闭的状态中。

对于这种“一边倒”的情况，钟敬文曾写道：“十月革命后的苏联的学术，对我们的新学术的建设有过很多影响。我个人在这方面的经验是微小的。可是，它可以证明在苏联科学的引导下，我们能够怎样避免错误和比较快步前进。新中国成立以来，我比较有机会学习苏联学者和教育家们关于人民口头创作的优秀理论。凭着这种理论的启发和帮助，使我能够抛弃了那些不正确的看法，使我能够解决那些有疑惑的问题，和重视那些原来不大留意的课题。”[④]《民间文学》1957年11月号发表编辑部文章《认真深入学习苏联先进经验为发展我国民间文学事业而奋斗》，提出了学习苏联先进经验是

---

① 中国民间文艺研究会研究部编《苏联民间文学论文集》，作家出版社1958年；克鲁宾斯卡娅、希捷里尼可夫《民间文学工作者必读》，马昌仪译，作家出版社1958年；梭柯洛夫《什么是口头文学》，连树声、崔立滨译，作家出版社1959年；索柯洛娃等，《苏联民间文艺学40年》，刘锡诚、马昌仪译，科学出版社1959年。

② 江绍原《恩格斯论德国民间传说中的英雄龙鳞胜和》，《民间文学》1961年9月号。

③ 布琴诺夫等，《资产阶级民族学批判译文集》，文种译，三联书店1956年。1959年他在科学出版社任编审，我与他交往甚勤，帮我出版了《苏联民间文艺学40年》一书，并把他的这本译作送给我。

④ 钟敬文《〈苏联口头文学概论〉序》，《民间文艺谈薮》第62～70页，湖南人民出版社1981年。

"我们必须坚持的方针"。同期的《编后记》说：中国的民间文学工作，是"直接在苏联的文学艺术和民间文学工作的经验的影响下成长和发展起来的"。那时的情况就是这样。苏联的理论和影响，一方面推动了我们的学术发展，另一方面，他们的教条主义也给我们自己的"左"倾思想推波助澜。

"左"的思想是越来越严重的。1954年《民间文学》创刊时的钟敬文撰写的《发刊词》指出："过去人民所创造和传承的许多口头创作，是我们今天了解以往的社会历史，特别是人民自己的历史的最真实、最丰饶的文件。……在这种作品中，记录了民族的历史性的重大事件，记录了广大人民的日常生活和斗争，记录了统治阶级的专横残酷和生活上的荒淫无耻……作为古代社会的信史，人民自己创作和保留的无数文学作品，正是最珍贵的文献。我们都读过或知道恩格斯的《家庭、私有制和国家的起源》。它是列宁所称赞的'现代社会主义的基本著作之一'。在这部原始及古代史的经典著作里，恩格斯就引用了希腊等民族的神话、史诗、歌谣去论证原始社会的生活、制度。人民的语言艺术，在这里发挥着远古历史证人的作用。我们今天要比较确切地知道我国远古时代的制度、文化和人民生活，就不能不重视那些被保存在古代记录上或残留在现在口头上的神话、传说和谣谚等。"[①]这个《发刊词》除充分地估价了民间文学的文艺作用即教育作用和审美功能外，特别阐述了民间文学的认识作用，是力求兼顾到民间文学作为文艺创作的源泉和参照与作为学术研究的资料这两个方面的功能的。到1957年5月号的《编后记》中还理直气壮地提出批"左"，说"'左'倾教条主义在民间文学的各种有关工作——搜集、整理、编辑、出版、研究、教学……中都起着作用"。但当反右运动开始后，"左"的声音和做法不断升级。主要作为人类文化遗产的民间文学，也必须"文艺为无产阶级政治服务"；在搜集和研究中所运用的方法，基本上堕入了庸俗社会学和文艺学的观点和方法，把民间文学等同于作家文学，对于民间文学作品的分析研究，也往往只限于对主题思想、教育意义的阐释和演绎；《民间文学》

① 钟敬文《〈民间文学〉发刊词》，《民间文学》1955年4月创刊号；又见《中国民间文学论文选》（1949—1979）上册第5～13页，上海文艺出版社1980年。

被用来作为政治宣传的工具，从发表《狼外婆》的故事以配合肃清一切暗藏的反革命分子的斗争，到发表《兄弟分家》故事以配合宣传农业合作化运动；从发动新民歌运动以配合“三面红旗”——“总路线”“大跃进”“人民公社”三大政治运动，到组织创作新歌谣去配合国际上反修反帝斗争……缺乏自觉的学科意识。

民间文学是群众中传承的口头文学，与作家文学相比，在创作上往往是不自觉的。它与一个民族和地区的民俗生活、信仰、生产方式等有直接的关系。因此，大多数国家的学者是把民间文学看作是民俗的一部分或与民俗有密切联系的精神现象。我国则把民俗学批评为资产阶级的科学，把民俗学的学者斥为资产阶级学者，在研究民间文学作品时完全不顾其与民俗的关系，更无视人类思维、语言、巫术等对民间文学的影响，而把它作为一种纯粹的文学现象来对待，显然是进入了误区。这种倾向的造成，固然是与片面地学习毛主席的《讲话》和苏联经验有关，而在“左”的思想下，把民间文学等同于一般文学创作，把它当成“为政治服务”的工具的思想泛滥，也是一个重要原因。

二、民间文学界的几次大讨论

（一）关于搜集整理问题的讨论

“搜集整理”一词在《民间文学·发刊词》里第一次以官方文章的形式出现，此后便被广泛运用于民间文学作品的搜集中。但当一篇口述作品被记录下来后，搜集者在对其作加工整理时，其幅度有多大，没有、也不可能有一个“量”的规定。加之从事民间文学搜集的人又多是从文学的营垒里过来的人，而他们在加工整理民间作品时，为适应政治的或教育的需要，往往拔高作品的主题，篡改作品的内容情节，用知识分子的语言代替讲述者的口语，其结果弄得面目全非。这种状况的加剧，就在民间文学界引发了一场大讨论。最早出现的争论是围绕着当时中学课本中选用的《牛郎织女》一文展开的，李岳南肯定和赞赏整理编写的成功，刘守华则批评故事中对人物心理的细致入微的刻画，不符合民间作品的艺术风格。[①]继而刘魁立在《民间文学》1957年6月号发表《谈民间文学的搜集工作》，除阐述自己的见解外，还对董均伦、江源的做法有所非议，于是引出了董、江二人的答辩。一场讨论从此展开。许多从事搜集和研究工作的同志，如朱宜初、陈玮君、巫瑞书、陶阳、张士杰、李星华，以及1959年云南省参加搜集整理叙事长诗歌的一些同志等也都参加了讨论。1961年，毛星在《民间文学》第4期上发表《从调查研究说起》，贾芝在《文学评论》第4期上发表《谈各民族民间文学搜集整理问题》，系统地发表了对“忠实记录，慎重整理”的阐释意见。讨论文章结集而成《民间文学搜集整理问题》第一集。[②]但实际上，讨论还在发展。到1963年，《民间文学》和《奔流》上还发表了许多文章，其中不仅有张士杰谈义和团故事搜集整理和创作的经验（《民间文学》1963年第1、2期），有陈玮君的《必须跃进一步》（《民间文学》1963年第3期），也有李缵绪和谢德风关于《游悲》的整理的讨论（李文见《民间文学》1963年第2期；谢文见第6期）。讨论继续延伸到了近现代革命题材的传说故事的搜集整理问题领域。中国民间文艺研究会研究部于1963年邀请河南、四川、广西、江苏、安徽、吉林6个省的搜集研究者，就此举行了一次座谈讨论，各省参加者不仅有经验总结发言，还各自都提供了若干传说故事的记录稿和整理稿，以供研究讨论。这次座谈会上提供的文章和记录或整理稿，汇编为《民间文学参考资料》的第6辑（1963年8月）和第7辑（1963年9月）两辑。应当说，搜集整理问题的讨论，是学科意识提高的一个表现。

（二）关于文学史的主流问题的争论

贬低民间文学作为文化史现象的价值以及贬低民间文学作为口头文学的思想和艺术价值的观点，在中国现代文化史上屡见不鲜。胡风在建国初期向中共中央就文艺问题提出的意见书里说民间文艺是封建文艺，对其持贬低甚至否定态度。尽管作为政治问题对胡风进行的批判和监禁已经得到了平反，但他对民间文艺问题的见解，仍然不能不认为是错误的、不能赞同的。在文艺界和学术

---

① 李岳南《由〈牛郎织女〉来看民间故事的思想性和艺术性》，《北京文艺》1956年8月号；刘守华《慎重地对待民间故事的整理编写工作》，《民间文学》1957年1月号。

② 中国民间文艺研究会编《民间文学搜集整理问题》（第1缉），上海文艺出版社1962年。

界持这种观点的当然不止胡风一人。从而引出了“什么是中国文学史的主流”的讨论。最早关于这个问题的文章是陆侃如发表在《文史哲》1954年第1期上的《什么是中国文学史的主流》一文。到“大跃进”中，出版了以民间文学作为中国文学史的“主流”和“正宗”的两部著作：北京大学中文系55级集体编写的《中国文学史》和北京师范大学中文系55级集体编写的《中国民间文学史》。作者们提出了民间文学是中国文学史的“主流”和“正宗”的口号。对这两部书的出现，报刊上充满了一片赞美之词，同时（1959年）也围绕着“主流”问题展开了争论。《光明日报·文学遗产》《解放日报》《文汇报》《文学评论》《文史哲》《北京师范大学学报》《复旦》《读书》等报刊都发表了许多文章。中国科学院文学研究所、中国民间文艺研究会召开过讨论会。被称为“红色文学史”的学生著作是新生事物，但“主流”论和“正统”论的提出，显然是政治上和意识形态上“左”倾幼稚病的产物。尽管在这种“左”的思潮面前，许多知名学者不愿意去硬碰批评，也还是有许多学者发出了不同的声音。《解放日报》（1959年3月19日）发表程俊英和郭豫适的《应该把作家文学视为“庶出”吗——“民间文学正宗说”质疑》，《光明日报·文学遗产》（1959年4月5日第254期）发表乔象钟的《民间文学是我国文学史的主流吗？》，《光明日报·文学遗产》1959年4月19日发表刘大杰的《文学的主流及其他》后，何其芳在《光明日报·文学遗产》1959年7月26日起连续三期发表了《文学史讨论中的几个问题》。到此，“主流”论就告结束了。

（三）关于民间文学范围界限问题的讨论

第一次提出民间文学的范围界限问题的，是克冰（连树声）在《民间文学》1957年5月号发表的《关于人民口头创作》一文。到1958年新民歌运动起来之后，又出现了群众创作的新故事。新民歌与新诗的界限模糊了。新故事与传统故事之间哪些属于继承，哪些属于创新？人人作诗，人人画画，人人唱歌，农民知识分子化，共产主义很快就要来到了！民间文学和作家文学不是很快会“合流”了吗？这些在“左”的思想影响下出现的“新问题”提到了民间文学研究者们的面前。1961年4月和11月，中国民间文艺研究会研究部与《民间文学》杂志联合召开了两次“社会主义时期民间文学范围界限问题讨论会”，并在刊物上陆续发表文章。来自一些大学的民间文学教师，许钰、段宝林、朱泽吉、义龙、吴开晋和李文焕等，在会上发言；贾芝、天鹰、巫瑞书、陈子艾、王仿等发表了文章，都对“新事物”持肯定态度。所谓社会主义民间文学的范围界限问题，包括：第一，社会主义时期民间文学的特征；第二，社会主义时期民间文学的范围界限与合流问题；第三，新民间故事问题。[①]在头脑发昏、思想膨胀的情况下，认为民间文学和作家文学会很快合流的想法，如同“一觉醒来就进入了共产主义天堂”一样，是多么天真多么荒谬呀！这个问题，始作俑者是周扬，他在《新民歌开拓了诗歌的新道路》里说：“诗歌和劳动在社会主义、共产主义思想的基础上重新结合起来，正是在这个意义上，新民歌可以说是群众共产主义文艺的萌芽。”研究者们正是从这里出发，去想象民间文学的共产主义思想和作家文学与民间文学的合流的。到1960年8月，讨论中出现了尖锐的意见分歧，问题再次摆到了周扬面前。他说：“总的趋势是要合流的，但合流的时间有多长？当然是要随着整个社会的发展。民间文学、民间文艺是一个历史的范畴。它同人民和历史的范畴一样，同历史上发生的任何事情一样，有它的发生，也有它的消灭。民间文艺将来是会没有的。要搜集新民歌，也要搜集旧民歌。毛主席说，民歌新的要搜集，旧的也要搜集。毛主席非常重视旧民歌。因为旧民歌里面有很多宝藏。（民研会）既然是研究会，还是要强调搜集工作，强调研究工作，新旧都要，新的要搜集，旧的要搜集，新的有个范围，旧的也有个范围。……正是因为发展中的民间文艺就在群众创作里头，包含了许多新的不定性的民间文艺，因此民间文艺研究会应当去重视它，推动它，但不能把推动群众创作作为全部任务，因为它还要去搜集、研究过去的……它是从研究新旧时代的民间文艺，用研究的成果去推动。”[②]经过两年多时间，周扬显然冷静下来了，他的话讲得科学多了。

---

① 钟秀《社会主义时期民间文学范围、特征的意见综述》；在中国民间文艺研究会研究部和《民间文学》杂志社召开的讨论会上的发言，均见中国民间文艺研究会研究部编《民间文学参考资料》第2辑，1962年7月。

② 周扬《在中国民间文艺研究会扩大理事会上的讲话》（1960年8月4日），中国民间文艺研究会打印稿。

（四）关于民间文学与宗教关系问题的讨论

民间文学与宗教信仰的关系十分密切。有些古老的作品，甚至是与宗教糅合在一起难解难分的。在搜集整理民间文学作品时，遇到有关宗教的情节，如图腾信仰、神灵人物、宗教氛围等，为了避免惹来麻烦，往往会被搜集整理者无端地删去或改编，这就给读者一个虚假的文本，给研究者造成迷误。讨论是在昆明的《边疆文艺》杂志上开展的。该刊自1961年4、5月号至1962年10月号，先后就这个问题发表了5篇文章。争论是由陈戈华的《泛谈宗教与文学》引起的。讨论涉及五个重要问题。第一，关于对宗教的理解。第二，关于宗教对文学的作用问题。第三，关于民族民间文学神话中的神和宗教中的神的问题。第四，关于宗教与民族民间文学的关系问题。第五，关于宗教文学的产生问题。[①]这次讨论是在坚持“宗教是人民的鸦片烟”的论断前提下发表意见，其局限性是显而易见的。这次讨论的积极作用是提出了和在一定程度上承认了宗教对文学的发展既有消极的作用、也有积极作用，承认了不是任何宗教和任何时期的宗教对文学的影响都应该予以否定。宗教的神与神话中的神，没有明确的界限，但也不可相提并论，有时二者是对立的。这无疑是一种唯物主义的态度。

（五）关于“花儿”的“来龙去脉”的讨论

“花儿”是流传于青海、甘肃、宁夏的一种民间对唱歌曲形式，为当地汉、回、撒拉、藏、东乡、裕固这6个民族的共有民歌。1958年新民歌运动中的“浮夸风”与“虚假风”，渐而为人们所认识，因而从1961年起，青海省“花儿”研究者们围绕着民歌如何发展和提高的问题展开了讨论。《青海湖》1961年第9期发表黄荣恩的《青海“花儿”的来龙去脉》后，讨论渐而进入了“花儿的来龙去脉”即“花儿”源流的层次。接着，该刊第12期发表了赵村禄的《“花儿”的来龙去脉再探》，《青海日报》1962年3月10日发表刘凯的《可疑的和可信的》，《青海湖》1962年第6期发表南京大学教授孙殊青的《“花儿”的起源——“花儿”探讨之三》，《青海日报》9月9日发表黄荣恩的《河州是“花儿”的正宗质疑》，《青海日报》11月7日发表刘凯的《“花

---

① 金坚《〈边疆文艺〉讨论宗教与文学的关系问题》，《文汇报》1963年1月17日。

儿”与“叶儿”》，《民间文学》1962年第6期发表王浩和黄荣恩的《“花儿”源流初探》，《青海湖》1963年第1期发表刘凯的《再谈“花儿”与元代“散曲”》等。这次关于“花儿”的源流的讨论持续了两年，虽然文章大多发表在青海的报刊上，“花儿”的流行区甘肃省的研究者和文化界没有响应，就其深度和影响来讲，是具有相当学术水平的。20年后，甘肃民间文艺研究者魏泉鸣在《青海民族学院学报》上发表《青海对花儿来龙去脉的探讨》的文章，认为这次讨论“为尔后的花儿学研究，开了良好的先河”，可看作是这次讨论的一个总结。青海省民间文学界60年代关于“花儿”的讨论，作为“花儿”研究的开端，走在其他民族和地区的民歌研究的前面。

三、理论研究和学科建设的开拓

（一）建国之初到1957年反右斗争为第一个阶段。这一阶段中，民间文学的研究和评论甚为活跃，在理论研究和评论的队伍里，既有民间文学专家、历史学家，也有从事一般文学研究的理论家，在研究方向和研究方法上，尽管当时基本上或多数是在社会学的、文艺学的框子里进行的，但其发展状况是良好的、平稳的、有创造性的。《光明日报》1950年3月起开辟《民间文艺》专版，每周一期，发表民间文艺作品和研究文章。以发表理论文章为主的《民间文艺集刊》也于1950年11月在北京创刊。北京师范大学中文系主编的《文艺集刊》第1册于1951年9月29日出版。相继出版的民间文学理论著作有：钟敬文编《民间文艺新论集》（中外出版社1950年8月，北京）；赵景深著《民间文艺概论》（北新书局1950年，上海）；钟纪明著《向民间文艺学习》（华东新华书店1950年10月，上海）；袁珂《中国古代神话》（商务印书馆1951年4月）；钟敬文著《口头文学：一宗重大的民族文化遗产》（北京师范大学出版部1951年，北京）；钟敬文著《歌谣中的觉醒意识》（北京师范大学出版部1952年9月，北京）；唐因著《谈民间歌谣》（人间书屋1952年，北京）；钱静人著《江苏南部歌谣简论》（江苏人民出版社1953年）；李岳南著《民间戏曲歌谣散论》（上海出版公司1954年）；天鹰著《论歌谣的手法及其体例》

（文化生活出版社1954年）；何满子《神话试论》（上海出版公司1957年）；匡扶著《民间文学概论》（甘肃人民出版社1957年）；天鹰著《中国古代歌谣散论》（上海古典文学出版社1957年）；王焕镳著《先秦寓言研究》（古典文学出版社1957年）；李岳南《神话故事、歌谣、戏曲散论》（新文艺出版社1957年等。

重要文章有：钟敬文的《对于民间文艺的一些基本认识》（《光明日报·民间文艺专刊》1950年3月1日）、《民间文艺学上的新收获》（《新建设》1951年5卷1期）、《略谈民间故事》（《民间文学》1955年10月号）；严辰《谈民歌》（《人民文学》1950年6月1日2卷2期）；何其芳《论民歌》（《人民文学》1950年11月1日3卷1期）；孙作云《说羽人——羽人图、羽人神话及飞仙思想之图腾主义的考察》（《国立沈阳博物馆筹备委员会汇刊》1951年）；孙剑冰《〈阿诗玛〉试论》（《文学研究集刊》1956年第1期）；毛星《不要把幻想与现实混淆起来》（《民间文学》1956年4月号）；乌丙安《第二次国内革命老根据地歌谣简论》（《教学研究集刊》1956年第1期）；徐旭生《禹治洪水考》（《新建设》1957年第7期）；顾颉刚《息壤考》（《文史哲》1957年第10期）。

这一阶段的民间文学理论研究，从选题上看，多数属于阐释民间文学的社会历史价值的；也有的属于民间文学专题研究，如民歌、神话、叙事诗等，这方面的文章数量虽少，却达到了较高的水平。钟敬文、何其芳、天鹰、孙剑冰、孙作云的著作或文章，在各自不同领域里带有开拓性的作用。建国初期在神话研究方面，就几乎同时出现了两部专著：一部是袁珂的《中国古代神话》；一部是丁山的《中国古代宗教神话考》。袁珂的书于1951年初即出版，且颇受到读者欢迎，一版再版，到1956年已印行67000册之多。丁山的书稿于1950年12月15日完成后，一直未能出版，直到1961年2月才得以以龙门联合书局（科学出版社副牌）的名义作为“内部资料”出版，而且第一次印数只有1300册。这两本神话研究著作在研究方法上各有特点。袁著以夹叙夹议的方式，归纳梳理散乱庞杂的中国古神话资料，使其系统化，以求恢复中国神话固有的“旧观”，同时作者还力求站在唯物史观的立场上，阐发其文化的内涵，探讨其历史化的原因，从而成为我国第一部系统的中国神话全书。丁著则以比较神话学和比较语言学的方法，考订和论证包括史前神话，夏、商、周、秦诸代的世系传说在内的中国古代神话与宗教的关系和演变，从而探索中国文化的来源。这两本神话研究著作，很自然地成为建国初期中国神话学的代表作。这个时期研究工作中的缺点和不足是，对于民间文学的一些重要问题，特别是基本的问题（例如民间文艺的本质，它的特征、境界及演变的规律等）还没有人着手去做深入的探究。而“有些讨论问题的文章，大概由于作者一般理论修养的缺乏和钻研精神的不够，多少不免犯着材料主义或主观主义的毛病。他们往往在文章里罗列了许多材料，却没有什么新颖精确的解说，论断，或者不仔细研究资料和相关的各种情况，只凭着一些社会科学上的抽象原理、原则，就大意地下判词”。[①]

（二）1958—1964年为第二阶段。1956年提出“双百”方针后不久，就开始了反右斗争，正常的学术研究和秩序被打断。尽管1958年新民歌运动中，搜集工作得到了较大的发展，民间文学的学术研究却一直滞后，学术性的研究被对新民歌的虚夸赞扬所掩盖。三年困难时期结束，中央提出“调整、巩固、充实、提高”八字方针，文艺界相应地于1962年出台了《文艺八条》，调动一切积极力量，一向被当作资产阶级学者的老专家顾颉刚、魏建功、常惠、容肇祖、周作人、杨成志等，也被请出来参加活动，写文章。[②]过去宣传的是延安文艺座谈会把我国民间文学工作“引上了无产阶级的轨道”，1962年却能够举办《歌谣周刊》创刊40周年的活动，也承认北京大学歌谣研究会是我国歌谣运动的肇始。理论研究因而出现了一个小小的高潮，以往仅限于政治性和社会性研究的狭隘局限也得到了一定的拓宽。毛泽东1963年、1964年关于文艺工作的“两个批示”，使文艺领域的阶级斗争形势严重加剧，文艺整风迅即开始，短暂的宽松局面很快就结束了。

这一阶段出版的理论著作有：北京师范大学中文系55级学生编著《中国

① 钟敬文《民间文艺学上的新收获》，《新建设》1951年5卷1期。

② 《民间文学》1962年1、2、6期集中发表了“五四”歌谣运动老专家的文章。

民间文学史》（人民文学出版社1958年）；中国民间文艺研究会编《大规模地收集全国民歌》（作家出版社1958年）、《向民歌学习》（作家出版社1958年）；策·达木丁苏荣著、白歌乐译《格斯尔的故事的三个特征》（内蒙古人民出版社1958年）；安旗著《论诗与民歌》（作家出版社1959年）；天鹰著《扬风集》（上海文艺出版社1959年）；天鹰《1958年的中国民歌运动》（上海文艺出版社1959年）；谭达先著《民间童谣散论》（广东人民出版社1959年）；谭达先著《民间文学散论》（广东人民出版社1959年）；李岳南著《与初学者谈民歌和诗》（上海文艺出版社1959年）；《民歌作者谈民歌创作》（作家出版社1960年）；路工等《白茆公社新民歌调查》（上海文艺出版社1960年）；丁山著《中国古代宗教神话考》（龙门联合书局1959年）；中国民间文艺研究会编《民间文学搜集整理问题》第一集（上海文艺出版社1962年）；张紫晨著《民间文学知识讲话》（吉林人民出版社1963年）；高亨《上古神话》（中华书局1963年）；贾芝著《民间文学论集》（作家出版社1963年）。

报刊文章值得注意的有：萧三《〈革命民歌选〉序言》（中国青年出版社1959年）；汪玢玲《试论长白山区人参的传说》（《吉林师范大学学报》1959年第4期）；罗永麟《试论〈牛郎织女〉》；王一奇《中国劳动人民智慧的化身》（《民间文学》1960年第5期）；马昌仪《研究被压迫民族民间文学的珍贵文献》（《民间文学》1962年第1期）；刘守华《谈动物故事的艺术特点》（《民间文学》1962年第3期）；陶阳《琶杰的诗歌艺术》（《民间文学》1962年第3期）；天鹰《〈哭嫁歌〉的思想性与艺术性》（载《哭嫁歌》，上海文艺出版社1962年）；贾芝《民间故事的魅力》（《民间文学》1962年第12期）；钟敬文《晚清革命派著作家的民间文艺学》（《北京师范大学学报》1963年第2期）；许钰《民间文学中巧匠的典型》（《民间文学》1963年第2期）；刘锡诚《马克思恩格斯与民间文学》（《草原》1963年第2期）；袁珂《关于舜象斗争神话的演变》（《江海学刊》1964年第2期）和《神话的起源及其与宗教的关系》（《学术研究》1964年第5期）等。

这期间民间文学研究重点表现为对歌谣、特别是新民歌的研究与阐发。

文章很多，好的却少见，能够在历史上留存下来的则更少。包括郭沫若和周扬的《红旗歌谣·前言》在内。在歌谣研究方面用力最多、成绩最显著的是天鹰。他的《1958年民歌运动》固然是趋时之作，而《论歌谣的手法及其体例》却是一部探讨各类歌谣的艺术特征和表现手法的专著，时有真知灼见。他对哭嫁歌的研究也富有新意。诗人萧三为其所编的《革命民歌选》所写的序言，较早地预示了一股民间文学潮流的出现，文章写得有思想有文采。谭达先远离政治斗争的中心北京，倒能潜心做些学问，出版了两本书：一本是散论，一本专著，实属难能可贵。故事研究方面，显然较第一阶段有所进步，对以《义和团故事》为代表的农民起义军传说的研究评介固然带有有失客观的政治色彩，毕竟还是达到了一定的成就。贾芝、毛星、罗永麟、汪玢玲、刘守华对故事传说的研究，虽然没有脱出一般文艺学的分析的范畴，但都有发别人之所未发之论，是值得肯定的。神话研究的进展相对缓慢，甚至还徘徊在二三十年代《古史辨》开创的考据思路上。只有袁珂另开一路，着手进行神话的理论研究，除以古典神话为对象外，开始关注在民间流传的口头作品和若干理论问题（如与宗教的关系）。史诗和叙事诗的搜集成就较大，带动了理论研究的前进，这在建国前的中国是没有的。从历史的角度检讨起来，仍然是属于工作性和搜集整理问题的居多，而属于探讨史诗和叙事诗内部问题的嫌少。民间文艺学史的研究处于起步阶段。

四、新时期民间文学的考察与采录

新时期20年来，中国民间文学事业有了很大的发展，在搜集采录和理论研究两个方面都取得了很大的成绩。第一，围绕着编纂《中国民间故事集成》《中国歌谣集成》《中国谚语集成》“三套集成”而开展了一次前无古人的有组织有领导的全面、系统、科学的民间文学普查，并取得了巨大成绩，各省卷本已出版了17卷。第二，各种类型、各种形式的民间文学作品都得到了出版，出现了建国以来前所未有的规模，除“三套集成”外，中央和地方的出版社以成套的形式或单行本的形式，出版了大量的民间故事集、民歌集和叙事诗集，初步满足了人民群众对下层优秀传统文化的需要，还首次出版了中国文化瑰宝——三大民族英雄史诗。第三，民间文学的理论研究，在继承传统的基础上，吸收现代外国民俗学和文化人类学的一些研究方法和理论原则，找到了新的学科生长点，从而促进了研究的深化和发展，出版了数以百计的民间文学理论专著，创办了多种理论研究期刊。第四，恢复了以侧重发表民间文学作品的刊物《民间文学》，各地也创办了一些以发表民间文学为主的刊物，有些刊物受到广大读者的欢迎，促进了科学的发展。第五，各省市恢复和新成立了民间文学专业机构，专业人员倍增，形成了一支可观的搜集和研究队伍。大专院校恢复了招收民间文学硕士，并逐步招收和培养出了我国自己的民间文学博士。中国民间文艺研究会的会员，从“文革”前只有大约200人，发展到了90年代初的3000多人（缺乏最近的统计）。其中从事民间文学搜集和研究者，有1500人左右，而先后参加“三套集成”原始资料的搜集者则更多，总数达200万人次。

改革开放新时期以来我国民间文学的采录工作，大而言之，可以分为三个阶段：第一个阶段，从1979年—1983年。第二个阶段，从1984年—1987年。第三个阶段，从1988年至1999年。

第一阶段（1979—1983）

这一阶段民间文学采录工作的特点是，百废待举，热情很高，想把失去的时间重新夺回来。各地以不同方式（如征集的方式，多数组成小组下去采录）开始组织采录民间文学作品。

（一）1979年10月，辽宁省民间文艺研究会与辽宁大学中文系联合组成满族民间文学调查队，携录音机、照相机，前往黑龙江省依兰、宁安，吉林省以及辽宁省的新宾等地采录满族民间文学。1980年7月21—8月6日，又前往辽宁省的丹东地区满族聚居县社进行了为期半个多月的调查。在岫岩县的偏岭、雅河、苏子沟、红旗营子等乡的18个村，访问满汉居民180人，采录民间传说、故事、歌谣资料50万字，照片100余幅。在凤城县也采录了一些传说和歌谣，数量未详。[①]岫岩县民间文学搜集者张其卓和董明在1979—1980年调查时，发

① 沈学民《辽宁省满族民间文学调查队获可喜收获》，中国民间文艺研究会编《民间文学工作通讯》（内刊）第24期，1980年9月。

现了李马氏、佟凤乙和李成明三位满族民间故事讲述家。于是他们从普遍调查采访转移到对三位老故事家的专题采录，前后花费三年时间，到1983年完成。李马氏讲述故事73篇，佟凤乙讲述故事117篇，李成明讲述故事115篇。搜集者对他们的故事都录了音，拍摄了照片。他们的调查所得，以及他们的调查采录水平的提高，资料科学性的程度，对于中国民间文学界来说，具有重要的阶段性意义。中国民间文学界从此开始对故事家及其个性的关注。他们所搜集的故事以《满族三老人故事集》为题于1984年出版。①从1981年4月起，沈阳军区前进报编辑裴永镇在沈阳市郊区苏家屯采集民间故事时发现了朝鲜族故事家老大娘金德顺，从她口中记录下来150多个故事，于1983年结集出版了《金德顺故事集》。②"故事家研究"这一课题，最先由辽宁省民间文学界率先提出来，逐渐受到全国的重视。③

（二）中国社会科学文学研究所、黑龙江民间文艺研究会及音乐家协会组成联合调查组，于1980年9月下旬至10月中旬，1981年2月中旬至3月中旬，两次到黑龙江省合江地区的绕河四排、抚远、同江、八岔、街津口、富锦城区等地，对赫哲族民间文学进行抢救性调查。采录歌手10余人，用磁带录音机根据葛德胜、吴连贵、尤树林的口述录制了赫哲族长篇叙事诗"伊玛堪"4部，民歌"嫁令阔"10首。所收作品经调查组翻译后，主要部分发表在《黑龙江民间文学》（内刊）1981年第2集上。④以此作为开端，后来还对赫哲族的民间文学进行过多次调查，但这次对赫哲族民间文学特别是对"伊玛堪"的调查，无

---

① 张其卓、董明《满族三老人故事集》，春风文艺出版社1984年。书前有乌丙安的序，书后有张其卓的调查报告《这里是"泉眼"》。这篇调查报告，最先发表于中国民间文艺研究会研究部编的《民间文学研究动态》第1984年第3期。特别值得注意的地方是，作者较早地触及了故事家个性的形成及故事传承——祖承——线路问题。她还于1982年发现了另一个故事家张文英。

② 裴永镇搜集《金德顺故事集》，收入朝鲜族传说故事73篇及故事梗概33则，上海文艺出版社1983年。

③ 李扬《辽宁省调查研究民间故事讲述家故事活动情况简述》，中国民间文艺研究会研究部编《民间文学研究动态》1984年第5期第19～24页。

④ 见抢救赫哲族民间文学联合调查组《抢救赫哲族民间文学遗产取得显著成果》，《黑龙江民间文学》1981年第1集第273～275页；联合调查组（马名超执笔）《赫哲族伊玛堪调查报告》，《黑龙江民间文学》1981年第2集第473～516页。

论就调查的科学性而言，还是就调查的成果而言，应是继本世纪30年代民族学家凌纯声的赫哲族调查之后又一次重要的调查，基本摸清了“伊玛堪”的蕴藏情况，完整地记录了几部作品。到90年代，黑龙江省民间文艺家协会将这次调查所得，及20年来个别搜集者调查记录的成果，精选汇编为《伊玛堪》（上、下）一书，由黑龙江人民出版社于1997年在哈尔滨出版。

（三）中国民间文艺研究会研究部派出由陶阳、徐纪民、吴绵三人调查组，于1980年5月15—7月2日到泰山、徂徕山地区的一些公社和灵岩寺一带调查采录民间故事。这次调查采录的目的，是为了探索记录民间故事的科学性和可读性。这次调查实行“全面搜集”的方针和采用“有闻必录”的方法，用笔录和录音并用的手段，采录到泰山神话、传说、故事、童话，包括异文，近300篇；徂徕山革命故事和传统故事100篇，革命民歌近300篇。在这次实地调查之前，北京和长春的刊物上，正开展民间文学作品“改旧编新”的讨论。他们的调查目的在回答“改旧编新”论者。他们所采录的民间故事编为《泰山故事大观》。[①]调查者所追求的是一种科学采录的境界，他们希望能向民间文学界提供一种“忠实记录”的样板。

（四）云南省是我国民间文学队伍较为集中、资源较为丰富、搜集工作基础较为雄厚的少数省区之一。1979年建立了民族文学研究所，1981年成立了中国民间文艺研究人员云南分会。为撰写各民族文学概况，派出9个调查组深入傣、彝、藏、哈尼、纳西、景颇、阿昌、傈僳、基诺、德昂、布朗、蒙古等民族的聚居地进行民间文学调查，搜集到700万～800万字的资料，特别重要的是搜集到一批史诗和长篇叙事诗，如傣族的《相勐》《兰戛西贺》《叶罕佐与冒弄央》《阿暖贡玛纳》，阿昌族的《遮帕麻与遮米麻》，哈尼族的《奥色密密色》《哈尼阿培聪坡坡》，拉祜族的《牡帕密帕》，彝族的《查姆》《阿鲁举热》，景颇族的《凯刚和凯诺》等几十部，大大地丰富了史诗和叙事诗的阵容。尤其可贵的是，还发掘出了傣族古典文学论著《论傣族诗歌》。[②]另据报

① 陶阳、徐纪民、吴绵编《泰山故事大观》，文化艺术出版社1984年。全书431页，分7辑。书前有贾芝所撰序言，书后附有搜集者的编后记。

② 刘辉豪《新的发展 新的开拓》，见云南省民间文艺家协会、云南省民间文学集成办公室编《边疆文化论丛》第3辑第6页。昆明。

道，云南省少数民族文学研究所与省民间文艺研究会委托云南大学中文系组成15人组成的调查队，于1980年8月到景谷县进行了为期20多天的民间文学调查收集。调查队重点调查了钟山、永平、猛班、民乐4个傣族聚居的公社，搜集了民间文学作品93件，计70万字（包括叙事长诗8部计10335行，传说故事85件）。[①]

（五）新疆民间文学工作者对蒙古族英雄史诗《江格尔》的搜集记录，开始于1978年。托·巴德玛、宝音和希格二人到行将天山南北12个县的蒙古族聚居地区进行了5个月的调查，他们记录的15部《江格尔》先于1980年由新疆人民出版社在乌鲁木齐出版了托忒文本，后于1982年由内蒙古人民出版社在呼和浩特出版了回鹘式蒙古文本。同年7—8月，仁钦道尔吉与道尼日布扎木苏在新疆巴州记录了巴桑、乌尔图那生和额仁策演唱的4部。1978年下半年，新疆成立了《江格尔》领导小组，1980年3月成立了《江格尔》工作组，同年10月成立了中国民间文艺研究会新疆分会，开始了有计划的搜集工作。以蒙古族学者巴德玛和贾木查为首的《江格尔》工作组，深入到巴音郭楞蒙古自治州、博尔塔拉蒙古自治州、伊犁哈萨克自治州和塔城地区的近20个县的蒙古族聚居区，进行普查。他们共录制了民间口头流传的《江格尔》187盒式录音磁带（约187小时），其中有157部长诗及异文，约19万诗行。1981年6—7月间，在博尔塔拉、巴音郭楞和塔城举行了《江格尔》演唱会，也对演唱作了录音。1981年8—9月，仁钦道尔吉去博尔塔拉、伊犁二州的6个县访问了10多位讲唱《江格尔》的艺人——江格尔奇，除录制若干资料外，还调查了一些江格尔奇的生平资料。在历次搜集采录的基础上，在新疆先后出版了3种《江格尔》版本：一、托·巴德玛、宝音和希格等搜集整理的《江格尔》15部本。霍尔查将其译成汉文，由新疆人民出版社于1988年出版。二、中国民间文艺研究会新疆分会、新疆人民出版社于1982年至1985年在乌鲁木齐以托忒文出版了《江格尔》资料本第1～5卷，此后，中国民间文艺出版社与1988年前在乌鲁木齐以托

① 杨振昆执笔《关于景谷县傣族民间文学的调查报告》，见中国民间文艺研究会编《民间文学工作通讯》1980年第26期。

忒文出版了第6～9卷。这9卷本包括94部。三、1985年和1987年新疆人民出版社分别出版了中国民间文艺研究会和新疆《江格尔》工作组搜集整理的《江格尔》（一）和（二），其中收入60部约8万诗行。这两卷60部长诗，由内蒙古人民出版社分别于1988年和1989年在呼和浩特出版了由托忒文转写的回鹘文本。1993年新疆人民出版社出版了由黑勒、丁师浩译的60部中的前26部汉文译本。[①]

（六）藏族英雄史诗《格萨尔》的收集整理工作，是从1980年4月中国社会科学少数民族文学研究所与中国民间文艺研究会在峨眉山召开的《格萨尔》工作会议结束之后开始的。西藏自治区就成立了专门的搜集整理班子，调集了李朝群、黄文焕、齐美多吉等专业人员开始搜集记录工作。截止到1982年5月，西藏民间文学工作者根据札巴老人、玉梅姑娘、卡则札巴·阿旺江措、阿达尔等10余位著名史诗说唱家的说唱，录音600余小时，转换成文字可达数百万字。同时在全区展开普查，于1982年6月走访了昌都、类乌齐等6个县，历时两个月，共收集到15部手抄本、木刻本和油印本，加上此前自治区出版局收集到的17部，累计为32部。[②]1983年又派出工作组到阿里，在7个县、12个区的23个公社进行普查，搜集到手抄本和影印本6部，调查到能演唱十八大宗的说唱艺人平措伦珠。这一年共收集到手抄本19部。为札巴老人录制了《乌斯茶宗》一部，为玉梅录制《塔岭》磁带6盘，为那曲的拥珠录制《甲昂巴盔甲宗》一部。《天岭》和《松岭》两部也整理完稿，交出版社。[③]1983年7—8月，中国社会科学少数民族文学研究所与甘南藏族自治州文联联合调查组赴甘南藏族地区进行了普查。青海省、云南省也在调查中收集到一些新资料。[④]西

① 参阅仁钦道尔吉《〈江格尔〉论》第51～64页，内蒙古大学出版社1994年；巴塔《搜集调查〈江格尔〉工作报告》，见中国民间文艺研究会新疆分会编《〈江格尔〉论文集》（第1集）第6～9页，新疆人民出版社1988年；浩·巴岱《我国对〈江格尔〉的搜集出版及其研究展望》，见《江格尔》汉文全译本（一），新疆人民出版社1993年。

② 李朝群《西藏抢救〈格萨尔〉工作成绩显著》，《民间文学论坛》创刊号，1982年5月。

③ 《1983年西藏〈格萨尔王传〉抢救工作总结》，《格萨尔工作通讯》1984年第2期（总11期）第54～58页，中国社会科学少数民族文学研究所《格萨尔》办公室编。

④ 降边加措《〈格萨尔〉工作汇报和对今后工作的意见》，《格萨尔工作通讯》1984年第2期。

南民族学院《格萨尔王传》科研组于1982年8—9月间组织4位藏族老师赴阿坝藏族自治州江原、阿坝、马尔康3县，访问了11位民间艺人、10位歌手，搜集到22万字的《格萨尔王传》资料，其中有藏文版抄本5种。[①]西北民族学院成立了格萨尔研究所，出版了《土族格萨尔》。

（七）柯尔克孜族英雄史诗《玛纳斯》的搜集采录是从1961年开始的。那次调查人员在新疆克孜勒苏柯尔克孜自治州的调查中发现了著名玛纳斯奇居素甫·玛玛依，他用了七八个月的时间演唱了这部史诗中的《玛纳斯》《赛麦台依》《赛依铁克》《凯涅尼木》《赛依特》5部。初步记录整理的资料曾由新疆文联铅印成册。1964年由中国民间文艺研究会、中国作家协会新疆分会及克孜勒苏自治州三方组建《玛纳斯》工作组，再次记录了居素甫·玛玛依演唱的第6部《阿勒巴恰与别克巴恰》（40000行）。“文革”中记录稿不幸佚亡。所幸第2部为新疆文联曾参加搜集工作的刘发俊保存下来。后又从北京中国文联的散乱资料档案中找到了《赛依特》《阿斯勒巴恰与别克巴恰》及第1部《玛纳斯》。春回大地，1979年，居素甫·玛玛依被邀至北京，补唱了第7部《索木碧莱克》、第8部《奇格台依》。至此，史诗《玛纳斯》全部演唱记录完毕。嗣后，新疆文联《玛纳斯》工作组集中进行整理、翻译和出版。我国搜集出版的《玛纳斯》和《赛麦台依》两部，就是根据居素甫·玛玛依多年的演唱本整理的。居素甫·玛玛依对保存柯尔克孜民族的英雄史诗的贡献殊大，被称为“当代的荷马”。[②]在普查搜集中，还根据乌恰县的玛纳斯奇艾什玛特·买买提和天山以北特克斯县的玛纳斯奇萨特瓦勒德·阿勒的演唱，记录了若干异文。

（八）江南长篇吴歌的搜集在这一阶段取得了重大成绩。1981年秋无锡县朱海容搜集到500行的《沈七哥》，发表于《江苏民间文学》同年第3、4期上；接着，上海民间文学研究家钱舜娟于1982年6月、1983年4月、1984年5月、1985年5月、1987年5月多次到无锡调查《沈七哥》，搜集到11种不同异文的版本。1981年12月6日—20日在苏州召开的民间文学吴语协作区第一次吴歌学术讨

① 转自姚居顺、孟慧英《新时期民间文学搜集出版史话》第60页，辽宁大学出版社1989年。

② 据郎樱《〈玛纳斯〉论析》第113～114页，内蒙古大学出版社1991年。

论会上，苏州市民间文学工作者献出了陆阿妹老人演唱的长达2900行的长篇吴歌《五姑娘》。从此陆续搜集到《孟姜女》《赵圣关》《林氏女望郎》《鲍六姐》《薛六郎》《魏二郎》《红娘子》《小青青》《刘二姐》《陈瓦爿》等30余部长篇叙事诗。继而上海民间文学工作者王仿、任嘉禾、周进祥、潘文珍连续三次在南汇县调查，搜集到长篇《哭嫁歌》和《哭丧歌》。[①]上海、江苏的民间文学家们调查采录到的这些长篇叙事吴歌，不仅是新时期民间文学搜集工作的一大收获，而且在中国民间文学史上具有重要意义。因为自“五四”以来，中国文学界较为一致的见解是汉民族没有长篇叙事诗产生。有代表性的是胡适在《歌谣周刊》发表的《故事诗的起来》一文。近代以来，包括顾颉刚先生在内的学者们在吴语地区采集到的吴歌，也都是短歌。调查采录这些作品由《民间文艺集刊》（后改为《民间文艺季刊》和《中国民间文化》）发表，后于1989年由上海文艺出版社汇编出版了一部总汇式的《江南十大民间叙事诗——长篇吴歌集》。此书出版后，上海的诗人们召开了专门座谈会，他们说：“《江南十大叙事诗歌》宛如一座用珍珠穿缀的玲珑宝塔，晶莹灿烂，光彩照人。这部长篇吴歌集的出版，将对上海乃至全国诗坛产生深远的影响，特别是对当代叙事长诗的创作，产生良好的影响，提供可贵的借鉴。”[②]

第二阶段（1984—1987）

这是建国以来我国民间文学采录工作中成就最为辉煌的一个阶段。这个阶段的特点是围绕着中国民间文学集成而开展的全国民间文学普查全面展开，并基本结束。这次普查，无论就其规模而言，还是就其深度而言，都是中国几千年的文化史上绝无仅有的，其意义极为深远。同时，以某一课题为主题而进行的科学考察，也取得了可喜的成绩。

（一）全国民间文学普查

1984年5月28日，中华人民共和国文化部、国家民族事务委员会、中国民间

---

① 钱舜娟《江南民间叙事诗及故事》第2～4页，第39～41页，上海文艺出版社1997年。上海民间文艺家协会、上海市南汇县文化馆编《哭丧歌》（上海文艺出版社1988年）有姜彬撰写的序，其中谈到者三次调查。

② 《民间文艺集刊》1990年第1期第124页。

文艺研究会联合签发了文民字（84）第808号《关于编辑出版〈中国民间故事集成〉、〈中国歌谣集成〉、〈中国谚语集成〉的通知》，并附有中国民间文艺研究会起草的这三个集成的编辑方案和意见。（中国民间文艺研究会于1987年更名为中国民间文艺家协会。）这项前无古人的宏大文化工程，从1981年起，经过几年的酝酿，终于从1984年开始付诸实施。成立了以中国文联主席、著名文艺理论家周扬为总主编，以文化部代部长、著名音乐家周巍峙和北京师范大学教授、中国民间文艺研究会主席钟敬文为常务副总主编，马学良、任英、林默涵、贾芝、高占祥为副总主编的全国编委会，聘请钟敬文、贾芝和马学良分别担任《中国民间故事集成》《中国歌谣集成》和《中国谚语集成》的主编，并在中国民间文艺研究会内成立了中国民间文学集成总编辑部作为工作机构。

开展全国民间文学普查是编辑民间文学三套集成的第一步，也是最重要的基础性的工作。全国各地的县市要在普查的基础上编辑出版自己的县市卷本，把普查的成果收录在县市卷本中。在开展普查之前，中国民间文艺研究会邀请专家拟定了《中国民间文学集成工作手册》，并为各省卷本和县卷本所收资料确定了全国统一编码。

做好普查和民间文学作品采录工作的关键，是对参与领导这次全国民间文学普查的省级民间文艺研究会的领导人的培训，取得认识上的一致。为此于1984年7月召开了第一次民间文学集成工作会议（威海）以及读书班。由中国民间文艺研究会书记处的书记们向各省市自治区民研会的同志讲课，马振讲述808号文件形成的过程和主要精神，刘锡诚讲集成工作的规划轮廓和实施步骤，刘魁立、陶阳、张文等讲集成的意义和要求。1985年6月5日在京召开第二次民间文学集成工作会议，由钟敬文作《关于民间文学集成的科学性等问题》的报告，贾芝作《民间文学的普查与记录》的报告，马学良作《关于忠实记录的问题》的报告，刘锡诚作《统一认识，协同工作》的总结。这两次工作会议的主题都是民间文学的普查，对于推动普查工作的健康展开，对于各地参加普查民间文学的几十万业余民间文学爱好者统一思想，标准一致地参加普查工作，起了重要作用。1986年又在京召开了第三次集成工作会议，全国艺术科学规划领导小组组长周巍峙宣布，经全国社会科学规划领导小组批准，接纳中国民间文学三套集成与其他七套艺术集成志书并列为“十套文艺集成”，并申报列入国家“七五”重点项目。经过试点、培训和学术研讨等，普查先后在全国各地开展起来了。[①]

1987年9月在杭州召开的中国民间文学首届编选工作会议上正式宣布，全国民间文学的普查工作于1987年底基本结束。[②]全国绝大部分多数的县（自治县、区、旗）都编印出版了自己的县卷资料本。据中国民间文学集成总编委会编辑部1997年底提供的数据，1984—1990年间，全国约有200万人次参加了民间文学普查采录工作，各地共搜集民间故事184万篇，歌谣302万首，谚语748万余条，总字数超过40亿字。各地编选县、地、市卷本3000余种。一些起步较迟的省（市、自治区）和县（市），通过艰苦努力，如今也已完成任务。新疆维吾尔自治区在1988年全国初次统计普查采录成果时，是唯一没有编印县卷本的地区，而近年全区已编印资料本391种。上海市编印了350余卷。[③]本世纪80年代在全国范围内开展民间文学普查的计划已圆满完成，取得了辉煌的成果。

这次全国民间文学普查采录活动及其所取得的成果，得到了各级党委政府领导、文艺界领导和文化研究者的高度评价。周巍峙说：“《中国民间故事集成》、《中国歌谣集成》、《中国谚语集成》这三套集成无论是在普查和搜集资料，还是在整理、翻译、鉴别、编排上，都做到忠实原貌，记述准确无误，概念定义科学。各省卷还以县为单位进行了一次比较全面的采集，收集到的原始资料数以亿计，有1000多个县整理编印出县卷本每一部省卷本都是在县卷本的基础上精选而成的。”[④]

---

① 马振《民间文学史上的壮举——记中国民间文学三套集成工作的开创》，钟敬文主编《中国民间文艺学的新时代》第355～362页，敦煌文艺出版社1991年。

② 中国民间文学总编委会于1987年9月7—11日在杭州召开首届编选工作会议，宣布普查工作基本结束，研究部署进入第二阶段——编选阶段。民间文学集成总编委会办公室提供大会的《三年来的集成工作小结》说：“1987年底将结束继承的普查工作。”（见《中国民间文学集成通讯》1987年第1期）

③ 中国民间文学集成总编辑部《任重行难　成绩斐然——全国民间文学集成工作已逾10年》（1996年12月汇报材料）。又，《中国民间文艺家协会1997～1999年工作规划要点草案》，见《民间文艺家》（中国民间文艺家协会编）1998年第1期。

④ 周巍峙《编好民族文艺集成志书　创建中华民族文化长城——在文艺集成志书工作会议暨成果表彰会上的讲话》，1997年11月21日，北京。

（二）专题性的民间文学调查

（1）中芬三江联合考察

由中国民间文艺研究会、广西民间文学研究会、芬兰文学协会及北欧民俗研究所、土尔库大学文化研究系联合组织的中国—芬兰民间文学联合考察，于1986年4月1—20日在广西壮族自治区三江壮族自治县进行。这次联合调查的目的是：双方学者联合调查民间文学，培养青年学者。考察分三个步骤：第一步，对所有参加考察的中芬人员在南宁集训；第二步，召开中芬民间文学调查、保管学术研讨会；第三步，实地考察。

参加田野考察活动的有42位两国中青民间文学工作者。考察分4个组分别在3个点上进行。这3个点是：皇朝寨、岩寨（召集人：乌丙安、杨通山）；马安村、冠洞村（召集人：祁连休、马名超）；八都村、八江村（召集人：蓝鸿恩、张振犁）。芬方考察人员劳里·航柯、劳里·哈尔维拉赫蒂、马尔蒂·尤诺纳赫没有固定考察点，由中芬联合考察秘书长刘锡诚等陪同，每天到一个村寨考察、摄像。为了提高考察的科学性，考察队员自备录音机和照相机，每组配备了英语和侗语翻译以及专职的摄像人员。在考察队进点之前，三江县文化宣传部门把多年来搜集到的民间文学作好了完整的档案，并为这次考察作了调查摸底，向考察队提供了170位有一定知名度的故事家和歌手名单，作为即将进行的考察访问的线索。实际上在考察过程中队员们又发现了若干县里没有列入的故事家和歌手，并从他们口中录制了一些有价值的作品。

“此次民间文学考察是一次科学考察。这次考察与过去的历次考察不同的地方，除了与外国人合作外，最大的特点是采用比较先进的技术手段（包括录音、录像、摄影）和科学的方法，记录活在群众口头的民间文学作品，观察研究民间文学作品在群众中活的形态和讲述人在讲述中的作用、特点，探讨民俗、风情、文化传统对民间文学的形成、变化的影响，研究侗族传承与现代文明、与其他民族的传承的交融现象，等等，从而研究民间文学的规律与特点。”此次考察所获作品均有录音磁带，录音磁带与文字记录分别复制成3套：一套保存在中国民间文艺研究会；一套保存在广西壮族自治区民间文学研究会；一套保存在三江侗族自治县文化馆的资料档案部门。磁带由中国民研会统一编号，可供研究侗族民间文学的人员使用。此次考察中方人员所摄之照片和录像片以及芬方交换的录像片，均由中国民间文艺研究会和广西民间文学研究会归案保管，初步探索并形成中央与地方民间文学资料的共管体系。[①]参加此次考察的青年学者写作了一批考察报告。它们是：邓敏文、吴浩的《侗族款词的传承情况及社会影响考察》，金辉的《劳里·航柯的田野作业观》，李路阳的《侗族一个故事之家传承因素的调查》，曾晓嘉的《侗族女歌手吴仕英侗歌传承和传播情况调查》，李扬、马青的《关于三位侗族讲故事能手的调查报告》，杨惠临、贺嘉、张学仁的《八江琵琶歌传承情况的调查》，王光荣的《侗族机智人物故事考察》，王强的《林溪乡萨神调查》，吴浩的《侗族民间故事分类》。

中芬三江民间文学联合考察，作为我国民间文学史上的第一次科学考察，是成功的。

（2）中原神话考察

为执行河南省哲学社会科学科研规划、由河南大学张振犁为课题负责人的《中原古典神话流变考论》，河南大学中文系于1983—1990年间连续组织了七次调查队，进行了一次长达8年的民间文学调查——中原神话考察。1983年11月2日—12月6日，调查组到西华、淮阳、沈丘、项城、新郑、密县等地进行以“古神话流变”为专题的调查。这次调查，有张振犁参加。侧重调查了女娲、伏羲、黄帝的神话传说。调查组采录到各类民间文学作品109件，其中神话68篇（包括异文及有关资料），录制磁带14盒，拍摄照片128幅。[②]1984年11月30日—12月26日，调查组跨越陕西和河南两省在西华山和桐柏山地区进行调查采录。这次调查采录共记录到神话资料50余件（包括各种异文），其他传说故事30多件，摄影100余帧。这些神话资料中包括：黄帝神话传说、夸父神

① 《中芬民间文学联合考察暨学术交流活动总结》（1986年5月10日）及《中芬民间文学联合考察队关于学术论文和考察资料的协议书》（1986年4月15日，南宁）

② 程建军《中原神话调查记》，中国民间文艺研究会研究部编《民间文学研究动态》1984年第1期（总第2期）第2～10页。又见张振犁《中原古典神话流变论考》附录：《中原神话调查报告之一》，上海文艺出版社1991年。

话、盘古神话、大禹治水神话。[1]1985年4月13日，中原神话调查组考察了豫西太行之阳的盘古寺，采得盘古出世神话。4月14日考察了位于河南西北部的王屋山，在济源县采录到了完整的女娲神话。4月17日在孟津县采录到了伏羲神话，4月21日在三门峡大安村采录到了禹王治水神话。这次调查前后20天，采录的神话故事中多受了很重的道教思想影响。[2]

考察的收获是：第一，开辟创世神话在中原地区的被发现，在我国形成了南北各不相同的两大洪水神话体系（从盘古出生、创世、治水、结婚、划九州等）。这样就打破了学术界一直认为这类神话只能产生自南方，然后流传到北方的观点。第二，对我国商周以前传说阶段的口头神话与古文献神话资料的关系，有了比较全面的认识，史前传说时期口头神话的重视，就否定了认为商周以前无神话的观点。第三，明确了古典神话流变中出现的异文与新神话的界限。第四，纠正了对中国古代神话不适当的分期的弊病。[3]考察的成果：张振犁著《中原古典神话流变论考》专著一部；程建军撰《中原神话调查报告》三篇；《中原神话资料》一册；录音、文字资料310余件；碑文、建筑物、实物、实景、档案照片、图片90余件。

五、第三阶段（1988—1999）——三套集成编辑出版阶段

全国性的民间文学普查大部分省（市、自治区）于1987年结束，少数省（市、自治区）继续进行，延迟到90年代初，也告结束。已经基本结束普查的大多数省（市、自治区），极少数专业干部进入三套集成的编辑阶段，多数搜集者则陷于盲目的沉寂状态。据中国民间文学集成总编委会办公室1996年12月提供的资料称："近几年普查采录和各地资料本的编印工作又有了新的进展。一些起步较晚的地区，通过艰苦的努力，争取社会力量的支持，资料建设工作进展迅速，

① 程建军《漫游在神话世界里——中原神话调查报告之二》，中国民间文艺研究会研究部编《民间文学研究动态》1985年第6～7期合刊。

② 程建军《豫西撷英——中原神话调查报告之三》，《民间文学研究动态》1985年第6～7期合刊。

③ 参阅张振犁《中原古典神话流变论考》第274～286页，上海文艺出版社1991年。

成绩喜人。福建省截止1994年初，全省已编印三套民间文学集成县（市、区）卷铅印本200卷。新疆维吾尔自治区在1988年全国初次统计普查采录成果时，是唯一没有编印一部县卷本的地区，而近年全区已编印资料本391卷，其中241卷已铅印出版。上海市编印的350余卷资料本中还编印了街道卷和乡卷本。"[①]预计1998年底前将要出版的全国集成卷本有7卷，谚语集成：贵州卷、江苏卷、上海卷；歌谣集成卷本有：江苏卷；故事集成卷本有：四川卷、福建卷、北京卷。

个人的采录也有收获。活跃于50年代的韩燕如、孙剑冰、陈玮君、黎邦农等，崛起于80年代的裴永镇、刘思志、董其卓等，由于各种原因，进入90年代以来多没有再继续下去，而老民间文学搜集家董均伦、江源夫妇还坚持不懈，继续深入采访，不辞劳苦地到孔子的家乡曲阜及周边地区，采录有关孔子生平和家世的传说，并出版了《孔子世家——九十九个半的故事》。组成的《孔子世家》一书的这九十九个半故事，是在不同地点采集和写定的，每一个故事述说了孔子这位万世师表的一件事迹，九十九个半故事合起来，就成为一本民间视角的孔子传记。从民间视角看孔子，当然与学者看孔子会有所不同，正如野史与正史不同一样。唯其是民间视角，才更显得难得和可贵。河南省的马卉欣在80年代后期以田野调查脱颖而出，他原是河南省桐柏县文化馆的干部，1979年开始对盘古神话发生兴趣，后逐步作了一些搜集材料的基础工作。1988年开始，对盘古神话进行考察，先是考察家乡河南省各地与盘古神话有关的地区和遗迹，进而考察范围扩大到全国许多与盘古神话有关的地方，足迹所至，有湖南、湖北、贵州、云南、四川、陕西、青海、河北、山东、吉林、黑龙江、河南、安徽、江苏、浙江、上海、江西、福建、广东、广西等省区和20多个民族，历时9个月，行程3万里，搜集记录各地民俗、民族、史学、考古、志气、书、神话、传说文字资料180斤，录制磁带27盒，拍摄照片资料40余幅。最终成果是上海文艺出版社1993年出版的马卉欣编著的《盘古之神》一书，分《盘古神话诸形态考察与研究》《原始盘古神话的遗存》和《盘古神话的遗风》三

① 中国民间文学集成总编委会办公室《任重行难 成绩斐然——全国民间文学集成工作已逾十年》（1996年12月内部汇报资料）。

编把他多年的调查所得收罗以尽。

新时期重要民间文学成果览胜

三中全会以来，我们迎来了民间文学出版的最佳时期。在这一时期内出版的民间文学作品，不仅品种齐全，故事、歌谣、史诗、谚语，每一种形式的作品都出版了一定数量，而且还显示出以下五个显著的特点：一是新从群众中搜集采录来的作品超过建国来任何时期；二是科学性大为加强，长期困扰着民间文学界的搜集作品写定时加工太大的弊端大有改善；三是成套的图书相继问世，既检阅了我们搜集工作的成绩，又把分散的民间文学图书系统化、系列化；四是55个少数民族的民间文学被记录下来，受到了出版界和学术界的空前重视；五是民间文学作品和研究著作受到了出版机构的关注。建国初期的十七年间，民间文学的出版单位，最重要的是上海文艺出版社（原新文艺出版社），有一段时间人民文学出版社（作家出版社）成立了民间文学编辑室。“文革”后，除了上海文艺出版社继续出版民间文学书籍外，还成立了中国民间文艺出版社（可惜的是，1987年被撤销了），这两家出版社，以及各省市的出版社，20年来出版了大量的民间文学图书，基本上满足了读者对民间文学读物的要求。中国民间文艺研究会（中国民间文艺家协会）于1983年和1989年先后进行了第一届和第二届全国民间文学作品评奖，促进了民间文学作品的出版和质量的提高。现将有代表性的、有特点的、重要的民间文学作品集介绍和评述如下：

一、第一届全国民间文学作品评奖（1979—1982）获奖作品

第一届全国民间文学评奖于1983年9月在北京进行，经以周扬为主任的评奖委员会通过预选和终审评选出获奖作品86部。其中一等奖7部，二等奖23部，三等奖29部，荣誉奖27部。在86部获奖作品中少数民族的作品有50多部，包括蒙古、回、藏、维吾尔、苗、彝、壮、布依、朝鲜、满、侗、瑶、白、土家、哈尼、哈萨克、傣、傈僳、佤、畲、高山、东乡、纳西、景颇、柯尔克

孜、达斡尔、布朗、撒拉、毛南、仡佬、鄂温克、裕固、鄂伦春、赫哲、基诺等民族的作品。其中还有用藏、蒙古、柯尔克孜、维吾尔、壮、哈萨克、傈僳等7种民族文字记录并出版的13部作品。少数民族文字的文学作品参加全国评奖，这在我国文化史上是第一次。获奖的86部作品，第一次向国内外展示了我国民间文学的丰富多彩和56个民族的民间文学工作者的搜集成果。受奖大会于1983年12月15日在北京举行，中国文联主席、中国民间文艺研究会主席周扬主持授奖。

获一等奖的民间文学作品是：《格萨尔王传·霍岭大战之部》（英雄史诗，藏文，青海省民间文艺研究会整理，青海民族出版社1981年）、《江格尔》（15章本，蒙古文，托·巴德玛、宝音和希格等搜集整理，新疆人民出版社1981年）、《玛纳斯》第5部（英雄史诗，柯尔克孜文资料本，居素普·玛玛依演唱本，新疆民间文艺研究会编印1982年）、《苗族古歌》（田兵编选，唐春芳、汛河、燕宝、苏晓星、潘光华、桂舟人、龙明伍、今旦、邰昌厚搜集整理，贵州人民出版社1979年）、《西藏民间故事》（第一集，廖东凡、次仁多吉、次仁卓嘎搜集整理，西藏人民出版社1982年）、《相勐》（傣族叙事长诗，岩峰、王松搜集整理，载《山茶》1980年第2期）、《乌赫勒贵灭魔记》（蒙古族史诗）（琶杰演唱，丹碧扎拉桑整理，胡尔查译，载《勇士谷诺干》，内蒙古人民出版社1980年）。①

需要特别说明的是《藏族民间故事》（第一集）。1979年廖东凡、次仁多吉、次仁卓嘎到后藏采风为时100天，行程3000多公里，搜集到故事、传说、歌谣近百万字。开始了西藏的有组织的调查采录。同年于乃昌等在珞巴、门巴地区采风；1981年自治区民间文学讲习班分7个组到楚河、雅鲁藏布江、雅隆河、拉萨河、羊卓雍湖采风；1982年廖东凡、次旦多吉在墨脱珞巴、门巴地区采风；1983年米林地区民间文学调查；1986年张学仁、冀文正等再次到的墨脱调查。廖东凡等的这本《西藏民间故事》作为第一部用汉文公开出版的西藏民间故事集，无论

---

① 《1979—1982年全国民间文学评奖获奖作品名单》、《全国民间文学作品评奖委员会名单》及受奖大会的报道，均见《民间文学》杂志1984年第1期。

在西藏文化史上，还是中国文化史上，都有着重要的意义和地位。

《相勐》是傣族的阿銮叙事长诗之一。傣族全民信仰小乘佛教，宗教世界观对傣族影响甚巨。傣族流行一种叫作阿銮的故事，就是产生和流传于寺庙里的作品，多以诗体形式流传。据在西双版纳的调查，傣族仅歌颂阿銮的长诗就有550部之多。[①]长诗讲的是勐维扎王子相勐统一茫茫森林里101个国家的故事。在这个动人的古代爱情故事的背后，其实是古代不同的农耕氏族部落（森林国家）之间的血仇战争和部落兼并的血腥现实。这个作品，除了真挚的爱情给读者以情操的陶冶和美感的享受而外，还给读者以历史感和人民性。

二、第二届全国民间文学作品评奖（1983—1988）获奖作品

第二次全国民间文学作品评奖于1989年8月在北京进行，经以钟敬文为主任的评奖委员会评选出获奖作品81部。其中荣誉奖5部，一等奖3部，二等奖16部，三等奖35部。授奖大会于1989年9月在大连市举行，授奖仪式由中国民间文艺家协会主席钟敬文主持。获一等奖的3部作品是：《天牛郎配夫妻》（故事，孙剑冰搜集整理，上海文艺出版社1983年）、《密洛陀》（史诗，蓝怀昌、蓝书京、蒙顺通等搜集整理，中国民间文艺出版社1988年）、《祭天古歌》（歌谣，戈阿干、巴茅翻译，中国民间文艺出版社1988年）。[②]

要特别一提的是《密洛陀》。这是流行于布努瑶人中间的一部原始性叙事长诗，整理稿长达14000行，可谓鸿篇巨制。搜集者们从1962年起便开始到广西都安瑶族自治县采风，前后历经27年才得以完成。叙事诗通过对创世母神密洛陀这一形象的叙述与讴歌，表达了布努瑶在长期生存繁衍中征服和改造大自然的愿望。密洛陀是布努瑶族群的母神，在这部神话诗中，宇宙万物是由她用风和气流创造出来的，山川平地、湖海森林，一切生命之物，也是由密洛陀创造出来的。密洛陀派她的儿子射杀了威胁着人类的太阳和月亮，斩除了危害着人类的凶猪、妖猴、魔虎。密洛陀的精神指引着布努瑶人战胜困难和敌人，不

---

① 据毛星主编《中国少数民族文学·傣族》下卷第283页，湖南人民出版社1983年。

② 《第二届全国民间文学作品评奖获奖名单》及评奖委员会名单，均见《民间文学》1989年第10期。

断走向光明。《密洛陀》是布努瑶的文学，又是布努瑶的编年史。

《祭天古歌》是云南省民间文学普查后取得的第一批重要成果，所收作品是纳西族信仰的东巴教祭祀仪式有关联的作品。纳西族的祭天古歌中，包含着大量原始的、朴素的幻想，是该民族远古神话的一种表现形式。因此，《祭天古歌》不仅是一部良好的民间文学读物，而且对于我们今天的读者和研究者复原远古时代的思维和生活更有着重要的参考价值。

第二届评奖设有荣誉奖奖项主要是对成绩卓著的老学者的奖励，得奖者有：《聊斋汉子》（故事，董均伦、江源搜集整理，中国民间文艺出版社1982年，《续集》1987年）、《增布的宝鸟》（故事，萧崇素搜集整理，重庆出版社）、《阿诗玛》（叙事诗，马学良、罗西吾戈、范慧娟搜集翻译，中国民间文艺出版社）、《格萨尔王传·门岭之部》（史诗，王沂暖、余希贤翻译，甘肃人民出版社）。董均伦和江源夫妇的《聊斋汉子》是他们进入新时期以来在山东农村新搜集来的民间故事。董均伦夫妇的搜集方法和风格自成一体，他们听了农民讲述人的讲述之后，回来后用自己的语言表述出来，精神不走样，叙述文字上口，但不是逐字逐句地忠实于讲述者。他们搜集的作品是一种很好的文学读物，颇受读者的欢迎，被翻译成多种外文。在新时期，他们并未因年事已高就放下笔来，而是继续“行万里论，找千人谈”[①]。王沂暖教授多年从事藏族英雄史诗《格萨尔王传》的翻译，改革开放以来，焕发了青春，在这一领域里辛勤耕耘，默默无闻地翻译了《格萨尔王传》中的多部。因此，评奖委员会给予他的劳动崇高的评价。萧崇素30年代是左联的成员，解放后长期从事四川少数民族的民间文学搜集采录，出版过《奴隶与龙女》《青蛙骑手》《葫豆花与凤凰蛋》《五色海的传说》等民间故事集。新时期以来，他又满怀热情地开始搜集和编印四川地区流传的《格萨尔王传》版本的工作，编印过多种有价值的资料。对他的《增布的宝鸟》授予荣誉奖，是广大民间文学工作者对他一生从事文艺工作、半生献给民间文学的一种奖赏。

① 董均伦、江源《行万里路 找千人谈》系《聊斋汉子续集》的代后记。

三、《中国民间故事集成》《中国歌谣集成》《中国谚语集成》

根据文化部、国家民委、中国民研会共同签署的文民字（84）第808号文件《关于编辑出版〈中国民间故事集成〉〈中国歌谣集成〉〈中国谚语集成〉的通知》而开展的全国民间文学普查工作于1987年基本结束，同年三套集成的编纂工作便陆续开始了。根据计划，每省（市、自治区））应出故事、歌谣、谚语各一卷，全国总计编辑出版90卷。截止到笔者执笔时止，已出版的有16卷：《中国民间故事集成》（钟敬文主编，已出版4卷）：吉林卷（中国文联出版公司1992年）、辽宁卷（中国ISBN中心，1994年）、浙江卷（中国ISBN中心1996年）、陕西卷（中国ISBN中心1997年）。《中国歌谣集成》（贾芝主编，已出版5卷）：广西卷上下册（中国社会科学出版社1992年）、西藏卷（中国ISBN中心1995）、浙江卷（中国ISBN中心1995年）、宁夏卷（中国ISBN中心1996年）、海南卷（中国ISBN中心1997年）。《中国谚语集成》（马学良主编，已出版7卷）：宁夏卷（中国民间文艺出版社1990年）、河北卷（中国社会科学出版社1994年）、湖北卷（中央民族大学出版社1994年）、湖南卷（中国ISBN中心1995年）、浙江卷（中国ISBN中心1995年）、广东卷（中国ISBN中心1997年）、山西卷（中国ISBN中心1997年）。

中国民间文学三套集成里所选录的民间作品，大部分是从1984年起各地区、各民族的民间文学工作者根据群众、特别是故事讲述家的口头讲述采录下来的；一小部分选自“五四”以后70多年间一代又一代民间文学搜集家们在不同时期采录的作品。无论什么来源，编者在编选时，都以1984年5月28日《关于编辑出版民间文学三套“集成”的意见》中规定的“三性”为标准取舍定夺的。这“三性”是：科学性、全面性和代表性。[①]所谓科学性，就是在向讲述者搜集采录民间文学作品时，要根据讲述人的讲述忠实记录下来，尊重讲述者

---

① 《意见》：“三套集成的要求是总结以往搜集工作的经验，进一步开展普查，用科学记录的方法，在广泛搜集的基础上编选出各地区、各民族各种形式的优秀的口头文学作品。三套集成各卷本要严格注意科学性、全面性和代表性，选入的作品，一定要符合‘忠实记录，珍重整理’的原则，避免失真。”见《中国民间文学集成工作手册》第3～4页。中国民间文学集成总编委会办公室编印，1987年3月。

的讲述内容、情节、表述文字及表述方式，在进行文字整理时不随心所欲地根据自己的想象作较大的改动；每一篇作品讲述时的民俗人文环境要在文末作出交代和注释；如有不同的异文应同时附上以备比较参照，等。所谓全面性，主要是指搜集的时候，避免随意取舍，要求全面采录，特别是不能遗漏那些最有代表性的、最有地方特点的、最为群众喜闻乐见的民间作品。所谓代表性，主要是编选时要遵循的一个原则。对于一个地区来说，民间文学作品既有代表性的作品也有非代表性的作品；即使对于某一种类、某一形式（体裁）的民间文学作品来说，也有代表性和非代表性之作的区分。凡此种种，在编选时，都在权衡之列，勿失之偏颇，要慧眼识英雄，把那些有代表性的作品遴选进来。这就是中国民间故事集成（也是歌谣集成、谚语集成）的编选原则。经过全国上下众多民间文学工作者的搜集挑选，和民间文学专家的选择、比较、权衡、审阅，特别是主编钟敬文先生的亲自审订，应当承认《中国民间故事集成》的编选是认真按照“三性”要求做的，因而也是达到了较高的水平的。

收集在《中国民间故事集成》各省市卷本中的故事，是指广义的故事，既包括神话、传说和故事（狭义的故事）这三种异中有同、同中有异的民间叙事作品。《中国民间故事集成》的编选，编者充分注意到了民间故事的地方特色和民族特色。许多省（市、自治区）的卷本注意选入那些被称为故事家的人讲述的优秀故事。故事家及其讲述的故事，成为我国民间文学研究者的研究对象和搜集者的搜集对象，是80年代以后的事。这是一个很大的进步。一般说来，这些具有专门才能的人所讲述的故事，具有他人无法超越的优长，是自不待言的。在省（市、自治区）卷本的卷末，附有故事讲述家的简明介绍材料。从第二册《辽宁卷》起在卷末都附有《常见故事类型索引》。“类型研究”是民间故事研究领域中诸多研究方法之一，其特点是把情节相似的民间故事（仅限于已有文字记录者）归纳成若干类型。在我国，本世纪30年代钟敬文曾试图编制中国的民间故事类型索引，但他未能最终完成此课题。① “类型索引”的作

① 钟敬文所作的故事类型，先后发表在《开展月刊·民俗学专号》（1931年第10～11期合刊）和日本《民俗学》月刊上。

用在于通过故事类型的归纳和比较，研究某些类型的故事的流传、变异情况。《辽宁卷》把收入辽宁省卷本和地市卷中的故事，归纳出了27个类型，将这27型的故事分别套入AT分类系统和美籍华人丁乃通制作的《中国民间故事类型索引》中的相应的号码。[①]这是一种尝试。

四、《中国新文艺大系·民间文学集》

《中国新文艺大系》是三中全会之后由中国文学艺术界联合会组织专家学者编选的一套文艺分类选集，其所涵盖的时间跨度，从1917年“五四”新文化运动到改革开放初期的1982年（策划此书的时间）止。全书按历史时期分期，共五辑：第一辑（1917—1927）；第二辑（1927—1937）；第三辑（1937—1949）；第四辑（1949—1966）；第五辑（1976—1982）。周扬为总顾问，陈荒煤为总主编，冯牧、李庚为副总主编。聘请文艺学术界的著名专家学者担任各卷主编。这套包括文学艺术各门类的大系，旨在精选60年来不同历史阶段上发表的文艺作品，全面反映中国新文艺在不同时期的历史面貌。“编纂一部反映‘五四’以来中国新文艺优秀成果及其发展历程的拔萃本总集，目的是为继承和发扬革命传统、进一步繁荣我国的社会主义文艺事业，为研究、总结我国文学艺术的发展、衍变的规律和历史经验，提供一套比较系统、完整的资料。”[②]

民间文学是这套文艺总集的一个门类。每一个规定时期内，都单列为一卷。截止到1998年底，《中国新文艺大系·民间文学集》只出版了第三辑（1937—1949年，刘锡诚主编）[③]；第四辑（1949—1966年，贾芝主编）[④]；第五辑（1976—1982年，钟敬文主编）[⑤]共三卷。民间文学与作家艺术家的创

---

① 丁乃通《中国民间故事类型索引》，中国民间文艺出版社1986年。

② 《中国新文艺大系·出版说明》，《中国新文艺大系》各卷之首，中国文联出版公司。

③ 刘锡诚主编《中国新文艺大系·民间文学集》（1937—1949），中国文联出版公司1996年。

④ 贾芝主编《中国新文艺大系·民间文学集》上下册（1949—1966），中国文联出版公司1991年。

⑤ 钟敬文主编《中国新文艺大系·民间文学集》（1976—1982），中国文联出版公司1987年。

作不同，它有自己的特点，即在某一历史时期中搜集或公开发表的民间文学作品，除了一部分时政歌谣和极少数的新故事是反映当代生活的作品而外，大部分都是流传于前朝前代的传统作品，与当代社会生活没有必然的紧密关系。如果“当代流行的文化就是当代文化的一部分”这一论断能站得住脚的话，那么，各个时期搜集的民间文学无疑应当归入那个时期的文学艺术之列，因为文学艺术的享用者——人民群众，毕竟是接受这些民间文学的。更进一步说，一个时期搜集的民间作品，其所以搜集这些作品，而不搜集那些作品，也自有其作者的社会观点、审美情趣与时代需要、时代精神相呼应的一面。从这些观点的立场来说，当代人编选的《中国新文艺大系·民间文学集》，不仅其作品能够适应我们今天的审美的、甚至思想的需要，而且能够体现编者的社会与美学的观点。

五、《中华民族故事大系》（十六卷本）

本书收录56个民族的2500余篇各种类型的民间故事，是上海文艺出版社从本世纪80年代初起前后历时15年的时间，组织各地区、各民族的7000多位民间文学搜集者采录、整理、编选而成的。全书约1200万字。是此前我国出版的规模最大、收录故事最多的民间文学总集。该书取材包括56个民族的神话、传说、故事、笑话、寓言等各种广义的民间故事，大多数是首次发表。编者在编选时，既考虑到每一个民族的代表性作品，同时又顾及到内容、形式的多样化，以求反映出每一个民族民间故事的概貌。该书所收民间故事在整理时保留了民族的文化特色，是一部资料丰富、色彩斑斓、文学性较强的民间文学读物。著名民俗学家钟敬文在该书《序言》中称赞它“是民族民间文学成果出版方面的一件壮举”。[①]这套故事大系丛书，作为本世纪80年代以来全国各地区、各民族个人采录民间故事的集大成者，对于我国传统民间文化的积累，是功不可没的。

---

① 钟敬文《中华民族故事大系·序言》，《中华民族故事大系》第1卷第5～7页，上海文艺出版社1995年。

六、《中国民间故事精品文库》（十卷本）

中国广播电视出版社于1996年出版了由刘锡诚、马昌仪、高聚成主编的十卷本《中国民间故事精品文库》：第一卷：马昌仪编《中国神话故事》；第二卷：荣士娣、顾建中编《中国民间英雄传奇故事》；第三卷：贺学君、茅鲁敏、张炜编《中国民间爱情故事》；第四卷：俞航、蜀舟编《中国民间智谋故事》；第五卷：高聚成编《中国动物故事》；第六卷：白山、青梅、田野编《中国名人传说》；第七卷：陈子艾编《中国神怪故事》；第八卷：一苇编《中国民俗故事》；第九卷：程蔷、浩宇编《中国地方风物传说》；第十卷：萧莉、萧芃编《中国幽默故事》。[①]这套以主题立卷编选、各自独立的民间故事精品选本，既收入了一部分以往（包括20—30年代以来）搜集写定的民间文学作品，也收入了许多近年新采录的、首次与读者见面的民间故事；在编选时，编者既顾及到民间作品的科学性及科学价值，又充分考虑到广大读者的需要和口味，旨在为读者编选一套优秀的民间文学读物。这套故事选集的特点是：第一，书中所选民间故事，是从老百姓口头上记录下来稍加规顺整理的民间故事，既不失民间作品固有的社会历史认识价值和人生价值，也具有较高的文学性。第二，编者从许多相同或相似的故事中，选取最优秀者或最有代表性者。第三，编者充分考虑到了民间故事的民族特色和地方特色。第四，注重到了故事作品的健康有益的思想意义。

七、《江南十大民间叙事诗》

中国古代有没有叙事诗的问题，是20世纪初年的一个热门话题。胡适在《白话文学史·故事诗的起来》里说："故事诗（Epic）在中国起来的很迟，这是世界文学史上一个很少见的现象。要解释这个现象，却也不容易。我想，也许是中国古代民族的文学确是仅有风谣与祀神歌，而没有长篇的故事诗，也许是古代本有故事诗，而因为文字的困难，不曾有记录，故不得流传于后代；

---

① 刘锡诚、马昌仪、高聚成主编《中国民间故事精品文库》（十卷），中国广播电视出版社1996年。

所流传的仅有短篇的抒情诗。这二说之中，我却倾向于前一说。”[①]本世纪50年代，在湖北省的古楚之地、现今汉族聚居地区发现了几部长篇民间叙事诗，如《双合莲》和《钟九闹漕》等。遗憾的是，文学史家们很少关注民间文学方面取得的成果。20世纪80年代，在吴语地区搜集采录到了近30部长篇叙事诗，由上海文艺出版社选择其中十部优秀者编成了一部厚厚的《江南十大民间叙事诗——长篇吴歌集》[②]。这在中国文学史上是一件不容忽视的大事。此书出版后，江浙沪的民间文学研究者们召开了专题研讨会。上海的文艺界人士召开了座谈会。参加座谈会的人士给予江南长篇叙事诗的发现与出版充分重视。民间文艺研究家姜彬说：80年代“发掘出来的长篇吴歌达三四十部之多，把历史上认为‘江南无长篇叙事诗’的结论，用事实来加以重新认识”。[③]这些长篇叙事诗的发现与出版，给胡适等先于70年前提出的中国没有叙事诗的结论以回答：中国古来是有长篇叙事诗传统的，至于古代诗歌选集中为什么没有留下来足够多的长篇叙事诗歌，其原因并不是没有，而大半是由于没有专门的人在民间搜集起来并予以写定的缘故。中国的文学史理应予以修正。

八、藏族史诗《格萨尔王传》

藏族史诗《格萨尔王传》的出版，开始阶段处于没有规划和分工的状态，分属于不同的出版社。据中国社会科学少数民族文学研究所格萨尔办公室1984年初统计，全国七省区藏区已出版45部：藏族《格萨尔王传》：汉文4部，藏文35部（含异文本）。蒙古族《格斯尔王传》：汉文2部，蒙古文4部。[④]据《格萨尔》领导小组负责人王平凡1991年提供的数据：已出版藏文本65部，蒙古文本13种17卷。[⑤]据笔者所见，中国民间文艺出版社出版的有：《岭·格

① 胡适《白话文学史》第6章《故事诗的起来》，上海新月书店1928年6月初版。

② 《江南十大民间叙事诗——长篇吴歌集》，上海文艺出版社1986年。

③ 姜彬《钱舜娟〈江南民间叙事诗及故事〉序》，上海文艺出版社1997年。

④ 《〈格萨尔王传〉已出版45部》，见《〈格萨尔〉工作通讯》1984年第1期（总第10期）。中国社科院少数民族文学研究所《格萨尔》办公室编。

⑤ 王平凡《巨大的成就，灿烂的前景——回顾40年的〈格萨尔〉工作》，钟敬文主编《中国民间文艺 学的新时代》第25页，敦煌文艺出版社1991年。

萨尔王》（上中下三部，王歌行、左可国、刘宏亮整理，1985年）、《格萨尔·加岭传奇》（阿图、徐国琼、解世毅翻译整理，云南版，1984年）；甘肃人民出版社出版的有：《格萨尔王传》（贵德分章本，王沂暖、华甲译，1981年）、《格萨尔王传·降服妖魔之部》（王沂暖译，1980年）、《格萨尔王传·世界公桑之部》（藏文，贡去胡才旦整理，1981年）；青海省人民出版社出版的有：《霍岭大战》上、下册（中国民间文艺研究会青海分会编，吴均、金迈译，左可国、雷廷梓、徐国琼整理，1984年）；西藏人民出版社出版的有：《格萨尔王传·木岭之战》（藏文，根据手抄本整理，1982年）；四川民族出版社出版的有：《格萨尔王传·门岭之战》（藏文，1982年）等。少数民族文学研究所研究员降边嘉措于1991年起承担了《〈格萨尔王传〉优秀艺人口头说唱科学版本》重点课题（1991—1995），最终成果为整理出版10部。[①]此外，在社会上流通的，还有降边嘉措的《格萨尔王全传》（宝文堂书店本）和王沂暖的《格萨尔王本事》（甘肃人民出版社本）两种缩写本。

九、蒙古族史诗《江格尔》

史诗《江格尔》已出版的有：《江格尔》，托忒文，托·巴德玛、宝音和希格搜集整理，新疆人民出版社1980年；《江格尔》上下册，回鹘式蒙古文，宝音和希格、托·巴德玛搜集整理，内蒙人民出版社1982年；《江格尔》，色道尔吉译，人民文学出版社1983年；《江格尔》，托忒蒙古文资料本一、二册，中国民间文艺研究会新疆分会编印，三、四、五册，新疆人民出版社1985年，六、七、八、九册，中国民间文艺出版社出版，无出版年月；《江格尔》（一、二），托忒文文学读本，中国民间文艺研究会新疆分会整理，新疆人民出版社1985—1987年；《江格尔》，霍尔查译，新疆人民出版社1988年；《江格尔》回鹘式蒙古文，（一），内蒙人民出版社1988年，（二），1989年；《江格尔》（汉文全译本第1、2册），新疆人民出版社1993年。[②]

---

① 见《中国社会科学院少数民族文学研究所科学研究成果题录》（1979—1995）第113页。

② 据仁钦道尔吉《〈江格尔〉论》第374～375页。

十、柯尔克孜族史诗歌《玛纳斯》

前面说过，史诗《玛纳斯》的搜集记录工作开始于本世纪60年代。除“文革”十年被迫中断外，记录翻译工作迄未间断，浸透了许多学者的心血。以往出版的都是资料本，直到新时期才得以有正式版本出版。据极不完全的资料，已出版：居素甫·玛玛依演唱本《玛纳斯》柯文本，新疆人民出版社1984年；《玛纳斯》汉文本第1部上卷，新疆人民出版社1991年；《赛麦台依》汉文译本出版时间未详。《玛纳斯》全诗为8部：第一部《玛纳斯》、第二部《赛麦台依》、第三部《赛依铁克》、第四部《凯涅尼本》、第五部《赛依特》、第六部《阿斯勒巴恰与别克巴恰》、第七部《索木碧莱克》、第八部《奇格台依》。每一部都以玛纳斯家族的一位英雄的名字命名。气势宏伟，结构复杂。全诗20万行。[①]第一部《玛纳斯》是全诗的重点之作，从民族英雄玛纳斯的神奇诞生起，通过柯尔克孜民族与异民族的全民战争，描绘了作为民族精神支柱的玛纳斯的非凡武功和宏阔伟业，在震撼人心的厮杀中，抒发了和体现出强烈的民族精神和家园意识。

十一、赫哲族史诗《伊玛堪》

“伊玛堪”是赫哲族最重要的文学遗产。赫哲族在我国56个民族中人口最少，而一代一代的赫哲人孕育的“伊玛堪”，却是可以与世界不同文化区系的著名文化遗产相媲美的辉煌文学作品。“伊玛堪”是赫哲族独有的一种长篇叙事作品，运用史诗特有的散文与诗体交替“夹叙夹唱”的叙事方式，以部落之间的征战和部落联盟的形成等史事为题材，赞颂了部落英雄的功业。对“伊玛堪”的性质，学术界存在着分歧，有人认为是说唱文学，有人认为是英雄史诗。[②]据20世纪80年代调查确认，在赫哲族中间流传的“伊玛堪”总数约40部。黑龙江人民出版社于1997—1998年出版的《伊玛堪》上、下册（黄秋实、刘魁立主编），收选了十多部。这些作品是从近20年来黑龙江省民间文学

---

① 郎樱《〈玛纳斯〉论析》第49页。

② 参阅许昌翰、黄任远《赫哲族文学》第113～118页，北方文艺出版社1991年。

家们在多次调查中从被称为“伊玛卡玛发”的赫哲族歌者口中搜集采录的“伊玛堪”中精选出来的。在这些作品中，最常见的题材是在浓重的萨满文化氛围中展开的悲壮的原始部落血缘复仇战争和部落兼并，歌者所歌颂的人物，都是些具有上天入地的超本领的部落英雄（莫尔根）和呼风唤雨的大萨满。《伊玛堪》是赫哲族的生活教科书和文化丰碑，也是中华文化的珍品。

十二、《贵州省民间文学选粹丛书》

贵州省在建国十七年出版《民间文学资料》50多集，80年代初期再版并补充多集，合为72集。搜集工作成绩巨大。进入90年代，由余未人策划、卢惠龙主编，由贵州人民出版社于1997年出版了一套“贵州民间文学选粹丛书”（10卷）：龙玉成、王继英编《贵州民间歌谣》，燕宝、张晓编《贵州民间故事》，燕宝、张晓编《贵州神话传说》，阮居平编《贵州民间长诗》，龙跃宏、龙宇晓编《侗族大歌琵琶歌》，潘定智、杨培德、张寒梅编《苗族古歌》，何积全编《彝族叙事诗》，刘之侠、潘朝霖编《水族双歌》，康健、王冶新、王子尧、何积全编《彝族古代文论》，韦兴儒、周国茂、伍文义编《布依族摩经文学》。不仅系统地把这些山地农耕少数民族的民间文学作品公之于众，而且展示出贵州民间文学搜集工作的煌煌成就和济济人才。

故事家和故事村的发现

新中国成立以来，民间文学界发现了许多演唱民歌的歌手和史诗的艺人，如最有名的《玛纳斯》说唱艺人居素甫·玛玛依，《格萨尔王传》说唱艺人扎巴老人、玉梅姑娘，安徽肥东山歌歌手殷光兰，江苏民歌歌手陆瑞英，苏州长篇吴歌演唱家陆阿妹，等等。但民间故事讲述家却少有人去发现或注意。在全国民间文学普查中，地方的民间文学工作者们发现了若干个“故事村”和“故事家”，成为改革开放20年来民间文学领域里取得的又一大成绩。同时，故事家和故事村的发现和研究，也是民间文学学科拓展和深化的一个表现。现分述如下。

一、对故事家极其个性的关注是个进步

据不完全统计，能讲述50则以上民间故事的故事讲述家不下9000人。[①]最早闻名于全国的是民间文学搜集家裴永镇发现的朝鲜族老太太金德顺，她讲述的故事集纳成为《金德顺故事集》一书，由上海文艺出版社于1983年出版。在这本书里收集了她讲述的73篇故事和33篇故事资料，一时间成为报刊传媒和民间文学界关注的热点话题，并从而引导出了故事家及其个性和传承问题的研究课题。《民间文学论坛》杂志曾召开过专题座谈会。乌丙安在为《金德顺故事集》所撰序言里指出："这些故事优美动人，不仅有鲜明的主题，而且还有讲述家富于感染力的语言艺术风格和浓郁的朝鲜族民俗特色。绝大部分故事是完整的，在世界故事类型中是比较典型的。"[②]她所讲的故事中，以幻想性故事最具特色。讲述故事的现场，往往对讲述者产生某种影响，如她常常根据在场的听众和场合而选择讲述某类故事或某个故事，而且简繁也有别。搜集者将其称作"有针对性"。[③]除了金德顺外，辽宁省先后发现的故事家，还有岫岩县的李马氏（民间文学搜集家张其卓、董明发现），鞍山市山区的于春贵（缪歌今采录），喀喇沁左旗的蒙古族故事家武德胜等。[④]

20世纪80年代初，黑龙江省民间文学工作者们在宁安县发现了满族故事家傅英仁，并对他所讲述的故事进行了采录。东北其他两省的民间文学搜集研究家，特别是神话学家，也向他搜集采录过满族神话故事。傅英仁与多数民间故事讲述家不同，他的特点是，不仅能讲述，而且也能自己写定，可以把自己烂熟于心的故事用笔写下来。他讲述的故事，开始时在《黑龙江民间文学》和

---

① 据刘守华《中国鄂西北的民间故事村伍家沟》，《民俗曲艺》民俗调查与研究专号第111期，财团法人施合郑民俗文化基金会，1998年1月，台北。

② 乌丙安《金德顺故事集·序言》，上海文艺出版社1983年。

③ 裴永镇《金德顺和她所讲的故事》，《金德顺故事集》第1～12页。

④ 参阅《辽宁省民间故事讲述家简介》，《中国民间故事集成·辽宁卷》第971～973页，中国ISBN中心1994年。

《民间文学》杂志上发表，后来有成书问世。他讲述和写定的故事，已出版的有《满族神话故事集》（北方文艺出版社1985年）等多种。1984年4月黑龙江省委授予他“民间故事家”称号，并作为黑龙江省的代表出席了于1984年11月在石家庄市举行的中国民间文艺研究会第四次会员代表大会。[①]他对满族神话的搜集与研究贡献颇大。

湖北民间文学搜集研究家王作栋1983年在湖北省五峰县发现了故事讲述家刘德培老汉。[②]80年代以来的十年间，刘德培一共讲述了508则故事。经王作栋记录和录音整理的长达48万字的刘德培故事集《新笑府》，于1989年由上海文艺出版社出版。刘德培经多见广，阅历丰富，少时与周围能讲故事的能手（当地叫“树蔸”者）多所交游。他讲述的故事以笑话为主，能“随方就圆，挥洒自如”，富于幽默的风格。[③]刘德培及其故事，从80年代起引起海内外理论界的注意，评论和研究较多。

山东省在民间文学集成普查中陆续发现了多位故事讲述家。1982年4月在临沂发现了尹宝兰老太太（92岁，记录了200多则）、胡怀梅老太太（记录了100多则）、王玉兰老太太（讲述300多则，记录了100多则）、刘文发老人（记录了100多则）。临沂地处山区，交通不便，信息闭塞，是一个有着丰厚的文化传统和革命传统的地区。这4位故事讲述家，虽同处大致相同的社会政治、地理自然和文化传统的环境之中，但由于他们每个人的身世不同、经历各异，故事也各就有其不同特点。尹宝兰讲述的故事，内容涉及社会的各个方面，但基本的是：穷人、弱者、受欺侮者最后总有好的结局，富人、恶人、统治者最终总要受到应有的惩罚。[④]胡怀梅人生经历坎坷，她所讲的故事围绕着一种思想：善有善报，恶有恶报。她的处世箴言是：“为男为女在世间，良心

① 参阅金辉《他所走过的路——访满族故事家傅英仁》，《民间文学》1985年第6期。

② 《新近发现的民间故事家刘德培》，《湖北日报》1983年12月23日。

③ 王作栋《刘德培与前辈传承人》，《民间文学》1987年第9期；王作栋《刘德培印象》，见《新笑府——刘德培故事集》，上海文艺出版社1989年；李惠芳《新笑府·序》。

④ 王全宝《尹宝兰简介》，《四老人故事集》第442页，中国民间文艺研究会山东分会编印1986年。

行为要当先；为人不懂世间理，枉在世界走一番。”这一思想渗透在她所讲的故事中。[①]中国民间文艺研究会山东分会于1986年编印了《四老人故事集》一书。1987年10月26—30日在临沂召开了四老人及作品研讨会，对他们的作品和风格特点进行了学术研讨。

1979年青岛市发现了故事家宋宗科。宋宗科老人生于费县，也是临沂山区，但他后来的经历非凡，因而造就了另一种风格的故事家。宋宗科小时候上过私塾，15岁到临沂学医，曾拜当地民间曲艺艺人高敬修和邹明山为师，学渔鼓和山东快书。20岁出家到云蒙山当了道士，渐而升为禅士、讲士，到处传经讲道，曾到过多处名道观、古庙刹，漫游过各地名山大川和古都名城。曾在北京白云观代理道长，研究过道教经典，阅览过皇宫藏书。他阅历丰富，学识广博，天资聪慧，强记博闻。从1947年起还俗从医。他讲的故事题材广泛，但以传说为多，这与他的经历不无关系。有生活故事、历史人物传说，也有人文传说、地方风物传说和趣闻笑话等。[②]他的故事中受道教文化的影响较重。山东省民间文艺家协会与青岛市民间文艺家协会合编了《宋宗科故事集》一书，由中国民间文艺出版社于1990年出版。中国民间文艺家协会山东分会授予他“民间故事家”称号。

吉林省延边朝鲜族自治州民间文学工作者在80年代初发现并记录了朝鲜族故事家黄龟渊讲述的故事。从1983年7月到1987年，黄龟渊先后讲述了530则故事，其中包括朝鲜族的神话传说。1986年延边人民出版社出版了金在权采录的黄龟渊故事集《天生配偶》，1989年民族出版社出版了他的第二本故事集《破镜奴》。前者获吉林省“长白山文艺奖”民间文学二等奖。[③]吉林省在民间文学普查中发现的另一位故事家黄显孚，祖籍山东蓬莱，早年逃荒到吉林省柳河县。新中国成立后先后做过通讯员、勤杂人员、街道扫盲教员和筑路工等，

① 靖一民、靖美谱《胡怀梅简介》，《四老人故事集》第437～439页。

② 参阅《宋宗科故事集·前言》，山东省民间文艺家协会、青岛市民间文艺家协会编，中国民间文艺出版社1990年。

③ 参阅《吉林省民间故事家简介》，见《中国民间故事集成·吉林卷》第981～982页，中国文联出版公司1992年。

后下放农村，双目失明，被通化社会福利院收养。民间文学工作者记录了他讲述的民间故事380篇，收入《梅河口市故事卷》。吉林省编印的《黄显孚故事集》收入他讲述的故事140篇。中国民间文艺家协会吉林分会授予他“民间故事家”称号。[①]

山西民间文学搜集者范金荣，1986年在山西省朔州市神头镇马邑村发现了故事讲述家尹泽老人，并于次年开始向他记录故事。[②]共记录尹泽讲述的故事150则，歌谣120首。尹泽于1989年逝世。山西省民间文艺家协会与1989年3月31日追认为山西省优秀民间故事讲述家。1994年山西省民间文艺家协会、山西省民间文学集成办公室、朔州市民间文艺家协会出版了范金荣采录的《尹泽故事歌谣集》。他采录整理的另一本尹泽故事集《真假巡按》收入57个故事，即由山西古籍出版社出版。尹泽属于“没有走出过村”的类型的故事家。他的活动范围只是他附近的村寨，他讲述的故事，其内容和风格趋于原始质朴，[③]与那些见多识广的故事家（如宋宗科）迥然有别。

二、故事村作为文化丛

在从1984年开始的全国民间文学普查中发现了若干个“故事村”。所谓“故事村”者，标志是：其一能讲故事者，人数之众超出于一般村落；其二以讲故事者的记忆和讲故事的方式，相当完整地保存下来了当地的传统文化和文化传统。这是20世纪中国文化的一大奇观，已引起世界民间文学界的广泛注意。包括联合国教科文在内的若干外国专家团体，先后深入到这些村寨去作考察，并撰文介绍。这些“故事村”，如河北省藁城县的耿村，行唐县的杏庵村，四川巴县的走马乡，湖北丹江口市的伍家沟村等。现将耿村和伍家沟两个较为著名的“故事村”的有关情况简述如下。

河北省开展民间文学集成调查过程中，1986年在藁城县耿村发现了成群

---

① 参阅《吉林省民间故事家简介》，见《中国民间故事集成·吉林卷》第981页。

② 范金荣《尹泽和他讲述的故事》，《民间文学》1987年第8期。

③ 张余《尹泽故事歌谣集·序》，见《尹泽故事歌谣集》第1～2页，山西省民间文学家协会、山西省民间文学集成办公室、朔州市民间文艺家协会编印1994年。

的讲述故事的能手，如靳景祥、靳正新、王玉田等。先后在此进行了6次全面调查，确认称得上故事家和歌手者达26人。采录故事、歌谣等民间作品达280余万字，编印了《耿村民间故事集》4册，计222万字。该村被命名为“故事村”。“故事村”这个名称在中国文化史上第一次出现，具有历史意义。这些考察资料弥补了史乘文献的不足和空白。在文化区系上，耿村应属于中原古文化范畴，在此地发现如此众多的一个民间故事家群体和如此丰厚的故事资源一事，引起了国内外研究者的强烈反响。来此参观采访者络绎于途，先后多次召开过学术会议和有国外机构、国外及境外学者参加的科学考察。石家庄文艺评论家袁学骏撰写了一部专著《耿村民间文学论稿》，全面叙述和论列了耿村现象的产生、特点和意义。①

20世纪80年代以来，湖北省丹江口市六里坪文化站站长李征康，在湖北省民间文艺家协会、湖北省群众艺术馆、湖北省民间文学集成办公室的支持下，在道教圣地武当山北侧的丛山中一个只有216户、分17个居民点居住、890口人的伍家沟村里，先后搜集采录3年时间，发现了会讲故事者85人，约占总人口的10%。其中能讲50～100个故事的有35人，能讲100以上故事的有8人，还有两人——李德富、葛朝宝能讲400则以上的故事。现已采录故事1000多篇。1989年出版的《伍家沟村民间故事集》收录故事236篇。②1996年又出版一本《伍家沟村民间故事》第二集，收入故事165篇。（山东文艺出版社1996年）因此，伍家沟村于1995年被丹江口市政府和湖北省民间文艺家协会命名为“民间故事村”。伍家沟村民间故事以幻想性神仙鬼怪精灵故事见长，据故事学家刘守华统计，这类故事约占已出版的400篇故事的一半。这个小山村因有如此众多的故事家群和故事蕴藏而负盛名。

两个“故事村”的故事各有特色。“耿村是中国华北平原上的一个小集镇，它的故事内容广博，现实感强，具有以儒家思想为主导的中原文化的浑厚特色。南方山村伍家沟的故事，则以染有神秘幽玄的道教文化色彩显现出自己

① 袁学骏《耿村民间文学论稿》，中国民间文艺出版社1989年。

② 李征康录音整理《伍家沟村民间故事集》，中国民间文艺出版社1989年。

的特殊魅力与价值。”[1]

三、新时期民间文学理论研究

新时期民间文学的理论研究工作，与搜集工作一样也取得了巨大的成就。研究工作和搜集工作是互相呼应，互相促进的。

（一） 建设中国民间文艺学的提出

1976年10月上旬，林彪、江青反革命集团的反动统治结束了，中国的社会主义革命和建设事业出现了根本性的转折。随着民间文学专业团体的恢复，民间文学的学术研究也复兴起来了。如果说，“文化大革命”之前，民间文学工作的重点是对流传于人民群众口头上的民间作品进行搜集、记录、整理、出版，以满足广大人民群众阅读和文艺界人士借鉴的需要，理论研究工虽然也投入了一定的力量并且取得了一些成绩，但从总体上来说还有欠深入、有欠全面、有欠系统的话，那么，在当今民间文学的理论研究得到复兴，尤其是有了中共十一届三中全会精神的光照，建设有中国特色的民间文艺学体系，就成为绝大多数民间文学工作者的共同愿望和奋斗目标。

建设有中国特点的、以马克思主义为指导的民间文艺学这一口号的提出，是1979年的事情。经过反思50年代初期学习苏联学者们关于民间文学的理论，1958年的新民歌运动的经验教训，民间文学搜集和范围界限的讨论，各族民间文学概况和民间文学史编写中的成败得失，第三次全国民间文学工作者大会对1949年以来民间文学工作的基本总结，新时期以来对民间文学与宗教等文化现象关系的讨论，等等，痛感到“左”的思想给当代中国民间文学事业所造成的危害，痛感民间文学的搜集、研究中教条主义、简单化、庸俗化倾向的泛滥，于是普遍对于在拨乱反正、树立实事求是的学风的同时，提出建立真正的马克思主义的民间文艺学有一种认同感。1979年11月，在中国民间文艺研究会第三次会员代表大会上，钟敬文作了《把我国民间文艺学提高到新的水平》[2]

---

① 据刘守华《中国鄂西北的民间故事村伍家沟》，《民俗曲艺》第111期，施合郑民俗文化基金会出版，1998年1月，台北，

② 见《民间文学》1980年第2期；后收入《新的驿程》一书中，中国民间文艺出版社1987年。

的演讲，第一次阐述了关于建立真正的马克思主义的民间文艺学的主张。半年之后，1980年7月，他又在昆明云南大学《思想战线》编辑部召开的座谈会上作了关于建立具有中国特点的和具有较高科学意义的民间文艺学的意见。[①]嗣后，1981年5月17日，在中国民间文艺研究会第一届学术年会上，他又作了《关于民间文艺学的科学体系及研究方法》的演讲，论证了民间文艺学的科学体系所包括的一般理论、民间文艺史、民间文艺学科学史、民间文艺学方法论、民间文艺学资料学，以及民间文艺某些方面的系统的专门研究如神话学、童话学等重要组成部分。1983年4月11日，在该会第二次学术会议上，他再次作了《建立新的民间文艺学的一些设想》的报告。[②]在这个报告中，作者系统地论述了关于建立"以马列主义为指导的、从实际出发的、具有中国特色的、系统的民间文艺学"的全面构想和应作的努力。

建设有中国特色的、以马克思主义为指导的民间文艺学的构想，作为中国当代民间文学事业的一个战略性口号提出之后，得到了许多理论工作者的赞同，其反响是强烈的。贾芝在为中国民间文艺研究会首届年会作小结时说："今后……我们民间文学研究工作的奋斗方向，就是要努力建立中国的马克思主义民间文艺学。中国的民间文学很有特点，应当进行系统的研究，我们应从党对民间文学的领导，民间文学在社会主义革命中应起的作用，我们的经验等等这些方面来进行研究，建立有中国特点的民间文学研究。"[③]乌丙安、张紫晨分别于1982年10月出版的《湘潭大学学报》（社会科学版）的"民间文学增刊"上发表了关于建立中国马克思主义民间文艺学的文章；许多高等学校的文科教师在北京师范大学出版的《民间文艺学文丛》上撰文，发表了各自的见解。

为了把这一任务变为中国民间文学界所有理论工作者和搜集工作者共同的任务，中国民间文艺研究会于1983年12月召开了第三届第二次理事会，对加强理论研究工作进行了专门的讨论。民研会主席周扬在理事会上讲了两点意见：

---

① 见《思想战线》1980年第5期；后收入《新的驿程》一书中。

② 见《民间文学论坛》1983年第3期；后收入《新的驿程》一书中。

③ 见《民间文学论文选》第19页，中国民间文艺研究会研究部编，湖南人民出版社1982年。

（1）“我们国家应该造就很多而不是几个研究民间文学、民俗学的人才。”我们国家“应该招收民间文学博士研究生”。（2）提高民间文学研究的学术水平，“使这些研究达到世界科学的研究水平”。[①]民研会书记处常务书记刘锡诚在《全面开创社会主义民间文学事业的新局面》的报告中，在论述了民间文学搜集整理和理论研究的相互关系之后，强调加强民间文学的理论建设，就是“以建设和发展具有中国特色的、以马克思主义为指导的民间文艺学体系为核心内容和奋斗目标”。[②]理事会闭幕之后，在一些刊物上，围绕着这一论题展开了深入的讨论。姜彬、王平凡、王松、黎本初、柯扬、潜明滋等都写了文章。姜彬就中国民间文艺学的方法论问题，分别在《文学报》和《民间文学论坛》上著文，着重论述了马克思主义和各学派的方法论体系的关系以及在马克思主义指导下批判地吸取中国古代和现代学术研究中的方法，形成中国民间文艺学的独特的民族方法的必要性与可能性。[③]王松以云南省民族民间文学取得的成就为例，指出中国民间文艺学应该冲破把民间文学只看作纯文学的框框，进行多方面、多角度、多层次的研究，并且要努力建立田野作业法作为中国民间文艺学的主导方法。[④]柯扬对于开展多层次、多角度研究，克服过去的单一的、平面的研究，发表了自己的见解：“过去的研究工作，表层的研究比较多，深层的研究比较少；微观的研究比较多，宏观的研究比较少；封闭式的研究比较多，开放式的研究比较少；历史性的研究比较多，现实性的研究比较少。这一切，都与我们还没有能够真正建立一种科学的整体观和层次观有关。”由于民间文学是“集体劳动人民的历史、伦理、宗教、文学、艺术和科学的集大成，具有一种‘百科全书’的性质”，如果仅“从文学角度去研究

---

① 周扬《努力提高我国民间文学研究的学术水平》，《民间文学》1984年第7期；又见《中国民间文艺研究会第三届第二次理事会文件汇编》，1983年12月编印。

② 该报告的理论部分以《民间文学理论建设刍议》为题，发表在《民间文学论坛》1984年第1期上；后收入《原始艺术与民间文化》一书中（第108～115页），中国民间文艺出版社1988年。

③ 姜彬《加强研究是当前民间文学工作的重要一环》，《民间文学论坛》1984年第2期；另见《吴歌及其他》第242～249页，上海文艺出版社1985年。

④ 王松《关于建设中国式的民间文学理论体系的几个问题》，《民间文学论坛》1984年第4期。

它，就如同只从一个侧面去观察它一样，很难认清它的全貌，我们强调多角度的研究，也就是要对民间文学进行主体的研究，从各个角度与侧面来全面地认识民间文学这个对象的特殊性及其产生、发展、演变的规律”。[①]

在有关建设有中国特色的民间文艺学的讨论中，对于中国民间文艺学应以马克思主义为指导同时吸收各派的长处以为自己的血肉这一重要原则上，是没有分歧的，如果说有分歧的话，那就是在打破以往的封闭状态进行多元吸收的过程中，某些学者对青年学者们生吞活剥或不加分析地吸收一些西方学派颇有微词。在这场大讨论中，分歧观点大致集中在两个问题上：（1）有的学者认为，建立中国式的民间文艺学的命题本身就是站不住脚的，因为民间文艺学是一门国际性很强的学科，无所谓某一国家、某一民族的特点；（2）有的学者认为，强调多角度研究会削弱从文学的角度的研究，而民间文学主要是一种文学现象。主张这种观点的潜明滋说：“从文学的角度去进行研究应摆在首要位置，并以此为立足点，吸收有关的其他人文科学的研究成果，以加强研究的深度。”“不能半斤八两地对待多角度。”“由于这几年对民间文学是一种文学现象的特性认识不够，片面强调它的所谓多功能性和‘多角度’研究，致使这个领域和其他文学艺术领域的关系越来越疏远了。”[②]由于第一个分歧点尚属私下议论中的看法，因此，在报刊上没有展开讨论。多数文章认为，不同国家的学术界对某种共同的人文现象进行科学研究，当然会呈现一定的共同性。但是，由于各国和各民族的社会现实、文化现实、历史经历以及研究目的和研究方法的不同，其研究结果必然会呈现出或大或小、或强或弱的特色。多年来，由于我们对建立具有中国特色的民间文艺学的学科意识较弱，过分强调民间创作的内容，强调民间文学为政治服务，因而不仅把民间文学的艺术表现、形态学等忽略了、看轻了，甚至连民间文学反映社会生活的广阔性、与社会生活的其他方面的联系大大缩小了。关于多角度研究问题，经过讨论也为多数学者和实际工作者所接受。钟敬文说：“关于这个问题，据说有人不大同意我的看法，主要理由是，多角度的研究会

① 柯扬《民间文学研究中的多层次多角度问题》，《民间文学论坛》1984年第4期。

② 潜明滋《对理论建设的几点意见》，《民间文学论坛》1984年第4期。

削弱（甚至于取消）民间文学的文艺性的研究，将导致这方面研究成果的损失。我认为对民间文学的多角度研究是根据学科对象本身的特点和要求而产生、发展的。它的得失，已经有世界科学史大量事实的证明。”[1]

1984年5月22—28日，中国民间文艺研究会作为全国民间文学搜集、保存、出版、研究的协调机构，在四川峨眉山召开了有18个省（直辖市、自治区）以及各研究机构、大学民间文学理论工作者参加的“民间文学理论著作选题座谈会”。这次座谈会的直接目的是贯彻落实中国民间文艺研究会三届二次理事会提出的加强理论研究，建设有中国特色的民间文艺学的决策，对全国民间文学理论研究进行规划，按照“全面规划，重点突破，落实措施，通力合作”以及普及与提高结合、微观研究与宏观研究结合、当前与长远结合等原则，制定选题，推动研究工作向纵深发展，不断开拓新的研究领域，改进和改善研究方法。[2]这次座谈会决定编辑出版一套《中国民间文学理论建设丛书》和一套《中国民间文学专题资料丛书》。[3]新时期民间文学理论研究工作的发展与成果在这次座谈会之后的10年中才显示出来，在选题计划之中的一些选题，陆续撰写完成并得以出版。如袁柯的《中国神话史》，张振犁的《中原古典神话流变论考》，潜明滋的《中国神话学》，刘魁立主编的《中国民间文化丛书》[4]等。这无疑证明了这次选题座谈会是适时的、重要的，使建设有中国

---

① 钟敬文《新的驿程·自序》第7页，中国民间文艺出版社1987年。

② 刘锡诚《发展我国自己的民间文学理论》，《民间文学》1984年第7期第33～37页；又《新的起点——民间文学理论著作选题座谈会纪要》，《民间文学研究动态》（中国民间文艺研究会研究部编）1984年第3期第84～88页。

③ 第一套丛书《中国民间文学理论建设丛书》由中国民间文艺出版社陆续出版了以下几种：钟敬文的《新的驿程》（1987）、刘锡诚的《原始艺术与民间文化》（1988）、马学良的《素园集》（1989）、姜彬的《区域文化与民间文艺学》（1990）。第二套丛书《中国民间文学专题资料丛书》由于种种原因未能启动。中国民间文艺出版社于1989年撤销。

④ “中国民间文化丛书”由浙江教育出版社于1990年出版。其中属于民间文学的，计有：谢选骏《中国神话》；程蔷《中国民间传说》；吴超《中国民歌》；贺学君《中国四大传说》；张紫臣《中国民间小戏》；王仿《中国谜语、谚语、歇后语》；郎樱《中国少数民族英雄史诗〈玛纳斯〉》；仁钦道尔吉《中国少数民族英雄史诗〈江格尔〉》；杨恩洪《中国少数民族史诗〈格萨尔〉》。属于民间信仰和民间艺术的，计有：金泽《中国民间信仰》、王树村《中国民间年画》、何健安《中国民间舞蹈》，等。

特色的民间文艺学的构想在理论工作者中间深入人心，把这个构想变为现实，必须靠几代理论工作者和搜集工作者的努力才能达到。

四、学术会议的推动作用

学术会议的兴起，是三中全会之后即中国进入改革开放的新时期群众性学术团体活动的一个重要特点。此起彼伏的学术讨论会，给民间文学事业带来了活力，推动了理论研究向横向和纵深发展。

这一时期民间文学领域里的学术会议，大致上可以分为三类：

第一类是由中国民间文艺研究会（中国民间文艺家协会）举办的以研讨学科建设或基本理论问题为内容的学术会议。如1981年在北京举办的第一届学术研讨会，以探讨民间文学规律为主题；1983年在北京举行的第二届学术研讨会，以探讨学科建设为主题；1985年举行的第三届学术研讨会，以传说为主题；1988年在深圳举行的第四届学术研讨会，以民间文学基本理论为主题。可惜的是，中国民间文艺家协会连续主持召开了4届的全国性学术研讨会，于1990年后中断了，在报刊上没有看到继续举办全国性的民间文学学术研讨会的报道。起而代之的是由各省市民间文艺家协会的协作组织举办的一些地域性的学术会议。如吴语地区的江、浙、沪两省一市民间文艺家协会从1981年起每隔两年举行一次吴歌学术研讨会，至1995年一共举行了6次，其主题大都围绕着吴歌与吴文化。此外，两省一市民协还举行过白蛇传（1984年）、孟姜女（1986年6月）的学术讨论会，浙江省民间文艺家协会举行过两次（1991年12月、1993年12月）防风神话学术研讨会。北方地区的十省市（北京市、辽宁省、吉林省、黑龙江省、内蒙古自治区、山西省、陕西省、河北省、河南省、天津市）民间文艺家协会从1992年起，先后在山西省太原市（主题是麦黍文化与民俗）、河北省石家庄市（主题是庙会文化）、河南省汝阳县（主题是酒文化）、吉林省长春市（举办北方民间文学评奖）、北京市（主题是新民俗）举办过5届“北方民间文艺协作区理论研讨会”，但所研讨的问题，多半不再是民间文学问题，而转向了民俗问题。1996年4月22—28日，中国民间文艺家协会和中国通俗文艺研究会联合在北京承办了“国际叙事文学研究会北京学术讨论会”。其主题是：（1）民间叙事文学的地方性、民族特点与同一性；（2）民间叙事文学新形式的发展：新材料、新理论；（3）方法论。

第二类是由中国民间文艺家协会及其分会、研究机构或民间社团举行的专题性学术会议。如中国神话学会于1987年在郑州举办的“中国神话与中国文化”学术讨论会；中国神话学会与山东省文联于1990年5月26日～31日在济南市联合举行的“中国齐鲁神话讨论会”；中国故事学会于1986年在沈阳市举行的“民间故事与故事家”学术讨论会；中国社会科学文学研究所于1984年在湖北省咸宁举行的“机智人物故事”学术讨论会和1985年5月在南通市举行的“神话理论”学术讨论会；中国社会科学少数民族文学研究所于1987年在内蒙古海拉尔举行的“阿尔泰语系叙事文学与萨满教文化”学术讨论会、1995年在乌鲁木齐市举行的史诗《玛纳斯》国际学术谈论会；第一届（1989年，成都）、第二届（1991年，拉萨）、第三届（1993年，呼和浩特）《格萨尔》国际学术讨论会；新疆维吾尔自治区文联等三单位于1990年12月26—28日在乌鲁木齐市举行的“首届中国史诗《玛纳斯》研讨会”；《民间文学论坛》编辑部于1985年5月8—11日在南通市举行的“田野作业与研究方法”座谈会；山东民间文艺家协会于1988年11月28—30日举行的“秃尾巴老李学术讨论会”；河北省文联于1991年5月11—17日在藁城市举行的“中国耿村故事家群及作品和民俗活动国际学术研讨会”；中国俗文学学会、天津社会科学等单位于1990年11月2—4日在天津市联合举行的“首届全国宝卷子弟书研讨会”；等。

第三类是以某一民族的民间文学为主题的学术讨论会。如云南民族文学研究所与云南民间文艺研究会分会于1981年举行的“傣族文学讨论会”；浙江省民间文艺研究会分会于1984年在温州举行的“畲族民间文学讨论会”；湖南省民间文艺家协会、湘西州民委等单位在泸溪县联合召开的“全国盘瓠文化讨论会”；云南大学西南边疆经济文化研究中心与红河哈尼族彝族自治州民族研究所于1993年在红河联合召开的“首届哈尼族文化国际学术讨论会”等。

受个人眼界的局限，以上所引资料是极不完全的。这类学术会议的召开，增强了民间文学界的学科意识，为学科建设扫清了障碍。长期以来，中国民间文学界学科意识是薄弱的，学科建设裹足不前，首先来自“左”的思想的束缚和教条主义的影响。例如在研究工作中，往往以今天的某些思想要求（而且这些思想要求未必就是对的）去衡量作品中的思想倾向和社会意义，从而作出极其简单的价值判断，无非是“主题思想是积极的（或消极的）”一类僵死的套式，无法深刻地认识民间文学的本质。学科的特点和规律，被政治的和社会的概念代替了，从而学科也被取消了。教条主义的态度随处可见，往往喜欢用马列主义中的一些结论简单地套在中国的民间文学实际上，而不愿意从实际出发、从中国民间文学的具体情况出发，概括、提炼出合乎实际情况的结论来。比如马克思在《〈政治经济学批判〉导言》里所说的关于神话的那一段著名的话，中国民间文学界在很长一段时间里，几乎是把它当作不容置疑的定义来对待的，这样做的结果，在一定程度上阻遏了中国民间文学理论家们根据本国的神话材料进行创造性的研究，提出新见。这倒不是说马克思的见解有什么误差，而是说中国学术界简单地把马克思的言论移植过来了事。这种现象一直延续到80年代初还存在。钟敬文先生就此指出：“我们知道，当时（1857年）他已经是一个马克思主义者，所以他的话是符合他和恩格斯所创立的主义的。而且说得的确很精彩。但同时我们也要看到，马克思写下这些见解的时候，欧洲的‘近代神话学’还处在酝酿阶段，稍后比较得势的语言学的比较神话学，这时还未出世（这方面有代表性的著作《火与酒神的由来》的出版，就在它的后两年），人类学派的神话学的出现更在其后。后来不断产生的许多神话理论就更不用说了。而且马克思的那些意见，并不是在专门研究神话的著作里说的，只是他在谈到历史上社会经济与文化的发展不一定平衡的问题，举出希腊古代的神话和史诗作为力争罢了。”[①]建国十七年间，中国民间文学界的教条主义倾向和“左”的思想影响所造成的庸俗社会学观点的盛行，从根本上说，也是因为民间文学队伍的理论修养不高、知识结构不合理等造成的。因此，在粉碎“四人帮”之后，特别是在中共十一届三中全会之后，民间文学界和全国其他行业一样，面临着一个拨乱反正、正本清源的严重任务。中国民间文艺研究会

① 钟敬文《建立具有中国特点的民间文艺学》，《新的驿程》第123页。

举办的第一届、第二届学术研讨会就是在这样的条件下召开的。不少理论工作者从不同的角度批评了对待马克思主义的这种教条主义态度，批评了政治上“左”的思想和庸俗社会学观点对民间文学理论界的影响，扫清了学科建设的障碍，使学科意识得以萌发。[①]

第二届学术讨论会作为“学科建设”讨论会，还提出了一些学科建设方面的深层问题。例如中国民间文学界的结构和中国民间文艺学建设的关系问题。中国民间文学界的队伍是由两部分人组成的，一部分是从事理论研究的人员，这部分力量几十年来虽已形成了一些骨干，但是，无论是和我国民间文学的现状相比，还是从当前的需要来说，这部分力量都是薄弱的，不相适应的，而且这些人员由于缺少长期的田野调查的经验和素养，往往不能直接了解实践中出现的问题。而另一部分人员是从事地方基层文化工作的同志，这部分人数众多，工作热情高，干劲大，但由于日常工作繁忙，他们把民间文学工作当作一般文化或文学工作来对待，缺乏理论的进修，对实践中出现的问题（如在搜集整理中遇到的问题），往往不能作出分析，从理论的高度加以解决，更谈不上高屋建瓴地发展理论。相应地，学科建设是由实践和理论两部分组成的，只谈理论研究是不够的，因为理论研究工作必须有相当深厚的基础和各方面的准备，尤其是民间文艺学这门学科是一门实践性很强的学科，必须在占有大量资料（特别是实地考察的资料）的基础上才有可能进行。中国民间文学界的这种先天的弱点，也在一定程度上给中国民间文艺学体系的建立与发展带来了困难。有的学者已经提出，中国特色的民间文艺学的建立，一方面，要求理论工作者树立在科学理论指导下的田野考察基础，这是最为基本的方面；另一方面，有效地提高实际工作者的理论修养和学科意识。[②]只有这两个轮子前进的速度比较一致了，学科的发展才算是具备了较好的条件。

1988年在深圳举行的全国民间文学基本理论学术研讨会即第四届全国民间文学学术研讨会，在探讨民间文学的基本理论时，给予研究工作者传统思维定

---

① 参阅《把民间文艺学的建设推向一个新阶段——第二届年会关于“学科建设”讨论侧记》，《民间文学论坛》1993年第3期。

② 张振犁《论科学考察与民间文艺学》，《民间文学论坛》1988年第4期。

式的反思以关注。学者们认为，一谈到思维定式，很容易会联想到它的两种表现形态：用反映论概括一切文学现象；生产力决定论。这两种表现形态的思维定式，对民间文学理论研究的创新与探索是很不利的。[①] 提出对传统思维定式的反思这个命题，标志着民间文学研究者步入了深层研究的层次。民间文学的深层研究的核心，是必须把人作为中心，必须重视民间文学的主体性，重视民间文学所体现的价值观念。由于长期以来人们习惯于强调文学艺术反映现实的功能，而忽视了审美主体在艺术创造过程中的积极性、主动性与创造性。反映论和唯生产力论并不能涵盖一切民间文化现象。比如，人们并不因为经济状况的变化而改变或放弃宗教信仰。现实生活倒是说明了，人们的许多意识至今仍然受着原始意识和传统观念（集体无意识）的支配。[②]改变思维定式，更新观念，既不是可做可不做的事，也不是一个人两个人的事，而是中国民间文学理论界普遍面临的选择。

几次学术会议都有一个共同的结论性的看法：今后学科建设应重视由概论向专论发展和过度，提倡开展专题研究、撰写专题论著。第二届全国民间文学学术会议、全国民间文学理论著作选题座谈会都重申了这个意见，这个意见也得到了许多理论工作者的认同。作为这个意见的补充，概论同样是必要的，也应该进行研究和给予重视。中国的民间文艺学在老一辈学者的努力下，到80年代，已经初步形成了一门学科，在科研机构和高等院校中得到了承认，作为一门独立的学科来设置。在抢救学科中，把民间文学作为一个重点抢救项目，立于社会科学之林。民间文学作为一门独立的学科，受到国家的重视，不仅培养了相当数量的硕士研究生，现在又有了博士研究生。一些科研项目和中国民间文学三套集成，经全国社会科学规划领导小组批准，列为国家“六五”“七五”和“八五”计划的重点项目。令人惋惜和不解的是，到90年代后期，国家有关领导机构却又将民间文学降低为3级学科，那么多学者和文化工作者多年为抢救学科所作的努力，再次毁于一旦！

---

① 兰叶《新的视点——全国民间文学基本理论学术研讨会侧记》，《民间文学论坛》1988年第4期。

② 杨知勇《进入深层研究的必由之路》，《民间文学论坛》1988年第4期。

从“五四”新文化运动中民间文艺学诞生至今80多年来，经几代学者的共同努力，民间文学的搜集和研究都取得了一定的成绩。国家进入改革开放以来的20年间，在出版了大量民间文学作品的同时，相继出版了钟敬文主编的《民间文学概论》（上海文艺出版社1980年）、毛星主编的《中国少数民族文学》（上、中、下卷，湖南人民出版社1983年）、段宝林著《中国民间文学概要》（北京大学出版社1985年）、刘守华著《民间文学概论十讲》（湖北教育出版社1985年）、陶立璠著《民族民间文学基础理论》（广西民族出版社1985年）、叶春生著《简明民间文艺学教程》（湖南文艺出版社1987年）、周红兴主编的《中国民间文艺学》（文化艺术出版社1987年）、张余著《民间文学与民俗学基础》（山西高校联合出版社1994年）、张紫晨著《民间文艺学原理》（花山文艺出版社1991年）、高国藩著《中国民间文学新论》（河海大学出版社1996年）、李惠芳著《中国民间文学》（武汉大学出版社1996年）等一批供高校学生教学用的民间文学教材。这些综合性的民间文学概论的出版，说明民间文艺学这一学科已经具备了较为完善的学术体系。当然，与古典文学、历史学、语言学、考古学等学科比起来，民间文艺学仍然是一门年轻的学科，是一门刚刚获得独立的边缘学科，无论在研究队伍的数量和质量方面，还是研究的历史和专著的积累等方面，都还是薄弱的。特别是缺乏大量的各类专著作为学科的雄厚支柱，而且仅就已经出版的这些概论、通论而言，相沿居多，创新嫌少，要想突破已经形成的模式，也还有一定的困难。因此，要提高整个学科的学术水平，就必须有计划地由概论、通论向专论过渡，提倡在神话学、故事学、传说学、歌谣学等各个学术领域，拿出高质量的学术专著来，只有出现了一大批学术水平较高、眼界开阔、方法新颖的专著，中国民间文艺学才算站稳了脚跟，才能在社会科学和人文科学中占据一席之地。提倡专著、专论，不等于排斥或忽视基础性研究、普及性著作、知识性著作的写作与出版。专论、专著上去了，概论就会在这个基础上“更上一层楼”，就能达到出新意的期望。问题的关键在于要处理好宏观研究与微观研究、总体研究与支学研究、高精研究与普及研究、理论研究与应用研究这诸多方面的关系。

各个民间文学专业团体举办的各种名目的学术会议，推动了民间文学的多向研究。80年代中期发表的一些民间文学学术论文，除了从文学的角度、用文学研究的方法研究以外，从文化人类学的角度、运用文化人类学的方法进行研究的，一时成为一种新的浪潮或趋势，并给在困惑中的民间文学研究注入了生机。向文化人类学延伸和靠拢，并不是一桩坏事。一则因为文化人类学是人文科学中较全面、完整地把人作为研究对象的一门学科，当今世界人文科学中出现了许多学科向其靠近的趋向；二则在人文科学和社会科学各学科之间分工趋于细而严的时代，正向着相互交叉和模糊界限的趋向过渡，民间文艺学想再保持那种井水不犯河水的君子风度，已经是不可能的了；过去我们一向学习和借鉴的苏联民间文学学术研究，其实早已在我们之前与文化学、文化人类学（民族学）挂了钩，而且许多享誉世界的著述，都是融文化学、文化人类学理论和方法在内的多学科研究成果。现在，引进文化人类学的理论与方法，已经不再被认为是怪物了。

当代世界是一个信息时代，技术革命时代。一切人文科学正在或将要爆发出自身的活力以适应时代的变革和人类的进步。中国的民间文艺学研究，在当前经济改革和政治体制改革的大潮中，如何摆脱封闭、停滞、僵化、孤立的状态，进入现代的更高层次，无疑是学科发展面临的又一问题。

出席深圳全国民间文学基本理论问题学术研讨会的学者们认为，民间文艺学爆发活力的关键在于它的科学化。

（1）这需要不断反思，更新观念，摆脱妨碍和束缚学术前进与提高的非科学和反科学因素，克服封闭意识，自足意识，积极与世界对话，广泛地吸收国内外新的理论与研究方法，从中国的实际情况出发，实事求是地进行理论概括。[①]妨碍科学研究的科学化，危害最烈的莫过于狭隘的和短视的功利主义。这种狭隘的和短视的功利主义非科学态度，不仅把学者们的某些具有科学价值的思考扼杀在胚胎和萌芽状态之中，而且还造成了或助长了研究工作的庸俗习气。[②]

① 马昌仪《中国神话：寻求与世界的对话》，《北京师院学报》1988年第3期。

② 程蔷《民间文学研究的科学风度》，《民间文学论坛》1988年第4期。

（2）民间文艺学研究不应当仅仅在人类的历史生活中搜珍求异，而应当在关注过去时代的民间作品与文化现象的同时，关注今天人民生活中产生的新作品和旧作品在新时代的变异，应当密切注意和探讨民间文学在当代生活中的地位和作用。不能设想，一种与当代人民生活和思考无关的学科，能够从自身爆发出活力来。人民需要学者们从原始艺术文学、从民间文学去研究人类早期社会的简单细胞，人民更需要学者们从当今的民间文学现象和民间文化现象的研究中回答当代所关心的问题。

五、理论学术期刊的创办

民间文学理论研究期刊和丛刊的创办，是新时期民间文艺学的研究局面飞跃发展的重要标志之一。这固然是由于客观上具备了办刊的条件，包括形成了能够实现1956年就提出而迄未实现的“百花齐放，百家争鸣”这样一种生动活泼的政治局面；但更重要的是，民间文学事业本身已经积聚了一种强劲的内驱力，包括一种强烈的科学意识和一支比较成熟的作者队伍。建国十七年间没有条件创办民间文学理论研究刊物，而进入新时期，在新的政治、文化条件下，多种民间文学的理论研究刊物诞生了。

《民间文学论坛》，1982年5月创刊，中国民间文艺研究会主办。在北京出版。始为季刊。从1985年第1期（即总第12期）改为双月刊，出至1992年第6期（即总59期）。从1993年第1期（即总第60期）起又改为季刊至今。到1998年底，将出至第83期。[①]

《民间文艺集刊》于1981年11月在上海创刊。中国民间文艺研究会上海分会主办。始为半年刊，自1986年第1期（总第9期）起改为季刊，刊名也改为《民间文艺季刊》；从1988年起建立编委会，姜彬为主编，王文华、陈勤建为副主编。从1991年第1集起改名为《中国民间文化》，另行编号，每年出4本。

---

① 主编情况如下：1982年第1期～1983年第2期（总第5期），主编贾芝，副主编陶阳；1983年第3期（总第6期）～1987年第6期（总第29期）主编陶阳；1988年第1期（总第30期）～1991年第2期（总第49期），主编刘锡诚；1991年第3期（总第50期）～1994年第1期（总第64期），主编冯君毅；1994年第2期（总第65期）至今，主编刘魁立、贺嘉。

从1995年第1集（总第17集）起改为每年出两本。至1997年底已出至第22集。

《民族文学研究》，1983年11月15日在北京创刊。中国社会科学少数民族文学研究所主办。始为季刊。自1986年第1期（总第10期）改为双月刊。部分版面发表少数民族民间文学研究文章。主编：创刊号～1987年第4期（总第22期），王平凡；1988年第1期（总第23期）～第6期（总第28期），哈焕章；1989年第1期（总第29期）至今，刘魁立。

《学术之声》，《北京师范大学学报》（社会科学版增刊），北京师范大学中文系主编。刘锡庆主编。部分版面发表该校中文系民间文学教研室教师的民间文学文章。仅就笔者看到的有：第1期，1988年8月；第2期，1988年11月；第3期，1989年；第4期，1989年4月。

《民俗研究》，1985年10月试刊一期，1986年6月正式创刊。山东大学（先为社会学系，继而为民俗研究所）主办。季刊。部分版面发表民间文学论文。主编：1986年第1期～1988年第4期（总第8期），徐经泽。1989年第1期（总第9期）至今，李万鹏。至1998年底出版的第4期，将是该刊的总第48期。

《民间文学研究》，1984年创刊。河北省民间文艺家协会与河北大学民间文艺研究室主办。内部刊物，双月刊。在保定出版。出至1989年第4期停刊。

《边疆文化论丛》，年刊，中国民间文艺研究会云南分会、云南省民间文学集成编辑办公室、云南省社会科学民族文学研究所、中国少数民族文学学会云南分会编。编辑组成员有：杨知勇、张福三、佘仁澍、史军超。第1辑312页——云南民族出版社1988年8月；第2辑200页——中国民间文艺出版社1989年9月。由云南民族出版社出版。第3辑256页——改由云南省民间文艺家协会、云南省民间文学集成编辑办公室编，1991年7月内部出版。编辑组长杨知勇，成员有：佘仁澍、张福三、史军超、阿罗。作为《边疆文化论丛》的前身，中国民间文艺研究会、云南省社会科学民族文学研究所、中国少数民族文学学会云南分会还曾于1986年12月编辑、由云南民族出版社出版一本《云南民间文艺源流新探》，编辑组成员有杨知勇、张福三、史军超、佘仁澍，收民间文学论文35篇、序言一篇，306页。1991年出完第3辑后停刊。

除此而外，许多省、自治区、直辖市的社会科学刊物，特别是民族研究刊物和大学学报，也有相当篇幅发表有关民间文学的理论研究文章和田野调查报告。这些学术期刊的编辑发行，有力地促进了民间文学学术思潮与学术探讨的发展，推动了学术成果的产生与理论人才的成长。学术期刊的兴办与学术思潮的关系极为密切，而且二者互为促进、相得益彰。期刊办得好、质量高，仰赖于它的编者能在学术思潮的涌动中得风气之先，以刊发高水平的文章而推波助澜；反过来，学术思潮十分活跃，就能促使期刊编者勇于创新、敢于探索，从而推动学科健康地发展。尽管由于种种原因，有的期刊停刊不办了，但凡是办得好的期刊，就是这样走过来的。民间文学理论期刊的创办，大大推动了民间文学理论研究领域的拓展、观念和方法的更新。

六、民间文学教材的收获

各地出版社也出版了许多综合性的著作和专著。进入改革开放以来的二十年间，在出版了大量民间文学作品的同时，相继出版了钟敬文主编的《民间文学概论》（上海文艺出版社1980年）、乌丙安著《民间文学概论》（春风文艺出版社1980年）、毛星主编的《中国少数民族文学》（上、中、下卷，湖南人民出版社1983年）、段宝林著《中国民间文学概要》（北京大学出版社1985年）、刘守华著《民间文学概论十讲》（湖北教育出版社1985年）、叶春生著《简明民间文艺学教程》（湖南文艺出版社1987年）、周红兴主编《中国民间文艺学》（文化艺术出版社1987年）、张紫晨著《民间文艺学原理》（花山文艺出版社1991年）、张余著《民间文学与民俗学基础》（山西高校联合出版社1994年）、高国藩著《中国民间文学新论》（河海大学出版社1996年）、李惠芳著《中国民间文学》（武汉大学出版社1996年）等一批供高校教学用的民间文学教材。这些综合性的民间文学概论的出版，说明我国民间文艺学这一学科已经具备了较为完善的学科体系。

七、比较研究硕果累累

民间文学的比较研究在国际民间文艺学界和国际民俗学界并不是什么新的方法和思潮，而且100多年来一直未曾衰落，为不同的学科和学派所垂青。在中国，20世纪30年代之前曾一度发展起来，而且有专著问世。战争年代民间文学的比较研究长期消歇，姑且不去论说；新中国成立之后，比较研究几乎被看作是资产阶级理论范畴之内的东西，无人敢于问津。改革开放新时期，民间文学的比较研究是与文学的比较研究同时发展起来的。当它一旦冲破“左”的束缚喷薄而出之后，立刻得到了许多民间文学研究者的欢迎与支持，欣喜自己的阵营里又学得了一种新的有用的枪法。短短几年里，不仅从事比较研究的学者人数增多了，比较研究的成果引起了国内外社会科学和人文科学界的重视，而且形成了一股颇有势力的思潮。

1979年9月《民间文学》杂志率先发表了刘守华的文章《一组民间童话的比较研究》，开了新时期民间文学比较研究的先河。此后，他又接二连三地发表了《民间童话之谜》《略谈中日民间故事的交流》《〈一千零一夜〉与中国民间故事》《印度〈五卷书〉与中国民间故事》等一系列民间文学比较研究的论文，从某些中国—日本、中国—印度民间故事的比较，探索和构架中国比较故事学。作为从50年代末就从事民间文学教学和科研的一位学者，他在近20年中出版了《略谈故事创作》（长江文艺出版社1980年）、《中国民间童话概说》（四川民族出版社1985年）、《故事学纲要》（华中师范大学出版社1985年）、《民间故事的比较研究》（中国民间文艺出版社1986年）、《口头文学与民间文化》（中国文联出版公司1988年）以及《比较故事学》（上海文艺出版社1995年）等论著。应当说，他对民间故事比较研究，才算是真正找到了自己的研究特点。他在《民间文学论坛》杂志上发表的《多侧面扩展民间文学的比较研究》[①]一文，可以视为他的比较民间文艺学的观点的代表。他认为，民间口头文学适用于作比较研究，只有采用比较方法，才能更好地显露民间文学

① 刘守华《多侧面扩展民间文学的比较研究》，《民间文学论坛》1985年第3期。又见《民间故事的比较研究》第10页，中国民间文艺出版社1986年。

发展的规律和特点。他主张影响研究与平行研究相结合，微观比较与宏观比较相结合，国内外的比较研究相结合。根据他的比较研究，提出了中国民间文学的五分系统，即（1）交融着中西多种文化成分、尤以浓重的伊斯兰文化色彩引人注目的西北天山文化系统；（2）北部草原文化系统；（3）中原黄河流域文化系统；（4）具有海洋文化色彩的东南沿海文化系统；（5）受南亚佛教文化影响又保存了最丰富的中国古代本土文化因子的南方长江流域文化系统。

《民间文学论坛》从创刊号发表段宝林撰《狼外婆故事的比较研究初探》之日起，就热情地倡导比较民间文学研究和比较民间文艺学的建立。先后发表了多篇比较研究论文，集中编辑了三期比较研究专栏。刘魁立的《民间文学研究中的流传学派》、汪玢玲的《天鹅处女形故事研究概观》和《东西方"早期维纳斯"比较研究》、柯扬的《中国的山魈和巴西的林神》、张紫晨的《中日开辟神话的比较》、杨知勇的《人与神的位置——云南哈尼族与日本倭族创世神话比较》、阎云翔的《纳西族汉族龙故事的比较研究》、马名超的《伊玛堪、摩苏昆、柔卡拉——中国、日本北方渔猎民族英雄史诗形体论》、郎樱的《盘瓠神话与日本犬婿故事的比较研究》、何彬的《中国西南地区与日本民间故事传播途径》等许多学者的比较研究文章，都是在这家刊物上发表的。

在倡导比较民间文艺学的思潮中，上海的《民间文艺集刊》与《民间文学论坛》南北呼应，推波助澜，起了积极的作用。不少颇有影响的文章都是在这家刊物上发表的。如乌丙安的《藏族故事〈斑竹姑娘〉与日本〈竹取物语〉故事的原型研究》、萧崇素的《灰姑娘型故事与中国民间童话》、枕书的《〈阿里巴巴〉与〈酉阳杂俎〉》、阎云翔的《论印度那伽故事对中国龙王龙女故事的影响》、季羡林的《关于葫芦神话》、赵橹的《白族龙神话与诸夏文化之关系》、汪玢玲的《中国的普罗米修斯：拖亚拉哈和托阿恩都——东西方盗火英雄比较研究》等。其他文学杂志和社科杂志上，也时常发表一些有关民间文学比较研究的论文，如刘锡诚的《中日金鸡传说象征意义的比较研究》[①]，发表

---

① 刘锡诚《中日金鸡传说象征意义的比较研究》，系作者向北京大学日本研究中心主办的"中日民俗比较研究学术会议"（1991年）提交的论文，又见贾蕙萱、沈仁安主编《中日民俗的异同和交流》第274～293页，北京大学出版社1993年。

在《文学评论》1991年第4期；赵永铣、巴图的《蒙古族民间故事与印藏民间故事的关系》，发表在《内蒙古社会科学》1996年第5期；郎樱的《贵德分章本〈格萨尔王传〉与突厥史诗之比较》，发表在《民族文学研究》1997年第2期；嘎孜·旦正加的《〈格萨尔王传〉与〈罗摩衍那〉之比较研究》，发表在《西藏研究》（拉萨）藏文版1997年第3期，等。

老一辈民间文艺家钟敬文早年就发表过比较研究的论文，如1932年撰写的《中国的天鹅处女型故事》和1934年撰写的《老獭稚传说之发生地》等，就是有代表性的比较研究成果。新时期以来，他也写了多篇比较研究的文章。1990年他为新创刊的《中国与日本文化研究》杂志撰写了《洪水后兄妹再殖人类神话》[①]，1991年他又向北京大学日本研究中心主办的中日民俗比较研究学术讨论会提交了《中日民间故事比较泛论》[②]，在两国共同的50多种类型的故事中，着重讨论了灰姑娘型、老鼠嫁女型故事两种共同类型的故事。他给刘守华的题词说："比较方法是现代科学研究手段之一；只要善于运用，就能奏效立功。"季羡林在新时期也写作了许多比较民间文学研究文章，如《比较文学与民间文学研究相得益彰》（1982）、《关于葫芦神话》（1982）、《跨越国界的民间故事》（1983）、《佛经故事传播与文学影响》（1983）、《人同此心，心同此理》（1984）、《〈罗摩衍那〉在中国》（1984）、《民间文学与比较文学》（1986）等。他将自己的比较研究论文集定名为《比较文学与民间文学》，1991年由北京大学出版社出版。他谈到他的比较研究观时说："我赞成比较文学研究直接影响的一派。……这并不是说，我反对平行研究。我只是想说，搞平行研究，必须深入探索，细致分析，瞻前顾后，明确因果，然后从中抽绎出理论，这样的理论才是可靠的，我是拥护的。"[③]他的那么多比较

① 钟敬文《洪水后兄妹再殖人类神话》，《中国与日本文化研究》第1集，中国大百科全书出版社1991年；又见马昌仪编《中国神话学文论选萃》下卷第710～733页。

② 钟敬文《中日民间故事比较泛论》，系作者向"中日民俗比较研究学术讨论会"（1991年）提交的论文，见贾蕙萱、沈仁安编《中日民俗的异同和交流》第5～32页，北京大学出版社1993年。

③ 季羡林《民间文学与比较文学》，《比较文学与民间文学》第2～3页，北京大学出版社1991年。

民间文学研究的文章，正是他的这种“直接影响”主张的体现。这两位老学者用比较研究的方法研究中国的鼠嫁女故事，得出中国鼠嫁女故事来自印度的结论。马昌仪也运用比较的方法，在比较研究了286个不同时代和不同地域的鼠嫁女作品后，得出了与他们两位不完全相同的结论。[①]可见，比较研究方法，是一种能够把民间文学的研究推向深入、探求真理的方法。

中国的比较民间文学研究，在新时期迈出了很大很扎实的一步。在中外（主要是中日、中印等亚洲近邻）民间文学的影响研究上，取得了可喜的进展，在民间文学的平行研究上，在比较研究理论的开拓与探索上，则需要继续努力。比较研究作为一种研究手段和一种研究思潮，在未来的研究领域里，还会有巨大的发展的空间。

八、田野考察与参与研究

田野考察和参与研究本是当代文化人类学和社会人类学的一种理论和方法，由于学科的交叉发展与渗透，民间文艺学已经将这种行之有效的理论和方法“嫁接”过来，而且得到了适度发展。许多当代知名学者都采用这种理论和方法来深化民间文学的理论研究，认识那些从来没有被深刻而全面地认识的民间文学现象。芬兰学者劳里·航柯（Lauri Honko）的主张[②]和美国学者阿兰·邓迪斯（Alan Dundes）的主张[③]，都从《民间文学论坛》等刊物上介绍过来了。他们都认为，民间文学研究者应该与其被研究的民族或群体共同生活，甚至在其中担任一定的社会角色，以达到对民间文学的深刻把握。以往的学者只注意到老百姓中去记录若干异文中的一种异文，并以此为满足，或只用心研究用文字记录下来的文本，而置那些与讲述者有关的文化心理、民俗生活等于不顾的做法，是片面的，不科学的。

新时期以来，在中国民间文学界，随着海禁开放，新学说传进来，随着

① 马昌仪《鼠咬天开》，社会科学文献出版社1998年。

② 参阅阎云翔《国外民间文学研究新动向拾零》，《民间文学论坛》1985年第3期。

③ 参阅金辉《劳里·航柯的田野作业观》，《民间文学论坛》1986年第5期。

各地民间文学普查和专业人员按所进行的专题考察的开展，思考与研究之风大兴，田野考察与参与研究得到了一些从事搜集调查和理论研究的民间文学工作者的赞同与采纳。一方面，他们纷纷撰文提出新说，如民间文学的整体性研究、立体描写研究、综合性研究等，从不同角度评析了以往提出的“忠实记录，重点整理”这一口号在认识论上的片面性和在研究工作重点出现的弊端，论述了加强田野考察和参与研究的必要性；另一方面，他们在实地考察和学术研究中贯穿着参与研究的意识，并且陆续在民间文学刊物上发表了一些较有分量的考察报告和学术论文。

新时期较早地表达了参与研究意识的是马学良。1978年8月，他在北京师范大学中文系民间文学暑期讲习班上所作的演讲《关于少数民族民间文学的搜集、整理问题》，虽然还没有完全跳出影响既久的“忠实记录”的老思路，却已经清醒地阐述了这样的思想：对于一个民间文学研究者来说，仅记录下一个民间作品的文本和仅根据一个文本就对民间作品作含义的解释，显然是极为不够的，也不可能达到真正的了解与研究。“各民族的口头文学如诗歌、故事、神话、传说，反映了劳动人民许多世纪以来的生产斗争、阶级斗争的经验，蕴藏着极为珍贵的历史材料，通过丰富优美的词语、韵律，生动形象地表达出来。因此，不熟悉这一民族的历史、地理环境、社会制度和风俗习惯等，尽管记录得忠实，也无从了解其真实内容。”[①]四年以后，当他编辑自己的《云南彝族礼俗研究文集》并为之作序时（1982年10月），回顾几十年的治学生涯，总结大半生的经验，写下了他的主张：“面对大量彝文经典，我几次投师，发现很多经师，只能照本宣读，而不解经意。……但从中我得知彝文经典主要是关于原始宗教的记载，而彝族日常生活习惯、心理状态，莫不受宗教的影响和制约。所以不了解社会风气，就无从理解经意，这是我调查彝族社会的缘起。……除书本知识外，必须作实地调查，一是参加他们的各种祭祀仪式，一是随呗耄（彝族主持祭仪的巫师）实地操作。按好的呗耄作仪式时都是按经书

① 马学良《关于少数民族民间文学的搜集、整理问题》，《民间文艺集刊》第1集第186页，上海文艺出版社1981年。

所记操作，通过实践，接生经文的了解。我的体会是，研究彝文经典，必须先通彝族礼俗。以礼俗释经，经义自明，反之以经说明礼俗之所据，更可明礼俗之源流。往者对彝族社会调查，平面调查者多，引经据典者少，‘典’即彝族的历史、古记，彝人称之为‘根基’，可见他们看得重。而我们调查时往往忽略了这点，所以调查出的材料，他们不是不承认，就认为是‘走样子’了。我当时有鉴于此，所以下决心在彝区住上几年，研读彝文经典，从日常生活中了解他们的风俗习惯，心理状态。”①他所倡导的，恰恰是田野考察和参与研究的要义。他的学术思想在少数民族民间文学和民俗学干部中有相当的影响。

起而相应的学者甚多。段宝林积极提倡描写研究，发表了多篇文章阐述其主张，似可纳入这一学术思潮。他在1982年第2期的《南风》杂志上发表《加强民族民间文学的描写研究》一文，最先提出这个主张；1984年5月在峨眉山全国民间文学理论著作选题座谈会上，他又进一步作了发挥；1986年又在《民间文学论坛》第5期上发表一篇《论民间文学的立体性特征》，最终完善和形成他的这一学术主张。他从对民间文学的立体性的立场出发，认为“我们过去强调科学地记录民间文学作品，要求保持它的口头语言的原貌，要‘一字不改’，似乎这就行了。……然而如果从立体性特点去要求，则显得不够了。只记下作品本文还不是作品的全部，民间文学记录工作应该把作品的立体性也全面地保存下来，这就要进行‘立体描写’”。

《民间文学论坛》杂志1985年第3期发表了《金德顺故事集》的搜集者裴永镇写的《故事家故事的搜集方法浅论》以及关于吉林省东丰县文化馆民间文学专干、中国民间文学刊授大学学院刘丰年在农村搜集民间文学的报道，编辑部同时收到了云南民族学院汉语系民间文学教师蓝克（阿南）的一篇《关于阿昌族神话史诗的（调查）报告》。②他们的民间文学田野考察以及他们在考察中所表现出来的参与意识，促使编辑部决定召开一次“田野作业与研究方法”座谈会。这次座谈会以及座谈会的报道的发表，把田野考察与参与研究（当时

① 马学良《云南彝族礼俗研究文集》第3页，四川民族出版社1983年。

② 发表于《民间文学论坛》1985年第5期。

叫体察法）从理论和实践的结合上说清楚了。[①]

蓝克在阿昌族的调查经验最受到重视。他根据自己10年从事田野调查的经验，总结为以下几点：（1）“民间文学是一种口头语言艺术，它的特征决定了民间文学的理论研究不能局限于加工整理过的书面读物上。流传在民间口头上作品都具有特定的生活背景，在什么样的场合由什么样的人向什么样的听众讲述哪一类作品，都有着严格的限制。民间文学作品的上下文和作品本身共同构成一个立体的系统，是民间文学理论研究不可缺少的材料。”“我早期的调查方法基本上是‘工作队’式的访问、旁观者的观察和单纯作品的搜集，完全不关心作品的习俗背景和上下文，还常常用当代的观念和个人的意识去选择和处理民间文学作品。”[②]（2）田野作业不等于收集整理，方法不等于具体的手段，“忠实记录”仅仅只是田野作业整体过程中的一个很小的环节，是把全部调查用文字记录时的原则。（3）时间较长的田野考察，他采用体察法。“所谓体察法就是使调查者参与被调查的群体之中，努力把自己变成他们中的一员，参加日常生活的各种活动，从中央到地方亲身体验和直接观察所要调查的内容。”（4）他把体察法概括为下列理论原则：a.当代心理学的发展还不能突破思维难关，无法用理论推理和实验方法确切地分析口头文学创作和原始信仰的心理活动。因此，身临其境的体察法是民俗和民间文学田野作业较为可靠的方法；b.体察法能够突破调查者与被调查者之间的文化与心理障碍，获得被调查群体的信任，使所要调查的内容和现象在正常的活动中自然流露，被调查者所讲述的是真话，而不是象征性的表演、被迫的回答和应付之作；c.活在民间口头的作品本身不是口头文学的全部，只有当讲述者和听众在讲唱的环境中或仪式中才能赋予它全部的含义。

1986年4月下旬，中国民间文艺研究会、广西民间文学研究会与芬兰文学协会（会同北欧民俗研究协会、土尔库大学比较宗教学部）在广西南宁市举行的中芬民间文学搜集保管学术研讨会，及会后两国混合调查队在三江侗族自

① 《本刊编辑部在南通市召开田野作业与研究方法座谈会》，《民间文学论坛》1985年第5期。

② 见《民间文学论坛》1985年第5期。

治县的6个寨子进行的民间文学考察，就始终强调调查人员坚持参与研究的原则。“如果说芬兰学者提倡的是一种维持原由环境的‘自然考察法’，那么，中方学者所展示的则是‘参与考察法’。他们很快就和热情好客的侗族乡亲建立了互相信任的朋友关系，在亲亲热热的交谈中，搜集到大量的民间文学原始资料。”[①]而对于这次考察的芬方主持者劳里·航柯教授来说，他的“田野作业的意向，主要在于研究传统之活的形态以及它是如何形成的”，“他考察中的兴趣与其说在搜集材料本身，毋宁说是要了解整个传统体系在这个村里发生什么作用？谁跟谁学来的？哪些是专门的知识？这些传统在村民们当中分布不均匀的原因何在？由此而来可以得出结论：传统的存在及其作用，比传统本身更为重要。这种方法可以在田野考察中取得真正丰富而深入的资料”。[②]这次田野考察时间虽短，但对于我国青年民间文学研究者们来说，是一次严格的田野考察和参与观察研究方法的实验和练兵。

有学者呼吁民间文学的整体研究。刘锡诚在《整体研究要义》一文中说：“任何一件原始艺术作品、民间口头创作和民间艺术作品，作为文化的一个小小组成因素，都不是孤立存在的，而是与一定的文化环境相联系的。当我们研究这些作品时，只有把所要研究的作品放到它原初的生存环境中去，才能真正了解它、阐明它。”他引用马林诺夫斯基在《巫术科学宗教与神话》中讲过的观点：“我们在这里关心的，不是每个故事怎样一套一套地说，乃是社会的关系。说法本身自然十分要紧，但若没有社会关系作上下文，作布景，便是死的东西。”他从这段话生发开来，指出：“研究老百姓讲述的故事必须将在什么场合、什么季节（时刻）、当着什么听众（男、女、老、少）、听众反应情况、有无巫力、当地风俗习惯与文化传统等多种因素综合考虑，进行整体研究。如果置上述诸文化因素于不顾，只将记录下来的故事本文进行一般文艺学的研究，那就会使人无法了解故事本文背后的深层意义，甚至带来错误的印象，因此是绝对不可取的。”[③]民间文学这种原初的生存环境，只有通过参与

① 《交流·合作·发展》，《民间文学》1986年第6期。

② 《劳里·航柯的田野作业观》，《民间文学论坛》1986年第5期。

③ 《整体研究要义》，《民间文学论坛》1988年第1期。

观察才能发现和得到。而田野考察与参与观察，正是实现对民间文学进行整体研究的不可缺少的手段，不仅是搜集者的话题，对理论研究者也同样是重要的。但在中国的国情下，搜集者与研究者常常是分离的。对于大多数搜集者来说，对于文献的陌生和理论的欠缺是致命的弱点；而对于大多数研究者来说，案头研究和文献研究似乎更为方便，对民间文学作品进行整体研究是可望而不可即的理想。这种搜集者与研究者分离的状况，是对民间文学进行整体研究的最大障碍。这种认识，在1984年开始的中国民间文学“三套集成”普查中，开始得到大多数参与者的认同和实践。但摆在我们面前的路还很长很长。

九、多学科研究：神话和史诗

前面说过，民间文学是一种特殊的文学。与文人（作家）的文学不同，民间文学不是作者自觉地对现实生活的反映，而是一定种群的人们以不自觉的方式通过口耳相传，在流传中不断增减其情节和内容，世世代代积淀而成的；它与一定的种群的生产方式、生活方式、风俗习惯、礼仪信仰紧密地糅合在一起。对民间文学作品，可以从文学的角度去研究，也可以从其他学科的角度，或引入其他学科的研究方法去进行研究。对民间文学进行多学科的研究，可以从不同的侧面深入地认识它的固有特点。但对于多学科研究，并不是一开始就取得了共同的认识并得到广泛采用的，而是经历了漫长的时间，到了改革开放的新时期才被多数研究者认同的。1978年11月1日，顾颉刚、白寿彝、容肇祖、杨堃、杨成志、罗致平、钟敬文等7位教授提出的建立民俗学及研究机构的倡议书，是民间文学的多学科研究被多数人所接受并得以发展和光大的重要契机。[①]

在某种意义上说，走出单纯从文学的角度、甚至是单纯的社会政治的角度

---

① 《建立民俗学及有关研究机构的倡议书》（1979年11月1日），在1979年11月召开的中国民间文艺研究会第3次会员代表大会上向代表们印发，后刊登在复刊后的《民间文学》杂志1979年12月号上。根据这些学者的倡议书的思想，特别是钟敬文先生的努力，在中国民间文艺研究会成立了民俗学部，希望把民间文学研究与民俗研究都纳入它的范围。在这件事上，由于我缺乏调查研究而犯了一个错误：当我于1983年8月被任命为中国民间文艺研究会书记处常务书记、1984年11月被选为该会常务副主席后，认为人员缺少，便将民俗学部合到研究部中去了。20年后，当我执笔写这篇文章时，对这件事追悔莫及。

和方法，转而采用多学科、跨学科的方法进行民间文学研究，乃是新时期民间文学研究的一个飞跃。回顾20年来我国民间文学的理论研究，成就最为显著的莫过于神话和史诗这两个领域。而这两个领域所以取得如此令人瞩目的成绩，除了资料的收集、研究领域的拓展、研究力量的雄厚等因素外，在很大程度上取决于多学科的研究。

从神话研究来说，一百年来的中国神话研究史，就是一部多学科研究的历史。这一特点，马昌仪编选的《中国神话文论选萃》一书里所收文章便相当充分地显示出来。编选者在序言里论述20—30年代中国神话学的特点时指出：

> 中国神话学作为一门学科，其学科意识也日益鲜明。其标志是：一方面是以鲁迅、周作人、沈雁冰（茅盾）为代表的文学家，引进、改造并吸收了西方、主要是英国人类学派神话学的理论观点和研究方法，特别是沈雁冰的《中国神话研究ABC》等专著的问世，不仅奠定了中国神话学的理论基础，使中国神话学作为一门独立的学科而被学术界所承认，而且使在人类学派影响下出现于中国学坛的这部分学者成为中国神话学领域里的一个颇有成绩的、主要的神话研究群体。另一方面是以顾颉刚、杨宽等为代表的历史学家，他们提出了累层的历史观和民族的神话史观，不仅在方法和理论上竭尽全力去营构中国神话学的基础，而且对中国典籍神话的一些主要内容和神话人物进行扎实细致的考证和辨析，因而形成了著名的“古史辨”神话学派。此外，梁启超1922年在《太古及三代载记》中对于洪水神话和神话与风俗的关系的论述，以及1926年在《中国历史研究法（补编）》中，对神话史、宗教史在中国文化史中的地位的论证，从方法论的角度开了中国神话研究领域文化史研究的先河。文学家郑振铎的《汤祷篇》、黄芝岗的《中国的水神》、陈梦家的《商代的神话与巫术》、宗教民俗学家江绍原的《中国古代旅行之研究》、民俗学家钟敬文的《盘瓠神话的考察》、史学家卫聚贤的《中国神话考》等重要专著和论文，都出现

于这一时期。[1]

从1937年到40年代末这个中国神话学的“拓展期”，出现了凌纯声、闻一多等神话研究的大家，他们的神话学著作所显示的多学科研究的传统，就更显得突出和深化：

> 一大批民族学家、社会学家、文学研究家和美术史学家在西南少数民族地区进行了史无前例的少数民族神话田野考察和多学科的综合研究，把神话学研究的视野大大地拓展了，观念也发生了重大的变化。中国神话学不再局限于汉文典籍上的古代记载，学者们拥有了许多现存的后进民族甚至还处于氏族社会末期依靠传承而保存下来的口头神话材料；这些丰富多彩的少数民族神话的发掘不仅是数量和品种的增加，而且为中国古代神话中许多不能索解的问题提供了破译的线索和钥匙。[2]

如果说50—60年代中国神话研究一度从多学科研究萎缩或退回到单一的社会政治研究的话，那么，从1978年开始以来的新时期的神话学研究，则把从20年代到40年代末的多学科研究的传统衔接起来了。

袁珂是从文学的角度研究神话的代表人物。他几十年如一日徜徉在中国神话、主要是中国古典神话的宝库之中，辛勤耕耘，著述丰厚。他从新时期开始就宣布，他是广义神话论者，在深挖深探古典神话之外，不断把自己的研究领域向现代记录的口头神话拓展。新时期20年来，他出版了13部著作：《古神话选释》（1979）、《山海经校注》（1980）、《神话选译百题》（1980）、《神话论文集》（1982）、《中国神话传说》（1984）、《中国神话传说词典》（1985）、《中国民族神话词典》（1989）、《山海经校译》（1985）、《中国神话史》（1988）、《中国神话通论》（1991）、《中国文化集萃丛

---

① 马昌仪《中国神话学文论选萃·序言》上册第10～11页，中国广播电视出版社1994年。

② 马昌仪《中国神话学文论选萃·序言》上册第11～12页。

书·神异篇》（1991）、《袁柯神话论集》（1996）、《中国神话大词典》（1998）。他对资料的钩沉、梳理、辨证、考据、阐发，他所提出的一些论点，对于建设我国的神话学有重要意义。他的学风，也影响着青年一代的学人。

在神话学的多学科或跨学科研究中，萧兵也是做出了突出成绩的一人。萧兵20年来撰写了大量的学术著作：《楚辞与神话》（江苏古籍出版社1986）、《楚辞新探》（天津古籍出版社1988）、《中国文化的精英——太阳英雄神话比较研究》（上海文艺出版社1989）、《黑马——中国民俗神话文集》（台湾时报文化出版公司1990）、《中国神话传说》（与王孝廉合著，台湾适用出版公司1990）、《楚辞文化》（中国社会科学出版社1990）、《楚辞的文化破译——一个微宏观互渗的研究》（湖北人民出版社1991）、《傩蜡之风》（江苏人民出版社1992）、《老子的文化解读》（与叶舒宪合著，湖北人民出版社1994）。他把台湾神话学家王孝廉、香港学者陈炳良的神话研究和他本人的神话研究并称为"新还原论"，"归属于'新文化史学派'"[①]。他以与传统研究不同的新视角和新姿态出现在学坛上，旨在重构和"还原"中国神话的体系。他在《黑马·代序》——《新还原论》一文里详细阐述了他的"新还原论"研究方法："我的研究方式和办法也没有太多的东西，基本上是乾嘉诸子那一套路数，加上点文化人类学的比较分析罢了。"他将其列为4条：第一，先尽可能汇集、登记、抄录有关的上古文化资料，加上初步的考据和鉴别。尽可能优先使用古老可靠的材料。第二，尽可能尊重和吸收前人的研究成果。第三，在原材料和诸家考据之上再解释和再发现。第四，尽可能利用考古发现和田野调查来印证和充实自己的结论。"我的工作主要是'神话的还原'——形态和意义最大程度的复原。我以为神话（或古代神秘现象和符号）大致上可分解为四个层面：叙述层次——显义；内容层次——本义；象征层次——喻义；

① 萧兵《王孝廉〈中国的神话世界〉序》，第24页，时报文化出版企业有限公司（台北）1988年；第7页，作家出版社（北京）1991年。又见萧兵《黑马——中国民俗神话学文集》第70页，时报文化出版企业有限公司1991年。

背景层次——隐义。”[1]他的神话研究，以原始艺术学、文化人类学、民俗学、文艺学等诸学术领域的资料互为印证，以考据和比较为基本的研究方法，阐精发微，条分缕析，力求揭示出早已失去背景因素的古神话的真谛，做出了令人高兴的成绩。袁珂评价他的研究时说：“比较神话学创新、大量而完整的运用，在中国，应该是从作者开始，他完成这项艰巨复杂的工作，是相当出色、相当成功的。”[2]年轻的神话学者叶舒宪，开始以介绍和研究西方的文化人类学特别是原型理论、结构理论而登上中国学坛，后来出版了自己的独立研究著作《中国神话哲学》（中国社会科学出版社1992），并逐渐向萧兵的“新还原”派靠拢，以考据方法与文化人类学的比较方法，以“还原”某些古神话和神秘文化。近年来出版了《〈诗经〉的文化阐释》（湖北人民出版社1993）和《老子的文化解读》（与萧兵合著，湖北人民出版社1993）。

西南地区有一批以众多少数民族神话为研究对象的学者，在80年代以来脱颖而出。其中有王松、李子贤、邓启耀、傅光宇等。李子贤以《探寻一个尚未崩溃的神话王国》[3]一书，特别是以对洪水神话的研究和新解，而赢得同行们的赞赏，奠定了他在新时期中国神话学研究中的地位。邓启耀在兴趣广泛的摸索中，终于把思考集中在用文化人类学和思维学的方法研究神话上，十年磨一剑，经过长时期的研讨，于90年代初推出了一部力作《中国神话的思维结构》。[4]他以中国神话资料为对象进入原始思维领域，解剖人类思维从无序到有序这一漫长的历程中的奥秘，发人所未发。正如他的老师赵仲牧说的：“启耀在神话与思维、有序和无序这两个复合地区中开辟了一条新的研究途

---

① 萧兵《黑马·代序——我怎样写〈楚辞与神话〉》，《古典文学知识》1989年第6期；又见《黑马》。

② 袁珂《比较神话学运用的丰硕成果——读萧兵关于太阳英雄神话比较研究的一部新著》，《思想战线》1990年第4期。

③ 李子贤《探寻一个尚未崩溃的神话王国》，云南人民出版社1991年。

④ 邓启耀《中国神话的思维结构》，重庆出版社1992年。

径。”[①]傅光宇的专著《三元——中国神话结构》[②]一书把法国文化人类学家乔治·杜梅兹尔的“三元结构”模式恰到好处地引进中国神话学领域，第一次用以考察了中国神话中的“三元”因素，进而揭示其社会文化背景，是一次把神话的阐释性研究转到整体性研究的尝试。

还应提到的重要神话学著作有：何新的《诸神的起源——中国远古神话与历史》（三联书店1986），谢选骏的《神话与民族精神》（山东人民出版社1986），陶阳和钟秀的《中国创世神话》（上海人民出版社1989），潜明兹的《神话学的历程》（北方文艺出版社1989）和《中国神话学》（宁夏人民出版社1994），富育光的《萨满教与神话》（辽宁大学出版社1990），孟慧英的《活态神话——中国少数民族神话研究》（南开大学出版社1990），陈建宪的《神祇与英雄》（三联书店1994），陆思贤《神话考古》（文物出版社1995），钟伟今主编的《防风神话研究》（安徽文艺出版社1996），杨利慧的《女娲神话及其信仰》（中国社会科学出版社1998）等。

史诗研究，在“文革”前，我国虽然已对史诗的搜集做了许多值得赞叹的工作，但我国的史诗研究却几乎是自80年代开始从平地上开始的。20年的时间在历史上无疑是短短的一瞬间，我国的史诗研究所取得的成绩，却足以使我们兴奋莫名。潜明兹于1986年出版了论文集《史诗探幽》（中国民间文艺出版社）。降边嘉措在1986年出版了论文集《〈格萨尔〉初探》之后，于1994年出版了专著《〈格萨尔〉与藏族文化》（内蒙古大学出版社）；杨恩洪于1990年出版了《中国少数民族英雄史诗〈格萨尔〉》（浙江教育出版社）之后，又于1995年出版了《民间诗神——格萨尔艺人研究》（中国藏学出版社）；仁钦道尔吉于1990年出版了《中国少数民族英雄史诗〈江格尔〉》（浙江教育出版社）之后，又于1994年出版了《〈江格尔〉论》（内蒙古大学出版社）；巴雅尔图于1989年出版了《蒙古族第一部长篇神话小说——北京版〈格斯尔〉研究》（内蒙大学出版社）；郎樱于1990年出版了《中国少数民族英雄史诗〈玛

① 赵仲牧《思维的分类和思维的演化》，《邓启耀〈中国神话的思维结构〉序》，重庆出版社1992年。

② 傅光宇《三元——中国神话结构》，云南人民出版社1993年。

纳斯〉》（浙江教育出版社）之后，又于1991年出版了《〈玛纳斯〉论析》（内蒙古大学出版社）。此外，还有以南方少数民族地区叙事长诗为研究对象的刘亚湖著《原始叙事性艺术的洁净——原始性史诗研究》（内蒙古大学出版社1991）。

比较起神话研究和史诗研究来，民间故事的研究著作相对较少。新时期较早出版的民间故事研究著作，当推姜彬的《中国民间故事初探》（上海文艺出版社1981）。这本著作资料丰富，但由于出版的时间较早，当时作者尚未摆脱用社会政治观点分析民间作品的格局。他还于1985年出版一部《吴歌及其他》（上海文艺出版社）。他的民歌研究，积累颇丰，心得独具；关于吴歌与江南叙事长诗的文章，对民间文艺学贡献尤多。后来，他转而研究江南的民俗文化，在民间信仰和稻作文化等领域多所建树，在此不论。顾颉刚编著的《孟姜女故事研究集》于1984年由上海古籍出版社出版；顾颉刚、钟敬文等著《孟姜女故事论文集》同年由中国民间文艺出版社出版。1986年程蔷出版了她的硕士论文《中国识宝传说研究》（上海文艺出版社），成为国内较早出版的一部多学科研究民间故事的专题研究著作。张紫晨的《中国古代传说》由吉林文史出版社于1986年出版。罗永麟的《论中国四大民间故事》由中国民间文艺出版社出版（1986），贺学君的《中国四大传说》由浙江教育出版社出版（1989）。在故事研究领域里成绩最为卓著的是刘守华，前面我们在分析比较研究时已有论述，此处不赘。祁连休和肖莉主编的《中国传说故事大词典》由中国文联出版公司于1992年出版，收有故事、故事学等7大类条目9000余条，是新时期出版的一部规模较大的专题性的传说故事辞书，融会了编者多年来研究的成果。作为一个新的动向，美籍华人丁乃通著《中国民间故事类型索引》（中国民间文艺出版社1986年）的出版，把一些民间故事研究者的思维引导到这个类型的研究上。有些省市编辑的《中国民间故事集成》省市卷本，附录了本地区流传的故事的简略类型索引。[1]国际上被称为结构主义的形态研究，近年来也引进

① 如《中国民间故事集成·辽宁卷》。

了我国的学坛。李扬的《中国当代民间故事的功能研究》一文[1]就是依据前苏联学者普罗普的《民间故事形态学》中所创立的故事形态理论体系，探讨中国民间故事的“功能”（Function）状况的尝试之作。

本文系张炯主编《新中国文学五十年》之一章，山东教育出版社1999年2月。收入本书前又做了较大的修订。

① 李扬《中国当代民间故事的功能研究》，汕头大学《审美文化丛刊》编辑部编《审美文化丛刊》第216～236页，汕头大学出版社1994年。

《亚鲁王》：原始农耕时代的英雄史诗

以西部苗语方言流传于贵州麻山地区的苗族英雄史诗《亚鲁王》（第一部）苗汉双语对照文本和汉语整理文本，经过紫云县民间文学工作者近三年的调查、记录、整理、翻译工作，今天终于和读者见面了。我对它的出版表示热烈的祝贺！

（一）《亚鲁王》的被发现、记录与出版是21世纪我国非物质文化遗产保护工作的重大成果，从此它不仅继续以“自然生命”——口传的方式流传于民间，而且将以其“第二生命”在更广大的读者中流传，为多种保护渠道提供了可能

迄今在贵州省麻山地区紫云县以口头形态流传的《亚鲁王》的被发现和记录，是2009年4月贵州省麻山紫云苗族布依族自治县非物质文化遗产普查的一项重要发现，也是我国非物质文化遗产普查中新发现的一个重要成果。这部叙述和歌颂亚鲁王国第17代国王兼军事统领在频繁的部落征战和部落迁徙中创世、立国、创业、发展的艰难历程的史诗，不仅以口口相传的形式为苗族的古代史提供了不朽的民族记忆，传递了艰苦卓绝、自强不息的求生存、求发展的民族精神，而且以其独具的特色为已有的世界史诗谱系增添了一种新的样式，具有不可替代的文化史价值。

为了对这部史诗进行有效保护，该县从2009年5月起在中国民间文艺家协会专家的指导下实施了实地采录（部分是现场采录），并于2010年3月向文化部申报、国务院于2011年6月批准列入第三批国家级非物质文化遗产名录，从

而使这项濒临衰微的民族文化遗产在国家的层面上得到保护。

自从在非遗普查中被发现，到实施采录，以及尔后的翻译过程中，承蒙从事记录翻译的同仁、指导者和主编余未人、贵州省非遗保护中心主任周必素、中国民协领导人冯骥才、罗杨诸先生通告情况，多所交流，使我有机会较早接触到并多少了解到一些《亚鲁王》的调查和翻译工作情况和遇到的问题，并在正式出版前就陆续读到了史诗的译文，从而激发我进行一些思考。在第三批国家级非遗名录的专家评审时，根据我所掌握的史诗的一般知识和对《亚鲁王》的粗浅了解，对其英雄史诗的性质提出了肯定性的认定意见。

记录翻译这样一部史诗是一项浩繁的文化工程。我们现在看到的这个史诗文本，是由两个文本组成的：其一是在演唱现场所作的苗文记音和汉语对译本；其二是汉文语体文本，即意译本。我国的《非物质文化遗产法》总则中规定，“保存”和“保护”两者并重。笔者以为，对于民间文学类的非遗项目来说，记录（笔录、录音、录像）保存，也许是保护的最好方式之一。记得1986年联合国教科文组织政府间专家委员会主席、芬兰学者劳里·航柯先生来华履行中芬文化协定，与中国学者合作，联合召开学术会议和进行联合调查，在我国民间文学界推行芬兰学者的和联合国教科文组织专家们的学术理念和保护理念，并发表文章提出，把口传的民间文学作品记录下来加以出版或存放在博物馆里，使其以“第二生命”在更广大的读者中得到传播。他说：“之所以提出要保护民间文学，并不主要是由于民间文学的第一生命，即自然生命，而主要是由于它的第二生命，即把民间文学制成文件，特别是使民间文学再度循环使用。在这一过程中，非书面的民间文学似乎总是变成了书面文学或其他艺术形式，从而在民间和地区文化中占有一席之地。这个过程一定要继续下去，因为这是使民间文学不囿于某一孤立团体的财产，能为世界文学甚至为反对我们这个时代的文学垄断作出贡献的唯一机会。”（《民间文学的保护——为什么要保护及如何保护》，见《中芬民间文学搜集保护学术研讨会文集》第26页，中国民间文艺出版社1987年12月。）苗族史诗《亚鲁王》的调查、记录、翻译、出版，正是“保存”和“保护”并重、以其“第二生命”使其在更广泛的人群中传播这一保护理念的体现，为多种保护渠道提供了可能。

（二）《亚鲁王》是迄今发现的第一部苗族英雄史诗，它的发现、记录和出版改写了已有的苗族文学史、乃至我国多民族文学史。

苗族是华夏大地上最为古老的民族之一。苗族的先民，学界说法不一。有学者说："苗族的先民被称为'三苗'，聚居长江中游的'荆楚'之地。"[①]有学者说："古代的三苗非今日之苗。……今日之苗为古代之髦。"[②]等等。我们所读到的《亚鲁王》（第一部），其内容的主体，是以亚鲁王为首领的古代苗族一个支系所经历的部落征战和部落迁徙，也包括了从人类起源和文化起源（如蝴蝶找来谷种、萤火虫带来火、造乐器、造铜鼓）、造地造山、造日造月、雷公涨洪水等神话传说，到开辟疆土、立国创业、迁徙鏖战、发展经济、开辟市场（如以十二生肖建构起来的商贸关系）、姻亲家族（史诗写了亚鲁的12个儿子及其后代，以及他们父子连名制）等农耕文明的种种业绩和文化符号，以及以亚鲁这个英雄人物为中心的兄弟部落和亚鲁部落的家族谱系。总体看来，应是一部以部落征战和部落迁徙、歌颂部落（民族）英雄为主要内容的民族英雄史诗。

苗族的口头文学（民间文学）自20世纪初期以来一向受到学界的重视，且多有调查、发现、记录，并被译成汉语出版。从已经搜集记录下来并已出版的苗族叙事诗作品看，主要是以创世、人类和万物起源为内容的古歌，兼有部分记述部落迁徙的作品，但数量不多、篇幅不长。如夏杨从1948年就开始搜集、到80年代初定稿的《苗族古歌》（最早发表于《金沙江文艺》，后由德宏民族出版社1986年出版），田兵编选、贵州省民间文学工作组整理的《苗族古歌》（贵州人民出版社1979年5月），马学良、今旦译注的《苗族史诗》（中国民间文艺出版社1983年1月），苗青主编的《中国苗族文学丛书·西部民间文学作品选》（一、二两册，贵州民族出版社1998年1月），以及贵州民间文艺研究会编印的《民间文学资料》等，正是这种情况，即以创世、人类和万物起源

---

① 何耀华《苗族民俗志》，见所著《中国西南历史民族学论集》第543页，云南人民出版社1988年9月。

② 凌纯声《苗族名称的递变》，见李绍明、程贤敏编《西南民族研究论文选》第328~339页，四川大学出版社1991年12月。

为内容的“古歌”（又称“创世史诗”）居多，而以部落迁徙和部落（或部落联盟）战争为背景、记述和歌颂部落（民族）英雄的英雄史诗则不多见，尤其是西部苗语方言区的此类作品更属罕见。

已经被发现和记录下来的描写部落迁徙的叙事长诗，如：马学良于1952年记录的《溯河西迁》、唐春芳等记录的《跋山涉水歌》，都是流传于黔东南清水江一带的作品；杨芝口述、夏杨记录的《涿鹿之战》描写了包括古代苗族领袖格五爷老、格略爷老、格蚩爷老三位长老在内的涿鹿大战，显示了较为突出的史诗性质，其搜集地点大约是滇东北的昭通，似应属于东部苗族的史诗；苗青主编的《西部民间文学作品选》所收的关于部落和族群迁徙与战争的作品，除了几篇记录于贵州的赫章和威宁者外，大多是记录于滇东北次方言区和川黔滇方言区的作品。尽管我们看到的《亚鲁王》，还仅仅是这部口传史诗的第一部，但就其内容和篇幅来看，它应是历年来在贵州、云南、四川三个苗族主要分布区搜集到的长篇叙事诗、迁徙史诗和英雄史诗中规模最为宏大的一部，比此前篇幅最长的《逐鹿之战》（533行）要长得多，堪称是苗族民间叙事作品中迄今篇幅最为宏大的一部英雄史诗。

《亚鲁王》是一部超越了上述以描述部落迁徙为内容的叙事长诗的长篇叙事作品。它是一部以部落迁徙（拓展部落疆域、创立部落基业）和部落（联盟）战争，歌颂部落（联盟）英雄和英雄时代的民族英雄史诗。它的被发现和记录出版，改写了已有的苗族文学史、乃至中国多民族文学史。

（三）《亚鲁王》在20世纪历次调查中均被忽视，此次普查中被发现从而填补了民族文化的空白。

尽管在相关的历史文献中，曾有不同支系的苗民在麻山次方言区居留和开发，他们留下了不同时代、不同支系的文化印迹，如“狗耳龙家”“克孟牯羊”“炕骨苗”“砍马苗”等支系的名称，留下了立鬼竿、“以杵击臼和歌哭”的仪式，“舁之幽岩”的葬式的踪影，等等。但在20世纪以来的历次民族调查和民间文学调查中，调查者们却似乎都没有注意到黔西北的苗民中有这样一个亚鲁部落（支系），更没有提及在“亚鲁苗”中流传着一部长两万多诗行的《亚鲁王》英雄史诗，而这部史诗第一次出现在21世纪头一个十年开展的全国非物质文化遗产普查的工作人员的视野中。有材料认定“公元前2033年至公元前1562年，苗族史诗亚鲁王就有了雏形”。我不知道这个史诗的形成期年代是怎么推算出来的，有何科学的根据，但我认为，这种断语也许还需要更多的如王国维所说的地上和地下的材料来证实，即运用“二重证据法”来考证和确认。[①]我们在史诗记录文本中读到了亚鲁王国的世代谱系，读到了亚鲁王国的生产方式、生产工具和生产手段、财产（财物）分配模式、打铁技艺、食盐制作技艺、粮食作物，读到了各地相同的和不同的信仰、崇拜、习俗，这些都可作为我们研究和判断史诗之农耕文化形态的佐证，也可作为研究和判断其形成和传播时代的坐标和参照，但我们还需要更多的参照物。我们应该遵从实事求是的科学态度。尽管如此，史诗以漫长的生命史延续到今天仍然以口传的形式在歌师中代代传递，200余个亚鲁苗的王族后裔的谱系及其迁徙征战的历史故事，仍然能栩栩如生地从歌师们的吟唱中飞流而出，给后代留下了一部“活态”的民族百科全书，这就不能不让人们感到惊异。

史诗除重点描述亚鲁苗这个部落、歌颂亚鲁王这个部落英雄外，还写到其他一些兄弟部落。鸦雀苗就是其中之一。1902年日本人鸟居龙藏到黔西做过调查，撰写了一部汉译本长达505页的《苗族调查报告》（上下两册）[②]，他根据《黔苗图说》里记载的苗族的主要居住地的贵州省，苗族分支为82种，并确认《亚鲁王》中写到的“鸦雀苗”这一支系（部落）的居地在贵阳府。但鸟居龙藏并没有提到贵州82个苗族支系中有《亚鲁王》的流传。40年后，芮逸夫、管东贵于1940年在川南叙永的鸦雀苗中调查撰著的《川南鸦雀苗的婚丧礼》[资料之部][③]中，也没有提到“鸦雀苗”中有此史诗或古歌的流传。史诗

① 王国维《故事新证》：“吾辈生于今日，幸于纸上之材料外更得地下之新材料，由此种材料，我辈固得据以补正纸上之材料，亦得证明古书之某部分全为实录；即百家不雅驯之言，亦不无表示一面之事实。此二重证据法，唯在今日始得为之。虽古书之未得证明者，不能加以否定；而其已得证明者，不能不加以肯定，可断言也。”干春松、孟彦弘编《王国维学术经典集》（下）第126页，江西人民出版社1997年5月。

② 【日】鸟居龙藏《苗族调查报告》（上下两册），前国立编译馆译，民国二十四年（1935年），南京。

③ 芮逸夫、管东贵《川南鸦雀苗的婚丧礼》（资料之部），中央研究院历史语言研究所单刊甲种之二十三，1962年，台北。

中描述的这个与亚鲁部落同时并存的“鸦雀”部落，是亚鲁王五哥鸦雀王所统辖的一个兄弟部落。鸦雀王帮助继承了亚鲁王国王位的12岁的亚鲁环征并夺回被卢呙王夺去的疆域，之后便率领本部落走出疆域，“不知去向”（见《亚鲁王》第81~82页），给读者和历史留下了悬念。“鸦雀苗”这个族名，始见于清·爱必达著《黔南职略·卷三十一》（乾隆十五年）一书，后又屡见于《黔书》、《黔书职方纪略》、民国《贵州通志》等。清代的《百苗图》里不仅有鸦雀苗的人像和服饰，而且有文字说明：“鸦雀苗在贵阳府属。女子以白布镶其胸前、两袖及裙边。居山种杂粮食之。亲死，择山顶为吉壤。言语似雀声，故名鸦雀苗。”其故地，除了旧贵阳府属外，看来，川南的叙永和贵州的大方（今还有羊场、马场等史诗中描写的古地名）等地，大概就是亚鲁时代“鸦雀苗”部落的最后落根之地。

20世纪50年代初进行的民族大调查，苗族部分主要的调查地，是黔东南的台江、从江等地的苗族，调查者没有涉足生活于更为封闭的黔西地区，故而没有为紫云县苗族的生活史和史诗留下笔墨。作为史诗流传地的麻山一带苗族支系的历史及其演变、生产生活方式状况、风俗习惯、服装服饰、民族特性等，都还有待进一步深入研究。史诗中提供的历史发展框架和生活细节，给我们今后的研究提供了丰富的资料，这只是问题的一个方面；民族历史、生活方式、风俗习惯等的研究，无疑也给我们研究和阐释这部史诗莫大帮助。大约一年前，史诗的记录翻译者杨正江先生来访，在舍下看到鸟居龙藏的《苗族调查报告》中100年前拍摄的“打铁苗”的人物照片的背景是一片竹垣时，禁不住在我面前喊出：“我们家就是打铁苗！”我们看到，在《亚鲁王》史诗文本前面所附的“东郎”杨光东的照片的背景，正是一片纹路清晰的竹垣。此外，我们在《亚鲁王》第17节《亚鲁王计谋多端，步步侵占荷布朵王国》里读到了这样的诗句：

亚鲁王到哪里都没有丢下铁匠手艺，——（第8321行）
亚鲁王去哪方就把铁匠铺建在哪方。
亚鲁王铁艺高，

亚鲁王铁技精。
亚鲁王早上打出三把锤，
亚鲁王一天做出三把锄。
荷布朵铁艺泥沙般粗糙，
荷布朵工具刺竹般毛糙。
荷布朵一早上打不出一把锤，
荷布朵一天也做不出一把锄。
荷布朵说，
亚鲁把你的打铁工具留给我吧，
亚鲁将你的打铁技术教会我吧。
亚鲁王说，
可我的铁具我要用，
我要打铁抚养我儿女，
我靠打铁养活我族人。——（第8337行）
……①

根据这些诗行的描写，我们可以断定，史诗中记述的亚鲁部落，就是鸟居龙藏1902年调查报告中记述的“打铁苗”无疑。“打铁苗”这个历史上的称谓，可能是“他称”，但反映了这个苗族支系的生产方式和居住习俗，至今依然。

（四）与已知的许多英雄史诗不同，《亚鲁王》是原始农耕文明时代的文化佳构，它的问世，为中国文化多元化增添了新的元素，为已有的世界史诗谱系增添了一个新的家族。

以往我们所熟知的世界知名英雄史诗，如古希腊的《荷马史诗》（《伊利亚特》和《奥德赛》），盎格鲁撒克逊人的《贝欧武甫》，法国的《罗兰

① 苗族英雄史诗《亚鲁王》（汉文意译部分）第231页，中国民间文艺家协会主编，余未人执行主编，中华书局2012年1月。

之歌》，德国的《尼伯龙根之歌》，日耳曼人的《希尔德布兰之歌》，芬兰的《卡列瓦拉》，亚美尼亚的《沙逊的大卫》，蒙古族的《江格尔》，柯尔克孜族和吉尔吉斯斯坦的《玛纳斯》，藏族的《格萨尔》，印度的《摩诃婆罗多》《罗摩衍那》，等等，大都出自北半球，而且自西而东一路下来形成一个辽阔的史诗流传带。这些史诗大多是游牧民族的作品，靠着被称为“游吟歌手”的弹唱诗人或流浪诗人的游吟传唱而得以传承和保存下来。恩格斯说荷马史诗是“希腊人从野蛮时期进入文明时期所带来的主要遗产”（《家庭、私有制和国家的起源》），马克思说是以军事民主制为标志的英雄时代的产物（马克思《路易斯·亨·摩尔根〈古代社会〉一书摘要》）。而《亚鲁王》所展示的，尽管也是从蒙昧（如对“龙心”的崇拜）走向文明、从分散的小部落走向大的部落联盟时期的产物，但不同的是，它不是游牧民族而是农耕民族的作品，他们的传承者和演唱者，不是在大草原上流浪游吟的游吟诗人和流浪歌手，而是在氏族或聚落成员死亡时，在发丧死者的仪式上演唱的职业的歌师，是农耕民族和原始农耕文明条件下的伟大作品。从形式看，《亚鲁王》的演唱与发丧仪式的进行是紧密相连的，并成为发丧仪式不可分割的有机构成部分；从功能看，《亚鲁王》的演唱是为了向民族或部落成员传授民族或部落历史记忆。故而我们有理由说，《亚鲁王》与已有的大多数英雄史诗不同，它为已有的世界史诗谱系增添了一个新的家族。

尽管《亚鲁王》的形成时代还有待以唯物史观的科学态度作进一步的深入研究，做出符合实际情况的结论，但目前我们就可以明确的一点是，它在传承过程中虽然受到汉民族文化的影响和道教文化的浸染，却与汉代以降持续呈现强势的儒家思想无缘。作为一种独立的民族文化的代表性符号，《亚鲁王》的被发现和问世，为中国文化多元化格局增添了一份新的元素。

我们读到的仅仅是史诗《亚鲁王》的第一部，还没有看到作品的全貌。我们期待着第二部、第三部的问世！

2012年2月21日

发表于《西北民族研究》2012年第3期（8月15日）

附：《亚鲁王》—— 一部活在口头上的史诗

——2012年2月4日在《亚鲁王》出版座谈会上的发言

以西部苗语方言流传于贵州麻山地区的苗族英雄史诗《亚鲁王》（第一部）苗汉双语对照文本和汉语整理文本，经过三年的调查、记录、整理、翻译工作，今天终于和读者见面了。我对它的出版表示热烈的祝贺！

迄今在麻山紫云等地以口头形态流传的《亚鲁王》的被发现和记录，是2009年4月贵州省麻山紫云苗族布依族自治县非物质文化遗产普查的一项重要发现，也是我国非物质文化遗产普查民间文学类的一个重要成果。这部叙述亚鲁王国第17代首领亚鲁王在频繁的部落征战和部落迁徙中创世、立国、创业、发展的艰难历程的史诗，不仅以口口相传的形式为苗族的古代史提供了某种亦真亦幻的群体记忆，传递了艰苦卓绝、自强不息的求生存求发展的民族精神，而且以其独具的特色为已有的世界史诗谱系增添了一种特有的样式，故而有理由说，这部目前还在口传的英雄史诗具有不可替代的重要文化史价值和科学研究价值。为了对这部史诗进行有效保护，该县从2009年5月起在中国民间文艺家协会专家的指导下实施实地采录，并于2010年3月申报、2011年6月经国务院批准列入第三批国家级非物质文化遗产名录。

自在非遗普查中发现起，到实施采录，以及尔后的翻译过程中，笔者蒙从事记录翻译的同仁、指导者和主编余未人、贵州省非遗保护中心主任周必素、中国民协领导冯骥才、罗杨诸先生通告情况，多所交流，使我有机会多少了解一些《亚鲁王》的调查和翻译工作，也促使我不断地进行一点思考和研究。在第三批国家级非遗名录的专家评审时，根据我粗浅的了解和知识对其英雄史诗的性质及意义发表了意见。我国的《非物质文化遗产法》总则中规定，“保存”和“保护”两者并重。笔者以为，对于民间文学类的非遗项目来说，记录（笔录、录音、录像）保存，也许是最好的保护方式之一。记得1986年联合国教科文组织政府间专家委员会负责人、芬兰学者劳里·航柯先生来华履行文化协定，与中国学者合作，联合召开学术会议和进行联合调查，推行他们的保护理念，并发表文章提出，把口传的民间文学作品记录下来出版或存放在博物馆里，使其以“第二生命”在更广大的读者中得到传播。苗族史诗《亚鲁王》的调查、记录、翻译、出版，正是“保存”和“保护”并重、以其“第二生命”使其在更广泛的人群中传播的保护理念的体现。

史诗《亚鲁王》的出版，我以为，至少有四个方面的意义：

一、《亚鲁王》是苗族文学史上迄今发现的第一部规模宏大的英雄史诗。这部英雄史诗以西部苗语方言（麻山次方言）为传承载体，描述了以亚鲁王为首领的古代苗族部落（支系）关于创世、造日月、平水土、始耕作、建市场等的原始记忆，以更大的篇幅记述与描绘了这个部落（支系）所经历的部落征战和部落迁徙以及拓展疆土、建立霸权的历史图景。这样的一部英雄史诗不仅是在麻山及周边地区第一次发现，即使在更大的西部苗语方言区也是第一部。苗族的民间文学（口头文学），自20世纪初年以来一向受到学界的重视，且多有调查、发现、记录并被译成汉语出版。从已经搜集记录下来并出版的苗族的叙事诗作品看，主要是以创世、人类和万物起源为内容的古歌，兼有部分记述部落迁徙的作品，但数量不多，规模不大。如田兵编选、贵州省民间文学工作组整理的《苗族古歌》（贵州人民出版社1979年5月），马学良、今旦译注的《苗族史诗》（中国民间文艺出版社1983年1月），苗青主编的《中国苗族文学丛书·西部民间文学作品选》（一、二两册，贵州民族出版社1998年1月），以及贵州民间文艺研究会编印的《民间文学资料》等，正是这种情况，即以创世和人类起源为内容的“古歌”（或称“创世史诗”）居多，而以部落迁徙和部落或部落联盟战争为背景、记述和歌颂部落英雄的英雄史诗不多见，尤其是西部苗语方言区的此类作品少见。早已进入学者视野的马学良记录的《溯河西迁》（1952）、唐春芳等记录的《跋山涉水歌》（记录时间不详，亦在50年代），都不是西部、而是流传于黔东南清水江一带的作品。苗青主编的《西部民间文学作品选》所收的关于部落和族群迁徙与战争的作品，除了几篇记录于赫章和威宁者外，大多是记录于滇东北次方言区、少数是川黔滇方言区的作品。故在紫云县记录的以西部苗语麻山次方言传唱、篇幅浩瀚的英雄史诗《亚鲁王》，在苗族长篇叙事诗作品中就显得极其珍贵，甚至可以说是填补了英雄史诗的空白。

二、在已往的民族调查中，调查者们几乎都没有提到黔西南的苗族民众中有一部英雄史诗《亚鲁王》。《亚鲁王》中描写了亚鲁王的五哥鸦雀王所统辖的兄弟部落“鸦雀苗”[①]，说鸦雀王帮助12岁的亚鲁继承亚鲁王国王位并参与环征夺回被卢呙王夺去的疆域，之后鸦雀王便率领本部落走出疆域，“不知去向”（见《亚鲁王》第81~82页）。“鸦雀苗”部落的遗民，除了文献记载的旧贵阳府属外，川南的叙永和贵州的大方（今还有羊场、马场等史诗中描写的古地名）等地，也应是其最后落根之地。20世纪50年代初进行的民族大调查，苗族的主要调查地，是黔东南的台江、从江等地，调查者没有对生活于更为封闭的黔西、黔西北地区进行调查，故而没有为紫云苗族史诗留下笔墨。2009年4月紫云县在非物质文化遗产普查中，第一次发现了这部史诗，并立即邀请专家进行指导，对这部史诗进行抢救性记录，而这部规模宏大的英雄史诗，对历史上苗族部落间的征战以及因部落征战而引起的长途迁徙的描绘，无异于一部苗族古代社会的百科全书。

三、从世界范围来看，已经发现并记录下来并出版的英雄史诗，其流传地和记录地，大都在北半球，而且自西而东一路下来形成一个史诗流传带。这个史诗带，一直延伸到我们中国的藏族的《格萨尔》、蒙古族的《江格尔》和柯尔克孜族的《玛纳斯》。这个史诗带的形成，与这个广大地区历史上曾延续很长时间的生产方式——游牧、发达的海运以及萨满教信仰有莫大的关系。而南半球则不同，富有创世的神话与史诗。中国的南部，也有若干部英雄史诗，如彝族的《铜鼓王》，傣族的《兰嘎西贺》，羌族的《羌戈大战》，纳西族的《黑白战争》（又称《董术之战》等。这些史诗的形成及各自的情况，颇不相类，但都是各自的社会历史所致。但总的说来，南部的这些史诗，正如有的学者所指出的，大多属于没有发育和发展成熟的史诗。在此背景下，《亚鲁王》

---

① “鸦雀苗”这个族名，始见于清·爱必达著《黔南职略·卷三十一》（乾隆十五年）一书，后又屡见于《黔书》、《黔书职方纪略》、民国《贵州通志》等。清代的《百苗图》里不仅有鸦雀苗的人像和服饰，而且有文字说明：“鸦雀苗　在贵阳府属。女子以白布镶其胸前、两袖及裙边。居山种杂粮食之。亲死，择山顶为吉壤。言语似雀声，故名鸦雀苗。”

就是难能可贵的了。

四、更重要的是《亚鲁王》的说唱，无一不是借助于丧葬礼仪，从而与世界上已知的众多的草原游吟诗人的演唱迥然有别。作为丧葬仪式的一部分，《亚鲁王》史诗的演唱风格（庄重严肃）、文本结构（情节不能铺展、描绘不能渲染）、史诗的功能（发丧死者、教化生者、传授民族历史、歌颂民族英雄），从而向学界提供了一个有别于已有的成熟的英雄史诗的史诗样式，为已经公认的英雄史诗谱系增添了一份新的样品。

当然，我们读到的仅仅是史诗《亚鲁王》的第一部，还没有看到作品的全貌。对这部史诗的研究还刚刚起步。我们期待着第二部、第三部的问世！

2012年2月4日

发表于《亚鲁王》——活在口头上的英雄史诗 《中国文化报·非遗》2012年3月5日；《民间文化论坛》2012年第2期（总第213期），2012年4月15日；《黔东南社会科学》2012年第2期（总第124期），2012年4月30日。

论民间故事的幻想

民间故事是世界上各个民族都普遍存在着的一种民间文学体裁，有着极为久远的传统。多少世代以来，劳动人民之中从未间断地创造和流传着各种优美动听、令人神往的故事。无论是讲述故事的人，抑或是听故事的人，都是故事的创造者，也都从故事中得到生活的启示，受到道德的教育，得到精神的娱乐。

民间故事里常常出现一些乍看起来荒诞不经的事物与形象、似乎与现实无缘的情节、或不能实现的事件，而这些事物、形象、情节、事件又往往受到劳动人民的喜爱，在劳动人民中间产生着看不见摸不着的潜移默化的美学作用。其原因何在呢？民间故事何以具有如此的艺术魅力呢？几乎每个听过或读过一些民间故事的人都会发出类似的提问。

一

幻想是民间故事的艺术特征之一。没有幻想就不可能有民间故事。这话是毫不夸张的。然而幻想是怎样体现在民间故事里的呢?

幻想最初产生于对现实世界的不认识、不了解而要求认识、要求了解，对现实状况的不满以及对未来、对美的预想与企望。在原始时代，当蒙昧人处在生产力极端低下的情况下，面对着自然界的奇伟壮观，有时又危害着他们的生存的诸现象，而无从索解的时候，他们便不期然而然地产生了解释和说明自然界诸现象的实际要求，以及支配自然力、改变现实状况的强烈愿望。虽然由于历史条件的限制，他们不能给予宇宙万物以科学的、合理的解释，但他们毕竟以丰富的想象力和预示未来事物的思想才能赋予自然力以艺术的形体，创造出许多假想的形象。这样，便产生了神话。原始人的神话里的幻想，正是原始社会现实生活的特殊反映，是当时的人们对现象之间因果关系的意识的最初表现。当然，除了神话而外，还有动物故事存在。动物故事里也不乏奇妙的幻想，而这种幻想也是原始人群在对动物的观察了解的基础上，通过类比而产生的。因为原始人类的生产活动（狩猎是最低阶段的重要方式）直接影响着他们的世界观和审美趣味。

至于出现了阶级分化，乃至以后的阶级对立的社会中所产生的民间故事，也无不通过幻想给听众以教育和娱乐。民间故事作为观念形态的东西，它是客观现实生活的反映，这是毋庸置疑的。但这种反映往往采取了奇特的、幻想的形式。就一篇故事而言，其中所反映的社会生活，并不一定是现实生活中那个样子，而往往是一种幻想中的社会生活。所以高尔基说过，民间文学的特点是“奇特地伴随着历史”。处于被压迫、受奴役地位的劳动群众，对当时的现实是不满的，也不安于自己所处的历史地位。但实际上他们又无力改变当时的现实环境和自身所处的历史地位，他们只有在故事中通过美丽的幻想才能改变自己的处境和悲苦的命运：农民战胜了地主、皇帝，荏弱的动物胜过庞大的兽王，等等。这些看来荒诞离奇的幻想，却有着非常真实的现实生活作为它的基础，不过是世间的生活采取了非世间的形式罢了。

民间故事里的幻想是通过千姿百态的艺术形象和奇妙多变的艺术构思而得以实现的。猎人海力布得到了一块宝石因而能通兽言鸟语，由于把秘密告诉了别人，宝石变成了普通石头。神海蜊的海蜊一吹起来，能使鸟兽战马惊服。“小拇指”（或“小不点”）可以钻进对手的肚里兴风作浪而于己无损。天鹅仙女能变幻自己的身形腰肢。勒惹骑着大山隘口的石马越过发火山、汪洋大海，到太阳山寻回僮锦……凡此种种，都是把现实生活幻想化了，把自己的劳动诗化了。

幻想出现在民间故事里，并不是毫无现实生活根据的臆想和杜撰，也不是虚无缥缈的意识的幻觉。相反，在幻想的每一次飞翔之下，都有着现实的根据：劳动人民的具体而合理的要求、心愿和渴望。这也就是列宁所说的："任何故事中都包括现实的因素。"[①]这一论断阐明了幻想同现实的依存关系，离开了现实生活，也就无所谓幻想。

二

在以往的研究工作中，对民间故事有各种各样的分类方法。最通行的是所谓按形式的分类，但我认为这是一种形式主义的方法。根据民间故事里运用幻想的形式的不同，我认为，民间故事至少有以下几种情况值得注意：

（一）当故事主人公处于困厄境地或不利情势时，故事的作者们往往赋予他种种美好的想象，或穷苦人得到宝物得以过安居乐业的生活，或善良的王子得到貌美手巧的公主结成美满幸福的姻缘。正面主人公历尽种种艰险或克服种种困难，得到了胜利，然而这种胜利是既非个人能力所能取得的，又非现实生活中所能实现的，人民群众则不顾现实世界中对矛盾通常采取何种解决途径，而把同情寄托在善良、诚实、勤劳者和弱者一方，从而假定这种胜利、这样的幸福生活是现实的、应该的。

有些两兄弟的故事里的小弟弟与哥哥的矛盾的统一，往往并不是现实生活中的统一而是幻想中的统一，小弟弟总是借助于某仙人或某宝物的提示与帮助或靠自己的智慧与勤劳而获得成功。[②]后母（继女）故事里的继子、继女，也往往借助于某人某物的提示与帮助化险为夷、转危为安。成往救了龙王的儿子，因而得到许诺娶龙王公主为妻，并在美丽公主的帮助下，完成了后母为了虐待他而设下的三项非体力所能完成的工作。后母由于贪心不足而被烫死，

① 列宁《俄共（布）第七次代表大会》（一九一八年），《列宁选集》中文本，第三卷第466页，人民出版社。

② 这类故事过去搜集的很多。新中国成立前如《艺风·民俗园地》四卷一期（1936年）所载的《狗耕田的故事》，《民间》二卷三期所载的《狗耕田的故事》《两兄弟》等，解放后《民间文学》1956年第1期所载的《石榴》《二小分家》《兄弟分家》等，均为此种题材的故事。

成往与公主过着美满生活。[1]脏姑娘在习勒不浪（好心人）的帮助之下摆脱了厄运，逃离习勒那（黑心人）的家，和同她有同样遭遇的熊头人大哥结为夫妻，而后者在姑娘的帮助下打败了“冰山土司”（这是现实生活中的土司的物化），破了它的咒语，恢复了原形，两人过着非常富裕幸福的生活。[2]这类故事体现了人民这样一种愿望：希望美好的事物得到胜利，善良、勤劳、诚实然而受欺侮的人物得到幸福美好的生活。这是人民的朴素的善恶观念的体现。

（二）与上述情况相反，美好的愿望不能实现，正面主人公的理想遭到破灭，于是故事中出现悲剧结局。正义得不到伸张，美好遭到毁灭，这正是封建社会社会生活的本质的真实。但是，民间故事的作者们——人民群众不愿意看到世间出现如此惨烈的悲剧，希望美好的事物永远圆满，因此他们按照生活的原貌描绘出这些人间悲剧之外，总是加上一些光明的尾巴，以寄托自己的理想，从而加强了对悲剧所以出现的社会原因的谴责。

梁祝故事的悲剧性结局，民间作者赋予作品以化蝶的美丽幻想，以寄托作者的理想，这已为读者所熟知，自不待言，兄弟民族的故事中这种描绘也比比皆是。拉冶和鲁木措萌发了深沉的爱情，愿结为夫妻，但鲁木措的哥哥却横加阻挠，害死了她的未婚夫拉冶。在给拉冶举行火葬时，不管倒上多少酥油，尸身总是不化，最后鲁木措举身跳入大火中与他同归于尽。在掩埋他们的尸骨的地方长出来两株郁郁葱葱的香柏木——他们的灵魂，狠心的哥哥砍掉香柏木，可是天空中又出现了一对明星。[3]同样，由于头人的女儿不能嫁给穷人家的青年的剥削阶级世俗观念的影响，塔满兹和塔尔查来鲁的爱情也造成了无可挽回的悲剧。穷人家的青年塔尔查来鲁虽与塔满兹是青梅竹马，而且得到了车依拉姆神（创造山川陆地的女神）的帮助得到定期约会的彩桥，可是，塔尔查来鲁终于丧命于塔满兹的姑母（独眼女人）的暗箭之下。塔满兹自愿跳进焚化塔尔查来鲁的火中与他相抱殉情而去。死后，在塔满兹的尸骨上长出了一株常青的

① 《恶毒的后母》，见《老猎人与皇帝》，贵州人民出版社。

② 《脏姑娘》，见《葫豆雀与凤凰蛋》，重庆人民出版社1957年版。

③ 《拉冶与鲁木措》（藏族故事），见贾芝、孙剑冰编《中国民间故事选》第1集第237页，人民文学出版社。

斯约树，在塔尔查来鲁的尸骨上长出了一株审纽树，在青翠葱郁的树上又生出一对雌雄扎格鸟相望而歌。从此，人们一听到它们的歌声，“忧愁的就不再忧愁，叹息的就不再叹息，心里灰暗的也开始有了希望”！[①]

（三）把人类社会的一切美德、高超的技艺、超众的膂力等赋予某个理想人物身上，把他塑造成人类的模范、导师或征服自然力和敌人的能手、英雄。

高尔基曾经十分精辟地论述过这一类故事的久远渊源和这一类人物形象的真谛，至今读来还是意味深长的。他说，在这类故事中间我们可以听到关于驯养动物、发现药草、发明劳动工具的种种工作的反应。“在远古时代，人们就已经梦想着能够在空中飞行，——关于法伊东、狄达勒斯和他的儿子伊卡拉斯的传说以及关于‘飞毯’的故事都告诉了我们这点。他们梦想着加快走路的速度，——于是有关‘快靴’的故事；他们学会了骑马。想在河里比水流游行得更快的希望，引起了桨和帆的发明，想从远处杀伤敌人和野兽的志愿，成为发明投石器和弓箭的动因。他们想到能够在一夜之间纺织大量的布匹，能够在一夜之间修造很好的住宅，甚至‘宫殿’，就是说可以防御敌人的住宅，他们创造了纺纱车——一种最古的劳动工具，原始的手织机，并且创造了关于智者华西里莎的故事。”[②]希腊神话中的法伊东也好，俄罗斯民间故事中的华西里莎也好，其基本思想，归结起来就是古代劳动者们渴望减轻自己的劳动，提高劳动生产率，防御两脚的或四脚的敌人的侵犯。高尔基的这种历史唯物主义的观点和研究方法，廓清了资产阶级学者们的形式主义方法造成的迷雾，在今天，仍然有大力提倡和阐发的必要的。

我国的巧女故事内容极其丰富，巧女形象集中了我国劳动妇女的勤劳、智慧的美德。我国的巧匠故事不论在形式的独特性和形象的完整性方面，在世界故事的宝库中都是独树一帜的。且举《一幅壮锦》为例。[③]这篇壮族民间故事描绘了一个巧妇形象姐姐，表达了劳动者提高自己的劳动技能、改善自身

---

① 《塔满兹和塔尔查来鲁》（藏族故事）第242页，同上引书。

② 《高尔基文学论文选》第320~321页，人民文学出版社1958年版。

③ 见《中国民间故事选》第1集第390页。

生活状况的强烈愿望。姐姐是一个具有出众的织锦手艺的普通妇女，她的眼泪滴在锦上，就在滴着眼泪的地方织起了清澈的小河，织起了碧波荡漾的鱼塘；她的眼血滴在锦上，就在滴着眼血的地方织起了红红的太阳，织起了鲜艳夺目的花朵。鲁班传说在塑造巧匠鲁班的形象时，几乎把他的技艺和智慧诗化、神化了。从鲁班传说中，我们看到了劳动者对自己智能的自信，他们深信唯有劳动能在广大空间里创造出令人惊异的奇迹。人民，即使是各行各业的匠师们，当他们用自己的艺术想象赋予鲁班这种人物以卓绝超凡的技艺时，他并不想到自己在这方面的作用，尽管他们的确都在这些行业中做出过自己的贡献。这是因为鲁班是他们的代表，是他们集体智慧的艺术的化身，每当他们津津有味地讲述着关于他的故事时，自己也因而感到自豪。人们愈是舍己地赋予鲁班以超人的技艺与品德，鲁班的形象也就愈益丰满、高大，也就如高尔基说的，他被“擢升”到了人类导师和英雄的水平。

（四）我们常常在民间故事中遇到这样的情景：一只小小的兔子竟能把庞大凶猛的狮子溺死在水中[①]，一只若隐若现的萤火虫竟然把恶虎烧死[②]……弱小者总是以自己的聪明才智或勤劳战胜强大者。这种幻想显示了受压迫的劳动群众不畏强暴、蔑视权势的高尚品德。弱者战胜强者，一般地说是罕见的现象，但不是不可能，当弱者团结一致发挥自己的聪明才智，研究了并抓住了强者的弱点，往往会立于不败之地，战胜强者。民间故事把这种现象加以无可置疑的肯定，对弱小者寄予深切的同情和热烈的讴歌，实在是意味深长的。这类动物故事如此，社会生活故事也是如此，往往也以弱者战胜强者的幻想作为构思的基础。试看《蛇郎》故事中对弱小者七妹的同情与歌颂，就可略见一斑。七妹力排偏见，请嫁于为六个姐姐所嫌弃的蛇郎为妻，终于得到美满幸福的生活，而心地险恶的二闺女则受到社会舆论的谴责。当她把七妹推到河里溺死之后，蛇郎的鹦哥（七妹的精灵）作为社会正义的代言人严正指出：“奸奸奸，拿我的镜子照狗脸；丑丑丑，拿我的梳子梳狗头！”而当鹦哥被害死后，埋葬

① 《兔子报仇》，《中国民间故事选》第1集第280页。

② 《老虎和萤烛》，《民间文学》月刊1961年第6期。

七妹的地方又长出了一苗酸枣树，扯烂了她的袄裤。最后蛇郎拿冬雪做衣裳、拿梅花做脸盘、拿花枝做骨骼，使七妹复活如初，比先前更美好。

（五）此外，还有一种解释性故事，如某些动物故事和山川风物故事大致属于这一类型。这些民间故事虽然以描绘动物和描绘山川自然景物及其来历为基本特点，然而其中包含着富于现实意义的幻想。蒙昧人在他们创造的动物故事里对“动物的习性和栖居地点等等”作了各种各样的想象，但这些想象的总的意义，并不外乎要更多地捕获动物作为自己生存的条件。蒙昧人把某些动物描绘得强大有力，这实际上是表现了他们自身的强大有力，因为如此强大的动物都被他们征服了。有的动物被表现得温顺，这似乎告诉我们，他们已经由单纯的捕捉动物过渡到了驯养动物，从而对某些有用的动物产生了好感。有一个原始民族的研究者说过一句话：只有把蒙昧人看作是狩猎生活的产物，我们才能了解他们。如果我们拿这个意思来理解蒙昧人的动物故事，那么就可以说，他们的故事的题材大都是取材自动物界的，他们的艺术创作是植根于狩猎生活之中的。一般地可以这样说：解释动物习性、来历以及栖居地点等等的动物故事里，隐藏着狩猎人更多地捕获动物的愿望，对动物的认识愈精细准确，这种愿望得以实现的可能性就愈大。因此，蒙昧人尽自己的可能把动物的生活规律、习性等作了种种幻想性的描绘，例如大雁在飞行时为什么排成人字形和一字形的故事，指出这种飞行规律是为了使猎人掌握它。处于低级社会发展阶段的某些非洲、澳洲民族还存在着大量的这种故事，如阿姆哈拉人的故事《小豹和小猴》指出这两种动物疏远的原因——狡猾，人们只要认识到它们的这种特性，就不会上它们的当，比较容易地捕捉到它们。①

至于风物故事，有的叙说山川景物来历，富有知识性、抒情性，有的借景咏人、咏史，意味深长、发人深省。限于篇幅，这里不细说了。

① 《小豹和小猴》，见《非洲民间故事》第24页，上海：少年儿童出版社1963年。

三

民间故事的幻想的发展，与人民的世界观和宗教信仰的发展有着紧密的联系，基于不同的世界观和不同的宗教信仰，产生了不同的幻想。在许多故事里，至今还保留着原始信仰的最明显的遗迹——万物有灵观和图腾崇拜。因此，在研究民间故事的幻想时，就不能回避开宗教信仰与民间故事的关系的具体分析，而只有从分析原始宗教的诸形态入手，才能切实地了解民间故事的幻想产生的根源及其形态。

原始神话与原始宗教之间有着极其密切的关系，有时要把二者分辨开来，甚至都不是一件容易的事。恩格斯在论述美洲印第安人部落的特征时曾指出“有共同的宗教观念（神话）和崇拜仪式”。[①]原始宗教的最普遍的形态之一，就是所谓图腾崇拜。原始人所崇拜的，有动物，也有自然物，如拜蛇、拜狗、拜蝎、拜象、拜火、拜山、拜水、拜树，等等。原始人一般分不清人与动物的界限，甚至将自己的祖先和文化成就都归功于动物。因此，图腾崇拜的特点，就是相信人们的某一血缘联合体同某一种类的动物之间存在着血缘关系。图腾崇拜和原始氏族在人类早期神话中得到了真实的、具体的体现，有许多民族的神话故事里，同时出现了人和动物的形象，有时甚至是半兽半人的形象。畲族传说中认为狗是他们的始祖，古时候国王与敌国打仗处在危急关头的时候，便下令国内如有能打败敌国、把该部落酋长的头颅拿来贡献的人，则把公主许给他为妻。这时狗便跑到异部落去将酋长咬死来见国王，要国王实现他的诺言，国王颇有难色。狗便说：请他将它囚于铜钟之中过七天七夜，它就可变为人了。到了第六天，公主怕它饿死，揭开铜钟窥看，这时狗身已变为人身，只剩下头还未变，狗便与公主逃至山中，繁衍子孙。藏族有一个故事说藏族是由猴王同女妖怪结合后而来的，给猴子赋予了一切好的性格。

原始宗教的另一种形态——万物有灵论，在神话故事的幻想的形成中也起了很大的作用。原始人把宇宙万物想象成都是有灵性的，他们的民间故事可

① 恩格斯《家庭、私有制和国家的起源》，见《马克思恩格斯选集》第四卷第88页，人民出版社1972年5月。

以作为他们的这种信仰的佐证。詹·弗雷泽曾经在他的卷帙浩瀚的《金枝》一书中，引用大量的材料论述了这一点，他雄辩地指出："在人类历史的初期舞台上，外魂的观念乃是一个很有力量的信仰，民间故事很忠实地反映初民所看见的世界是一种什么样子，我们可以说，其中常见到的观念，无论它是什么，在原始时代一定是一种普遍的信仰。"[1]弗雷泽举了一个蒙古故事为例，这个故事说英雄约鲁(Joro)同他的敌人、术士却里当(Tschoridong)喇嘛搏斗，喇嘛将他的灵魂变成一只黄蜂去蛰约鲁的眼睛，约鲁用手逮住了这只黄蜂，他的手张开，这喇嘛便恢复知觉，他的手握拢，这喇嘛便失去知觉。在我国各民族的民间故事、史诗中，外魂观念不仅蒙古族中有，汉族、藏族等也都有。蒙古族广泛流行的蟒古斯的故事中英雄与十二首魔王蟒古斯的斗争[2]、史诗《格斯尔传》中格斯尔与魔王的斗争，魔王都是将自己的灵魂藏在隐秘的地方，以免遭到英雄的杀害，而最终由于被魔王掳去的英雄的爱子，把魔王的灵魂所藏的地方告诉了英雄，英雄才将魔王除掉。更广泛一些来说，民间故事里的许多精灵也都是万物有灵论的表现，如田螺精、黄蛇精、娘鱼精、兔子精、蛤蟆精、河蚌精、狐狸精、冬瓜精……人们赋予自然界的生物以灵性，把它们幻想成许多美丽的姑娘、俊美的青年等等，把普通人的美好愿望寄托在它们身上。例如田螺姑娘、河蚌姑娘在人民的幻想中就成了穷青年的美丽妻子，而这一点不正是穷得娶不起媳妇的青年们梦寐以求的吗?

民间故事里还常常出现巫术的形象。故事里的主人公往往借助于巫术去战胜敌手，或得到美好的生活。我们知道，巫术是同宗教对立的，如弗雷泽所说，"它的整个体系都以相信自然界中存在着秩序和统一性为基础"，尽管这种信仰是盲目的，而宗教的基础却是相信自然的统一秩序可以由神或神们按照人们的请求加以破坏。信仰宗教的人是用主体（精灵或神）的意志来说明自然现象，而求助于巫术的人，则力求去发现决定这种意志的客观原因。当然这决不意味着把巫术同科学等同起来，恰恰相反，科学与巫术之间存在着本质的

---

① 詹·弗雷泽《金枝》节本第六十六章《外魂——见于民间故事的》，见《文讯》杂志第七卷第一期，1946年6月15日。

② 参见《智勇的王子喜热图》，内蒙古人民出版社1963年。

不同。科学力求发现现象的内在的因果联系，而巫术却仅仅满足于简单的联想或简单的象征。在民间故事里，吹箫人阿保得到了龙王公主赠送的万应盒和如意棒，向万应盒说些咒语，如意棒在盒上一敲，就有了高大的楼房、美丽的妻子、丰富的粮食、四季的衣服。[①]格林童话中的《白雪公主》中的王后对白雪公主施用了种种巫术，先以毒梳梳她的头发，复以有毒的苹果相诱而使白雪公主致死，但作为正面理想的白雪公主是不会死的，七个矮人和王子给白雪公主解了魔，使她复活。[②]

总之，原始宗教的种种形态曾经作为人类幻想的一部分出现于神话、故事之中，大大地丰富了神话、故事的幻想。由于原始人的整个世界观都是建筑在以动物为主要源泉的那些经验上面，因此，他们的神话故事的幻想也就离不开动物以及由动物而得到的经验，而图腾崇拜就是在这样的社会基础——这种经验上产生的，它根据人对动物的关系把动物人格化，赋予它们一切人的特点。因此，原始神话故事既是原始人的文学作品，又是他们的哲学、神学和科学。

前面说过，阶级社会里的一神教如基督教、犹太教等，与原始宗教有着本质的区别，其最基本的一点，便是它确立了一种至高无上的力量，使人的一切活动都服从于这种神秘力量，而这种力量不是别的，就是神，它参与人间的事务，捍卫某一部分人的利益与道德。在这个时代，人民的口头艺术创作，就其大多数作品的实质来说，是离开宗教独立发展的，它不仅不反映宗教的观点，而且是同宗教对抗的，因而它的幻想也是脱离宗教概念而独立的。在一些正教统治的国家里，民间故事里不是歌颂宗教的代表人物，而是抨击他们、反对他们。但是，宗教在阶级社会中既然得到了统治阶级的认可与支持，宣扬了统治阶级的思想，那么它就不能不给予人民的口头艺术作品带来一定的影响，而民间文学就不可能不采用一些宗教的幻想、形象乃至宗教故事。

民间故事除了受到宗教观念的影响与毒害而外，还受到几千年来宗法制农民生活状况以及生产力发展状况的影响，使它不能摆脱消极的因素。拉法格

① 《吹萧人》，见《怪兄弟》，林兰编，上海：北新书局1932年。

② 《格林童话》第53号故事，人民文学出版社1959年。

指出：“自然环境的影响曾支持农民信仰鬼魂、巫婆、中邪和其他的迷信观念。”[1]农民不能摆脱落后的生产力，因此就不能彻底地支配自然力，自然环境也就不能不给农民以影响，自发的宗教迷信观念就会不断发生。反映到他们的民间故事中，原始宗教形态中的精灵被注入了阶级的色彩，出现了惩罚被压迫者的种种方法与概念（如地狱等），原始神话故事中的作为人的同事和朋友的神，被代表一种至高无上的神秘力量的神所代替了，等等。所有这一切就构成了民间故事中的反人民、反民主的因素，这就是我们通常所说的“封建性的糟粕”，当然，这些糟粕是同人民性的、民主性的精华交织在一起的。

对于民间故事中的封建性的糟粕，如神鬼观念、迷信观念等，必须认真严肃地加以甄别，但是，在这样做的时候，又必须审慎地将其同神话、故事的艺术幻想区别开来。

1965年初稿

1980年修改

发表于《学术研究》1980年第4期

① 保尔·拉法格《思想起源论》第218页，三联书店1963年。

北京传说与京派文化

一、“非遗”背景下的北京传说

中国是一个传说大国。世界上大概没有任何一个国家（或民族）拥有这么多的民间传说。凡是有人群的地方，就有各种各样的传说被创作出来并在民众中间流传。在我国，民众中流传的民间传说究竟有多少？从来只是说浩如烟海，却谁也难以作出确切的回答。统计资料说，1984—1987年间为编纂“中国民间文学集成”中的《中国民间故事集成》而开展的普查，全国各地的民间文学工作者所搜集到的民间故事，数量达184万篇。这个统计数字指的是广义的民间故事，包括神话、传说、故事和笑话在内。除了数量不多的神话外，如果以传说、故事各半的比例把传说单列出来，那么，传说总该也有90万篇之巨吧。大约25年后，由“政府主导”的新一轮非物质文化遗产大普查，即2006—2009年全国非物质文化遗产普查，政府公布的非物质文化遗产资源调查总量为87万项。[①]但这次全国大普查到底搜集到了多少民间传说，至今还没有见到相关的资料发布出来，因而21世纪第一个十年，在现代化、城镇化、社会转型的提速，正在从根本上改变着传统的农业耕作方式和农耕文明形态，改变着以血

① 此系文化部副部长王文章在2010年6月2日国务院新闻办公室召开的新闻发布会上公布的数字。

缘纽带与家族关系、伦理制度与道德观念为基础的村落礼俗的情况下，民间传说的处境和命运究竟如何？虽然还很难作出准确的判断，但这次普查的结果，毕竟还是为判断民间传说（以至民间文学）在新形势下之命运提供了重要依据。

具体说到北京市的民间文学类普查情况，笔者在为有关单位撰写《北京市民间文学年度发展报告》时，曾查阅了官方公布的数据资料，结果是：2005年7月至2007年底进行的全市非物质文化遗产调查，全市18个区县一共调查到了非物质文化遗产项目12623个（这里指的是“信息”或“线索”，而非记录下来的作品），其中民间文学类项目是8853个（东城区5个、西城区11个、崇文区5个、宣武区6个、朝阳区7个、海淀区18个、丰台区0个、石景山区187个、门头沟区6630个、通州区14个、顺义区5个、平谷区400个、延庆县33个、怀柔区252个、房山区86个、密云县9个、昌平区96个、大兴区1089个）。经过主管部门的挑选，将其中的3223项载入了《北京市非物质文化遗产普查项目汇编》，而其中入载的民间文学类项目是410个。[①]尽管这个统计数字不一定很准确，但从中也还多少能看出一些端倪：这8853个民间文学类项目（信息），占了全市“非遗”项目（信息）总数12623个的十分之七强，亦即民间文学类占了全部十大类“非遗”项目（信息）总量的绝对多数。到笔者写此文时为止，已经进入三批北京市级非物质文化遗产名录、得到政府保护的民间文学类项目，共有17个（第一批空缺，第二批12个，第三批5个）。[②]从这次“非遗”普查所得信息中遴选出来、载录于《北京市非物质文化遗产普查项目汇编》中的410个民间文学类 (包括民间故事和歌谣)项目信息（而非记录下来的文稿），与国家“七五”期间围绕着《中国民间文学集成》所调查采录到的民间故事相比，显然是大为减少了。20多年前的那次调查，从民众口头讲述中记

① 北京市文化局向文化部督查组的汇报——《北京市非物质文化遗产普查报告》（2009）中提供的普查数字。

② 第二批北京市名录入选的12个项目是：北京童谣、颐和园传说、圆明园传说、香山传说、八达岭长城的传说、卢沟桥传说、永定河传说、八大处传说、张镇灶王爷传说、仁义胡同传说、轩辕黄帝的传说、杨家将（穆桂英）传说。第三批名录入选的5个项目是：《磨石口传说》《曹雪芹的传说》《凤凰岭的传说》《天坛的传说》《前门的传说》。

采录下来的北京民间故事约为1000万字，经过层层评议、严格遴选，最后编入《中国民间故事集成·北京卷》中的神话、传说、故事、笑话等民间叙事作品是637篇；[①]而从中归纳出的“北京市常见的故事类型”为15个[②]。当然，这次全国“非遗”普查于2009年底基本结束后，有的区县又做了一些专题性的、补充性的调查采录，搜集到了一些现在还呈现着流传强势的民间传说，如2009年公布的第三批北京市级非物质文化遗产名录中的5个项目：崇文区2个：《天坛的传说》《前门的传说》；海淀区2个：《曹雪芹的传说》《凤凰岭的传说》；石景山区1个：《磨石口的传说》等，有的是《中国民间故事集成·北京卷》之中没有见录的，如前门的传说、凤凰岭的传说和磨石口的传说。而这五个传说，其特点，都是围绕着同一个主题（人物、事物、风物、名胜古迹）形成了一个由众多的传说组成的“传说群”。而这五个“传说群”都是在普查结束之后进行的补充性的、专题性的调查中搜集记录到的，是遵照科学性原则从口头讲述中记录下来的作品，而不是前面所说的项目“信息”。

二、市井社会与北京传说

前文说，中国ISBN中心于1998年11月出版的《中国民间故事集成·北京卷》里附录了一份《北京市常见故事类型索引》。为了弄清楚20世纪末在北京市行政区划范围内还普遍流传的民间故事或“常见故事类型”在近20多年来发生了怎样的变化，以及以虚构为特点的民间故事与以写实为特点的民间传说这两类民间散文作品的流传与消长情况，我们有必要对《中国民间故事集成·北京卷》中所记载的这15个“北京市常见故事类型”的命运做一番简略的考察。这些故事类型是：

---

① 《中国民间故事集成·北京卷·前言》第1页，北京：中国ISBN中心1998年11月。

② 《北京市常见故事类型索引》，见《中国民间故事集成·北京卷》第915~917页，北京：中国ISBN中心1998年11月。

（1）巧媳妇（流传于崇文区、延庆县、平谷县、怀柔县、昌平县）；

（2）狼妈妈（流传于崇文区、门头沟区、房山区、顺义县、平谷县）；

（3）憋宝（流传于东城区、丰台区、门头沟区、大兴县、平谷县、延庆县）；

（4）猫狗结仇（流传于门头沟区、延庆县、平谷县、通县、顺义县）；

（5）傻子学话（流传于崇文区、朝阳区、门头沟区、密云县、平谷县、延庆县）；

（6）人心不足蛇吞象（流传于崇文区、朝阳区、门头沟区、延庆县、房山县、密云县、顺义县；

（7）有缘千里来相会（流传于崇文区、门头沟区、西城区、房山区）；

（8）不见黄河不死心（流传于东城区、西城区、门头沟区、平谷县、延庆县）；

（9）人为财死，鸟为食亡（流传于朝阳区、延庆县、顺义县、昌平县、房山县）；

（10）蛇仙（流传于西城区、宣武区、延庆县）；

（11）炸海干（流传于东城区、平谷县、通县）；

（12）皇帝改规矩（流传于密云县、宣武区、顺义县、延庆县）；

（13）狗腿子的来历（流传于门头沟区、密云县、平谷县、顺义县）；

（14）帝王踩坟（流传于延庆县、密云县）；

（15）知人知面不知心（流传于延庆县、崇文区、大兴县）。

这15个“北京市常见故事类型”，是该书编辑委员会的成员们从20世纪80年代各区县的普查材料中归纳、提炼出来的，而不是少数几个学人闭门造车人为编造出来的，故而可以作为20世纪80年代在北京民众口头上流传的北京市民间故事流传情状的认定根据。这个“常见故事类型索引”还告诉我们，民间故事在城区虽然也有流传，如崇文区（6个）、东城区（2个）、西城区（2个）、宣武区（2个）、朝阳区（3个），但其主要的流传地区却在各远郊县，如延庆（11个）、平谷（8个）、门头沟（5个）、顺义（5个）、密云（4个）、房山（3个）、通县（2个）、大兴（2个）、昌平（2个）、怀柔（1个）。如果可以根据民间文学的流传区域和人群，把北京市划分为“市井社会”（城区）和“乡民社会”（郊区）并在分析中采用这一对概念的话，那么，以15个常见故事类型为代表的民间故事的这种分布状况显示出这样两个结论：（1）如果说类型性是民间故事的一个重要特点的话，则地域性是传说的特点；（2）市井社会群体中的故事传统相对薄弱，而乡民社会群体中的故事传统则相对稳固。

与民间故事的分布状况恰成对照，民间传说的分布状况和发展态势，则别有一番景象。乡民社会（郊区）之中虽然也有一些著名的传说流传，人物传说如杨家将传说（房山、燕山）、轩辕黄帝的传说（平谷），风物传说如八大处传说（石景山）和长城的传说（延庆），以及遍布所有乡民社会的风俗传说，但总体看不如故事的传播有活力；而在市井社会（城区，过去的城四区，如今的城八区）中，传说（人物传说、史事传说、名胜古迹即风物传说或景物传说）却显示出超越故事的优势与活力，如海淀的“三山五园”传说，崇文的前门传说和天坛传说，东城的故宫传说和北京胡同的传说（尽管现在还没有申报和进入市级保护名录），丰台的卢沟桥传说，等。

已故张紫晨先生在《中国民间故事集成·北京卷》的《前言》里曾对北京城区和郊区的民间故事的差异作过这样的分析：“北京民间故事，城区与郊区呈现出的区别较大。在城区，传说的分量大于故事，郊区则以故事为多。城区故事如同传说，在题材上，以宫廷、史事、大臣以及名胜、街道、行业为主，郊区则重乡里、平民劳动者的日常生活，以表现乡间社会家庭伦理故事为多。城区民间故事含有文化古都人民的智慧和灵气，郊区民间故事较为质朴，有乡间人民的思想、气质与体验。”[①]在北京，何以民间传说和民间故事分别与“市井社会”与“乡民社会”相联系，从而形成各自不同的流传优势呢？我的回答是：这种差异导因于不同的生活方式、不同的社会环境和不同的文化传统。

“乡民社会”是传统的农业社会，其社会主体是农民（包括农村手工业者），他们世世代代过着靠天吃饭、自给自足的耕稼生活，处身于家族和血缘为纽带的封闭式的谱系社会与民俗制度中，以村寨为聚落居住方式，因而他们的思维方式和文化传统显示出一定的保守性和封闭性，其所关注的社会和所传承的文化，无不打上浓重的原始文明和农业文明的烙印。而以幻想性为特点的民间故事，就成为他们诗意地表达其观念和寄寓其理想（群体的和个人的）的文化载体。但不能因此而认为，农民的民间故事以及他们文化传统是落后的、封建的。他们的民间故事，正如恩格斯在论述德国民间故事书时所说的：“民间故事书的使命是使一个农民作完艰苦的日间劳动，在晚上拖着疲乏的身子回来的时候，得到快乐、振奋和慰藉，使他忘却自己的劳累，把他的硗瘠的田地变成馥郁的花园。民间故事书的使命是使一个手工业者的作坊和一个疲惫不堪的学徒的寒碜的楼顶小屋变成一个诗的世界和黄金的宫殿，而把他的矫健的情人形容成美丽的公主。但是民间故事书还有这样的使命：同圣经一样培养他的道德感，使他认清自己的力量、自己的权力、自己的自由，激起他的勇气，唤起他对祖国的爱。”民间故事书不仅“具有丰富的诗的内容、饶有风趣的机智、十分纯洁的心地”，而且“具有健康的、正直的德国精神”。[②]恩格斯对德国民间故事所作的高度评价与诗意描绘，也完全适用于我们所论的北京郊区的乡民社会里创作和传承下来的民间故事。还要看到，作为古都北京的郊区的乡民社会，与一些边远地区的乡民社会不同，在这里大部分地区是传统农耕文明和现代城市文明的交汇之地，也是汉族文化和北方民族文化的交汇之地，现代文明的曙光很容易地就投射到这里，多元文化的“杂交”优势常常给这里的

① 《中国民间故事集成·北京卷·前言》第11页，北京：中国ISBN中心1998年。

② 恩格斯《德国的民间故事书》，《马克思恩格斯论艺术》第四卷第401页，人民文学出版社1966年2月第1版。

文化以激发，因而这里是一块滋生和传播民间故事的沃壤。

与文化传统相对稳固的远郊的乡民社会比较起来，城区是个五方杂处的市井社会，来自不同地区、不同职业、不同身份、不同文化背景的人带来了不同的文化。城区本质上是一个市井社会，而市井社会的社会主体是市民，即或从事商业和服务业、或从事手工业、或从事制造业的劳动者，这个庞大的社会群体区别于乡民社会中那个自给自足的农民群体。如果运用社会分层的理论来看待这个社会群体，持上下两层论者认为市民阶层应属于社会下层，持上中下三层论者则认为市民阶层应属于中层。市民虽然处于上层文化与下层文化之间，但由于他们更多地受到上层文化（或精英文化）和现代文明的熏陶和影响，因而他们的思想意识和审美倾向更多地接近于通俗文化。城区有故宫等诸多宫廷建筑、朝臣宦官们的深宅大院、颐和园等皇家园林、纵横交错的胡同街巷和商铺店面、星罗棋布的寺观塔庙，在这些去处和景观所构成的都市生活场景的背后，无不埋藏着种种饶有兴味的逸闻轶事，这些逸闻轶事构成了民间传说的内容骨架和核心，在市井圈子里一传十、十传百的流传过程中，逐渐发酵、滚动、附会、演绎，从而编织成为情节相对固定的民间传说，而这类传说的传奇性和神秘性特点，又多与市井社会的欣赏趣味和传播环境相契合，故而比纯属虚构的幻想故事更容易在这块土壤上生根发芽、繁盛发达。于是，多以宫廷秘闻、宦官逸事、史事传奇、戏曲故事等为题材的口头传说，便在市民这个庞大的新兴社会群体中找到了传播的主体和传承的空间。

现代化与城镇化的提速，旅游业的普及，不仅没有使“市井社会”（城区）或近郊区以宫廷秘闻、宦官逸事、史事传奇、戏曲故事、名胜古迹等为题材的各种民间传说遭遇衰微困局，反而如同注入了“润滑剂”那样，获得了更好的流传条件，有些传说甚至上升为所在地区的代表性文化。与民间传说不同，民间故事在市井社会中的遭遇则堪忧。在21世纪初所进行的全国“非遗”普查中，前面征引的北京市常见的这15个故事类型的现状就是一个显例。在各区县的普查材料中，这15个常见故事（类型）没有见到任何报道。何以解释？要么是21世纪第一个十年所进行的这次调查由于种种原因有欠深入；要么是这些常见故事及其类型压根儿就从民众生活中消失了。由此，我们不能不得出这样的结论：20世纪80年代在北京市范围内曾广泛流行的民间故事（狭隘的民间故事），基本上或大多数随着时代的变迁而逐渐式微，有的可能已经灭绝了。

在前后三批北京市“非遗”名录中，只有第二批名录中入载了“张镇灶王爷传说”一项民间故事。这个项目，就其性质而言，也许称其为“灶王爷故事”更为贴切些。另据刘铁梁《中国民俗文化志·北京门头沟卷》第十章《山里头人与山外头人——方言土语与哭丧倌儿的传说》（日本青年学者西村真志叶撰，系作者参加2003年在北京门头沟区进行调查组的调查报告），调查组对斋堂村民中的“拉家”（说故事）习俗的实地调查，记述了20世纪80年代“中国民间文学三套集成”普查时在京西一带广泛流传的机智人物故事——“哭丧倌的传说”（傅三倌的故事），现在还在村民中相当流行。作者写道：“山里人最爱拉家的，大概就是哭丧倌了。”“拉家”就是讲故事。调查者的重点是生活民俗，所以只记录了几个与哭丧习俗有关的哭丧倌的事件与故事，提供了几个篇目，而对傅三倌的故事，并没有提供更多的讲述版本的记录，殊为可惜。①

这就意味着，在建设国际化大都市战略、现代化进程提速、城镇化全覆盖、旅游业日益成为支柱性产业的社会背景下，北京市的民间传说，在“市井社会”（城区）仍然保持着相对旺盛的流传态势，以“乡民社会”（郊区）为主要流传地区的民间故事，则多少呈现出明显的、急速的蜕化或式微的趋势。

三、古都传统下的北京传说

北京是六朝古都，历史悠久。姑且不论旧石器时代的周口店北京人所开启的史前史，也姑且不论被传为黄帝部落阪泉之战打败蚩尤部落后在北京附近建立的幽陵（《史记·五帝本纪》）②，即使以西周燕都、春秋战国燕都蓟城

① 刘铁梁主编《中国民俗文化志·北京门头沟区卷》第342~357页，中央编译出版社2006年11月。

② 轩辕黄帝的传说（平谷）已纳入北京市级非物质文化遗产名录。

为起点（西周燕都在今房山区琉璃河董家林村，战国燕都蓟城在今北京城区西南的广安门内外[①]），……金、元、明、清一路下来，至今也有两千年的历史了。封建王朝的连续建都，使北京处于国家政治文化中心的地位，皇亲国戚，群臣宦官，士子文人，工匠优伶等，造就了精美建筑、名胜园林、宫观寺庙，留下了各种文献典籍，对北京文化的积累和提升做出了重大贡献。但只看到精英文化这一面，是远远不够的，或者说是很片面的。处于社会下层的广大民众（在北京即包括市井社会和乡民社会两部分下层民众）也创造了不可计数的传说、故事、歌谣，表达了他们对宇宙、对社会、对历史、对史事、对人生、对生死、对生活的观点和态度，以不同的立场和视角、不同的文化系统，使北京文化得到增益和丰富，与精英文化相映成趣，构成了完整的北京文化，书写了几千年的北京文化史。也许，民众（包括农民和市民）所创作和传承的民间传说和民间故事等口头文学，在北京地域文化的形成上，起着更为不可忽视的重要作用。

香港学者陈学霖在阐释北京建城传说时指出："举凡中外名都，由于历史久远，世代迭有精英，多留下琳琅的文献记录和瑰丽的名胜古迹，久而不浸。欧西之雅典、罗马、巴黎、威尼斯、君士坦丁堡，其都城的肇兴和变革，皆有离奇诡异神话。中国文化深厚绵长，古都众多，著名的如长安、洛阳、开封、燕京、金陵，亦不乏神怪奇趣传说。这些古代中外名城的传说，很多已成为学者研究的对象，因为它们不但诡奇玄怪，引人入胜，而且浮现个别历史文化的一些特征。简言之，这些传说的滋生和流传，很多方面表露各国文化体系中，单元或多元的"大传统"（Great Tradition）和"小传统"（Little Tradition）的不同层次，和彼此间长期的依存和融会交流。"[②]他的这段论述，一方面指出，大凡古城名城，其肇始和变革，大多伴有种种神话传说滋生与发展；另一方面又指出，所谓"大传统"与"小传统"是两个平行的文化系统，二者相互依存和融会交流，即整合而达成一种民族文化。作为古都名城的北京，其文化

---

① 参阅于德源《北京史通论》第二章《北京古蓟城起源蠡测》、第三章《战国时期蓟城的发展》，北京：学苑出版社2008年6月。

② 陈学霖《刘伯温与哪吒城》第2页，三联书店2008年7月。

所显示的特点，正如陈氏所说，不仅因为其神话传说的“诡奇玄怪，引人入胜，而且浮现个别历史文化的一些特征”而为学者关注和研究，而且是“大传统”和“小传统”不同系统和不同层次的文化互相依存和融会交流的文化。

以我之见，主要流传于市井社会里的北京传说，最有特点者，莫过于下列四个传说群：（1）北京的建城的传说，如自元、明、清以来就流传不衰的哪吒八臂城及刘伯温建造北京城的传说，胡同的传说。（2）清代以来的关于“三山五园”的传说，如西山、颐和园、北海公园等。（3）宫廷传说，包括紫禁城内外的逸闻轶事，故宫的建筑和工匠传说。（4）前门的建造和前门大街以及作为商业区和老天桥的前门地区的传说。

第一个传说群，是围绕着北京建城而产生的传说。最早的形态，应是刘秉忠建元大都城的传说，其中就有哪吒城之说。元·张昱《张光弼诗集》卷三《辇下曲》：“大都周遭十一门，草苫土筑那吒城。讖言若以砖石裹，长似天王衣甲兵。”可为证。[①]又，长谷真逸《农田余话》卷上：“燕城，系刘太保定制，凡十一门，作哪吒神三头六臂两足。”亦可为证。[②]明代刘伯温、姚广孝建八臂哪吒城的传说，自不必说可追溯到或滥觞于元大都时代的六臂哪吒城传说。明永乐帝篡位的第二年即迁都北平（1403），兴建新京城，而哪吒城的传说，在明代继续流传下来，且盛传于北京各阶层的市民中，历久不衰。

以刘伯温为主角的“八臂哪吒城”传说，我们已经拥有了好几个记录版本。对这些记录文本做一番比较，不仅饶有兴味，而且是有传说学的意义的。先看满族老文艺家金受申于20世纪50年代编写的文本：

> 北京人说，北京是一座八臂哪吒城。
>
> 北京城的修建，是明朝初年的事。那时的皇帝叫燕王，他在永乐四年，下令开始修皇城和宫殿，分遣了大臣到四川、湖广、江西、山西等地去采木材。到永乐十四年，又集议营建北京全城。传说当时，燕王手下有

---

① 《四部丛刊续编》本，卷三，第15页下。转自陈学霖《刘伯温与哪吒城》第64页。

② 转自陈学霖《刘伯温与哪吒城》第64页。

两个军师，大军师叫刘伯温，二军师叫姚广孝。燕王命令他两个人设计北京城的图样。他俩领了旨，就出去察看地形。

他俩来到城中心，从南到北画了一条线。然后两人背对背站在这条线上，一个往东走，一个往西走，各走五里地，就算城边。走完以后，按照他们走过的地方又画一条线，和南北那条线相交，形成了一个十字。然后他们两个人又背对背地站在十字上，一个往南走，一个往北走，各走七里地，就算南北的城边。他们就按这个里数划出一个框子，然后各自回去了。

第二天，两个人又出来了。大军师刘伯温想：城地已经步量好了，该画图了。这图要是画出来，可是立了一份头功。凭我大军师的本事，怎么也得比你二军师强得多。因此画图这事，不能一块儿做，还是各画各的。二军师姚广孝也想：我和您刘伯温在一起，我画出来了，人家也说是大军师的本事。我不能和你在一块儿画。两个人走到一起，刘伯温就对姚广孝说：

"姚二军师，咱们地方也步量好了，该画图了。我看，咱们分开，各想各的主意，七天以后，在这儿见面。到那时，咱们脊背对脊背，当场画，各画各的，你看怎样？"

姚广孝一听，正合他的心意，就说："行啊。大军师说得有理，就这么办吧。"两个军师就分开了。

……一晃又是三天过去了，剩下最后一天，得到现场画图了。大军师刘伯温走出来，脑袋沉沉的，一路走，一路心里还在琢磨。忽然，看见有一个红孩子在他前面走着。他走得快，这孩子也走得快；他走得慢，这孩子也走得慢。于是，他就紧紧追着这个红孩子。两个军师追着追着，碰到一块，一看，正是原来约定的地点。刘伯温说："现在咱俩可以分头画了。"姚广孝顺口答应一声，两个人就背对背地坐在一起。刘伯温面向东坐着，姚广孝面向西坐着；两个人拿出纸来，铺在面前，就开始画。他们凝神静思，看着画纸。忽然两个人的眼前，同时出现了那个红孩子的模样：头上梳着小抓髻，半截腿露着，光着脚丫，穿的还是红袄、红裤子。……两人一想，这不就是八臂哪吒吗？两人同时一阵高兴，可是谁也不言语，都各自照着画了。

刘伯温这边，先照着从头上画起，然后画胳膊，画腿。一笔一笔全画下来了。姚广孝呢？也从头照着一笔一笔画了起来。可是画到最后，来了一股风，把哪吒的衣襟吹起了一块，他也就随手一笔画了下来。

画完了，两个人手递手交换了图样。……两个人一看，同时笑了起来。原来，两张图全一样，都是八臂哪吒城，只是姚广孝这边，在西北角上往里斜了一块。

姚广孝要刘伯温讲讲怎么叫八臂哪吒城？刘伯温说："这正南中间的一座门，叫正阳门，是哪吒的脑袋；瓮城东西开门，就是哪吒的耳朵；正阳门里的两眼井，那就是哪吒的眼睛；正阳门东边的崇文门、东便门，西边的阜成门、西直门，是哪吒那半边身子的四臂；北面的安定门、德胜门，是哪吒的两只脚。"

姚广孝又问："那么，哪吒的五脏呢？"

刘伯温忙说："那皇城就是五脏。"

姚广孝想问些什么。刘伯温一看这架势，知道他想找碴儿，忙拿起图，指着姚广孝画斜的地方，说："这就是你的不对了。城哪能斜一块呢？"姚广孝说："大军师有所不知，哪吒的图形就是斜的。"两个人争来争去，只好拿了图样去见燕王。燕王一看，正是八臂哪吒城，说："好，你们不愧是我的军师。刘伯温画的方方正正，还是当大军师。姚广孝画的斜了一块，还是当二军师。"

刘伯温说："那修城时，以哪个为准呢？"

燕王指指图说："东城照你画的修，西城照姚广孝画的修。"

就这样，就动工修起城来。修成以后，一看，姚广孝画斜了的那一笔，正好是德胜门往西到西直门这一块。直到今天，北京城西北面城墙还是斜的，缺着一个角呢！[①]

再看1961年从崇文区蟠桃宫庙会一位老艺人口述记录下来的一个传说文本。

燕王朱棣远征蒙古归来，便想在北方重建一座京城，于是把大臣刘伯温找来，问他应该在哪里兴造。刘伯温存心退让，就献议找大将军徐达去办。徐达来到，伯温对他说："凭着你的神力往北射一箭，箭落在哪儿，就在那儿修建京城。"徐达应诺便到殿外搭箭拉弓，朝向北方射出。刘伯温连忙带着随从上船，顺着大通河往北去追。这一箭射得好远，落在当今北京南边20多里的南苑，那里住着八家小财主。他们看见箭落下来十分慌张，唯恐在该处建京城，房产和田亩便会被占用。就在议论间，其中一个财主说，把箭再射走不就行了吗？大家都说好主意，于是转手一箭往北射去，结果射到如今北京的后门桥那里。不久，刘伯温带人追到南苑，掐指一算，箭应落在这儿，便找财主来问，逼着要箭，财主们一看瞒不住，只好招认，请求不要在当地建城，要什么条件都行。伯温想了又想，答应在他们转手射箭落下的地方筑京城，但是要他们捐输建造，八家财主只好同意。

刘伯温跟着找到落箭的地方，就拿出已准备好的图样，去找工匠动工。最先建的是西直门城墙，所要的费用全都找南苑的财主们要，但是没想到一座城还没修成，八家财主已经倾家荡产，如何是好？伯温又掐指盘算，便着手下把一个晓得有藏镪的沈万三找来。过了两天，随从果然把他带到。此人原是个讨饭的，浑身脏臭，腋下夹着个破瓦盆，又用一根绳子系在脖子上。刘伯温见到沈万三就说："建北京城没钱用，你可给我想办

① 金受申这个传说文本，是他于20世纪50年代编写的传说文本（《北京的传说》第一集，北京：通俗文艺出版社1957年）的缩写本，而不是从北京市民的口中搜集采录来的。《中国民间故事集成·北京卷》编者把金受申编写的两个文本全都收入其中，并在文末署上"采录者：金受申"字样，显然是求其与编者的选录要求一致起来。采自张紫晨、李岳南编《北京的传说》，上海文艺出版社1982年6月。

法？”万三一听就被吓坏，自言是个穷汉，哪里有钱财。伯温见不就范，立刻叫人用棍子朝着他打，万三只好叫饶，讲出地底埋下有银子的巨缸，着他们去挖。刘伯温派人去挖，果然发现一大缸银子，于是就用来接续修城。可是没多久，这些钱也用完，伯温因此又找沈万三，按着他劈打要钱，万三被打得急，只好又往地下指出埋银处，就这样一而再，再而三，北京城便有足够的钱建筑起来。

话分两头，京城还未动工，苦海幽州的龙王已经晓得，故此当刘伯温坐船追箭快到北京时，突然冒出水面，把前脚往船头一搭，将船踏歪了一半。伯温急忙走出舱来，问个究竟。龙王就说，北京是他的地盘，诘问占了它去建京城，会给他什么甜头。伯温于是回答建好都城后燕王必会好好酬谢。龙王摇头不信，说若要在这儿造城，一定要把他的九个儿孙在京城安排职位。伯温只好佯作答应。龙王大乐，便放过了他，让他的船继续往北开去。到了北京城修完，燕王便迁到那里，坐上龙廷当皇帝。一天，皇宫门前突然来了一老头带着好几个孩子，吵着要见刘伯温。伯温出见，原来是龙王和他的儿孙。龙王就说他前此允诺给他的儿孙职位，因此把他们带来，问怎么安排。伯温哈哈笑，说都已分配好。可是刘伯温好厉害，把龙子龙孙分别派到华表、柱子、屋檐和影壁上去。安排完毕，他一喝令，九条小龙腾空而飞，飞到被分发的地方，一个个贴了上去。结果，欢蹦乱跳的活龙都变成石头刻的、砖石烧的、油漆画的死板饰物。这一绝招真把龙王气坏，就要跟刘伯温拼命，于是引起许多剧烈的斗法去争水源，结果伯温成功地把大多的海眼都镇盖着，将龙王一家禁锢在城下，于是解除北京缺水的威胁。①

再看21世纪第一个十年非物质文化遗产大普查中，崇文区非物质文化遗产办公室的杨建业于2009年5月从崇文区居民、艺人张俊显口中采录到的第三个文本：

① 中国民间文艺研究会北京分会编《北京风物传说》，中国民间文艺出版社1983年。

话说刘伯温开始建北京城的时候，虽然皇上给了他很多钱，可还是不够。刚开始修正阳门，刘伯温就没钱了。可他又不好意思再去开口向皇上要钱，那样不是显得他太无能了吗？他就想别的招儿。

什么招儿呢？就是向北京城里有钱的大户筹钱。但是因为造城的工程太大了，找到的几个财主还没等城门修好，就已经成了倾家荡产的叫花子。工程只好停下来，监工的徐达找到刘伯温，问他怎么办。刘伯温说你别着急，马上就有人送钱来。他掐指一算，让徐达派手下的将士去找一个名叫沈万三的人。

几天后，士兵们还真找到了一个叫沈万三的人，并把他带到了刘伯温的面前。这个沈万三衣衫褴褛，浑身上下又脏又臭，胳肢窝里还夹着个要饭的盆儿。当他听清楚刘伯温找他是为了跟他要钱修城楼时，便浑身哆嗦着说："我一个穷要饭的，哪儿有钱给你们修城楼啊。"听了这话，刘伯温眼睛一瞪，大声喊人说："来人呀，给我打这个没钱的！"于是，兵士们上来噼里啪啦一顿狠打，把沈万三打得眼冒金星。这个沈万三实在扛不住了，就用脚跺跺地说："这地底下就有钱。"刘伯温听罢大喜，马上派人开挖起来，果然从地下挖出了大缸大缸的银子。

有了沈万三的银子，正阳门终于如期修好了。那些挖完银子留下来的大坑，后来有了水，再后来里面有了鱼，人们就把那地方叫做金鱼池了。

讲述人：张俊显（60岁，家住崇文区长青园社区）
讲述时间：2009年5月
讲述地点：张俊显家中
记录整理人：杨建业，崇文区非物质文化遗产保护中心人员

在第二个传说文本里，写的不是刘伯温如何与姚广孝两人竞赛画图建城和按哪吒八臂的图样建城的情节，而是命徐达搭弓射箭寻找建城的地方，同时增加了（或合并了）刘伯温强迫江南巨富沈万三资助修建北京城的情节（或故

事）。第三个文本则突出了北京多水域和多水患的描写。因此，我们可以断言，就形成的时间而言，第二个传说文本的核心部分应是“苦海幽州”北京水患，显然比第一个文本——金本要早，尽管金本的核心情节是建八臂哪吒城，而这个情节滥觞于元大都时代刘秉忠建城的传说，却有意无意地把水患的内容给删除了。杨建业在新世纪搜集的这个文本的特点，重点不是建城，而是把刘伯温问沈万三要钱的情节，附会到了修建前门的传说中来了，突出了前门的修建这个情节。

到目前为止，陈学霖的《刘伯温与哪吒城——北京建城的传说》中所搜集到的关于八臂哪吒城的传说材料最为完善。国人搜集的“八臂哪吒城”传说文本，最早的是前文所论金受申于1957年编写的那份。其实，在他之前，英国人L. C. Arlington与William Lewisohn 合著的 *In Search of Old Peking*一书中，就已经载录了哪吒八臂城的传说了，而且在L. C.Arlington与William lewisohn的书里，前门在北京城的地位和形象就是：（1）前门（正阳门的俗称）是哪吒的头颅；（2）前门两旁门是它的耳朵。[①]前门是作为哪吒的头颅的象征出现于建城传说中的。

北京建城传说群所以在元明之际形成并得以传播，显然是受了当时特别是明代道教传播和哪吒神的影响，在这样的历史文化背景下，把八臂哪吒的故事和形象，附会到北京建城的传说中来，从而使北京的建城传说变得格外扑朔迷离，引人入胜，是不难理解的。然刘伯温这个历史人物之引入这个北京建城传说中来，并与八臂哪吒融合到一个情节中来，倒是一个至今缺乏说服力的解说的问题。关于刘伯温这个人及其关于他的传说，笔者曾在为《刘伯温传说》一书所作的序言中说过这样一段话，不妨引在下面作为讨论的基础：

> 刘伯温的传说属于人物传说或历史人物传说，是以历史上的真人真事为核心而逐渐发展演化为传说的。我们知道，事实上并非所有的历史人物都能进入民众口头传诵的视野的，只有那些做过大量有益于老百姓

---

① 陈学霖《刘伯温与哪吒城——北京建城的传说》第86页。

的好事、因而符合民众意愿，或做过许多坏事而为民众所唾骂的人物和事迹，才比较可能进入民众的口碑之中。一个历史人物一旦进入当地民众的记忆，成为传诵讴歌的对象，并在一传十、十传百地口头流传中按照民众的愿望逐渐附会上或被赋予了许许多多也许并非是历史上实际没有发生过的、而在传说中却是合理的、为民众所认可的事迹、情节和细节，那么就会形成一个以这个人物或事件为核心或凭依的庞大的“传说丛（群）”和“传说圈”。有的传说的主体部分或某些情节，甚至在流传中还带上了神奇的色彩，如刘伯温的神奇出生。这种故事人物的神奇的出生，本来是古老的神话和史诗中所特有的一种思维模式，在刘伯温这样的历史人物传说中出现，其实在故事的听众听来和读者读来，并不觉得讲故事的人是在胡说，反而觉得是顺理成章、合情合理的，符合人物性格的发展逻辑和人物的生活史的，有了神奇的出生，后来在辅佐朱元璋完成大业的过程中出现的许多出奇制胜的智慧和行为，就显得更加可信，从而塑造出了一个传说中的刘伯温。与刘伯温之出生的神奇性一样，朱元璋的隐居以及在朱元璋官兵的追捕下吞金倚柱而死的情节，同样也是神奇的。而神奇的事件，不仅在塑造人物独特的个性时，起到重要的、不可替代的作用，而且也比较符合人们的好奇心理，容易被吸收、黏附和融汇到传说之中。

作为历史人物的刘伯温，以自己超人的智慧和胆识，忠心耿耿地辅佐朱明王朝，在明代建国和治国中多有所贡献，死后被追谥为太师、文成公，成就为一位杰出的古代军事谋略家、政治家、文学家和哲学家。他的事迹，在其出生地浙江省青田县被编创进种种民间传说，持久地被民间传诵，受到家乡父老兄弟子孙后代的讴歌，是顺理成章的，符合传说规律的。鉴于他在百姓中的影响，关于他的传说，并不局限于他的家乡以青田为中心的浙南一带，就是其他地方，包括今南京、北京等明代建都的地方，也都广为流传，如北京建城的传说中，就不乏刘伯温的传说。[①]

① 拙文《曾娓阳主编〈刘伯温传说〉序》第5~6页，中国文联出版社2008年6月。

历史上的刘伯温曾经主持修建了南京城，尽管北京城的修建与他无关，但其人确实到过北京。由于他在辅佐明王朝上的盖世功绩和过人才干，甚至到了被民间神化的程度，故而，民众把他的行迹附会到修筑北京城的传说中来，也就不仅符合传说生成和流传的规律，而且也是顺理成章的了。

北京建城传说在其扑朔迷离的传说幻想中，折射出燕王时代被称为“苦海幽州”的北京时遭水患的历史现实和民间记忆。民间传说中透露出，北京地区水患连年，而水源被龙王垄断，故而要请哪吒八太子来解难。所以，传说就把刘伯温和姚广孝两位军师规划北京的蓝图，与神话传说中的八臂哪吒联系了起来。我们不妨做这样的解读：如果说，元代刘秉忠之建六臂哪吒北京城，“这些充满神奇色彩的传说，不论是作者虚构，或是采自闾里，莫非揄扬刘秉忠能感通神灵，未卜先知，夸张其超人的才智技能。它们不但透露民间的膜拜英雄意识，虔诚地供奉神祇冀求难解禳灾的心态，而且表现汉人对蒙元统治的反抗，把流行的传说渲染增饰，来宣传鼓吹反蒙的意识和行动”。[①]那么，到了明代及其以降，北京民众在其口碑传说中说刘伯温、姚广孝按照哪吒八臂的体形模样来建造北京城，或许更多地延续了哪吒传说中所隐藏着的、或遮蔽着的镇压频发水患的龙王的隐喻或象征，以及民众希冀镇住龙王、风调雨顺、国泰民安的愿望和憧憬。

在北京建城传说中，除了古老神奇的八臂哪吒城的传说外，另一个不容忽视的主题和题材是胡同的传说。一般认为，“胡同”一词起于元代，源于蒙古语。（《宛署杂记》《析津志》）最早的记载见诸于元杂剧。关汉卿《单刀会》第三折：（平云）“你孩儿到那江东，旱路里摆着马军，水路里摆着战船，直杀一个血胡同。”《沙门岛张生煮海》中张羽问梅香：“你家住哪里？”梅香说：“我家住砖塔儿胡同。”砖塔胡同如今犹在。纵横交错的胡同，构成北京城的独特格局。而每一条胡同的背后，都隐藏着一个或多个传说，无不从民众的立场和眼界述说着一段有趣的历史。

第二、三两个传说群，要么是反映距离我们的时代较近的清代各个帝王

① 陈学霖《刘伯温与哪吒城》第66页。

的逸闻轶事的，要么是描述我们还能亲眼目睹的明清时代的、主要是清代的建筑、园林及其建造者的，一方面由于距离我们的时代较近，在市民的记忆中还较为清晰，一方面由于人们对宫廷人物与生活内幕的好奇，故而在近现代以来，常为市民街谈巷议，逐渐成为北京市民阶层中最为流行的传说群。清宫里发生的种种事情，如康熙私访，乾隆对诗，慈禧专权，珍妃之死，崇祯上吊，刘墉抗旨，等等；围绕着故宫、颐和园等皇家建筑的种种逸闻，如故宫里的宫殿为什么是九十九间半，鲁班爷怎样修建故宫的角楼，等等，都是北京市民阶层中流传的脍炙人口的传说，他们通过这些传说表达其对皇亲国戚奢靡生活的臧否和对精致文化的赞赏。

第四个传说群，是前门和前门大街的传说。这里是资本主义市场经济在北京最早的萌芽之地，也是市井阶层麇集之地。前门和前门大街之于北京，犹如俄罗斯人的涅瓦大街之于彼得堡。前门的建筑，如前门楼子、箭楼、瓮城、五牌楼；前门地区的胡同街巷，如大栅栏、鲜鱼口；寺庙信仰，如火神庙；漕运和水域，如通惠河、二闸，金鱼池；商业老字号，如同仁堂、会仙居、独一处；历史人物，如刘伯温、徐达，……清·俞清源《春明丛谈》里记载的前门地区："殷商巨贾，前门大街设市开廛，凡金银财宝以及食货如山积，酒榭歌楼，欢呼酣饮，恒日暮不休。"那种店铺林立、商贾辐辏、百工丛集、酒肆茶房、戏楼书场的市井社会生活场景，尽显于民间传说之中。

就现有的材料看，前门及前门地区的传说，大致可分为两个部分：一、在滥觞于元代、明代继之的北京建城传说中，已经包括了前门（丽正门）传说的身影，其所反映的，是在北方"草野之地""地有龙池，不能干涸"的沼泽水网地带建筑一座都城的民间历史，带有早期建城传说的所有特点，而前门（丽正门）被赋予了八臂哪吒城的脑袋的地位和经济与文化上的吐纳之道的象征功能；二、清代以降，前门地区及前门大街一带商业发达、市廛繁荣、市井社会和以天桥为代表的市井文化的形成，其传说，更多地反映了市场经济在北京的兴起与繁荣发达，以及市民阶层（市井社会）的登上北京历史舞台的过程。

近代以来，在北京向着现代化都市迈进的过程中，无论在商业经济的发展繁荣的代表性上，还是在新的市民阶层和市井文化的形成上，前门地区都是一个重要的地区。而坐落在前门地区的前门楼子这座古代建筑，作为北京城市古建筑和古文化的标志，其所蕴含的文化信息和所昭示的文化内涵，在传统的北京文化系统（“大传统”和“小传统”）中的角色、地位、作用和影响，自然是无法绕过去不论的。此外，前门和前门地区以商铺、戏楼、书场、老字号等为代表的市井文化，也是构成古老的南城文化的核心要素之一。凡此等等，都在前门一带或南城一带普通市民阶层中间流传的传说中，得到了很好的反映和印证。而21世纪初所进行的新一轮非物质文化遗产普查和为申报“非遗”名录所作的专题调查中，又向读者提供了许多当下民间还在流传的传说，显示了这些传说在现代化的进程加速的环境下，不仅仍然在民众中流传，而且还在发展——这无疑是一个令人欣喜的趋势。

在本节就要结束的时候，笔者要说的是：北京传说，乃是一部老百姓口述的北京史！但，传说毕竟是传说，传说包含着事实的成分或影子，却又不等于事实；传说包含着历史的成分或影子，却又不等于历史。传说是老百姓口传的，反映了他们的思想、观念、憧憬和愿望的民间文学作品，因此，笔者还要说：传说及其他民间作品所构成的，是与精英文化有别的北京文化的另一个系统。传说既是人们娱乐解颐、丰富知识、提升审美情趣的深入浅出而又富于想象的民俗文艺形式，又是传授人生经验、伦理道德、历史事件、治国安邦、讴歌英雄伟人的知识宝库。

四、北京传说与京派文化

北京是一个历史悠久的帝都城市。近现代以来，北京始终是国家的政治中心。在这里爆发了“五四”新文化运动。中华人民共和国成立后，北京不仅是国家的政治经济中心，也成为文化中心。这样的历史决定了这座城市的城市性格和市民的文化面貌。前文说过了，一个民族的文化、或一个地区的文化，并不只是一个民族或地区的精英文化或上层文化或“大传统”文化，也包括作为社会基础和文化基础的非物质文化遗产，或曰民间文化、或曰“小传统”文化。只有把这两种文化整合起来的文化，才是完整的民族文化或地域文化。

一般说来，漫长的帝都生涯和多元文化造就了这个城市的居民，也决定了包括北京传说在内的北京文化与生俱来的浓重的社会政治情结、深厚的历史感、凝重的气质、现实主义的然而又不乏诙谐韵味的文化传统。具体说来，近现代以降，这个帝都城市的居民的构成虽然随着时代的进展发生着变化，但大致包括：上层贵族遗民及其后裔，其中包括邓友梅小说《画儿韩》里写的画儿韩那样的已经破落了、然而又没有塌下架子的儒雅其表、提笼架鸟、游手好闲、夸夸其谈的贵族后裔；中层为广大的市井社会的居民，他们大体都是移民北京的外省人，或以经营商业为生计，或以从事手工艺为业，或为江湖从艺者，其中不乏从小本生意到老字号的幸运者，他们带来了不同地区的生活方式和文化理念，为了适应北京的环境，他们无不在勤勉的经营活动中陆续地“在地化”了；下层居民，包括大量的城市贫民。这里所说的不包括建国以后移居到北京的政府官员和各类专业人士。

北京传说，主要指流传于城区市井社会里的中层和下层民众的口头传说。就题材说，传说包括人物传说、史事传说、地方传说、风物传说、风俗传说、动植物传说、宗教传说等诸多类别，但综观北京传说，则以史事传说、人物传说和名胜古迹传说为主体、为大宗，而一般在乡民社会里广泛流传的风俗传说，在少数民族地区和森林、海洋、草原地区广泛流传的动植物传说，民间信仰发达地区广泛流传的宗教传说，在这里比较少见。这种特点，自然也是来源于或决定于都市里庞大的市井群体的现实生活和精神诉求。对于北京市的市民，特别是长期在帝都文化、历史的影响和熏陶下的北京的市井阶层来说，历史上各类出众人物，包括帝王将相、英雄豪杰、文人墨客、工匠大师、宗教职业者，帝都城市的宫廷秘闻、庙宇建筑、园林宫观等文化遗存，历史上发生的种种史事，都好似近在眼前，而那些历史人物又可能与历史上发生的史事，特别是那些充满了神奇色彩和震撼人心、壮怀激烈的事件相联系着。这些人物和史事，这些建筑和秘闻，对于相对比较闲适、重实际而又少玄想的市井群体而言，也许比那些在劳碌了一天后拖着疲惫的身子回到自己的简陋的茅棚里的农民群体来，更能在心灵上激发出诗意的记忆和联想，故而这类传说，便不绝如缕地被市井社会编造出来，并乐此不疲地传递着。一代又一代。这一点显然是与乡民社会迥然有别的。

由于民间传说大体是以现实世界中存在的事物和人物为主要凭依和根据，为传说的基础或核心部分，故而一个传说的主体部分，即核心情节，在流传中是葆有相对稳定性，也具有一定可信性的。但民间传说是以口头方式传播的散文叙事作品，与诗体叙事的作品的相对固定不同，传述者在讲述传说时有较大的个人发挥的自由度，在众多口述者的口述中会被添枝加叶，如同“滚雪球”越滚越大，逐渐粘连、附会和融汇上一些与传说的本事相关联的事件、人物、故事、情节和细节。而在经历了时间上久远的传播和空间上跨地区的传播后，民间传说在其流传中也随时可能粘连上一些无据可考的事件、情节或细节，甚至人物。正因为如此，传说（在其创作之始，可能出自一人之口）一旦进入群体传承过程之中，随着口口相传辗转传播演进，便距离事物和人物的本原越来越远，越来越受到想象力的影响和支配。这几乎成了传说之传承和传递的一条铁律。无怪乎有学者说：“一个传说的构成要素（Constituent elements）在最原始时可能比较简单，然而在传递的过程中，愈到后来其传说中的要素，往往就掺杂了新的后来的成分；一个传说的母题可能没有改变，但是其中的情节无形中便增多了。”[①]“一种文化自发源地而传布至一定圈带之上，传布的边缘地带常常保存此种文化的原始形式，而越近中心形式也越脱离原始，因为文化自中心传布至边缘需要时间，这时间是足以使文化在中心再作演进变化。”[②]北京的建城传说，也许可以说是这个越传距离本原越远的铁律的颇有说服力的例子。除了八臂哪吒形象的被引入这一信仰和幻想的因素外，历史人物刘伯温的进入北京建城传说，原本也是不可思议的事情，但却真实地发生了，而且传述得活灵活现，栩栩如生，似乎北京城真的就是刘伯温和姚广孝建造的。

---

① 李卉《台湾及东南亚的同胞配偶型洪水传说》，见《中国民族学报》第1期第180页，台北中国民族学会1955年编行。

② 参看A. L. Kroeber著，李济译《五十年来人类学的进展》第129页，载方子卫等译《五十年来科学的进展》，译自 Scientific America,Sept. 1950,Vol. 183, No.3; G.Clark: Archaeology and Society, 1947, London, pp.131~136，此处转自李卉上引文。

前面我们讲到北京传说显示出某种现实主义特点，即关注历史现实，关注下层民众的社会利益和人生诉求，也许有人会批评我们拿评价文学创作的原则搬到了民间传说上，是一种理论上的滥用和混乱。笔者只能回答说："不然！"即使撇开像孟姜女哭长城这样的口头作品，对无道的秦朝始皇帝的诅咒和抨击如何与官方史书的评价迥异不论，撇开农民起义领袖李闯王进京传说的价值判断不说，就看看那些讲述宫廷秘闻的传说吧，紫禁城里珍妃井的悲剧故事，雍正皇帝与白云观贾道士的传说，不是在字里行间透出来无道者的杀机吗？颐和园里挪用海军费建造石舫的传说，作者的倾向和锋芒，不是现实主义的史笔吗？民间传说里所展现的史事和作者给予史事与人物的道德评价和价值判断，正代表了普通民众的政治观、历史观、道德观、价值观、是非观和审美观。如果把这些民间作品与现时流行的某些电视剧相比，难道不会发现老百姓的史笔之下所表现出来的深沉的历史感和现实主义，要比那些庸俗社会学的电视剧作者更符合历史和人民的要求吗？

20世纪二三十年代文坛上曾有所谓"京派文学"与"海派文学"之争。五四运动之后不久，北平的政治形势大变，1925年，军阀张作霖进入北平，解散北大，对文艺界实行镇压，北平的文艺界和一些出版社、杂志社纷纷南迁到了上海。中国的文化中心从北平转移到了上海。平、津几所大学如北大、清华、燕京、南开等未南下的学者、教授，这些自由主义的作家们，坚持和延续五四文学的传统，与受到商业化影响很深、被称为"海派"的文人相对立，被称为"京派"，虽然他们并没有一个固定的社团组织。他们以《现代评论》《骆驼草》《大公报·文艺副刊》《文艺杂志》等几大刊物为依托，倡导现实主义、为人生的文学和乡土文学，他们的小说，表现出一种对原始神性社会的理解和对人类生命的悲悯，崇尚农耕乡土文明的民俗、宗教、家族、人情，以及追求淳厚、朴实、粗犷、多彩的乡村图景。论者说，京派文学是五四文学的分流。其代表作家有：沈从文、凌淑华、林徽因、萧乾、卢焚等。

20世纪20年代的周作人，不但是文学家，而且是思想家。曾经一度担任过《新潮》杂志主编。《新潮》停刊后，周作人与朱希祖、耿济之、郑振铎、瞿世英、王统照、沈雁冰、蒋百里、叶绍钧、郭绍虞、孙伏园、许地山一道在北京发起成立了文学研究会，并由他起草了《文学研究会宣言》。由于他对于民间文学和民俗学的“偏爱”（苏雪林语）与提倡，在1920年12月19日北大歌谣研究会成立时，被推为该研究会的两位主任之一（另一位主任是沈兼士）。1922年12月17日北大25周年校庆日这一天创刊了歌谣研究会所属的《歌谣周刊》，周作人又兼任了主编，成了歌谣运动的领袖人物。他通过编辑《歌谣周刊》，撰写文章、编辑儿歌，在孔德学校讲课等，在中国歌谣运动中起了重要的推动作用。1927年，周作人写了《上海气》一文，奚落上海文艺界多是“买办流氓和妓女的文化，压根没有一点理性与风格”，表示了对上海文化状态的不满，从而成为“京派文学”最早发出的声音，他也理所当然地成为代表人物之一。

周作人之后，沈从文于1931年在《文艺月报》（2卷4期）上发表《论中国创作小说》说：“从民国十六年（1927），中国新文学由北平转到上海以后，一个不可避免的变迁，是在出版业中，为新出版物起了一种商业化竞卖。一要趣味的俯就，使中国新的文学，与为时稍前低级趣味的海派文学，有了许多混淆的机会，……创作的精神，是逐渐堕落了的。”表达了他对文学精神的堕落的忧虑。1933年10月他又在天津《大公报·文艺副刊》上发表《文学者的态度》，批评“（上海）一群玩票白相文学作家”，表达了对文学商业化和文学精神堕落的不满，“希望他们（指白相作家）同我家大司务老景那么守定他的事业，尊重他的事业，大约已不是一件很容易的事情”。沈文发表一个月后，海派的代表人物苏汶（杜衡）在1933年12月1日出版的《现代》上发表《文人在上海》，对沈从文做出了反应。杨义先生对两个代表人物评价说：“假如说，沈从文的议论是攻势中带有宽容，那么苏汶的议论则在守势中充满心计。”[①]于是从此掀起了一场关于京派文学和海派文学的论争。

现代文学的研究界一般都认为：京派文学之要义，表现在追求深厚的历史感，与政治保持一定距离，追求纯正的文学韵味，浓重的平民意识，现实主义的风格等等。笔者要指出的是，研究者们几乎都忽略了京派文学及其代表人

① 杨义《20世纪30年代文学的京派与海派》（在武汉大学的演讲），《文汇报》2003年9月30日。

物们与民间文化、民间文学的联系和民间文化、民间文学对他们创作的浸润和影响。早期的京派代表人物有多位，限于本文的题旨，我们不能多论，如果可以把周作人、沈从文、老舍、汪曾祺四个人作为老京派和新京派不同时期的代表人物的话，那么我们不难发现在他们的言论和作品中，处处显示着与民间文化、民间文学的深深的关联。

小说家兼神话学家苏雪林是第一个从沈从文的小说中感悟到了沈从文小说中的民间文化、民间文学背景并给予高度评价的人，她在1936年写的《沈从文论》一文中，评论说：

> 据说湘西沅水上游，和川黔边境一带有许多苗瑶民族和汉族杂居在一起，惟其生活习惯与我们大不相同。沈从文是个湘西人，又曾在黔边军队混过几年，对于苗族生活比较别人多知道一些，故他的作品关于苗族生活的描写要占一部分。这种描写，许多人称为作者作品特具的色彩，也似乎为作者自己所最得意，观其常引“龙朱”二字可知。但以我个人的观察，则较之湘西民族生活之介绍似逊一筹。……龙朱与神巫同是苗族中的美少年；同为许多青年妇女所倾心而庄矜自持；后来同为一个极美少女所感而陷入情网；同有一个愚蠢而颇具风趣像《堂吉珂德》里的山差邦诧的奴仆。故事是浪漫的，而描写则是幻想的。……
>
> 本来大自然的美丽的风景，和原始民族自由放纵的生活，原带着无穷神秘的美，无穷抒情诗的风味，可以使我们这些久困于文明重压之下疲乏麻木的灵魂，暂时得到一种解放的快乐。我们读到这类作品，好像在沙漠炎日中跋涉数百里长途之后，忽然走进一片阴森蓊郁的树林，放下肩头重担，拭去脸上热汗，在如茵软草上躺了下来。顷刻之间，那爽肌的空翠，沁心的凉风，使你四体松懈，百忧消散，像喝了美酒一般，不由得沉沉入梦。记得从前读过法国十九世纪大作家夏都伯里阳（F.A.Chateaubriand）的名著《阿达拉》（Atala）、《海纳》（Rene）等关于美洲北部未开辟时土人生活的描写，颇感此等妙超。但夏氏曾亲赴美洲游历，对北美蛮族的风俗习惯曾下过

一番研究功夫，所以其书虽然富于浪漫气氛，实非向壁虚造的故事可比。至于沈从文虽然略略明白一些“花帕族”“白面族”的分别；能够描写神巫做法事的礼仪；能够知道他们男女恋爱时特殊的情形。而他究竟没有到苗族中间去生活过，所以叙述十分之九是靠想象来完成的。[①]

在苏雪林之外，最为了解沈从文创作的特点的，莫过于他的学生、后来也成为京派代表人物的汪曾祺。五十年之后，汪曾祺为美国学人金介甫所撰《沈从文传》写的序言这样写道：

高尔基沿着伏尔加河流浪过。马克·吐温在密西西比河上当过领港员。沈从文在一条长达千里的沅水上生活了一辈子。20岁以前生活在沅水边的土地上；20岁以后生活在对这片土地的印象里。他从一个偏僻闭塞的小城，怀着极其天真的幻想，跑进一个五方杂处、新旧荟萃的大城。连标点符号都不会用，就想用手中一支笔打出一个天下。他的幻想居然实现了。……评论家、文学史家，违背自己的良心，不断地对他加以歪曲和误解。他写过《菜园》《新与旧》，然而人家说他是不革命的。他写过《牛》《丈夫》《贵生》，人家说他是脱离劳动人民的。他热衷于“民族品德的发现与重造”，写了《边城》和《长河》，人家说他是引人怀旧的不真实的牧歌。他被宣称是“反动”的。一些文学史里不提他的名字，仿佛沈从文不曾存在过。[②]

金介甫在《沈从文传》里说：“沈想往回到20年代北京的那种局面。作家享有很高的地位，联城一体，成为社会的领导力量。而海派文人则只会制造某某作家的谣言，然后写成‘文艺新闻’；有些人不是剽窃中国作家的作品，就是翻译外国作品，冒充创作；有些人组成大肆渲染的文学社团，在喝

① 苏雪林《沈从文论》，见茅盾等作《作家论》第231~235页，上海生活书店1936年4月。

② 汪曾祺《沈从文传·序》，【美】金介甫《沈从文传》，符家钦译，时事出版社1990年10月。

茶聊天之余，互相标榜，招摇过市；有些人用各种旁敲侧击的伎俩来破坏作者名声。……”“30年代的海派文艺完全破坏了五四传统，一切只求迎合读者口味。沈没有否认他是名义上的京派头头，北京在感情上是他的第二故乡。对他来说，北京象征着独立、个性自由，五四新文学同教育结合起来。用振兴新文化运动来支持文学是沈清除海派恶习的良药。沈和学院派一向和睦相处，已经从外部登上京派的殿堂，现在，沈最后已经步进文学文化运动的内部，虽然他年纪太轻，又没有学历，很难进入京派的核心里面去。”①

金介甫的这段话，帮助我们了解，所谓京派文学，实质上就是站在维护五四文学传统的一种文学观点和文学流派。

苏雪林从沈从文创作中发现并论述的这个创作特色，说明了立足民间文化土壤和特点，表现一种对原始神性社会的理解和对人类生命的悲悯，崇尚农耕乡土文明的民俗、宗教、家族、人情，以及追求淳厚、朴实、粗犷、多彩的乡村图景，是京派文学作家的文学主张的一个重要原则。

在这一点上，周作人与沈从文是相通的。杨义指出：“周作人在北平延续语丝派遗风，并与新月派合流。在语丝残部向京派过渡之中，较早出现的《骆驼草》散文周刊（1930年5月创刊）已标榜“不谈国事”，“笑骂由你笑骂，好文章我自为之”的超然的文艺态度。周作人开始醉心于民俗研究，在《骆驼草》第一期发表了《水里的东西》，介绍俗称“河水鬼”的水中动物，希望“使河水鬼来做个先锋”，引起大家对于“社会人类学与民俗学”的“调查与研究之兴趣”。可以说，这种人类学、民俗学以及新月派尊崇人性的观念，凝聚成京派文学的文化基调。”②

其后的老舍和汪曾祺，不仅与沈从文一脉相承，而且堪可与之媲美。老舍被誉为京味小说的源头和鼻祖。在他的作品《二马》《离婚》《骆驼祥子》《四世同堂》中，显示出浓厚的市民特色和地域文化性。在他笔下的“市民世界”，是一个包括老派市民、新派市民和正派市民三种类型的形象的世界，体

① 【美】金介甫《沈从文传》，符家钦译，第192~193页。

② 杨义《20世纪30年代文学的京派与海派》。

现了北京文化的"人文景观"。我曾评论汪曾祺说，他是"一个抒情的人道主义者"，有人评论说，他是"中国最后一个纯粹的文人"，"中国最后一个士大夫"。他写他小时候生活过的家乡苏北，如他说沈从文20岁后生活在湘西的记忆里一样，他也是生活在苏北的记忆里，他的《大淖记事》《受戒》和《异秉》，都是写的童年、故乡，写记忆中的人和事，浑朴自然、清淡委婉中表现出和谐的意趣。最初的京派作家，甚至建国后一些所谓"京味"作家，除了刘绍棠、陈建功等，好多人不是北京土生土长，他们所写的题材和背景，几乎都不是北京，但在这一理念上却是共同的。

说北京传说（或北京民间文学）是京派文化的基础和"文化基调"，给京派文学以影响，这样说，并不是把民间故事传说与作家文学混为一谈，尤其在叙事方式上，民间传说与作家文学是有明显的区别的。关于民间故事与文学作品的区别，丹麦学者阿克塞尔·奥尔里克说得好："现代文学——我是在最广泛的意义上使用这一概念——热衷于情节之间各种线索的纠缠。相反，民间叙事文学则牢牢保持它的独立线索。民间叙事文学总是单线索的，它从不回头去增添遗失的细节。"他的这段话，得到国际学界的认可，已故美国学者阿兰·邓迪斯把他的这篇题名为《民间故事的叙事规律》的文章收进了所编《世界民俗学》一书中。[①]

当前的北京文坛上，又兴起了一个新的话题："京味文学"。王世襄、启功、朱家缙、杨绛、邓友梅、林斤澜、汪曾祺，等等，尽管没有一定的社团、没有一致的章程、没有固定的出版社和期刊，但他们都是"京味"作家。论者的好意，在复兴北京作家的地域文化意识。因此讨论很是热烈。但，我们看到，所谓"京味文学"，已经与往昔的"京派文学"不同了，大体上限于地域概念，也与北京固有的民间传统没有太大的关联了。

2011年11月14日修改定稿

2011年11月16日在北京联合大学北京学讲堂讲座；发表于《文化学刊》2011年第1期。

---

① 见阿兰·邓迪斯编《世界民俗学》第139页，上海文艺出版社1990年版。

试论牛郎织女传说圈
——地理系统的研究

笔者在《牛郎织女传说的时代命运》一文中曾发表过这样的意见：“在2003年10月联合国教科文组织通过的《保护非物质文化遗产公约》框架下开展的‘国家级非物质文化遗产名录’的申报和认定，在新的形势下重新激发起了关于牛郎织女起源问题的大讨论。在这次大讨论中，无论是在纸质媒体和学术报刊上，还是在网络虚拟媒体上，发表了数量不少的文章，应该说，不同立场的论者都有了较大的视野开掘和理论提升，除了对古文献的解读对学科建设的贡献外，地方学者在保护文化多样性和文化可持续发展的理念下对有关牛郎织女的地方文化资源的开掘，大大地丰富了我们过去在牛郎织女传说上的狭隘眼界。当然，也要指出，有些地方出于利益的考虑，把目光放在了争夺传说的原生起源地上，未免把原本属于学术性质的问题利益化、庸俗化了。事情的另一面是，缺乏对现代口传材料的苦心搜集和理性观照，已成为当下研究者的时代通病。从全国来看，20世纪80年代围绕着“中国民间故事集成”而进行的民间故事调查采录，提供了那个已经成为历史的时代的传说记录，尽管其地理分布和记录质量都未见得能令人满意。往者已矣，现在我们所缺少的，是这一传说在20世纪90年代到21世纪初这十几年间在民间流传的口传文本的记录，而这无疑是研究民间文化的发展变迁、以至文化国情的重要依据。”[①]基于对牛郎织女传说起源地问题的探讨并不是没有意义的这样的一种认识，2013年，笔者又撰写了一篇《牵牛织女原是东夷部族的神话传说》，提出牛郎织女传说原是东夷部族农耕文明的精神产品的观点。[②]

1928年2月，顾颉刚在为他的《孟姜女故事研究集》一书写的自序里说：“这类故事（指孟姜女、徐文长等故事——引者）如果都有人去专门研究，分工合作，就可画出许多图表，勘定故事的流通区域，指出故事的演变法则，成就故事的大系统。”[③]经过两年（1924—1927）的资料积累和梳理研究，他终于在《孟姜女故事研究》一文中从“历史的系统”和“地域的系统”两个维度梳理出了孟姜女故事在中国广大幅员上的传播状况，勘定了顾颉刚版的“孟姜女故事圈”。[④]与孟姜女故事相比，被学界冷落的牛郎织女传说，如今遭遇了前所未有的现代化、特别是城镇化的冲击，面临着急剧衰微、甚至消失的命运，其在20世纪百年中的“地域的系统”的梳理与研究，已显得时不我待，等待着我辈去做。可以预期的是，如果在各地的民间文学同仁们所搜集记录的材料的基础上能够勘定其起源地及其分布密集而又流传悠久的地区，就可以划定牛郎织女传说圈的主要流通区即核心区何在，那么，对包括传说的主题解读、演变法则等一系列重要问题也就可能做出正确的判断。于是，这就成了笔者着手写这篇吃力不讨好的牛郎织女传说故事圈探讨性文章的导因。

---

① 拙文《牛郎织女传说的时代命运》，《中国文化报》2008年6月29日、《中国社会科学院院报》2008年7月31日。此文系为叶涛、韩国祥主编《中国牛郎织女传说》丛书（五卷本）所写的总序，广西师范大学出版社2008年7月。又见拙著《民间文学的整体研究》第43~48页，台北：秀威资讯2015年4月。

② 拙文《牵牛与织女原是东夷族群的神话传说》，《黄河文明与可持续发展》第8辑，河南大学黄河文明与可持续发展中心主办，河南：河南大学出版社2014年3月。

③ 顾颉刚《〈孟姜女故事研究集〉自序》，广州中山大学《民俗》周刊创刊号，1928年3月21日。

④ 顾颉刚《孟姜女故事研究》，《现代评论》二周年增刊，1927年1月。又见顾颉刚编著《孟姜女故事研究集》第24~73页，上海古籍出版社1984年2月。

一、勘定牛郎织女传说圈的尝试

20世纪的中国，经历了社会转型（从帝制到共和）、国内外战争（军阀战争、抗日战争、国内战争）、生产资料所有制的改造（集体化、公社化）、天灾人祸（三年自然灾害）、十年浩劫（“文化大革命”）等等诸多社会“大事件”，但作为社会根基的小生产的耕稼生产方式、男耕女织的社会分工、血缘家族制度及其礼俗依然相对稳固，作为立国之本的农耕社会在整个20世纪依然处于缓慢渐进的过程之中。笔者在前述《牛郎织女原是东夷族群的神话传说》中认为，牛郎织女原是东夷族群的神话传说，其雏形孕育于或发源于东夷族群的农业文明，到春秋至秦（至迟不晚于湖北云梦睡虎地出土的战国墓墓主人）喜卒亡之日即始皇帝三十年（公元前217年），已经形成了故事情节比较完整的牛郎织女故事传说。[①]20世纪百年中，这个故事传说在受着小农经济的狭小空间限制和束缚的广大农民群众中一直记忆深刻，仍然口头流传活跃，故事情节也没有出现太大的变异和发展，并且逐渐形成了一个以东部沿海及其周边地区为中心，辐射范围包括河北、山西、山东、江苏、浙江、福建、河南七个省区的“牛郎织女传说圈”。

笔者所以对“牛郎织女传说圈”做出这样的认定，是以20世纪一百年中在全国各地先后搜集并发表的牛郎织女故事传说及其分布状况为依据的。一般而言，中国的民间故事搜集者在搜集民间口头作品时，并不是像某些现代西方学者所标榜的带着“问题意识”下乡、或作专题调查，给故事讲述者命题作文，而是遇到讲述者讲什么，就听什么，记什么，尽管被文人记录下来并公开发表的牛郎织女传说故事，与在民间实际流传的口头作品的数量并不一定完全吻合，甚至会有不小的差异，但这一自然状态下所搜集到的作品的数字，毕竟告诉了我们这个古老的传说在20世纪百年间在民间流传和分布的大体情况。

20世纪百年中全国各地民间文学工作者先后采集和发表的牛郎织女故事传说有多少？其分布状况如何呢？材料显示：同期有牛郎织女故事传说流传

① 见前引《牛郎织女传说的时代命运》。

和记录的省区共计为26个。这26个省区是：黑龙江（4篇）、吉林（5篇）、辽宁（3篇）、北京（1篇）、内蒙古（1篇）、河北（14篇）、山西（5篇）、山东（15篇）、江苏（11篇）、浙江（20篇）、福建（8篇）、河南（14篇）、安徽（4篇）、上海（2篇）、江西（1篇）、湖北（6篇）、湖南（2篇）、广东（5篇）、广西（5篇）、海南（1篇）、四川（5篇）、贵州（4篇）、云南（1篇）、陕西（2篇）、宁夏（1篇）、新疆（1篇）。在这26个省区先后采录和发表的牛郎织女故事传说共140篇。[①]而在上述流传比较集中和密集的7个省区里搜集和发表的牛郎织女故事传说共89篇；在这7个省区之外的19个周边省区搜集和发表的牛郎织女传说只有51篇。由此，我们可以断言，上面这7个省区，牛郎织女故事传说的贮藏量相对比较多，流传也比较密集，可以认定这7个地域相连的省区构成了“牛郎织女传说圈”的核心地区。

在牛郎织女传说圈这一核心区里，传说的分布如下：

（一）河北（14篇）

（1）《孙守义和五仙女》，讲述：刁春芳；记录：王强。1985年采录，具体采自何地未详，首发于《民间文学》1985年第7期。

（2）《牵牛郎和贡织女》，讲述：梁郭氏；记录：王和合。1985年采录于束鹿县北口营村，首发于《民间文学》1985年第7期。

（3）《牛郎织女结冤仇》，搜集：董占顺。1985年采录于束鹿，首发于《民间文学》1985年第7期。

（4）《喜鹊传旨》，讲述：常文清；记录：张怀德。1985年采录于保定。首发于《民间文学》1985年第7期。

（5）《七月七“乞巧”的来历》，讲述：刘秀英（女）；搜集整

① 陈泳超主编的《中国牛郎织女传说·民间文学卷》（广西师范大学出版社2008年）中搜集到的牛郎织女传说是142个，大部分是从20世纪80年代各地搜集编纂的“民间文学集成”县卷本中选录的。笔者参照了他所选录的作品，一些在人物、情节、故事内容上与牛郎织女关系不大、纯属民俗节日的作品，或被编者列为“别传”中的一些作品，经过笔者的甄别，都舍弃了，加上笔者自己查阅、搜罗到而又不在陈编《中国牛郎织女传说·民间文学卷》中的材料，认定百年中采录和发表的牛郎织女传说故事为140个。

理：赵相如。1986年采录于张家口市怀来县。首载《中国民间文学集成·官厅湖畔的传说》，1989年2月。

（6）《牛郎与织女》，讲述：张露棠；采录：朱秀兰（女）。1986年夏采录于藁城县城。流传于太行山地区。首载《中国民间故事集成·石家庄地区卷》（第4卷）之《太行山的传说》1988年5月。

（7）《牛郎与织女》，讲述：何桂芳；搜集：何淑凤（女）。1986年于丰宁土城乡。首载《中国民间文学集成·丰宁民间故事歌谣卷》（一），1986年。

（8）《牵牛郎和织女》，讲述：李正保（男，农民，时年72岁）。1987年采录。首载《行唐民间故事选》，行唐三套集成办公室1987年1月；选入《中国民间故事集成·河北卷》第214～217页，中国民间故事集成河北卷编委会编，中国ISBN中心出版，2003年。

（9）《牛郎和织女》，讲述：靳正新；记录：李殿敏。1988年采录于藁城县耿村。载《耿村民间故事集》（第2册），藁城县民间文学三套集成编委会1988年印。后选入刘守华、黄永林选编《中国民间故事精选》，华中理工大学出版社1993年6月；《中华民族故事大系》第1卷第40~43页，上海文艺出版社1995年。

（10）《傻牛郎和织女》，讲述：王王氏（时年75岁，不识字）；采录：张素英。1988年夏采录于辛集市郭西乡。流传于太行山地区。首载《中国民间故事集成·石家庄地区卷》（第4卷）之《太行山的传说》1988年5月；后选入《中国民间故事集成·河北省卷》，中国ISBN中心2003年1月。

（11）《七月七》，讲述：徐进冒；搜集记录：杨宝莲（女）。1988年采录于张家口市蔚县北马圈村。首载《中国民间文学集成·蔚县民间故事卷》，1988年；后选入王志军、田永翔编著《中国蔚州民俗文化集成·神话与传说》，中国戏剧出版社2012年6月，第10～11页。

（12）《七夕乞巧节的来历》，1988年采录于沧州市青县。首载《中国民间文学集成·青县民间文学集成》，1988年。

（13）《织女下凡》，搜集整理：徐国成。采录于保定市安国县。首载《中国民间文学集成·安国民间文学集成》，1989年4月。

（14）《牛郎和织女》，讲述：郭兰芳（女），采录于高邑县万城。首载《民间文学集成河北高邑县卷本》（二）第32—42页，1989年。

（二）山西（5篇）

（1）《牛郎织女的故事》，讲述：赵效仲；整理：杨迎棋。1986年采录于临汾市一带。载《尧都故事》（三），临汾地区民间文学集成编委会1989年7月。

（2）《喜鹊遭贬》，讲述：侯学义；整理：王月香（女）。1987年8月采录于襄汾城关。载《襄汾民间故事集成》（二），1987年10月。

（3）《七月七牛郎会织女》，讲述：常玉龙；搜集整理：赵喜。1988年采录于大同。载《大同民间故事集成》，山西人民出版社1989年8月。

（4）《牛蹄印》，整理：石玉江。采录于黎城南委泉乡。采集时间：？。载《黎城民间故事集成》，1987年9月。

（5）《民间佳话·七月七》，搜集整理：王随生。采录于临猗。采集时间：？。载《临猗民间故事集成》，临猗民间文学集成编委会1988年。

注：20世纪80年代之前，山西省没有在公开的书刊上发表过一篇牛郎织女传说。《中国民间故事集成·山西卷》（1999年3月版），未见收录。《山西文艺创作五十年精品选·民间文学卷》（刘琦主编、张余、常嗣新副主编，山西教育出版社1999年8月）亦未见著录。2008年，和顺县被批准列入第二批国家级非物质文化遗产名录，但这里流传的牛郎织女传说故事，并没有见到在公开的报刊上发表过。

（三）山东（15篇）

（1）《牵牛郎》（二则），搜集记录：赵启文。1934年秋采录于山东诸城相州镇；流传于诸城、安丘、高密。首载王统照编《山东民间故事》（上海）儿童书局1937年8月出版；选入刘锡诚主编《中国新文艺大系·民间文学集》，中国文联出版公司1996年8月初版。

（2）《牛郎和织女》，搜集记录：林秀蓉。采录时间：1937年。首载方明编《民间故事集》上海元新书局1937年3月初版；选入刘锡诚主编《中国新文艺大系·民间文学集》，中国文联出版公司1996年8月初版。

（3）《牛郎织女》，首载严大椿编《民间神话》，上海：国光书店1948年11月版。

（4）《牛郎织女》，讲述：尹宝兰（时年92岁老太太）；记录：王全宝。1982年4月，冀鲁豫费县。载《四老人故事集》，中国民间文艺研究会山东分会编，1986年8月，第219～223页。

（5）《天河为什么变模糊了》，讲述者：董继明；记录者：吴勤建。1985年采录于济宁。载《民间文学》1985年第7期。

（6）《七月初七为什么下雨》，讲述：臧秀兰（退休工人）；记录：刘思志。1985年采录于青岛。首载《民间文学》1985年第7期；选入陈庆浩、王秋桂主编《中国民间故事全集·江苏民间故事全集》，台北：远流出版公司1989年，第117～120页。

（7）《牛郎织女的传说》，讲述者：常氏；记录者：赵德民。1987年采录于梁山常庄，流传于鲁西南。首载《梁山民间故事卷》（第三卷），1990年6月。

（8）《牛郎织女隔天河》，讲述并记录：刘纪贤。1987年3月6日采录于枣庄市台儿庄彭楼乡南洛村。首载《台儿庄民间故事集》（上）1988年12月；后收入《中国民间故事集成·山东卷》，中国ISBN中心2007年4月。

（9）《七月七乞巧节》，讲述并写定：颜志礼。1987年采录于枣庄市滕州洪绪乡文化站。首载《滕州民间故事》（上），1988年12月。

（10）《织女焚帛》，讲述者：张启富；记录者：王吉玉（女）。1987年采录于临朐县城南。首载《临朐民间文学集成》（一），1989年8月。

（11）《牛郎认媳妇》，讲述：岳马氏；采集：岳来立、朱光运。1987年7月14日采录于嘉祥县孟姑集乡商庄。首载《中国民间故事集成·山东卷》，中国ISBN中心2007年4月。

（12）《牛郎织女的故事》，讲述者：？；搜集者：薛守伟。采录于菏泽市曹县。首载《曹县民间故事集成》（下），1988年12月。

（13）《姑娘们为什么要过七月七》，讲述者：程相春；整理者：薛守伟。采录于菏泽市曹县。首载《曹县民间故事集成》（下），1988年12月。

（14）《织女河的传说》，讲述者：李永斗、孙有吉；记录者：陈淑汉、孙家卿。采录于莒南县。首载《莒南民间故事集》（二），1989年。

1990年：

（15）《牛郎织女鹊桥会》，讲述：张桂芬；采集：张广堂。1990年3月采录于梁山县梁山镇张坊村。首载《中国民间故事集成·山东卷》，中国ISBN中心2007年4月。

注：李浩编选《民间故事新集》（上海大方书局1947年2月再版）中收有一篇《牛郎织女》，与方明编《民间故事集》（上海元新书局1937年3月初版）同。另严大椿编《民间神话》（上海国光书局1949年1月再版）中收入一篇《牛郎织女》，内容讲牛郎与织女婚后废耕废织，为此天帝大怒，从天河里发下洪水，把二人分开，故有七夕见面的情节。发天河之洪水，与一般故事的情节有异，似与东南沿海一带地区或东夷旧地的地陷传说有某种瓜葛或吸收复合，疑出自山东中东部地区。

（四）江苏（11篇）

（1）《天河岸》，记录：孙佳讯。1931年采录于灌云县。首载林兰编《换心后》，上海：北新书局1931年。

（2）《金梭子》，讲述：明傅（纺织工人）；采录：杨彦衡。1963年采录于苏州。首载《苏州民间故事》，中国民间文艺出版社1989年7月，第34~35页。

（3）《牛头泾》，讲述：陆阿妹；采录：许夔坤。1978年采录于苏州市昆山蓬朗乡。首载《苏州民间故事》，中国民间文艺出版社1989年7月，第32页。

（4）《神犁河》，讲述：葛老四；采录：许夔坤。1979年采录于苏州市昆山蓬朗乡。首载《苏州民间故事》，中国民间文艺出版社1989年7月，第31~32页。

（5）《乞巧》，讲述：顾杏宝等；搜集记录：杨彦衡、陆松如。1983年采录于苏州。首载《民间文学》1983年第7期。

（6）《牛郎织女后代的传说》，讲述：张元启（农民，时年78岁）；记录：张士伦。1985年6月采录于邳县邹庄乡沙埠村。首载《彭城艺苑》1987年6月；收入《邳县民间文学集成·民间故事卷》，1988年12月；选入《中国民间故事集成·江苏卷》，中国ISBN中心1998年12月初版。

（7）《织女变心》，讲述：吴陈氏；搜集整理：奔流。1985年7月采录于泗阳县南洪泽湖边。首载《民间文学》1985年第7期；选入陈庆浩、王秋桂编《中国民间故事全集·江苏民间故事集》，台湾：远流出版事业股份有限公司1989年6月。

（8）《鹤是牛郎子》，讲述：盛阿弟、张巧官；采录：计永康、俞荣华。1987年8月采录于苏州市吴江。首载《苏州民间故事》，中国民间文艺出版社1989年7月，第32～33页。

（9）《黄姑村》，讲述：许夔坤；采录：邱维俊。1987年7月上旬采录于苏州市昆山黄姑村。首载《苏州民间故事》，中国民间文艺出版社1989年7月，第30~31页。

（10）《牛郎与织女的传说》，讲述：邱玉寅；搜集：邱培标。1987年采录于徐州市睢宁县龙集乡龙东村。首载《睢宁县民间文学集成》，1988年。

（11）《牛郎织女在铜山的传说》，搜集整理：张大友。采录时间不详，采录于徐州市铜山县。首载《铜山县民间文学集成》，方志出版社1988年。

注：建国50年编选的《江苏文学50年·民间文学卷》（1999）未有著录。太仓县有牛郎织女故事遗迹，但从未见有传说故事文本记录在公开的书刊上发表过。

（五）浙江（20篇）

（1）《牛郎织女》，记录：郑仕朝。1931年采录于永嘉县。首载《新民》半月刊1931年第5期。

（2）《鹊鸟传错旨》，讲述：陈良枝（渔民）；记录：张一芳。1983年采录于玉环县坎门镇钓艚。首载《玉环县故事卷》1989年8月；选入《中国民间故事集成·浙江卷》，中国ISBN中心1997年9月初版，北京，第303~304页。

（3）《七七相会》，讲述：金余德（农民）；记录：金崇柳。1984年采录于永嘉县。首载《中国民间文学集成·浙江省·永嘉县故事卷》，1989年9月；选入《中国民间故事集成·浙江卷》，中国ISBN中心1997年9月初版，北京，第304页。

（4）《七月七请杼神》，讲述：潘景海；记录整理：张松林。1984年采录于嘉兴市桐乡县濮院镇。首载《中国民间文学集成·浙江省·嘉兴市桐乡县故事歌谣谚语卷》，1989年5月。

（5）《喜鹊为什么会癞头》，讲述：金余德；搜集整理：蔡清养。

1984年采录于永嘉县。首载《中国民间文学集成·浙江省·永嘉县故事卷》（一）1989年9月。

（6）《牛郎织女》，讲述：麻彩云；记录整理：麻承照。1986年采录于宁海县。首载《中国民间故事集成·浙江卷·宁海故事歌谣谚语卷》，1988年。

（7）《织女的眼泪水》，讲述：马有富；采录：金德章。1986年10月采录于嵊泗县。选入《中国民间故事集成·浙江卷》，中国ISBN中心1997年9月初版，北京，第305页。

（8）《牛郎织女的传说》，讲述：方新法；采录：胡海明。1987年4月1日采录于舟山定海金塘、洞岙一带。首载《中国民间文学集成·浙江省·舟山市定海区故事歌谣谚语卷》，1988年8月。

（9）《牛郎与织女》，讲述：俞正财；采录：于海辰。1987年6月采录于舟山定海岑港、荷花、洞岙一带。首载《中国民间文学集成·浙江省·舟山市定海区故事歌谣谚语卷》，1988年8月。

（10）《牛郎织女》，讲述：韩丙常；记录：陈吉。1987年6月采录于象山县。首载《中国民间文学集成·浙江省象山县故事歌谣谚语卷》，1989年10月；选入《中国民间故事集成·浙江卷》，中国ISBN中心1997年9月初版，北京，第299～302页。

（11）《牛郎织女下凡》，讲述：张才英；记录整理：顾圣亚（女）、朱鹏飞。1987年7月采录于象山泗州头镇。首载《中国民间文学集成·浙江省·象山县故事歌谣谚语卷》，1989年10月。

（12）《喜鹊搭桥》，讲述：叶丙标（农民）；记录：叶柱。1987年采录于宁海县力洋村。首载《中国民间文学集成·浙江省·宁海县故事歌谣谚语卷》，1988年；选入《中国民间故事集成·浙江卷》，中国ISBN中心1997年9月初版，第302页。

（13）《圣女尖》，讲述：金家训；记录整理：中天。1987年采录于永嘉、乐清一带。首载《中国民间文学集成·浙江省·永嘉县故事卷》，1989年9月。

（14）《喜鹊姑娘》，讲述：章森潮；整理：章炜。1987年5月采录于绍兴市上虞县华镇乡。首载《中国民间文学集成·浙江省·绍兴市上虞县故事歌谣谚语卷》，1989年9月。

（15）《牛郎织女》，讲述：徐晶亮；记录：徐福楣。1989年采录于萧山市。首载《中国民间故事集成·浙江卷·杭州市萧山市卷》，1989年6月。

（16）《金鹊柳》，讲述：沈永春；搜集整理：高文娟、唐一鸣。1989年采录于绍兴县钱清镇。首载《浙江民间文学集成·绍兴市故事卷》，1989年12月。

（17）《牛郎织女后传》，讲述：张元香（女）；采录：竹有干。采录于绍兴市嵊县。首载《中国民间文学集成·浙江省·绍兴市嵊县故事歌谣谚语卷》，1989年6月。

（18）《七月七 吃巧食》，讲述：潘正理；记录：潘永宣。采录于永嘉县巨口乡大石村。首载《中国民间文学集成·浙江省·永嘉县故事卷》，1989年9月。

（19）《织机岩的传说》，记录整理：邱星伟。采录于温州雁荡山一带。首载贾丹华主编《雁荡山故事精选》，浙江文艺出版社1990年4月。

（20）《七月七洗头》，讲述者：陈光汉；记录整理者：赵伟甫。采录于宁波。首载《中国民间文学集成·浙江省·宁波市北仑区故事歌谣谚语卷》。

（六）福建（8篇）

（1）《牛郎织女的故事》，讲述：小郎。1928年采自闽南。首载黄振碧《闽南故事集》，上海：泰东图书局1928年2月初版。

（2）《牛郎织女》，采录：蔡维肖。1930年采录。流传于南安、泉州、漳州一带。首载谢云声编《福建故事神话之部》（内文书名为《福建故事集》），厦门新民书社1930年1月初版。内容包括五个小故事：1. 闰里搜愁；2. 对越誓愿；3. 一笑姻缘；4. 牛女登仙；5. 牛女并死。

（3）《牛郎织女与“记节”习俗》，讲述：黄观云（女，干部）、刘云玉（女，农民）；采录：施达、祝文秋。1988年4月采录于周宁县狮城镇。首载《中国民间故事集成·福建卷·周宁县分卷》，1988年2月；选入《中国民间故事集成·福建卷》，中国ISBN中心1998年12月初版，第215页。

（4）《喜鹊七月初七为什么会臭头》，讲述：蔡崇鏦；搜集整理：蔡清养。1988年采录。首载《中国民间故事·福建卷·晋江县分卷》（上），1991年10月。

（5）《喜鹊报错喜》，讲述：王人义；采录：王人秋。1990年7月采录。首载《中国民间文学集成·福建卷·石狮市分卷》，1991年12月。

（6）《牛郎织女会七夕》，讲述：仉礼回（农民）；采录：尹献钧。1991年2月采录于政和县石屯村。选入《中国民间故事集成·福建卷》，中国ISBN中心1998年12月初版，第213～214页。

（7）《七夕祭牛郎织女》，讲述：王老人；采录：李丰松。1991年10月3日采录于东山海边。首载《中国民间故事·福建卷·东山县分卷》，1992年。

（8）《牛郎织女的故事》，讲述：？；采录：翁春雪。1992年（？）采录于漳州市芗城区。首载《中国民间故事集成·福建卷·漳州市芗城区分卷》（上），1992年2月。

（七）河南（16篇）

（1）《七巧节的传说》，讲述：杨东来。1982年2月采录于南阳地区社旗县桥头乡杨庄村。首载《中国民间故事集成·河南社旗县卷》，1987年。

（2）《牛郎织女》，讲述：徐鸿欣（女，职业不详，整理者母亲）；整理：张耀昌（河南大学学生）。1982年7月采录（地点不详）。

首载张振犁、程建军编《中原神话专题资料》第213～217页，1987年。

（3）《憨二》，讲述：顾学兰（农妇）；记录并整理：方明昌（河南大学学生）。1982年9月10日采录于开封市杞县湖岗。首载张振犁、程建军编《中原神话专题资料》，1987年。

（4）《牛郎织女》，讲述：顾学兰（女，农妇）；采录：方明昌（学生）。1982年9月10日采录于杞县湖岗乡湖岗集。首载张振犁、程建军编《中原神话专题资料》，1987年；选入《中国民间故事集成·河南省卷》第387～388页，中国ISBN中心2001年。

（5）《牛郎织女》，讲述：乔振帮（农民，87岁）；录音：张振犁、程建军。1983年12月13日采录于周口地区沈丘新集乡乔庄。首载张振犁、程建军编《中原神话专题资料》第212～213页，1987年。

（6）《牛郎织女》，讲述：曹衍玉（女，农妇，时年61岁）；采录：程建君。1984年12月采录于桐柏县月河乡郑庄。首载张振犁、程建军编《中原神话专题资料》，1987年。编入《故事婆讲的故事》第1～5页，海燕出版社2000年；选入《中国民间故事集成·河南省卷》第389～390页，中国ISBN中心2001年。

（7）《牛郎医生》，讲述：刘大奶（83岁，老革命）、杨子杰（65岁，故事家）。1985年7月采录于南阳桐柏山。首载《民间文学》1985年第7期；陈庆浩、王秋桂主编《中国民间故事全集·河南民间故事全集》，台北：远流出版公司1989年，第419～422页。

（8）《牛郎织女后传》，讲述：李文志；记录者：李春生。1987年10月采录于驻马店地区遂平县。首载《中国民间故事集成·河南遂平县卷》（第一分册），1988年。

（9）《七夕会——七月七的传说》，讲述者：未署；搜集整理者：西去。20世纪80年代（？）采录于南阳一带。载中国民间文艺研究会、河南大学中文系编《河南民间故事集》（“中国各地民间故事集”丛书），第543～546页，中国民间文艺出版社1985年5月；选入陈庆浩、王秋桂主编《中国民间故事全集·河南民间故事全集》，台北：远流出版公司1989

年，第186页～187页；河南省文学艺术界联合会编《河南文苑英华·民间故事卷》（1978—1995），大众文艺出版社1996年12月。

（10）《天河》，讲述：周贤有（男，仓房村人）。记录整理：周君立，1985年5月1日。首载《中国民间故事集成·河南桐柏县卷》（一），第37～40页，桐柏县集成编委会编印1987年6月。

（11）《牵牛星和织女星》，讲述：黄发美（桐柏县固县城黄畈村农民）。记录：黄正明。首载《中国民间故事集成·河南桐柏县卷》（一），第37～40页，桐柏县集成编委会编印1987年6月。

（12）《意儿与仙女》，讲述：刘英元（女，时年54岁，桐柏县城关镇），记录：张明芝。首载《中国民间故事集成·河南桐柏县卷》（三），第1～5页，桐柏县集成编委会编印1987年8月。

（13）《牛郎偷吃蟠桃》，讲述：耿四军；搜集整理：曹鸿鸣。采录于周口地区扶沟县。首载《中国民间故事集成·河南扶沟县卷》，1989年9月。

（14）《女孩子在七月初七为啥吃扁食》，讲述：梁宗兴；记录整理：郭增明、梁扎根。采录于郸城县。首载《中国民间故事集成·河南郸城县卷》，1989年9月。

（15）《牛郎和织女》，讲述：蔡玉花；搜集整理：李新明。采录时间：？。采录地点：新郑县。首载《河南民间文学集成·轩辕故里的传说》，中原农民出版社1990年10月。

（16）《仙女与神牛》，讲述：李田保；搜集整理：李法泉。采录于三门峡市渑池县笃忠乡。首载《中国民间故事集成·渑池县卷》。

从20世纪百年中在这些地区所采集和发表的89个故事这一数字的分析中，我们至少可以得出下面几点思考和结论：

第一，由这七个现今行政区划中的省区所构成的“牛郎织女传说圈”，与三到五千多年前东夷族群的原住地和后来的流徙地大体相符合。以东夷先民高度发达的“物候历与天文历并用并互为参考”的天文历法[①]和发达的原始农耕文明[②]为土壤的牛郎织女神话传说，即使在这些族群被灭之后，作为民族的文化基因或文化记忆，却融入到了这些已经消失了的族群的先民集体的潜意识中，跨越时代的阻隔，传递到或辐射到这些族群的流徙地区的遗民之中，并继续以层垒的方式代代传袭下来，以辐射和交融的方式传播到其他人群中去。

勘定牛郎织女神话传说的原生地和原生民族（族群），无法绕开最早引用了神话传说雏形（学界公认的牵牛星和织女星星辰神话）的《诗经·大东》。“大东”是诗篇《大东》中牵牛星和织女星星辰神话最早的传播地或发生地。“大东”是哪些部族的原住地？“大东”的地望在哪里？这是解开问题的关键。

傅斯年早年所撰《大东小东说——兼论鲁燕齐初封在成周东南后乃东迁》一文说：“诗小疋大东篇序曰，‘东国困于役而伤于财，谭大夫作是诗以告病焉。’其二章云，‘大东小东，杼轴其空。’大东小东究竟在何处，此宜注意者也。笺云，‘小也大也，谓赋敛之多少也。小亦于东，大亦于东；言其政偏，失砥矢之道也。’此真求其说不得而敷衍其词者。大东在何处，诗固有明文。鲁颂閟宫，‘奄有龟蒙，遂荒大东’，已明指大东所在，即泰山山脉迤南各地，今山东境，济南泰安迤南，或兼及泰山东部，是也。谭之地望在今济南。谭大夫奔驰大东小东间，大东既知，小东当亦可得推知其地望。吾比较周初事迹，而知小东当今山东濮县河北濮阳大名一带，自秦汉以来所谓东郡者也。”[③]笔者在《牛郎织女原是东夷部族的神话传说》中指称，《小雅·大东》里所写的“大东”，是被诗人所摄取的牛郎织女星座神话的流传地，主要是指东夷诸部族（方国、邦国）中被称作“东土”的奄和薄姑。《左传》昭公九年“薄姑、商奄，吾东土也”。《史记·周本纪集解》郑玄曰：“奄国在淮

① 参阅杜升云、苏兆庆《东夷民族天文学初探》，《北京师范大学学报》（自然科学版）1988年第3期。

② 参阅朱绍侯主编《中国古代史》（上册），福建人民出版社1982年；丘菊贤、杨东晨《东夷简论》，《中南民族学院学报》（社会科学版）1988年第1期。

③ 傅斯年《大东小东说——兼论鲁燕齐初封在成周东南后乃东迁》，《国立中央研究院历史语言研究所集刊》第二本第一分，中华民国十九年（1930年）五月刊印。

夷之北。”学界大致公认，奄国在曲阜，薄姑应在现今淄博市的博兴县一带。

被称为“东土”的奄和薄姑这两个东夷部族的大国，在周成王东伐中命运十分悲惨。《史记·周本纪》：“周公东伐淮夷，践奄。”《尚书·周书·蔡仲之命》：“成王东伐淮夷，遂践奄。……成王既践奄，将迁其君于薄姑。”《尚书·大传》：“周公……杀禄父，遂践奄，践之云者，谓杀其身，执其家，潴(蓄水淹)其宫。”阉其强壮的男子，使其断子绝孙。在强权之下，奄人四散。四散到哪里去了呢？

《吕氏春秋·古乐》云：“（周）成王立，殷民反，王命周王践伐之。商人服象，为虐于东夷。周公遂以师逐之，至于江南。”成王在东伐东夷时使用了庞大凶猛的象阵，必欲将其斩草除根，将其赶到长江之南。奄国的遗族逃亡到南方，在江苏省的常州市东南建立了淹城。[①]奄人等东夷部族也流落到了浙江衢州一带，他们的春神句芒造像和信仰至今还在衢州市柯城区的九华梧桐祖殿里保留下来。[②]近年有人研究，浙江江山方言可能是从古奄人的语言流变而来，如江山人自称“奄各人”，从而证明一部分古奄人流徙至此。[③]现在山东潍河流域的益都和昌乐等地区的民众，依然管“我”和“我们”发音“俺”。

奄被周成王所灭，一股奄人向东流散而去。成王灭奄，把奄国封给周公长子伯禽做鲁侯，又封外祖父太公吕尚做齐侯，都营丘（山东昌乐县）。[④]《左传·昭公二十年》：“昔爽鸠氏始居此地，季萴因之，有逢伯陵因之，薄姑氏因之，而后太公因之。”成王把奄人之一部赐给姜太公，继而由姜太公率部剿灭薄姑，把奄国的君主带到灭亡了的薄姑。这就是说，东去的这一部分奄人，就流落在了山东的中东部和北部（《汉书·地理志》中的“齐郡”和“北海郡”）。学者何光岳说：“奄人便一部分向东迁徙弇中，在今益都县市

---

① 张戬炜在《常州工学院学报（社科版）》2009年第5期发表《问“淹”为何物——与淹城有关的读书笔记》，提出淹城与奄无关说。

② 参见拙文《春神句芒论考》，《西北民族研究》2011年第1期。

③ 《浙江江山方言可能是殷朝古奄国语言》，《光明日报》记者严红枫、通讯员尤弘川，2004年1月19日。

④ 范文澜《中国通史简编》（修订本）第一编第134页，1985年12月。

南，而将一部分奄赐给姜太公，带到薄姑旧城区去建城，这便是《书序》所云'将迁其君于薄姑'。一部分北迁至莘县弇山，《山东通志》便以弇山为奄所迁。"①

奄人之另一部，则由莘县沿黄河北岸西去，最终到了山西省太谷县的奄谷。（可惜，笔者没有找到山西太谷所流传的牛郎织女传说故事的记录文稿。所幸与太谷同属于晋中市的和顺县境内流传的牛郎织女传说于2008年被列入第二批国家级非物质文化遗产保护地，也许古史上奄人之一部也曾流徙于此吧？）

四散的奄人，隐姓埋名，被当地的土著居民及其文化传统所同化，但东夷先祖记忆中的牛郎织女神话传说，却作为他们集体潜意识中的文化基因流传了下去。

第二，诗曰："东人之子，职劳不来。西人之子，粲粲衣服。舟人之子，熊罴是裘。私人之子，百僚是试。或以其酒，不以其浆。不以其浆，鞙鞙佩璲，不以其长。维天有汉，监亦有光。跂彼织女，终日七襄。虽则七襄，不成报章。睆彼牵牛，不以服箱。东有启明，西有长庚。有捄天毕，载施之行。维南有箕，不可以簸扬。维北有斗，不可以挹酒浆。维南有箕，载翕其舌。维北有斗，西柄之揭。"民族的压迫，阶级的对立，作者的愤懑不平之气跃然纸上。《毛诗序》："《大东》，刺乱也，东国困于役而伤于财，谭大夫作是诗以告病焉。"这句话，是后来人了解诗作者（谭国大夫）何以引用牵牛与织女星座神话借以曲折地抒发其对被西周灭国（东国——大东、小东）、灭族（奄、薄姑等东夷部族）和异族奴役的愤懑之情的一把钥匙。从侧面也可以看到，以牵牛与织女两个星座（并非两个纯粹的星座，而是已经物人化了的一对男女）构成的神话故事的雏形，至少在周幽王之前，已经在东夷诸族群中有所流行，所以被谭大夫信手拈来用在了诗中。

第三，男耕女织的社会分工和自给自足的耕稼方式以及血缘家族制度的缓慢渐进和相对稳定，父权制取代母权制后妇女地位的下降和包办婚姻的持续与

① 何光岳《奄国的来源和迁徙》，《长沙理工大学学报（社会科学版）》1995年第1期。

蔓延，是牛郎织女传说在这一地区老百姓中间得到传承、保存、延续的土壤和温床。如果说，故事中的天帝或王母娘娘这类角色的出现及其对天女（天孙）织女与凡间牛郎自相婚配之婚姻的管束与控制，这一重要情节的形成和持续，是与漫长的封建社会中血缘家族制度及其相关礼俗的巩固相适应的，那么，20世纪，特别是20世纪下半叶，牛郎织女传说在核心区及其周边地区的流传之所以出现了增强的趋势，是与在广大农村、特别是在妇女群体中的科学民主意识以及男女平等意识的增强有着莫大关系的，牛郎织女传说逐渐成为反对封建包办婚姻、一般的反封建、提高妇女地位的一个代表性文化符号。与“核心区”相比较，周边地区，尤其是边远的少数民族地区或多民族杂居地区，母权制的残余势力还在社会肌体上发生着重要影响，甚至残留在人们的潜意识中，婚姻相对自由，牛郎织女传说的影响就比较薄弱甚至完全没有。

二、周边地区的流传分布情况

牛郎织女传说圈核心区之外，还有十九个省区有牛郎织女传说的流传，可以称之为周边地带吧。在这个周边地带，传说的流传呈现出不规则的辐射状分布。兹将20世纪在这个周边外缘地区搜集并发表的牛郎织女传说分列如下：

（一）黑龙江（4篇）

（1）《年年七月七　牛郎会织女》，讲述：孙荣；搜集整理：王朝阳。1987年6月采录于海林市，载《海林林业局民间故事集成》，1987年。

（2）《牛郎织女》，讲述：邱锡发；搜集整理：邱鸿飞。1988年采录于讷河县巨河乡，载《讷河民间文学集成》，1988年。

（3）《牛郎和织女的故事》，整理：张光织。1989年采录于哈尔滨市平房区，载《平房民间文学集成》，1990年。

（4）《七月初七的雨》，搜集整理：朱玉祥。采录于大兴安岭地区加格达奇区。载《加格达奇民间文学集成》，1988年。

注：《黑龙江民间文学》第1集（1981年）—23集（1990年8月）未见收录；《中国民间故事集成·黑龙江卷》（中国ISBN中心2005年9月）未见收录。

（二）吉林（5篇）

（1）《牛郎与织女》，讲述：裴仙女（朝鲜族）；翻译：陈雪鸿；整理：（郑）吉云。1946年采录于珲春县。载《吉林省民间文学集成·延边朝鲜族自治州故事卷》，1987年。

（2）《“鹊桥”相会》，讲述：李金山；采录整理：宋景瑞。1946年采录于磐石县烟筒山镇。载《吉林省民间文学集成·磐石县卷》，1990年。

（3）《牛郎与织女》，讲述：裴仙女；翻译：陈雪鸿；整理：（郑）吉云。1961年采录于珲春县。载《吉林省民间文学集成·延边朝鲜族自治州故事卷》上卷，1987年12月，第240～242页。

（4）《喜鹊的传说》，讲述：孙元芹（女）；记录整理：张德祥。1962年采录于东风县以免山乡钢铁村。载《吉林省民间文学集成·东风县卷》，1988年6月。

（5）《“七夕”的传说》，搜集整理：陈希国。1987年采录于九台市。载《吉林省民间文学集成·九台故事卷》，1990年10月。

注：《中国民间故事集成·吉林卷》（中国文联出版公司1992年11月）未见著录。

（三）辽宁（3篇）

（1）《牛郎》，记录：洪振周。记录时间：1921年。载上海：《妇女杂志》7卷9号（1921年7月）。流行地区：奉天。

（2）《牛郎》，采录时间：1925年（？）。载赵景深《中国童话集》第一册（说明见钟敬文《七夕风俗考略》和《牛郎织女》之附记）。

（3）《牛郎》，讲述：邱玉奎；搜集整理：周亚光。采录于盖县双台乡。载《中国民间故事集成·辽宁卷·盖县资料本》，1988年。

注：《中国民间故事集成·辽宁卷》（中国ISBN中心1994年版）未见著录。

（四）北京（1篇）

（1）《铜牛潜水会织女》，讲述：李文真；采录：立秋。采录时间：1985年。首载李克主编《北京民间文学丛书·颐和园传说》，中国文联出版公司1985年11月，第187～193页；选入陈庆浩、王秋桂主编《中国民间故事全集·河北民间故事全集》，台北：远流出版公司1989年，第28～35页。

注：《中国民间故事集成·北京卷》（中国ISBN中心1998年）未见收录。

（五）内蒙古（1篇）

（1）《天牛郎配夫妻》，讲述：秦地女（女，农民）；记录：孙剑冰。1954年夏采录于内蒙古乌拉特前旗傅家圪堵村。首载《民间文学》1957年第6期；后选入贾芝、孙剑冰编《中国民间故事选》，人民文学出版社1958年。

注：《中国民间故事集成·内蒙古卷》（中国ISBN中心1992年）未见收录。

（六）安徽（4篇）

（1）《牛郎与织女》，常任侠记述。1943年采录，流传于颍上县。载《民俗艺术考古论集》（重庆：正中书局1943年），第59～65页。

（2）《喜鹊搭桥》，讲述：刘元英（女）；搜集整理：刘新平。

1981年3月采录于滁州市市郊。首载《中国民间故事集成滁州市分卷本·滁州民间故事》，1987年12月；选入《中国民间故事集成·安徽卷》，中国ISBN中心2008年10月，题为《牛郎织女》。

（3）《牛郎织女》，讲述：张刘氏；记录：张品卿。1985年采录于阜阳。载《民间文学》1985年第7期。

（4）《鹊桥的传说》，讲述：陈仲；整理：庆祥。1988年采录于泗州。首载《中国民间故事集成安徽卷·泗州民间故事》，1998年。

（七）上海（2篇）

（1）《牛郎织女》，讲述并写定：施蓉秀（女，十年62岁）。1987年采录于南市区小东门街道文化站。首载《中国民间文学集成·上海卷·南市区分卷》，1989年10月。

（2）《牛郎和织女》，讲述：欣华女；采录：曹雁秋。1987年11月采录于长宁区，首载《中国民间文学集成·上海卷·长宁区分卷》，1989年，第243～244页；选入《中国民间故事集成·上海卷》，中国ISBN中心1997年。

（八）江西（1篇）

（1）《喜鹊传旨》，讲述：龙启本；采录：李鉴。载《中国民间文学集成·江西卷·宜春市故事卷》，1987年。

注：《中国民间故事集成·江西卷》（中国ISBN中心2002年）未见收录。

（九）湖北（6篇）

（1）《王母娘娘划天河》，讲述：杨翠菊；采录：宋晓英。1982年采录于孝感地区。载《湖北民间文学资料汇编之十一：湖北民间故事传说集·孝感地区专集》，1982年。

（2）《刘牛郎和周织女》，讲述：居治强；记录：陶简。1985年采录于广济县（现武穴市）。载《民间文学》1985年第7期。

（3）《牛郎星和织女星》，讲述：冯明文（农民）；记录：李征康。1986年采录于十堰市丹江口市伍家沟村。首载《伍家沟村民间故事集》，中国民间文艺出版社1989年10月初版；选入《中国韩国日本民间的故事集》，日本奥林匹克纪念青少年综合中心印制，2004年10月。

（4）《牛郎织女为何七七相会》，讲述：陈利民；搜集：王幼华。1987年6月29日采录于黄冈地区英山县东河。载《中国故事集成·湖北卷·英山县故事分册》（上），1989年1月。

（5）《织机石》，讲述：郝济民；整理：马刚。1987年8月采录于黄冈地区英山县。载《中国故事集成·湖北卷·黄冈地区故事集》。

（6）《扁担仙的来历》，讲述：李解叔；采录：何晓春。1986年10月采录于荆州地区京山县新市镇。载《中国故事集成·湖北卷·京山民间故事集》，1990年12月。

注：《中国民间故事集成·湖北卷》（中国ISBN中心1999年版）未见收录。

（十）湖南（2篇）

（1）《天女与农夫》，讲述：吴良佐；搜集：凌纯声、芮逸夫。1934年采录于湘西凤凰县。载《湘西苗族调查报告》，民族出版社2003年。

（2）《七月初七晒织机的由来》，讲述：陈莲花（女，土家族）；搜集整理：向农。1984年12月采录于凤凰县木江坪乡。载《中国民间故事集成·湖南卷·凤凰县资料本》，1980年。

注：《中国民间故事集成·湖南卷》（中国ISBN中心2002年版）未见收录。

（十一）广东（5篇）

（1）《牛郎织女》（有附记），记录：钟敬文。1925年采录于陆安。首载《北京大学研究所国学门周刊》2005年第10期；又，张振犁编纂《钟敬文采录口承故事集》，黄河文艺出版社1989年11月，第3页。

（2）《牛郎织女的故事》，记录：王茀桥。1929年采录于广东。发表于国立中山大学《民俗》周刊第80期，1929年10月2日。

（3）《牛郎织女》，程云祥引述。采自粤南。首载梅觉女士《粤南民间故事集》，广州：合作出版社1929年。

（4）《潮州的七月》（七夕传说），1929年采自潮州。发表于国立中山大学《民俗》周刊第73期，1929年8月14日。

（5）《石牛的传说》，讲述：朱晓；采录：林典威等。采录于汕头市达濠区。载《中国民间故事集成·广东卷·汕头民间故事选本》，1989年10月。

注：（1）《中国民间故事集成·广东卷》收有《牛郎织女》一篇，但不是20世纪80年代实地采录的故事，而是钟敬文先生于1925年搜集、首发于《北京大学研究所国学门周刊》2005年第10期上的，故此表不列。（2）据《天南》杂志（广东省民间文艺研究会编）1982年第1期载毅刚撰《粤人重巧夕》称：20世纪30年代出版的《中华全国风俗志》记载“广州风俗，綦重七夕”，“随着社会的发展，七夕风俗慢慢从不大时兴到不复存在了。现今40岁以下的人，大多数没有见过这种风俗了”。

（十二）广西（5篇）

（1）《牛郎织女》，讲述：黄六公；搜集整理：黄永林。1986年4月采录于玉林市博白县。载《中国民间故事集成·博白县民间故事集》，1990年4月。

（2）《牛郎与织女的苦衷》，讲述：庞一清；搜集整理：杨培秀。1987年8月采录于玉林市博白县亚山镇。载《中国民间故事集成·博白县民间故事集》，1990年4月。

（3）《牛郎和织女》，讲述：梁景新；整理：黄安德、黄励德。1987年1月采录于玉林市葵阳葵中小龙村。载《中国民间文学三套集成·广西卷·玉林市民间故事集成》。

（4）《双角峰》，讲述：梁才周；搜集整理：梁海涛。1988年4月采录于玉林市博白县。载《中国民间故事集成·博白县民间故事集》，1990年4月。

（5）《七月七仙水》，讲述：韦大四，搜集整理：黄乾章、杨平山。采自田阳。载《中国民间文学集成·广西卷·田阳县故事集》，1988年9月。

注：《中国民间故事集成·广西卷》（中国ISBN中心2001年版）未见收录。

（十三）海南（1篇）

（1）《牛郎织女》（苗族），选入《中国民间故事集成·海南卷》中国ISBN中心2002年9月版，第151～152页。

（十四）四川（5篇）

（1）《牵牛花的来历》，讲述：程文华；记录：曲野。1985年采集。首载《民间文学》1985年第7期；选入陈庆浩、王秋桂主编《中国民间故事全集·四川民间故事全集》，台北：远流出版公司1989年，第386～391页。

（2）《七仙女与放牛娃》，讲述：钟国文；搜集整理：孙德平、傅培珊。1986年5月采录于绵阳市安县河清镇。载《中国民间文学集成·安县资料集》，1987年12月。

（3）《鹊桥》，讲述：刘素明（女）；搜集整理：杨蕤林。1987年7月采录于灌县青城山一带。载《中国民间文学集成·四川成都市灌县卷》，1987年1月。

（4）《七姑娘儿》，讲述：李金霞（女）；搜集整理：李吾。1988年9月采录于成都市大邑县斜江乡。载《中国民间文学集成·四川卷·成都市大邑县卷》，1988年9月。

（5）《牛郎和织女》，撰述：雷庆明。采集地点：乐山市井研县。载《中国民间文学集成·（四川乐山）井研卷》，1989年6月。

注：《中国民间故事集成·四川卷》（中国ISBN中心1998年版）未有著录。

（十五）贵州（4篇）

（1）《牛郎织女的故事》（苗族），搜集整理：李贵廷。1958年搜集于贵州黔东南凯里西江，整理于1963年。首载《民间文学》1979年第4期。

（2）《“吃牛”的传说》，讲述：龙胜学（苗族）；搜集整理：杨正银、陈茂林。采录地区：松桃。首载《中国民间故事集成·贵州卷·松桃苗族自治县资料本》。

（3）《喜鹊的传说》，讲述：满桂氏；搜集整理：满家国。采录地区：松桃。首载《中国民间故事集成·贵州卷·松桃苗族自治县资料本》。

（4）《李牵牛的故事》，讲述：刘成龙；搜集整理：罗登宜。1989年采录于贵阳乌当区百宜、羊昌一带。首载《中国民间故事集成·贵州省·贵阳市乌当区卷》，1989年。

注：《中国民间故事集成·贵州卷》（中国ISBN中心2003年版）未见收录。

（十六）云南（1篇）

（1）《牵牛星下凡》，搜集整理：谢远辉。采录于盐津县。首载《云南省民间文学集成·盐津县故事卷》，1989年10月。

注：《中国民间故事集成云南卷》（中国ISBN中心2003年版）未见

收录。

（十七）陕西（2篇）

（1）《牛郎织女的传说》，讲述：贾长安（西和县南家崖人）、赵卢氏（西和县城关大巷道人）；搜集整理：赵逵夫。搜集时间：1958年后半年；整理时间：1959年。首载甘肃省西礼师院附中主办《百花园》第5期（1959）。2012年9月根据黄英搜集的当地同一传说修订，个别情节有所增补，发表于《飞天》2013年4月号。

（2）《七夕巧渡》，采录地点：户县。首载《中国民间文学集成·陕西卷·户县民间文学集成》，1989年。20世纪以来，陕西省未见有牛郎织女传说故事的文本记录和发表。

注：《中国民间故事集成·陕西卷》（中国ISBN中心1996年9月）未见著录。

（十八）宁夏（1篇）

（1）《牛郎与织女》，搜集整理：孙荣华。1987年11月采录于同心县张家塬乡。首载《中国民间故事集成·宁夏卷资料丛书·同心民间故事》，1988年。

注：《中国民间故事集成·宁夏卷》（中国ISBN中心1999年版）未见收录。

（十九）新疆（1篇）

（1）《牛郎织女》，讲述：张玉英；采录：王永玺。1989年采录于木垒哈萨克自治县。选入《中国民间文学集成·新疆卷》中国ISBN中心2008年版。

上述调查材料显示，在20世纪的一百年中，在传说圈核心区内采录和发表的牛郎织女传说总数为89个；在周边地区所采录和发表的牛郎织女传说总数为51个。两者相加，在全国26个省区里采录和发表的传说总数为140个。前者，即在传说圈核心区里搜集到的牛郎织女故事占全国有牛郎织女故事口头流传省区采集和发表总数的63.5%；而后者，即在传说圈核心区之外的周边或外缘地区采录和发表的，只占全国牛郎织女故事流传总数的36.4%。这种分布状况，不是偶然的，而是由牛郎织女故事起源地区和辐射式流传以及不同地区的社会历史发展、特别是历史文化传统所决定的。

如果我们再从流传的时代这一角度来考察，那么，20世纪上半叶采录和发表的牛郎织女传说传说故事总共只有18个，分布在吉林、辽宁、山东、江苏、安徽、浙江、福建、湖南、广东9个省区；1949年至1978年这30年间搜集发表的只有2篇，即孙剑兵采自内蒙古乌拉特前旗的《天牛郎配夫妻》和赵逵夫在甘肃省西和县搜集并整理、发表在中学内部刊物上的《牛郎织女传说》（笔者未能看到）。还有一篇是汪曾祺整理的《牛郎织女》，流传地点和采录时间未详，故未予列入。[①]1979年至2000年这20年间，采录和发表的牛郎织女传说总共为122篇（包括在这个时间段之前搜集采录而在这个时间段发表的），分布在26个省区。就是说，20世纪80年代，牛郎织女传说还在26个省区的一些地区口头流传。[②]

20世纪80年代末至世纪末和21世纪初陆续出版的《中国民间故事集成》（31个省卷本），其中入载牛郎织女传说的，只有11个省区的卷本，其入载的文本总数为20篇。这11个省区的卷本是：河北（1篇）、山东（3篇）、江苏

① 《牛郎织女》，汪曾祺整理。原始发表刊物未详。第一次收入贺嘉、黄柏（黄泊仓）编选的《中国民间故事选粹》（湖南文艺出版社1986年）中，没有标明搜集地区和时间。后被贾芝选入《中国新文艺大系·民间文学集》（1949—1966）（中国文联出版公司1991年）中，选编者在文末加上了“搜集于1957年”的字样，不知何所据。据笔者所知，汪曾祺自《民间文学》杂志1955年4月创刊至1958年上半年，一直担任该杂志的实际的编辑部主任，他经常对来稿进行编辑加工修改，这篇《牛郎织女》，也许是他在某篇来稿基础上的修改稿，所以标注出“搜集于1957年”。1958年上半年他被补划为“漏网右派”，被驱逐出中国民间文艺研究会，遣送到张家口劳动去了，从此告别了民间文学工作。但我没有查到原始出处。

② 在罗载光、刘士毅编《中国传统民间故事选》（百花文艺出版社1997年8月）中选录了一篇《牛郎织女的故事》，没有标明讲述人、搜集者和搜集地区，故不在我的统计中。

（1篇）、上海（1篇）、安徽（1篇）、江苏（1篇）、浙江（6篇）、福建（2篇）、河南（2篇）、海南（1篇）、新疆（1篇）。这说明，上世纪80年代还有流传的一些省区，到上世纪末或21世纪初，已经逐渐衰微甚至消失无闻了，出现了急剧衰微的趋势，甚至到了濒危的境地了。

三、21世纪第一个十年的流传采录情况

进入21世纪以来的十年间，世界进入了全球化、信息化的大时代，我国的社会也进入了现代化的快车道，相应地，市场化、城镇化、信息化、人口的大流动、不同文化的交融，导致了我国社会的急剧转型，传统文化遭遇了又一次传承危机。尽管自2003年起我国启动了“政府主导，社会参与”方针指导下的民族民间文化（稍后转为非物质文化遗产）的保护和普查，然各地的文化主管机构从老百姓口中记录下来并汇编到各省、地、县的调查报告中的，或公开发表的牛郎织女传说故事（那些由民间文学爱好者根据自己民间知识编写的作品除外），却极为罕见。2008年4月，笔者在山东沂源县召开的牛郎织女传说研讨会上指出，国家启动第一批国家级非物质文化遗产名录申报工作时，全国2000多个县（据有关资料，截止到2004年底，全国374个县级市、1642个县、自治县、旗、自治旗、特区和林区），竟然没有一个单位申报保护牛郎织女传说这一项目。[①]全国各地调查采录牛郎织女传说，并有记录文本公之于世的，只有申报国家非物质文化遗产名录成功的山东沂源县和陕西西安市长安区两处，这两个地方通过有组织的调查，实地采集了一批口传的牛郎织女传说。这两地实地调查采录下来的民众口头上流传的牛郎织女传说文本情况如下：

沂源县燕崖乡：

（1）《七月里七月七》，讲述：韩凤祥（女）；采录：郭俊红（女）。2007年3月记录于山东沂源燕崖乡辉村。载叶涛、苏星主编《中

① 刘锡诚《中国牛郎织女传说·总序》，叶涛、韩国祥主编，广西师范大学出版社2008年。

国牛郎织女传说·沂源卷》，广西大学出版社2008年，第22页。

（2）《牛郎织女天河配》，讲述：韩凤祥（女）；采录：郭俊红（女）。2007年11月记录于山东沂源燕崖乡牛郎官庄。载叶涛、苏星主编《中国牛郎织女传说·沂源卷》，广西大学出版社2008年，第23～25页。

（3）《王母娘娘银钗划天河》，讲述：韩凤祥（女）采录整理：王蕾（女）。2008年4月记录于山东沂源燕崖乡牛郎官庄。载叶涛、苏星主编《中国牛郎织女传说·沂源卷》，广西大学出版社2008年，第25～27页。

（4）《喜鹊架桥渡牛女》，讲述：解明泉（男）；采录整理：王庆安（男）。2008年4月记录于山东沂源燕崖乡刘庄村。载叶涛、苏星主编《中国牛郎织女传说·沂源卷》，广西大学出版社2008年，第37～41页。

（5）《织布梭和牛梭头》，讲述：解明泉；采录整理：张宝祥。2008年4月记录于山东沂源燕崖乡刘庄村。载叶涛、苏星主编《中国牛郎织女传说·沂源卷》，广西大学出版社2008年，第48～52页。

（6）《牛郎织女》，讲述：孙启文（男）；采录整理：王蕾（女）。2008年4月记录于山东沂源燕崖乡牛郎官庄。载叶涛、苏星主编《中国牛郎织女传说·沂源卷》，广西大学出版社2008年，第56～58页。

（7）《天下独有织女洞》（二则），讲述：张守安（道长）；采录整理：张宝祥。2006年4月/2007年3月记录于山东沂源燕崖乡道观。载叶涛、苏星主编《中国牛郎织女传说·沂源卷》，广西大学出版社2008年，第77～83页。

西安市斗门镇：

（1）《粉红仙衣定缘分，触犯天规双城石》，讲述：姜凤兰；采集：蒋瑞等。2007年3月10日记录于西安市长安区斗门镇。载傅功振主编《长安斗门牛郎织女传说》，陕西师范大学出版社2009年12月。

（2）《月老牵线定姻缘，触犯天规双城石》，讲述：范喜琴；采集：左琳等。2007年3月17日记录于西安市长安区斗门镇白家庄。载傅功振主编《长安斗门牛郎织女传说》，陕西师范大学出版社2009年12月。

（3）《织女勤织布，机石留人间》，讲述：罗海浪；采集：周蕊等。2007年3月10日记录于西安市长安区斗门镇上泉村。载傅功振主编《长安斗门牛郎织女传说》，陕西师范大学出版社2009年12月。

（4）《跪求王母放织女，夫妻遥望盼团圆》，讲述：刘兴文、罗升发；采集整理：赵丽彦。2007年3月10日记录于西安市长安区斗门镇南沣村。载傅功振主编《长安斗门牛郎织女传说》，陕西师范大学出版社2009年12月。

（5）《偶然捡衣结伉俪，堵妞宫里住牛郎》，讲述：罗升发；采集：蒋瑞等。2007年3月10日记录于西安市长安区斗门镇白家庄、南沣村。载傅功振主编《长安斗门牛郎织女传说》，陕西师范大学出版社2009年12月。

（6）《七仙女拨云见董永，织女下嫁放牛郎》，讲述：史振通；采集：周蕊等。2007年3月10日记录于西安市长安区斗门镇南沣村。载傅功振主编《长安斗门牛郎织女传说》，陕西师范大学出版社2009年12月。

（7）《天上地上牛女忠贞相爱，错传佳期稀缺被罚搭桥》，讲述：李平；采集：蒋瑞等。2007年3月10日记录于陕西省咸阳王道村。载傅功振主编《长安斗门牛郎织女传说》，陕西师范大学出版社2009年12月。

（8）《牛郎织女相爱王母散，七月七日石婆庙上相见》，讲述：薛克敏；采集：左琳等。2007年3月10日记录于西安市长安区斗门镇牛郎织女石刻管理所。载傅功振主编《长安斗门牛郎织女传说》，陕西师范大学出版社2009年12月。

（9）《土地说媒牛女成夫妻，牛郎翻山越岭追织女》，讲述：张建华；采集：左琳等。2007年3月10日记录于西安市长安区斗门镇（哪个村子不详）。载傅功振主编《长安斗门牛郎织女传说》，陕西师范大学出版社2009年12月。

上面16篇牛郎织女传说，是从山东省沂源县燕崖乡和陕西省西安市长安区斗门镇两个地方为申报国家级非遗名录而采集和发表的传说中所选录的（沂源调查共记录传说42篇，笔者只选用了8篇，一些与牛郎织女无直接关联的地方风物传说和讲述零碎的片段，未录于此），是21世纪第一个十年间从老百姓口头上采录的。这两个调查都是由学者们实施、运用民间文艺学的实地调查和参与观察的方法，遵循“真实性、科学性、代表性”的民间文学搜集采录原则，深入到当地乡民中，从乡村故事家和比较有讲述才能的乡民的口述中采录的。其调查采录的时机，与20世纪80年代为了编纂《中国民间文学三套集成》而进行的普查相比，中国的乡村面目和乡民社会已经发生了和正在发生着巨大的、历史性的变迁。沂源的燕崖乡虽然距离县城有几十华里之遥，大体上还处在传统的乡民社会状态之中，但现代化和信息化的影响已经十分剧烈了。这表现在：（1）传承人的年龄偏大，传承出现了严重的断代现象；（2）传承人的讲述文本受外来影响很大，有的称得上是根本性的颠覆。①长安区斗门镇是西安市的近郊区，受到的现代化影响比沂源的燕崖乡相对更大，尽管传统文化与商品大潮的博弈处处可见，普通乡民的文化水平相对较高，加上汉武帝开凿的昆明池的历史记忆、石爷和石婆石刻像以及牛女庙的香火的存在，但调查显示，在当前社会条件下，七夕信仰和牛女传说的承载者和受众群已多为中老年人和妇女，很少有年轻人参加了，传说故事和七夕习俗的传承出现了断层，讲述和聆听传说故事成为老年人的自娱自乐。②

山东省沂源县于2006年向文化部申报“牛郎织女传说”列入国家级非物质文化遗产名录，由山东大学的民俗学民间文学专业的师生对以燕崖乡为中心的县境内牛郎织女传说进行了两次调查，从讲述人口头上采录了42个传说文本，其中重要的传说讲述人韩凤祥6个、解明泉3个、孙启文1个、张守安2个，一般的讲述者讲的传说32个，这些“活态”流传的牛郎织女传说，稍后都被选入了叶涛、苏星主编的《中国牛郎织女传说·沂源卷》（广西师范大学出版社2008

① 据叶涛、苏星主编《中国牛郎织女传说·沂源卷》第18～19页，广西师范大学出版社2008年7月。

② 据傅功振主编《长安斗门牛郎织女传说》第72～73页，陕西师范大学出版社2009年12月。

年）一书中。（我在此表中只选择了8个。原报告中都没有标题，现在的题目是我拟的。有些情节过于简单和零碎的、加工太大的和根据文献重写的，都没有选录在此。）这些传说文本证明了，除了当地民众和历代官府依据“在天成象，在地成形”（织女庙和牛官庄之间隔着一条沂河）的古意，构建了并留给后代一些与牛郎织女信仰和神话传说相关的遗迹而外，在当地老百姓的头脑里也保留了不少传说，以口口相传的方式在他们中间流传。沂源的牛郎织女传说的直接渊源，学界并没有人做过认真而详细的考察研究，但根据地上的相关文物和遗迹所做的研究考察已有了一些结论。主持沂源牛郎织女传说调查的叶涛教授所撰调查报告《在天成象 在地成形——山东省沂源县牛郎织女传说的调查与研究》，把沂源牛郎织女传说的最早渊源上溯至了唐宋。他写道：

大贤山上庙宇的历史可以追溯到唐宋时期。现存最早的碑刻资料是今存织女洞中立于宋朝元丰四年（1081）的一块功德碑，……此碑虽然现存于织女洞中，但从碑文中还看不出与织女有什么联系。

宋代之后大贤山还有一座据说原来为九层的金代石塔，石塔上面出现了金朝泰和六年（1206）的线刻人物和文字题刻。题刻主要记述了大贤山道教的开山人物张道通道士的事迹。……“乃游此地，谓人曰山名大贤，织女崖，乃同徒众登眺巅峰，山清水秀，而乐居焉。”这里的“织女崖”，是我们所见到的最早的与织女有关的记载。

对于我们理解沂源的牛郎织女传说最为重要的一段史料，出现在明朝万历七年（1579）的《沂水县重修织女洞重楼记》中……“唐人闻个中札札机声，以故织女名。”在这段文字中，还十分难得的透露出把织女和牛郎牵连在一起的机缘：时任沂水县知县的王风竹对主持道人打探玄妙之理，道士说：“守者会公意，即礼多方金粟展力为之，对面并起牛宫……”

根据这些记载，我们可以做出这样的推断：明代末叶孙氏家族迁居沂水，定居沂河岸边时，“牛宫”已于万历年间修建而成，村庄因位于牛宫附近，因而命名村庄为牛郎官庄。[①]

笔者以为，沂源牛郎织女传说的渊源研究，似不应止步于此。笔者在《牛郎织女原是东夷部族的神话传说》一文中提出，在本文中也进一步论述了牛郎织女神话传说最早的族属，应是已经消失了的东夷部族的奄或薄姑氏族（部族）的神话传说。而有着悠远历史（旧石器时代“沂源人“的故乡）的沂源，到了东夷文明时代，应该就在东夷族群之奄国的势力范围之内。东夷研究学者李白凤说：“商奄并非鲁奄，它不在曲阜而在益都莱芜一带，或今之莱芜谷。”[②]从原始的牵牛、织女的星象崇拜，到《大东》里的牛郎织女神话，这些民间记忆也许就以潜意识的方式，沉淀在一代又一代的东夷氏族（部族）及其后来的传人或被周人同化了的汉人的头脑之中。否则，沂源境内的织女洞，又何来之有？当然，我的这个假设或推断还需要学界更多的论证。但由于东夷的史料大都湮没无闻了，要得到更多强有力的论证，还面临着不小的困难。

再说斗门镇。汉武帝为了征服西南夷之昆明国驯练水师而于元狩三年（前120年）起开凿昆明池，并在东西两岸分别设立了两个石人，一为牛郎，一为织女，借助女郎和织女的隔池相望，而象征昆明池所具有的“天河”意义。《三辅黄图》卷四引《关辅古语》云：“昆明池中有二石人，立牵牛织女于池之东西，以象天河。”东汉班固《西都赋》云：“集乎豫章之宇，临乎昆明之池。左牵牛而右织女，似云汉之无涯。”这些都透露了汉武帝开凿昆明池的意向。宋以降，昆明池逐渐淤塞干涸而废弃，石爷石婆也被埋于地下。这些借助于权力而得以传播的牛郎织女传说，也就逐渐淡出了乡民们的视野。如前所说，20世纪的百年中，陕西省只采集并发表过两篇牛郎织女故事传说。2006年，中国社会科学院考古研究所陕西第二工作队，对汉代昆明池遗址进行了钻探和试掘，石爷石婆石雕像同时被发掘出土。

2007年3月6日（正月十七），笔者与贺学君、刘宗迪两先生应陕西省纪委

---

① 叶涛《在天成象　在地成形——山东省沂源县牛郎织女传说的调查与研究》，见叶涛、苏星主编《中国牛郎织女传说·沂源卷》第1～6页，广西师范大学出版社2008年。

② 李白凤《东夷杂考》第71页，齐鲁书社1981年9月。

的下放挂职干部李鸣高同志之邀，到长安区斗门镇南沣村参加“首届长安七夕文化节”（实则庙会），实为当地为申报非物质文化遗产名录举行的小型座谈会。我们在位于南沣村的“西安市长安区牛郎织女石刻管理所”里见到的，只有石婆（织女）雕像，而没有石爷雕像。应我们的要求，当地文化官员带领我们到了常家庄，在村边上一间简易的小庙（一间小棚子）里，看到了几乎是被弃置在那里的石爷雕像。李鸣高一腔热情要为长安区非遗文化保护做些事情，即使挂职到期了，该回单位上班了，他还主动延长挂职期。但不知出于什么原因，主管文化的副区长却并不到会，很自然地引起了我们的疑惑与不快。当文化部非遗专家组审查通过评审并报国务院办公厅后，突然有人匿名给文化部写了一封告状信，声言“我们这里没有牛郎织女传说”。作为评审委员，笔者提请主持评审的文化部副部长周和平同志下令办公室给陕西省主管副厅长打电话征求她的意见，这位副厅长在有人告状的情况下，也附和了告状信的说法，认定长安区没有牛郎织女传说流传。结果文化部只好临时向国务院办公厅报告，当机立断撤销了长安区斗门镇的申报。

虽然两千年前有汉武帝开凿昆明池和设置石爷石婆雕像之举，一度激发了当地民众对牛郎织女传说的传播和记忆，但随着时代的转移、权力的消失、文物的湮没，牛郎织女传说也就渐渐地从民众的生活中衰落甚至逐渐不传了。鉴于长安区缺乏牛郎织女传说的记录文本问世，给申遗工作带来了困难，我们建议请陕西师范大学文学院副院长傅功振教授带领学生为当地作实地调查，帮助地方上搜集采录在民众中口头流传的牛郎织女传说。他们接受了这个建议。三年后，在他们的实地调查提供出了一批（其实只有19篇）牛郎织女传说的记录文本后，长安区再次申报，并顺利地通过了国家专家组的评审，国务院办公厅于2010年6月8日发布文件批准长安区斗门镇申报的牛郎织女传说进入第三批国家级非遗名录。这批记录文本的公开发表，应该说，在长安区，在西安市，乃至在陕西省的文化史上是第一次，填补了在陕西文化史上牛郎织女传说记录文本的缺位，说明牛郎织女传说在21世纪的第一个十年，仍然还在民间流传，故而殊为可贵。陕西省所以有西安市长安区斗门镇这样的地区有牛郎织女传说的比较集中的口头流传，究其原因，主要是由于汉武帝朝廷政治权力的激发和影响。但有人进而把长安区斗门镇说成是牛郎织女传说的起源地，笔者认为，如同把和顺、南阳、太仓等地说成是其起源地一样，是缺乏充分说服力的。

山西省和顺县也是国家级非物质文化遗产名录中确定的三个牛郎织女传说保护地之一。2007年7月5日该县文化艺术中心根据申报要求，在向文化部和国家非物质文化遗产专家委员会评审组提供的《申报书》的《附件》里，附录了20个当地流传的牛郎织女传说：（1）《南天门》、（2）《八仙洞》、（3）《相思背》、（4）《金牛凹、金牛洞、牛郎山》、（5）《天河梁（天河山）》、（6）《喜鹊山》、（7）《天河池（天马池）》、（8）《驴打滚》、（9）《老牛口》、（10）《双龟石》、（11）《塔岭》、（12）《葫芦垴》、（13）《磨簪石》、（14）《筐箩凹》、（15）《杏树湾、桃树沟》、（16）《牛郎峪》、（17）《牛郎沟》、（18）《花山与哪吒塔》、（19）《莲花山与观音垴》、（20）《簪峪（磨子峪）》。专家组审看后，认为这些所谓传说文本，大多是当地与牛女传说和七夕有关的地方旅游景点的解释文本，而与民间文学类“非遗”项目要求的从老百姓中口头讲述的传说故事记录文本有一定差距。该文化艺术中心于11月6日对所提交的附录材料进行了修改和撤换，又提供了《兄弟分家》《大战老鳖》《池畔娶妻》《神驴显威》《天河断情》《鹊桥相会》6个传说的记录文本。该县的申请终于获得专家委员会的通过和文化部与国务院的批准，认定该县为牛郎织女传说的保护地。但五年过去了，至今还没有看到该县根据“真实性、代表性、科学性”三性原则在实地调查的基础上的牛郎织女传说记录文本公开发表或出版。

根据我所能见到的材料，除了这三个国家认定的保护地之外，至今还没有看到其他地方在本世纪第一个十年中，向公众提供出他们在实地调查基础上采录的、在现代社会条件下还在当地口头流传的牛郎织女传说文本。这就意味着，在全球现代化潮流的冲击下，前文所认定的20世纪80年代到世纪末还有这个传说流传所谓“周边地区”，已经大大地缩小了。

四、结 论

根据笔者所搜集到的资料加以分析研究，可以得出如下几点结论：

一、20世纪一百年，牛郎织女传说的流传地区，最昌盛的时期，北起黑龙江、吉林、辽宁、北京、内蒙古、山西、河北，依次南来，沿海的山东、江苏、安徽、上海、浙江、福建，中南部的河南、湖北、湖南、四川、云南、贵州、广东、广西、海南，西北部的宁夏、陕西、甘肃、新疆，共涉及26个省区。这些地区流传的牛郎织女传说，大体可以分为两个部分：一部分是关于天上的仙女（织女）与地上的牛郎自由婚配而后被天帝或王母划银河将其分开不得相见因而演为悲剧结局，只在每年的七月七日借助于鹊桥相会的故事；另一部分，则是牛郎织女传说与地方风物相粘连和结合的地方风物传说。而综观这26个流传地区的牛郎织女传说的分布状况，大体可以画出一幅牛郎织女传说的流布密集区域图，我们姑且把这个中心流传区域叫作“牛郎织女传说圈”；这个传说圈的中心地区，应该就集中在北起河北、山西、山东，南到江苏、浙江、福建，西南部到河南的这一地区。这个地区，应当与古代中原地区的主流文化——东夷文化以及后起的周文化、楚文化、齐文化、汉文化的流布和影响不无关联。从上面的流传统计和地理分布中可以看出，在秦到汉魏之际已经形成较为严整完善的故事情节的牛郎织女传说故事，到了现代，情节没有出现大的改变和拓展，主要流传地区逐渐趋于萎缩。

陕西省历史上虽有汉武帝在长安境内开凿昆明池，并在东西两岸分置牛郎和织女石像之举，但时过境迁，随着昆明池的干涸、两个石雕像的被淹埋，牛郎织女传说在民间并没有充分而丰富地流传，至少是没有被采集和发表。20世纪80年代全国为了编纂民间文学集成进行了大规模的民间文学普查，以咸阳地区而论，也编辑出版了由民间文艺家梁澄清主编的《咸阳民间故事集成》四大卷，但编者并没有收集到一篇牛郎织女的传说、甚至与传说相关的风物传说。近年来在全国开展的非物质文化遗产保护工作，甘肃省陇南市所辖的西和县的七夕习俗，保存得十分完整而独特，而该省本应有更多的牛郎织女传说流传，但所惜者，民间文学工作者们并没有发现和提供出已经发表的传说记录文本，而且那里的乞巧习俗，并没有传说中织女之外的另一主角牛郎显身，故而难于对那块土地上的流传情况和传说故事特点作出判断。新疆的一篇采自木垒哈萨克自治县，讲述者是汉民，是木垒土著，还是移民，不得而知，故难下定论。

云南、贵州距离中原地区较远，那里素有自己的土著文化（包括宗教），那里的牛郎织女传说，有的与内地的牛郎织女传说的内容和结构近似，可能因受中原文化的长期影响和相互文化交流所致，但多数为风物传说之粘连式。曾有研究者、收集者报道，苗族有牛郎织女的传说。上表中，列入两篇苗族的牛郎织女传说：海南一篇，湘西一篇。已故神话学家丁山在生前曾论及湘西苗语中的“大业”与牵牛织女传说的关系，有普遍意义，笔者另文曾提到他的论述，唯其重要不妨引在此处：“曾读严如煜《苗疆风俗考》，中有云：‘湘西苗语，呼黄牛曰大跃，呼水牛曰大业。’大业之名，竟与女修之子大业语音相同；令人不能不疑及牵牛织女神话。假定，《史记》所谓大业，释为牵牛；那么，‘颛顼之孙女修织’，显然是‘天孙’织女星；女修生大业，该是牵牛织女恋爱故事的变相。”他的意见是，二十四史中那群四裔民族，当时都还是游牧民族，而他们的神话，无不反映着“各个民族的宗教信仰”和他们“熏染华化以前的原始生活的形态”。[①]

二、20世纪二三十年代，牛郎织女传说在民众中有较为广泛的流传，可以作为见证的是，从1921年起的28年间，当年还是自发地从事民间文学搜集的一些热爱民间创作的文化人，从民间记录发表了或搜集记录了18篇民间传说。这18篇传说的流传地区涉及吉林（延边朝鲜族）、辽宁（奉天）、山东（诸城、高密）、安徽（颍上）、江苏（灌云）、浙江（永嘉）、福建（安南、泉州、漳州）、广东（陆安）八省。凌纯声和芮逸夫1934年在湘西苗族地区做调查时，也发现和记录了一则当地的苗族变体。从1949年10月起，直到“文化大革命”结束后的1978年，这30年间，由于社会生活的巨大变迁，政治运动的连绵不断，传统文化受到了前所未有的冲击与破坏，文化工作者也忙于收集记录

① 丁山《从东西方文化交流探索史前时代的帝王世系》——《古代神话与民族·自序》，商务印书馆2005年。

新民歌、革命歌谣和革命性较强的义和团、捻军、抗英等内容的传说，牛郎织女传说在老百姓的生活中和记忆中几被遗忘，报刊书籍上没有留下多少可资参考的记载，这30年间一共发表了一篇牛郎织女传说，即孙剑冰先生1954年在内蒙古乌拉特前旗记录的《牵牛郎配夫妻》（秦地女讲述）。这篇传说记录稿由于情节、语言等因素，首发于影响很大的《民间文学》杂志上，接着又收入贾芝、孙剑冰编的《中国民间故事选》（人民文学出版社1958年）中，作为中国科学院文学研究所、中国民间文艺研究会主编的《中国各民族民间文学丛刊》的第一部书发行，在中国文化界发生了前所未有的影响，从而为后来的教科书多所选载。人民教育出版社于1956年出版的初级中学语文课本第一册中收入了经过整理的《牛郎织女》，其整理方法和文本风格在《北京文艺》和《民间文学》等刊物上引发了一场争论[①]，由于那个文本不是从老百姓口头上直接搜集写定的文本，加工较大，故在此不论。1957年，汪曾祺整理的《牛郎织女》发表，上文已经交代，原始出处未详，也就无法确定其地域归属。“文革”后发表的第一篇牛郎织女传说记录文本，是李贵廷在贵州黔东南地区苗族中采集的《牛郎织女的故事》，发表在复刊未久的《民间文学》杂志1979年第4期上。在内地采录的牛郎织女传说在报刊上再度发表，已是六年后的事情了。1985年7月为配合七夕节而在《民间文学》杂志上发表的12篇传说。这12篇作品涉及的地区，依次是河北（束鹿、保定）、山东（济宁、青岛）、江苏（苏北泗阳）、安徽（阜阳）、河南（南阳）、湖北（广济）、湖南（长沙）、四川。在上文认定的“牛郎织女传说圈”中，除了几个有历史遗迹的地方，如山东的沂源、长安的斗门、河南的南阳、山西的和顺、河北的邢台、江苏的太仓、湖北的襄樊等地，由于这些历史遗迹常常能唤醒民众的记忆，甚至成了“当地重要的地方性知识”，[②]牛郎织女传说在这些地方还多有流传外，其他更多的地方，牛郎织女故事已经很少流传了，或者说故事情节完整的牛郎织女故事传说

---

① 参阅李岳南《由〈牛郎织女〉来看民间故事的思想性和艺术性》，《北京文艺》1956年8月号；刘守华《慎重对待民间故事的整理编写工作》，《民间文学》1956年第11期。

② 叶涛《在天成象　在地成形——山东省沂源县牛郎织女传说的调查与研究》，见叶涛、苏星主编《中国牛郎织女传说·沂源卷》第10页，桂林：广西师范大学出版社2008年7月。

已经难以见到了，以至于只能在20世纪80年代各地编纂的“县（区）级”民间文学集资料本中搜寻到上表中所列的六七十个故事传说（另外六七十个故事，不过是地方风物传说罢了）。根据各地县卷本的资料选编的《中国民间故事集成》（每省一卷）大型系列丛书中，31个省卷本中只有10个省卷本中还能见到它闪烁不定的身影，亦即只剩下19个传说了！它们是：河北1篇：《傻牛郎和织女》（太行山）；山东2篇：《牛郎认媳妇》（嘉祥县）、《牛郎织女鹊桥会》（梁山）；江苏1篇：牛郎织女的后代（邳县）；安徽2篇：《喜鹊搭桥》（滁州）、《牛郎织女》（阜阳）；上海1篇：《牛郎和织女》（长宁区）；浙江6篇：《鹊鸟传错旨》（玉环县）、《七七相会》（永嘉县）、《喜鹊只那会癞头》（永嘉县）、《织女的泪水》（嵊泗县）、《牛郎织女》（象山县）、《喜鹊搭桥》（宁海县）；福建2篇：《牛郎织女与“记节”习俗》（周宁县）、《牛郎织女会七夕》（政和县）；河南2篇：《牛郎织女》（杞县）、《牛郎织女》（桐柏县）；海南1篇：《牛郎织女》（苗族，保亭自治县）；新疆1篇：《牛郎织女》（讲述者汉族，木垒哈萨克自治县）。[①]

在此，还要补充的是：在《中国民间故事集成》之外，20世纪80年代在各地发现并对其进行过采访记录的著名故事讲述人，除了河北藁城耿村的靳正新、山东费县的尹宝兰、湖北伍家沟的冯明文每人留下了一个有关牛郎织女的传说外，其他那么多故事讲述家，如辽宁岫岩的满族三老人李成明、李马氏、佟凤乙，朝鲜族女故事家金德顺，公民县的谭振山，河北耿村的靳正祥，山西朔州的尹泽，山东青岛的宋宗科，沂蒙的胡怀梅、王玉兰、刘友发，湖北宜昌的刘德培、孙家香、刘德方，重庆走马镇的魏显德……，都没有看到他们讲述的牛郎织女传说的记录文本。而在我国著名的故事搜集家中，除了孙剑冰采录的《牵牛郎配织女》外，其他的人，如董均伦、张士杰、李星华、肖甘牛、萧崇素、陈玮君、裴永镇、黎邦农、刘思志等，都没有搜集记录下牛郎织女传说！

① 《中国民间故事集成·广东卷》所收的一篇《牛郎织女》，并非20世纪80年代采录的、也不是80年代还流传在老百姓中间的作品，而是钟敬文先生采集于1925年的旧作。

综上所述似可得出结论，20世纪80年代，还在26个省区的一些地方“活态”流传的牛郎织女传说，到了20世纪末和21世纪初，已经发生了巨大的变化，即除了海南苗族的一篇和新疆木垒的一篇这两个特例外，已经锐减为8个省区——一个以东部沿海（即牛郎织女神话的原发地古东夷地区）及其周边地区为中心的较为狭小的地区了。一向被称为“四大传说”之一的牛郎织女传说，现在已经变得名不副实了，如照这样的衰微速度发展下去，用不了多久，就会完全退出人们的视野。目前我国确定山东沂源、陕西长安、山西和顺三个地方为保护单位，显然是太少了，与濒危的境况太不适应了，而濒危的状况要求更多的地方纳入国家级保护单位。

三、牛郎织女故事趋于萎缩的原因，主要是社会的转型，农耕文明的社会基础和宗法伦理制度影响的削弱乃至消失，现代化、城镇化、信息化的巨大进步，使民间故事的口头传播逐渐失却了生存的社会条件和民俗人文土壤；其次，牛郎织女传说没有像七仙女故事、梁祝故事那样受到戏曲、音乐等群众喜闻乐见的艺术形式的勾连和互动，借助戏曲和音乐的力量带动传播、提升生命力，在群众中的影响逐渐减弱。牛郎织女传说的这种生存状况，正可看作是仅仅以口头方式传承和传播的民间文学类的非物质文化遗产的一个具有普遍意义的代表。

四、中华人民共和国成立60年来出版物引用最多的，是孙剑冰于1954年在河套地区记录的秦地女讲述的《牵牛郎配夫妻》。八百里河套地区是内蒙古南部与现今宁夏部分地区的结合部，就文化性质而言，这里属于晋文化的延伸地区，山西的移民与蒙古族杂居，各自带来和发展着各自的民族文化，但两族文化的交融非常明显，形成一种互为交融、但汉文化占据着很强地位的河套文化。秦地女的讲述，显然不能认为是古之周原的核心腹地，而是边缘地区，故而未必是最典型的文本，而且我以为秦地女的讲述，也许仅是一个孤例，并未见到河套地区有其他故事家的传述和群体性的传承公之于世。汪曾祺版的《牛郎织女》传说文本，也有较为广泛的影响。2004年10月，由日本著名民间文艺学家小泽俊夫发起，聘请中日韩三国民间文艺学家精选的以少年儿童为阅读对象的《中日韩民间故事集》（日本奥林匹克纪念青少年综合中心印制），湖北丹江口市伍家沟农民冯明文讲述、李征康记录的《牛郎星和织女星》被选入，由日本文部省印发并赠送三国的教育部，作为中小学作为乡土教材和课外读物。[1]这个流传在伍家沟的故事，其文化身份如何，不得而知，如果伍家沟的居民像武当山周边地区的一些地区居民一样，是明代万历年间修建武当山时抽调去而后流落在当地的中原民工，那么，不能排除是他们带去的中原的故事。但丹江口一带，地处武当山后山的偏僻山区，在秦岭以南，汉水以北和以东，原应是一个荒漠地区，并不是有些学者认定的《诗经·小雅·大东》里的“河汉”——汉水一带的故事。而列入国家级“非遗”名录的三个保护地区所搜集和发表的作品中，似乎还没有一篇荣膺全国性的声誉。在笔者看来，我们中华民族需要一个大家都能认同的好的牛郎织女传说文本，作为我们的这份非物质文化遗产的标准文本，既能供广大读者阅读，又能作为精神产品传之后世和推向海外。我们选哪一个呢？

写于2007年8月15日—2013年9月7日

2015年5月2日改定

发表于《民间文化论坛》2015年第4期（8月15日）

① 参阅刘守华《跨国选编中韩日故事合集的启示》，《民族文学研究》2005年第3期。

故事家及其研究的文化史地位

引　言

2009年，笔者曾就民间故事讲述家及其讲述活动的研究发表过一个探索性的见解："在世界民间故事学术史上，20世纪80年代中国故事研究有两大贡献：第一个贡献，是先后发现了两个故事村（河北省藁城县的耿村；湖北省丹江口市的伍家沟村；90年代又发现和报道了重庆的走马镇）；第二个贡献，是发现了许多著名的故事讲述家，并陆续出版了他们讲述的民间作品。""以往，由于西方民俗学把民间故事只看作是民俗的衍生物，而非独立的口头语言艺术作品，故而传统的民间故事研究，多半也就沿袭西方人开创的研究路子，较多地关注和研究民间故事的类型等，而对民间艺人（故事家、歌手）的个性特点及其对民间作品的创新、增益，则极端忽略。""中国学者的两大贡献，其核心是对故事讲述家个性特点的发现与张扬。故事家的艺术风格，在西方民俗学家们的研究中，则常常是缺位的。可惜的是，西方世界对中国学界实在是太缺乏了解了，他们似乎并没有从中国人的发现和主张中得到什么启示和教益。"①

① 《刘守华〈民间故事的艺术世界〉序》（华中师范大学文学院教授文库），武汉：华中师范大学出版社2009年12月。

同样兴起于20世纪的以美国民俗学家理查德·鲍曼（Richard Bauman）为代表的表演理论，在其建构过程中融汇了人类学、语言学、文学批评等理念和方法，其“口头艺术是一种表演”的基本理念[①]，关注讲述者（演唱者）及其讲述（演唱）过程中的表演，多少显示了向美学研究和综合研究回归的倾向，与上述我国民间文学学术界的故事讲述家研究有交叉和同质的一面，可以算作是同行者吧。中国的年轻学者阎云翔于1985年7月20日出版的《民间文学》上发表了《民间故事的表演性》，以马林诺夫斯基1926年在特罗布里恩德群岛调查记录的渔民讲述的故事、1955年孙剑冰在河套地区的乌拉特前旗调查记录的秦地女讲述的9个故事、1984年裴永镇在沈阳郊区调查记录的金德顺讲述的故事这三位搜集者为对象，发现并从理论上概括地提出了民间故事的表演性对故事学建构的重要性。他写道：“优秀的民间故事家讲故事，不仅是一种讲述，而且是一种表演；不仅是讲述者个人的艺术表演，而且是听众参与的集体艺术创作活动。”“重视和研究民间故事的表演性，对于民间故事学的建设具有多方面的意义。例如，通过民间故事的传承过程，从而促进民间故事的形态学研究；还可以全面了解民间故事在社会生活中的作用，从而深化民间故事的社会学研究。但是相比之下，民间故事的表演性对于民间故事的美学研究似乎具有更为重要的意义。因为，归根结底，‘故事不是读的文学，而是听的文学’（关敬吾语），只有诉诸口头讲述，民间故事才有可能成为充满生机的艺术品。换言之，民间故事的表演过程即是民间故事的艺术表现过程；而艺术表现正是美学研究、同样也是民间故事美学研究的重要领域。”[②]笔者没有过细地考察和研究阎云翔的表演性理论与鲍曼的表演理论之间的关联性和差异性，而只想指出，鲍曼的表演理论本质上毕竟是从民俗学的角度关注口头艺术，更多地显示出的，是其民俗学的而非叙事学的特质，而表演理论对民间故事讲述家的讲述活动的关注，从一个方面拓展了故事学的疆域和丰富了故事学的研究方法。

---

① 理查德·鲍曼《作为表演的口头艺术》第2页，杨利慧、安德明译，桂林：广西师范大学出版社2008年10月。

② 阎云翔《民间故事的表演性》第33～34页，《民间文学》1985年第7期。

中国民间故事讲述家及其讲述理论的诞生，至今还只有短短30年的时间，距离一种学科体系的理论建构，也许还任重而道远，但它在民间口头文学叙事规律的探寻上所做出的努力和所达到的成果，是符合中国国情和口头文学的生存和流变规律的，尤其对当下和今后我国56个民族的非物质文化遗产的传承和传承人的保护，有着重要的理论价值，无疑是十分珍贵的，值得世界同行们重视。

一、故事讲述家作为研究对象的确立

中国的民间故事讲述家有多少？20世纪80年代巫瑞书研究列出了127人。[①]刘守华则列出了141人，而他挑选出来能够作为研究对象的，即“既发表了相当数量的故事，又作了个人情况介绍的”，只有32位。[②]实际上，故事家的数量，当然远远不止于这个数字。刘守华在90年代还做过一次不完全统计，说能讲述50则以上民间故事的故事讲述家不下9000人。[③]问题不在有多少，而在于对故事讲述家这个群体的素质认识和文化定位。在中国学界，对民间故事讲述家的认识，有一个漫长的过程。[④]从1980年代起，中国民间文学搜集者和研究者们开始认识到：记忆故事数量多、又有超拔的讲述才能，叙事风格独特和艺术个性鲜明的民间故事讲述人，是一个民族、一个地区的民间故事的主要负载者和传承者。从此，民间故事搜集和研究的重点，开始由分散搜集、普查思维和记录文本文学化整理，向寻找优秀故事讲述家转移。对民间文学的传统理念来说，这无疑是一个飞跃和变革。赞同这一学术理念的一些民间

---

① 巫瑞书《民间故事家资料索引（一）》，见中国民间文艺研究会研究部编《民间文学研究动态》1986年第2、3期合刊。

② 刘守华《中国民间故事的传承特点——对32位民间故事讲述家的综合考察》，见所著《比较故事学》第300页，上海文艺出版社1985年9月。

③ 据刘守华《中国鄂西北的民间故事村伍家沟》，《民俗曲艺》民俗调查与研究专号第111期，财团法人施合郑民俗文化基金会，1998年1月，台北。

④ 巫瑞书《传统故事讲述家今昔谈》，中国民间文艺研究会研究部编《民间文学研究动态》1986年第2、3期合刊（总第17—18期合刊）。

文学搜集者们，相继在辽宁、山东、湖北、河北、山西五个省份的农村里，陆续发现了一些能讲述几十个、上百个、乃至上千个民间故事的“讲手”（鲁迅语）[①]——故事讲述家，并记录和出版了这些民间故事家讲述的作品专集。

先后出版或编印的故事讲述家个人故事专集有：（1）裴永镇整理《朝鲜族民间故事讲述家金德顺故事集》，上海文艺出版社1983年6月；（2）张其卓、董明整理《满族三老人故事集》，春风文艺出版社1984年12月；（3）傅英仁《满族神话故事集》，北方文艺出版社1985年；张爱云整理《傅英仁满族故事》（上下集），黑龙江人民出版社2006年12月；（4）《临沂地区四老人故事集》，中国民间文艺研究会山东分会1986年8月编印；（5）金在权采录、黄龟渊故事集《天生配偶》，延边人民出版社1986年；《破镜奴》，民族出版社1989年；金在权、朴昌默整理、朴赞球译《黄龟渊故事集》，中国民间文艺出版社1990年12月；（6）杨荣国记录《花灯疑案》（靳景祥故事集），中国民间文艺出版社1989年；（7）王作栋整理《民间故事讲述家刘德培故事集新笑府》，上海文艺出版社1989年6月；（8）中国民间文艺家协会、青岛市民间文艺家协会编《民间故事讲述家宋宗科故事集》，中国民间文艺出版社1990年10月；（9）彭维金、李子硕主编《魏显德民间故事集》，重庆出版社1991年8月；（10）刘则亭《辽东湾的传说》，春风文艺出版社1993年；（11）范金荣采录《尹泽故事歌谣集》，山西省民间文艺家协会、山西省民间文学集成办公室、朔州市民间文艺家协会1995年编印；《真假巡按》，山西古籍出版社1998年12月；（12）袁学骏主编《靳正新故事百篇》，甘肃人民出版社1995年；（13）萧国松整理《孙家香故事集》，长江文艺出版社1998年7月；（14）于贵福采录、黄世堂整理《野山笑林》（刘德方口述），大众文艺出版社1999年10月；（15）江帆记录整理《谭振山故事精选》，辽宁教育出版社2007年1月；（16）周正良、陈永超主编，中国俗文学学会、常熟市古里镇人民政府编《陆瑞英民间故事歌谣集》，学苑出版社2007年5月；（17）沈阳市于洪区文

---

① 鲁迅《且介亭杂文·门外文谈（十）》，《鲁迅全集》第六卷。鲁迅说：“这讲手，大抵是特定的人，他比较地见识多，讲话巧，能够使人听下去，懂明白，并且觉得有趣。”

化馆记录整理《何钧佑锡伯族长篇故事》（上下两卷），辽宁人民出版社2009年8月；等。这个资料或不完整，有待完善，但可从中看出我们的故事搜集和研究所留下的足印。

要说明的是，在上面所举第一批被发现的故事家中，傅英仁的情况与其他人有所不同。黑龙江省民间文学工作者们于80年代初在宁安县发现了满族故事家傅英仁，并对他所讲述的故事进行了采录。他的特点是，有较高的文化水平，不仅能讲述，而且也能自己写定，可以把自己烂熟于心的故事用笔写下来。他所讲述的故事，开始时在《黑龙江民间文学》和《民间文学》杂志上发表，后来有成书问世。笔者曾亲赴宁安他的家中造访，他的谈吐更像是满族的高级知识分子，他的故事文本，缺乏现场的口述特点而更接近于书面文字。因此，研究故事讲述家，他缺乏典型意义。

最早提出和实践新的学术理念的，是沈阳部队《前进报》的青年记者、民间文学搜集研究者裴永镇。他在1981年4月12日发现一位从黑龙江无常县迁居到沈阳郊区苏家屯女儿家的83岁朝鲜族老太太金德顺能讲很多朝鲜族民间故事，于是便开始了他的金德顺民间故事的记录工作。他把金德顺讲述的73篇故事和33篇故事资料辑为《金德顺故事集》一书。通过对金德顺故事的采集，裴永镇形成了一个关于故事家的学术理念："民间故事的分布就像一条未经探明的原始矿藏带，它的分布不是平均分布，而是重点分布。具体一点讲，民间故事分散、流传在广大群众的口头上，而通常又是由重点人来记忆保存的，特别是由那些见识多、口才好、记忆力强，又能说善道的优秀故事讲述家保存并传播的。他们既是民间故事的传播者，又是民间故事的出色的保存者。尽可能系统地抢救他们讲述的故事，对继承和发展优秀的民间文化遗产有着不可忽视的科学意义。现在我们提出，在以往地区普查的基础上，刻不容缓地优先抢救故事家的故事，是很合时宜的。"[①]裴永镇搜集整理的《金德顺故事集》以及他对故事讲述家的这种认识一经发表，在民间文学研究工作者中间便引起了共

① 裴永镇《朝鲜族民间故事讲述家金德顺和她的故事》（1982年8月），见中国民间文艺研究会辽宁分会理论研究组编《民间文学论集》第1集第16页，中国民间文艺研究会辽宁分会1983年印。

鸣，也得到了很多人的认同。故事讲述家金德顺个人专集的出版，把民间故事搜集者们的目光引向了对故事家的关注，并从而导致了学术界对故事家及其个性和故事传承问题研究浪潮的出现，并逐渐演为一个新的学术取向。

在《金德顺故事集》的影响下，经过了差不多一年的酝酿和探索，民间文学搜集者和研究者们陆续发现并向全国读者推出了几位优秀的故事家，他们是：辽宁岫岩的李成明、李马氏和佟凤乙，湖北宜昌五峰县故事家刘德培[①]，沂蒙山区的女故事家尹宝兰[②]。

张其卓、董明从1980年起用了三年的时间在岫岩县调查采录（笔录加录音）的李马氏、李成明和佟凤乙《满族三老人故事集》向我们打开了另一扇窗户。书中选辑李马氏（女）120篇、李成明（女）46篇、佟凤乙（男）52篇。张其卓还写了一篇《这里是“泉眼”——搜集采录三位满族民间故事讲述家的报告》作为附录。她从多年的搜集实践中得出的结论是：“一是，在经济发达、现代文明活跃的地区，讲述民间故事这种民俗活动，已被其他形式的文化生活所代替了；而在偏僻闭塞的山区，这种民俗活动仍在进行，因为那里缺乏精神食粮。二是，民间故事虽然产生于民间，并不是每一个生活在民间的人都会讲述。往往那些有文化的、注重读书本的人不会讲；而那些不识字的、不为人注目的老太太却讲得滔滔不绝，绘声绘色。其原因在民间文学是口传文学，即人民的口头创作。不识字的人不读书，思想容易集中在口传心授上。三是，正像不是每个生活在民间的人都会讲故事一样，不识字的老人也不一定都会讲故事。即使能讲，大多数也属于转述，讲起来吃力，数量也少。而民间故事讲述家则不同，他那引人入胜的故事情节，熟练的艺术语言，一开始就会把你抓住，使人感到他们的头脑就是文化财富的海洋。四是，民间故事讲述家在村落里，左右邻舍、尤其是孩子们中间是有声望的，孩子们及群众就是民间故事讲述家的推荐人。五是，讲述民间故事不是自觉的文学创作，在民间看来，就如

① 何伙《民间故事大王刘德培》，《长江日报》1984年1月10日；王作栋《博闻强记，自娱娱人——记民间故事家刘德培老人》，《布谷鸟》1984年第4期，武汉。

② 《民间文学》月刊于1985年第11期首次开辟“尹保兰讲的故事”专辑；同期发表华积庆《心愿，在实现中——记91岁高龄的故事家尹保兰》一文。

同吃饭、穿衣一样平常，是生活本身的一项有机活动。”①

刘德培虽然见多识广，但也应属于“没有走出村的类型故事家”。鄂西北的封闭环境养育了他。王作栋1983年发现了他。以后的十年间，刘德培一共讲述了508则故事。48万字的刘德培故事集《新笑府》是他的代表作。他讲的故事题材十分广泛，能“随方就圆，挥洒自如”，富于幽默的风格，但总的来看，以笑话著称。②“以‘讲经’出名，并以此为乐的刘老，不论是面对初会面的还是亲友熟人，只要人们请他讲，他从不推辞，一讲就是一串。听众忍俊不禁，引出满屋的笑声。老人的故事脉络清晰，语言朴实风趣，结尾巧妙，笑料响亮。他每讲一个，往往开头时不紧不慢，煞尾时紧凑利索；在包袱抖响之后，他就任人们去笑，去回味、议论，自己也乐在其中。”③

在新的学术取向初显成绩的情况下，《民间文学》编辑部于1985年12月20—21日召开了有20位专家参加的“《金德顺故事集》和民间故事讲述家学术讨论会”，第一次把故事讲述家的讲述活动和所讲述的故事作为故事学科的议题来研讨。作为主编，笔者在致辞中阐明了编辑部的观点：“以往我们的主要精力放在了研究用分散的方式搜集的民间故事上，一批故事家的发现，为民间文学的搜集和研究工作开拓了一个新的领域。一个被称为故事讲述家的人，无论在社会生活的经历方面，还是在艺术造诣和讲述的才能方面，都远远超出常人，因此故事家所讲的故事，有可能涵盖他（她）所生活与活动的那个地区的故事。”④

对故事家的知识结构、讲述艺术和文化地位的认识，是由分散的搜集和纯文本的研究向新的学术取向的转换的根据。巫瑞书说：“传统故事讲述家大

---

① 张其卓《这里是“泉眼”——搜集采录三位满族民间故事讲述家的报告》，《满族三老人故事集》第576～590页，沈阳：春风文艺出版社1984年12月。

② 王作栋《刘德培与前辈传承人》，《民间文学》1987年第9期；王作栋《刘德培印象》，见《新笑府——刘德培故事集》，上海文艺出版社1989年；李惠芳《新笑府·序》。

③ 王作栋《博闻强记，自娱娱人——记民间故事家刘德培老人》，《布谷鸟》1984年第4期；又见刘守华、陈建宪编《故事研究资料选》第151～154页，中国民间文艺家协会湖北分会编印1989年9月。

④ 笔者在《金德顺故事集》和民间故事讲述家学术讨论会的开幕词，见志华《开拓新的领域——记〈金德顺故事集〉和民间故事讲述家学术讨论会》，《民间文学》1986年第2期。

多见识广、阅历多。优秀的民间故事讲述家在传承时，总是结合自己的贫困生活和深切感受，社区周围群众的不幸遭遇或社会传闻，把传统故事锤炼加工得更为生动感人，讲述得朴实真切而又活灵活现，从而具有更为鲜明的倾向和强大的魅力。见识广、阅历多必须通过说话巧、造诣深（能编善讲，娓娓动听）体现出来，才能成为享有盛誉的故事讲述家。惊人的记忆力，也是传统故事讲述家获得成功的经验之一。"①张紫晨说："杰出的故事讲述家一般具有如下的共同特点：一、大多身世比较低下，生活比较穷苦。有的还经过许多坎坷。二、从童年起，便是故事迷，对听故事有强烈的要求和爱好。三、具有极强的记忆力，过耳不忘，复述故事原原本本；讲故事引以为乐。四、具有较好的表达能力和创造才能，善于用自身的生活经验和认识丰富故事，善于运用活的语言及当地民间口承文艺传统，进行再创作。"②

尽管稍后中国故事学会在承德召开的学术会议上继续把故事家的研究作为研讨议题，但材料并没有发表，因此，我们有理由把《民间文学》编辑部召开的这次学术研讨会看作是80年代故事理论研究路途上的一个站点。这次研讨会在下列四个理论问题上有所进展：

（1）故事家讲述活动，与故事文本一起，成为故事研究的重要组成部分。

（2）民间故事讲述人（传承者）的个性与民间故事传承的集体性的关系，故事讲述家的个性对故事传承的贡献。

（3）民间故事的传承模式：家族传承与社会传承的互补。

（4）采录方法：尊重故事家的讲述，不随意乱改；故事家的表演纳入采录内容。

二、故事家的讲述个性与民间故事的传承

长期以来，我国民间故事的搜集和研究是分离的。搜集者在现场，他们

① 巫瑞书《略谈传统故事讲述家》第35～37页，《民间文学》1985年第7期。

② 张紫晨《关于民间故事讲述家的传承活动》，载《民间文学》1986年第2期。

是故事讲述人和讲述活动的见证者，但他们的职责只是记录故事家所讲述的文本，然后经过他们的整理（多数以自己的知识和口味将其进行了修改）定稿，成为文学读物。而研究者，基本上、大多数（不是一切人）是书斋学者，他们很少到讲述现场，他们的研究范式，多数把目光集注在经搜集者记录下来、整理定稿的文本分析上。在这样的背景下，内容分析、类型研究、比较研究几乎成为常见的学术选择。前面说了，从20世纪80年代初中期以来，民间故事讲述家及其讲述过程闯进了研究者的视野，民间故事的研究范式开始出现了转折和变化。故事家的讲述个性、语言特色、随机表演、艺术风格、地方色彩、民俗风味、甚至听众的现场互动等等凸显出来，民间故事不再是研究者笔下的那些被抽象出来的干巴巴的枯燥的故事“母题”，也不再是单纯的认识社会的民俗资料，而是有个性的、生动的、色彩斑斓的、津津有味的口头艺术作品。凡此种种，成为研究和解析民间故事绕不过去的重要因素。从而，长期以来我们对民间文学集体性特征的阐释，也理所当然地遇到了挑战。我们不得不重新认识和重新解释。

（1）故事家的类型

在民间社会（乡民社会）里生活与活动着各种各样不同特点的故事讲述家。老百姓的平淡而寂寞的日子里，须臾不能离开他们，他们能给乡亲们带来欢乐，带来知识，带来乐趣。听他们讲故事的人，各色人等，老年人、青年人、学龄儿童、学前儿童、妇女，各有各的听众群。故事家讲故事，有时随兴而讲，有时看人下菜碟，总之是为乡亲们娱乐解颐，打发漫漫长夜和寂寞的冬天。当然讲故事也就传授了知识。就故事家而论，有喜欢讲长本大套的历史和人物故事的，也有喜欢讲捧腹大笑的幽默笑话的；有喜欢讲兄弟分家一类生活故事的，也有喜欢讲鬼狐成仙一类幻想故事的……。要问这个故事家属于什么类，老百姓会感到茫然，他们并不感兴趣。倒是到了研究者手里，不分类就不行。分类，是研究者的需要。在故事家的分类问题上，有很多说法，迄无统一。如家族传承和社会传承，口头传承与书面传承或二者相结合①，“发挥传统”的故事家和“守护传统”的故事家②。日本民间文学研究的开山人物关敬吾认为：“对于民间故事传承者来说，有几乎没有出过村的类型者，和不断地出走旅行者两种。”③在1987年12月山东沂蒙召开的“四老人”故事讨论会上各家的论述中，似持后者观点的为多。相比之下，笔者更趋向于认同关敬吾的分类法。

请容许我用“未走出过本村者”和“走南闯北见多识广者”来翻译关敬吾的意思，也许更中国化一些。用以来区分故事讲述人的类别属性，应该是分析和认定他们各自所讲故事的个性特点、语言特点、艺术特点、风格特点的一个利器。

像河北藁城耿村的靳景祥、山东青岛崂山的宋宗科、走马镇的魏显德、辽宁的金德顺等，应该属于“走南闯北见多识广者”这一类的故事家。他们讲述的故事，与那些没有走出过家门的故事家讲述的，有很明显的差别。以靳景祥为例。他所生活的耿村是冀中大平原上的一个古村落，而且是一个古商道上的村落，集市颇大，南来北往，商贾云集，文化环境不同于一般的农村。他本人一生在外漂泊的时间多，到晋县学过修钟表的手艺，向说书艺人学过说书，在束鹿、晋县、藁城做饭27年，见多识广。他的故事来源，除了父母传授之外，主要是在外学艺、做饭、听书时从社会上所习得，所谓“社会传承”，这些来自各方的故事，极大地丰富了他的故事贮藏，广泛地交往，也锻炼了他的表达能力。④崂山道士身份的宋宗科，更是一个有别于一般传统故事家的另类故事讲述家。他出生在山东费县，进过私塾，在临沂的“德兴颐”学过中医，在云蒙山的万寿宫当过道士，在北京白云观代理过道长，研究过道教经典、阅览过

① 刘守华《中国民间故事的传承特点——对32位民间故事讲述家的考察》第300～308页，上海文艺出版社1985年9月；《刘德培与金德顺》，《民间文学》1986年第3期。

② 林继富《民间叙事传统与故事传承》第217～224页，中国社会科学出版社2007年8月。

③ 【日】关敬吾《日本民间故事讲述家的研究及其展望——从民间故事讲述家平前信老人谈起·附记》（1982年4月），张雪冬译，辽宁民间文艺研究会编《民间文学论集》第三集。

④ 参阅袁学骏《耿村民间文学论稿》之《耿村文化根》第11～38页，《故事家本体论·靳景祥》第56～68页，中国民间文艺出版社1989年9月。

皇宫藏书。[①]真可谓“阅历丰富，学识广博”。“他的故事来源，既有从农民中继承的，也有从古书中转变来的，所以在他所讲述的故事中，不仅故事内容多种多样，语言风格也大相径庭。在语言运用上，宗科老人往往根据故事内容和故事中的人物身份来运用自己的叙述语言；讲民间生活故事时，则语言朴实生动；讲文人或名人故事时，则语言文雅凝练。由于他在青少年时期学过渔鼓和山东快书，能说唱好多曲艺小段，他所讲的故事，也有的是从曲艺转变过来的，而且在叙述语言上，甚至掺杂着不少戏曲语汇和书面语汇。由于他出身经历曲折复杂，文化素质较高，语言表达能力强，因此，在故事讲述上形成了个人的独特风格。”[②]

而那些生活在边远或偏僻小村里，一生未走出过村子的故事家，他们的故事世界则又是另一番景象。沂蒙山区的四老人尹保（宝）兰、胡怀梅、王玉兰、刘文发，湖北五峰的刘德培、孙家香，山西朔州的尹泽，辽宁的谭振山，应该都属于“没有走出过村”的故事家。他们都没有走出过生活的村子，但他们的生活经历大不相同，这种不同生活经历和人生脾性，决定了他们讲述的故事，不仅在内容和体裁上各有侧重，而且艺术风格各有千秋。这个方面的差异，将在下文里分析。

以这样的分类介入故事讲述家的分类，对乡民社会里的故事家的特点，大体能说得清楚。但细究起来，也不尽然。譬如，男性故事家与女性故事家所讲述的故事，其来源、其内容，其风格，也都存在着某些差异。性别与民间故事，不仅是一个分类问题，而且是一个我国学界至今还未予深入研究、甚至未予触及的大课题，用是否“走出过村子”作为区分的准则，显然就未必能有圆满的答案。用是否“走出过村子”作为标准，也不可能解决林继富在《民间叙事传统与故事传承》中提出的“发挥传统”与“守护传统”两种故事家类型所蕴含的内容。只能说，在故事家的类型上，似乎尚未找到万全的分类法。

---

① 山曼《对民间文学发展前景的一种预报——论“宋宗科现象”》，见《宋宗科故事讨论会论文集》，中国民间文艺家协会、青岛市民间文艺家协会编印，1991年。

② 王太捷《宋宗科故事集·前言》，中国民间文艺出版社1990年10月。

（2）故事家讲述的共同性与个性

在故事讲述家的问题上，乌丙安的论述发表最早，那时，除了外国的（日本的）相关资料外，几乎还没有可资借鉴的材料。他在为《金德顺故事集》所撰序言（1982年5月）里指出："（金德顺讲述的）这些故事优美动人，不仅有鲜明的主题，而且还有讲述家富于感染力的语言艺术风格和浓郁的朝鲜族民俗特色。绝大部分故事是完整的，在世界故事类型中是比较典型的。"[①]金德顺所讲的故事中，以幻想性故事最具特色。讲述故事的现场，往往对讲述者产生某种影响，如她常常根据在场的听众和场合而选择讲述某类故事或某个故事，而且简繁也有别。搜集者将其称作"有针对性"。[②]乌丙安的论述，重点在指出了故事讲述家的个人艺术风格。指出金德顺讲述的故事的语言艺术风格和民俗特色，在当时是带有倡导性的，因而是重要的。但在他撰文的当时，其他故事家的材料还没有公布，还缺乏可资比较的其他故事家的鲜活资料，因而他的论述还给人一种"带着镣铐跳舞"的感觉，没有完全放开，没有把故事讲述家的艺术个性这一思想提出来。而承认故事讲述家的个性，正是时代的挑战。

在金德顺之后，王太捷从对沂蒙地区发现的"四老人"故事讲述活动的观察和研究中看到，故事讲述者们既有共同性，也有个性。他写道："由于故事家有基本相同的出身和民间故事本身所具有的基本特征，所以他（她）们讲的故事，才有共同的特征——思想内容上鲜明的阶级性。但是，他（她）们毕竟是具体的某个人，虽然出身基本相同，但具体生活经历不同，传授人不同，个人的文化素养及所受教育不同，因此，他（她）们所讲的故事，在题材范围上，语言风格上，讲述方式上，也就出现千差万别，多姿多彩；正是因为这些带有个性的差异和变化，才构成了故事家讲述艺术的不同风格。"[③]王太捷的

---

① 乌丙安《金德顺故事集·序言》，上海文艺出版社1983年。

② 裴永镇《金德顺和她所讲的故事》，《金德顺故事集》第1～12页，上海文艺出版社1983年6月。

③ 王太捷《略谈故事家的共同特点及不同的艺术风格——对沂蒙山区三位女故事家的调查》，见《四位故事家及其作品研讨会论文集》（民间文艺论文集刊）第14页，中国民间文艺家协会山东分会编印1987年12月。

观察，既看到这些乡村里的故事讲述家，大都有着低下的社会地位和悲苦的人生命运，所以他们对所讲述的故事的选择和故事的基调，都是同情普通人、弱者，鞭打统治者、强者、地主老财，即“思想内容上鲜明的阶级性”构成了他们的共同性。临沂地处山区，交通不便，信息闭塞，是一个有着丰厚的文化传统和革命传统的地区。这四位故事讲述家，虽同处大致相同的社会政治、地理自然和文化传统的环境之中，但由于他们每个人的身世不同、经历各异，故事也各就有其不同特点。尹保（宝）兰讲述的故事，内容涉及社会的各个方面，但基本的是：穷人、弱者、受欺侮者最后总有好的结局，富人、恶人、统治者最终总要受到应有的惩罚。[①]胡怀梅人生经历坎坷，她所讲的故事围绕着一种思想：善有善报，恶有恶报。她的处世箴言是：“为男为女在世间，良心行为要当先；为人不懂世间理，枉在世界走一番。”这一思想渗透在她所讲的故事中。[②]现在我们有些学者热衷于形式主义的研究，曲意回避或抹杀中国民间文学的阶级性和社会性，是一种片面的、甚至错误的倾向。同时，他也看到了故事讲述家们所表现出来的鲜明的个性，正是这些个人独具的个性，使他们讲述的民间故事在题材上、语言风格上、讲述方式上千差万别，多姿多彩，从而构成了各自的艺术风格。试问，没有鲜明的个性和独特的风格的口述故事，怎么能吸引万千观众百听不厌呢？

（3）区域叙事传统与个人叙事风格

民间故事比较研究，一般是把文人文学比较研究的方法和模式，移植到民间故事的比较研究中来，亦即只是作文本的比较。这样的比较研究，固然也有一定的价值，但最大的弊端是，抛弃了民间故事的讲述过程中对文本形成起着决定性影响的叙事传统，以及传承链（主要是家族系统）上的文化环境、社会遭遇，讲述者个人的经历、遭遇、眼界、年龄、性格、素养、家庭环境等因素。而这些起着重要影响的因素，往往导致不同的讲述者所讲述的故事，在内

① 王全宝《尹宝兰简介》，《四老人故事集》第442页，中国民间文艺研究会山东分会编印1986年。

② 靖一民、靖美谱《胡怀梅简介》，《四老人故事集》第437～439页。

容、结构、观点、叙事语言和叙事风格上出现很大的差异。

以出现过尹保（宝）兰、胡怀梅、王玉兰、刘文发四位故事家的沂蒙山区为例，他们所处的社会环境是差不多的，但他们的题材取向、讲述方式和讲述风格却很不一样。即使一个村子里有几个故事家，他们讲同一个母题的故事，而各人所讲的却很不一样，这种差异不仅反映在语言的表达上，甚至反映在对故事中人物和事件的评价上。胡怀梅和尹保（宝）兰以及辽宁岫岩李马氏和李成明讲述的故事中，都有《蛤蟆儿》这个故事，她们的讲述在语言上、风格上却大相径庭。胡怀梅讲述《蛤蟆儿》，一开头就说："腊月二十四烧纸辞灶，老嬷嬷说：张灶王，张灶王，年年辞别你上天堂，俺男根女花没一点，你哪怕是叫俺有个蛤蟆儿呢，俺也成年给你烧香烧纸把头磕！果然十个月后，生了个蛤蟆儿呢。"尹保（宝）兰讲的《蛤蟆儿》故事，开头这样说："人说这家子行好，冬舍衣夏舍茶，修桥叠路积儿，积个'蛤蟆儿'是个蛤蟆。"胡、尹讲的故事，开头都是说行好积德，盼望生儿——哪怕是个蛤蟆儿。两人用的都是有韵脚的句子，用来交代人物、情节，显得生动而有趣。

李马氏的《蛤蟆儿子》开头是这样的："有一家两口子，手脚勤快，心眼也好，可就有一件事不顺心：无儿无女。眼看一年年过去了，岁数渐渐大了，老两口子盼子心更切了。一天，老太太在河边洗衣服，看见一群癞蛤蟆从石板里蹦蹦跶跶，出来进去的。不由得长叹一声：'唉，哪管有个癞疥巴子儿子，在我眼前蹦跶着，也算我没白活人世一回呀。'说玄真就玄，老太太洗完衣服回去，真就有了孕，怀揣九个月，一生生下个肉蛋子。肉蛋子'嘣'地一声裂开了。从里跳出个癞蛤蟆，别看癞蛤蟆长得寒碜，老太太可稀罕得了不得。……"搜集者附记里说："李成明的《蛤蟆儿子》与李马氏讲的基本相同。所不同的是，蛤蟆在石板底下喊阿妈，老头便把蛤蟆领回家，成为其儿子。蛤蟆脱下皮变成人形，老两口看到后，乐得了不得。"

与胡怀梅和尹保（宝）兰讲述的故事相比，李马氏和李成明讲的就是另一个样子了。尽管蛤蟆儿故事在全国各地流传广泛，有着共同的母题和叙事传统，但具体到不同地区，受到不同地域文化和习俗的影响，使这同一母题的故事出现了不同的叙事文本。生活在临沭县的胡怀梅和生活在费县的尹保（宝）

兰，尽管使用的语言不同，但可以看出，她们的共同基础，是沂蒙地区的民间叙事传统。而李马氏讲述的蛤蟆儿故事，不像胡怀梅、尹保（宝）兰讲述的故事情节那样单纯，语言那样简练，而是包容了很复杂的故事情节，有很细致的描写，可想而知，她们所遵循的共同的基础，是东北地区的民间叙事传统和习俗文化。

三、21世纪：故事讲述家的未来命运

进入21世纪，复兴中华传统文化，增强文化软实力，提高全民族的文化自觉，成为大家的共识。2002年中国民间文艺家协会启动了民族民间文化抢救工程。2003年我国政府启动了"政府主导、社会参与"的非物质文化遗产保护工程。2003年联合国教科文组织通过了《保护非物质文化遗产公约》。2004年我国人大常委会批准了《公约》，我国成为第一批缔约国。开展非物质文化遗产保护工作八年来，建立了国家、省、地市、县四级非物质文化遗产名录，分级对进入名录的非物质文化遗产进行保护。国家级非物质文化遗产名录迄今已公布了3批，进入名录的项目达1219项，其中民间文学类155项，故事类61项，计有：

第一批（7项）

白蛇传传说、梁祝传说、孟姜女传说、董永传说、西施传说、济公传说、满族说部。

第二批（27项）

八达岭长城传说、永定河传说、杨家将（穆桂英）传说、尧的传说、牛郎织女传说、西湖传说、刘伯温传说、黄初平（黄大仙）传说、观音传说、徐福东渡传说、陶朱公传说、麒麟传说、鲁班传说、八仙传说、秃尾巴老李传说、屈原传说、王昭君传说、炎帝神农传说、木兰传说、巴拉根仓传说、北票民间

故事、（辽东）满族民间故事、徐文长故事、崂山民间故事、都镇湾故事、盘古神话、邵原神话群。

第三批（27项）

天坛传说、曹雪芹传说、契丹始祖传说、赵氏孤儿传说、白马拖缰传说、舜的传说、禹的传说、防风传说、槃瓠传说、庄子传说、柳毅传说、禅宗祖师传说、布袋和尚传说、钱王传说、苏东坡传说、王羲之传说、李时珍传说、蔡伦造纸传说、牡丹传说、泰山传说、黄鹤楼传说、烂柯山的传说、珞巴族始祖传说、阿尼玛卿雪山传说、锡伯族民间故事、嘉黎民间故事、海洋动物故事。

与其他类别和形态的非物质文化遗产相比，作为非物质文化遗产之一的民间文学的数量实在是太少了，与我们常说的“浩如烟海”不相适应。而且进入名录的，多数是具有开发潜力的传说类项目，属于民间故事类的项目很少，狭隘的民间故事只有烂柯山的故事一个。令人欣喜的是，随着研究工作的深入和提升，能讲述1067个故事的谭振山受到了重视，“谭振山民间故事”进入了国家名录。此外，耿村、伍家沟，以及稍后发现的走马镇、下堡坪、都镇湾、古渔雁等故事村落，和北票、辽东六县、崂山、邵原等县的故事和神话，相继进入了国家名录，在国家的层面上受到了保护。

非物质文化遗产的保护，关键在保护传承人。为了保护杰出的、代表性的传承人，国家建立了非物质文化遗产项目代表性传承人名录，制定了传承人申报和认定办法。由地方上申报，国家聘请专家评审认定，再由国务院批准公布。迄今已公布了三批国家级非遗项目代表性传承人1558人。民间文学的项目代表性传承人为57人，其中民间故事的代表性传承人是11位。这11位传承人的申报与认定，与研究工作的成绩是分不开的，换言之，与地方文化工作者和专家的工作分不开的。试想，如果没有基层文化工作者和学者们的发掘和多年的研究与宣传，也许这些传承人，至少其中的一部分人，至今也还没有“浮出水面”呢。他们是：

河北省2人：靳景祥（藁城耿村民间故事）、靳正新（藁城耿村民间故事）。

辽宁省4人：谭振山（新民县谭振山民间故事）、刘则亭（大洼县古渔雁民间故事）、爱新觉罗·庆凯（金庆凯）（六个县满族民间故事）、刘永芹（喀左东蒙民间故事）。

湖北省3人：刘德方（宜昌夷陵区下堡坪民间故事）、罗成贵（丹江口市伍家沟民间故事）、孙家香（长阳县都镇湾民间故事）。

重庆市2人：魏显德（九龙坡区走马镇民间故事）、刘远扬（九龙坡区走马镇民间故事）。

故事家的研究于80年代异军突起，至世纪末已是硝烟散尽。名噪一时的南方故事村的伍家沟、北方故事村的耿村，双双陷于寂寞萧条之困境，甚至连网民在网络上提出的诘难和追问，也一直没有人回应。进入21世纪第一个十年，民间文学又时来运转，遭遇了大好时机，一方面，政府启动了非遗保护计划，一方面，学界诸君独辟蹊径，抛却研究室的舒适安逸，开始对一些民间故事家作跟踪研究，沉潜数年，终于做出了斐然的成绩。

江帆对故事家谭振山的研究锲而不舍，对其作了20年的跟踪研究，记录（或录音）他的故事，撰写研究论文，探讨谭振山故事的文本叙事和讲述活动的文化玄机。她几乎变成了谭振山家庭中的成员。2004年她所撰写的《民间叙事的即时性与创造性——以故事家谭振山的叙事活动为对象》[①]，荣获中国文联主持的第五届“中国文艺评论奖”（2005）理论文章一等奖。她对自己的追踪研究作了这样的自我剖析：“从宏观上看，对一个民间故事家进行的持续性的追踪研究，对我国乃至国际民间文学研究均具有重要的学术意义。这是因为，民间故事作为一种口承文学样式，其基本特征是以人为载体进行传承和流动的。对民间故事的研究离不开对其载体的研究，尤其是对这一传统的积极携带者——故事家的研究。民间故事家由于彼此生存环境、经历、信仰、价值取

① 《民间文化论坛》2004年第4期。

向不同，性别、年龄、文化、个人资质各异，在其故事活动中，无一例外地体现出各自的风格与特点。……每一位民间故事家所展示给我们的‘文化之网’都是独特的。而对一个故事家进行长时段的追踪研究，可以使我们真实地把握到这张‘文化之网’的一个个网扣是如何编结出来的。”[①]

从20世纪80年代中期起就跟踪记录和研究沂蒙山区临沭县郑山乡轩庄子村的女故事家胡怀梅的靖一民，这么多年来一直没有中断过这方面的研究。过去他曾和靖美谱合作写过《民间故事家胡怀梅的调查报告》[②]，成为研究胡怀梅的学者们的主要参考材料。他的一部花费了20年的30万字新著《口头传统新档案》就要问世。他把著作的全文电子档发给我看，我写了这样一句话回赠他：“20世纪80年代初中期，中国的文化界把默默无闻的民间故事家推到了文化史上，给他们以文化创造者的身份和地位。靖一民先生就是当时为数并不多的文化人之一。”多年来，作者对这位已经过世了的老婆婆故事家讲述的故事，逐字逐句进行深入研究，从口头传统研究的角度对这些故事进行了重新整理，添加了详细的方言注释，并为每篇故事都撰写了“整理笔记”。胡怀梅也许早已被乡民们忘记了，但她却因靖一民的著作而活着，活在中国民间文艺学史上。施爱东在给他写的序言里写道：“其实，靖一民先生自己就是个故事家。……每则胡怀梅的‘录音整理故事’后面，都有一篇靖一民的‘整理笔记’，有些是对胡怀梅故事的补充，有些是异文，有些是语境说明，有些是历史对照，还有些是靖先生自己对于故事文本或者故事演述的心得体会，他会告诉你故事为什么这样讲而不那样讲，不同讲法各有什么奥妙。这些笔记体例虽不拘一格，却篇篇都有闪光之处。靖先生的注释和整理，决不是止步于订正字词，理顺文句，读者很容易从中看出靖先生所花费的时间和精力，他在并不拥有一个学院图书馆的不利条件下，却翻查了大量的文献，试图在历史和故事之间搭建一座便捷的桥梁，方便读者理解和认识故事与历史的关系，他用笔记的形式记录了一个故事整理者的所思所学所悟。”他以采访者、记录整理者的亲身经历，对

---

① 江帆《〈谭振山故事精选〉序》第4页，沈阳：辽宁教育出版社2007年1月。

② 靖一民、靖美谱《民间故事家胡怀梅的调查报告》，见《四位故事家及其研讨会论文集》，中国民间文艺家协会山东分会编印1987年12月。

故事家与整理者的关系所作的学理阐明，对研究故事家与记录整理者的关系是有参考价值的。

另一个类型的故事传承人，是周正良和陈泳超笔下的陆瑞英。周正良对陆瑞英的关注始于1959年，那年他与路工、张紫晨一起曾对她做过观察研究；陈泳超也在她身上倾注了多年的观察研究的心血。陆瑞英是常熟白峁的故事家兼歌手。2007年，周、陈主编的《陆瑞英民间故事歌谣集》出版，是他们根据陆瑞英讲述和歌唱进行记录和录音的成果，正文分语体文本、方言文本和录音光碟三部分，堪称是一个我们多年来梦寐以求的科学版本。特别值得注意的是，周、陈把陆瑞英认位定为“综合性传承人”：“民间文艺的杰出传承人很多，但是像陆瑞英这样在故事、歌谣两方面都具有很有造诣的综合性传承人，在汉族地区还很罕见。”[①]情况确如他们所说。就已经发现和得到研究的著名故事家而言，没有一位是陆瑞英式的“综合性”的讲述者或传承者。因此，如果说，80年代民间文学界对民间故事讲述家的发现和研究，是中国民间文学理论研究的重要进步和贡献，那么，新世纪学者对“综合性传承人（讲述人）”陆瑞英的发现和研究，无疑称得上是在民间文学搜集和研究领域里是又一次新的开拓。《集》中收入的故事和歌谣，同样是以口传心授的方式传承延续，同样是口头语言艺术的不同体裁，但相比起来，歌谣的文本虽然也有变化，但相对比较固定，而故事，则更多地显现出讲述者的个人风格和艺术个性。多年来在脑际萦绕不去的对“形式”理论无法解决中国故事问题的困惑，在研读了陆瑞英讲述的民间故事之后，茅塞顿开，豁然开朗。作品内容、情节结构、叙事模式、讲述风格、审美意象等的研究，仍然是民间文学学科不能弃置的重要内容和课题。

与江帆、靖一民、周正良和陈泳超的以某个故事家为追踪研究对象相比，从“问题意识”出发的林继富的研究则是另一类。他另辟蹊径，以民间故事家的讲述活动与叙事传统的动态关系为题旨，对巴蜀文化背景下的土家族的多位

---

① 周正良、陈泳超《高亢嘹亮婉转激越 陆瑞英：吴歌的现代传奇》，《人民日报·海外版》2007年5月15日。

故事家进行了长达十年的观察研究，其研究成果以博士论文《民间叙事传统与故事传承》的形式面世，所论涉及并提出了故事传承和叙事传统的诸多的学理问题。故事学学理的探索，是林著的一个显著特点。在此，我愿意引用他的导师刘魁立的评价："说起民间叙事传统，没有人敢否定它的存在。因为这一传统明明白白体现在各个时代乃至每一个讲述人的讲述活动中，它是'顽固的'，但它又是潜在的，像灵魂一样是难以描述的；在许多人的著述里，它往往被扩大成为民间叙事的决定性的甚至是唯一的重要因素。例如，仅仅痴迷于类型学研究的绝对主义者就是最好的例证。另外，也有的学者把传承人的个性夸大到不适当的地位，忽视了它仅仅是民间叙事传统中间的一环和一个具体时空中的表现。在这两种情况下就很难揭示出民间叙事发展进程和现实表现的真谛。继富的这部著作在民间叙事传统的问题上进行探索，追求学理的发现，应该说他在这方面已经取得一定的成绩，为进一步的深入探索提供了极为有益的思考基础。"①

当然，这些年来，在这个领域里还出现了一些纯粹的理论研究的优秀成果，其学术意义和现实指导作用不可忽视，限于篇幅，就恕不赘言了。

随着21世纪第一个十年的结束，中国农村的现代化步伐急剧加快，农村人口的结构出现了历史性的变化，原本在漫长的家族血缘社会结构下形成的农村聚落，或多或少出现了解体的趋势，自给自足的农耕社会逐渐瓦解，作为口头文学重要题材之一的民间故事的载体，老故事家群体自然老龄化，甚至相继辞世，民间故事的传承遭遇到了空前的困境。前面提到，20世纪90年代，研究者提供的全国能够讲述50则故事以上的故事的故事家为9000人。到21世纪第一个十年末，记忆并能讲述较多故事的人究竟还有多少，没有人做过统计，2009年结束的全国非物质文化遗产普查也未能提供这方面的数据，进入国家级非物质文化遗产三批保护名录的民间故事代表性传承人（笔者参加评审时，专家们的共同意见是以能讲述400—500个故事及其以上者为进入国家级传承人的门槛）

---

① 刘魁立《林继富〈民间叙事传统与故事传承〉序》，北京：中国社会科学出版社2007年8月。

只有十人左右，如今已有4人去世了。省级代表性传承人无法统计。难道21世纪将成为传统意义上的民间故事、民间叙事的绝唱之期？难道我们今天谈论的民间故事讲述人，将在我们这个伟大时代里成为历史的记忆吗？

2009年10月笔者在一篇尚未发表的文章《非遗：一个认识的误区》里曾就民间文学的传承人问题说过一点补充性的意见，我愿意引出一段作为本文的结尾。

如今政府文化主管部门和学界普遍认识到，“非遗”保护的核心在对传承人的保护，并建立了传承人名录制度。一般地说，这是没有疑问的。在传统戏剧、传统曲艺、传统手工技艺、中医药等个人作用显著的领域，传承人的意义特别明显，他们的地位也较为容易确立。关于传承人的见解，同样也大体符合民间文学的情况。卷帙浩繁的史诗和近年来发现的许多民间叙事诗，几乎无一例外地都有演唱艺人在演唱，史诗因艺人的演唱而得以存世。史诗《格萨尔》《玛纳斯》《江格尔》等鸿篇巨制的传人，已广为国内外所知。包括我国在内的世界各国，著名史诗艺人对民族文化的巨大贡献，是毋庸置疑的，那些杰出的演唱艺人得到了社会很高的尊重与荣誉。在民间，唱歌的能手（歌师）也是名声很大、备受尊崇的。歌仙刘三妹（姐）就是一例。相比之下，说故事的能人——故事讲述家，则没有著名歌手那样的声誉。但他们的历史功绩不能、也不会永远被埋没于山野。

改革开放30年来，中国的情况已经有所改变，我们改写了中国文化史没有农民故事家地位的记录。各省的民间文学研究者在民间、在底层陆续发现了一些著名的故事讲述家，他们当中既有一生未曾出过远门而只在本乡本土、语言个性突出、口才超拔的农村老妪故事讲述家，也有见多识广、博学多才、能言善辩的故事讲述者。……一大串男女故事讲述家已经知名于世，有的故事家还应邀走出国门，登上了外国大学的学术讲堂。

2007年6月5日公布的《第一批国家级非物质文化遗产项目代表性传承人名单》，认定了民间文学传承人32名。这是一个令人高兴的开端。普通农民故事讲述家和歌唱家，竟然登上了国家的“非遗”传承人名单！当然，也有令我们感到遗憾的，就是民间文学的传承人，只有32人，占全部“非遗”传承人777名的0.04%！这样一个比例，无论怎么说，都是有欠公正的。这是一个令人心痛的比例！也许，我们当初就不应该拿城市里那些专业从事某种技艺的人一样的标准，来套农村里讲故事、唱民歌的那些人。他们是在生活极其艰难的环境下，民间文学及其传统的守护人！他们在讲述故事时，在歌唱时，在说笑话时，会忘记他们生活的艰难，忘情于他的讲述和歌唱。这就是无产阶级革命导师恩格斯说的：“民间故事书的使命是使一个农民作完艰苦的日间劳动，在晚上拖着疲乏的身子回来的时候，得到快乐、振奋和慰藉，使他忘却自己的劳累，把他的硗瘠的田地变成馥郁的花园。民间故事书的使命是使一个手工业者的作坊和一个疲惫不堪的学徒的寒碜的楼顶小屋变成--个诗的世界和黄金的宫殿，而把他的矫健的情人形容成美丽的公主。但是民间故事书还有这样的使命：同圣经一样培养他的道德感，使他认清自己的力量、自己的权力、自己的自由，激起他的勇气，唤起他对祖国的爱。”[①]这也是故事家、歌手们的神圣使命！

有些做基层保护工作的朋友们提出，他们看到，农村里的故事传承、民歌传承，往往并不是靠有名有姓的传承人来传承、传习，而是靠群体、靠社会来承袭的。其实，这是一种误解。我们心中记得的故事，大半是在孩提时代，依偎在妈妈或奶奶的怀抱里，无意中听她们讲给自己听，而后就记住了的。也有的时候，是夏天在树荫下、冬天在地窖里，聚精会神地听那些会讲故事的人讲的。那既是我们的娱乐，更是我们的启蒙教育。我们的知识，就是从听故事、听唱歌开始的。那些讲故事、唱歌者，就是我们今天所说的传承者，我们每个人的启蒙老师，不过他们或许没有那么杰出，或许是因为我们在不经意中给忘记了罢了。我们没有权力埋没他们。

① 恩格斯《德国的民间故事书》，引自《马克思恩格斯论艺术》第401页，人民文学出版社1966年。

应该在普查中所做的调查采录的基础上，给他们以特别的注意，留下他们的名字、他们的形象、他们的业绩以及他们对中华文化的贡献。

2011年10月6日于北京

本文系为中央民族大学文学与传播学院于2011年10月15日召开的“中国民间叙事与故事讲述人学术研讨会”而撰，发表于《民俗研究》2012年第2期；中国人民大学书报资料中心《文化研究》2012年第7期全文选载。

图书在版编目（CIP）数据

双重的文学：民间文学+作家文学 / 刘锡诚著. —南昌：百花洲文艺出版社, 2016.9
（中国现代文学馆钩沉丛书）
ISBN 978-7-5500-1888-4

Ⅰ. ①双… Ⅱ. ①刘… Ⅲ. ①民间文学－文学研究－中国 Ⅳ. ①I207.7

中国版本图书馆CIP数据核字(2016)第210471号

双重的文学 ：民间文学+作家文学
刘锡诚 著

出版人　姚雪雪
责任编辑　王俊琴
美术编辑　黄敏俊
制　　作　李秀娟
出版发行　百花洲文艺出版社
社　　址　南昌市红谷滩新区世贸路898号博能中心一期A座20楼
邮　　编　330038
经　　销　全国新华书店
印　　刷　江西金瑞彩印有限公司
开　　本　787mm×1092mm　1/16　　印张　28.75
版　　次　2016年10月第1版第1次印刷
字　　数　350 千字
书　　号　ISBN 978-7-5500-1888-4
定　　价　49.00元

赣版权登字　05-2016-275

邮购联系　0791-86895108
网　　址　http://www.bhzwy.com
图书若有印装错误，影响阅读，可向承印厂联系调换。